BASTEI LÜBBE

WILBUR SMITH

# Roter Sand

Berechtigte Übersetzung
aus dem Englischen von Grit Zoller

BASTEI
LÜBBE

BASTEI-LÜBBE-TASCHENBUCH
Band 10 784

Titel der Originalausgabe »Cry Wolf«

Lizenzausgabe mit freundlicher Genehmigung des Paul Zsolnay
Verlages: Gustav Lübbe Verlag GmbH, Bergisch Gladbach
Printed in Western Germany 1986
Einbandgestaltung: Roland Winkler
Titelbild: Artreference
Satz: ICS Communikations-Service GmbH, Bergisch Gladbach
Herstellung: Ebner Ulm
ISBN 3-404-10784-5

Der Preis dieses Bandes versteht sich
einschließlich der gesetzlichen Mehrwertsteuer

Für Jake Barton waren Maschinen immer weiblichen Geschlechts – mit all dem Zauber, all den Tücken und Launen des weiblichen Geschlechts ausgestattet. Daher nannte er sie sofort, als er sie in Reih und Glied unter dem ausladenden dunkelgrünen Laubwerk der Mangobäume stehen sah, die ›eisernen Ladies‹.

Die fünf Fahrzeuge standen abseits der anderen Halden verbrauchter und ausgedienter Geräte, die die Regierung Seiner Majestät zum Verkauf freigegeben hatte. An diesem wolkenlosen Morgen herrschte in Daressalam eine Hitze wie in einem glühenden Hochofen, obwohl Juni war, normalerweise die kühlere Jahreszeit zwischen den Monsunen, und Jake begab sich dankbar in den Schatten unter den Mangos, wo die Ladies standen, um mit seiner Untersuchung zu beginnen.

Er sah sich in dem eingezäunten Hof um und bemerkte, daß er der einzige zu sein schien, der sich für die fünf Fahrzeuge interessierte. Die buntgemischte Menge potentieller Käufer wühlte in dem Haufen beschädigter Pickel und Schaufeln, stürzte sich auf die Reihen zerbeulter Schubkarren und die anderen Berge von nichtidentifizierbarer Ausschußware.

Jake zog seine leichte Tropenjacke aus, warf sie über den Ast eines Mangobaumes und wandte seine Aufmerksamkeit wieder den Ladies zu.

Diese Ladies waren Aristokratinnen, die schwere Zeiten hinter sich hatten; der stumpfe, zerkratzte Lack und die häßlichen Rostflecken entstellten ihre strengen und dennoch schnittigen Linien. Die fuchsgesichtigen Flughunde, die über ihnen in den Ästen der Mangos hingen, hatten sie mit ihrem Kot beschmutzt, und aus ihren altersschwachen Gelenken war Öl und Wagenschmiere ausgetreten und vermischt mit Staub in unansehnlichen schwarzen Streifen und Flecken an ihnen heruntergetropft.

Jake kannte Abstammung und Geschichte der Ladies und dachte unwillkürlich zurück, als er die kleine Reisetasche, die sein Werkzeug enthielt, beiseite stellte. Fünf edle Werke echten handwerklichen Könnens an der Fieberküste Tanganijkas dem Verrotten preisgegeben. Chassis und Karosserien waren von Schreiner gebaut worden – ein stattlicher hoher Panzerturm, dessen Öffnung für das Maxim-Maschinengewehr aussah wie eine leere Augenhöhle, die eckige, schräge Plattform des Maschinengehäuses mit der stark gepanzerten Motorhaube, den sauberen Nietenreihen und den Stahlklappen, die geschlossen werden konnten, um den Kühler gegen feindliche Feuerstöße zu schützen. Stolz standen sie auf ihren ausgebeulten Metallrädern mit den Hartgummireifen, und Jake bedauerte insgeheim, daß er ihre Maschinen ausbauen und die ausgedienten, aber prächtigen alten Karosserien wegwerfen mußte.

Eine solche Behandlung hatten sie nicht verdient, diese unverwüstlichen eisernen Ladies, die in ihrer Jugendzeit den verschlagenen Befehlshaber von Lettow-Vorbeck über die weiten Steppen und die wilden Berge Ostafrikas gejagt hatten. Die Dornen der Wildnis hatten tiefe Spuren im Anstrich der gepanzerten Wagen hinterlassen, und an einigen Stellen waren deutlich die charakteristischen Einschußlöcher von Gewehrkugeln im Stahl zu sehen.

Das war ihre glanzvollste Zeit, als sie hinter den flatternden Fahnen der Kavallerie, Staubwolken hinter sich herziehend, über Ameisenbärenlöcher und Wasserrinnen holpernd, mit glühenden Maschinengewehren in den Kampf gezogen und die erschrockenen Askaris der Deutschen vor sich hergetrieben hatten.

Nachher waren ihre Originalmaschinen durch schöne neue 6 1/2-Liter Bentley-Motoren ersetzt worden, und dann begann ihr langsamer Verfall als Polizeifahrzeuge der Grenzpatrouillen, wo sie nur gelegentlich hinter Viehdieben herjagten und von einer Reihe rücksichtsloser Fahrer zuschanden gefahren wurden, bis sie schließlich in diesem heißen Mai des Jahres 1935 hier auf dem Schrottplatz der

Regierung landeten. Aber Jake wußte, daß auch der brutale Mißbrauch, der mit ihnen getrieben worden war, ihre Maschinen nicht vollkommen zerstört haben konnte, und das war es, was ihn interessierte.

Er krempelte die Ärmel auf, wie ein Chirurg, der sich auf eine Untersuchung vorbereitet.

»Ob ihr wollt oder nicht, meine Damen«, murmelte er, »jetzt kommt der alte Jake.«

Er war ein großer Mann mit einem breiten, knochigen Körperbau, und er mußte sich in den engen Innenraum des Panzerwagens zwängen, aber er arbeitete so konzentriert, ja fast entrückt, daß er seiner unbequemen Lage keine Beachtung schenkte. Jake spitzte seinen großen, freundlichen Mund und pfiff die Anfangstakte des ›Tiger Rag‹ vor sich hin – immer wieder dieselbe Melodie; er blinzelte mit den Augen, um im dämmrigen Licht des Wageninneren besser sehen zu können.

Rasch überprüfte er die Benzinzuleitung und die Zündvorrichtung, untersuchte die Benzinleitungen vom hinten gelegenen Treibstofftank, fand die Treibstoffhähne unter dem Fahrersitz und brummte zufrieden. Er kletterte aus dem Panzerturm, sprang zu Boden und hielt inne, um mit dem Unterarm die Schweißtropfen wegzuwischen, die aus seinem dichten, lockigen schwarzen Haar die Wangen hinunterliefen, dann eilte er nach vorne und öffnete die Klappen an den Seitenteilen der gepanzerten Motorhauben.

»Oh, wie hübsch, einfach wunderschön!« flüsterte er, als er die scharfen Konturen des alten Bentley-Motorblocks unter der dicken Schicht von Staub und Wagenschmiere sah.

Seine großen, eckigen, knöchernen Hände streckten sich aus und berührten den Motorblock mit einer fast zärtlichen Geste.

»Die Bastarde haben dich ganz schön getreten, mein Liebling«, flüsterte er. »Aber du wirst bald wieder so wunderschön singen wie immer, das verspreche ich dir.«

Er zog den Ölmeßstab heraus und verrieb einen Tropfen Öl zwischen den Fingern.

»Scheiße!« brummte er ärgerlich, als er fühlte, wie sandig das Öl war, und steckte den Stab zurück. Er zog die Bolzen heraus und versprach einem herumlungernden Afrikaner ein Geldstück, wenn er für ihn die Kurbel drehte, so daß er mit den Handballen den Druck messen konnte.

Er ging einen Panzerwagen nach dem anderen durch, untersuchte, prüfte und testete, und als er mit dem letzten fertig war, wußte er, daß er drei von ihnen sicher wieder in Gang bringen würde – vielleicht auch vier.

Einer von ihnen war hoffnungslos erledigt. Im Motorblock dieses Panzerwagens war ein ungeheurer Riß, und die Kolben hatten sich so festgefressen, daß Jake und sein Helfer die Kurbel nicht einmal mit vereinten Kräften bewegen konnten.

Bei zweien fehlte die ganze Vergaseranlage, aber er konnte den irreparablen Panzerwagen ausschlachten. Dann fehlte ihm noch immer ein Vergaser – und die Wahrscheinlichkeit, in Daressalam einen solchen Vergaser zu bekommen, war sehr gering.

Fest konnte er also nur mit drei Panzerwagen rechnen. Bei einem Preis von hundertzehn Pfund pro Panzerwagen ergab das eine Summe von dreihundertdreißig Pfund. Nach Abzug von geschätzten Auslagen über hundert Pfund würde er einen Gewinn von zweihundertdreißig Pfund machen – sicher würde er nicht mehr als zwanzig Pfund für jedes dieser Wracks bieten müssen. Jake empfand ein Gefühl der Befriedigung, als er seinem afrikanischen Helfer den versprochenen Schilling zuwarf. Dreihundertdreißig Pfund waren in diesen mageren und schlechten Zeiten eine Menge Geld.

Ein rascher Blick auf die Taschenuhr, die er aus seiner Gesäßtasche zog, zeigte ihm, daß ihm bis zum angekündigten Termin der Versteigerung noch über drei Stunden blieben. Er war begierig, mit der Arbeit an diesen Bentleys beginnen zu können – nicht nur wegen des Geldes. Jake liebte die Arbeit mit Maschinen.

Der mittlere Panzerwagen schien bestens für einen schnellen Erfolg geeignet zu sein. Er stellte seine Reisetasche auf den gepanzerten Kotflügel und nahm einen 3/8-Zoll-Schraubenschlüssel heraus. Die Arbeit nahm ihn augenblicklich ganz in Anspruch.

Nach einer halben Stunde richtete er sich wieder auf, wischte seine Hände an einer Handvoll Putzwolle ab und stellte sich vor den Wagen.

Die kräftigen Muskeln seines rechten Armes spannten sich und traten hervor, als er die Kurbel schwang und die schwere Maschine mühelos drehte, so daß sie in gleichbleibendem Rhythmus surrte. Nach einer Minute ließ er die Kurbel los und wischte sich mit der Putzwolle den Schweiß vom Gesicht, wodurch Reste von Wagenschmiere auf seinen Wangen hängen blieben. Er atmete schnell, aber nicht schwer.

»Ich habe von Anfang an gewußt, daß du ein launisches Frauenzimmer bist«, murmelte er. »Aber du wirst tun, was ich will, mein Liebling. Das verspreche ich dir.«

Wieder verschwanden Kopf und Schultern unter der Motorhaube, und man hörte das Klappern des Schraubenschlüssels gegen Metall und die monoton und leise gepfiffene Melodie des ›Tiger Rag‹ weitere zehn Minuten lang, dann stand Jake wieder vor der Kurbel.

»Du wirst tun, was ich will, Kleines – und mehr noch, es wird dir gefallen.«

Er drehte die Kurbel, und plötzlich sprang der Motor mit einem Rückstoß wie bei einem Gewehrschuß an; die Kurbel riß sich mit solcher Gewalt aus Jakes Hand los, daß sein Daumen futsch gewesen wäre, wenn er nicht sofort losgelassen hätte.

»Heiliger Strohsack«, flüsterte Jake, »eine richtige kleine Höllenkatze!« Er kletterte in den Panzerturm und griff nach den Reglern, um die Zündung einzustellen.

Als er wieder an der Kurbel drehte, sprang die Maschine an und kam ruckweise in Bewegung, bockte ein paarmal und heulte, bis sie schließlich in einen gleichmäßigen Rhythmus fiel und ruhig, wenn auch leicht zitternd auf ihrer starren Aufhängung, weiterlief.

Schwitzend und mit rotem Gesicht trat Jake einen Schritt zurück, aber seine dunkelgrünen Augen glänzten vor Freude.

»Oh, du Schönheit«, sagte er. »Du verdammte, kleine Schönheit.«

»Bravo«, sagte eine Stimme hinter ihm, und Jake erschrak und wirbelte herum. Durch die intensive Beschäftigung mit dem Motor hatte er völlig vergessen, daß er nicht allein auf der Welt war, und wurde nun so verlegen, als hätte man ihn bei einer intimen und ungehörigen Angelegenheit ertappt. Er starrte die elegante Gestalt, die lässig am Stamm des Mangobaumes lehnte, finster an.

»Eine großartige Leistung«, sagte der Fremde, und der Tonfall seiner Stimme genügte, damit sich Jakes Nackenhaare sträubten. Es war der unverkennbare Akzent eines ›Tommi‹.

Der Mann trug einen cremefarbigen Anzug aus teurem Tropenleinen und zweifarbige Schuhe in Weiß und Braun. Auf dem Kopf hatte er einen Strohhut mit breiter Krempe, die sein Gesicht beschattete. Aber Jake konnte sehen, daß der Mann freundlich lächelte und eine ungezwungene, gewinnende Art an den Tag legte. Im herkömmlichen Sinn sah er sehr gut aus; mit den edlen, regelmäßigen Zügen war sein Gesicht geradezu prädestiniert, weibliche Wesen in Unruhe zu versetzen, und paßte außerdem großartig zu seiner Stimme. Wahrscheinlich war er ein höherer Regierungsbeamter oder ein Offizier in einem der regulären Regimente, die in Daressalam stationiert waren. Auch seine Krawatte mit ihren schmalen, diagonalen Streifen, durch die die Briten offenbarten, auf welcher Schulbank sie ihre Erziehung und ihren Platz in der Gesellschaft erworben hatten, deutete darauf hin, daß er zur oberen Gesellschaftsschicht gehörte.

»Sie haben den Motor sehr schnell wieder in Gang gebracht.« Der Mann lehnte lässig, eine Hand an der Jakkentasche, mit gekreuzten Beinen am Stamm des Mangobaumes. Er lächelte wieder, und diesmal erkannte Jake ganz deutlich den Spott und die Herausforderung in seinen Augen. Er hatte ihn falsch eingeschätzt. Der Mann war keiner dieser Pappkartonmänner. Er hatte Piratenaugen, spöttisch und raubgierig, gefährlich wie das Glitzern einer Messerklinge im Schatten.

»Ohne Zweifel sind auch die anderen in einem so guten Zustand, daß sie ohne weiteres repariert werden können.« Es war keine Bemerkung, sondern eine herrische Frage.

»Nun, da irren Sie sich aber, Freund.« Jake erschrak. Es war absurd, daß dieser sonderbare Kerl ein echtes Interesse an den fünf Fahrzeugen haben konnte – aber wenn das der Fall sein sollte, dann hatte ihm Jake gerade großzügig ihren Wert demonstriert. »Dieser hier ist der einzige, der zu reparieren war, und auch seine Innereien sind ziemlich mitgenommen. Hören Sie nur, wie der Motor klopft. Klingt wie ein verrückter Zimmermann.«

Er griff unter die Motorhaube und berührte den Zündmagneten. In die plötzliche Stille, nachdem der Motor abgestorben war, sagte er laut: »Plunder!« und spuckte neben dem Vorderrad auf den Boden. Dann sammelte er sein Werkzeug ein, warf seine Jacke über die Schulter, hob die Reisetasche auf und schlenderte, ohne den Engländer noch einmal anzusehen, gemächlich auf die Tore des Werkshofes zu.

»Sie bieten also nicht mit, alter Knabe?« Der Fremde hatte seinen Platz unter dem Mangobaum verlassen und ging neben ihm her.

»Himmel, nein.« Jake versuchte verächtlich zu klingen. »Sie etwa?«

»Was sollte ich wohl mit fünf ausgedienten Panzerwagen anfangen?« Der Mann lachte leise und fuhr dann fort. »Yankee, hab' ich recht? Aus Texas, was?«

»Sie haben meine Post gelesen.«

»Ingenieur?«

»Das versuche ich jedenfalls.«

»Darf ich Sie auf einen Drink einladen?«

»Geben Sie mir besser das Geld. Sonst versäume ich den Zug.«

Der elegante Fremde lachte wieder, es war ein ungezwungenes, freundliches Lachen.

»Dann will ich Sie nicht länger aufhalten, alter Junge«, sagte er. Jake eilte durch das Tor auf die staubige, hitzeflimmernde Straße und ging fort, ohne sich noch einmal umzublicken; mit seinem entschlossenen Schritt und seiner Schulterhaltung versuchte er anzudeuten, daß sein Abgang endgültig war.

Jake fand gleich um die Ecke, etwa fünf Gehminuten vom Werkshof entfernt, ein Buffet, in dem er sich verstecken konnte. Das Tusker-Bier, das er bestellte, war lauwarm, aber er trank es trotzdem und war sehr beunruhigt. Dieser Engländer hatte einen unangenehmen Eindruck auf ihn gemacht, für bloße Neugier war sein Interesse zu groß gewesen. Wie dem auch sei, Jake brauchte ja nur mehr zu bieten als die zwanzig Pfund, die er veranschlagt hatte – und er nahm die abgenutzte schweinslederne Brieftasche, die sein ganzes Vermögen enthielt, aus der Jackentasche und zählte heimlich unter der Tischplatte die Banknoten.

Fünfhundertsiebzehn Pfund in englischer Währung, dreihundertsiebenundzwanzig US-Dollar und vierhundertneunzig Ostafrikanische Shilling, das war nicht gerade ein riesiges Vermögen, um mit Leuten wie dem eleganten Tommy mithalten zu können. Doch Jake trank das lauwarme Bier, biß die Zähne zusammen und warf noch einen Blick auf seine Uhr. Es war fünf Minuten vor zwölf.

Major Gareth Swales war zwar unangenehm berührt aber keineswegs überrascht, als er den großen Amerikaner wieder durch das Werkstor kommen sah, und zwar in einer betont unauffälligen Weise, die ihn an die Art erinnerte, wie Jack Dempsey sich in die Teegesellschaften alter Damen einschlich.

Gareth Swales saß im Schatten der Mangobäume auf einem alten Kotflügel, über den er ein seidenes Taschentuch gebreitet hatte, um seinen Leinenanzug zu schonen. Er hatte den Strohhut abgenommen; sein Haar war peinlich genau frisiert und schimmerte in dieser seltenen Farbe zwischen Goldblond und Rot, nur an seinen Schläfen glitzerte es vereinzelt silbern. Sein Schnurrbart war von derselben Farbe und sorgfältig der Form seiner Oberlippe angepaßt. Seine Gesichtsfarbe hatte durch die Tropensonne ein dunkles Haselnußbraun angenommen, so daß das kontrastierende Blau seiner Augen erstaunlich hell und durchdringend wirkte, als er zuschaute, wie Jake Barton den Hof überquerte, um sich zu den Käufern unter den Mangobäumen zu gesellen. Er seufzte und wandte sich wieder dem Umschlag zu, auf dem er seine Berechnungen angestellt hatte.

Er war wirklich total pleite, in den vergangenen achtzehn Monaten hatte er nur Pech gehabt. Die Ladung, die das japanische Kanonenboot auf dem Liaofluß beschlagnahmt hatte, nur wenige Stunden vor der Übergabe an den chinesischen Befehlshaber in Mukden – der dafür bezahlt hätte – hatte sein ganzes über zehn Jahre angesammeltes Kapital verschlungen. Für die Beschaffung der Ware, die in diesem Augenblick im Lagerhaus Nr. 4 an den Docks im Hafen von Daressalam lagerte, hatte er seine ganze Findigkeit und eine ungeheure finanzielle Behendigkeit einsetzen müssen. Seine Käufer würden in zwölf Tagen hier ankommen, um die Ware zu übernehmen – und diese fünf Panzerwagen hätten die Ladung wunderschön abgerundet.

Panzer, bei Gott, er könnte jeden Preis dafür verlangen. Aus der Sicht seiner Kunden waren nur Flugzeuge noch begehrter.

Als Gareth die Panzerwagen am Vormittag in ihrem verwahrlosten und äußerst reparaturbedürftigen Zustand gesehen hatte, war er von ihrer Wertlosigkeit überzeugt und wollte sich gerade umdrehen, als er die langen, muskulösen Beine entdeckte, die unter der Motorhaube eines der Fahrzeuge hervorragten, und die kaum erkennbare Melodie des ›Tiger Rag‹ pfeifen hörte.

Da wußte er, daß mindestens einer von ihnen ein Renner war. Ein paar Kilo Farbe und ein neues Vickers-Maschinengewehr pro Garnitur, und die fünf Panzerwagen würden prächtig aussehen. Gareth würde eines seiner berühmten Überrumpelungsgeschäfte machen. Er würde die eine gute Maschine starten und das Maschinengewehr abfeuern – und es mußte mit dem Teufel zugehen, wenn der selige alte Prinz nicht augenblicklich seine Geldbörse zücken und mit Münzen um sich werfen würde.

Nur der verdammte Yankee machte ihm noch Sorgen; um ihn zu überbieten, würde er wahrscheinlich ein paar Shilling mehr investieren müssen, als er für den Kauf der Panzerwagen veranschlagt hatte. Aber das nahm Gareth nicht besonders tragisch. Der Mann sah aus, als könnte er sich nicht einmal ein Bier leisten.

Gareth schnippte mit dem Finger ein imaginäres Staubkorn vom Ärmel, setzte den Panamahut auf seine goldblonden Haare, rückte sorgfältig die Krempe zurecht, nahm die lange Zigarre aus dem Mund und betrachtete ihre glühende Spitze, bevor er sich gemächlich erhob und zu den Käufern schlenderte.

Der Auktionator war ein elfenhafter Sikh in einem schwarzen Seidenanzug, der einen hohen blendendweißen Turban auf dem Kopf trug und einen geflochtenen Kinnbart hatte.

Er kauerte wie ein kleiner schwarzer Vogel auf dem Panzerturm des nächstgelegenen Wagens, und seine Stimme klang leidend, als er sich an sein Publikum wandte, das gleichgültig mit ausdrucklosen Gesichtern und glasigen Augen zu ihm emporstarrte.

»Kommen Sie, Gentlemen, lassen Sie mich eine liebliche Stimme hören, die ›zehn Pfund‹ ruft. Höre ich ›zehn Pfund‹ für jedes dieser prächtigen Fahrzeuge?«

Er streckte den Kopf vor und lauschte der heißen Mittagsbrise in den obersten Ästen der Mangobäume. Niemand regte sich, keiner sprach.

»Fünf Pfund, bitte? Sagt irgendein kluger Gentleman vielleicht fünf Pfund? Zwei Pfund zehn – Gentlemen, für nur fünfzig Shilling diese königlichen Maschinen, diese prachtvollen, diese wunderschönen . . .« Er brach ab, senkte den Blick und legte seine feingliedrige, schokoladebraune Hand über seine sorgenvoll gerunzelte Stirn. »Einen Preis, Gentlemen. Bitte, machen Sie den Anfang, und geben Sie mir einen Preis.«

»Ein Pfund!« rief eine Stimme im singenden Tonfall der texanischen Sprechweise. Einen Augenblick regte sich der Sikh überhaupt nicht, dann hob er mit dramatischer Langsamkeit den Kopf und starrte Jake an, der die Menge um sich herum um einiges überragte.

»Ein Pfund?« flüsterte der Sikh mit rauher Stimme. »Zwanzig Shilling für jedes dieser prachtvollen, wunderschönen . . .« Er hielt inne und schüttelte traurig den Kopf. Dann änderte sich seine Haltung plötzlich, und er wurde lebhaft und geschäftsmäßig. »Ein Pfund ist geboten. Höre ich zwei, zwei Pfund? Kein höheres Angebot als ein Pfund? Ein Pfund zum ersten!«

Gareth Swales drängte sich nach vorn, und die Leute traten respektvoll zur Seite, so daß sich vor ihm wie durch ein Wunder ein Durchgang auftat.

»Zwei Pfund.« Er sprach leise, aber seine Stimme war in der Stille deutlich zu hören. Jakes hohe, knochige Gestalt wurde starr, und ein dunkles Rot überzog seinen Nacken. Langsam drehte er den Kopf herum und stierte den Engländer an, der in diesem Augenblick die vorderste Reihe erreicht hatte.

Gareth lächelte strahlend und tippte mit dem Finger an die Krempe seines Panamahutes, um Jakes Blick zu erwidern. Der Geschäftssinn des Sikhs spürte sofort die Rivalität zwischen den beiden, und seine Laune besserte sich.

»Zwei Pfund sind geboten . . .«, zwitscherte er.

»Fünf«, fauchte Jake.

»Zehn«, murmelte Gareth, und Jake fühlte eine heiße, unbeherrschbare Wut in sich aufsteigen. Er kannte dieses

Gefühl sehr gut und versuchte, es unter Kontrolle zu bringen, aber es hatte keinen Zweck. Die Wut übermannte ihn in einer wilden, glühenden Woge und spülte seine Vernunft hinweg.

Die Menge scharrte vergnügt mit den Füßen, und alle Köpfe wandten sich dem großen Amerikaner zu.

»Fünfzehn«, sagte Jake, und alle Köpfe drehten sich wieder zu dem schlanken Engländer herum.

Gareth neigte vornehm den Kopf.

»Zwanzig«, flötete der Sikh erfreut. »Zwanzig sind geboten.«

»Und fünf.« Verschwommen durch den Nebel seiner Wut, wußte Jake, daß er diesem Tommy die Ladies auf keinen Fall überlassen würde. Wenn er sie nicht kaufen konnte, würde er sie anzünden.

Der Sikh funkelte Gareth mit seinen Gazellenaugen an.

»Dreißig, Sir?« fragte er, und Gareth grinste unbekümmert und winkte mit der Zigarre. In seinem Innern läutete eine Alarmglocke – sie waren bereits weit über dem Preis, den er dem Yankee zugetraut hatte.

»Und noch fünf.« Jakes Stimme klang brüchig vor Wut. Sie gehörten ihm, selbst wenn es ihn den letzten Shilling aus seiner Brieftasche kosten würde, sie mußten ihm gehören.

»Vierzig.« Gareth Swales Lächeln war nun schon leicht gezwungen. Er näherte sich nun rasch seiner eigenen Grenze. Bei Versteigerungen wurde in bar oder mit Barschecks bezahlt. Er hatte schon seit langem alle möglichen Bargeldquellen erschöpft, und jeder Bankbeamte, der für einen Scheck von Gareth Swales bürgte, war prädestiniert, sehr rasch seinen Arbeitsplatz zu verlieren.

»Fünfundvierzig.« Jakes Stimme klang hart und unnachgiebig; er näherte sich nun dem Preis, wo ihm der ganze Handel nichts weiter einbringen würde als die Befriedigung, den Tommy überboten zu haben.

»Fünfzig.«

»Und fünf.«

»Sechzig.«

»Und noch einmal fünf.«

Das war der Preis, bei dem Jake ohne Gewinn aussteigen würde – alles, was darüber hinausging, bedeutete schöne, glänzende Shillinge zum Fenster hinauszuwerfen.

»Siebzig«, sagte Gareth Swales gedehnt, und damit hatte er seine Grenze erreicht. Mit Bedauern begrub er alle Hoffnungen auf einen leichten Erwerb der Panzerwagen. Dreihundertfünfzig Pfund waren seine letzten Geldreserven – er konnte nicht weiter bieten. Nun gut, der leichte Weg hatte nicht funktioniert. Aber es gab noch ein Dutzend andere Möglichkeiten, und irgendwie würde Gareth Swales die Panzer bekommen. Himmel, der Prinz würde sicher für jeden Panzer tausend Pfund zahlen, und er würde sich dieses lukrative Geschäft nicht wegen der lumpigen hundert Pfund entgehen lassen.

»Fünfundsiebzig«, rief Jake. Die Menge murmelte, und alle Augen richteten sich auf Major Gareth Swales.

»Nun Gentleman, höre ich achtzig?« fragte der Sikh begierig. Er erhielt fünf Prozent Provision.

Herablassend, aber bekümmert schüttelte Gareth den Kopf.

»Nein, mein lieber Junge. Es war nur eine Laune von mir.« Er lächelte Jake zu. »Mögen sie Ihnen viel Freude bereiten«, sagte er und drängte sich in Richtung Tor durch die Menge. Sich dem Amerikaner jetzt zu nähern war gewiß nicht ratsam. Der Mann war sehr wütend – und Gareth hielt ihn für einen jener Typen, die diese Gefühlsregung gewöhnlich zum Ausdruck bringen, indem sie mit den Fäusten um sich schlagen. Vor langer Zeit war Gareth Swales zu dem Schluß gekommen, daß nur Narren kämpfen, und kluge Männer liefern ihnen die Mittel dazu – mit Gewinn natürlich.

Drei Tage vergingen, bevor Jake Barton den Engländer wiedersah – und in dieser Zeit hatte er die fünf eisernen Ladies aus der Stadt an einen Ort gebracht, wo er am Ufer eines kleinen Flusses im Schatten einiger Mahagonibäume sein Lager aufschlug.

Mit Hilfe eines Flaschenzuges, am Ast eines Mahagonibaumes befestigt, hatte er die Motoren ausgebaut und arbeitete bis tief in die Nacht hinein beim qualmenden Licht einer Sturmlaterne.

Er redete mit den Motoren, liebkoste sie und schmeichelte ihnen, tauschte schadhafte und verbrauchte Ersatzteile aus, schmiedete andere eigenhändig auf dem Kohlenbrenner, pfiff endlos vor sich hin, fluchte, schwitzte und plante, und am Nachmittag des dritten Tages hatte er drei der Bentleymotoren wieder in Gang gebracht. Die Motoren standen auf improvisierten Holzbalken und hatten unter seinen liebevollen Händen einiges von ihrer früheren Pracht und Herrlichkeit wiedergewonnen.

Gareth Swales fand Jakes Lager in der drückenden Hitze des dritten Nachmittags. Er kam in einer Rikscha, die von einem halbnackten, schwitzenden schwarzen Mann gezogen wurde – er lehnte mit der Anmut eines ruhenden Leoparden auf dem gepolsterten Sitz und wirkte in seinem wunderschön geschnittenen, schneeweißen Leinenanzug erfrischend kühl.

Jake richtete sich von dem Motor auf, den er gerade einstellte. Sein Oberkörper war nackt, seine Arme bis zu den Ellbogen schwarz von Wagenschmiere. Der Schweiß glänzte auf seinen Schultern und seinem Brustkorb, als hätte er sich eingeölt.

»Sie brauchen erst gar nicht anzuhalten«, sagte Jake sanft. »Machen Sie, daß Sie weiterkommen, Freund.«

Gareth schenkte ihm ein verbindliches Lächeln und hob vom Sitz neben sich einen großen silbernen Sektkübel, der vom Eiswasser beschlagen war. Über den Rand des Sektkübels lugten die Hälse von einigen Flaschen Tusker-Bier.

»Ein Versöhnungsgeschenk, alter Junge«, sagte Gareth,

und Jakes Kehle verkrampfte sich so heftig vor Durst, daß er einen Augenblick lang nicht sprechen konnte.

»Eine freiwillige Gabe – vollkommen unverbindlich, was?«

Selbst in dieser feuchten Hitze war Jake Barton von seiner Arbeit so in Anspruch genommen worden, daß er in den letzten drei Tagen nur wenig Flüssigkeit zu sich genommen hatte, und diese Flüssigkeit war alles andere als goldgelb, erfrischend und eiskalt gewesen. Seine Augen begannen vor Verlangen zu tränen.

Gareth stieg aus der Rikscha und kam mit dem Sektkübel unter dem Arm näher.

»Swales«, sagte er, »Major Gareth Swales.« Er streckte die Hand aus.

»Barton, Jake.« Jake drückte ihm die Hand, aber seine Augen hingen am Sektkübel.

Zwanzig Minuten saß Jake hüfttief im Wasser einer verzinkten Eisenbadewanne, die im Freien unter den Mahagonibäumen stand. Neben ihm stand eine Flasche Tusker-Bier, und er pfiff vergnügt vor sich hin, als er seine Achselhöhlen und seinen dunkel behaarten Brustkorb einseifte.

»Das Problem war, daß wir mit dem falschen Fuß aufgestanden waren«, erklärte Gareth und trank einen Schluck aus der Bierflasche. Das tat er so, daß man meinen konnte, er tränke Dom Pérignon aus einem Champagnerglas. Er lümmelte in Jakes einzigem Leinenstuhl unter dem Sonnendach des alten, von der Sonne ausgebleichten Zeltes.

»Sie hätten beinahe einen falschen Fuß direkt in den Hintern bekommen, Freund.« Aber Jakes Drohung klang nicht feurig, sondern eher biergedämpft.

»Gewiß, ich kann mir vorstellen, wie Ihnen zumute war«, sagte Gareth. »Aber immerhin haben Sie vorher behauptet, daß Sie nicht mitbieten würden. Hätten Sie mir die Wahrheit gesagt, wir wären bestimmt zu einer Einigung gekommen.«

Jake streckte seine eingeseifte Hand aus und hob die Bierflasche an seine Lippen. Er schluckte zweimal, seufzte und rülpste leise.

»Gesundheit«, sagte Gareth und fuhr fort: »Als ich erkannte, daß Sie ernsthaft mitsteigern, bin ich ausgestiegen. Ich habe gewußt, daß wir beide auch später einen beiderseits zufriedenstellenden Handel abschließen können. Und hier bin ich nun, ich trinke mit Ihnen Bier, und wir reden vom Geschäft.«

»Sie reden – ich höre nur zu«, korrigierte ihn Jake.

»Genau.« Gareth nahm seine Zigarrenschachtel heraus, wählte sorgfältig eine aus und beugte sich vor, um die Zigarre vorsichtig zwischen Jakes Lippen zu stecken. Er zündete an der Schuhsohle ein Streichholz an und hielt es Jake hin.

»Ich gehe doch recht in der Annahme, daß Sie einen Käufer für die Panzerwagen haben, nicht wahr?«

»Ich höre noch immer zu.« Jake blies den Rauch der Zigarre mit augenscheinlichem Vergnügen in die Luft.

»Sie müssen den Kaufpreis bereits festgesetzt haben, und ich bin bereit, diesen Preis zu überbieten.«

Jake nahm die Zigarre aus dem Mund und sah Gareth zum ersten Mal direkt an.

»Sie wollen zu diesem Preis alle fünf Wagen in ihrem gegenwärtigen Zustand?«

»Richtig«, sagte Gareth.

»Wie ist es, wenn ich Ihnen nun sage, daß nur drei laufen – zwei von ihnen sind unbrauchbar.«

»Das würde mein Angebot nicht beeinträchtigen.«

Jake hob die Bierflasche an seinen Mund und trank sie aus. Gareth öffnete die nächste und reichte sie Jake.

Jake überdachte das Angebot rasch. Er hatte einen unverbindlichen Vertrag mit der Anglo-Tanganijka Sugar Company über benzinbetriebene Zuckerrohrpressen zu einem Fixpreis von hundertzehn Pfund pro Maschine. Aus den drei Panzerwagen konnte er drei Maschinen machen – also maximal dreihundertdreißig Pfund verdienen.

Das Angebot dieses Tommy umfaßte alle fünf Wagen zu einem Preis, den er festsetzen konnte.

»Ich habe höllisch viel Arbeit damit gehabt«, dämpfte ihn Jake ein wenig.

»Das sehe ich.«

»Hundertfünfzig Pfund pro Wagen – für alle fünf. Das macht siebenhundertfünfzig.«

»Sie würden die Motoren wieder einbauen und die Wagen ordentlich herrichten?«

»Sicher.«

»Abgemacht«, sagte Gareth. »Ich habe gewußt, daß wir uns einigen würden«, und sie grinsten einander an. »Ich werde sofort den Kaufvertrag aufsetzen«, Gareth zog ein Scheckbuch hervor, »und dann gebe ich Ihnen einen Scheck über die volle Summe.«

»Einen was?« Das Strahlen auf Jakes Gesicht verschwand.

»Eine persönliche Zahlungsanweisung an Coutts am Piccadilly.«

Gareth Swales besaß tatsächlich ein Konto bei Coutts. Laut seinem letzten Kontoauszug war er mit einer Summe von achtzehn Pfund siebzehn Shilling und einem Sixpence im Minus. Der Direktor hatte ihm einen scharfen kleinen Brief mit roter Tinte geschrieben.

»So sicher wie die Bank von England.« Gareth schwang sein Scheckbuch. Es würde drei Wochen dauern, bis der Scheck in London eintraf – und platzte. Zu diesem Zeitpunkt hoffte er bereits auf dem Weg nach Madrid zu sein. Dort schien sich ein sehr gewinnträchtiges kleines Geschäft anzubahnen, und Gareth Swales würde genug Kapital haben, um dort zu investieren.

»Mit einem Scheck ist das so eine Sache.« Jake nahm die Zigarre aus dem Mund. »Schecks verursachen mir immer eine Gänsehaut. Wenn es Ihnen nichts ausmacht, würde ich die siebenhundertfünfzig lieber in bar haben.«

Gareth spitzte den Mund. Auch gut, dann würde es eben etwas schwieriger werden.

»Oje«, seufzte er. »Dann wird es allerdings eine Weile dauern.«

»Hat keine Eile«, grinste Jake. »Jederzeit vor morgen mittag. Das ist der Liefertermin, den ich mit meinem ursprünglichen Kunden vereinbart habe. Sind Sie vor ihm mit dem Geld hier, dann gehören sie Ihnen.« Mit Seifenwasser um sich spritzend, stand er plötzlich auf, und sein schwarzer Diener reichte ihm ein Handtuch.

»Wo werden Sie heute abend speisen?« fragte Gareth.

»Ich nehme an, Abu hat seinen berühmten, einmaligen Eintopf gekocht.«

»Darf ich Sie zum Dinner ins Royal einladen?«

»Ich habe schon gratis Ihr Bier getrunken, warum sollte ich nicht auch noch auf Ihre Kosten essen?« meinte Jake sehr konsequent.

Der Speisesaal des Hotel Royal hatte eine hohe, gewölbte Decke und riesige Schiebefenster. Die trägen Ventilatoren an der Decke gaben der warmen, feuchten Luft den Anschein von Kühle, und Gareth Swales war ein ausgezeichneter Gastgeber. Sein gewinnendes Wesen war unwiderstehlich. Die von ihm ausgewählten Speisen und der Wein riefen in Jake ein solches Wohlbehagen hervor, daß sie wie alte Freunde miteinander plauderten und hoch erfreut waren, als sie herausfanden, daß sie gemeinsame Bekannte hatten – großteils Barmixer und Bordellbesitzer in den verschiedensten Ländern der Welt – und daß sie ähnliche Erlebnisse hinter sich hatten.

Gareth hatte in Venezuela Geschäfte mit einem Rebellenführer gemacht, während Jake im selben Land beim Bau der Eisenbahn mitgearbeitet hatte. Jake war Chefingenieur auf einem Küstenfahrer der Blakelinie in Richtung China gewesen, als Gareth am Jangtsekiang Kontakt mit den chinesischen Kommunisten aufnahm.

Sie waren zur selben Zeit in Frankreich gewesen, und an

jenem schrecklichen Tag in Amiens, als die deutschen Maschinengewehre Gareth Swales innerhalb von sechs Stunden vom Unteroffizier zum Major befördert hatten, war Jake nur knapp vier Meilen entfernt als Sergeant im Königlichen Panzerregiment vorgerückt – abkommandiert von der dritten amerikanischen Armee.

Sie entdeckten, daß sie fast gleichalt waren; sie waren beide noch keine vierzig und hatten in dieser kurzen Zeitspanne eine Unmenge von Abenteuern und Reisen unternommen.

Einer entdeckte am anderen dieselbe Rastlosigkeit wieder, die sie unentwegt in neue Abenteuer getrieben hatte, die sie nie lange genug an einem Ort oder Arbeitsplatz hielt, um Wurzeln schlagen zu können, und sie frei von Angehörigen und Besitztümern, von Ehefrauen und Verpflichtungen jedes neue Abenteuer begierig aufnehmen und ebenso rasch ohne Skrupel und ohne Bedauern wieder fallen ließ. Immer vorwärts-, nie zurückblickend.

Nachdem sie sich etwas näher kennengelernt hatten, begannen sie einander zu respektieren. Noch bevor das Dinner vorüber war, standen sie den Eigenheiten des anderen nicht mehr verächtlich gegenüber. Keiner von beiden nannte den anderen weiterhin insgeheim einen Tommy oder Yankee – aber das bedeutete noch lange nicht, daß Jake einen Scheck annehmen würde oder daß Gareth seine Pläne hinsichtlich der fünf Panzerwagen aufgegeben hätte. Schließlich trank Gareth den letzten Schluck Cognac aus und schaute auf seine Taschenuhr.

»Neun Uhr. Es ist noch zu früh, um schlafen zu gehen. Was machen wir jetzt?«

»Madame Cecile hat zwei neue Mädchen«, bemerkte Jake. »Sie sind mit dem Postboot gekommen.«

Gareth schob den Vorschlag rasch beiseite.

»Vielleicht später – direkt nach dem Essen bekomme ich Sodbrennen davon. Du hast nicht zufällig Lust auf eine kleine Pokerrunde? Gewöhnlich kann man unten im Club ganz passabel spielen.«

»Da haben wir keinen Zutritt. Wir sind nicht Mitglied.«

»Ich habe gute Beziehungen durch meinen Londoner Club, alter Junge. Ich laß dich eintragen, ja?«

Sie spielten schon eineinhalb Stunden. Jake genoß das Spiel. Ihm gefiel der Stil des Hauses, denn gewöhnlich spielte er in einer weniger vornehmen Umgebung – im Hinterzimmer einer Bar, auf einer umgedrehten Obstkiste, hinter dem Hauptkessel in einem Maschinenraum oder in einem Lagerhaus am Hafen.

Das hier war ein stiller Raum mit schweren Samtvorhängen, dunkel getäfelten Wänden, kostbaren Ölgemälden und Jagdtrophäen – Löwen mit struppiger Mähne und Büffel mit riesigen, geschwungenen Hörnern, die alle mit glasigen Augen von den Wänden herunterstarrten.

An den drei Billardtischen, über die sich eine Handvoll Spieler in Frackhemden, schwarzen Krawatten und schwarzen Hosen beugten, um ihre Schüsse anzubringen, war nur das diskrete Klicken der elfenbeinernen Kugeln zu hören.

Es gab drei Tische, an denen Plafond-Bridge gespielt wurde. Von dort hörte man nur das gemurmelte Bieten und Gegenbieten im kultivierten Tonfall der britischen Oberschicht, und alle Spieler trugen Anzüge, die Jake an Pinguine erinnerten – schwarz und weiß mit schwarzen Schwänzen.

Zwischen den Tischen bewegten sich lautlos auf bloßen Füßen die Kellner in ihren knöchellangen weißen Roben und den winzigen Fezen auf dem Kopf, wie Priester einer alten Religion – und trugen funkelnde Kristallgläser auf ihren Tabletts.

Es gab nur einen Tisch, an dem Poker gespielt wurde, ein Ungetüm aus Teakholz mit versenkten Messingaschenbechern und Einlässen und Vorsprüngen für die Whiskygläser und die farbigen Elfenbeinchips. An diesem Tisch saßen fünf Spieler, und alle außer Jake waren im Abendanzug –

die anderen drei gehörten zu jener Art Pokerspieler, die Jake am liebsten irgendwo eingesperrt hätte, damit sie ausschließlich zu seinem Vergnügen zur Verfügung standen.

Einer von ihnen war ein unbedeutender englischer Adeliger, der zur Großwildjagd nach Afrika gekommen war. Er war kürzlich aus dem Landesinneren zurückgekehrt, wo ein weißer Berufsjäger respektvoll mit einem großkalibrigen Gewehr neben ihm gestanden hatte, während Seine Exzellenz eine Unmenge von Büffeln, Löwen und Nashörnern niedermähte. Dieser Gentleman hatte einen nervösen Tick und begann jedesmal zu zucken, wenn er drei Karten von einer Farbe oder ein besseres Blatt in der Hand hielt. Trotz dieses Leidens machte ihn eine phänomenale Glückssträhne neben Jake zum einzigen Gewinner am Tisch.

Der zweite, ein Kaffeeplantagenbesitzer mit einem sonnengebräunten, runzeligen Gesicht, gab jedesmal unabsichtlich einen kleinen Zischlaut von sich, wenn er eine gute Karte zog oder eine gute Kartenkombination in Händen hielt.

Rechts neben Jake saß ein älterer Staatsbeamter mit schütteren Haaren und einer ungesunden, gelben Gesichtsfarbe, der jedesmal Schweißausbrüche bekam, wenn er glaubte, mit seinem Blatt den Einsatz gewinnen zu können – eine Erwartung, die sich selten erfüllte.

Nach einer Stunde vorsichtigen Pokerns hatte Jake etwas mehr als hundert Pfund gewonnen und verspürte ein warmes und zufriedenes Gefühl im Magen. Das Einzige in seiner Umgebung, was ihn beunruhigte, war sein neuer Freund und Gönner.

Gareth Swales saß behaglich zurückgelehnt auf seinem Stuhl, plauderte ungezwungen mit dem Adeligen, leutselig mit dem Plantagenbesitzer und mitfühlend mit dem Staatsbeamten über sein Spielerglück. Er hatte weder groß gewonnen noch verloren, doch er gab die Karten mit einer Geschicklichkeit, die beeindruckend war. In diesen langen, schlanken Fingern mit den sorgfältig manikürten Nägeln knisterten und raschelten, flogen und flatterten die Spielkarten mit einer solchen Geschwindigkeit, daß das Auge nicht folgen konnte.

Jake paßte unauffällig jedesmal genau auf, wenn Major Gareth Swales mit dem Geben an der Reihe war. Auch ein Geber mit allergrößter Fingerfertigkeit kann nicht falsch spielen, ohne beim Mischen auf die Karten zu schauen – und Gareth sah kein einziges Mal beim Mischen auf die Spielkarten. Seine Augen streiften die Karten nicht einmal mit einem flüchtigen Blick, sondern schauten zwanglos in die Gesichter der anderen, während er plauderte. Jake begann sich ein wenig zu entspannen.

Der Plantagenbesitzer gab ihm vier von einer Farbe, und er vervollständigte das Blatt mit der Herz-Sechs. Der Staatsbeamte, der unheimlich neugierig war, machte einen Einsatz von zwanzig Pfund und seufzte und murmelte bekümmert, als er die Elfenbeinchips in die Mitte des Tisches schob und Jake sie einstrich und ordentlich vor sich aufstapelte.

»Lassen Sie uns neue Karten nehmen«, schlug Gareth lächelnd vor und winkte einen Diener heran, »und hoffentlich wird das Ihre Pechsträhne beenden.«

Gareth zeigte ihnen zur Kontrolle die Verpackung der neuen Karten, dann schlitzte er die Hülle mit dem Daumennagel auf, packte die steifen Karten mit dem Radmuster aus, breitete sie fächerförmig aus, um die Joker herauszulegen, und begann zu mischen, indem er gleichzeitig eine komische und obszöne Geschichte über einen Bischof erzählte, der am Charing-Cross-Bahnhof irrtümlich die Damentoilette aufgesucht hatte. Es vergingen ein bis zwei Minuten, ehe der Witz erzählt war, und während des lauten, männlichen Gelächters, begann Gareth zu geben, indem er die Karten so über den mit grünem Tuch bespannten Tisch gleiten ließ, daß sie direkt vor jedem Spieler liegenblieben. Jake hatte als einziger bemerkt, daß Gareth während der Schilderung der schrecklichen Erlebnisse des Bischofs auf der Damentoilette das Mischen ein paarmal unterbrach und jedesmal, wenn er die beiden Päckchen anhob, seine Handgelenke verdrehte, so daß die Karten für einen flüchtigen Augenblick leicht gefächert und aufgedeckt waren.

Laut wiehernd nahm der Baron seine Karten in die Hand und schaute sie an. Sein Gelächter brach abrupt ab, und der Nerv unter seinem rechten Auge begann so krampfhaft zu zucken, als wollte er auf der Nase reiten. Von der anderen Seite des Tisches kam ein lautes, unterdrücktes Zischen, als der Plantagenbesitzer seine Karten rasch wieder zusammensteckte und mit beiden Händen an die Brust drückte. Das Gesicht des Staatsbeamten rechts neben Jake schillerte wie poliertes Elfenbein, und winzige Schweißtropfen brachen unter seinem schütteren Haaransatz hervor, liefen ihm über die Nase und tropften unbeachtet auf sein Frackhemd, als er in seine Karten starrte.

Jake breitete seine eigenen Karten aus und warf einen flüchtigen Blick auf die drei Damen, die er in der Hand hielt. Er seufzte und begann nun seinerseits eine Geschichte zu erzählen.

»Als ich erster Maschinist auf der alten ›Harvest Maid‹ war, die in Kauben vor Anker lag, brachte der Kapitän einen komischen kleinen Stutzer mit an Bord, und wir setzten uns zu einem Spiel an den Tisch. Die Einsätze wurden immer höher, und kurz nach Mitternacht gab dieser komische Kauz ein Mordsblatt.«

Niemand schien Jake zuzuhören, sie waren alle zu sehr mit ihren eigenen Karten beschäftigt.

»Der Kapitän erhielt vier Könige, ich hatte vier Buben, und der Schiffsarzt bekam bloß vier Zehnen.«

Jake ordnete die Damen mit seiner Hand und hielt mit seiner Geschichte inne, während Gareth Swales dem Staatsbeamten die verlangten zwei Karten gab.

»Der Stutzer selbst zog eine Karte, und die Einsätze waren sagenhaft hoch. Wir setzten alles, was wir besaßen, auf eine Karte. Danke, Freund, ich nehme auch zwei Karten.«

Gareth warf zwei Karten über den Tisch, und Jake legte zwei ab, bevor er die anderen aufnahm.

»Wie gesagt, wir hätten fast noch unsere Unterhosen als Einsatz auf den Tisch gelegt. Mein Einsatz war knapp über tausend Dollar –«

Jake besah sich die neuen Karten – und konnte nur mit Mühe ein Grinsen unterdrücken. Er hatte jetzt alle Ladies in der Hand. Vier hübsche kleine Damen schauten zu ihm auf.

»Wir schrieben Schuldscheine aus, verpfändeten unsere Heuer, und der Stutzer machte alles mit – nicht, daß er die Einsätze hochgetrieben hätte, aber er stieg nicht aus.«

Gareth gab dem Baron eine Karte und zog selbst auch eine. Nun hörten sie ihm zu, ihre Augen blickten abwechselnd auf Jakes Lippen und auf ihre Karten.

»Nun, als die Karten schließlich aufgedeckt wurden, schauten wir uns über den Haufen Bargeld, der auf dem Tisch lag, an – und der Stutzer schlug uns mit einem Straight Flush. Ich kann mich noch gut erinnern, drei auf die acht – in Kreuz. Der Kapitän und ich brauchten zwölf Stunden, um uns von diesem Schock zu erholen, und dann berechneten wir die Chance, ob ein solches Blatt durch Zufall zustande kommen kann – die Wahrscheinlichkeit lag bei 16 Millionen zu eins. Die Gewinnchancen standen gegen den Stutzer, und wir machten uns auf, ihn zu suchen. Wir fanden ihn im alten Hotel Peninsula, und er war gerade dabei, unser schwerverdientes Geld auszugeben. Wir wollten am gleichen Tag auslaufen. Unsere Kessel waren kalt. Wir setzten den Stutzer oben drauf und heizten ein. Natürlich mußten wir ihn festbinden, und nach einigen Stunden rösteten seine Hinterbacken wie Kastanien.«

»Allmächtiger«, rief der Baron aus. »Wie schrecklich!«

»Ganz recht«, pflichtete Jake ihm bei. »Das war ein höllischer Gestank in meinem Maschinenraum.«

Eine vielsagende Stille lastete über dem Tisch – alle spürten, daß irgend etwas Schlimmes geschehen würde, daß eine Beschuldigung ausgesprochen worden war, von der die meisten nicht einmal wußten, was oder wen sie betraf. Sie hielten ihre Karten wie Schutzschilder vor sich, und ihre Augen wanderten argwöhnisch von einem Gesicht zum anderen. Die Atmosphäre war so gespannt, daß sie den ganzen Raum ausfüllte, und die Spieler an den anderen Tischen hielten inne und schauten auf.

»Ich glaube«, sagte Gareth Swales mit heiserer Stimme so laut, daß jeder in dem totenstillen Raum es hörte, »Mr. Barton will damit zum Ausdruck bringen, daß jemand betrügt.«

Dieser Satz klang in dieser Umgebung so schockierend, so folgenschwer, daß selbst die stärksten Männer nach Luft schnappten und blaß wurden. Falschspielen – im Club, Allmächtiger, das wog weit schwerer, als jemanden des Ehebruchs oder des einfachen Mordes zu beschuldigen.

»Ich muß sagen, daß ich mit Mr. Barton einer Meinung bin.« Die eiskalten blauen Augen funkelten wütend, und er wandte sich bedächtig an das verblüffte Mitglied des Oberhauses neben sich.

»Ich frage mich, ob Sie so gut sein würden, Sir, uns die genaue Summe bekanntzugeben, die Sie gewonnen haben.« Die Stimme klang wie ein Peitschenknall, und der Baron starrte ihn einen Augenblick völlig verständnislos an, dann bekam er plötzlich hektische rote Flecken im Gesicht und begann wütend zu kollern:

»Sir! Wie können Sie es wagen. Bei Gott, Sir!« Er sprang atemlos und zitternd vor Wut von seinem Stuhl auf.

»Laßt ihn nicht entkommen!« brüllte Gareth und wuchtete den schweren Teaktisch mit einem einzigen Stoß seiner beiden Hände hoch. Der Tisch stürzte um und begrub den Plantagenbesitzer und den Staatsbeamten unter sich; die Elfenbeinchips und Spielkarten gerieten durcheinander, so daß niemals jemand erfahren würde, welche Karten sich Gareth Swales in dieser letzten bemerkenswerten Runde selbst gegeben hatte.

Gareth beugte sich über die zappelnden Spieler am Boden und versetzte dem Baron einen kurzen, heftigen Schlag unter dem linken Ohr.

»Falschspiel! Ha! Wir haben Sie beim Falschspiel erwischt!«

Der Baron brüllte wie ein Bulle und holte zu einem kräftigen

Schlag aus, dem Gareth geschickt auswich, worauf er den Clubsekretär, der herbeigeeilt war, um einzugreifen, genau zwischen die Augen traf.

Die Atmosphäre im Raum wurde hitzig, als die anderen Mitglieder vorwärtsstürmten, um dem Sekretär beizustehen.

Jake versuchte sich durch den Tumult durchzuarbeiten, um zu Gareth zu gelangen.

»Nicht der – du!« brüllte er wütend, bog die Arme durch und ballte die Fäuste.

Es befanden sich ungefähr vierzig Clubmitglieder im Raum. Nur eine einzige Person trug nicht die Uniform, die die Zugehörigkeit bestätigte – Jake in seinem ausgebeulten Tropenanzug –, und die ganze Meute wandte sich gegen ihn.

»Paß auf! Hinter dir, alter Junge«, warnte Gareth Jake mit freundlicher Stimme, als er die Arme ausstreckte, um Gareths Rockaufschläge zu packen.

Jake wirbelte herum, um sich den wütenden Clubmitgliedern entgegenzustellen, und die Fäuste, die eigentlich für Major Swales gedacht waren, hämmerten in die angreifende Menge. Zwei der Mitglieder gingen zu Boden, aber der Rest fiel über ihn her.

»Leg schon los!« feuerte ihn Gareth fröhlich an. »Und verdammt sei, wer ›genug‹ schreit.« Wie durch Zauberei war er plötzlich mit einem Billardqueue bewaffnet.

In diesem Augenblick wurde Jake von den angreifenden schwarzen Abendanzügen fast umgeworfen. Drei hingen an seinem Rücken, zwei klammerten sich an seine Beine, und jeweils einen hatte er sich unter die Arme geklemmt.

»Nicht ich, ihr Idioten. Nicht ich – er!« Er versuchte auf Gareth zu zeigen, aber seine Arme waren besetzt.

»Ganz recht«, konterte Gareth. »Dieser dreckige, betrügerische Hund!« Dann drehte er das Billardqueue mit unheimlicher Geschicklichkeit um, so daß er es verkehrt in der Hand hielt, und ließ das dicke Ende gezielt auf die Köpfe der gutgekleideten Gentlemen hinter Jakes Rücken heruntersausen. Sie fielen einer nach dem anderen um, und von ihrem Gewicht befreit, wandte sich Jake wieder an Gareth.

»Hör mal«, brüllte er und rückte trotz der Männer, die an seinen Beinen hingen, vor.

»In der Tat, ich höre.« Gareth neigte lauschend den Kopf. In diesem Augenblick ertönte der schrille Ton einer Polizeipfeife, und hinter den Glastüren waren die ersten Uniformen zu sehen. »Donnerwetter, Polypen«, verkündete Gareth. »Wir machen uns besser aus dem Staub. Mir nach, mein Sohn.« Ein paar gezielte Schläge mit dem Billardqueue, und er hatte das Glas des Fensters neben sich eingeschlagen, dann schwang er sich locker und gelassen in den dunklen Garten hinaus.

Jake schlenderte den unbeleuchteten Gehsteig unter den dunklen Jakarandabäumen entlang. Er folgte der Hauptstraße, die neben dem Fluß bis zu seinem Lager führte. Das wütende Geschrei und das Trällern der Polizeipfeifen war längst hinter ihm verstummt.

Auch Jakes Zorn war verraucht, und er mußte lachen, als er sich das gerötete Gesicht und die beleidigt hervortretenden Augen des Barons vorstellte. Dann vernahm er hinter sich auf der dunklen Straße das rhythmische Quietschen von Rikschafedern und das Tappen bloßer Füße.

Ohne sich umzudrehen, wußte er, wer ihm folgte.

»Ich dachte schon, ich hätte dich verloren«, meinte Gareth Swales leichthin; die Glut der Zigarre zwischen seinen Lippen warf einen rötlichen Schein auf seine hübschen, edlen Gesichtszüge, und er lag lässig in den Polstern der Rikscha. »Du bist wie ein Windhund hinter einer Hündin hergelaufen – phantastische Geschwindigkeit. Ich war tief beeindruckt.«

Jake marschierte wortlos weiter.

»Du kannst unmöglich schon schlafen gehen.« Die Rikscha fuhr neben Jake her. »Die Nacht ist noch jung – und wer kann schon sagen, welche hübschen Gedanken noch gedacht und welche aufregenden Taten noch getan werden sollen.«

Jake versuchte nicht zu grinsen und ging weiter.

»Madame Cecile?« schmeichelte Gareth.

»Du bist ganz versessen auf diese Panzerwagen – nicht wahr?«

»Ich bin enttäuscht«, verkündete Gareth, »daß du meinen freundschaftlichen Vorschlägen schändliche wirtschaftliche Interessen unterstellst.«

»Wer bezahlt?« fragte Jake.

»Du bist mein Gast.«

»Nun, ich hab dein Bier getrunken und dein Essen gegessen – warum sollte ich ausgerechnet jetzt damit aufhören?« Er blieb stehen und trat an die Rikscha. »Mach Platz«, sagte er.

Der Rikschafahrer drehte in großem Bogen um und trabte in die Stadt zurück, während Gareth eine Zigarre zwischen Jakes Lippen steckte.

»Was hast du dir für Karten gegeben?« fragte Jake zwischen zwei Zügen aus der aromatischen Zigarre. »Vier Asse? Einen Straight Flush?«

»Ich bin empört über diesen offensichtlichen Zweifel an meinem Charakter, Sir. Ich sollte die Frage ignorieren.«

Sie blieben eine Weile still, bis Gareth eine Frage stellte.

»Du hast die Hinterbacken dieses armen Kerls doch nicht wirklich geröstet, oder?«

»Nein«, gab Jake zu. »Aber es hörte sich gut an.«

Vor der Tür des Bordells von Madame Cecile stiegen sie aus und gingen schweigend durch den ummauerten Vorgarten, der nur von einer Lampe unter der Tür beleuchtet wurde. Gareth legte seine Hand auf den Messingklopfer und hielt inne.

»Weißt du – verdammt noch mal, ich muß mich bei dir entschuldigen. Ich hab' dich auf der ganzen Linie unterschätzt.«

»Immerhin gab es was zu lachen.«

»Ich glaube, ich werde von jetzt an ehrlich zu dir sein müssen.«

»Ich weiß nicht, ob ich den Schock überlebe.« Sie grinsten einander an und Gareth klopfte ihm übermütig auf die Schulter.

»Es geht auf meine Rechnung, ja?«

Madame Cecile war so groß und dünn und flachbrüstig, daß sie Gefahr zu laufen schien, wie ein Holzstäbchen in der Mitte auseinanderzubrechen. Sie trug ein streng geschnittenes Kleid von dunkler, unbestimmbarer Farbe, das bodenlang, sittsam hochgeschlossen und zugeknöpft war. Ihr Haar war streng zurückgekämmt und zu einem Knoten im Nacken hochgesteckt, und sie hatte steife, mürrische Gesichtszüge, die allerdings etwas weicher wurden, als sie die Männer in den Vorraum führte.

»Major Swales, es ist mir immer ein Vergnügen. Mr. Barton, wir haben Sie eine ganze Weile nicht mehr gesehen. Ich fürchtete schon, Sie hätten die Stadt verlassen.«

»Wir haben Lust auf eine Flasche Champus, meine Liebe.« Gareth überreichte dem Dienstmädchen seinen Seidenschal. »Haben Sie noch eine Flasche vom Pol Roger 1923?«

»Gewiß, Major.«

»Außerdem würden wir uns gern noch eine Weile ungestört unterhalten, bevor die jungen Damen kommen. Ist Ihre Privatsuite frei?«

Gareth saß bequem mit einem Glas Champagner in der einen Hand und einer Zigarre in der anderen in einem der großen Ledersessel.

»Der Duce bereitet sich auf einen Krieg vor. Gott allein weiß, was er sich davon verspricht. Nach allem, was man hört, ist es die ödeste Wüsten- und Berglandschaft, die man sich vorstellen kann. Doch Mussolini will es – vielleicht träumt er von Glanz und Glorie. Du weißt ja, die altbekannten napoleonischen Gelüste.«

»Woher weißt du das?« Jake legte sich auf die Couch

am anderen Ende des Zimmers. Er trank keinen Champagner. Der Geschmack sagte ihm nicht zu.

»Das zu wissen ist mein Geschäft, alter Junge. Ich kann einen Krawall riechen, noch bevor die Kerle selbst wissen, daß sie kämpfen werden. Und dieser Krieg ist eine absolut sichere Angelegenheit. Der Duce macht das typische Getöns um die feierlichen Versicherungen seiner friedlichen Absichten, gleichzeitig trifft er umfangreiche militärische Vorbereitungen. Die anderen Großmächte – deine Leute und meine – lassen ihn gewähren. Natürlich werden sie dann einen Höllenlärm schlagen und Protestnoten an den Völkerbund senden – aber niemand wird den alten Benito daran hindern, sich Äthiopien zu schnappen. Und Haile Selassie, der König der Könige, weiß das ebenso wie all seine Prinzen, Ratgeber, Häuptlinge und Hofnarren. Und sie versuchen verzweifelt irgendeine Art von Verteidigung auf die Beine zu stellen. Und das ist das Stichwort für meinen Auftritt, alter Junge.«

»Warum müssen sie von dir kaufen – vor allem zu dem Preis, den sie deiner Behauptung nach zahlen? Sie könnten die Ware doch direkt vom Erzeuger beziehen?«

»Embargo, mein Alter. Der Völkerbund hat das ganze Gebiet von Eritrea, Somaliland und Äthiopien mit einem Waffenembargo belegt. Keine Einfuhr von Kriegsmaterial in dieses Gebiet. Mit der Absicht, Spannungen abzubauen – aber es wirkt sich natürlich völlig einseitig aus. Mussolini braucht nicht aufzurüsten – er hat alle Waffen, Flugzeuge und Panzer, die er braucht, bereits in Eritrea an Land gebracht. Er ist zum Losschlagen bereit – und der nette, alte Äthiopier hat ein paar altmodische Gewehre und eine Menge langer Buschmesser. Wer gewinnt, dürfte klar sein. Trinkst du keinen Champagner?«

»Ich glaube, ich hole mir lieber ein Tusker. Ich bin sofort zurück.« Jake erhob sich und ging zur Tür. Gareth schüttelte traurig den Kopf.

»Du hast den Geschmack eines Krokodils. Tusker,

wahrhaftig, und ich biete dir echten französischen Champagner.«

Es war eher das Verlangen nach einer Gelegenheit, über seine Lage nachzudenken und eine Entscheidung zu treffen, als der Wunsch nach einem Bier, was Jake dazu veranlaßte, die Bar in der Halle aufzusuchen. Er lehnte sich in dem überfüllten Raum an den Tresen und überdachte rasch, was Gareth Swales ihm erzählt hatte. Er versuchte herauszufinden, was Wahrheit und was Einbildung war. Inwieweit berührten ihn die Tatsachen – und wo lagen, wenn überhaupt, die Vorteile für ihn?

Er war schon fast entschlossen, sich nicht auf diesen Handel einzulassen – die Sache hatte zu viele Haken – und seine ursprüngliche Absicht, die Maschinen als Zuckerrohrpressen zu verkaufen, zu verwirklichen – als er das Opfer eines jener Zufälle wurde, die in ihrer Treffsicherheit nur der sardonische Streich des Schicksals sein konnten.

Neben ihm an der Bar standen zwei junge Männer in dunklen Anzügen. Jeder von ihnen hatte ein Mädchen im Arm, das sie zerstreut streichelten, während sie sich mit lauten, selbstbewußten Stimmen unterhielten. Jake war so sehr damit beschäftigt gewesen, eine Entscheidung zu treffen, daß er ihr Gespräch erst verfolgte, als ihn ein Name aufhorchen ließ.

»Übrigens, hast du schon gehört, daß Anglo-Sugar pleite gegangen ist?«

»Nein, das kann ich nicht glauben.«

»Es ist wahr. Hab's vom Protokollführer persönlich erfahren. Es heißt, sie sind mit einer halben Million bankrott gegangen.«

»Lieber Himmel – das ist die dritte große Gesellschaft in diesem Monat.«

»Ja, die Zeiten sind hart. Das wird auch eine Menge kleiner Leute ruinieren.«

Jake stimmte ihm insgeheim zu. Er goß das Bier in sein Glas, warf eine Münze auf den Tresen und begab sich zurück in die Privatsuite.

Es waren wirklich harte Zeiten, dachte Jake. In den letzten Monaten geschah es nun schon zum zweiten Mal, daß er das zu spüren bekam.

Der Frachter, auf dem er als Chefingenieur in Daressalam angelegt hatte, war vom Gerichtsexekutor als Sicherheit in einem Konkursverfahren beschlagnahmt worden. Die Eigner in London hatten pleite gemacht, und das Schiff war nicht einmal mehr imstande gewesen, die Heuer auszuzahlen.

Mit dem Seesack über der Schulter, in dem sich seine ganze Habe befand, war Jake damals an Land gegangen – und war zusammen mit den Ersparnissen im Pensionsfonds der bankrotten Gesellschaft auch um seinen Anspruch auf rückständige Gehaltszahlungen für fast sechs Monate gekommen.

Und nun hatte der Vertrag mit den Zuckerrohrpressen gerade Gestalt angenommen, als ihn die Flutwelle der weltweiten Wirtschaftskrise erneut überspülte. Alle gingen bankrott – die Großen und die Kleinen, und Jack Barton war plötzlich im Besitz von fünf Panzerwagen, für die sich nur ein einziger Käufer interessierte.

Gareth stand am Fenster und schaute in den Hafen hinunter, wo die Lichter der vor Anker liegenden Schiffe auf dem dunklen Wasser schimmerten. Er wandte sich an Jake und fuhr fort, als wäre ihr Gespräch überhaupt nicht unterbrochen worden.

»Da wir nun einmal so entsetzlich ehrlich zueinander sind, kann ich dir auch sagen, daß die Äthiopier für jeden dieser Panzerwagen bis zu tausend Pfund zahlen würden. Natürlich müßten sie vorher ein wenig aufgemöbelt werden. Ein neuer Anstrich und ein Maschinengewehr im Panzerturm.«

»Ich höre.« Jake ließ sich wieder auf die Couch fallen.

»Ich habe den Käufer – und die Vickers-Maschinengewehre, ohne die die Panzerwagen wertlos sind. Du hast die Panzerwagen und das technische Know-how, um sie in Gang zu bringen.«

Jake sah sich nun einem vollkommen veränderten Gareth

Swales gegenüber. Der träge Tonfall in seiner Stimme und sein stutzerhaftes Benehmen waren verschwunden. Er redete sehr entschieden, und in seinen Augen war wieder dieses verwegene blaue Funkeln.

»Ich habe noch nie mit einem Partner zusammengearbeitet. Ich war immer der Meinung, daß ich allein besser arbeiten kann – aber ich hatte Gelegenheit, dich näher kennenzulernen. Ich könnte meinen Grundsätzen zum ersten Mal untreu werden. Wie denkst du darüber?«

»Wenn du mich aufs Kreuz legst, Gareth – ich warne dich, dann röste ich dir wirklich die Hinterbacken.«

Gareth warf den Kopf zurück und lachte schallend. »Ich glaube, du wärst tatsächlich fähig dazu, Jake!« Er durchquerte den Raum und reichte ihm die Hand.

»Gleichberechtigte Partner. Du investierst die Panzerwagen, und ich gebe meine Bonbons dazu – alles wird redlich geteilt?« fragte er, und Jake nahm seine Hand.

»Alles wird redlich geteilt«, stimmte er zu.

»Das Geschäftliche wäre damit für heute erledigt – lassen wir die Damen kommen.«

Jake schlug vor, daß ihm Gareth als gleichberechtigten Partner beim Einbau der Motoren und beim Anstreichen der Karosserien zur Hand gehen sollte, aber Gareth wurde blaß und zündete sich eine Zigarre an.

»Hör zu, alter Junge. Wir wollen die Sache mit der Gleichberechtigung nicht übertreiben. Körperliche Arbeit ist nun wirklich nicht mein Stil.«

»Dann muß ich ein paar Leute anheuern.«

»Bitte, tu dir keinen Zwang an. Nimm dir, was und wen du brauchst.« Gareth schwenkte großzügig die Zigarre. »Ich muß zu den Docks hinunter – ein paar Leute schmieren undsoweiter. Heute abend diniere ich dann im Regierungsgebäude, um Verbindungen aufzunehmen, die sehr nützlich für uns sein können, verstehst du?«

In einer Rikscha, neben sich den silbernen Sektkübel voll Tusker-Bier, tauchte Gareth am nächsten Morgen wieder bei dem Lager unter den Mahagonibäumen auf und fand ein halbes Dutzend Schwarze unter Jakes Aufsicht bei der Arbeit. Jake hatte ein nüchternes Schlachtschiffgrau gewählt – einer der Panzerwagen war bereits neu gestrichen. Die Wirkung war erstaunlich. Die Farbe hatte aus dem schrottreifen Wrack eine gefährlich aussehende Kriegsmaschine gemacht.

»Donnerwetter!« rief Gareth begeistert. »Da bin sogar ich beeindruckt. Das haut den alten Äthiopier um.« Er ging an den Fahrzeugen entlang und blieb plötzlich stehen. »Es werden nur drei angestrichen. Was ist mit diesen beiden?«

»Das habe ich dir doch erklärt. Nur drei sind funktionstüchtig.«

»Hör mal, alter Junge. Wir wollen nicht kleinlich sein. Laß sie alle fünf neu streichen – und ich gebe ihnen die richtige Verpackung. Wir verkaufen ja nicht mit Garantie, oder?«

Gareth lächelte strahlend und zwinkerte Jake zu. »Wenn die Reklamationen kommen, sind wir längst über alle Berge – ohne eine Adresse zu hinterlassen.«

Er begriff nicht, daß er Jake mit diesem Vorschlag empfindlich in seinem Handwerkerstolz kränkte, bis er das nun schon wohlvertraute Versteifen der breiten Schulter und die Rötung in Jakes Nacken sah.

Eine halbe Stunde später stritten sie noch immer.

»Ich habe mir auf drei Ozeanen und sieben Weltmeeren einen Namen gemacht und denke nicht daran, mir den für ein paar schrottreife alte Wracks, wie die hier, ruinieren zu lassen«, brüllte Jake und trat mit dem Fuß gegen den Reifen eines der Fahrzeuge. »Niemand wird jemals behaupten können, daß Jake Barton einen Blindgänger verkauft hat.«

Gareth machte sehr rasch Bekanntschaft mit dem hitzigen Temperament seines Partners. Instinktiv erkannte er, daß sie am äußersten Rand zu physischer Gewalt standen – und ganz plötzlich änderte er seinen Standpunkt.

»Hör mal, alter Junge. Es hat keinen Sinn, daß wir uns anbrüllen –«

»Ich brülle nicht«, tobte Jake.

»Nein, natürlich nicht«, besänftigte ihn Gareth. »Ich verstehe dich vollkommen. Du hast recht. Ich würde genauso denken.«

Nur leicht beschwichtigt, öffnete Jake den Mund, um weiter zu protestieren, aber bevor er etwas sagen konnte, hatte ihm Gareth eine lange schwarze Zigarre zwischen die Lippen geschoben und zündete sie an.

»Nun laß uns vernünftig miteinander reden, ja? Erklär mir bitte, warum diese beiden hier nicht laufen – und was wir brauchen, um sie doch noch dazu zu bringen.«

Eine Viertelstunde später saßen sie unter dem Sonnendach von Jakes altem Zelt und tranken eisgekühltes Bier, und durch Gareths geschicktes Einlenken herrschte wieder eine freundschaftliche Atmosphäre zwischen ihnen.

»Einen Smith-Bentley-Vergaser«, wiederholte Gareth nachdenklich.

»Ich habe es bei allen in Frage kommenden Händlern versucht. Der hiesige Händler hat sogar nach Kapstadt und Nairobi telegraphiert. Er müßte in England bestellt werden – das bedeutet acht Wochen Lieferzeit, wenn wir Glück haben.«

»Hör zu, alter Junge, ich habe einen Plan. Ich muß allerdings vorausschicken, daß mir dessen Verwirklichung schwerer fällt, als dem Tod ins Auge zu sehen – aber um unseres gemeinsamen Unternehmens willen werde ich es tun.«

Der Gouverneur von Tanganijka hatte eine Tochter, die trotz des ungeheuren Reichtums und des hochgeschätzten Namens ihres Vaters mit zweiunddreißig noch nicht verheiratet war.

Gareth warf ihr einen verstohlenen Blick zu und sah nur allzu deutlich, warum das so war. Das erste Adjektiv, das ihm bei ihrem Anblick einfiel, war ›pferdeähnlich‹, aber das entsprach noch nicht ganz der Wirklichkeit, stellte Gareth fest. ›Kamelhaft‹ oder ›kamelähnlich‹ kam der Wahrheit schon etwas näher. Ein vernarrtes Kamel, dachte er, als er ihrem bewundernden Blick begegnete, mit dem sie ihn ansah, als sie sich seitlich auf den luxuriösen Ledersitz setzte.

»Wirklich nett von dir, daß du mir erlaubt hast, in der Staatskarosse deines Vaters eine Spritztour zu machen, altes Mädchen.«

Und sie lächelte einfältig über dieses Kosewort und entblößte ihre gewaltigen gelblichen Zähne unter der großen Nase.

»Habe schon daran gedacht, mir auch so einen Wagen zuzulegen, wenn ich nach Hause komme. Es geht doch nichts über den alten Bentley, stimmt's?«

Gareth lenkte die große schwarze Limousine von der gepflasterten Hauptstraße fort und fuhr auf dem weichen staubigen Uferweg weiter, der entlang der Küste unter Palmen nach Norden führte.

Ein Askaripolizist erkannte das Fähnchen, das auf dem vorderen Kotflügel flatterte, rot-blau-gold gestreift mit sprungbereitem Löwen und Einhorn, schlug knallend die Hacken zusammen und salutierte stramm. Gareth tippte in seiner angeboren lässigen Weise an die Hutkrempe und wandte sich wieder an seine Begleiterin, deren Augen unverwandt an seinem braungebrannten, edlen Gesicht hingen, seit sie das Grundstück des Regierungsgebäudes verlassen hatten.

»Da vorne gibt es einen guten Aussichtspunkt, man hat eine hübsche Aussicht auf den Kanal, sehr schön – wirklich. Ich dachte, wir könnten dort für eine Weile anhalten.«

Vor Seligkeit unfähig, einen Ton herauszubringen, nickte sie eifrig. Gareth war froh darüber – sie hatte eine schrille, durchdringende Stimme – und er lächelte dankbar in seiner strahlenden, unwiderstehlichen Weise, worauf das Mädchen ungleichmäßig errötete.

Sie hat hübsche Augen, versuchte Gareth sich einzureden, das heißt, wenn man Kamelaugen mag. Große melancholische Teiche mit langen, dichten Wimpern. Er würde sich auf ihre Augen konzentrieren – und versuchen, ihren Zähnen zu entgehen. Plötzlich kam ihm ein beunruhigender Gedanke. »Ich hoffe, sie beißt nicht im entscheidenden Augenblick zu. Mit diesen Hauern könnte sie mir eine tödliche Wunde zufügen.« Für einen Augenblick erwog er, das ganze Projekt fallenzulassen. Dann stellte er sich ein Bündel Tausend-Pfund-Noten vor, und sein Mut kehrte zurück.

Gareth bremste den Bentley ab und suchte nach der Abzweigung. Da sie im Dickicht kaum zu erkennen war, verfehlte er sie und mußte zurückfahren.

Schließlich lenkte er die glänzende Limousine auf eine kleine Lichtung, die von Farnkraut und Sträuchern umgeben und den gewölbten Blättern der Palmen überdacht war.

»So, da sind wir.« Gareth zog die Handbremse an und wandte sich an seine Begleiterin. »Du kannst den Kanal tatsächlich sehen, wenn du den Kopf ein wenig drehst.«

Er beugte sich vor, um es ihr vorzuführen, doch in diesem Augenblick fiel ihm die Tochter des Gouverneurs verzückt um den Hals. Gareths letzter klarer Gedanke war, daß er ihren Zähnen ausweichen mußte.

Jake Barton wartete, bis der riesige, glänzende Bentley wie ein Rettungsboot im Sturm auf seinen Stoßdämpfern auf und nieder wippte, bevor er aus dem Farnkraut auftauchte und, die Werkzeugtasche in der Hand, zu der Motorhaube mit dem schimmernden, geschwungenen ›B‹ und dem steif gestärkten Gardewimpel kroch.

Das Geräusch, das er machte, als er die Motorhaube öffnete, wurde gänzlich von den glühenden Lustschreien aus dem Wageninneren übertönt. Jake warf einen Blick durch die Windschutzscheibe und sah für einen kurzen, schrecklichen Augenblick die weißen Glieder der Gouverneurstochter, lange, formlose Beine und knotige, kamelartige Knie, die verzückt gegen den Wagenhimmel stießen; Jake steckte seinen Kopf rasch unter die Motorhaube.

Er arbeitete schnell, die Lippen ohne zu pfeifen gespitzt, die Stirn konzentriert in Falten gelegt, versuchte er, den unter seinen Händen unerwartet heftig hüpfenden Vergaser auszubauen, als das Lustgewieher und die schrillen Anfeuerungsrufe aus dem Wageninneren lauter wurden.

Sein Unmut darüber, daß sich Gareth Swales geweigert hatte, beim Anstreichen der eisernen Ladies zu helfen, verrauchte. In diesem Augenblick schob und stieß er mit aller Kraft, und diese Leistung ließ selbst die anstrengendste körperliche Arbeit bedeutungslos erscheinen.

Als Jake die ganze Vergaseranlage aus dem Motorblock hob und in der Reisetasche verstaute, ertönte ein letzter, gellender Schrei aus dem Wagen, und der Bentley kam plötzlich zum Stillstand, während sich eine wundervolle Stille über den Palmenhain legte.

Jake Barton kroch lautlos durch das Farnkraut davon und ließ seinen Partner betäubt und erschöpft in einem Wirrwarr von schlaksigen Gliedern und teurer französischer Unterwäsche zurück.

»Du mußt mir glauben, in meinem geschwächten Zustand war es wirklich ein langer Heimweg. Außerdem mußte ich der Lady erst begreiflich machen, daß wir nicht verlobt sind.«

»Wir werden dich lobend erwähnen«, versprach ihm Jake und kam unter der Motorhaube des Panzerwagens hervor. »Ohne Rücksicht auf seine persönliche Sicherheit hielt Major Gareth Swales die Stellung, sprang in die Bresche, rannte alles nieder –«

»Sehr witzig«, knurrte Gareth. »Aber ich habe genauso wie du meinen guten Ruf zu wahren. Wenn das rauskommt, würde ich mich in gewissen Kreisen ganz schön blamieren, mein Sohn. Also kein Wort darüber, ja?«

»Du hast mein Ehrenwort«, erklärte ihm Jake ernsthaft und beugte sich über die Kurbel. Der Motor sprang beim ersten Mal an und fiel in einen regelmäßigen Rhythmus; Jake lauschte eine Weile und grinste.

»Hör dir das an, dieses süße, kleine Prachtexemplar«, sagte er und wandte sich an Gareth. »War es die Sache nicht wert, nur um dieses hübsche Brummen zu hören?«

Gareth rollte in schmerzlicher Erinnerung die Augen, und Jake fuhr fort: »Nun sind es vier. Vier hübsche, gesittete Ladies. Was kann man mehr verlangen?«

»Fünf«, erwiderte Gareth prompt, und Jake runzelte die Stirn.

»Wir würden den fünften unter meinem Namen verkaufen«, schmeichelte Gareth. »Ich würde eine Erklärung unterschreiben, um deinen guten Ruf zu schützen.« Aber Jakes Gesichtsausdruck war Antwort genug.

»Nein?« Gareth seufzte. »Ich sehe schon, deine sentimentalen, altmodischen Ansichten werden uns noch eine Menge Schwierigkeiten machen.«

»Wir können unsere Partnerschaft sofort auflösen.«

»Ich denke gar nicht daran, mein Sohn. Wahrscheinlich wäre es sogar recht ungesund, diesen Äthiopiern einen Blindgänger zu verhökern. Sie tragen diese schrecklichen langen Schwerter und schneiden einem damit nicht nur den Kopf ab – das habe ich jedenfalls gehört. Nein, besser wir begnügen uns mit vier.«

Am 22. Mai ging die Dunnottar Castle im Hafen von Daressalam vor Anker und war sofort von einem Schwarm Schleppkähnen und Leichtern umgeben. Sie war das Flaggschiff der Union Castle Line und auf der Fahrt von Southampton nach Kapstadt, Durban, Lourenço Marques, Daressalam und Djibouti.

Drei Appartements und zehn Doppelbettkabinen der ersten Klasse waren von Lij Mikhael Wasan Sagud und seiner Begleitung bewohnt. Lij war der Sproß eines äthiopischen Königshauses, dessen Abstammung sich bis zu König Salomon und der Königin von Saba zurückverfolgen ließ. Er war Mitglied des engsten Kreises um den Kaiser und unter seinem Vater Vizegouverneur eines gebirgigen und öden Landstrichs in den nördlichen Provinzen, der etwa genauso groß war wie Schottland und Wales zusammen.

Der Ras kehrte nach einer sechsmonatigen Reise in seine Heimat zurück, die den Zweck hatte, mit den Außenministern von Großbritannien und Frankreich zu verhandeln und Eingaben an den Völkerbund in Genf zu machen. Es war der Versuch, angesichts der drohenden Übergriffe des faschistischen Italiens, Unterstützungserklärungen für sein Land zu erhalten.

Der Lij war ein enttäuschter Mann, als er mit vier seiner Berater von Bord ging und in einem Leichter die kurze Überfahrt zum Kai machte, wo er von zwei Mietwagen erwartet wurde. Diese beiden Wagen waren von Major Gareth Swales gemietet worden, und die Fahrer hatten von ihm ihre Anweisungen erhalten.

»Von nun an überläßt du mir das Reden, alter Junge«, riet Gareth Jake, als sie nervös in den höhlenartigen dämmrigen Tiefen des Lagerhauses Nummer vier warteten. »Die Verhandlungen sind meine Sache, verstehst du. Du brauchst nur ein ernstes Gesicht zu machen und die Wagen vorzuführen. Das wird den alten Äthiopier ungeheuer beeindrucken.«

Gareth sah großartig aus in seinem blaßblauen Tropenanzug mit der frischen Gartennelke im Knopfloch und dem schneeweißen Seidenhemd. Er trug die diagonal gestreifte alte Schulkrawatte, sein Haar war sorgfältig gekämmt und pomadisiert, und seinen Schnurrbart hatte er am Morgen frisch stutzen lassen. Er musterte seinen Partner abschätzend und war zufrieden. Jakes Anzug stammte zwar nicht aus der Savile Row, aber sauber und frisch gebügelt tat er es für diesen Zweck. Jakes Schuhe waren auf Hochglanz poliert, und seine gewöhnlich unbändige Lockenpracht war angefeuchtet und fein säuberlich glatt gestrichen. Er hatte seine langen knochigen Hände und seine Fingernägel so lange gebürstet, bis alle Spuren von Wagenschmiere verschwunden waren.

»Wahrscheinlich sprechen sie gar nicht Englisch«, gab Gareth zu bedenken. »Dann werde ich die alte Zeichensprache gebrauchen müssen, weißt du. Ich wünschte, wir hätten den Blindgänger auch dabei. Den hätten wir ihnen ohne weiteres andrehen können. Sicher sind sie ein leichtgläubiges Völkchen, man wirft ihnen eine Handvoll Glasperlen und einen Sack voll Salz . . .« Er wurde durch das Geräusch von näherkommenden Wagen unterbrochen.

»Das werden sie sein. Vergiß nicht, was ich gesagt habe.«

Die beiden Mietwagen hielten im Sonnenlicht vor den Toren an, und die Insassen stiegen aus. Vier von ihnen trugen lange, wallende weiße Shammas, bodenlange Roben, die wie römische Togas um die Schultern drapiert waren. Unter den Roben trugen sie schwarze Reithosen aus Gabardine und offene Sandalen. Alle vier waren ältere Männer, deren dichtes Kraushaar schon angegraut und deren dunkle Gesichter faltig und runzelig waren. In würdevollem Schweigen scharten sie sich um eine größere, jüngere Gestalt in einem dunklen Anzug westlicher Machart und traten geschlossen in die kühle Dämmerung des Lagerhauses.

Lij Mikhael war über einen Meter achtzig groß und hielt sich leicht gelehrtenhaft gebeugt. Seine Haut hatte die Farbe von dunklem Honig. Das dicke Gekräusel seines Bartes und seiner Haare umrahmte ein ebenmäßig geschnittenes Gesicht mit dunklen, nachdenklichen Augen und einer schmalen, semitisch gebogenen Nase. Trotz seiner leicht gebeugten Haltung bewegte er sich mit der Anmut eines Säbelfechters, und wenn er lächelte, zeigte er strahlend weiße Zähne.

»Donnerwetter!« sagte der Lij in einem Tonfall, der der

gedehnten Sprechweise von Gareth überraschend ähnlich war. »Das ist doch Furzi Swales – oder nicht?«

Major Gareth Swales' Gelassenheit schien von ihm abzufallen, und bei der Nennung eines Spitznamens, den er vor zwanzig Jahren zum letzten Mal gehört hatte, zuckte er innerlich zusammen. Diesen Namen hatte er bekommen, als er in der Universitätskirche unerwartet Blähungen bekam und diese unüberhörbar von der gewölbten Decke und den Seitenwänden widerhallten. Er hatte gehofft, diesen Spitznamen nie wieder hören zu müssen, und nun versetzte ihn die Nennung dieses Namens zurück in die alte Steinkirche, als die Wogen unterdrückten Gelächters wie körperliche Schläge über seinen Kopf hinweggebraust waren.

Der Prinz lachte und tippte an den Knoten seiner Krawatte. Jake bemerkte erst jetzt, daß die diagonalen Streifen mit jenen identisch waren, die Gareth Swales um den Hals trug.

»Eton 1915, Wayflete's. Ich war der Hausälteste. Ich habe Ihnen sechs Tage Hausarrest für Rauchen auf dem Lokus verpaßt – erinnern Sie sich nicht mehr?«

»Lieber Himmel!« stieß Gareth hervor. »Toffee Sagud. Ich weiß gar nicht, was ich sagen soll.«

»Dann versuch's doch mal mit der alten Zeichensprache«, murmelte Jake hilfsbereit.

»Halt den Mund, verdammt noch mal«, zischte Gareth und zwang sich mühsam zu einem liebenswürdigen Lächeln, welches das dämmrige Lagerhaus wie die aufgehende Sonne erhellte. »Eure Exzellenz – Toffee – mein lieber Freund.« Er eilte mit ausgestreckten Händen auf ihn zu. »Was für ein großes und unerwartetes Vergnügen.«

Sie schüttelten sich lachend die Hände, und die feierlichen, dunklen Gesichter der älteren Berater hellten sich wohlwollend auf.

»Darf ich Sie mit meinem Partner bekannt machen, Mr. Jake Barton aus Texas. Mr. Barton ist ein brillanter Ingenieur und Finanzfachmann – Jake, das ist Seine Exzellenz Lij Mikhael Wasan Sagud, Vizegouverneur von Shoa und ein lieber, alter Freund von mir.«

Der Prinz hatte eine feingliedrige Hand und einen kühlen, festen Händedruck. Er warf Jake einen flüchtigen, durchdringenden Blick zu, bevor er sich wieder an Gareth wandte.

»Wann wurden Sie eigentlich hinausgeworfen? Im Sommer 1915 – nicht wahr? Wenn ich mich recht erinnere, hat man Sie mit einem der Dienstmädchen erwischt.«

»Du lieber Himmel, nein!« Gareth war entsetzt. »Doch nicht mit dem Dienstmädchen. Nein, es war die Tochter des Hausmeisters.«

»Richtig. Jetzt erinnere ich mich wieder. Sie waren berühmt, sind mit Glanz und Gloria abgezogen. Über Ihr Bravourstück hat man noch Monate danach gesprochen. Man erzählte, Sie wären gen Frankreich gezogen und hätten sich großartig geschlagen.«

Gareth machte eine wegwerfende Geste, und Lij Mikhael fragte:

»Was haben Sie seit damals gemacht, alter Junge?«

Das war eine ausgesprochen peinliche Frage für Gareth. Er machte einige nichtssagende Gesten mit der Zigarre.

»Dies und jenes, Sie wissen schon. Alles mögliche. Geschäfte, verstehen Sie. Import, Export, Kauf und Verkauf.«

»Womit wir beim Geschäft wären, nicht wahr?« fragte der Prinz freundlich.

»Ganz recht«, stimmte Gareth zu und nahm den Arm des Prinzen. »Jetzt, da ich weiß, wer mein Kunde ist, macht es mir doppelt Vergnügen, eine qualitativ vorzügliche Ware liefern zu können.«

Die Holzkisten standen fein säuberlich an einer Wand des Lagerhauses aufgestapelt.

»Vierzehn Vickers-Maschinengewehre, die meisten fabrikneu – kaum ein Schuß durch den Lauf gegangen . . .«

Sie gingen langsam an den Holzkisten vorbei zu dem Maschinengewehr, das auf seinem Dreifuß aufgebaut worden war.

»Wie Sie sehen, die Ware ist erstklassig.«

Die fünf Äthiopier waren Angehörige eines von jeher kriegerischen Stammes, und Waffen waren für sie – wie für jeden echten Krieger – eine besondere Leidenschaft. Interessiert umdrängten sie das Gewehr.

Gareth gab Jake einen Wink und fuhr fort: »Hundertvierundvierzig Lee-Enfield-Gewehre, frisch geölt . . .« Ein halbes Dutzend Gewehre waren gereinigt und zum Vorführen ausgelegt worden.

Für die Äthiopier war das Lagerhaus Nummer vier eine wahre Schatztruhe. Die älteren Höflinge vergaßen ihre Würde und stürzten sich wie Krähen auf die Waffen – sie befühlten den kalten, öligen Stahl und schnatterten aufgeregt in Amharic. Sie hoben ihre langen Roben in die Höhe und hockten sich hinter das aufgestellte Maschinengewehr, um es überglücklich zu schwenken, und, schülerhaft das Stakkato eines Maschinengewehrs nachahmend, mähten sie die imaginären Horden von Feinden nieder.

Selbst Lij Mikhael ließ seine Eton-Manieren fallen und beteiligte sich an der vergnüglichen Besichtigung des Schatzes, indem er einen alten Greis von siebzig Jahren beiseite schob und seinen Platz hinter dem Maschinengewehr einnahm, was zu lautem Gezänk unter den anderen führte und Gareth veranlaßte, diplomatisch einzugreifen.

»Hören Sie mal, Toffee, alter Junge. Ich habe noch etwas anderes für Sie. Das ist bei weitem noch nicht alles. Ich hab' die Rosinen nur bis zum Schluß aufgehoben.« Und Jake half ihm, die aufgeregte Gruppe der alten bärtigen Männer in ihren langen Roben zusammenzutreiben und freundlich von den Waffen fort zu den Mietwagen vor dem Lagerhaus zu führen.

Die Autokolonne, mit Gareth, Jake und dem Prinzen im vorderen Wagen, holperte auf dem staubigen Weg durch den Mahagoniwald und hielt auf der Lichtung vor dem großen gestreiften Zelt, das Jakes ausgebleichtes Sonnendach ersetzte.

Das Hotel Royal war mit der Verköstigung beauftragt worden, obwohl Jake wegen der Kosten protestiert hatte.

»Gib jedem von ihnen eine Flasche Tusker-Bier und mach eine Dose Bohnen auf«, hatte er vorgeschlagen, worauf Gareth traurig den Kopf schüttelte und sagte: »Auch wenn es Wilde sind, bedeutet das noch lange nicht, daß wir uns wie Barbaren benehmen müssen, alter Junge. Stil! Man muß Stil haben – das ist das Wichtigste im Leben. Stil und die richtige Zeiteinteilung. Wir werden sie mit Champagner anfüllen und dann einen Spaziergang durch den Park machen, ja?«

Also wurden sie nun von Kellnern in weißen Roben mit roten Schärpen und kleinen roten Fezen auf dem Kopf bedient. Unter dem großen Zelt standen lange Tische, die mit einer Unmenge ausgewählter Speisen beladen waren – ein garniertes Spanferkel, haufenweise Silbertabletts mit gekochtem Hummer, Räucherlachs, importierte Äpfel und Pfirsiche vom Kap der Guten Hoffnung – und kistenweise, kübelweise Champagner. Allerdings hatte sich Gareth aufgrund von Jakes Ermahnungen zur Sparsamkeit insofern durchgerungen, als er nicht einen der teuersten Jahrgänge Veuve Clicquot bestellt hatte.

Als der Prinz und seine Begleitung aus den Fahrzeugen stiegen, empfing sie eine Salve knallender Champagnerkorken. Die älteren Höflinge krähten vor Vergnügen. Ganz durch Zufall hatte Gareth damit die Vorliebe der Äthiopier für Festlichkeiten und ihren ausgeprägten Sinn für Gastfreundschaft angesprochen. Es gab kaum etwas anderes, wodurch er die Zuneigung seiner Gäste schneller gewinnen hätte können.

»Ich muß sagen, das ist sehr anständig von Ihnen, mein lieber Swales«, sagte der Prinz. Mit dem ihm eigenen Taktgefühl hatte er Gareths Spitznamen seit der Begrüßung nicht mehr gebraucht. Gareth war ihm dankbar dafür und brachte, als die Gläser gefüllt waren, den ersten Toast aus.

»Auf Seine Majestät, Negusa Nagast, den König der Könige, Kaiser Haile Selassie, den Löwen von Judah.«

Sie tranken ihre Gläser aus, und weil das so Sitte zu sein schien, taten Gareth und Jake es ihnen nach; dann fielen sie über die Speisen her, was Gareth Gelegenheit gab, Jake zuzuflüstern:

»Überleg dir den nächsten Toast – wir müssen sie unbedingt betrunken machen.« Aber darüber hätte er sich keine Sorgen zu machen brauchen, denn in diesem Augenblick hob der Prinz das Glas.

»Auf Seine Majestät, Georg V., König von England und Kaiser von Indien.« Und kaum waren die Gläser wieder gefüllt, verbeugte er sich vor Jake und hob sein Glas.

»Auf den Präsidenten der Vereinigten Staaten von Amerika, Mr. Franklin D. Roosevelt.«

Um ebenfalls ihren Beitrag zu leisten, brachte jeder der Höflinge einen unverständlichen Toast in Amharic aus, vermutlich auf den Prinzen und seinen Vater, seine Mutter und seine Tanten, seine Onkel und Nichten, und jedesmal wurden die Gläser geleert. Die Kellner eilten hin und her und hatten mit dem Nachfüllen der Gläser alle Hände voll zu tun.

»Auf den Gouverneur der britischen Kolonie Tanganjika«, sagte Gareth schon leicht schwankend und hob das Glas.

»Und auf seine Tochter«, murmelte Jake zynisch.

Das bewegte die weißgekleideten Gäste zu einer nächsten Runde von Toasts, worauf Jake und Gareth gleichzeitig erkannten, daß es sinnlos war, gegen diese Männer, die mit dem feurigen Tej von Äthiopien ernährt und aufgezogen worden waren, im Trinken anzutreten.

»Wie fühlst du dich?« murmelte Gareth besorgt und mit leicht verschwommenem Blick.

»Wundervoll«, erwiderte Jake und grinste ihn strahlend an.

»Bei Gott, diese Burschen können tatsächlich einiges vertragen.«

»Halte sie bei der Stange, Furzi. Du bringst sie langsam auf Touren.« Er deutete mit dem leeren Glas auf die lächelnden, aber nüchternen Höflinge.

»Ich wäre dir dankbar, wenn du dir diesen Namen verkneifen könntest, alter Junge. Ist doch ekelhaft, oder? Nicht gerade stilvoll.« Gareth klopfte ihm gutmütig auf die Schulter und hätte ihn fast verfehlt. Sein Gesicht wirkte besorgt. »Wie höre ich mich an?«

»Du hörst dich an, wie ich mich fühle. Wir sollten besser gehen, bevor sie uns völlig unter den Tisch getrunken haben.«

»O Gott, er fängt schon wieder an«, murmelte Gareth entsetzt, als der Prinz sein volles Glas hob und ihn erwartungsvoll ansah. »Ich trinke auf Sie, mein lieber Swales«, rief er, als er Gareths Blick erwiderte.

»Ich bin entzückt.« Gareth hatte keine andere Wahl, er mußte ihm zuprosten und sein Glas austrinken, bevor er vorwärtsstürmen konnte, um den Kellner daran zu hindern, das leere Glas des Prinzen wieder aufzufüllen.

»Toffee, alter Sportsfreund, ich würde Ihnen jetzt gern die kleine Überraschung zeigen, die ich für Sie vorbereitet habe.« Er griff nach dem Arm des Prinzen und nahm ihm das Glas aus der Hand. »Kommt alle mit. Hier entlang, meine Freunde.«

Die graubärtigen Höflinge waren allerdings nur ungern bereit, das Zelt zu verlassen, und Jake mußte Gareth unterstützen. Sie breiteten beide die Arme aus und scheuchten die Gruppe schließlich auf einen Waldweg, der hundert Meter weiter auf eine Lichtung von der Größe eines Polofeldes mündete.

Die erlauchte Gesellschaft verstummte überrascht, als sie die vier eisernen Ladies erblickte, prachtvoll anzusehen in ihrem neuen grauen Anstrich mit den schweren, wassergekühlten Mantelrohren der Vickers-Maschinengewehre, die aus den Luken herausragten, und den schnittigen Panzertürmen, die mit horizontal gestreiften Bändern in den äthiopischen Nationalfarben – Grün, Gelb und Rot – geschmückt waren.

Wie Schlafwandler ließen sie sich zu den Stühlen unter den

Sonnenschirmen führen und sanken auf ihre Plätze, ohne den Blick von den Panzern abzuwenden. Gareth stand wie ein Schullehrer, allerdings leicht schwankend, vor ihnen.

»Meine Herren, hier sehen Sie eines der vielseitigsten Panzerfahrzeuge, das jemals von einer größeren Militärmacht zum Einsatz gebracht wurde . . .« Und als er innehielt, damit der Prinz übersetzen konnte, grinste er Jake triumphierend zu.

»Setz sie in Betrieb, alter Junge.«

Als Jake den ersten Panzerwagen startete, sprangen die alten Höflinge auf und applaudierten wie das Publikum bei einem Wettkampf.

»Fünfzehnhundert Pfund für jeden«, flüsterte Gareth mit funkelnden Augen, »sicher gehen sie darauf ein.«

Lij Mikhael hatte sie zum Dinner in seiner Suite an Bord der Dunnottar Castle eingeladen, und trotz Jakes Einwendungen war ein schneller Schneider damit beauftragt worden, ein zu seiner großen, eckigen Figur passendes Dinnerjackett anzufertigen.

»Ich sehe aus wie in einem Faschingskostüm«, protestierte er.

»Du siehst aus wie ein Herzog«, widersprach Gareth. »Dadurch hast du etwas mehr Stil. Stil, Jake, mein Junge, vergiß das nicht. Stil! Wenn du aussiehst wie ein Landstreicher, werden dich die Leute auch wie einen Landstreicher behandeln.«

Lij Mikhael Sagud trug einen prächtig bestickten Umhang in Gold, Purpur und Schwarz, der am Hals mit einem dunkelroten Rubin von der Größe einer reifen Eichel zusammengehalten wurde, dazu enganliegende Kniehosen aus Samt und Pantoffel, die mit vierundzwanzigkarätigen Goldfäden bestickt waren. Das Dinner war ausgezeichnet – und der Prinz schien bester Laune zu sein.

»Nun zum Geschäft, mein lieber Swales. Der Preis für die

Maschinengewehre und die anderen Waffen wurde schon vor Monaten festgelegt – aber die Panzerfahrzeuge sind niemals erwähnt worden. Würden Sie bitte einen vernünftigen Preis vorschlagen?«

»Bevor ich erfuhr, daß Sie, Eure Exzellenz, es waren, mit dem ich verhandeln würde, dachte ich an eine hübsche Summe.« Gareth zog an der Havanna-Zigarre, die ihm der Prinz angeboten hatte, um sich für das Risiko, das er eingehen wollte, zu stärken. »Nun bin ich natürlich bereit, den Preis so niedrig anzusetzen, daß meine Kosten gedeckt sind, und für meinen Partner und mich ein bescheidener Gewinn übrigbleibt.«

Der Prinz erwies ihm mit einer vornehmen Geste seine Dankbarkeit.

»Zweitausend Pfund pro Stück«, sagte Gareth rasch und versuchte die Worte so schnell auszusprechen, daß sie weniger schockierend klangen, und trotzdem hätte Jake sich an seinem Whisky-Soda fast verschluckt.

Der Prinz nickte bedächtig. »Ich verstehe«, sagte er. »Das ist wahrscheinlich das Fünffache ihres tatsächlichen Wertes.«

Gareth machte ein erstauntes Gesicht. »Eure Exzellenz . . .«

Aber der Prinz brachte ihn mit einer Handbewegung zum Schweigen.

»In den letzten sechs Monaten habe ich sehr viel Zeit damit verbracht, mir verschiedene militärische Ausrüstungsgegenstände anzusehen und nach dem Preis zu fragen. Tun Sie mir also den Gefallen, mein lieber Swales, und widersprechen Sie nicht, Sie würden uns beide beleidigen.«

Dann folgte ein langes Schweigen, und die Atmosphäre in der Kabine war so gespannt wie eine Gitarrensaite – schließlich seufzte der Prinz.

»Ich konnte diese Waffen zwar bewerten – aber ich konnte sie nicht kaufen. Die Großmächte haben mir dieses Recht verweigert – das Recht, mein Land gegen den Räuber zu verteidigen.« Die dunklen Augen und die nachdenklich gefurchte Stirn ließen tiefe Resignation erkennen. »Wie Sie wissen, meine Herren, ist mein Land ein Binnenland. Wir haben keinen Zugang zum Meer. Alle Importe müssen durch das Gebiet von Französisch- und Britisch-Somaliland – oder durchs italienische Eritrea. Italien, der Räuber, oder die Franzosen und die Briten, die das Waffenembargo über uns verhängt haben.« Lij Mikhael nippte an seinem Getränk und starrte geistesabwesend in das Glas, als wäre es eine Kristallkugel und als könnte er die Zukunft darin lesen.

»Die Großmächte sind bereit, uns waffenlos und mit gebundenen Händen dem faschistischen Diktator auszuliefern.« Er seufzte abermals tief auf und blickte Gareth an. Sein Gesichtsausdruck veränderte sich.

»Major Swales, Sie haben mir eine Kollektion gebrauchter und veralteter Fahrzeuge und Waffen zu einem Vielfachen ihres tatsächlichen Wertes angeboten. Ich bin ein verzweifelter Mann. Ich muß Ihr Angebot und den Preis, den Sie verlangen, akzeptieren.«

Gareth entspannte sich ein wenig und warf Jake einen flüchtigen Blick zu.

»Ich muß sogar Ihre Bedingung akzeptieren, daß die Bezahlung in britischen Pfund erfolgt.«

Nun lächelte Gareth. »Mein lieber Freund . . .«, begann er, aber wieder ließ ihn eine Geste des Prinzen verstummen.

»Dafür stelle ich eine einzige Bedingung. Sie ist entscheidend für meine Einwilligung in Ihr Angebot. Sie und Ihr Partner, Mr. Barton, werden all diese Waffen auf äthiopisches Territorium bringen müssen. Die Zahlung erfolgt erst, wenn Sie mir oder meinen Vertretern innerhalb der Grenzen des Reiches Seiner Majestät Haile Selassie die Lieferung übergeben.«

»Himmel, nein«, explodierte Gareth. »Das bedeutet, daß die Waffen Hunderte von Meilen durch feindliches Territorium geschmuggelt werden müssen. Das ist lächerlich!«

»Lächerlich, Major Swales? Ich glaube nicht. In Daressalam ist Ihre Ware für mich ebenso wertlos wie für Sie. Ich bin Ihr einziger Kunde – kein Mensch außer mir wäre so verrückt, Ihnen die Ware abzukaufen. Jeder Versuch meinerseits, die Ware in mein Heimatland einzuführen, wäre von vorneherein zum Scheitern verurteilt. Ich werde von Geheimagenten aller Großmächte überwacht. Ich weiß, daß ich nach Waffen durchsucht werde, sobald ich in Djibouti an Land gehe. Und hier hat die Ware für mich keinen Wert.« Er hielt inne und schaute von Gareth zu Jake. Jake rieb sich nachdenklich das Kinn.

»Ich verstehe Ihren Standpunkt, Eure Exzellenz.«

»Sie sind ein vernünftiger Mann, Mr. Barton«, sagte der Prinz, wandte sich wieder an Gareth und wiederholte seinen letzten Satz. »Hier hat die Ware für mich keinerlei Wert. In Äthiopien ist sie die fünfzehntausend Pfund Sterling wert, die Sie verlangen. Die Entscheidung liegt bei Ihnen. Entweder Sie bringen die Ware nach Äthiopien – oder Sie verzichten.«

»Ich bin entsetzt«, sagte Gareth theatralisch und ging nervös auf und ab. »Ich meine, immerhin ist der Bursche ein ehemaliger Eton-Schüler. Gott, kaum zu glauben, daß er sich auf diese Weise über unsere Vereinbarung hinwegsetzt. Es ist einfach schrecklich. Ich meine, ich habe ihm wirklich vertraut.«

Jake lümmelte auf der Couch in Madame Ceciles Privatsuite. Er hatte sein Dinnerjacket ausgezogen, und auf seinen Knien saß eine mollige junge Dame mit einer dichten hellblonden Mähne. Sie trug ein dünnes, narzissenfarbenes Kleid, dessen Röcke hochgezogen waren, so daß die hellblauen Strumpfbänder und ihre festen Oberschenkel sichtbar wurden. Mit dem Sachverstand einer Hausfrau, die beim Gemüsehändler die Festigkeit der Tomaten prüft, drückte Jake an ihren üppigen Brüsten herum. Das Mädchen kicherte und zappelte aufreizend in seinem Schoß.

»Verdammt, Jake, hör mir zu.«

»Ich höre zu«, sagte Jake.

»Der Mann war einfach unverschämt«, beteuerte Gareth und schien für einen Augenblick den Faden zu verlieren, als Jakes Gefährtin ihr dünnes Kleid aufknöpfte.

»Donnerwetter, Jake, sie sind wirklich reizend, was?« Und sie beobachteten beide interessiert die Vorstellung.

»Du hast dein eigenes Mädchen«, murmelte Jake.

»Stimmt«, gab Gareth zu und wandte sich an die junge Dame, die geduldig auf der anderen Couch auf ihn wartete. Ihr glänzendes schwarzes Haar war zu einem kunstvollen Turm von Locken und Zöpfen aufgesteckt, und sie hatte große, sanfte nußbraune Augen und ein Gesicht, dessen Blässe durch die stark geschminkten roten Lippen noch unterstrichen wurde. Sie machte einen Schmollmund und legte träge einen Arm um Gareths Schultern.

»Bist du sicher, daß keine von ihnen Englisch versteht?« fragte Gareth, als er sich der geübten Umarmung dieser weißen Arme überließ.

»Die beiden sind Portugiesinnen«, versicherte Jake. »Aber du solltest sie besser testen.«

»In Ordnung.« Gareth dachte einen Augenblick nach. »Mädchen, ich muß euch darauf aufmerksam machen, daß wir für eure Gesellschaft nichts zahlen werden, nicht einen Groschen. Das alles tut ihr nur aus Liebe.«

Keine von ihnen verzog eine Miene, und sie fuhren fort, die Männer mit ihren geschmeidigen Gliedern zu umschlingen.

»Dieser Punkt wäre geklärt«, meinte Gareth. »Wir können reden.«

»Muß das ausgerechnet jetzt sein?«

»Wir haben nur bis morgen Zeit, uns zu entscheiden.«

Jake gab ein paar unverständliche Worte von sich, und Gareth sagte: »Ich habe kein Wort verstanden.«

»Dein leichtgläubiger, alter Äthiopier hat uns ganz schön überrannt«, erwiderte Jake zynisch. Bevor Gareth antworten konnte, verschlossen ihm weiche, gespitzte, knallrote Lippen den Mund. Eine Zeitlang blieb es still, bis Gareth sich befreite und den Kopf hob – sein Schnurrbart war zerzaust und mit Lippenstift verschmiert.

»Jake, was, zum Teufel, sollen wir tun?«

Jake teilte ihm in einer unmißverständlichen Zeichensprache mit, was genau er gleich tun würde.

»Das meine ich nicht, ich meine, was werden wir dem alten Toffee morgen sagen? Werden wir die Ware liefern?«

Gareths Gespielin streckte die Arme aus, zog seinen Kopf hinunter und versuchte ihn wieder zu küssen.

»Jake, um Himmels willen, konzentriere dich auf unser Problem«, bat er, als er wieder überwältigt wurde.

»Ich bin dabei, ich bin dabei!« versicherte Jake und rollte die Augen, um Gareths Blick zu begegnen, aber ohne seine Anstrengungen mit der molligen Blondine zu unterbrechen.

»Wie, um alles in der Welt, können wir vier Panzerfahrzeuge an einer feindlichen Küste an Land bringen, und das ist erst der Anfang – wie bringen wir sie dann zweihundert Meilen über feindliches Gebiet bis zur äthiopischen Grenze?« jammerte Gareth, indem er aus dem unbeschäftigten Winkel seines Mundes sprach, dann erregte irgend etwas seine Aufmerksamkeit. Er machte sich frei und stützte sich auf den Ellbogen. »Hör mal, dein Mädchen ist überhaupt keine Blondine. Seltsam.«

Jake schielte zur Seite und grinste. »Und deine scheint eine Schottin zu sein – sie hat doch tatsächlich eine Felltasche.«

»Jake, wir müssen eine Entscheidung treffen. Gehen wir auf den Handel ein oder nicht?«

»Erst dieses Gefecht, dann die Entscheidungen. Laß uns erst unsere Schüsse abfeuern.«

»Okay«, stimmte Gareth zu, als er erkannte, wie zwecklos jede weitere Diskussion im Augenblick war. »Artillerie vorrücken.«

»Schütze. Rechts schwenkt. Halt. Los. Schnellfeuer.«

»Schuß!« brüllte Gareth, und das Gespräch erlahmte.

Eine halbe Stunde später nahmen die beiden Männer den Faden ihres Gespräches wieder auf und saßen in Hemdsärmeln mit offenen Krägen und verrutschten Krawatten über eine Landkarte der ostafrikanischen Küste gebeugt, die Madame Cecile besorgt hatte.

»Hier gibt es tausend Meilen unbewachte Küste.« Gareth strich im Licht der Petroleumlampe mit dem Finger über das große afrikanische Horn und weiter in das Landesinnere. »Und von hier bis zur Grenze ist das Gebiet als halbe Wüstenlandschaft eingezeichnet. Hier werden wir kaum ins Gedränge kommen.«

»Ein verdammt langer Weg, um ein Vermögen zu machen«, sagte Jake.

»Wir machen es also?« Gareth schaute auf.

»Das weißt du doch.«

»Ja.« Gareth lachte. »Ich weiß. Fünfzehntausend Pfund sind ein zwingender Grund.«

Lij Mikhael nahm ihre Entscheidung mit einem Kopfnicken entgegen und fragte:

»Haben Sie schon einen Plan, wie Sie diese schwierige Aufgabe bewältigen werden? Vielleicht kann ich Ihnen helfen, ich kenne die Küste und die meisten Routen ins Landesinnere.« Er winkte einem seiner Berater, dieser breitete auf dem Kabinentisch eine Karte aus. Jake fuhr ihre Route mit dem Finger ab und erklärte dabei:

»Wir dachten daran, hier in Daressalam ein Schiff mit geringem Tiefgang zu chartern und irgendwo hier an dieser Küste zu landen. Dann verladen wir die Kisten auf die Panzerwagen und fahren mit dem eigenen Treibstoff direkt in das Landesinnere zu einem vereinbarten Treffpunkt mit Ihren Leuten.«

»Ja«, stimmte der Prinz zu. »Die Grundidee ist richtig. Aber ich würde an Ihrer Stelle britisches Territorium meiden. Die Briten unterhalten ein gut funktionierendes Wachsystem, um den Export von Sklaven aus ihrem Gebiet nach Osten zu unterbinden. Es ist besser, Sie halten sich von

Britisch-Somaliland fern. Das französische Territorium ist besser geeignet.«

Als sie an die Planung der Expedition gingen, erkannten Jake und Gareth rasch, wie sehr sie die Schwierigkeiten unterschätzt hatten, die sie erwarteten, und wie wertvoll die Ratschläge des Prinzen waren.

»Das Schiff zu landen wird einer der kritischen Punkte sein. Die Gezeitenhöhe beträgt an dieser Küste fast sechs Meter, und die Bodenbeschaffenheit ist sehr ungünstig. Doch hier an dieser Stelle – ungefähr vierzig Meilen nördlich von Dschibuti – gibt es einen alten Hafen namens Mondi. Er ist auf der Karte nicht eingezeichnet. Der Hafen war vor der Abschaffung der Sklaverei eines der Zentren des Sklavenhandels. Er wurde 1842 von einer britischen Truppe gestürmt und geplündert. Es gibt dort kein Süßwasser, und deshalb ist die Gegend seitdem unbewohnt. Allerdings gibt es einen Tiefwasserkanal und eine gute Zufahrt zur Küste. Das wäre der geeignete Ort, um die Fahrzeuge an Land zu bringen – was ohne Kaianlagen und Ladekräne ohnehin schwierig sein wird.«

Gareth machte sich Notizen auf ein Blatt Papier von Union Castle, während Jake aufmerksam die Karte studierte.

»Gibt es in diesem Gebiet Patrouillen?« fragte er. Der Prinz zuckte mit den Schultern.

»In Dschibuti ist ein Bataillon der Fremdenlegion stationiert, die schicken gelegentlich eine Patrouille auf Kamelen durch dieses Gebiet. Die Gefahr einer zufälligen Begegnung ist gering.«

»Das sind die Art von Begegnungen, die ich mag«, murmelte Gareth.

»Wenn wir an Land sind – was dann?«

Der Prinz tippte auf die Landkarte. »Sie sollten sich parallel zur Grenze von Italienisch-Eritrea halten – also in südwestlicher Richtung –, bis Sie das Sumpfgebiet erreichen, wo der Awashfluß in der Wüste versickert. Dann wenden Sie sich direkt westwärts, überqueren die Grenze von Französisch-Somalia und betreten das Danakilgebiet in Äthiopien. Ich sorge dafür, daß Ihre Kolonne hier empfangen wird . . .« Er wandte sich an die Gruppe seiner älteren Berater und fragte etwas. Sofort kam es zu einer angeregten und lautstarken Diskussion. Schließlich wandte sich der Prinz mit einem Lächeln auf den Lippen wieder um.

»Wir scheinen übereinstimmend der Meinung zu sein, daß das Rendezvous bei den Brunnen von Chaldi stattfinden soll – also hier.« Dabei tippte er wieder auf die Landkarte. »Wie Sie sehen, befindet sich der Treffpunkt auf äthiopischem Territorium. Das wird auch meine Regierung zufriedenstellen – denn die Panzerwagen werden zur Verteidigung der Sardischlucht und der Straße nach Dessie eingesetzt – im Falle einer italienischen Offensive in dieser Richtung . . .« Der Prinz wurde von einem seiner Berater unterbrochen und hörte ein paar Minuten aufmerksam zu, bevor er zustimmend nickte und sich wieder an die beiden weißen Männer wandte. »Da Ihre Reise von Mondi zu den Brunnen von Chaldi durch wegloses Wüstengebiet führen wird – wo einige Stellen für Fahrzeuge mit Rädern unpassierbar sind – wurde vorgeschlagen, daß wir Ihnen einen Führer mitgeben, der das Gebiet kennt . . .«

»Das gefällt mir schon besser«, knurrte Jake erleichtert.

»Das ist wirklich großartig, Toffee«, pflichtete Gareth bei.

»Schon gut. Der junge Mann, den ich ausgewählt habe, ist ein Verwandter von mir, ein Neffe. Er spricht sehr gut englisch, weil auch er drei Jahre lang die Schule in England besucht hat, und er kennt das Gebiet, weil er dort oft als Gast eines Häuptlings im französischen Territorium auf Bärenjagd gegangen ist.« Er sprach einen der Begleiter in Amharic an. Der Mann nickte und verließ die Kabine. »Ich habe nach ihm geschickt. Sein Name ist Gregorius Maryam.«

Gregorius war ein junger Mann Anfang zwanzig. Doch er war fast so groß wie sein Onkel und besaß dieselben wilden dunklen Augen und kühnen Gesichtszüge – aber seine Haut war glatt und bartlos wie die eines Mädchens und hatte die Farbe von hellem Honig. Er trug Kleidung nach der westeuropäischen Machart und machte einen sensiblen und intelligenten Eindruck.

Sein Onkel erklärte ihm etwas in Amharic; er nickte und wandte sich dann zu Jake und Gareth.

»Mein Onkel hat mir erklärt, was man von mir erwartet – es ist mir eine Ehre, Ihnen von Nutzen sein zu können.« Gregorius hatte eine lebhafte und angenehme Stimme.

»Können Sie einen Wagen fahren?« fragte Jake unerwartet. Gregorius lächelte und nickte.

»Selbstverständlich, Sir. Ich fahre in Addis Abeba meinen eigenen Morgan-Sportwagen.«

»Großartig.« Jake erwiderte das Lächeln. »Aber Sie werden schnell feststellen, daß ein Panzerwagen ein etwas unbequemeres Fahrzeug ist.«

»Gregorius wird packen, was er für die Reise benötigt, und Sie dann sofort begleiten. Wie Sie wissen, läuft dieses Schiff mittags aus«, bemerkte der Prinz. Der junge äthiopische Edelmann verbeugte sich vor seinem Onkel und verließ die Kabine.

»Nun schulden Sie mir einen Gefallen, Major Swales, und ich verlange sofortige Rückzahlung.« Lij Mikhael wandte sich an Gareth, dessen Selbstzufriedenheit augenblicklich verschwand und einem leicht beunruhigten Gesichtsausdruck Platz machte. Gareth hatte mittlerweile einen gesunden Respekt vor der Fähigkeit des Prinzen, Geschäfte zu machen, entwickelt.

»Na hören Sie mal, alter Junge«, begann er zu protestieren, aber der Prinz fuhr fort, als hätte es keine Unterbrechung gegeben.

»Eine der wenigen Waffen, die mein Land erfolgreich auswerten könnte, ist das Gewissen der zivilisierten Welt . . .«

»Darauf würde ich nicht sonderlich viel geben«, bemerkte Jake.

»Nein«, stimmte der Prinz wehmütig zu. »Bisher keine sehr wirkungsvolle Waffe. Aber wenn wir die Welt über die

Ungerechtigkeiten und die ungerechtfertigten Aggressionen, unter denen wir zu leiden haben, aufklären, können wir die demokratischen Nationen dazu bringen, uns zu unterstützen. Wir benötigen weltweite Unterstützung – wir müssen an die Öffentlichkeit gehen. Wenn die Völker von unserem Schicksal erfahren, werden sie ihre Regierungen zwingen, etwas zu unternehmen.«

»Das ist ein guter Gedanke«, gab Gareth zu.

»Nun reist zufällig einer der engagiertesten und einflußreichsten Journalisten Amerikas in meiner Begleitung. Ein Journalist, der Hunderttausende von Lesern überall in den Vereinigten Staaten von Amerika anspricht und ebenso viele im Rest der englischsprechenden Welt. Eine Person von fortschrittlicher Denkungsart, eine Person, die sich der Sache der Unterdrückten annimmt.« Der Prinz hielt inne. »Doch der Ruf dieser Person ist uns bereits vorausgeeilt. Die Italiener wissen sehr wohl, daß ihre Absichten vereitelt werden könnten, wenn von einem Journalisten dieses Kalibers die Wahrheit geschrieben wird – und sie haben bereits Maßnahmen ergriffen, um das zu verhindern. Wie wir heute über Funk erfahren haben, ist englisches, französisches und italienisches Territorium für die Durchreise gesperrt, um zu verhindern, daß Freunde und Verbündete nach Äthiopien einreisen können. Sie sperren dadurch nicht nur die Einfuhr von Waffen – sondern hindern auch unsere Freunde daran, uns zu Hilfe zu kommen.«

»Nein«, sagte Gareth. »Ich habe schon genug Schwierigkeiten – ich kann nicht auch noch als Taxidienst für die gesamte Weltpresse fungieren. Ich will verdammt sein, wenn ich . . .«

»Kann er Auto fahren?« unterbrach Jake. »Wir brauchen noch einen Fahrer für den letzten Panzerwagen.«

»Soviel ich weiß, ist eine Whisky-Flasche alles, womit Journalisten umgehen können«, brummte Gareth finster.

»Wenn er fahren kann – würden wir den Lohn für einen Fahrer sparen«, meinte Jake, und Gareths Laune besserte sich ein wenig.

»Das stimmt – wenn er fahren kann.«

»Das können wir sofort feststellen«, schlug der Prinz vor und sprach mit einem seiner Männer, worauf dieser die Kabine verließ. Gareth benützte die Wartezeit, um des Prinzen Arm zu nehmen und ihn etwas von der Gruppe fortzuziehen.

»Ich habe die zusätzlichen Kosten errechnet, die auf uns zukommen werden, das Chartern eines Schiffes undsoweiter – das geht weit über die ursprünglichen Kosten hinaus. Ich frage mich, ob Sie keine Möglichkeit sehen, eine Geste des Vertrauens zu setzen – nur ein kleiner Vorschuß, ein paar hundert Guineen.«

»Major Swales, diese Geste habe ich bereits gesetzt, indem ich meinen Neffen in Ihre Obhut gebe.«

»Nicht, daß ich das nicht zu würdigen wüßte«, begann Gareth zu argumentieren, aber er wurde unterbrochen, als sich die Kabinentür öffnete und der Journalist eintrat. Gareth Swales richtete sich auf und faßte an den Knoten seiner Krawatte. Sein Lächeln ging über der Kabine auf wie die Morgensonne.

Jake Barton hatte sich auf einen Stuhl neben dem Tisch fallen lassen und war gerade dabei, sich eine Zigarre anzuzünden, das Zündholz brannte bereits, aber er hielt mitten in der Bewegung inne. Er vergaß das Streichholz und starrte den Neuankömmling an.

»Gentlemen«, sagte der Prinz. »Ich habe die Ehre, Sie mit Miss Victoria Camberwell, einem berühmten Mitglied der amerikanischen Presse und einem Freund meines Landes, bekannt zu machen.«

Vicky Camberwell war noch keine dreißig Jahre alt und eine ebenso attraktive wie ungewöhnliche Frau. Ihr war seit langem bekannt, daß Jugend und weibliche Schönheit keine karrierefördernden Eigenschaften darstellten, und versuchte mit wenig Erfolg, beides zu verbergen.

Sie trug ein strenges, fast männliches Kleid. Eine militärisch geschnittene Hemdbluse mit Stoffpauletten und zugeknöpften Brusttaschen, die von ihren großen, aber schön geformten Brüsten hervorgehoben wurden. Der Rock war aus demselben cremefarbenen Leinen mit geknöpften Taschen an den Oberschenkeln, und um die schlanke Taille trug sie einen Ledergürtel mit einer schweren, schlangenförmigen Schnalle. Sie trug Schnürschuhe von der Art, die Frauen ›vernünftig‹ nennen. An ihren langen, wohlgeformten Beinen wirkten diese Schuhe fast frivol.

Ihr Haar war streng zurückgekämmt und gab einen langen Schwanenhals frei. Sie hatte feines blondes Haar, das, von der Sonne gebleicht, stellenweise fast weiß schimmerte und über ihrer hohen, glatten Stirn die Farbe von Weizen und von gelbgefärbten Herbstblättern hatte.

Gareth faßte sich zuerst. »Miss Camberwell, natürlich. Ich kenne Ihre Arbeit. Ihre Kolumne wird auch im *Observer* veröffentlicht.« Offensichtlich immun gegen das berühmte Swales-Lächeln, sah sie ihn ausdruckslos an. Ihre Augen, fiel ihm auf, blickten ernst und ausgeglichen, sie waren salbeigrün mit goldgelben Punkten.

Jake verbrannte sich die Finger an seinem Streichholz und fluchte. Sie drehte sich zu ihm um, und er stand rasch auf.

»Eine Frau habe ich nicht erwartet.«

»Sie mögen Frauen nicht?« Sie hatte eine tiefe, rauhe Stimme, die Jake eine Gänsehaut verursachte.

»Doch, einige meiner liebsten Freunde sind Frauen.«

Er sah, daß sie groß war, ihm fast bis zur Schulter reichte und eine ausgesprochen sportliche Körperhaltung hatte. Sie hielt den Kopf hoch, was die kräftige, unabhängige Form von Mund und Kinn noch hervorhob.

»Wirklich, ich wüßte nicht, was mir lieber wäre.« Sie lächelte zum ersten Mal. Ihr Lächeln war erstaunlich herzlich, und Jake sah, daß ihre Schneidezähne nicht ganz regelmäßig waren – ein Zahn stand leicht vor. Einen Augenblick lang starrte er sie fasziniert an, dann schaute er ihr in die forschenden grünen Augen.

»Können Sie Auto fahren?« fragte er ernst, und ihr Lächeln verwandelte sich in ein erstauntes Lachen.

»Gewiß«, sagte Vicky. »Außerdem kann ich reiten und

radfahren, ich kann Schi laufen und ein Flugzeug fliegen, ich spiele Billard und Bridge, und ich kann singen, tanzen und Klavier spielen.«

»Das genügt«, wehrte Jake lachend ab. »Das genügt fürs erste.«

Vicky wandte sich an den Prinzen. »Was hat das alles zu bedeuten, Lij Mikhael?« fragte sie. »Was haben diese beiden Herren mit unseren Plänen zu tun?«

Der riesige rote Schiffsrumpf der Dunnotter Castle schob sich langsam vor die Palmen im Hintergrund und die hohen, hellen Schönwetterwolken, als sie die Anker lichtete und sich der Hafeneinfahrt näherte.

An der Reeling des Oberdecks stand, flankiert von den weißgekleideten Gestalten seiner Begleitung, die hohe Gestalt des Prinzen, und als das Schiff an Geschwindigkeit zunahm und eine weiße, glitzernde Wolke hinter sich herzog, hob er in einer letzten Abschiedsgeste den Arm.

Das Linienschiff entfernte sich rasch bis zum Horizont, fuhr in östlicher Richtung auf den offenen Ozean hinaus und drehte dann nach Norden ab.

Die vier Gestalten am Kai standen noch da, als das Schiff schon längst ihren Blicken entschwunden war, und starrten auf den Horizont, dessen gerade Linie nur von winzigen dreieckigen weißen Segeln der Fischerflotte unterbrochen wurde, die von ihrem Fang zurückkehrte.

Jake brach das Schweigen als erster. »Wir werden eine Unterkunft für Miss Camberwell finden müssen.« Und eifrig griffen er und Gareth gleichzeitig nach ihrem arg mitgenommenen Lederkoffer und dem Koffer mit der Schreibmaschine.

»Losen wir es aus«, schlug Gareth vor und hatte bereits einen Ostafrikanischen Schilling in der Hand.

»Zahl«, sagte Jake.

»Pech gehabt, alter Junge«, bedauerte Gareth und steckte

die Münze wieder in die Tasche. »Ich werde mich um Miss Camberwell kümmern«, fuhr er fort, »dann suche ich nach einem Schiff, das uns die Küste aufwärts bringen wird. Inzwischen schlage ich vor, du nimmst dir die Fahrzeuge noch einmal vor.« Während er sprach, winkte er eine Rikscha aus der Reihe, die am Ende des Peers wartete. »Denk dran, Jake, sie zum Hafen hinunterzufahren ist eine Sache, sie über zweihundert Meilen durch die Wüste zu fahren ist etwas ganz anderes. Es wäre gut, wenn du dich davon überzeugen würdest, daß wir nicht zu Fuß nach Hause marschieren müssen«, riet er und half Vicky Camberwell in die Rikscha. »Vorwärts, Fahrer!« rief er und schaukelte freundlich winkend auf die Stadt zu.

»Sieht aus, als wären wir uns selbst überlassen, Sir«, sagte Gregorius, während Jake knurrend der verschwindenden Rikscha hinterherstarrte. »Ich denke, ich sollte mir auch eine Unterkunft suchen«, fuhr Gregorius fort, und Jake riß sich am Riemen.

»Kommen Sie mit, mein Junge. Die paar Tage, bis wir auslaufen, können Sie in meinem Zelt schlafen.« Er grinste. »Ich hoffe, Sie nehmen es mir nicht übel, wenn ich gewünscht hätte, Miss Camberwell wäre an Ihrer Stelle, Greg.«

Der Junge lachte fröhlich. »Ich verstehe Ihre Gefühle – aber vielleicht schnarcht sie, Sir.«

»Ein Mädchen, das so aussieht, kann nicht schnarchen«, erklärte Jake. »Und noch etwas – nennen Sie mich nicht ›Sir‹, das macht mich nervös. Ich heiße Jake.« Er nahm einen von Gregs Koffern. »Wir gehen zu Fuß«, sagte er. »Ich habe das dumpfe Gefühl, daß es bis zum nächsten Zahltag eine lange, magere Zeit wird.«

Sie gingen das staubige, holprige Band der Straße entlang.

»Sie sagten, Sie fahren einen Morgan?« fragte Jake.

»Richtig, Jake.«

»Wissen Sie auch, was ihn in Bewegung setzt?«

»Ein Verbrennungsmotor.«

»Bestens, Bruder«, applaudierte Jake. »Das ist ein guter Anfang. Du bist gerade zum zweiten Maschinisten befördert worden, das heißt im Klartext die Ärmel hochkrempeln.«

Gareth Swales hatte eine Theorie der Verführung, die er in zwanzig Jahren kein einziges Mal hatte revidieren müssen. Die Damen liebten die Begleitung von Aristokraten, denn im Grunde waren sie alle Snobs. Und ein Familienwappen ließ gewöhnlich auch die kühlsten von ihnen schwach werden. Kaum saßen sie auf den gepolsterten Sitzen der Rikscha, schon versprühte er seinen ganzen Witz und Charme für Vicky Camberwell.

Von einem Mädchen, das sich bereits mit neunundzwanzig Jahren einen internationalen Ruf auf dem schwierigen Gebiet des Journalismus errungen hatte, konnte man nicht erwarten, daß sie an mangelnder Menschenkenntnis oder mangelnder Erfahrung in den üblen Methoden der Welt litt. Vicky Camberwell hatte sich bereits in den ersten Minuten ein vorläufiges Urteil über Gareth gebildet. Sie hatte schon einige Männer mit feinen Umgangsformen und so penibel gepflegten Kleidern, mit diesem leicht herausfordernden Tonfall und dem stahlblauen Glanz in den Augen kennengelernt. Ein Gauner, hatte sie entschieden – und jede Sekunde in seiner Begleitung bestärkte dieses erste Urteil – aber ein verdammt gut aussehender Gauner, ein sehr seltsamer Gauner mit einem geschraubten Akzent und einer Sprechweise, die sie augenblicklich als gekünzelt erkannte. Sie hörte ihm amüsiert zu, als er begann, ihr mit seinem Stammbaum zu imponieren.

»Wie der Oberst zu sagen pflegte – mein alter Herr war für uns immer nur der Oberst.« Gareths Vater war tatsächlich als Oberst gestorben, allerdings nicht als Angehöriger eines ruhmreichen Regiments, wie der Rang vermuten ließ. Er hatte sich in der indischen Polizei vom Rang eines Konstablers hochgedient.

»Natürlich, die Familienbesitztümer stammten von meiner Mutter.« Seine Mutter war die einzige Tochter eines wenig erfolgreichen Bäckers gewesen, und die Familienbesitztümer bestanden aus einem verpfändeten Grundstück in Swansea.

»Der Oberst war ein ziemlicher Strolch und verkehrte mit den unmöglichsten Leuten, wissen Sie. Leichte Mädchen und Pferderennen. Die Besitztümer kamen unter den Hammer, leider.« Selbst Opfer der bedrückenden Ungerechtigkeit des britischen Klassensystems, hatten sich seine Eltern vorgenommen, ihren einzigen Sohn über diese unsichtbare Barriere zu heben, die die Mittelklasse von der Oberschicht trennte.

»Selbstverständlich war ich in Eton, und er befand sich meistens im Ausland. Ich wünschte, ich hätte den alten Teufel besser kennengelernt. Er muß ein wundervoller Mensch gewesen sein . . .« Mit Unterstützung des Polizeikommissars, der selbst ein ehemaliger Eton-Schüler war, hatten sie ihm den Eintritt in die Schule ermöglicht. Die kleine Erbschaft seiner Mutter und der Großteil vom Gehalt seines Vaters war für das kostspielige Vergnügen verwendet worden, aus dem Sohn einen Gentleman zu machen.

»Sie werden es kaum glauben, aber er wurde in einem Duell getötet. Pistolen in der Dämmerung. Er war ein Romantiker, er hatte zuviel Feuer im Blut.« Als die Cholera die Mutter hinweggerafft hatte, genügte das Gehalt des Vaters nicht mehr, um das zu bezahlen, was ein junger Mann ausgab, wenn er gesellschaftlich mit den Söhnen von Herzögen mithalten mußte. Bestechung war in Indien Tradition, eine stillschweigende Gepflogenheit – aber der Oberst hatte sich erwischen lassen. Er starb tatsächlich durch eine Pistolenkugel in der Dämmerung. Der Oberst ritt mit seiner Webley-Dienstpistole in den dunklen indischen Dschungel hinein – eine Stunde später kam sein

Brauner ohne Reiter mit hängenden Zügeln zu den Stallungen zurück.

»Ich mußte Eton natürlich verlassen.« Zwangsläufig. Es war ein Zufall, daß Gareths Affäre mit der Tochter des Hausmeisters zur selben Zeit stattfand wie der letzte Ritt des Oberst, aber immerhin konnte Gareth dadurch in Glanz und Glorie von dannen ziehen, wie Lij Mikhael es genannt hatte, und nicht als ein Niemand, dessen Schulgebühren nicht mehr bezahlt wurden.

Er trat in die Welt hinaus mit der Sprache, den Manieren und den Neigungen eines Gentlemans – aber ohne die Mittel, sich diese leisten zu können.

»Glücklicherweise war damals Krieg.« Und auch ein Regiment wie das des Herzogs erkundigte sich nicht allzu eingehend nach der Herkunft seiner neuen Offiziere. Eton war Empfehlung genug, und mit Hilfe der deutschen Maschinengewehre wurde er rasch befördert. Doch nach dem Waffenstillstand gingen die Dinge wieder ihren normalen Lauf, und ein Offizier brauchte mindestens dreitausend Pfund im Jahr, um in dem Stil leben zu können, den das Regiment vorschrieb. Gareth war wieder aufgebrochen und seither nie mehr zur Ruhe gekommen.

Vicky Camberwell hörte ihm fasziniert zu. Sie wußte, daß es ein Spiel mit dem Feuer war, sie kannte sich selbst gut genug, um zu erkennen, daß die Schlechtigkeit und Schurkenhaftigkeit, die sie sofort an ihm festgestellt hatte, den Großteil seiner Anziehungskraft auf sie ausmachte.

Männer wie ihn hatte sie schon oft kennengelernt. Ihr Beruf führte Vicky in alle Krisengebiete der Welt, und Männer seines Schlages wurden von denselben heißen Orten angezogen. Untrennbar verbunden mit diesen Männern waren Aufregung und Gefahr, Nervenkitzel und Spaß – aber unausweichlich auch am Ende Schmerz und Kummer.

Sie versuchte ihm zu widerstehen und wünschte das Ende der Fahrt herbei, aber Gareths Geistesblitze waren einfach zuviel für sie, und als die Rikscha vor dem Hotel

Royal hielt, konnte sie ihr Lachen nicht mehr unterdrücken. Sie warf den Kopf zurück und brach in schallendes Gelächter aus.

Gareth hatte gelernt, das Lachen einer Frau als Maßstab zu nehmen. Vicky lachte mit einer ungekünstelten Herzlichkeit, eine freimütige körperliche Reaktion, die er sehr ermutigend fand, und er nahm besitzergreifend ihren Arm, als er ihr aus der Rikscha half.

Er führte sie mit Besitzerstolz durch die Königssuite. »Es gibt nur eine Suite hier. Der Balkon geht auf den Park hinaus, und am Abend hat man die Brise vom Meer.« Und nach einer Weile: »Eine sehr private Atmosphäre im Haus, man bleibt hier unter sich, wissen Sie.« Und als sie am Ziel waren: »Das Bett ist ganz außergewöhnlich, man schläft wie in Wolken darin. Ich hab' so etwas noch nie erlebt.«

»Und hier soll ich bleiben?« fragte Vicky mit Unschuldsmiene.

»Nun, ich dachte, wir könnten eine Art Übereinkommen treffen, altes Mädchen.« Es stand völlig außer Zweifel, an welche Art von Übereinkommen Major Swales dachte.

»Sie sind sehr freundlich, Major«, murmelte sie und griff nach dem Telefonhörer.

»Hier ist Miss Camberwell. Major Swales überläßt mir die Königssuite. Bitte schicken Sie jemand, der seine Kleidung in ein anderes Zimmer bringen kann.«

»Hören Sie . . .«, stieß Gareth hervor. Sie bedeckte die Muschel mit der Hand und lächelte ihm zu. »Es ist wirklich sehr liebenswürdig von Ihnen.« Dann lauschte sie der Stimme des Hotelmanagers. »Du meine Güte«, sagte sie. »Nun, wenn das das einzige freie Zimmer ist, dann wird es eben genügen müssen; ich bin sicher, der Major hat schon ungemütlichere Quartiere bezogen.«

Als Gareth sein neues Zimmer sah, versuchte er ernsthaft, sich an ein bescheideneres und ungemütlicheres Quartier zu erinnern. Verglichen damit war das chinesische Gefängnis in Mukden kühler gewesen und hatte nicht direkt über der lauten Bar gelegen, und die Unterkunft an der Front im Winter 1917 bei Arras war geräumiger und besser möbliert gewesen.

Die nächsten drei Tage verbrachte Gareth Swales im Hafen. Er trank Tee und Whisky im Büro des Hafenmeisters, fuhr mit dem Lotsen hinaus, um die Schiffe zu besichtigen, die in den Hafen einliefen, schaukelte in einer Rikscha den Kai entlang, um mit den Kapitänen von Dhauen und Loggers, von rüstigen alten Kohlendampfern und sauberen, neueren Ölbrennern zu sprechen, oder fuhr in einem gemieteten Boot den Hafen entlang, um Schiffe anzurufen, die auf der Reede vor Anker lagen.

Seine Abende verbrachte er damit, Victoria Camberwell mit Charme, Schmeicheleien und erstklassigem Champagner zu umgarnen – worauf sie einen unersättlichen Appetit zu haben und wogegen sie völlig immun zu sein schien. Sie hörte ihm zu, lachte mit ihm und trank seinen Champagner, aber um Mitternacht entschuldigte sie sich artig und wich seinen beharrlichen Versuchen, sie an sein schneeweißes Hemd zu drücken oder einen Fuß in die Tür der Königssuite zu setzen, geschickt aus.

Am Morgen des vierten Tages war Gareth verständlicherweise ein wenig entmutigt. Er dachte daran, mit einem Eiskübel voll Tusker-Bier zu Jakes Lager zu fahren und in der wohltuenden Gesellschaft des Amerikaners ein wenig Trost zu suchen. Aber der Gedanke, Jake seinen Mißerfolg eingestehen zu müssen, gefiel ihm gar nicht, deshalb widerstand er der Versuchung, nahm eine Rikscha und fuhr wie gewöhnlich zum Hafen.

In der Nacht war ein neues Schiff in der äußeren Reede vor Anker gegangen, und Gareth begutachtete es durchs Fernglas. Das Schiff war salzverkrustet und schmutzig, alt und narbig mit einem dunklen, schwer zu beschreibenden Rumpf und einer zerlumpten Besatzung, aber Gareth sah, daß seine Takelage intakt war und daß es achtern eine

Schraube hatte, obwohl es als Schoner mit Masten getakelt war, die eine ganze Menge Segeln setzen konnten – wahrscheinlich war das Schiff so umgebaut worden, daß im hohen Heck ein Dieselmotor Platz hatte. Das Schiff entsprach ganz seinen Vorstellungen, und Gareth lief die Stiegen zur Fähre hinunter und gab dem Ruderer einen Shilling mehr Trinkgeld als den üblichen Fahrpreis.

Aus der Nähe sah das Schiff noch schlimmer aus als aus der Entfernung. Der bunte Anstrich des Rumpfes entstand dadurch, daß Farbschicht für Farbschicht allmählich abblätterte, und die sanitären Einrichtungen an Bord waren auf Anhieb zu erkennen. Die Rumpfseiten trugen deutliche Spuren von menschlichen Exkrementen.

Als er näher kam, erkannte Gareth, daß die Planken unter dem scheußlichen Anstrich fest und solide waren und daß der Rumpfteil unter Wasser aus sauberem Kupfer bestand und nicht den üblichen Algenbelag aufwies. Außerdem war die Takelage tadellos, und alle Taue hatten die hellgelbe Farbe und das solide Aussehen von neuem Hanf. ›Hirondelle‹, der Name des Schiffes stand in Arabisch und Französisch am Heck, und es war auf den Seychellen registriert.

Gareth fragte sich, was dieses Schiff geladen hatte, denn es war sicher ein ›Ringer‹, ein als Ackergaul verkleidetes Vollblut. Die große bronzene Schraube würde das Schiff leicht antreiben, der Rumpf selbst wirkte schnell und seetüchtig.

Als er dann längsseits kam, roch er es und wußte sofort, was er von diesem Schiff halten sollte. Er hatte diesen besonderen Geruch von beschmutzten Kielräumen und leidenden Menschen schon früher einmal in chinesischen Meer wahrgenommen. Er hatte gehört, daß dieser Geruch nie wieder aus einem Schiffsrumpf entfernt werden konnte, nicht einmal mit Desinfektionsmitteln oder kochendem Salzwasser. Man sagte, daß Patrouillenboote ein Sklavenschiff bei dunkler Nacht schon von weitem riechen können.

Ein Mann, der sich sein tägliches Brot mit dem Sklavenhandel verdiente, würde gewiß keine Skrupel haben, eine

Lapalie wie einen Waffenschmuggel zu übernehmen, dachte Gareth und rief das Schiff an.

»Ahoi, Hirondelle!«

Die Antwort war ausgesprochen feindselig. Die verschlossenen, dunklen Gesichter der zerlumpten Besatzung starrten auf die Fähre hinunter. Eine recht gemischte Gesellschaft, ein Araber, ein Inder, ein Chinese, ein Neger – und Gareth erhielt auf seinen Anruf keine Antwort.

Aufrecht in der Fähre stehend, legte er seine Hände an den Mund und wiederholte mit der unbewußten Arroganz des Engländers, der voraussetzt, daß alle Welt Englisch spricht, seinen Anruf.

»Ich möchte mit eurem Kapitän sprechen.«

Diesmal regte sich etwas auf dem Achterdeck, und ein weißer Mann kam an die Reeling. Er war braungebrannt und so klein, daß sein Kopf kaum über das Schandeck reichte.

»Was du wollen? Du Polizei, wie?«

Gareth vermutete, daß er Grieche oder Armenier war. Über einem Auge trug er eine dunkle Augenklappe, und die Wirkung war umwerfend. Sein gesundes Auge war hell und kalt wie ein durchsichtiger Achat.

»Keine Polizei!« versicherte ihm Gareth. »Keine Probleme«, sagte er und zog eine Whiskyflasche aus der Manteltasche und schwenkte sie übermütig.

Der Kapitän beugte sich über die Reeling und musterte Gareth genau. Vielleicht bemerkte er das Funkeln in Gareths Augen und das freche Piratenlächeln auf seinem Gesicht. Gleichgesinnte erkannten einander oft auf den ersten Blick. Wie auch immer, er schien zu einem Entschluß gekommen zu sein und brüllte auf arabisch einen Befehl. Eine Strickleiter klappte an der Seite herunter.

»Komm«, lud ihn der Kapitän ein. Er hatte nichts zu verbergen. Auf diesem Abschnitt der Reise hatte er nur Baumwollballen aus Bombay geladen. Er würde diese Ladung hier in Daressalam löschen und dann nach Norden weiterfahren, um bei Nacht am Großen Horn von Afrika anzulegen und seine einträgliche menschliche Ladung an Bord zu nehmen.

Solange die Sklavenhändler in Arabien, Indien und im Fernen Osten noch immer gewaltige Summen für die schlanken schwarzen Mädchen der Danakil und Galla boten, würden Männer wie dieser hier den britischen Kriegsschiffen und Patrouillenbooten trotzen, um ihnen das Gewünschte zu liefern.

»Ich dachte, wir könnten ein paar Whiskys miteinander trinken und über Geld reden«, begrüßte Gareth den Kapitän. »Ich heiße Swales. Major Swales.«

Der Kapitän hatte sein fettiges schwarzes Haar zu einem Zopf geflochten, der über seinen Rücken hing. Er schien Wert darauf zu legen, wie ein Pirat zu wirken.

»Mein Name ist Papadopulos.« Er grinste zum ersten Mal. »Und sprechen über Geld sein Musik in meinen Ohren.« Mit diesen Worten streckte er dem Fremden die Hand entgegen.

Gareth und Vicky Camberwell kamen mit Geschenken zu Jakes Lager unter den Mahagonibäumen.

»Das ist aber eine Überraschung«, begrüßte sie Jake zynisch und richtete sich mit dem flackernden Schweißbrenner in der Hand auf. »Ich dachte schon, ihr beide hättet euch davongemacht.«

»Erst die Arbeit, dann das Vergnügen.« Gareth half Vicky aus der Rikscha. »Nein, mein lieber Jake, wir haben hart gearbeitet.«

»Das sehe ich. Du siehst richtig abgearbeitet aus.« Jake stellte den Schweißbrenner ab und nahm den Sektkübel voll Tusker-Bier entgegen. Er machte sofort zwei Flaschen auf, gab eine davon Greg und hob die andere an die Lippen. Er trug nur eine kurze, ölverschmierte Khakihose.

Als er die Flasche absetzte, grinste er. »Aber, zum Teufel, ich wäre vor Durst fast gestorben, also verzeihe ich euch.«

»Sie haben uns das Leben gerettet, Major Swales und Miss Camberwell«, pflichtete Greg bei und winkte ihnen mit der Flasche zu.

»Was, um alles in der Welt, ist das hier?« fragte Gareth und deutete auf die wuchtige Konstruktion, an der Jake und Greg gearbeitet hatten, und Jake streichelte sie stolz.

»Das ist ein Floß.« Er ging um die komplizierte Plattform aus leeren Ölkanistern mit der Abdeckung aus Holzlatten herum und deutete mit der halbleeren Bierflasche auf die besonderen Merkmale.

»Panzerfahrzeuge schwimmen bekanntlich nicht, und wir müssen sie an einer Küste ohne Hafenanlage an Land bringen. Es ist unwahrscheinlich, daß wir näher als hundert Meter an die Küste herankommen. Hiermit können wir sie an Land bringen.«

Vicky musterte die guttrainierte Muskulatur an Jakes Schultern und Armen, den flachen Bauch und den dunklen Haarpelz auf seiner Brust, aber Gareth hatte nur Augen für das primitiv zusammengebaute Floß.

»Darüber wollte ich gerade mit dir reden und etwas in der Art vorschlagen«, sagte Gareth. Jake hob ungläubig eine Augenbraue.

»Wir müssen jetzt nur noch darauf achten, daß das Schiff, das uns an Land bringt, einen Laderaum hat, der stark genug ist, um die Fahrzeuge an Bord zu hieven.«

»Was wiegen die Dinger denn?«

»Jeder fünf Tonnen.«

»Gut, das schafft die Hirondelle.«

»Die Hirondelle?«

»Das Schiff, das uns transportieren wird.«

»Du hast also doch gearbeitet.« Jake lachte. »Das hätte ich nicht gedacht. Wann stechen wir in See?«

»Übermorgen in der Dämmerung. Geladen wird bei Nacht – wir wollen unsere Ladung ja nicht gerade öffentlich zur Schau stellen – und im ersten Licht laufen wir aus.«

»Dann bleibt mir nicht mehr sehr viel Zeit, um Miss Camberwell beizubringen, wie man den Panzerwagen fährt.« Jake wandte sich an das Mädchen und war abermals wie elektrisiert, als er in ihre grünen, gold-gefleckten Augen sah. »Ich werde einen Teil Ihrer Zeit in Anspruch nehmen müssen.«

»Zeit ist etwas, das ich im Augenblick in Hülle und Fülle habe.« Die Pause in Daressalam hatte Vicky dazu benützt, ihre müden, abgespannten Nerven zu schonen – ihre vorherige Arbeit in Genf war ermüdend und beschwerlich gewesen. Sie hatte die letzten paar Tage damit verbracht, den alten Hafen zu durchforschen und einen Artikel über dessen Entstehung und Geschichte zu schreiben. Sie hatte die Aufmerksamkeit von Gareth Swales und das amüsante Spiel, seinen weiteren Absichten auszuweichen, genossen. Nun bemerkte sie Jake Bartons glühenden Blick. Es gibt nichts Beruhigenderes für ein Mädchen, als von zwei zähen, gefährlichen und kräftigen Männern verfolgt zu werden, dachte sie, lächelte Jake zu und genoß die Wirkung, während sie gleichzeitig beobachtete, wie Gareth Swales beleidigt einzugreifen versuchte.

»Vicky mit den hübschen alten Maschinen vertraut machen kann ich auch – du hast sicher Wichtigeres zu tun.«

Vicky drehte sich nicht um, sondern lächelte Jake weiter an.

»Ich glaube, das ist Mr. Bartons Gebiet«, sagte sie.

»Jake«, sagte Jake.

»Vicky«, sagte Vicky.

Die ganze Angelegenheit entwickelte sich tatsächlich ausgezeichnet. Eine gute Geschichte, eine Sache, die der Mühe wert war, und ein weiteres gewagtes Abenteuer, das ihrem Namen noch mehr Glanz verleihen würde. Sie wußte, daß keiner ihrer Kollegen gewagt hätte, die Sanktionen des Völkerbundes zu mißachten und mit einer Waffenschmugglerbande internationale Grenzen zu überschreiten, um zu einer Story zu kommen.

Und als Extrazulage zwei attraktive Männer in ihrer Begleitung. Das alles sah wirklich sehr gut aus, allerdings nur so lange, wie sie es in überschaubaren Grenzen hielt und nicht zuließ, daß ihre Gefühle noch einmal in Aufruhr gerieten.

Sie gingen den Weg unter den Mahagonibäumen entlang. Vicky mußte insgeheim lächeln, als sie sah, wie Gareth und Jake um den Platz neben ihr kämpften. Doch als sie die Lichtung erreichten, blieb Gareth abrupt stehen.

»Was ist das denn?« fragte er.

»Der neue Anstrich war Gregs Idee«, erklärte Jake. »Die Leute werden es sich zweimal überlegen, bevor sie auf uns schießen.«

Die vier Fahrzeuge waren schneeweiß gestrichen, und an den Panzertürmen prangten purpurrote Kreuze.

»Wenn die Franzosen oder die Italiener versuchen, uns aufzuhalten, dann sind wir eine Einheit von bewaffneten Sanitätsfahrzeugen des Internationalen Roten Kreuzes. Du, Greg und ich sind Ärzte, Vicky ist eine Krankenschwester.«

»Mein Gott, Sie waren wirklich fleißig.« Vicky war beeindruckt.

»Außerdem ist die weiße Farbe in der Wüste weniger heiß«, erklärte Greg ernst. »Man nennt diese Wüste mit gutem Grund den ›Großen Brand‹.«

»Die Gepäckträger habe ich entworfen«, sagte Jake. »Jedes Fahrzeug kann auf diese Weise einen 250-Liter-Kanister mit Treibstoff und einem Kanister Wasser hinter dem Panzerturm transportieren. Die Kisten mit Waffen und Munition werden wir auf alle vier Fahrzeuge verteilen und sie auf der seitlichen Geschützplattform festbinden – für die Seile habe ich Klampen angeschweißt.«

»Die Kisten werden uns verraten«, gab Gareth zu bedenken. »Sie sind alle gekennzeichnet . . .«

»Wir werden die Kennzeichnungen abschleifen und die Kisten mit neuen Anschriften als Medikamente deklarieren«, erklärte Jake, dann nahm er Vickys Arm. »Für Sie habe ich diese Dame ausgesucht. Sie ist die sanfteste und freundlichste unter den vieren.«

»Haben die Wagen denn individuelle Charaktereigenschaften?« fragte Vicky neckisch und lachte über die Ernsthaftigkeit seiner Antwort.

»Sie sind wie Frauen, meine eisernen Ladies.« Er tätschelte die nächststehende Maschine. »Diese hier ist ein wirkliches Schatz – wenn man davon absieht, daß ihre hintere Radaufhängung leicht ausgeleiert ist und sie deshalb bei hoher Geschwindigkeit ein wenig mit dem Hintern wackelt. Das ist nichts Ernstes, hat ihr aber den Namen ›Miss Wackelig‹ eingebracht. Sie gehört Ihnen. Die Dame wird Ihnen sicher ans Herz wachsen.« Jake ging weiter und versetzte dem Reifen des nächsten Wagens einen Tritt. »Diese hier ist die schlimmste von der ganzen Gesellschaft. Schon als ich sie zum ersten Mal ankurbelte, hat sie versucht, mir das Handgelenk zu brechen. Wir nennen sie ›Priscilla das Ekel‹. Ich bin der einzige, der mit ihr umgehen kann. Sie mag mich zwar nicht sonderlich, aber sie respektiert mich.« Er bing weiter. »Greg hat sich diese Dame hier ausgesucht und sie ›Tenastelin‹ genannt – was soviel heißt, wie ›Gott ist mit uns‹ – ich hoffe, er behält recht, aber ich bezweifle es. Greg ist in diesen Dingen ein wenig eigenartig. Er hat mir erzählt, daß er einmal Priester werden wollte.« Jake zwinkerte dem Jungen zu. »Und diese Dame, Gareth, gehört dir – sie hat einen brandneuen Vergaser. Ich denke, es ist recht und billig, daß du die Dame genießt, nachdem du derjenige warst, der alles riskiert hat, um sie zu bekommen.«

»Ach?« Vickys Augen leuchteten interessiert auf, ihre berufsmäßige Neugier erwachte. »Wie denn das?«

»Das ist eine lange Geschichte«, grinste Jake, »aber sie schließt einen langen und gefährlichen Ritt auf einem Kamel mit ein.« Gareth verschluckte sich an dem Rauch seiner Zigarre und begann zu husten, aber Jake fuhr unbeirrbar fort: »Deshalb soll sie in Zukunft ›Henrietta die Bucklige‹ – oder kurz die Bucklige – heißen.«

»Wie hübsch!« sagte Vicky.

Nach Mitternacht fuhren die vier Panzerfahrzeuge in einer Reihe durch die dunklen, verlassenen Straßen der alten Stadt. Die Stahlklappen über den Scheinwerfern waren geschlossen, so daß nur ein schmaler Lichtstreifen auf die Straße vor ihnen fiel. Die Motoren brummten verhalten, als sie im Schrittempo unter den Bäumen, deren ausgebreitete Äste über die Straße hingen und die Sterne verdeckten, zum Hafen hinunterrollten.

Die Umrisse der Fahrzeuge hatten sich drastisch verändert durch die Last, die jeder Wagen beförderte – Kanister und Kisten, Seilrollen und Netze, Werkzeug zum Graben und eine Campingausrüstung.

Gareth Swales führte die Kolonne an, frisch rasiert und bekleidet mit einer grauen Flanellhose und einem weißen Jerseyhemd, dessen Kragen und Manschetten die Farben der Zingari-Kricketmannschaft zierten. Er war etwas besorgt darüber, daß der Eigentümer des Royal-Hotels seine unmittelbar bevorstehende Abreise bemerken würde, denn er hatte noch eine Rechnung über drei Wochen Unterkunft ausstehen und eine Menge unbezahlter Zettelchen über Champagnerbestellungen, die mit dem Swalesschnörkel unterzeichnet waren. Draußen auf See würde Gareth sich viel besser fühlen.

Gregorius Maryam fuhr hinter ihm. Sein angeborener Titel war Gerazmach, ›Kommandant des linken Flügels‹, und vermischt mit den tiefreligiösen, alttestamentarischen Lehren der koptisch-christlichen Kirche floß so viel Kriegerblut durch seine Adern, daß in seinen Augen ein fast mystischer Fanatismus leuchtete und sein Herz vor Patriotismus anschwoll, denn er war noch jung und unerfahren genug, um in der schmutzigen Angelegenheit eines Krieges etwas Männliches und Ruhmreiches zu sehen.

Hinter ihm kam Vicky Camberwell, die ›Miss Wackelig‹ sicher und gewissenhaft zu lenken verstand. Jake freute sich darüber, wie geschickt sie mit dem Fahrzeug umging und wie gut sie mit der altmodischen Gangschaltung mit leichtem Kuppeln und Zwischengasgeben zurechtkam.

Auch sie war erregt durch die Aussicht auf neue Abenteuer und Erlebnisse. Am Nachmittag hatte sie ihren vorläufigen Bericht, einen 20-Seiten-Artikel, per Luftpost abgeschickt, so daß er innerhalb von zehn Tagen auf dem Schreibtisch ihres Chefredakteurs in New York landen würde. Darin hatte sie die Hintergründe erklärt und über Benito Mussolinis unzweifelhafte Absicht, den unabhängigen Staat Äthiopien zu annektieren, über die Gleichgültigkeit der Welt und über das Waffenembargo geschrieben. ›Geben Sie sich keinen Illusionen hin‹, hatte sie geschrieben, ›und glauben Sie ja nicht, daß alles nur blinder Alarm sei. Der Wolf von Rom ist bereits auf der Jagd. Was in den Bergen von Nordafrika vor sich geht, wird bald die gesamte zivilisierte Welt beschämen.‹ Und dann hatte sie über die Absicht der großen Nationen, sie daran zu hindern, in das umkämpfte Land einzureisen und über seine üble Lage zu berichten, geschrieben. Ihre Depesche endete folgendermaßen: ›Ihre Korrespondentin hat sich über diese Einschränkung ihrer Bewegungsfreiheit und ihrer Integrität hinweggesetzt. Heute abend habe ich mich einer Gruppe unerschrockener Männer angeschlossen, die ihr Leben dafür riskieren, das Waffenembargo zu umgehen und eine große Menge von Waffen und Munition, die die belagerte Nation bitter nötig hat, durch das Sperrgebiet zu schleusen. Wenn Sie das lesen, sind wir entweder gescheitert und in der Wüste, die die Eingeborenen bezeichnenderweise den ›Großen Brand‹ nennen, umgekommen – oder wir waren erfolgreich. Wir werden bei Nacht von Bord eines kleinen Küstenschiffes gehen und Hunderte von Meilen über wildes und feindliches Territorium zurücklegen, um zum Treffpunkt mit einem äthiopischen Prinzen zu gelangen. Ich hoffe, daß ich Ihnen in meiner nächsten Depesche über unsere Reise berichten kann, aber sollten es die Schicksalsgötter anders bestimmen – dann haben wir es zumindest versucht.‹
Vicky war mit ihrem ersten Artikel sehr zufrieden. In ihrem üblichen flammenden Stil bevorzugte sie besonders den ›Reisetrick‹, der ihrem Bericht einen Hauch Engagement

gab. Er beinhaltete alles: Dramatik, Geheimnisvolles und das Bild vom kleinen Mann, der sich mit dem Großen anlegt. Sie wußte, daß diese Artikelserie ein Schlager werden würde, und sie war aufgeregt und glühte vor Erwartung.

Hinter ihr fuhr Jake Barton. Mit halbem Ohr lauschte er dem Motorengeräusch des Ekels. Ohne ersichtlichen Grund, außer vielleicht aus einem Vorgefühl heraus, was ihn erwartete, hatte der Wagen in dieser Nacht nicht anspringen wollen. Jake hatte gekurbelt, bis sich sein Arm schmerzhaft verkrampfte. Er hatte die Treibstoffzufuhr durchgeblasen und die Ventile kontrolliert, die Zündung gereinigt und jeden beweglichen Teil überprüft, der die Ursache sein konnte. Dann, nachdem er eine Stunde daran herumgebastelt hatte, war der Motor plötzlich angesprungen und tadellos gelaufen, ohne auch nur den geringsten Hinweis darauf zu verraten, was ihn vorher daran gehindert hatte.

Mit der anderen Hälfte seiner Aufmerksamkeit ging Jake im Geist noch einmal seine Vorbereitungen durch – in der Gewißheit, daß dies seine letzte Chance war, eventuelle Lücken in seiner Liste zu füllen. Die Strecke von Mondi bis zu den Brunnen von Chaldi war verdammt lang, und es gab nicht sehr viele Reparaturwerkstätten auf dem Weg dorthin. Das Pontonfloß aus Ölkanistern war bereits am Nachmittag auf der Hirondelle verstaut worden, und jedes Fahrzeug war mit seinen eigenen Ausrüstungsgegenständen und seinem Treibstoff beladen – eine Ladung, die die alten Radaufhängungen und Karosserien schwer belastete.

Jakes Denken war also voll beschäftigt, aber in seinem Unterbewußtsein tauchte eine Erinnerung auf, die seine Nerven zum Zerreißen spannte und sein Blut mit Adrenalin anreicherte. Er hatte schon einmal eine solche Nacht erlebt, war schon einmal in einer Kolonne mit dem dumpfen Klopfen gedrosselter Maschinen am Ohr durch die Dunkelheit gefahren – aber damals hatten Leuchtraketen den Himmel erleuchtet, aus der Ferne war das Knattern von

Maschinengewehren zu hören gewesen, und er hatte den Geruch von Tod und Verwesung in der Nase gehabt. Im Gegensatz zu Gregorius Maryam im Wagen weiter vorn kannte Barton den Krieg und all seine ›Herrlichkeiten‹.

Papadopulos erwartete sie in einem knöchellangen Umhang, der ihm das Aussehen eines heruntergekommenen Zwerges gab, mit einer Sturmlaterne am Pier. Die Laterne schwenkend, wies er die Kolonne ein, und seine zerlumpte Besatzung strömte von Deck der Hirondelle auf den Kai.

Offensichtlich waren sie gewöhnt, mitten in der Nacht ungewöhnliche Frachten zu laden. Als die Panzerwagen standen, wurden sie sofort ihrer Kanister und Kisten entledigt. Diese verstaute man getrennt in Frachtnetzen. Dann trieben sie solide hölzerne Lagerböcke unter die Karosserien der Wagen und befestigten die schweren Hanftaue. Auf ein Zeichen von Papadopulos ließen die Männer an der Winde den Hilfsmotor an, und die Seile liefen über die Rollen an den Auslegern der Kräne. Die plumpen Fahrzeuge wurden langsam angehoben und an Bord gehievt.

Die ganze Operation ging rasch und ohne unnötigen Lärm vonstatten. Ein gemurmelter Befehl, das Keuchen angestrengt arbeitender Männer, das gedämpfte Knattern der Hilfsmotoren und dann der dumpfe Schlag, als die Fahrzeuge an Deck aufsetzten.

»Die Kerle verstehen ihr Handwerk«, meinte Gareth beifällig, dann wandte er sich an Jake: »Ich gehe zum Hafenmeister und besorge die Frachtbriefe. In ungefähr einer Stunde können wir auslaufen.« Er drehte sich um und verschwand in der Dunkelheit.

»Sehen wir uns die Kabine an«, schlug Jake vor und nahm Vickys Arm. »Das Schiff sieht ja aus wie ein richtiger Luxusdampfer.« Sie stiegen die Laufplanke hinauf und rochen erst an Deck den Sklavengestank. Als Gareth mit Frachtbriefen, die eine Lieferung von vier Sanitätsfahrzeugen und Medikamenten für das Internationale Rote Kreuz in Alexandria bescheinigten, hatten die anderen die winzige, duftende Kabine, die ihnen Papadopulos zugedacht hatte, kurz besichtigt und beschlossen, sie den Wanzen und Kakerlaken zu überlassen, die sich bereits dort eingemietet hatten.

»Die Überfahrt dauert nur ein paar Tage. Ich denke, wir bleiben besser hier an Deck. Wenn es regnet, können wir in die Wagen kriechen.« Jake sprach für sie alle, als sie dicht beieinander an der Reeling standen und zuschauten, wie die Lichter von Daressalam in der Dunkelheit verschwanden, während die Dieselmaschine des Schoners unter ihren Füßen klopfte und der frische, kühle Seewind über das Deck strich und ihre Nasen und Kehlen von dem Sklavengestank reinigte.

Vicky erwachte vom funkelnden Licht der Sterne. Sie öffnete die Augen und schaute in den Himmel. Ganze Felder und Seen perlenden Lichts breiteten sich über das Himmelszelt.

Lautlos schälte sie sich aus ihren Decken und trat an die Reeling. Die See war ein glitzernder schwarzer Abgrund. Jede Welle schien aus kostbarem Material geformt und durch die Spiegelungen des Sternenlichts wie mit Juwelen besetzt zu sein. Das Kielwasser des Schiffes glühte phosphoreszierend wie ein Schweif aus grünem Feuer.

Den Seewind empfand sie wie die Berührung von liebenden Händen auf ihrer Haut und in ihrem Haar, das große Hauptsegel flüsterte über ihr, und die Schönheit dieser Nacht wirkte auf sie fast wie ein körperlicher Schmerz.

Als Gareth leise hinter ihr aufstand und seine Arme um ihre Taille schlang, wandte sie nicht einmal den Kopf, sondern schmiegte sich an ihn. Sie hatte keine Lust zum Streiten oder Sticheln. Wie sie selbst geschrieben hatte, war es möglich, daß sie bald nicht mehr lebte, und diese Nacht war einfach zu schön, um ihren Zauber zu zerstören.

Keiner von ihnen sprach ein Wort, aber Vicky seufzte und schauderte selig, als sie seine Hände sanft und geschickt unter ihre leichte Baumwollbluse schlüpfen fühlte. Seine Berührung war wie der Wind, ein zärtliches Streicheln.

Durch ihre dünne Kleidung konnte sie die Wärme und Elastizität seines Körpers fühlen und spürte das Heben und Senken seines Brustkorbs, als er sie erregt atmend an sich preßte.

Sie drehte sich langsam um und hob ihr Gesicht, als er sich zu ihr herabbeugte, und drückte ihren Körper mit einer drängenden Bewegung der Hüfte an den seinen. Der Geschmack seines Mundes und der männliche, nach Moschus riechende Duft seines Körpers steigerte ihre Erregung.

Es kostete sie ihre ganze Selbstbeherrschung, ihre Lippen von seinem Mund zu lösen und sich aus seiner Umarmung zu befreien. Rasch ging sie zu der Stelle, wo ihre Decken lagen und hob sie mit bebenden Händen hoch.

Sie breitete die Decken zwischen den dunklen, regungslosen Gestalten von Jake und Gregorius aus, und erst als sie sich darin eingewickelt hatte und auf dem Rücken liegend versuchte, ihren fliegenden Atem unter Kontrolle zu bringen, bemerkte sie, daß Jake Barton nicht schlief.

Seine Augen waren geschlossen, und er atmete tief und gleichmäßig, aber sie wußte mit absoluter Sicherheit, daß er nicht schlief.

General Emilio De Bono stand am Fenster seines Büros und blickte über die verwahrlosten Dächer der Stadt Asmara auf das in der Hitze brütende, ausgedehnte Gebirgsmassiv des äthiopischen Hochlandes. Es sieht aus wie das Rückgrat eines Drachens, dachte er und unterdrückte ein Schaudern.

Der General war siebzig Jahre alt und erinnerte sich daher lebhaft an die letzte italienische Armee, die sich in diese Bergfestung hineingewagt hatte. Der Name Adowa war eines der dunkelsten Kapitel in der italienischen Kriegsgeschichte, und diese schreckliche, verlustreiche Niederlage einer modernen europäischen Armee war auch nach vierzig Jahren noch nicht gerächt worden.

Nun hatte das Schicksal ausgerechnet ihn zum Rächer bestimmt, und Emilio De Bono war sich nicht sicher, ob er für diese Rolle der geeignete Mann war. Für seinen Geschmack wäre es viel besser gewesen, wenn Kriege ausgefochten werden könnten, ohne daß jemand dabei zu Schaden kam. Der General hätte alles getan, um zu vermeiden, daß er jemandem Schmerz oder auch nur Unannehmlichkeiten bereitete. Befehle, die dem Empfänger unangenehm sein könnten, wurden vermieden. Operationen, die jemand einer Gefahr aussetzen könnten, wurden vom kommandierenden General streng geprüft, und seine Offiziere hatten gelernt, solche Extravaganzen zu unterlassen.

Im Grunde seines Herzens war der General Diplomat und Politiker – nicht Soldat. Er liebte es, in lächelnde Gesichter zu sehen, und lächelte deshalb auch selbst viel. Mit seinem weißen Spitzbart, der ihm den Spitznamen ›Klein Bärtchen‹ eingetragen hatte, ähnelte er einer munteren Zwergziege. Und er pflegte seine Offiziere ›Caro‹ und seine Männer ›Bambino‹ zu nennen. Er wollte einfach nur geliebt werden. Also lächelte und lächelte er.

Im Augenblick lächelte der General allerdings nicht. Am Morgen hatte er wieder eines dieser lästigen, verschlüsselten und von Benito Mussolini unterzeichneten Telegramme aus Rom erhalten. Die Formulierung war noch gebieterischer als gewöhnlich. ›Der König von Italien wünscht, und ich, Benito Mussolini, Oberbefehlshaber der bewaffneten Streitkräfte, befehle . . .‹

Plötzlich schlug er sich heftig gegen die ordensgeschmückte Brust, was Hauptmann Crespi, seinen Adjutanten, erschreckt auffahren ließ.

»Sie begreifen es einfach nicht«, rief De Bono verbittert aus. »Prächtig, da sitzen sie in Rom und drängen uns zur Eile. Sie verlangen ›Zuschlagen!‹ Aber sie sehen das Bild nicht, das wir sehen, wenn wir hier über dem Marebfluß stehen und die ausschwärmenden Massen der Feinde beobachten.«

Der Hauptmann trat an die Seite des Generals und starrte ebenfalls aus dem Fenster. Das Gebäude, welches das Hauptquartier der Expeditionsstreitkräfte in Asmara beherbergte, war doppelstöckig, und das Büro des Generals im obersten Stock bot eine weitreichende Aussicht bis auf den Fuß der Berge. Der Hauptmann stellte verwundert fest, daß die ausschwärmenden Massen nicht so ohne weiteres zu erkennen waren. Das Land war eine riesige Einöde, die im grellen Sonnenlicht schimmerte. Luftaufklärer hatten auch im Landesinnern keine Massierung von äthiopischen Gruppen wahrgenommen, und aus zuverlässiger Quelle verlautete, daß Kaiser Haile Selassie angeordnet hatte, keine seiner schwachen militärischen Einheiten dürfe näher als fünfzig Kilometer an die Grenze heranrücken, um den Italienern keinen Vorwand zum Einmarsch zu liefern.

»Sie begreifen einfach nicht, daß ich erst meine Stellung hier in Eritrea ausbauen muß. Daß ich einen festen Ausgangspunkt und gesicherte Nachschublinien brauche«, jammerte De Bono. Schon über ein Jahr baute er seine Stellung aus und sicherte seinen Nachschub. Der primitive kleine Hafen von Massawa, der früher den Bedürfnissen eines gelegentlich vorbeikommenden Dampfschiffes oder eines der kleinen japanischen Salzschiffe genügt hatte, war völlig neu aufgebaut worden. Prachtvolle Steinpiers liefen in das Meer hinaus, auf den großen Landeplätzen drängten sich die Ladekräne, und Lokomotiven beförderten geschäftig die unglaubliche Menge an Kriegsmaterial, das in Tausenden Tonnen Tag für Tag und Monat für Monat im Hafen entladen wurde. Wegen der Transporte für den italienischen Feldzug blieb der Suezkanal offen, und ein langer Zug von Frachtern dampfte nach Süden, unbeeindruckt von dem

Embargo, das der Völkerbund über die Einfuhr militärischer Güter nach Ostafrika verhängt hatte.

Bisher waren über drei Millionen Tonnen Kriegsmaterial an Land gebracht worden, die fünftausend Militärfahrzeuge – Truppentransporter, Panzerwagen, Panzer und Flugzeuge – nicht mitgerechnet. Um diese ungeheure Menge von Fahrzeugen und Waffen weiterzubefördern, war ein fächerförmiges Straßensystem in das Landesinnere angelegt worden, ein Straßennetz, das so prachtvoll war wie das der Cäsaren im alten Rom.

General De Bono klopfte wieder gegen seine Brust, und sein Adjutant erschrak. »Man zwingt mich zu verfrühten Handlungen. Man scheint nicht zu erkennen, daß meine Streitmacht noch unzureichend ist.«

Die Streitmacht, über die sich der General beklagte, war die größte und stärkste Armee, die jemals auf dem afrikanischen Kontinent aufgestellt worden war. Er befehligte dreihundertsechzigtausend Mann, die mit dem raffiniertesten Zerstörungswerkzeug, das je erdacht wurde, ausgerüstet waren – vom dreimotorigen Caproni CA-133-Eindecker, der zwei Tonnen hochexplosives und giftiges Gas über eine Reichweite von neunhundert Meilen befördern konnte, bis hin zu den modernsten Panzerfahrzeugen und schwerbewaffneten CV-3-Tanks mit ihren 50-mm-Geschützen, sowie ganzen Einheiten schwerer Artillerie.

Diese ungeheure Streitmacht lagerte um Asmara und auf den Hügeln über dem Marebfluß. Sie setzte sich aus verschiedenen Abteilungen zusammen, den grüngekleideten regulären Armeeverbänden mit ihren breitkrempigen Tropenhelmen, der Faschistenmiliz in ihren schwarzen Hemden mit den hohen Stiefeln und dem Kreuzriemen, auf deren Abzeichen Blitz und Totenkopf und in deren Gürtel glitzernde Dolche blitzten; die regulären Kolonialeinheiten der schwarzen Somalis und Eritreaner in ihren hohen, mit Quasten geschmückten, roten Fezen und ihren sackartigen Kleidern, mit ihren buntfarbenen Regimentsschärpen und ihren umwickelten Beinen und bloßen Füßen. Und letztendlich die irregulären Freiwilligen oder ›Banda‹, eine Truppe aus Straßenräubern und gefährlichen Viehdieben, die die Aussicht auf einen Krieg angelockt hatte, wie Blutgeruch ein Rudel Schakale.

De Bono wußte sehr wohl, daß der britische General Napier vor beinahe siebzig Jahren mit weniger als fünfzigtausend Mann nach Magdala marschiert war, auf dem Weg dorthin die gesamte äthiopische Armee aufgerieben, die Bergfestung gestürmt und die britischen Gefangenen befreit hatte, um dann in einem geordneten Rückzug wieder abzuziehen. Aber darüber dachte De Bono nicht nach, solche Heldentaten gingen über das Vorstellungsvermögen des Generals hinaus.

»Caro.« Der General legte einen Arm um die mit goldenen Litzen besetzte Schulter seines Adjutanten. »Wir müssen eine Antwort für den Duce verfassen. Er muß meine Probleme einfach verstehen.« Er klopfte dem anderen gütig auf die Schulter, und sein Gesicht bekam wieder den gewöhnlichen, freundlichen Ausdruck, als er eine Antwort zu entwerfen begann.

»Mein lieber und hochgeschätzter Führer, seien Sie meiner Treue für Sie und das ruhmreiche Vaterland Italien versichert.« Der Hauptmann beeilte sich, einen Notizblock zur Hand zu nehmen und eifrig draufloszukritzeln. »Seien Sie auch versichert, daß ich Tag und Nacht daran arbeite . . .«

Es kostete ihn fast zwei Stunden mühevollen Nachdenkens, bevor der General mit seiner blumenreichen und weitschweifigen Befehlsverweigerung zufrieden war.

»So«, er unterbrach sein Auf- und Abmarschieren und bedachte den Hauptmann mit einem gütigen Lächeln. »Wenn wir auch noch nicht angriffsbereit sind, so wird es den Duce versöhnen, wenn wir wenigstens die Eröffnungsphase der Südoffensive einleiten.«

Die Pläne für die Invasion, die letztendlich doch nicht zu verhindern war, hatte der General mit ebenso umständlicher Berücksichtigung aller Einzelheiten ausgearbeitet wie seine früheren Vorbereitungen. Für ihn war es eine historische Notwendigkeit, daß der Hauptangriff auf Adowa erfolgte. Zwischen den riesigen Bergen von Ausrüstungsgegenständen befand sich bereits ein Marmordenkmal aus Italien, auf dem die Worte ›Andenken an die Toten von Adowa, gerächt am . . .‹ mit freiem Platz für das Datum eingraviert waren.

Dieser Plan verlangte allerdings nach einem Flankenvorstoß weiter südlich auf einen der wenigen Zugänge zum zentralen Hochland. Dieser Zugang war die Sardischlucht. Eine schmale Öffnung in der Wüstenlandschaft, welche die steilen Gebirgsformationen wie durch einen Axthieb spaltete und einen Paß darstellte, durch den eine Armee das Hochplateau, das sich in einer Höhe von zweitausend Meter über die Wüste erstreckte, erreichen konnte. Die erste Phase dieses Planes sah die Übernahme der Zufahrtswege zur Sardischlucht vor – wobei in dieser trockenen und heißen Region der Wasserversorgung der angreifenden Truppe eine besondere Bedeutung zukam.

Der General durchquerte den Raum und trat vor die riesige Landkarte von Ostafrika, die eine ganze Wand bedeckte, nahm einen Stab aus Elfenbein zur Hand und tippte damit auf einen Punkt in der Wüste unterhalb der Berge.

»Die Brunnen von Chaldi.« Er sprach den Namen laut aus. »Wen sollen wir dorthin schicken?«

Der Hauptmann sah von seinem Notizblock auf und stellte fest, daß der Ort ringsum vom abschreckenden Gelb der Wüste umgeben war. Er war lange genug in Afrika, um zu wissen, was das bedeutete, und es gab nur einen einzigen Mann, dem er diese Strapazen gönnte.

»Belli«, sagte er.

»Ach«, sagte der General. »Graf Aldo Belli, der Feuerschlucker.«

»Der Clown«, sagte der Hauptmann.

»Immer langsam, Caro«, ermahnte der General seinen Adjutanten sanft. »Sie sind zu streng. Der Graf ist ein hervorragender Diplomat, er war drei Jahre lang Gesandter am Königshof in London. Seine Familie ist alt, edel – und sehr, sehr reich.«

»Er ist ein Prahlhans«, sagte der Hauptmann verstockt, und der General seufzte.

»Er ist ein persönlicher Freund von Benito Mussolini. Il Duce ist Dauergast in seinem Schloß. Er hat großen politischen Einfluß.«

»An diesem trostlosen Ort wäre er in Sicherheit«, sagte der Hauptmann, und der General seufzte abermals.

»Vielleicht haben Sie recht, Caro. Lassen Sie also den guten Grafen kommen. Ich bitte darum.«

Hauptmann Crespi stand auf den Stufen zum Hauptquartier unter dem Portal mit den unechten Marmorsäulen und dem buntbemalten Fresko, das eine kühne Schar muskelstrotzender Italiener darstellte, die gegen Heiden kämpften, die Erde pflügten, das Korn ernteten und gemeinsam ein Weltreich aufbauten.

Der Hauptmann beobachtete verdrießlich, wie die offene Rolls-Royce-Limousine auf der staubigen, mit Schlaglöchern übersäten Hauptstraße angeholpert kam. Die Scheinwerfer starrten ihn wie riesige, erschrockene Augen an, und der glatte himmelblaue Lack war von einer dünnen Staubschicht bedeckt. Der Kaufpreis für diesen Wagen hätte mindestens fünf Jahresgehälter verschlungen, und das war der Hauptgrund für die schlechte Laune des Hauptmanns.

Graf Aldo Belli war als einer der größten Landbesitzer Italiens und als einer der reichsten Männer des Landes nicht auf die Transportmöglichkeiten der Armee angewiesen. Der Rolls war nach seinen persönlichen Vorstellungen vom Hersteller entworfen und angefertigt worden.

Als der Wagen schwungvoll vor dem Portal hielt, sah der Hauptmann, daß das Familienwappen des Grafen die Vordertüren zierte – ein aufrecht stehender goldener Wolf, der ein Schild mit einer gevierteilten Zeichnung in Purpur und Silber stützte. Die geschwungene Inschrift darunter lautete: ›Kühnheit wappnet mich.‹

Kaum hatte der Wagen angehalten, sprang ein kleiner, drahtiger, sonnengebräunter Mann in der Uniform eines Sergeant der Schwarzhemden vom Beifahrersitz und ließ sich mit einer riesigen Kamera auf die Knie nieder, um den Augenblick festzuhalten, wenn der Fahrgast auf dem breiten Rücksitz des Rolls stieg.

Graf Aldo Belli rückte sorgsam sein schwarzes Barett zurecht, zog den Bauch ein und erhob sich, als der Fahrer um den Wagen herumeilte, um ihm die Wagentür aufzuhalten. Der Graf lächelte. Er lächelte mit blitzend weißen Zähnen. Eine starke Ausstrahlung ging von ihm aus. Er hatte dunkle, romantische Augen mit den geschwungenen Wimpern einer eleganten Dame, seine Haut war leicht goldbraun getönt, und die glänzenden Locken seines Haares, die unter dem schwarzen Barett hervorlugten, schimmerten im Sonnenlicht. Obwohl er schon Mitte Dreißig war, beeinträchtigte kein einziges graues Haar die Pracht seiner Mähne.

Da er hoch aufgerichtet im Wagen stand, schien er die Männer, die um ihn herumeilten, gottähnlich zu überragen. Die auf Hochglanz polierten Kreuzriemen an seiner Brust glitzerten mit dem silbernen Totenkopfabzeichen um die Wette. Der kurze Dolch an seiner Hüfte war nach eigenem Entwurf des Grafen mit winzigen Diamanten und Zuchtperlen besetzt, und der Revolver mit dem Elfenbeingriff war von Beretta eigens für ihn angefertigt worden; der Pistolenhalfter war eng geschnürt, um eine Taille zu bändigen, die erste Anzeichen von offenem Widerstand verriet.

Der Graf blieb stehen und schaute auf den kleinen Sergeanten hinab.

»Nun, Gino?« fragte er.

»Gut so, mein Graf. Nur noch ein wenig das Kinn heben.«

Das Kinn des Grafen machte ihnen beiden einigen Kummer. In gewissen Stellungen zeigte es den beängstigenden Hang, sich wie die Wellen eines Teiches zu verdoppeln. Der Graf hob in strammer Haltung das Kinn, etwa so wie Il Duce, und das Doppelkinn verschwand augenblicklich.

»Bellissimo«, jubelte Gino und drückte auf den Auslöser. Der Graf stieg aus dem Rolls-Royce und genoß das Geräusch, welches das weiche, glänzende Leder seiner hohen Stiefel verursachte, als er ging; es klang wie der Blasebalg einer Concertina; er hakte den Daumen seiner behandschuhten linken Hand über den Dolch in den Gürtel und stieß seinen rechten Arm im faschistischen Gruß nach oben und zur Seite.

»Der General erwartet Sie, Oberst«, begrüßte ihn Crespi.

»Als ich den Befehl erhielt, habe ich mich sofort auf den Weg gemacht.«

Der Hauptmann schnitt eine Grimasse. Er wußte, daß der Befehl um zehn Uhr vormittag gegeben wurde, und nun war es fast drei Uhr nachmittag. Die Toilette des Grafen hatte Stunden in Anspruch genommen, und nun strahlte er frisch rasiert, gebadet und massiert und duftete wie ein Rosengarten in voller Blüte.

Clown, dachte der Hauptmann wieder. Crespi hatte es zehn Jahre unentwegten Dienstes und völliger Hingabe gekostet, um seinen Rang zu erreichen, während dieser Mann einfach seine Geldbörse geöffnet hatte, Mussolini für eine Woche zum Jagen und Trinkgelagen auf seine Ländereien am Fuß der Apenninen einlud und dafür postwendend das Kommando eines Oberst über ein ganzes Bataillon erhielt. Der Mann hatte noch nie auf etwas anderes geschossen als auf Wild und bis vor sechs Monaten weiter nichts befehligt als eine Schar Hausangestellte, einen Trupp Gärtner oder eine Reihe Dirnen in seinem Bett.

Clown, dachte der Hauptmann bitter, beugte sich über seine Hand und grinste gewinnend, in der Danakilwüste kannst du deinen Fotografen zerdrückte Fliegen oder stinkenden Kameldung neben den Brunnen von Chaldi fotografieren lassen, dachte er und trat rückwärts durch die breiten

Türen in das relativ kühle Innere des Verwaltungsgebäudes. »Hier entlang, Oberst, wenn Sie so freundlich wären, mir zu folgen.«

General De Bono senkte das Fernglas, durch das er tief besorgt das äthiopische Gebirgsmassiv gemustert hatte, und drehte sich fast erleichtert um, um den Oberst zu begrüßen.

»Caro«, sagte der General lächelnd und überquerte mit ausgestreckten Händen den kahlen, handbemalten Steinboden. »Mein lieber Graf, gut, daß Sie kommen.«

Der Graf blieb auf der Türschwelle stehen und schleuderte dem näherkommenden General den Faschistengruß entgegen, wodurch dieser verwundert stehenblieb.

»Im Dienste meines Landes und meines Königs ist mir kein Opfer zu groß.« Aldo Belli war von seinen eigenen Worten gerührt. Diesen Satz mußte er sich einprägen. Er würde ihn wieder verwenden können.

»Ja, selbstverständlich«, pflichtete De Bono eilig bei. »Ich bin sicher, daß wir alle so empfinden.«

»General De Bono, Sie können über mich verfügen.«

»Ich danke Ihnen, Caro mio. Aber wie wäre es erst mal mit einem Glas Madeira und einem kleinen Imbiß?« schlug der General vor. Ein Stückchen Zucker, um die bittere Medizin zu versüßen. Der General fand es sehr unangenehm, daß er jemanden in das Danakilland schicken mußte – hier in Asmara war es schon heiß genug, Gott allein wußte, wie heiß es erst dort unten war, und der General war plötzlich bestürzt, daß er Crespi erlaubt hatte, einen Mann auszuwählen, der so viel politische Macht besaß wie der Graf. Er wollte den guten Grafen nicht noch mehr beleidigen, indem er zu hastig auf seine Aufgabe zu sprechen kam.

»Ich hoffe, Sie hatten Gelegenheit, die neue Inszenierung von La Traviata zu sehen, bevor Sie Rom verließen?«

»Allerdings, General. Ich hatte das Glück, der Premiere in Gesellschaft des Duce beizuwohnen.« Der Graf entspannte sich ein wenig und lächelte sein umwerfendes Lächeln.

Der General seufzte, als er den Wein einschenkte. »Ach, das zivilisierte Leben! Bisher nur ein Schlagwort in diesem Land der Wilden und der Dornen . . .«

Erst am späten Nachmittag konnte sich der General entschließen, den wunden Punkt der Unterredung anzuschneiden, entschuldigend gab er seine Befehle.

»Die Brunnen von Chaldi«, wiederholte der Graf, und dann ging plötzlich eine Veränderung mit ihm vor. Er sprang auf, stellte das Madeiraglas auf den Tisch und begann mit eingezogenem Bauch, das edle Kinn erhoben, mit knallenden Absätzen hin und her zu schreiten.

»Tod vor Schande!« brüllte Aldo Belli, dessen glühende Begeisterung durch den Madeira noch geschürt wurde.

»Das hoffe ich nicht, Caro«, murmelte der General. »Alles, was ich von Ihnen verlange, ist, daß Sie Posten an einer unbewohnten Wasserstelle beziehen.« Aber der Graf schien nicht zuzuhören. Seine Augen funkelten düster.

»Für diese Gelegenheit, mein Kommando auszuzeichnen, bin ich Ihnen zu großem Dank verpflichtet. Sie können bis in den Tod auf mich zählen.« Der Graf blieb abrupt stehen, als ihm ein neuer Gedanke kam. »Werden Sie meinen Vorstoß mit Flugzeugen oder Artillerie unterstützen?« fragte er besorgt.

»Ich glaube nicht, daß das notwendig sein wird, Caro«, sagte der General sanft. All das Gerede über Tod und Ehre beunruhigte ihn, aber er wollte keinen Anstoß erregen. »Ich glaube nicht, daß Sie auf Widerstand stoßen werden.«

»Aber falls es doch der Fall sein sollte?« fragte der Graf mit wachsender Erregung, so daß ihm der General beschwichtigend über den Arm strich.

»Sie haben ein Funkgerät, Caro. Sie können jederzeit Verstärkung anfordern.«

Der Graf dachte einen Augenblick nach und fand den Vorschlag schließlich annehmbar. Das patriotische Feuer kehrte in seine funkelnden Augen zurück.

»Der Sieg ist unser«, brüllte er, und der General erwiderte lebhaft:

»Das hoffe ich, Caro. Das hoffe ich inständig.« Plötzlich wirbelte der Graf herum und eilte zur Tür. Er stieß sie auf und rief:

»Gino!«

Der kleine Schwarzhemdensergeant eilte ins Zimmer und stellte mit fliegender Hast die riesige Kamera ein, die um seinen Hals hing.

»Der General hat doch nichts dagegen?« fragte Aldo Belli und führte ihn ans Fenster. »Hier ist das Licht besser.«

Die letzten Strahlen der untergehenden Sonne drangen herein und beleuchteten die beiden Männer theatralisch, als der Graf nach De Bonos Hand griff.

»Näher zusammen, bitte. Etwas zurück, General, Sie verdecken den Grafen. Ausgezeichnet! Das Kinn etwas höher, mein Graf. Ha! Bello!« rief Gino aus und hielt den erstaunten Ausdruck über dem kleinen weißen Spitzbart des Generals gewissenhaft fest.

Der rangälteste Major des Afrika-Bataillons der Schwarzhemden war ein harter Berufssoldat mit dreißig Jahren Erfahrung, ein Veteran von Vittorio und Caporetto, wo ihm sein Offizierspatent verliehen worden war.

Er war durch und durch Soldat und reagierte sehr verärgert über seine Abberufung von seinem angesehenen Regiment in der regulären Armee zu diesem Pöbelhaufen von politischer Miliz. Er hatte sich bis zuletzt und mit aller Macht, die ihm zur Verfügung stand, dagegen gewehrt, aber der Befehl war von höchster Stelle, vom Divisionsstab persönlich gekommen. Der Divisionskommandant war ein Freund des Grafen Aldo Belli und schuldete ihm einen Gefallen. Außerdem kannte er den Grafen sehr genau und wußte, daß er einen hundertprozentigen Soldaten zur Beratung und Anleitung brauchte. Major Castelani war wahrscheinlich einer der besten Soldaten in der gesamten italienischen Armee. Als er erkannte, daß seine Abberufung unvermeidlich war, fand er sich damit ab und widmete sich seiner neuen Aufgabe – er hämmerte und peitschte seiner neuen Truppe Disziplin ein.

Er war ein stattlicher Mann mit kurzgeschorenem braunen Borstenhaar, ein richtiger Jagdhund, dessen faltiges Gesicht von unzähligen Feldzügen verwittert, sonnenverbrannt und gezeichnet war. Er bewegte sich mit der wiegenden Gangart eines Seemannes oder eines Reiters, obwohl er weder das eine noch das andere war, und seine Stimme war auch bei Gegenwind eine Meile weit zu hören.

Infolge seiner eigenhändigen Bemühungen war das Bataillon eine Stunde vor Sonnenaufgang in Marschordnung angetreten. Sechshundertneunzig Mann hatten mit ihren diversen motorisierten Transportmitteln auf der Hauptstraße von Asmara Aufstellung genommen. Die Männer auf den Lastautos hatten sich gegen die Kälte des Morgens in ihre Mäntel gehüllt und schwiegen. Die Motorradfahrer saßen rittlings auf ihren Maschinen und flankierten den frischpolierten, aber unbesetzten Rolls-Royce des Kommandanten mit seinen dunklen Flaggen und dem Fahrer, der mürrisch hinter dem Lenkrad kauerte. Ein Gefühl der Furcht und Unsicherheit bemächtigte sich der versammelten Truppe.

Wilde Gerüchte waren in den letzten zwölf Stunden im Bataillon laut geworden – sie waren für irgendeine tollkühne und gefährliche Mission ausgewählt worden. Der Küchenunteroffizier war am vorhergehenden Abend tatsächlich Zeuge gewesen, als Graf Oberst Aldo Belli mit Tränen der Rührung in den Augen seinen Offizieren mit dem Schlachtruf des Regiments zugeprostet hatte – ›Tod vor Schande‹ – was mit Chianti im Bauch recht gut klingen mochte, nach einem Frühstück mit Schwarzbrot und lausigem Kaffee um fünf Uhr morgens jedoch ein dumpfes Gefühl verursachte.

Das dritte Bataillon befand sich in einer ziemlich düsteren Stimmung, als die Sonne grell und heiß aufging und die Männer fast augenblicklich dazu zwang, ihre Mäntel auszuziehen. Die Sonne stieg am tiefblauen Himmel höher und höher, und die Männer warteten so geduldig wie Ochsen vor dem Pflug. Irgend jemand hat einmal gesagt, daß Krieg zu neunundneunzig Prozent aus Langeweile und zu einem Prozent aus Angst besteht. Das dritte Bataillon machte Bekanntschaft mit den neunundneunzig Prozent.

Kurz vor Mittag schickte Major Luigi Castelani doch noch einen Boten zur Unterkunft des Obersten. Diesmal erhielt er die Antwort, daß der Graf nun tatsächlich aufgestanden und mit seiner Morgentoilette fast fertig war. Er würde in Kürze vor dem Bataillon erscheinen. Der Major fluchte mit der Inbrunst eines alten Soldaten und schlenderte mit seinem wiegenden Gang die Kolonne entlang, um das aufrührerische Gemurmel aus den in der Mittagshitze schmachtenden, mit Planen bedeckten LKWs zu beschwichtigen.

Dann erschien der Graf wie der Sonnengott persönlich. Strahlend und schön, von zwei Unteroffizieren flankiert und gefolgt von einem Soldaten, der das Kampfbanner trug, das der Graf selbst entworfen hatte. Es war die Imitation der Adlerstandarte einer römischen Legion, mit den Figuren von Raubvögeln und baumelnden Seidenquasten versehen.

Der Graf schwebte auf einer Wolke von Wohlwollen und teurem Eau de Cologne heran. Gino machte ein paar Aufnahmen von ihm, als er seine Offiziere umarmte und den älteren Unteroffizieren auf die Schulter klopfte. Den Soldaten lächelte er zu wie ein Vater und schürte ihre Hirngespinste mit einem passenden Sermon über Pflicht und Opferbereitschaft, als er die Kolonne entlangschritt.

»Was für eine hervorragende Truppe«, sagte er zum Major. »Ich bin so gerührt, daß ich singen möchte.«

Luigi Castelani stöhnte. Der Oberst war häufig so gerührt, daß er zu singen begann. Er hatte beim berühmtesten Lehrer Italiens Gesangsunterricht genommen und als junger Mann ernsthaft an eine Karriere als Opernsänger gedacht.

Nun blieb er stehen, breitete die Arme aus, warf den Kopf

zurück und stimmte mit seinem tiefen, wohlklingenden Bariton ein Lied an. Seine Offiziere fielen pflichtgetreu in den schwungvollen Chor von ›La Giovinezza‹, dem faschistischen Marschlied, ein.

Der Oberst ging langsam an der geduldig in der Sonne ausharrenden Kolonne zurück, blieb ab und zu stehen, um für eine hohe Note die richtige Pose einzunehmen, indem er die rechte Hand hob und mit der Spitze des Zeigefingers leicht den Daumen berührte, während die andere Hand anmutig auf dem juwelenbesetzten Dolch an seiner Hüfte lag.

Als das Lied zu Ende war, rief der Oberst: »Genug! Es ist Zeit zum Abmarsch – wo sind die Karten?« Und einer seiner Untergebenen kam mit der Kartentasche herbeigeeilt.

»Oberst, Sir«, beeilte sich Luigi Castelani zu versichern, »die Straße ist gut beschildert, und außerdem habe ich zwei Eingeborenenführer . . .«

Der Graf ignorierte ihn und sah zu, wie die Landkarten auf der glänzenden Motorhaube des Rolls ausgebreitet wurden.

»Aha!« Er studierte eingehend das Kartenwerk und blickte dann zu seinen beiden Hauptmännern auf. »Sie beide an meine linke und rechte Seite«, befahl er. »Major Vito – Sie hierher! Einen ernsten Gesichtsausdruck, wenn ich bitten darf, und sehen Sie nicht in die Kamera.« Er deutete mit einer großartigen Geste auf Johannesburg – viertausend Meilen weiter südlich – und behielt diese Pose bei, bis Gino die Aufnahme im Kasten hatte. Als nächstes stieg er hinten in den Rolls-Royce und zeigte stehend, mit ausgestrecktem Arm gebieterisch auf die Straße in Richtung Danakilwüste.

Luigi Castelani faßte dies irrtümlicherweise als Befehl zum Abmarsch auf. Er ließ eine Reihe Brüllaute vernehmen, und das Bataillon erwachte zu einer hektischen Betriebsamkeit. Unverzüglich kletterten die Männer auf die LKWs und setzten sich in disziplinierter Ordnung mit hundert Schuß Munition in den Patronengürteln, die Gewehre zwischen den Knien, auf die langen Bänke.

Aber als die sechshundertneunzig Mann schließlich alle auf den Lastern Platz genommen hatten, war der Oberst wieder aus dem Rolls-Royce gestiegen. Der Zufall wollte es, daß der Rolls direkt vor einem Kasino stand.

Das Kasino war eine von der Regierung amtlich zugelassene Einrichtung, unter deren Schutz junge Damen mit Sechs-Monat-Verträgen aus Italien eingeführt wurden, um die sexuellen Bedürfnisse von zehntausend jungen, gesunden Männern in einer frauenlosen Umgebung zu befriedigen. Nur wenige dieser Damen hatten die Kraft, eine Vertragsverlängerung zu unterschreiben, und keine von ihnen hatte es nötig. Im Besitz einer stattlichen Aussteuer kehrten sie in die Heimat zurück, um sich dort einen Ehemann zu suchen.

Das Kasino hatte ein silberglänzendes Dach aus verzinktem Wellblech, und seine Traufen und Balkone waren mit gußeisernen Schnörkeln verziert. Die Fenster von den Zimmern der Mädchen lagen zur Straße hin.

Die jungen Animierdamen, die gewöhnlich erst am späten Nachmittag aufstanden, waren vom Brüllen der Befehle und dem Rasseln der Waffen frühzeitig aufgewacht. Sie lehnten in ihren bunten, dünnen Nachthemden auf der langen Veranda im zweiten Stock und paßten sich kichernd dem Ereignis an, indem sie den Offizieren Kußhändchen zuwarfen. Eine von ihnen hatte eine Flasche eisgekühlten Lacrima Christi in der Hand, und sie wußte aus Erfahrung, daß es das Lieblingsgetränk des Oberst war. Also lockte sie ihn mit der eisgekühlten Flasche.

Der Oberst stellte plötzlich fest, daß ihn die Aufregung und das Singen hungrig und durstig gemacht hatten.

»Einen Abschiedstrunk, wie der Engländer sagt«, schlug er scherzhaft vor und klopfte einem der Hauptmänner auf die Schulter. Die meisten seiner Stabsoffiziere folgten ihm bereitwillig ins Kasino. Kurz nach fünf Uhr erschien einer der jungen Unteroffiziere aus dem Kasino leicht angetrunken mit einer Botschaft vom Oberst für den Major.

»Morgen vor Sonnenaufgang rücken wir ab.«

Das Bataillon brach am folgenden Morgen um zehn Uhr von Asmara auf. Der Oberst war mürrisch und verstimmt. Die Vergnügungen der vorausgegangenen Nacht hatten ihre Spuren hinterlassen. Er hatte so lange gesungen, bis er heiser war, und Unmengen Lacrima Christi getrunken, bevor er mit zwei jungen Damen nach oben gegangen war.

Gino kniete auf dem Rücksitz des Rolls neben ihm und hielt einen Sonnenschirm über seinen Kopf, und der Fahrer versuchte, den Schlaglöchern und Unebenheiten auszuweichen. Aber der Graf war blaß, und auf seiner Stirn perlten Schweißtropfen, als ihm übel wurde.

Sergeant Gino versuchte ihn aufzuheitern. Er haßte es, seinen Grafen leiden zu sehen, und gab sein Bestes, den Kampfgeist vom Vortag wiederaufleben zu lassen.

»Denken Sie daran, mein Graf. Von der gesamten Armee Italiens werden wir die ersten sein, die dem Feind gegenübertreten. Die ersten, die auf den blutrünstigen Barbaren mit dem grausamen Herzen und den blutig roten Händen stoßen werden.«

Der Graf dachte über dieses Angebot nach. Er dachte sehr konzentriert und mit wachsendem Entsetzen darüber nach. Plötzlich wurde ihm bewußt, daß er, Aldo Belli, von den dreihundertsechzigtausend Mann, die die Expeditionsstreitkräfte Italiens umfaßten, die Spitze, der äußerste Punkt des Speeres war, der auf Äthiopien zielte. Plötzlich fielen ihm die entsetzlichsten Geschichten ein, die er über die Niederlage bei Adowa gehört hatte. Eines der Greuelmärchen übertraf alle anderen – die Äthiopier würden ihre Gefangenen kastrieren. Er spürte, wie sich sein edelstes Glied zwischen seinen Oberschenkeln verkrampfte, und nun traten ihm erst recht die Schweißtropfen auf die Stirn.

»Anhalten!« brüllte er dem Fahrer zu. »Sofort anhalten.«

Knapp zwei Meilen außerhalb der Stadt wurde die

Kolonne durch das plötzliche Anhalten des Führungsfahrzeugs in Aufruhr versetzt, und den lauten, drängenden Rufen des kommandierenden Offiziers folgend, eilte der Major nach vorn, um zu erfahren, daß die Marschordnung geändert worden war. Der Wagen des Oberst sollte genau in der Mitte der Kolonne, mit sechs Motorradfahrern als Flankendeckung, die Fahrt fortsetzen.

Es dauerte eine weitere Stunde, bis die Neuordnung der Kolonne beendet war, und dann bewegte sich das Bataillon weiter in südwestlicher Richtung auf die große Wüste und den fernen, verschwommenen Horizont unter der unermeßlich weiten, gewölbten blauen Kuppel des Himmels zu.

In dem Wissen, daß dreihundertfünfundvierzig Paar gummiartige, bäuerliche Hoden, an denen sich die Barbaren ihre Klingen stumpf schneiden konnten, vor ihm herfuhren, fühlte sich Graf Aldo Belli auf den luxuriösen Ledersitzen seines Rolls-Royce schon etwas besser.

Das Bataillon schlug an diesem Abend, nur dreihundertfünfzig Kilometer von Asmara entfernt, das Nachtlager auf. Nicht einmal der Graf konnte behaupten, daß das ein Gewaltmarsch für eine motorisierte Infanterieeinheit war – aber es hatte den Vorteil, daß zwei Motorradfahrer mit einer Depesche für General De Bono zurückgeschickt werden konnten, um den Patriotismus, die Loyalität und die Kampfbegeisterung des dritten Bataillons zu bekräftigen – und auf dem Rückweg konnten die Motorradfahrer Eisblöcke aus dem Kasino mitbringen, die, in Salz und Stroh verpackt, in den Beiwagen transportiert werden konnten.

Am nächsten Morgen hatte der Graf seine gute Laune wiedergefunden. Er stand früh – um neun Uhr – auf und nahm mit seinen Offizieren im Schatten eines Sonnendaches ein herzhaftes Frühstück ein und gab dann, vom Rücksitz des Rolls-Royce aus und nach Art der Kavallerie, mit der geballten Faust den Befehl zum Abrücken.

Mit flatternden Fahnen und glänzender Kampfstandarte fuhr der Rolls-Royce in der Mitte der Kolonne, und es sah selbst für den enttäuschten Major so aus, als könnten sie an diesem Tag eine gute Strecke zurücklegen.

Das wellige Grasland verschwand unter den Rädern der Fahrzeuge fast unmerklich, und die blauen Umrisse der Berge zur Rechten verschmolzen allmählich mit dem helleren, intensiveren Blau des Himmels. Der Übergang zur Wüstenlandschaft erfolgte so allmählich, daß er dem unaufmerksamen Reisenden überhaupt nicht auffiel. Die Abstände zwischen den flachwipfeligen Akazien wurden größer, die Bäume selbst wirkten immer verkümmerter, je weiter sie vordrangen, bis sie schließlich ganz aufhörten und Dornensträucher an ihre Stelle traten – niedrige, graue Sträucher mit spitzen Dornen. Der Boden, auf dem nur vereinzelte Büschel von Kamelgras wuchsen, war ausgetrocknet und sandig, und der Horizont wurde zu einer ununterbrochenen Linie, die sie von allen Seiten umschloß. Das Land selbst war so flach und formlos, daß man den Eindruck gewann, es habe die Form einer Untertasse: als führten die Ränder leicht aufwärts, um sich mit dem Himmel zu vereinigen.

Die Straße führte wie die Kratzspuren eines Raubvogels durch die fleischig rote Erde dieser Einöde. Die Fahrspuren waren so tief eingegraben, daß die Bodenplatte des Rolls-Royce den Mittelkamm streifte, und ein Schleier aus feinem roten Staub, noch lange nachdem die Kolonne vorüber war, in der hitzeflimmernden Luft lag.

Der Oberst hatte Langeweile und fühlte sich unbehaglich. Mittlerweile war auch ihm klargeworden, daß diese Einöde keine feindlichen Horden verbarg, und seine Verwegenheit und Ungeduld kehrten zurück.

»Fahren Sie an die Spitze der Kolonne«, befahl er Giuseppe. Der Rolls scherte aus und passierte mit hoher Geschwindigkeit den führenden Lastwagen. Der Graf rief Castelani einen munteren Gruß zu und ließ ihn brummend und grollend hinter sich.

Als Castelani ihn nach zwei Stunden wieder einholte, stand der Graf auf der glänzenden Motorhaube des Rolls-Royce, starrte durch sein Fernglas auf den Horizont und führte einen kleinen Freudentanz auf, als er Gino befahl, rasch das Spezialsportgewehr vom Typ Mannlicher 9.3 mm aus dem Lederfutteral zu nehmen. Kolben und Schaft der Waffe bestanden aus Walnußholz, und der bläuliche Stahl war mit Einlagen aus 24-karätigem Gold verziert – sie stellten Jagdszenen mit Hirsch und Eber, reitenden Jägern und einer Hundemeute dar. Die Waffe war ein Meisterwerk der Büchsenmacherkunst.

Ohne das Fernglas zu senken, befahl der Graf Castelani, das Funkgerät in Betrieb zu setzen und General De Bono eine aufmunternde, enthusiastische Nachricht zu senden, ihm von dem wunderbaren Fortschritt des Bataillons zu berichten und ihm zu versichern, daß sie bald alle Zugänge zur Sardischlucht kontrollieren würden. Der Major sollte außerdem veranlassen, daß die Kolonne hier ihr Lager aufschlug und die Eismaschine in Gang brachte, während der Oberst eine Erkundungsfahrt in die Richtung machen wollte, die er eben erkundete.

Was er sah, war eine Herde großer, dunkelfarbiger Tiere, die etwa eine Meile entfernt waren und sich ständig weiter entfernten, aber ihre prächtigen geraden Hörner hoben sich dunkel und lang gegen den Himmel ab.

Gino saß zwischen dem geladenen Mannlicher auf dem Rücksitz, und der Graf sprang auf den Beifahrersitz neben dem Fahrer. Er stand auf, hielt sich an der Windschutzscheibe fest und grüßte seine Offiziere mit dem Faschistengruß, dann machte der Rolls einen Satz nach vorn, ließ die Straße hinter sich und schaukelte im Zickzack-Kurs zwischen den Dornensträuchern hindurch, um die Herde zu verfolgen.

Der Spießbock ist eine große, schöne Wüstenantilope. Die Herde bestand aus acht Tieren, und da sie sehr gute Augen hatten, wandten sie sich zur Flucht, bevor der Rolls auf eine Dreiviertelmeile an die Herde herangekommen war.

Die Antilopen galoppierten leichtfüßig über das unebene Gelände, ihr blaßbeiges Fell verschmolz harmonisch mit den weichen Farben der Wüste, aber die langen, gedrehten schwarzen Hörner waren wie Gefechtsstandarten stolz erhoben.

Der Rolls kam der fliehenden Herde immer näher, und der Graf trieb seinen Fahrer hysterisch an, schneller zu fahren, obwohl die Dornensträucher die makellosen Seiten des großen blauen Wagens im Vorbeifahren zerkratzten. Jagen war eine der vielen Leidenschaften des Grafen. Eigens zu diesem Zweck ließ er auf seinen Ländereien Eber und Hirsche züchten, aber das war das erste Großwild, dem er seit seiner Ankunft in Afrika begegnete. Die Herde bewegte sich in einer Reihe vorwärts, zwei alte Bullen liefen in einer schaukelpferdähnlichen Gangart voraus, die Kühe sowie zwei jüngere männliche Tiere folgten ihnen.

Das schaukelnde, lärmende Fahrzeug kam auf gleiche Höhe mit dem letzten Tier und fuhr in einer Entfernung von zwanzig Metern neben ihm her. Der Spießbock drehte sich nicht um, sondern galoppierte verbissen hinter seinen stärkeren Gefährten her.

»Halt!« rief der Graf plötzlich. Der Fahrer trat auf die Bremse, worauf der Wagen in einer Staubwolke zum Stillstand kam. Der Graf sprang aus dem Wagen und hob das Mannlicher. Der Lauf wurde nach oben gerissen, und die Schüsse krachten – der erste war eine Spur zu hoch und wirbelte weit hinter dem fliehenden Tier eine Staubwolke auf – der zweite Schuß traf das helle Fell knapp unterhalb der Schultern, und der junge Spießbock überschlug sich mit gebrochenem Genick und blieb mit verdrehten Gliedern liegen.

»Weiter!« brüllte der Graf und sprang auf das Trittbrett des Rolls, als dieser anfuhr. Die Herde war schon weit weg, aber der Wagen holte unerbittlich auf und befand sich schließlich wieder auf gleicher Höhe. Wieder das ohrenbetäubende Krachen des Gewehres, und ein schwerer beiger Tierkörper brach taumelnd zusammen.

Wie bei einer Schnitzeljagd blieb ein Tier nach dem anderen auf der Strecke, bis nur noch ein alter Bulle übrig war. Und der war klug; er drehte nach Westen ab und galoppierte auf ein zerklüftetes Gebiet zu, das offensichtlich von Anfang an sein Ziel gewesen war.

Nach ein paar Stunden und vielen Meilen verlor der Graf die Geduld. Am höchsten Punkt des nächsten Wadi ließ er den Wagen anhalten und befahl dem heftig protestierenden Gino, stillzustehen und seine Schulter als Stütze für das Mannlicher zur Verfügung zu stellen.

Der Spießbock, am Ende seiner Kräfte, hatte seinen Galopp aufgegeben und trottete langsam weiter, aber die Entfernung betrug sechshundert Meter, als ihn der Graf in der hitzeflirrenden Luft, die sich wie flüssige Gelatine bewegte, über Sträucher hinweg aufs Korn nahm.

Der Schuß peitschte durch die Stille der Wüste, und die Antilope trottete unversehrt weiter, während der Graf ihr Schimpfworte hinterherbrüllte und das Magazin austauschte.

Das Tier befand sich schon fast außerhalb der Schußweite, aber die nächste Kugel wurde überhöht abgefeuert und beschrieb eine lange bogenförmige Flugbahn, und sie hörten den dumpfen Aufprall, lange nachdem der Spießbock hinter dem grauen Buschwerk verschwunden und plötzlich zusammengebrochen war.

Sie fanden einen Übergang und fuhren den Rolls durch eine tiefe Senke, wobei die hintere Stoßstange den Boden streifte und eine der großen, silbernen Radnaben eingedrückt wurde. Dann kamen sie zu der Stelle, wo die Antilope zusammengebrochen war. In seiner Ungeduld ließ der Graf das Gewehr auf dem Rücksitz liegen und sprang aus dem Wagen, bevor er ganz zum Stillstand gekommen war.

»Machen Sie eine Aufnahme, wenn ich ihr den Gnadenschuß gebe«, rief er Gino zu, als er seine Beretta aus dem Halfter zog und auf das am Boden liegende Tier zulief.

Die Kugel hatte knapp vor dem Becken die Wirbelsäule durchschlagen, wodurch die Hinterläufe gelähmt waren, und das Blut floß in einem hellroten Rinnsal die beige Flanke hinunter.

Der Graf stellte sich theatralisch in Pose und zielte mit der Pistole auf den prachtvoll gehörnten Kopf mit seinem wunderschön gezeichneten, von braunen Streifen durchzogenem Gesicht. Gino kniete in der Nähe im weichen Sand und stellte die Kamera ein.

Im letzten Augenblick richtete sich die Antilope auf und starrte mit feuchten, gequälten Augen in das Gesicht seines Mörders. Der Spießbock, eine der aggressivsten Antilopenarten Afrikas, kann mit seinen langen, spitzen Hörnern sogar einen ausgewachsenen Löwen töten. Dieser alte Bulle wog viereinhalb Zentner, maß bis zur Schulter einen Meter zwanzig und mit den Hörnern noch einen Meter mehr. Der Spießbock schnaubte – der Graf vergaß die schußbereite Pistole in seiner Hand und hatte plötzlich nur noch einen Wunsch, nämlich in die Sicherheit des Rolls-Royce zu flüchten.

Er erreichte den Wagen ein paar Sekunden vor dem Spießbock, schwang sich auf den Rücksitz, kauerte sich auf den Boden und vergrub den Kopf in den Armen, während der Spießbock die Seite des Wagens rammte und mit seinen tödlichen Hörnern den Lack von der Tür kratzte.

Gino versuchte sich unsichtbar zu machen, indem er sich flach auf den Boden warf, und gab herzerweichend klägliche Töne von sich. Der Fahrer hatte den Motor abgestellt; er saß wie erstarrt auf seinem Sitz und wurde jedesmal, wenn der Bulle den Rolls rammte, so heftig nach vorne geworfen, daß er mit der Stirn gegen die Windschutzscheibe prallte. Flehentlich rief er: »Schießen Sie, Graf. Bitte, Graf, erschießen Sie die Bestie.«

Der Graf reckte das Gesäß gen Himmel. Es war der einzige Teil seiner Anatomie, der über den Rücksitz hinausragte, und er brüllte, daß ihm jemand das Gewehr geben sollte, hob aber nicht den Kopf, um selbst danach zu suchen.

Die Kugel, die das Rückgrat des Bullen verletzt hatte, war

tief eingedrungen und hatte auch seine Lunge durchbohrt. Durch die heftigen Bewegungen des verwundeten Tieres riß eine Schlagader – plötzlich spritzte Blut aus seinen Nüstern, und der Bulle brach mit einem Schmerzgebrüll zusammen.

In der eintretenden Stille erschien das blasse Gesicht des Grafen langsam über der hinteren Tür, und er lugte ängstlich nach dem Kadaver. Seine Starrheit beruhigte ihn. Vorsichtig griff er nach dem Mannlicher, hob es langsam auf und bedachte das Tier mit einem wahren Kugelhagel. Seine Hände zitterten so heftig, daß die ersten Schüsse ihr Ziel verfehlten und Gino in Gefahr brachten, was wiederum einen Ausbruch von Klagetönen und maulwurfsähnliche Versuche, sich einzugraben, zur Folge hatte.

Überaus zufrieden, daß der Spießbock endlich tot war, stieg der Graf aus dem Wagen und ging langsam auf einen nahegelegenen Dornenbusch zu, aber er bewegte sich steif und krummbeinig, weil er ein wenig seine vornehm mit Monogramm versehene Seidenunterwäsche beschmutzt hatte.

In der Abendkühle kehrte der leicht verbeulte Rolls Royce zum Bataillonslager zurück. Auf der Motorhaube und den breiten Kotflügeln lagen die blutenden Antilopenkadaver. Der Graf nahm stehend die Jubelrufe seiner Soldaten entgegen, ein wahrhaft triumphierender Nimrod.

Ein Funkspruch von General De Bono erwartete ihn. Es war kein Verweis, so weit würde der General nicht gehen, aber es kam darin doch deutlich zum Ausdruck, daß der General, zwar dankbar für die bisherigen Bemühungen, die edlen Gefühle und Loyalitätsbezeugungen des Grafen war, jedoch viel dankbarer sein würde, wenn der Graf irgendeine Möglichkeit fände, seinen Vorstoß zu beschleunigen.

Der Graf schickte ihm eine Fünfhundert-Wort-Erwiderung, die mit dem Satz ›Der Sieg ist unser‹ endete. Dann setzte er sich mit seinen Offizieren zu Tisch. Beim Festmahl wurden gegrillte Antilopenleber und eisgekühlter Chianti serviert.

Kapitän Papadopulos hatte die Führung der Hirondelle schon seit fünf Tagen seinem mohammedanischen Maat und seiner verwilderten Mannschaft überlassen, während er mit Major Gareth Swales in seiner niedrigen Achterkabine zweihändig Rommé spielte. Gareth hatte es als Zeitvertreib vorgeschlagen, und dem Kapitän fiel allmählich auf, daß an der Glückssträhne, die Gareth hatte, irgend etwas nicht stimmen konnte.

Das vereinbarte Honorar für die Beförderung der Fahrzeuge und der vier Passagiere belief sich auf zweihundertfünfzig Pfund Sterling. Fast die ganze Summe hatte der Kapitän nun verloren, und Gareth lächelte Papadopulos freundlich zu und strich sich über seinen goldblonden Schnurrbart.

»Was halten Sie davon, wenn wir jetzt eine kleine Pause machen würden, Papa, alter Sportsmann, und an Deck gingen, um uns ein wenig die Beine zu vertreten?«

Nachdem er die sich gestellte Aufgabe, nämlich die Kosten für die Überfahrt zurückzugewinnen, erledigt hatte, wollte er so schnell wie möglich wieder an Deck, da Vicky Camberwell und Jake seiner Meinung nach schon viel zu lange allein waren. Jedesmal, wenn die Natur Gareth gezwungen hatte, einen kurzen Abstecher auf das Achterdeck zu machen, hatten sie zusammengesteckt und schienen sich ausgezeichnet zu unterhalten, was ein schlechtes Zeichen war. Vicky schien bester Laune zu sein, als sie Jake, der an der Feineinstellung der Fahrzeuge arbeitete und die letzten Vorbereitungen für die Wüstenfahrt traf, das Werkzeug zureichte und für sein allgemeines Wohlbefinden sorgte – oder sie saßen beide bei Gregorius, der ihnen, begleitet von Heiterkeitsausbrüchen, die Grundbegriffe der

Amharic-Sprache beibrachte. Er fragte sich beunruhigt, was ihnen sonst noch alles einfallen würde.

Doch Gareth war ein Mann, der sich Prioritäten setzte und seine erste Sorge war, das Geld von Papadopulos zurückzugewinnen. Nachdem das nun geschehen war, konnte er wieder an Deck gehen, um Vicky Camberwell den Hof zu machen.

»Es war sehr unterhaltsam, Papa.« Er stand halb vom Tisch auf, steckte das schmutzige Bündel Banknoten in seine Gesäßtasche und sammelte mit der anderen Hand die Münzen ein.

Kapitän Papadopulos griff in die Falten seines arabischen Gewandes und brachte ein Messer mit einem kunstvoll geschnitzten Griff und einer gefährlich gekrümmten Klinge zum Vorschein. Er hielt es locker in der Hand, und sein gesundes Auge funkelte Gareth eiskalt an.

»Geben Sie!« sagte er. Gareth lächelte höflich und sank auf seinen Stuhl zurück. Er nahm die Karten wieder zur Hand, mischte sie und das Messer verschwand wieder in Papadopulos' Gewand, als er ihn aufmerksam beim Mischen beobachtete.

»Eigentlich mache ich gern noch ein Spielchen«, murmelte Gareth. »Wir sind ja gerade erst warm geworden, was?«

Das Sklavenschiff änderte den Kurs, als es die Spitze des großen Afrikanischen Horns passierte und Kap Guardafui umsegelte. Vor ihnen lag die lange Fahrt durch den Golf von Aden und eine Strecke von fünfhundert Meilen in östlicher Richtung auf Französisch-Somaliland zu.

Der indische Maat kam herunter und flüsterte sinem Kapitän etwas ins Ohr.

»Was hat der Junge?« fragte Gareth.

»Er macht sich Sorgen wegen der englischen Blockade.«

»Ich auch«, antwortete Gareth. »Sollten wir nicht besser an Deck gehen?«

»Geben Sie«, sagte Papadopulos.

Sie hörten, wie die starke Dieselmaschine unter ihnen

gleichmäßig zu stampfen begann, und spürten die Vibrationen der Schiffsschraube. Der Maat fuhr nun mit voller Besegelung und Motorantrieb, worauf sich die Geschwindigkeit des Schiffes augenblicklich stark erhöhte; die Schubkraft der Schraube, kombiniert mit dem Schwung der vollen Besegelung, ließen das Schiff geradezu auf den hellrot und rosa gefärbten Himmel und die Haufenwolke, hinter der eben die Sonne unterging, zufliegen.

Der Maat segelte einen Kurs, der ihn rasch in die Mitte des Golfes bringen würde, also aus der Sichtweite von Afrika auf der Backbordseite und Arabien auf der Steuerbordseite. Die Hirondelle machte fünfundzwanig Knoten Fahrt, da der Wind direkt in die Segel blies, und in einem Tag und zwei Nächten würden sie spielend wieder aus dem Golf heraus sein. Er schickte einen seiner besten Männer mit dem Fernrohr auf den Masttopp und fragte sich, was die Engländer strenger beurteilten: junge schwarze Mädchen in Ketten oder Vickers-Maschinengewehre in hölzernen Kisten. Traurig kam er zu dem Schluß, daß beides tödlich sein könnte, und befahl dem Mann im Topp, gut aufzupassen.

Die Sonne ging quälend langsam unter und schien sich kaum von der Stelle zu rühren, während der Wind immer stärker wurde und die Hirondelle tiefer in den Golf hineintrieb.

Jake Barton kam unter der Motorhaube von Miss Wackelig zum Vorschein und grinste Vicky Camberwell zu, die über ihm auf der Geschützplattform saß und müßig ihre langen Beine baumeln ließ. Ihr Haar flatterte im Wind, ihr Gesicht und ihre Arme waren in den letzten Tagen leicht gebräunt. Die dunklen Ringe unter ihren Augen und die müde Blässe waren verschwunden, und sie sah aus wie ein Schulmädchen, jung, sorglos und fröhlich.

»Mehr kann ich nicht tun«, sagte Jake und begann seine Arme mit verdünntem Ammoniak von der Wagenschmiere zu reinigen. »Das alte Mädchen läuft so tadellos, daß ich damit in Le Mans an den Start gehen könnte.« Vickys Knie befanden sich genau in Augenhöhe von Jake, und ihr Rock war etwas nach oben gerutscht. Er fühlte, wie sein Herzschlag kurz aussetzte, als er ihre langen, glatten Oberschenkel sah. Ihre Haut glänzte und schimmerte, als wäre sie aus einem seltenen und kostbaren Stoff. Vicky sah die Richtung seines Blickes und preßte sofort die Knie zusammen, aber auf ihren Lippen erschien ein flüchtiges Lächeln. Sie sprang leichtfüßig von der Plattform herunter, indem sie sich gegen die Schaukelbewegung der Hirondelle auf seinen muskulösen Arm stützte. Vicky konnte den Anblick eines attraktiven Mannes durchaus genießen, und Gareth hatte sich in den letzten fünf Tagen ausschließlich in der Kabine des Kapitäns aufgehalten. Sie lächelte zu Jake empor. Er war groß, aber der Haarschopf, der sich um seine Ohren kräuselte, gab ihm das Aussehen eines kleinen Jungen, was jedoch sofort wieder verschwand, wenn man sein kraftvolles Kinn und das feine Netzwerk von Falten in seinen Augenwinkeln betrachtete.

Sie spürte plötzlich, daß er im Begriff war, sich hinunterzubeugen, um sie zu küssen, und eine köstliche Unschlüssigkeit überfiel sie – die geringste Ermutigung würde Jake auf einen gefährlichen Kollissionskurs mit Gareth bringen und könnte die ganze Expedition und die Story, der sie hinterherlief, ernsthaft in Gefahr bringen. In diesem Augenblick fiel ihr zum ersten Mal auf, daß Jake einen üppigen, sinnlichen Mund hatte und daß seine Lippen für die Größe und Behaartheit seines Körpers erstaunlich schön geformt waren. Der Bartwuchs eines Tages schimmerte bläulich auf Kinn und Wangen, und sie wußte, daß er sich, verglichen mit ihren eigenen pfirsichglatten Wangen, rauh und elektrisierend anfühlen würde. Es verlangte sie plötzlich danach, das zu fühlen, also hob sie leicht das Kinn und wußte, daß er dieses Verlangen aus dem Blick ihrer Augen ablesen würde.

Der Mann im Topp kreischte plötzlich wie eine aufgescheuchte Möwe, und auf der Hirondelle entstand augenblicklich eine emsige Betriebsamkeit. Der mohammedanische Maat wiederholte sein Geschrei mit größerer Lautstärke, und sein schlampiges Gewand flatterte im Wind. Er rollte wild mit den Augen, und sein zahnloser Mund öffnete sich so weit, daß Jake seine kleinen rosaroten Stimmbänder sehen konnte.

»Was ist los?« fragte Vicky, ohne ihre Hand von Jakes Arm zu nehmen.

»Schwierigkeiten«, antwortete er düster, und beide drehten sich um, als die Tür zur Achterkabine aufflog und Papadopulos herausstürzte; sein Zopf zuckte wie der Schwanz einer Löwin, und sein Auge blinzelte nervös. In der rechten Hand hielt er noch immer die Karten.

»Noch eine Karte, und ich hätte gewonnen!« heulte er verbittert, dann warf er die Karten über Bord, packte den Maat am Gewand und brüllte ihn an.

Der Maat deutete nach oben. Papadopulos ließ ihn daraufhin los und rief dem Mann im Topp etwas auf Arabisch zu. Jake versuchte dem Wortwechsel zu folgen.

»Ein britischer Zerstörer – klingt nach der ›Dauntless‹«, murmelte er.

»Sie sprechen Arabisch?« fragte Vicky. Jake wehrte die Frage nervös ab und lauschte weiter.

»Der Zerstörer hat uns gesehen. Er ändert den Kurs, um uns abzufangen.« Jake warf einen raschen Blick auf den glühenden Sonnenball, und die Fältchen um seine Augen herum zogen sich zusammen, als er angestrengt dem hitzigen Streit auf Arabisch zu folgen versuchte.

»Habt ihr beide Spaß miteinander?« fragte Gareth Swales lächelnd, aber mit einem gefährlichen Glitzern in den Augen, als er vielsagend auf Vickys Hand starrte, die noch immer auf Jakes Arm lag. Lautlos wie ein Panther war Gareth aus der Kabine gekommen.

Vicky zog schuldbewußt die Hand zurück und wünschte augenblicklich, sie hätte es nicht getan. Sie war Gareth Swales keine Rechenschaft schuldig, und warf ihm einen trotzigen Blick zu, bevor sie sich wieder an Jake wandte und feststellen mußte, daß er verschwunden war.

»Was ist los, Papa?« rief Gareth zum Achterdeck hinauf. Der Kapitän fauchte zurück: »Verdammte Königlich-Britische Marine – das ist los.« Er schüttelte seine geballte Faust nach Norden. »Die Dauntless – sie ist in Aden stationiert, als Blockade für Sklavenschiffe.«

»Wo ist sie?« Gareths Gesichtsausdruck veränderte sich rasch, als er an die Reeling trat.

»Sie schnell näherkommen – Mann im Topp sie beobachten. Wird verdammt schnell auftauchen an Horizont.« Papadopulos wandte sich von Gareth ab und brüllte seiner Mannschaft eine Reihe Befehle zu. Sofort stürzten sie sich auf das Hauptdeck und versammelten sich um den ersten Wagen – es war Priscilla das Ekel – der leicht im Rhythmus der Schiffsbewegungen schaukelte.

»He«, rief Gareth. »Was habt ihr vor?«

»Sie mich erwischen mit Waffen an Bord, ich große Schwierigkeiten«, erklärte Papadopulos. »Keine Waffen, keine Schwierigkeiten«, und er sah zu, wie sich seine Männer auf die Taue stürzten, die den großen, weißgestrichenen Wagen hielten. »Mit Sklaven ich machen dasselbe, sie verdammt schnell sinken mit den Ketten.«

»Nun warten Sie doch einen Augenblick. Ich habe Ihnen ein Vermögen bezahlt, damit Sie diese Fracht befördern.«

»Wo sein dieses Vermögen jetzt, Major?« schrie Papadopulos höhnisch. »Ich haben nichts in Hosentasche – und Sie?« Dann wandte sich der Kapitän ab, um seine Männer anzutreiben.

Plötzlich öffnete sich der Panzerturm von Priscilla dem Ekel, und Jake Bartons Kopf und Schultern kamen zum Vorschein. Seine Haare flatterten im Wind, und im Arm hielt er ein Vickers-Maschinengewehr. Den dicken, mit einem Wassermantel versehenen Lauf des Maschinengewehres auf dem linken Arm, den Pistolengriff der Waffe entschlossen in der anderen Hand, stand Jake im Panzerturm. Quer über seine Schulter hing ein schwerer Patronengurt.

Er feuerte eine Gewehrsalve ab, und die Geschosse pfiffen

haarscharf über den Kopf des Kapitäns hinweg. Der Grieche warf sich heulend vor Angst flach aufs Deck, und seine Mannschaft gackerte wie eine Schar aufgescheuchter Hennen, während Jake von seinem erhöhten Posten im Panzerturm freundlich herunterblickte.

»Ich denke, wir sollten uns verständigen. Keiner rührt diese Maschinen an. Sie haben nur eine Möglichkeit, Ihr Schiff zu retten: Sie müssen dem Engländer davonsegeln«, rief Jake.

»Der Engländer machen dreißig Knoten«, protestierte der Kapitän, noch immer mit dem Gesicht nach unten auf Deck liegend.

»Je länger Sie reden, desto weniger Zeit bleibt Ihnen«, erklärte Jake. »In zwanzig Minuten ist es dunkel. Drehen Sie ab und machen Sie, bis es dunkel ist, eine Heckjagd daraus.«

Papadopulos rappelte sich unsicher auf und stand mit nervös zuckendem Auge, unglücklich die Hände ringend, an Deck.

»Setzen Sie endlich Ihren Arsch in Bewegung«, sagte Jake sanft und feuerte eine weitere Maschinengewehrsalve über seinen Kopf.

Der Kapitän warf sich mehrmals zu Boden und gab brüllend die Befehle, daß die Hirondelle abdrehte und auf einen Kurs ging, der in die entgegengesetzte Richtung des näherkommenden britischen Kriegsschiffes führte.

Als der Schoner auf dem neuen Kurs lag, rief Jake Gareth zu sich und gab ihm das Maschinengewehr. »Ich möchte, daß du diese Bastarde im Auge behältst, während ich mich mit dem Griechen beschäftige. Ihr beiden, Vicky und Greg, könnt inzwischen die Luken der Fahrzeuge schalken.«

»Wo hast du dieses Gewehr her?« fragte Gareth. »Ich dachte, sie wären alle verpackt.«

»Ich bin immer für eine kleine Rückversicherung«, grinste Jake, und Gareth nahm zwei Zigarren aus der Schachtel, zündete beide an und reichte eine davon Jake.

»Mit besten Empfehlungen von der Direktion«, sagte

Gareth. »Jetzt weiß ich, warum ich dich zu meinem Partner gemacht habe.« Jake klemmte die Zigarre in den Mundwinkel, blies eine lange bräunliche Rauchfahne aus und grinste unbekümmert.

»Wenn du gute Beziehungen zur Königlich-Britischen Marine hast, mein Junge, dann mach dich bereit, sie auszunutzen.«

Jake stand in dem hohen Ausguck an der Quersaling des Hauptmastes und schwang im atemberaubenden Rhythmus mit dem schwankenden Mast, während er mit Hilfe des Fernrohrs versuchte, die rasch näherkommende graue Silhouette nicht aus den Augen zu verlieren.

Obwohl das Kriegsschiff nur zehn Meilen entfernt war, verschwammen seine Umrisse bereits in der hereinbrechenden Dämmerung. Der Wind hatte inzwischen gedreht und verwandelte die Wasseroberfläche in eine wogende Unendlichkeit, während gleichzeitig die Sonne hinter Jake den Horizont berührte und den Osten in geheimnisvolle blaue Schatten tauchte.

Plötzlich begann auf dem verschwommenen Schatten des Kriegsschiffes in rascher Folge ein heller Lichtschein aufzublinken, und Jake konnte die dringende Anfrage entziffern: ›Was für ein Schiff?‹ Jake grinste und versuchte abzuschätzen, inwieweit der Schoner mit seiner vollen Besegelung vom Zerstörer aus einzusehen war und wann er es wagen konnte, Geschwindigkeit gegen Unsichtbarkeit einzutauschen.

Der Zerstörer signalisierte wieder.

›Drehen Sie bei, oder wir eröffnen das Feuer.‹

»Verdammte Piraten!« knurrte Jake empört und legte die Hände an den Mund, um zur Brücke hinunterzubrüllen: »Die Segel einholen.« Auf Deck weit unter ihm sah er das blasse Gesicht des Griechen zu ihm heraufstarren, dann hörte er, wie sein Befehl wiederholt wurde, und sah die buntgemischte Mannschaft eilig nach oben klettern.

Jake wandte sich wieder dem winzigen schwarzen Schatten des Zerstörers auf der unendlichen dunklen See zu und sah den kräftigen roten Blitz des Raketenwerfers in der Dunkelheit aufglühen. Dieser Blitz war ihm wohl bekannt, und die Angst kroch wie ein Insekt über seine Haut, als er die endlosen Sekunden zählte, die das Geschoß brauchte, um hoch in den düsteren Himmel zu klettertn und dann auf den Schoner herunterzufallen.

Er hörte es kommen, mit einem schrillen Pfeifen über ihn hinwegfliegen und sah es eine halbe Meile vor der Hirondelle ins Meer stürzen. Die hohe, steile Gischtsäule glühte in den letzten Sonnenstrahlen wie rosfarbener Marmor und wurde rasch vom Wind zerstreut.

Die Männer in der Takelage erstarrten und waren wie gelähmt vor Schreck, als das Geschoß vorbeiheulte, doch plötzlich entwickelten sie, wild durcheinanderbrüllend, eine emsige Geschäftigkeit, und die schimmernden weißen Segel verschwanden so rasch wie die Flügel einer Wildgans, wenn sie auf der Wasseroberfläche landet.

Jake richtete seinen Blick wieder auf den Zerstörer und mußte sekundenlang suchen, bevor er ihn fand. Er fragte sich, was sie wohl aus dem Verschwinden der Segel schließen würden. Möglicherweise glaubten sie, daß die Hirondelle ihrem Befehl beizudrehen Folge leistete, und hatten keine Ahnung, daß das Schiff mit Schraubenantrieb weiterlief. Mit Sicherheit konnten sie das Schiff nicht mehr sehen, nachdem die ungeheuer große weiße Pyramide von Segeln des flachen dunklen Rumpf nicht mehr verriet.

Jake wartete ungeduldig die paar Minuten, bis das Kriegsschiff auch vom Masttopp aus nicht mehr zu sehen war, und brüllte dem Griechen den Befehl hinunter, die Hirondelle in den Wind drehen zu lassen und auf den ursprünglichen Kurs einzuschwenken, um dem geradlinigen Angriff des Zerstörers auszuweichen.

Jake behielt diesen Kurs bei, während sich die tropische Nacht wie eine warme, dicke Decke über den Golf legte und nur noch vom kalten weißen Licht der Sterne durchbrochen wurde. In der Befürchtung, daß der Zerstörerkapitän seine Absicht erraten und das Wendemanöver vorausgesehen hatte, starrte Jake weiterhin angestrengt in die Dunkelheit. Er fürchtete jeden Augenblick, den riesigen Stahlrumpf in der Nähe aus der Nacht auftauchen zu sehen, um den Schoner mit dem grellweißen Licht seiner Scheinwerfer zu überfluten, und den energischen Ruf seines Nebelhorns zu hören.

Doch dann entdeckte er erleichtert aufatmend die kalten weißen Finger der Lichter weit hinter ihnen – mindestens sechs Meilen entfernt – an der Stelle, wo sie die Segel eingeholt hatten. Der Kapitän war auf den Trick hereingefallen, er hatte geglaubt, die Hinrondelle würde beidrehen und dort auf ihn warten.

Jake warf den Kopf zurück und lachte schallend, doch dann nahm er sich zusammen und brüllte neue Befehle hinunter. Er ließ den Schoner wieder gegen den Wind drehen und auf Gegenkurs steuern. Nun begann die lange, gefährliche Wartezeit, in der die Hirondelle auf ihrem ursprünglichen Kurs weiterfuhr, während das Kriegsschiff blindlings in der Dunkelheit über den Golf kreuzte und mit seinen weitreichenden Scheinwerfern nach dem dunklen, stinkenden Rumpf des Sklavenschiffes suchte – oder alle Lichter löschte und abgedunkelt die Fahrt mit voller Kraft aufnahm, in der Hoffnung, unvermutet auf die Hirondelle zu stoßen.

Einmal wäre das dem Kapitän des Zerstörers beinahe gelungen, aber Jake entdeckte in einer Entfernung von einer Meile die Phosphoreszenz seiner Bugwelle. Mit dem Mut der Verzweiflung befahl er dem Griechen beizudrehen, und sie lagen still und unentdeckt im Wasser, während das flache graue Kriegsschiff mit dröhnenden Maschinen an ihrem Bug vorbeiglitt und wieder in der Dunkelheit verschwand. Jake war vor Nervosität schweißnaß, und im kalten Nachtwind klebte sein Hemd eiskalt auf seinem Körper, als er die Hirondelle vorsichtig wieder auf Kurs brachte.

Zwei Stunden später sah er die Lichter des Zerstörers erneut, ein weißer Lichtpunkt weit hinter ihnen, der wie ein sommerlicher Flächenblitz pulsierte, als die Bogenlampen hin und her schwenkten. Dann sah er nur noch die Sterne und viele Stunden später das kalte Licht der Morgendämmerung, die sich über die dunkle See rund um den Schoner ausbreitete.

Durch den Nachtwind und die langen Stunden der Untätigkeit bis auf die Knochen durchgefroren, suchte Jake in der Dämmerung sorgfältig den Horizont nach allen Seiten ab, und erst, als er sich davon überzeugt hatte, daß von dem Kriegsschiff nichts zu sehen war, schob er das Fernrohr zusammen, kletterte steifbeinig aus dem Ausguck und begann den beschwerlichen Abstieg über die Takellage an Deck.

Papadopulos begrüßte ihn wie einen Bruder, umarmte ihn und blies ihm seinen nach Knoblauch riechenden Atem ins Gesicht. Vicky hatte den Primuskocher angezündet und machte Frühstück. Sie brachte ihm einen Emaillebecher mit dampfendem schwarzen Kaffee und sah ihn mit einer Mischung aus Hochachtung und Bewunderung an. Gareth öffnete die Luke des Panzerturms, von wo er die Mannschaft mit dem geladenen Vickers-Maschinengewehr während der ganzen Nacht bewacht hatte, und sprang an Deck, um den anderen Becher Kaffee von Vicky entgegenzunehmen. Dann gab er Jake eine Zigarre, und sie traten gemeinsam an die Reeling.

»Ich werde meine Meinung nicht ändern«, grinste er, als er Jake mit schützend vorgehaltener Hand Feuer gab. »Gerade weil du groß bist – du bist beschränkt, ich bleibe dabei.«

»Du wirst darüber hinwegkommen«, versprach ihm Jake. Unwillkürlich drehten sich beide zu Vicky um, die gerade Eier in die Pfanne schlug – und sie verstanden einander ohne Worte.

Kurz vor Mittag rüttelte Vicky sie wach. Sie lagen im Schatten unter einem der Panzerwagen auf ihren Decken und versuchten den Schlaf der letzten Nacht nachzuholen. Doch sie folgten Vicky ohne Einwand zum Bug und schauten auf die flache, beigefarbene Küstenlinie, die weich von der Brandung umspült und von einem so intensiv blauen Himmel überspannt wurde, daß es in den Augen schmerzte.

Die Trennungslinie zwischen Erde und Himmel verschwamm. Sie war verwischt durch den Schleier aus Staub und Hitze, der flimmerte und wogte wie die gelbe Mähne eines Löwen. Vicky fragte sich, ob sie je eine so reizlose Landschaft gesehen hatte, und kam zu dem Schluß, daß dies nicht der Fall war. Sie begann sich die Worte zu überlegen, mit denen sie ihren unzähligen Lesern diese Szenerie beschreiben würde.

Gregorius kam an Deck und stellte sich zu ihnen. Er hatte die westliche Kleidung abgelegt und trug statt dessen den traditionellen Shamma und enge Reithosen darunter. Er war wieder zum Afrikaner geworden, und sein glattes schokoladenfarbenes Gesicht mit dem dunklen, dichten Kraushaar strahlte vor Freude, daß er nach langer Abwesenheit in die Heimat zurückkehrte.

»Die Berge kann man nicht sehen – der Nebel ist zu dicht«, erklärte er. »Aber manchmal in der Morgendämmerung, wenn die Luft kühler ist . . .« Und seine Sehnsucht lag offen in den tränenfeuchten, strahlenden Augen und auf den vollen, geschwungenen Lippen, als er stumm nach Westen starrte.

Der Schoner bewegte sich langsam auf die Küste zu und glitt über Untiefen, wo das Wasser so klar war wie in Gebirgsbächen, so klar, daß sie jede Einzelheit des Riffes in zehn Meter Tiefe erkennen konnten, und die Schwärme von Korallenfischen sahen aus wie juwelenbesetzte Wolken.

Papadopulos drehte die Hirondelle, um im schiefen Winkel näher an die Küste heranzukommen, und allmählich wurden die Einzelheiten der Landschaft deutlicher, sie sahen den rotgoldenen Strand, der von Landzungen und Steiluferstellen unterbrochen war, und dahinter das leicht ansteigende Land, kahl und abweisend, nur mit niedrigen Christdornsträuchern und Kamelgras gesprenkelt.

Eine Stunde lang liefen sie parallel zur Küste in einer

Entfernung von tausend Metern an ihr vorbei, und das Grüppchen an der Reeling stand da und schaute fasziniert hinüber. Nur Jake hatte die Gruppe verlassen und die Vorbereitungen zum Entladen getroffen, aber auch er kam an die Reeling zurück, als sich plötzlich eine tiefe Bucht vor ihnen auftat.

»Die Bucht der Ketten«, sagte Gregorius und erklärte ihnen, wie sie diesen Namen bekommen hatte; unter den Felswänden der Steilküste zusammengedrängt, geschützt vor dem Wind und der Brandung durch die Landzungen, lagen die Ruinen der früheren Sklavenstadt Mondi.

Gregorius zeigte sie ihnen. Nichts deutete mehr auf eine Stadt hin, es war nur eine Ansammlung von Felsbrocken und Steinblöcken, die bis an den Uferrand hinunterreichte. Erst als sie näher heranfuhren, konnten sie die geometrische Anordnung der staubigen Straßen und die dachlosen Gebäude erkennen.

Der Kapitän ließ den Anker werfen. Die Hirondelle stoppte ruckartig. Jake traf seine letzten Vorbereitungen zum Entladen und trat zu Gareth an die Reeling.

»Einer von uns wird mit einem Tau an Land schwimmen müssen.«

»Losen wir es aus«, schlug Gareth vor, und bevor Jake protestieren konnte, hatte er die Münze schon in der Hand.

»Kopf!« Jake fügte sich ergeben.

»Pech, alter Junge. Grüß die Haie von mir.« Gareth lächelte und strich sich über den Schnurrbart.

Jake balancierte auf dem plumpen Floß, als es vom Ladekran angehoben und an starken Tauen ins Wasser gelassen wurde. Es lag auf der Wasseroberfläche und trieb so schwerfällig längsseits wie ein schwangeres Nilpferd, Jake grinste Vicky zu, die sich über die Reeling beugte und interessiert zuschaute.

»Wenn Sie von dem Glanz nicht geblendet werden wollen, dann sollten Sie jetzt besser die Augen schließen.« Erst begriff sie den Sinn seiner Worte nicht, aber als er begann, sein Hemd auszuziehen und die Hose aufzuknöpfen, drehte sie sich sittsam um.

Jake band sich das Ende eines Seiles um die Taille, sprang nackt ins Wasser und schwamm auf das Ufer zu. In diesem Augenblick gewann Vickys Neugierde die Oberhand, und sie schaute schüchtern über Bord. Ein Mann ohne Hose wirkte irgendwie kindlich und wehrlos, dachte sie, während sie Jakes auf und ab tanzende weißen Hinterbacken betrachtete. Plötzlich bemerkte sie, daß Gareth sie spöttisch beobachtete, während er die Seilrolle ablaufen ließ. Sie errötete unter der Sonnenbräune und eilte fort, um sich davon zu überzeugen, daß ihre Schreibmaschine und ihr Seesack sicher in Miss Wackelig verstaut waren.

Jake stieß auf Grund und watete an Land, um das Seil an einem Felsblock zu befestigen. Da stand auch schon der erste Panzerwagen auf seinen Holzbohlen und wurde ratternd von Bord gehoben.

Jeder einzelne tat gewissenhaft seine Arbeit, ein Wagen nach dem andern wurde auf das schaukelnde Floß hinuntergehievt. Dort verkeilte man die Räder, und dann wurde das Floß vorsichtig an dem Seil an Land gezogen.

Sobald es im gelben Sand auf Grund lief, startete Jake den Motor, und Gregorius klemmte die Laufbretter fest. Dann fuhr Jake die Fahrzeuge mit aufheulendem Motor über die Laufbretter von dem gefährlich schaukelnden Floß und stellte sie über der Hochwassermarke ab. Dann wurde das Floß zurückgezogen und wartete längsseits des Schoners auf die nächste Ladung.

Obgleich sie unheimlich schnell arbeiteten, vergingen einige Stunden, und es war bereits später Nachmittag, als die letzte Ladung Benzinkanister und Holzkisten mit Vicky Camberwell obendrauf die kurze Reise zum Ufer machte.

Kaum hatte sich das Floß vom Schiff gelöst, sprang das Dieselaggregat an, die Ankerkette ratterte über den Bug und Papadopulos gab den Befehl, das Seil zum Floß zu kappen.

Als Vicky am Ufer in den Sand sprang, verließ die Hirondelle bereits die Bucht und setzte Segel. Die vier standen in der hereinbrechenden Abenddämmerung am Ufer und sahen dem Schiff nach. Keiner von ihnen winkte, und doch beschlich alle ein wehmütiges Gefühl. Es war zwar nur ein stinkendes Sklavenschiff mit einer Mannschaft von Seeräubern, doch das Schiff war ihre letzte Verbindung zur Außenwelt. Nun segelte die Hirondelle zwischen dem Kliff hindurch, drehte in den Wind, legte sich auf die Seite und verschwand, eine lange, ölige Spur auf dem Wasser hinter sich zurücklassend.

Jake brach den Bann der Stille und Einsamkeit, der auf ihnen allen lastete.

»Na, dann los, Kinder. Schlagen wir ein Lager auf.«

Sie waren am offenen Strand zwischen der Ruinenstadt und der Steilküste gelandet. Der Abendwind wehte Staub und Sand über sie hinweg.

Jake fand eine Mulde im Schutz der Ruinen, und sie fuhren die Panzerwagen hinein und arrangierten sie zu einer schützenden Wagenburg.

Die Gebäuderuinen waren teilweise mit Sand zugeweht und von dichtem Dornengestrüpp umgeben, das auch die schmalen Straßen überwucherte. Während Jake und Gregorius den Treibstoff und die Schmierung der Fahrzeuge überprüften und Gareth vor einer schützenden Steinwand eine Feuerstelle ausgrub, zog Vicky los, um in der Dämmerung die Ruinen zu erkunden.

Sie ging nicht weit. Von den zerfallenen Gebäuden, die vor über einem Jahrhundert niedergebrannt worden waren, schien ein fühlbarer Hauch von Gewalt und menschlichem Leid auszugehen. Vicky bekam eine Gänsehaut, aber sie bahnte sich vorsichtig einen Weg durch eine enge Gasse, die schließlich auf einen freien Platz mündete.

Sie fühlte instinktiv, daß dies der Handelsplatz der Sklavenstadt gewesen sein mußte, und sie stellte sich die langen Reihen angeketteter menschlicher Wesen vor. Die bedrükkende Aura ihrer Not war noch immer gegenwärtig. Vicky überlegte, ob sie diese Atmosphäre zu Papier bringen konnte, um ihren Lesern begreiflich zu machen, daß sich nichts geändert hatte. Wieder einmal würde zerstörerische Habgier eine ganze Nation in Ketten legen, wieder einmal würden Hundertausende Menschen das Elend kennenlernen, das diese Stadt hervorgebracht hatte. Sie mußte darüber schreiben, beschloß sie, sie mußte die Atmosphäre des Grauens und der Verzweiflung, die hier herrschte, zum Ausdruck bringen und den zivilisierten Völkern der Erde vermitteln.

Ein leises, kratzendes Geräusch ließ sie aufschrecken und zu Boden schauen, dann wich sie vor einem fingerlangen purpurroten Skorpion zurück, der mit vorgestreckten Zangen und hochgebogenem Schwanz samt Giftstachel auf ihre Stiefelspitze zusteuerte. Sie drehte sich um und eilte durch die schmale Gasse zurück.

Der Schreck saß ihr in allen Gliedern, als sie auf das helle Feuer aus Dornstrauchzweigen zulief, das unterhalb der Ruinenwand flackerte. Gareth schaute auf, als sie neben ihm hinkniete und ihre Hände über das Feuer hielt.

»Ich wollte eben nach Ihnen suchen. Besser Sie treiben sich nicht allein hier rum.«

»Ich kann gut selbst auf mich aufpassen«, erklärte sie rasch und mit einer Schärfe in der Stimme, die ihm bereits wohlvertraut war.

»Das weiß ich.« Er lächelte ihr besänftigend zu. »Manchmal sogar ein wenig zu gut für meinen Geschmack«, setzte er hinzu und griff in die Tasche.

»Als ich die Feuerstelle grub, habe ich im Sand etwas gefunden.« Er hielt ihr einen durchbrochenen Metallreifen hin, der im Feuerschein golden glänzte. Es war ein schlangenförmiger Armreifen und mit Schlangenkopf und gewundenem Körper.

Vicky fühlte, wie ihr Ärger verrauchte. »O Gary«, sie hielt den Reifen in beiden Händen, »ist das schön! Ist er aus echtem Gold?«

»Vermutlich.«

Sie streifte den schweren Armreifen über ihr Handgelenk

und bewunderte ihn im Licht des Feuers mit leuchtenden Augen.

Einem Geschenk kann keine von ihnen widerstehen, dachte Gareth zufrieden, als er ihr Gesicht beobachtete.

»Er gehörte einer Prinzessin, die für ihre Schönheit und ihr Mitleid mit törichten Verehrern berühmt war«, sagte Gareth leise. »Daher glaube ich, daß er ausgezeichnet zu Ihnen passen würde.«

»Oh!« hauchte sie. »Für mich?« Und sie beugte sich unwillkürlich vor, um ihn auf die Wange zu küssen, und erschrak, als er schnell den Kopf umwandte und sie ihn voll auf den Mund küßte. Einen Augenblick versuchte sie sich loszureißen – doch dann schien es ihr nicht der Mühe wert. Immerhin war es wirklich ein wunderschöner Armreifen.

Im Schein einer Sturmlampe studierten Jake und Gregorius die Landkarte, die auf der Motorhaube von Priscilla dem Ekel ausgebreitet lag. Gregorius zeichnete die Route ein, der sie bis zur Mündung des Awashflusses folgen mußten, und beklagte die vielen Ungenauigkeiten und Abweichungen der Karte.

»Wenn du versucht hättest, nach dieser Karte zu fahren, wärst du in ernsthafte Schwierigkeiten gekommen, Jake.«

Jake schaute plötzlich von der Karte auf und sah, wie sich die beiden Gestalten dreißig Schritte entfernt im Feuerschein einander zuneigten und in dieser Stellung verblieben. Er fühlte, wie sein Puls schneller wurde und ihm brennend heiß das Blut in den Nacken stieg.

»Laß uns Kaffee trinken gehen«, knurrte er.

»Sofort«, bremste Gregorius, »aber erst will ich dir zeigen, wo wir die Sandwüste überqueren müssen . . .« Er beugte sich über die Karte und erklärte die Reiseroute, ohne zu merken, daß er ein Selbstgespräch führte. Jake war gegangen, um die Szene am Feuer zu beenden.

Vicky erwachte bei Tagesanbruch und merkte, daß der Wind nachgelassen hatte. Er hatte die Nacht hindurch schrecklich geheult, so daß ihre Decke von einer dicken gelben Sandschicht bedeckt war und sie den Sand auch in ihrem Haar und zwischen ihren Zähnen fühlte. Einer der Männer schnarchte laut, aber sie waren drei lange Deckenbündel, die dicht nebeneinander lagen, so daß sie nicht feststellen konnte, wer von ihnen schnarchte. Sie holte ihren Waschbeutel, ein Handtuch und frische Unterwäsche, schlich aus dem Lager, kletterte die Dünen hinunter und lief zum Strand.

Kein Lüftchen regte sich. Das Wasser in der Bucht glich einem Tuch aus glattem rosafarbenen Satin, als sich das erste Glühen der aufgehenden Sonne darin spiegelte. Die Stille war die unendliche Stille der Wüste, von keinem Vogel und keinem Tier, von keiner Brandung und keinem Wind unterbrochen – und das Grauen, das sie am Vortag verspürt hatte, verschwand.

Sie zog ihre Kleider aus, lief über den feuchten Sand, den die nächtlichen Fluten geglättet hatten, und watete in das Wasser. Es war erstaunlich kalt, und sie zog unwillkürlich den Bauch ein, dann ließ sie sich fallen, prustete vergnügt und begann, den Staub und den Schmutz der vergangenen Nacht von ihrem Körper zu waschen.

Als sie wieder aus dem Wasser watete, tauchte gerade die Sonne über dem Horizont des Golfes auf. Das Licht hatte sich völlig verändert. Die weichen Farbschattierungen der Dämmerung machten der harten afrikanischen Helligkeit Platz, an die sie nun schon gewöhnt war.

Sie zog sich rasch an, wickelte ihre Unterwäsche in das Handtuch und kämmte ihr Haar, während sie die Dünen hinaufkletterte. Oben auf dem Hügelkamm blieb sie jäh stehen, hielt mit dem Kämmen inne, rang nach Luft und starrte staunend nach Westen.

Wie Gregorius vorausgesagt hatte, brachten die kühle Morgenluft und das eigenartige Licht der aufgehenden Sonne einen Bühneneffekt zustande; hunderte Meilen flacher, gestaltloser Wüste wirkten verkürzt, und das senkrechte Hochlandmassiv ragte so nahe vor ihr in den Himmel, daß es schin, als brauche sie nur die Hand auszustrekken, um es zu berühren.

Es lag rötlich-blau im Morgenlicht, aber wie Vicky faziniert feststellte, wechselte es wie ein riesiges Chamäleon die Farbe, sah im heller werdenden Sonnenlicht aus wie vergoldet und begann im selben Augenblick zurückzuweichen, bis es nur noch als blasse Erscheinung hinter den ersten tanzenden Luftspiegelungen der Wüste verschwand, und Vicky spürte den ersten Hauch, als der Wind wieder stärker wurde.

Sie schreckte hoch und eilte über die Dünen hinunter ins Lager. Jake blickte von der Pfanne auf, die mit Bohnen und Speck auf dem Feuer brutzelte, und grinste sie an.

»Fünf Minuten zum Frühstücken.« Er schöpfte etwas aus der Pfanne auf ihren Blechteller und reichte ihn ihr. »Ich habe schon daran gedacht, bei Nacht zu fahren, um der Hitze zu entgehen – aber das Risiko, mit dem Wagen irgendwo aufzufahren, ist zu groß.«

Vicky nahm den Teller und aß mit gutem Appetit. Erst als Gareth Swales frisch rasiert und perfekt gekleidet ans Feuer trat, hielt sie inne und starrte ihn an. Gareth trug ein blendend weißes, kragenloses Hemd und eine sackartige Golfhose aus teurem, widerstandsfähigem Tweed. Seine Golfschuhe waren auf Hochglanz poliert, und er strich sich über seinen goldblonden Schnurrbart und runzelte die Stirn, als Jake in ein schallendes Gelächter ausbrach.

»Donnerwetter«, prustete er. »Hat jemand Lust auf eine Partie Golf?«

»Ich muß doch sehr bitten, mein Sohn«, warnte ihn Gareth und musterte spöttisch Jakes abgewetzte Lederhose, seine ausgetretenen Reitstiefel und sein kariertes Hemd mit dem Riß im Ärmel. »Dein Benehmen ist typisch. Nur weil wir in Afrika sind, müssen wir uns doch nicht wie Wilde benehmen – oder?« Dann fiel sein Blick auf Gregorius, und er schenkte ihm sein strahlendstes Lächeln. »Nichts für ungut, ich muß sagen, Sie sehen in dieser Aufmachung einfach umwerfend aus.«

Gregorius, der seinen Shamma trug, blickte vom Frühstück auf und erwiderte das Lächeln. »Ost bleibt Ost, und West bleibt West«, sagte er.

»Der gute alte Wordsworth hätte sicher seine Freude daran«, stimmte Gareth zu und tauchte eine Gabel in die Pfanne.

Die vier Fahrzeuge krochen beladen und in Abständen von zweihundert Metern, um dem Staub der anderen auszuweichen, aus den Dünen der Küste in die endlose Wüste, wo ständig der Wind wehte, ohne in der Gluthitze Erleichterung zu bringen.

Jake führte die Kolonne an. Er fuhr in eine Richtung, die leicht südlich von der Route lag, die er ohne den Rat von Gregorius gewählt hätte. Auf dieser Route würden sie die ausgedehnten Salzseen meiden, vor denen Gregorius wegen ihrer unsicheren Bodenbeschaffenheit gewarnt hatte.

In den ersten zwei Stunden stießen sie im weichen gelben Sandboden auf kein ernsthaftes Hindernis, außer daß die schmalen Hartgummireifen tief einsanken und stark gebremst wurden, so daß sie kaum mehr als zehn Meilen pro Stunde schafften und die alten Maschinen in den niederen Gängen plagen mußten.

Dann wurde der Untergrund fester, war aber mit schwarzen Steinen übersät, die der sandige Wind abgeschliffen und poliert hatte und die in allen Variationen von der Größe einer Eichel bis zur Größe eines Straußeneis herumlagen. Als die Wagen über diesen mörderischen Boden holperten, mußten sie die Geschwindigkeit noch weiter drosseln, und das schwarze Felsgestein strahlte die Hitze zurück, so daß sie mit offenen Luken und offenen Kühlschlitzen fahren mußten. Obwohl sich alle, einschließlich Vicky, bis auf die

Unterwäsche ausgezogen hatten, lief der Schweiß in Strömen und trocknete fast augenblicklich auf der Haut. Das Metall der Fahrzeuge war trotz der weißen Farbe so heiß, daß man sich die Finger daran verbrennen konnte, und je höher die Sonne stieg, desto unerträglicher wurde der Gestank nach heißem Öl und Benzin in den Fahrerkabinen. Eine Stunde vor Mittag öffnete sich das Sicherheitsventil am Kühler von Priscilla dem Ekel und stieß schrill pfeifend eine Dampfwolke in die Luft. Jake stellte augenblicklich den Motor ab und hielt an. Halbnackt und schweißglänzend kletterte er aus dem Panzerturm und beschattete die Augen, um über die hitzeflimmernde Wüste zu blicken. In dem Dunst war der Horizont nicht zu sehen, und die Sichtweite betrug nicht mehr als ein paar hundert Meter. Auch die anderen Wagen, die weit hinter ihm heranschaukelten, wirkten riesenhaft und unwirklich.

Er wartete, bis die anderen nachgekommen waren, und rief: »Stellt sie ab. In dieser Hitze können wir nicht weiterfahren – das Motoröl wird dünnflüssig wie Wasser, und wir laufen Gefahr, die Lager zu ruinieren. Wir warten ab, bis es etwas kühler wird.«

Dankbar kletterten sie aus den Wagen und krochen in den Schatten der Fahrzeuge, wo sie keuchend wie abgehetzte Hunde liegenblieben, während Jake mit einem Zwanzig-Liter-Kanister lauwarmem Wasser von einem zum anderen ging und jedem zu trinken gab, bevor er sich neben Vicky auf die Decke fallen ließ.

»Es ist zu heiß, um zu meinem Wagen zurückzugehen«, erklärte er. Sie nahm es hin, nickte nur und schloß einen Knopf mehr an ihrer halboffenen Bluse.

Jake befeuchtete sein Taschentuch aus dem Wasserkanister und hielt es ihr hin. Dankbar wischte sie sich damit über Gesicht und Nacken und seufzte erleichtert.

»Es ist zu heiß zum Schlafen«, murmelte sie. »Unterhalten Sie mich, Jake.«

»Na hören Sie mal!« sagte er grinsend, und sie lachte.

»Ich sagte, es ist zu heiß. Unterhalten wir uns.«

»Über . . .«

»Über Sie. Erzählen Sie mir von sich – aus welchem Teil von Texas stammen Sie?«

»Von überall. Wo immer mein Vater Arbeit finden konnte.«

»Was tat er?«

»Er hat Vieh gehütet und ist Rodeos geritten.«

»Klingt aufregend.«

Jake zuckte die Achseln. »Ich habe Maschinen den Pferden immer vorgezogen.«

»Ja?«

»Dann war Krieg, und sie brauchten Automechaniker, um die Panzer zu fahren.«

»Und danach? Warum sind Sie nicht zurückgegangen?«

»Mein Vater war tot – er geriet unter einen Stier, und sein alter Sattel samt Decke war die Reise nicht wert.«

Sie schwiegen eine Zeitlang, lagen da und ertrugen die Hitzewellen, die aus der Erde zu kommen schienen.

»Erzählen Sie mir von Ihrem Traum, Jake«, sagte sie schließlich.

»Von meinem Traum?«

»Jeder hat irgendeinen Traum.«

Er lächelte wehmütig. »Ich hatte einmal einen Traum . . .« Er zögerte. »Ich habe da so eine Idee. Es ist ein Motor, der Barton-Motor. Ich habe alles hier drin.« Er tippte sich an die Stirn. »Was mir fehlt, ist das Geld, um ihn zu bauen. Seit zehn Jahren versuche ich das Geld zusammenzubringen. Und ein paarmal hätte ich es schon fast geschafft.«

»Diesmal werden Sie es schaffen«, meinte sie.

»Vielleicht.« Er schüttelte den Kopf. »Ich war schon viel zu oft so sicher, um noch auf irgend etwas zu wetten.«

»Erzählen Sie mir von dem Motor«, sagte sie, und er redete ruhig, aber mindestens zehn Minuten lang.

Es war eine neue Konstruktion, eine leichte, sparsame Konstruktion. »Er würde alles antreiben, Wasserpumpen, Sägewerke, Motorräder, einfach alles.« Er hatte sich in Eifer geredet und war glücklich, das sah sie. »Ich bräuchte nur eine kleine Werkstatt, um ihn zu bauen, irgendwo im Westen – ich dachte an Fort Worth . . .« Er unterbrach sich und sah sie an. »Tut mir leid, ich langweile Sie sicher.«

»Nein«, sagte sie rasch. »Ich höre Ihnen gerne zu. Ich hoffe, es gelingt Ihnen, Jake.«

Er nickte. »Danke!« Dann schwiegen sie für ein paar Minuten.

»Was ist Ihr Traum?« fragte er schließlich, und sie lachte leise.

»Nein, sagen Sie es mir«, beharrte er.

»Es ist dieses Buch. Ein Roman – ich träume schon seit Jahren davon. Im Geiste habe ich ihn schon hundertmal geschrieben – alles, was mir fehlt, ist die Zeit und der Ort, um ihn zu Papier zu bringen . . .« Sie brach ab, und dann lachte sie abermals. »Und dann, natürlich, es klingt zwar sentimental – aber ich träume von Kindern und einer Familie. Ich bin schon zu lange unterwegs.

»Ich weiß, was Sie meinen.« Jake nickte. »Das ist ein guter Traum«, sagte er nachdenklich. »Besser als meiner.«

Gareth Swales hörte ihre Stimmen murmeln und stützte sich auf den Ellbogen. Er dachte einen Augenblick ernsthaft daran, die zehn Meter über die in der Sonne glühenden schwarzen Steine zu ihnen zu gehen – aber die dafür erforderliche Anstrengung war einfach zu groß, und er ließ sich zurücksinken. Ein faustgroßer Stein bohrte sich in seinen Rücken, und er fluchte leise vor sich hin.

Um fünf Uhr entschied Jake, daß sie die Motoren wieder starten könnten. Sie füllten aus den Kanistern, die auf den seitlichen Geschützplattformen befestigt waren, Treibstoff nach und setzten ihre Fahrt über den holprigen Boden in einem quälenden Schrittempo fort. Jeder Stoß rüttelte Fahrer und Fahrzeug unbarmherzig durch.

Zwei Stunden später war der ebene Landstrich mit den schwarzen Steinen jäh zu Ende, und dahinter erstreckte sich ein Gebiet mit flachen roten Sandhügeln. Erleichtert erhöhte Jake die Geschwindigkeit, und die Kolonne fuhr auf einen Sonnenuntergang zu, der die staubgeladene Luft zu entflammen schien und den Himmel mit rosaroten, purpurroten und flammend scharlachroten Wirbeln überzog. Der Wüstenwind legte sich, und die Luft war still und schwer von der Hitze des Tages. Jeder Wagen zog einen langen, dunklen Schatten hinter sich her und wirbelte eine dichte Staubwolke auf.

Die Nacht brach mit der für die Tropen charakteristischen Plötzlichkeit herein, die jeden beunruhigt, der nur die weichen Abenddämmerungen der nördlichen Kontinente kennt. Jake errechnete, daß sie an diesem Tag keine zwanzig Meilen weit gekommen waren, und es widerstrebte ihm, jetzt schon Halt zu machen, jetzt, da sie eine gute Geschwindigkeit halten konnten und die Nachtluft sowohl die Temperatur der Motoren als auch die Gereiztheit der Fahrer abkühlte. Jake orientierte sich am Orionstreifen, da dieser das auffälligste Sternbild war, dann schaltete er die Scheinwerfer ein und blickte zurück, um sich zu vergewissern, daß die anderen seinem Beispiel folgten. Die Lichtkegel durchbrachen die Dunkelheit vor Jakes Wagen auf hundert Meter und gaben ihm genügend Zeit, um gelegentlich einem Dornenstrauch auszuweichen oder einen großen grauen Wüstenhasen zu verfolgen, den das Licht so verwirrte, daß er sekundenlang mit seinen diamantähnlich glitzernden Augen hineinstarrte, bevor er sich umdrehte und auf seinen langen Beinen vor dem Wagen herhüpfte, scheinbar unfähig, aus dem Lichtkegel auszubrechen, um sich im letzten Augenblick vor den Rädern zu ducken und in der Dunkelheit zu verschwinden.

Jake hatte gerade beschlossen, zum Essen und Trinken eine kurze Pause einzulegen, um dann weiterzufahren, als die Sandhügel allmählich aufhörten und er im Licht der Scheinwerfer eine glänzend weiße, völlig ebene Fläche vor sich sah, Sandboden, der so glatt und einladend aussah, wie die Brooklands-Autorennstrecke.

Jake schaltete zum ersten Mal an diesem Tag in einen höheren Gang, und der Wagen raste vorwärts – etwa hundert Meter weit, dann brach die dicke, harte Kruste des Salzsees ein, und das schwere Fahrzeug versank bis zu den Rädern und bäumte sich auf, so daß Jake mit einem Ruck nach vorn geworfen wurde und mit Schultern und Stirn schmerzhaft gegen die Stahlblende stieß.

Der Motor heulte auf, und die Ventile pfiffen, bis Jake sich wieder erholt hatte und die Benzinzufuhr stoppte. Er stemmte sich aus dem Panzerturm, um die anderen mit Handzeichen zu stoppen, dann kletterte er fluchend hinunter, um den festgefahrenen Wagen zu untersuchen. Gareth kam über die schneeweiße Oberfläche des Salzsees zu ihm heran, blieb neben ihm stehen und sah sich schweigend den Schaden an.

Eine einzige dumme Bemerkung . . ., dachte Jake zutiefst frustiert und wütend. Er ballte die Fäuste zu schweren, knöchernen Hämmern.

»Zigarre?« Gareth hielt ihm die Schachtel hin, und Jake fühlte, wie sein Ärger allmählich verrauchte.

»Ein guter Lagerplatz«, fuhr Gareth fort. »Wir überlegen morgen früh, wie wir ihn da herausbringen.« Er klopfte Jake auf die Schulter. »Komm schon, ich spendiere dir ein warmes Bier.«

»Ich habe nur darauf gewartet, daß du etwas sagst, alles andere als das – und ich hätte dich niedergeschlagen.« Jake schüttelte grinsend den Kopf und war erstaunt über Gareths Einfühlungsvermögen.

»Denkst du etwa, ich weiß das nicht, alter Junge?« erwiderte Gareth und grinste zurück.

Kurz nach Mitternacht, wenn die menschlichen Lebensgeister an ihrem Tiefpunkt angelangt sind, wachte Vicky auf, obgleich es völlig still war – bis auf das leise Schnarchen eines der Männer. Sie erkannte das Geräusch aus der vorangegangenen Nacht und fragte sich, wer der Übeltäter war. So etwas kann für ein Mädchen entscheidend sein, dachte sie, wenn man sich vorstellt, daß man jede Nacht seines Lebens neben einem Sägewerk verbringen müßte.

Aber davon war sie nicht aufgewacht. Vielleicht war es die Kälte. Ganz nach Art der gewaltigen Temperaturunterschiede in der Wüste war die Temperatur drastisch gesunken, und sie zog ihre Decken bis zum Kinn hoch und drehte sich um, um weiterzuschlafen – als der Laut plötzlich wieder kam und Vicky hochfuhr und wie versteinert sitzen blieb.

Es war ein langgezogener, rollender, röchelnder Ton, wie sie ihn nie zuvor gehört hatte. Er schwoll zu einer Höhe an, die an ihren Nerven zerrte, und endete dann in einer Reihe von tiefen, markerschütternden Grunzlauten. Der Ton klang so wütend und bedrohlich, daß sie eine eiskalte Angst in sich aufsteigen fühlte. Sie wollte die anderen wecken, aber sie hatte Angst, die Aufmerksamkeit auf sich zu lenken, und blieb mit weitaufgerissenen Augen wie erstarrt sitzen – und wartete darauf, daß das Geräusch wiederkam.

»Sie brauchen sich keine Sorgen zu machen, Miss Camberwell.«

Vicky erschrak beim Klang der leisen Stimme. »Er ist viele Meilen entfernt. Kein Grund zur Beunruhigung.« Und sie drehte sich um und sah, daß sie der junge Äthiopier, eingehüllt in seine Decken, beobachtete.

»Mein Gott, Greg – was in aller Welt war das?«

»Ein Löwe, Miss Camberwell«, erklärte Gregorius sichtlich erstaunt, daß sie einen so alltäglichen Laut nicht erkannte.

»Ein Löwe? Das war das Gebrüll eines Löwen?« Sie hätte nie gedacht, daß das Brüllen eines Löwen so klingen würde.

»Ein Sprichwort meines Volkes besagt, daß sich selbst ein mutiger Mann dreimal vor einem Löwen fürchtet – und das erste Mal ist, wenn er ihn brüllen hört.«

»Das glaube ich«, flüsterte sie. »Wahrhaftig, das glaube ich.« Sie nahm ihre Decken und ging zu Jake und Gareth, die ruhig weiterschliefen. Sie legte sich zwischen ihnen hin und fühlte sich bei dem Gedanken, daß der Löwe nun eine größere Auswahl hatte, etwas wohler, aber schlafen konnte sie trotzdem nicht.

Graf Aldo Belli hatte sich mit dem ernsten und festen Vorsatz, am nächsten Morgen zu den Brunnen von Chaldi vorzurücken, in sein Zelt zurückgezogen. Der Funkspruch des Generals hatte ihn getroffen. Nun würde ihn nichts mehr aufhalten, beschloß er, als er sich zum Schlafen hinlegte.

Er erwachte nach Mitternacht und mußte feststellen, daß der Chianti, den er zum Abendessen getrunken hatte, einen starken Druck auf seine Eingeweide ausübte. Wenn ein geringerer Mann in dieser Situation ohne viel Aufheben aus dem Bett gekrochen wäre, um mit diesem Problem fertig zu werden, faßte der Graf die Dinge in größerem Stil an.

Er sank in seine Kissen zurück und ließ ein lautes Brüllen hören. Augenblicklich begann es draußen in der Nacht lebendig zu werden, und nach wenigen Minuten erschien Gino in einem hastig übergeworfenen Kamelhaarmantel, zerzaust und schlaftrunken mit einer Blendlaterne. Ihm folgte der Kammerdiener des Grafen und sein Adjutant, beide im gleichen Zustand schlaftrunkener Verwirrung.

Der Graf klagte seine Nöte, und die Gruppe umstand in ernsthafter Besorgnis sein Bett. Gino half ihm aus dem Bett, als wäre er ein Invalide. Der Kammerdiener hielt einen Morgenrock aus gesteppter chinesischer Seide bereit, der mit grimmigen, scharlachroten Drachen bestickt war, und kniete dann nieder, um die Füße des Grafen in lederne Pantoffel zu stecken, während sein Adjutant davoneilte, um die Leibgarde des Grafen zu wecken und vor dem Zelteingang zu postieren.

Der Graf trat aus dem Zelt, und eine kleine, gutbewaffnete und illuminierte Prozession marschierte zu der Latrine, die ausschließlich für den persönlichen Gebrauch des Grafen aufgestellt worden war. Gino trat als erster ein, um das kleine, mit Stroh gedeckte Häuschen nach Schlangen, Skorpionen und Banditen zu durchsuchen. Erst als er wieder herauskam und das Häuschen für sicher erklärte, ging der Graf hinein. Seine Eskorte stand stramm und lauschte ehrfürchtig den geräuschvollen Ergüssen im Innern – bis sie von dem markerschütternden, erdbebenähnlichen, ohrenbetäubenden Brüllen eines männlichen Löwen aufgeschreckt wurden.

Mit bleichem, zu Tode erschrockenem Gesicht sprang der Graf von der Latrine auf.

»Gütige Mutter Gottes!« schrie er. »Was, im Namen Gottes und aller Heiligen, ist das?«

Niemand konnte ihm antworten. In der Tat schien auch niemand Interesse daran zu haben, und der Graf mußte sich beeilen, um seine bewaffnete Eskorte einzuholen, die bereits wieder auf das Lager zustürmte.

Endlich wieder in der Sicherheit seines hellerleuchteten Zeltes und umgeben von seinem hastig einberufenen Offiziersstab, normalisierte sich der Puls des Grafen allmählich, und einer seiner Offiziere schlug vor, die eingeborenen eritreanischen Führer rufen zu lassen und über das schreckliche nächtliche Geräusch zu befragen, welches das ganze Bataillon in Aufruhr versetzt hatte.

»Ein Löwe?« fragte der Graf ungeduldig und noch einmal: »Ein Löwe!« Da plötzlich verschwanden die Schrecken der Nacht, denn in diesem Augenblick brach im Osten bereits der erste Dämmerschein an, und den Grafen befiel ein leidenschaftliches Jagdfieber.

»Mir scheint, mein Oberst, daß sich die Tiere an die Antilopenkadaver herangemacht haben, die Sie draußen in der Wüste haben liegenlassen«, erklärte der Dolmetscher. »Der Blutgeruch hat sie angezogen.«

»Gino«, schnautzte der Graf. »Holen Sie das Mannlicher, und lassen Sie den Fahrer sofort den Rolls-Royce vor mein Zelt fahren.«

»Mein Oberst«, protestierte Major Luigi Castelani. »Das

Bataillon soll auf Ihren Befehl in der Morgendämmerung abrücken.«

»Befehl widerrufen!« fauchte der Oberst. Er sah die prachtvolle Jagdtrophäe bereits vor seinem Louis-XIV-Schreibtisch in der Bibliothek des Schlosses liegen. Er würde den Löwen mit weitgeöffnetem Maul, gefletschten weißen Zähnen und wilden gelben Glasaugen präparieren lassen. Die Vorstellung von dem offenen Maul mit den scharfen Zähnen erinnerte ihn plötzlich sehr lebhaft an seinen nervenaufreibenden Zusammenstoß mit dem Spießbockbullen.

»Major«, befahl er, »ich brauche eine Eskorte von zwanzig Mann, einen Lastwagen, um sie zu transportieren, volle Kampfausrüstung und hundert Schuß Munition für jeden.« Der Graf wollte nicht noch einmal ein solches Risiko eingehen.

Der Löwe war ein voll ausgewachsenes Männchen, sechs Jahre alt und wie die meisten in der Wüste lebenden Arten des Leo Panthera war er viel größer als die Urwaldlöwen. Er maß gut einen Meter bis zur Schulter und wog über einen Doppelzentner. Die letzten Sonnenstrahlen verstärkten den rötlich-ockergelben Glanz seines Felles und verwandelten seine Mähne in einen golden schimmernden Glorienschein. Die dichte, lange Mähne umrahmte seinen breiten Kopf, reichte bis hinter seine Schultern und hing so tief unter Brustkorb und Bauch hinunter, daß sie fast den Boden streifte.

Steif, mit tief gesenktem Kopf, den er bei jedem Schritt schwerfällig hin und her schwang, trottete er durch die Wüste. Sein Atem trat pfeifend aus den Lungen, und gelegentlich blieb er stehen und warf den Kopf herum, um gereizt nach den summenden bläulichen Fliegen zu schnappen, welche die Wunde an seiner Flanke umschwärmten. Dann leckte er an dem kleinen dunklen Loch, aus dem ständig wäßriges Blut tropfte. Seine Zunge rollte aus und schabte, rauh wie Chagrin, über das geschmeidige Fell. Durch das dauernde Lecken waren die Haare rund um die Wunde verschwunden, was der Stelle ein blasses, kahles Aussehen gab.

Die 9,3-mm-Kugel des Mannlicher hatte ihn in dem Augenblick getroffen, als er sich zur Flucht wandte. Die Kugel war zwei Zentimenter unterhalb der letzten Rippe mit einer unheimlichen Wucht in seinen Körper eingedrungen und hatte den Löwen zu Boden geworfen, so daß er sich in einer Staubwolke mehrmals überschlug. Die von einem Kupfermantel umgebene Kugel hatte eine weiche, verformbare Bleispitze; diese wurde pilzförmig breit geschlagen, als sie in die Bauchhöhle eindrang, sie zerfetzte seine Gedärme und verletzte vier Unterleibsvenen. Das Geschoß hatte die Nieren gestreift und so schwer verletzt, daß der Löwe vor Schmerz brüllte, als er stehenblieb und das Hinterteil krümmte, um blutigen Urin auszuscheiden. Die Kugel war schließlich bis zum Beckengürtel vorgedrungen und steckte nun im Knochen.

Nach dem ersten schweren Schock hatte sich der Löwe wieder aufgerappelt und war in gestrecktem Lauf, geduckt unter Dornensträuchern, davongelaufen. Obgleich noch mehrere Kugeln Staubfahnen um ihn herum aufwirbelten, von denen eine so nahe einschlug, daß ihm Sand in die Augen spritzte, wurde er nicht mehr getroffen.

Das Rudel hatte aus sieben Löwen bestanden. Ein älteres, schwereres Löwenmännchen mit dunkler Mähne, zwei jüngere zierliche Weibchen, von denen eines trächtig war, und drei Jungtiere, die noch ein gesprenkeltes Fell besaßen und unbändig wie Kinder waren.

Das jüngere Männchen hatte als einziges Tier das Gewehrfeuer überlebt, und es fühlte bei jeder Bewegung das Schwappen des geronnenen Blutes in seiner Bauchhöhle. Eine tiefe Lethargie hemmte die Bewegungen des Löwen, aber der Durst trieb ihn weiter. Der Durst war wie ein brennender Schmerz, der seinen Körper verzehrte, und die Wasserstellen des Awashflusses waren viele Meilen entfernt.

In der Morgendämmerung sahen sie, daß Priscilla das Ekel bis zur Bodenplatte mit allen vier Rädern tief im hellen Salzschlamm unter der Kruste des Salzsees feststeckte.

Jake zog sein Hemd aus und schwang schonungslos die lange Axt, während die anderen das Strauchwerk, das er abhackte, aufsammelten und, die Stacheln und Dornen verfluchend, über die schneeweiße Oberfläche auf den Salzsee hinaustrugen.

Jake arbeitete mit einer wütenden Verbissenheit, er ärgerte sich über seine Unaufmerksamkeit, die sie in diese Situation gebracht hatte und mindestens einen Tag kosten würde. Es war keine Rechtfertigung, daß Erschöpfung und Hitze sein Urteilsvermögen beeinträchtigt hatten – daß er die tückisch glatte weiße Oberfläche des Salzsees nicht erkannt hatte –, denn vor dieser Gefahr hatte Gregorius ausdrücklich gewarnt. Er wütete vom Morgengrauen bis kurz vor Mittag mit der Axt, dann lag neben dem Wagen ein kleiner Berg abgehackter Äste.

Gareth half ihm, unter dem Motorblock des Wagens einen festen Sockel aus flachen Steinen und dickeren Ästen zu bauen. Dabei mußten sie, auf dem Boden liegend, im Dreck wühlen, um die große Schraubenwinde an der Grundplatte anzusetzen; dann hoben sie das Vorderteil des Wagens langsam an, indem sie gemeinsam an der Kurbel drehten.

Als die Vorderräder Zentimeter für Zentimeter aus dem Salzschlamm auftauchten, stopften Vicky und Gregorius die zähen Äste darunter. Es war eine schwere, mühselige Arbeit, die an den Hinterrädern des Wagens wiederholt werden mußte.

Es war schon nach Mittag, als Priscilla das Ekel schließlich unsicher auf vier Sockeln aus zusammengepreßten Ästen stand – aber ihre Bodenplatte war frei.

»Was machen wir jetzt?« fragte Gareth. »Fahren wir sie zurück?«

»Eine schnelle Drehung der Räder würde die Äste fortschleudern, und sie säße wieder fest«, knurrte Jake und wischte sich mit dem zerknüllten Hemd über die schweißglänzende Brust. Er sah Gareth an und ärgerte sich, daß dieser Mann nach fünf Stunden harter Arbeit in der Sonne kaum zu schwitzen schien und daß seine Kleider tadellos sauber waren, obwohl er auf dem Bauch im Sand gewühlt und die Schraubenwinde bedient hatte, und daß sein Haar – wirklich eine Frechheit – noch immer ordentlich gekämmt war.

Unter Jakes Anleitung legten sie bis zum festen Boden am Rand des Salzsees einen Knüppeldamm aus Ästen. Der würde das Gewicht des Wagens verteilen und verhindern, daß er noch einmal einbrach.

Dann fuhr Vicky Miss Wackelig bis an den Rand des Salzsees und steuerte sie im Rückwärtsgang an den Steg aus Ästen heran. Die Männer nahmen drei Rollen aus dickem Hanfseil und rollten sie bis zu dem festsitzenden Fahrzeug aus, so daß die beiden Panzerwagen schließlich durch dieses fragwürdige Abschleppseil verbunden waren.

Gareth kletterte in den Panzerwagen und übernahm das Lenkrad von Priscilla, während Jake und Gregorius, mit zwei dicken Ästen bewaffnet, bereitstanden, um die Räder anzuheben.

»Bist du gut im Beten, Gary?« rief Jake.

»Ist nicht gerade meine starke Seite, alter Junge.«

»Na, dann halt mal schön die Ohren steif«, äffte Jake ihn nach, dann gab er Vicky ein Zeichen und sie winkte zurück, bevor ihr Blondschopf im Panzerturm von Miss Wackelig verschwand. Die Maschine heulte auf, und das Seil spannte sich, als Miss Wackelig langsam die Böschung des Salzsees hinaufkroch.

»Halte die Räder gerade«, brüllte Jake, und dann warfen er und Gregorius ihr ganzes Gewicht auf die Asthebel und drückten gerade genug an, um einen Teil des Wagengewichtes auf den Knüppeldamm zu übertragen.

Langsam und schwerfällig rollte das plumpe Fahrzeug über den Salzsee zurück, bis es wieder festen Boden erreichte und alle vier erleichtert und übermütig jubelten.

Jake spendierte zwei Flaschen Tusker-Bier von seiner eisernen Reserve, aber das Getränk war so warm, daß die Hälfte bereits herausspritzte, als sie die Flaschen öffneten. So blieb für jeden nur ein Schluck.

»Können wir den Awash noch vor Einbruch der Dunkelheit erreichen?« fragte Jake. Gregorius blickte hoch, um den Einfallswinkel der Sonne abzuschätzen.

»Wenn wir keine Zeit mehr verlieren, ja«, sagte er dann.

Die Kolonne fuhr in weitem Bogen um die Salzseen herum und bewegte sich, immer noch auf Kompaßkurs, stetig nach Westen.

Am späten Nachmittag erreichten sie die Sandwüste mit ihren hoch aufgetürmten, walfischähnlichen Dünen, die wunderschöne weiche Schatten in die Mulden dazwischen warfen. Die Farbe des Sandes wechselte von Dunkelrot über sanfte Rosatönungen zu Kreideweiß, und der Sand war so weich und fein, daß der Wind auf jedem Dünenkamm lange, rauchähnliche Staubfahnen aufwirbelte.

Unter Gregorius' Leitung schwenkten sie in nördliche Richtung, und schon nach einer halben Stunde stießen sie auf die lange, schmale Bergkette aus Eisenstein, die die Sandwüste teilte und wie ein schmaler Damm durch die Wanderdünen führte. Sie krochen langsam über diese steinerne Brücke und folgten ihrem gewundenen Kurs über zwölf Meilen mitten durch die Dünen, die sich zu beiden Seiten erhoben.

Vicky dachte, daß diese Durchfahrt eine Ähnlichkeit mit dem Korridor haben mußte, durch den die fliehenden Israeliten das Rote Meer durchquert hatten. Die Dünen sahen wie erstarrte Wellen aus, die jeden Augenblick über sie hereinbrechen und sie ertränken konnten – und sie gab die Hoffnung auf, die wilde und verwirrende Schönheit dieses vielfarbenen Sandmeeres jemals angemessen beschreiben zu können.

Sie kamen schließlich erstaunlich übergangslos auf das trockene, flache Grasland der äthiopischen Tiefebene. Die Wüste selbst lag hinter ihnen – und wenn es auch nur eine rauhe und reizlose Savanne war, so gab es hier wenigstens vereinzelt wieder Dornenbäume und einen fast geschlossenen Teppich aus ausgetrocknetem Gras unter den niederen Christdornsträuchern. Obwohl das Gras so fein und dürr war, daß die Sonne jede Farbe herausgebleicht hatte, schimmerte es so silbern, als wäre es mit Rauhreif überzogen.

Das Erfreulichste von allem waren die entfernten, aber deutlich sichtbaren blauen Umrisse der Berge. Nun hatten sie sie ständig vor Augen, eine ferne Verlockung, die sie unwiderstehlich anzog.

Die vier Panzerwagen stürmten munter weiter, überrollten das dürre Gras, holperten gelegentlich über ein Ameisenbärloch und walzten die schwachen Dornensträucher nieder, die ihnen im Weg standen.

Bei Einbruch der Dunkelheit, gerade als Jake beschlossen hatte, eine Rast einzulegen, öffnete sich das flache Land vor ihnen wie durch Zauberhand, und sie blickten in die schroffe, fünfzehn Meter tiefe Schlucht des Awashflusses. Sie kletterten steifbeinig aus ihren Wagen und versammelten sich am Rand der Schlucht.

»Nur noch zweihundert Meter, und wir sind in Äthiopien. Es ist zwei Jahre her, seit ich das letzte Mal auf heimatlichem Boden stand«, sagte Gregorius, und seine großen, dunklen Augen strahlten. Nach einer Weile begann er zu erklären: »Der Fluß entspringt im Hochland in der Nähe von Addis Abeba und fließt durch eine Schlucht in die Tiefebene. Nicht weit von hier endet er in einem seichtem Sumpf. Dort versickert das Wasser im Wüstensand und verschwindet. Wir stehen hier noch immer auf französischem Territorium, vor uns liegt Äthiopien, und dort weiter im Norden ist Italienisch-Eritrea.«

»Wie weit ist es bis zu den Brunnen von Chaldi?« unterbrach ihn Gareth. Für ihn bedeuteten die Brunnen von Chaldi das Ende dieser Reise und den großen Reichtum.

Gregorius zuckte die Achseln. »Vielleicht noch vierzig Meilen.«

»Wie kommen wir über diese Schlucht?« murmelte Jake und starrte in die düsteren Tiefen hinunter, wo das Wasser silbern schimmerte.

»Flußaufwärts gibt es eine alte Karawanenstraße nach Dschibuti«, erklärte Gregorius. »Wir müssen vielleicht die Böschung ein wenig abgraben, aber ich denke, wir können den Fluß dort überqueren.«

»Ich hoffe, Sie haben recht«, sagte Gareth. »Schrecklich, wenn wir hier umkehren müßten.«

Der Anblick des Wassers, das sie flüchtig in der Tiefe der Schlucht gesehen hatte, verfolgte Vicky Camberwell bis in ihre Träume. Sie träumte von schäumenden Gebirgsbächen und sprudelnden Wasserfällen, von moosbewachsenen Steinblöcken und von hohem grünen Farn neben einem tiefen, kühlen Teich. Ruhelos und schwitzend wachte sie auf, das Haar klebte ihr an der Stirn und im Nacken. Am Himmel erschienen die ersten Anzeichen der nahen Morgendämmerung.

Sie glaubte, als einzige wach zu sein, und kroch in den Wagen, um ihr Handtuch und den Waschbeutel zu holen, aber als sie vom Wagen heruntersprang, hörte sie einen Schraubenzieher gegen Metall klirren und sah Jake gebückt über dem Motorraum seines Panzerwagens stehen.

Sie versuchte fortzuschleichen, ohne daß er es merkte, aber er richtete sich plötzlich auf.

»Wohin gehen Sie?« fragte er. »Ich hab' mir's doch gedacht. Hören Sie, Vicky, ich will nicht, daß Sie sich allein außerhalb des Lagers begeben.«

»Jake Barton, ich fühle mich schmutzig und kann mich

nicht riechen. Nichts und niemand wird mich daran hindern, zum Fluß hinunterzugehen.«

Jake zögerte. »Ich sollte besser mitkommen.«

»Wir sind hier nicht in den Folies Bergère, mein Lieber«, erwiderte sie lachend, und er war klug genug, nicht mit dieser Dame zu streiten. Er beobachtete mit ungewissen bösen Ahnungen, für die er keinen logischen Grund finden konnte, wie sie auf den Rand der Schlucht zueilte und verschwand.

Die Erde und das lockere Gestein unter ihren Füßen gaben leicht nach. Vicky zügelte ihre Ungeduld und suchte vorsichtig einen Weg hinunter zum Wasser, als sie einen Wildpfad entdeckte, der in einem bequemen Neigungswinkel abwärtsführte, und sie folgte ihm. Ihre von der weichen Erde gedämpften Schritte folgten getreulich der Spur von runden, fünfzehigen Pfotenabdrücken, die größer waren als eine Untertasse und sich unter dem schweren Gewicht des Tieres, von dem sie stammten, tief in die weiche Erde eingedrückt hatten. Doch Vicky schaute nicht zu Boden, und auch wenn sie es getan hätte, wäre zu bezweifeln, ob sie das, was sie sah, erkannt haben würde. Das schwach schimmernde Wasser des Flusses zog sie unwiderstehlich an.

Als sie am Grund der Schlucht ankam, stellte sie fest, daß der Fluß zu wenig Wasser führte, um noch zu fließen. Die Tümpel waren seicht, faulig und noch warm von der Sonne des vorangegangenen Tages. Das Wasser des Awash hatte die weicheren Erdschichten weggeschwemmt, bis das harte schwarze Eisengestein zum Vorschein kam, das den Boden de Schlucht formte.

Vicky zog ihre verschwitzten Kleider aus und watete, seufzend das herrliche Gefühl von Wasser auf ihrer Haut genießend, in einen der seichten Tümpel. Sie saß hüfttief im Wasser und schöpfte sich das kühle Naß mit beiden Händen über Gesicht und Brüste, um den Staub und den salzigen Schweiß der Wüste abzuwaschen.

Dann watete sie ans Ufer zurück und nahm eine Flasche Haarshampoo aus dem Waschbeutel. Das Wasser war so weich, daß sie bald vom Kopf bis zu den Schultern über und über mit Seifenschaum bedeckt war.

Sie spülte die Seife ab und wickelte das Handtuch wie einen Turban um ihren nassen Kopf, bevor sie sich niederkniete und genüßlich den ganzen Körper einseifte. Als sie ihre Morgentoilette beendet hatte, war es schon heller, und sie wußte, daß die anderen mittlerweile aufgestanden waren und darauf brannten, die Fahrt fortzusetzen.

Sie stieg aus dem Wasser auf den glatten, schwarzen Fels, der den Teich umgab, und blieb einen Augenblick stehen, um den ersten sanften Hauch des Morgenwindes auf ihrer nackten Haut zu genießen. Doch plötzlich fühlte sie instinktiv, daß sie beobachtet wurde. Sie wirbelte herum, duckte sich nieder und bedeckte unwillkürlich ihre Brüste und ihren Unterleib mit den Händen.

Die Augen, die sie beobachteten, waren von einer wilden, goldgelben Farbe, und die Pupillen waren funkelnde schwarze Schlitze. Die Augen starrten sie beharrlich und unerschrocken an.

Das riesige, rötlich-gelbe Tier kauerte auf einer glatten Felsplatte in halber Höhe der gegenüberliegenden Uferböschung. Es hatte die Vorderpfoten unter das Kinn gezogen und strahlte eine tödliche Ruhe aus, was Vicky erschauern ließ, obwohl sie nicht gleich erkannte, was sie sah.

Dann richtete sich ganz langsam die dunkle Halskrause der Mähne auf, bauschte sich um den Kopf und hob seinen beeindruckenden Umfang noch hervor. Der Schwanz zuckte und begann im gleichmäßigen Rhythmus hin und her zu peitschen.

Plötzlich wußte Vicky, was es war. Im Geiste hörte sie wieder das Echo dieses schrecklichen Gebrülls in der Nacht – und schrie.

Jake hatte gerade die Einstellung der Zündung an seinem Wagen beendet und schloß die Motorhaube. Er griff nach der geriffelten Flasche mit verdünntem Ammoniak, um seine Hände von der Wagenschmiere zu reinigen. In diesem Augenblick hörte er den Schrei und begann loszurennen.

Der Schrei war so hoch und schrill, ein unverkennbarer Ausdruck von Todesangst, daß Jakes Herz zu rasen begann. Als der Schrei noch gellender wiederkam, sprang er über den Rand der Böschung und kam halb rutschend, halb laufend den steilen Abhang der Schlucht herunter.

Von ihrem ersten Schrei bis zu seinem Eintreffen am felsigen Boden der Mulde neben dem Tümpel waren nur wenige Sekunden vergangen.

Er sah das nackte Mädchen, beide Hände an den Mund gepreßt, am Teichrand kauern. Sie hatte einen hellen, schlanken Körper, die schmalen, festen runden Hinterbakken eines Knaben und lange, wunderschöne Beine.

»Vicky«, brüllte er. »Was ist los?«

Sie wirbelte zu ihm herum. Ihre runden, schweren weißen Brüste mit den großen, durch die Kälte und die Angst vorstehenden Brustwarzen wippten durch ihre hastige Bewegung. Selbst in dieser extremen Situation konnte er nicht umhin, auf ihren glatten, flachen Bauch und das flauschige dunkle Dreieck darunter zu blicken. Dann lief sie auf diesen langen, fohlenartigen Beinen auf ihn zu; ihr Gesicht war leichenblaß, und in ihren weitaufgerissenen, gefleckten grünen Augen stand das nackte Entsetzen.

»Jake«, schrie sie. »O Gott, Jake!« Und dann sah er die Bewegung hinter ihr, in halber Höhe am gegenüberliegenden Flußufer.

Die Wunde war während der Nacht angeschwollen und lähmte die Hinterbeine des Löwen. Die zerrissenen Gedärme vergifteten und infizierten seine Bauchhöhle. Das Tier war so geschwächt, daß der natürliche Reflex von Wut, den der Anblick einer menschlichen Gestalt in ihm ausgelöst hatte, nicht stark genug war, um einen Angriff herbeizuführen.

Doch der Klang der menschlichen Stimme weckte augenblicklich die Erinnerung an die Jäger, die schuld an seinem schrecklichen, grauenvollen Todeskampf waren, und seine Wut flammte auf.

Dann war plötzlich noch eine von diesen verhaßten,

zweibeinigen Gestalten da, noch mehr Lärm und Bewegung – das alles genügte, um die Starrheit und die lähmende Lethargie abzuschütteln. Der Löwe erhob sich aus seiner kauernden Stellung und brüllte.

Jake lief Vicky vier Schritte entgegen, und sie wollte schutzsuchend ihre Arme um seinen Hals schlingen, aber er wich der Umarmung aus, packte mit der linken Hand ihren Oberarm und grub seine Finger so tief in ihr Fleisch, daß sie der Schmerz zur Besinnung brachte. Er nutzte den Schwung ihres Laufs und stieß sie auf den Pfad zu, der den Abhang hinaufführte.

»Lauf«, schrie er, »lauf weiter!« Und er drehte sich wieder zu dem verletzten Tier um, als es von dem Felsband in das Flußbett sprang.

Erst jetzt merkte Jake, daß er noch immer eine volle Flasche Ammoniak in der Hand hielt. Der Löwe kam in großen Sprüngen durch den seichten Tümpel auf ihn zu. Trotz der Wunde bewegte er sich mit einer bedrohlichen Geschmeidigkeit und Kraft. Er war schon so nahe, daß Jake jedes einzelne Barthaar an seiner Oberlippe deutlich erkennen konnte und das Rasseln in seiner Kehle hörte. Er ließ ihn herankommen, denn umzudrehen und fortzulaufen wäre Selbstmord gewesen. Im letzten Augenblick sprang er zurück wie ein Werfer beim Baseball und schleuderte die Flasche. Das war eine reine Instinkthandlung, er gebrauchte einfach die einzige – wenn auch schwache – Waffe, die er zur Hand hatte.

Die Flasche flog dem Löwen an den Kopf und traf ihn mitten auf die Stirn, als er geschmeidig auf die Felsplatte zuschnellte, auf der Jake stand.

Die Flasche zerbrach in tausend glitzernde Glasscherben, und die ätzende, cremige Flüssigkeit verteilte sich über den Kopf des Löwen. Sie füllte seine Augen und machte ihn sofort blind. Der Gestank des konzentrierten Ammoniaks in seinem offenen Mund und seinen Nüstern zerstörte seinen Geruchssinn und brachte seinen ganzen Organismus so durcheinander, daß er den Halt verlor, brüllend vor

Schmerz in das seichte Wasser fiel und hilflos auf den Rücken rollte.

Jake stürmte vor, um den Sekundenbruchteil zu nützen, den er gewonnen hatte. Er bückte sich, um einen vom Wasser abgeschliffenen Flußstein von der Größe und Form eines Fußballes aufzuheben, und hob ihn mit beiden Händen über den Kopf.

Als er auf der Steinplatte über dem Tümpel balancierte, hatte sich der Löwe wieder erholt und stürzte blind auf ihn zu. Jake schleuderte den Flußstein mit aller Kraft, und der Stein krachte wie einen Kanonenkugel auf den Rücken des Tieres, genau auf die Stelle wo die nasse Mähne die Verbindung von Schädel und Wirbelsäule verdeckte, und zerschmetterte beides, so daß das schrecklich verstümmelte Tier zusammenbrach und halb im Wasser, halb auf der schwarzen Steinplatte liegenblieb.

Sekundenlang blieb Jake regungslos stehen und keuchte vor Anstrengung und Aufregung, dann beugte er sich vor und berührte mit der Fingerspitze die langen, hellen Wimpern, welche die starren gelben Augen des Löwen umrahmten. Der Glanz des Augapfels war durch die ätzende Flüssigkeit bereits stumpf geworden. Jakes Berührung löste keinen Reflex aus, und er wußte, das Tier war tot. Er drehte sich um und mußte feststellen, daß Vicky seinen Befehl nicht befolgt hatte. Sie stand wie erstarrt an derselben Stelle, wo er sie zurückgelassen hatte, nackt und so verletzlich, daß sein Herz einen kleinen Sprung machte, und er eilte zu ihr. Schluchzend warf sie sich ihm in die Arme und klammerte sich mit erstaunlicher Kraft an ihn. Jake wußte, daß die Umarmung eine Folge der Angst und nicht der Liebe war, aber als sein Herzklopfen nachließ und das Adrenalin aus seinem Blut verschwand, dachte er, daß er einen sicheren Vorsprung errungen hatte. Wenn du einem Mädchen das Leben rettest, muß sie dich einfach ernst nehmen, überlegte er und grinste ein wenig unsicher über diesen Gedanken. All seine Sinne waren durch den kritischen Augenblick der eben überstandenen Gefahr enorm geschärft. Er konnte den Duft der parfümierten Seife und den Gestank des Ammoniaks riechen. Er konnte jeden Zentimeter des schlanken, festen, an ihn gepreßten Mädchenkörpers und die glatte Wärme der Haut unter seinen Händen mit unerträglicher Intensität spüren.

»O Jake!« flüsterte sie erstickt, und plötzlich wurde ihm mit schmerzhafter Gewißheit klar, daß sie in diesem Augenblick bereit war, ihm ganz zu gehören, daß sie sich ihm hier am schwarzen, steinigen Ufer des Awash neben dem warmen Kadaver des Löwen hingeben würde.

Durch diese Erkenntnis ermutigt, glitten seine Hände über ihren Körper und empfingen augenblicklich Gewißheit; ihr Körper wurde weich und nachgiebig, und ihr Gesicht wandte sich ihm zu. Ihre Lippen bebten, und er konnte ihren Atem an seinem Mund spüren.

»Was, zum Teufel, geht da unten vor?« hallte Gareths Stimme durch die düsteren Tiefen der Schlucht. Er stand hoch über ihnen am Rand des Abgrunds. Er trug eines der Lee-Enfield-Gewehre unter dem Arm und schien im Begriff zu sein, zu ihnen herunterzukommen.

Jake drehte Vicky herum, schirmte sie mit seinem breiten Körper ab und zog seine Lederjacke aus, um ihre Blöße zu bedecken. Die Jacke reichte ihr bis halb über die Oberschenkel und bauschte sich unter ihren Achseln. Sie zitterte noch immer wie ein junges Kätzchen im Schneesturm und atmete stoßweise und rasch.

»Mach dir keine Sorgen«, rief Jake zu Gareth hinauf. »Zum Helfen kommst du zu spät, jetzt wirst du nicht mehr gebraucht.« Er griff in die Hosentasche und zog ein großes, nicht mehr ganz sauberes Taschentuch heraus, das Vicky mit einem traurigen, krampfhaften Lächeln annahm.

»Putzen Sie sich die Nase«, sagte Jake. »Und ziehen Sie sich an, bevor die ganze Bande herunterkommt, um Sie zu begutachten.«

Gregorius war so beeindruckt, daß er minutenlang nicht wußte, was er sagen sollte. In Äthiopien wird keine mutige Handlung so hoch bewertet wie das Jagen und Töten eines ausgewachsenen Löwen im Alleingang. Der Krieger, der dieses Glanzstück zustande bringt, trägt danach als Zeichen seines Mutes die Mähne und erwirbt sich die Hochachtung aller. Der Mann, der seinen Löwen schießt, wird geachtet, der Mann, der ihn mit dem Speer tötet, wird verehrt – Gregorius hatte noch nie gehört, daß ein Löwe mit einem Felsbrocken und einer Flasche Ammoniak getötet worden war.

Eigenhändig enthäutete Gregorius den Kadaver. Noch bevor er damit fertig war, kreisten die schwarzen Geier am Himmel. Er ließ den nackten, rosafarbenen Kadaver im Flußbett liegen und trug die feuchte Haut ins Lager, wo Jake bereits ungeduldig darauf wartete, daß sie die Fahrt zu den Quellen fortsetzen konnten. Er betrachtete die Trophäe geringschätzig und respektlos, und Greg versuchte es ihm zu erklären.

»Bei meinem Volk wirst du großes Ansehen genießen, Jake. Wo immer du auch hingehst, überall werden dich die Leute respektieren.«

»Fein, Greg. Alles schön und gut. Aber würdest du jetzt so freundlich sein und deinen Arsch in Bewegung setzen.«

»Aus der Mähne lasse ich dir einen Kriegerkopfschmuck machen«, beharrte Greg, als er das feuchte Fellbündel auf der Geschützplattform von Jakes Wagen festband. »Wenn das Haar ausgekämmt ist, wird es großartig aussehen.«

»Es könnte nur eine Aufbesserung seines gegenwärtigen Haarstiles sein«, bemerkte Gareth trocken. »Ich gebe zu, das war ein hübsches Tierchen, und Jake ist ein toller Kerl – aber wie er schon sagte, fahren wir weiter, bevor ich ernsthaft böse werde.«

Als sich alle zu ihren Fahrzeugen begaben, ging Gregorius an Jakes Seite und zeigte ihm wortlos das pilzförmige Kupfermantelgeschoß, das er aus dem Beckenknochen des Kadavers herausgeschnitten hatte.

Jake blieb stehen, um die Kugel eingehend zu betrachten.
»Neun Millimeter, oder 9,3«, sagte er. »Das Kaliber eines Sportgewehres – kein Militärgewehr.«

»Ich bezweifle, ob es in Äthiopien ein einziges Gewehr gibt, das solche Kugeln abfeuern würde«, sagte Greg ernst. »Das war eine ausländische Waffe.«

»Nicht nötig, deshalb gleich Alarm zu schlagen«, sagte Jake und gab ihm die Kugel zurück. »Aber wir werden es nicht vergessen.«

Gregorius wollte sich schon umdrehen, als er schüchtern sagte: »Jake, auch wenn der Löwe bereits verwundet war – trotzdem ist es die mutigste Tat, von der ich jemals gehört habe. Ich war oft auf Löwenjagd, habe aber noch nie einen getötet.« Jake rührte die Bewunderung des Jungen. Er lachte heiser und klopfte ihm auf die Schulter.

»Den nächsten überlasse ich dir«, versprach er.

Sie folgten den Windungen des Awashflusses durch das Grasland der Savanne auf die Bergkette zu, und die Berggipfel wurden mit jeder Stunde höher und klarer. Die Grate der Felsen und die dichtbewaldeten Schluchten zeichneten sich verschwommen wie eine Wand gegen den Himmel ab.

Dann stießen sie auf die alte Karawanenstraße, an einer Stelle, wo das steile Ufer des Awash etwas flacher war. Die Furt über den Fluß war jahrhundertelang von schwerbeladenen Kamelen mit ihren Reitern benützt worden, so daß die vielen Fußabdrücke tiefe Gräben in der roten Erde des Flußufers hinterlassen hatten, die jedem großen Felsblock oder Vorsprung auswichen.

In einen feinen Nebel aus rotem Staub gehüllt, der ihre Haare und ihre Körper bedeckte, machten sich die drei Männer im grellen Sonnenlicht mit Hacke und Schaufeln an die Arbeit. Sie füllten die unebenen Stellen und die tiefen Furchen auf, gruben einzelne Steinblöcke aus und ließen sie in das Flußbett rollen und schliefen in der darauffolgenden Nacht den todähnlichen Schlaf der Erschöpfung, den auch der Schmerz überbeanspruchter Muskeln und aufgeplatzter Blasen nicht beeinträchtigen konnte.

Noch bevor es ganz hell war, rief Jake sie am nächsten Morgen wieder an die Arbeit. Sie gruben und schaufelten, hackten und ebneten die trockene, harte Erde, bis beide Flußufer schließlich zu holprigen, aber befahrbaren Rampen geworden waren.

Gareth sollte den ersten Wagen durch den Fluß fahren. Er stand im Panzerturm und brachte es irgendwie fertig, trotz der feinen roten Staubschicht sauber und elegant auszusehen. Er grinste Jake zu und rief theatralisch: »Noli illegitimi carborundum« und verschwand im Panzerturm. Der Motor heulte auf, dann ruckte und wankte der Wagen die neuangelegte, steile Rampe hinunter, ratterte und holperte über den schwarzen Steinboden und stürmte auf das gegenüberliegende Ufer zu.

Als die Räder auf dem brüchigen roten Boden durchdrehten und einen Hagel von Sand und Dreck hinter sich schleuderten, beschwerten Jake und Gregorius den Wagen mit ihrem Gewicht; das genügte, um ihn wieder in Bewegung zu setzen. Langsam kroch er den fast senkrechten Abhang hinauf, und das Hinterteil schwankte und scherte unter dem Druck der durchdrehenden Räder aus, aber schließlich stand er oberhalb der Böschung auf ebenem Boden, und Gareth stellte den Motor ab und schwang sich lachend aus dem Panzerturm.

»Na also, jetzt können wir die anderen Wagen über die Böschung heraufziehen«, meinte er und brachte feierlich die Zigarrenschachtel zum Vorschein.

»Was bedeutet dieser verdammte lateinische Spruch, den du da von dir gegeben hast?« fragte Jake, als er die Zigarre nahm.

»Ein alter Schlachtruf der Familie«, erklärte Gareth. »Den haben die kämpfenden Swales schon bei Hastings, Agincourt und auf allen Schlachtfeldern der Erde gerufen.«

»Was bedeutet er?«

»Noli illegitimi carborundum?« Gareth grinste wieder, als er die Zigarren anzündete. »Das bedeutet: ›Laß dich von den Bastarden nicht unterkriegen‹.«

Sie fuhren einen Wagen nach dem anderen in das Flußbett hinunter und hängten sie an das Fahrzeug, das bereits oben auf der Böschung stand. Dann schleppten sie jeden einzelnen auf den sonnenverbrannten Boden Äthiopiens, indem Vicky den zu schleppenden Wagen fuhr, Gareth schleppte und Jake und Greg schoben. Erst am späten Nachmittag waren sie fertig und sanken keuchend in den langen Schatten von Miss Wackeligs Karosserie, um auszuruhen, zu rauchen und Becher voll eilig zubereiteten, dampfenden Tee zu trinken. Gregorius erklärte feierlich: »Nun kann uns nichts mehr aufhalten. Die Strecke bis zu den Quellen führt durch ebenes Gelände.« Dann lächelte er den dreien mit seinen weißen, blitzblanken Zähnen in dem glatten, honigfarbenen Gesicht zu. »Willkommen in Äthiopien!«

»Offen gesagt, mein Alter, würde ich es vorziehen, in Harry's Bar in der Rue Daunou zu sitzen«, sagte Gareth trocken, »was ich auch tun werde, sobald mir Toffee Sagud einen Beutel voll Gold in meine milchweiße Hand drückt.«

Plötzlich stand Jake auf und spähte durch die flimmernden Hitzewellen, die noch immer wie eine spiegelnde Flüssigkeit von der heißen Erde aufstiegen. Dann rannte er schnell zu seinem Wagen, schwang sich in den Panzerturm und tauchte ein paar Sekunden später mit dem Fernglas wieder auf.

Die anderen erhoben sich unsicher und sahen zu, als er das Fernrohr einstellte.

»Reiter«, sagte Jake.

»Wie viele?« fragte Gareth.

»Nur einer. Kommt im Galopp hierher.« Gareth ging zu seinem Wagen, um das Lee-Enfield zu holen und zu laden.

Und dann sahen sie ihn im Galopp herankommen, die Hitzespiegelungen verzerrten das Bild, so daß Pferd und

Reiter einen Augenblick über dem Boden zu schweben schienen, um dann wieder zurückzusinken und wie durch Zauberhand größer zu werden, bis sie in der hitzeflimmernden Luft riesenhafte Proportionen angenommen hatten. Das galoppierende Pferd zog eine Staubfahne hinter sich her, und der Reiter war erst aus nächster Nähe zu erkennen.

Gregorius ließ ein Gebrüll los wie ein brünstiger Hirsch und rannte dem Neuankömmling in der Sonne entgegen. In einer glanzvollen Vorführung wahrer Reitkunst zügelte der Reiter den großen weißen Hengst so plötzlich, daß er sich aufbäumte und mit den Vorderhufen in die Luft schlug. Die weiße Robe des Reiters bauschte sich, und er schwang sich vom Pferd direkt in Gregorius' ausgebreitete Arme.

Die beiden Gestalten begrüßten sich stürmisch, und der Fremde erschien in Gregorius' Armen plötzlich sehr klein und zierlich zu sein, und sein Lachen und Rufen hörte sich recht kindlich und vogelartig an.

Dann kamen die beiden Hand in Hand, die Gesichter einander zugewandt, auf die Gruppe zu, die im Schatten der Wagen wartete.

»Mein Gott, das ist ja ein Mädchen«, sagte Gareth erstaunt und legte das geladene Gewehr beiseite. Alle starrten dem schlanken, dunkeläugigen, kaum zwanzig Jahre alten Mädchen entgegen, das eine Haut wie dunkle Seide hatte und riesengroße dunkle Augen, die von langen, gebogenen Wimpern umrahmt wurden.

»Darf ich Sie mit Sara Sagud bekannt machen?« fragte Gregorius. »Sie ist meine Cousine, die jüngste Tochter meines Onkels, und außerdem ist sie ohne Zweifel das hübscheste Mädchen von ganz Äthiopien.«

»Das sehe ich«, sagte Gareth. »Wirklich sehr dekorativ.« Als Gregorius ihr alle namentlich vorstellte, lächelte das Mädchen jedem zu, und das schmale, aristokratische Gesicht mit der gelassenen Heiterkeit einer ägyptischen Prinzessin, den feinen Zügen und der ausgeprägten Nase einer Nofretete, verwandelte sich augenblicklich in ein strahlendes, kindlich übermütiges Koboldgesicht.

»Ich habe gewußt, daß Sie den Awash hier überqueren müssen, es ist die einzige Möglichkeit – und ich bin gekommen, um Sie zu begrüßen.«

»Auch sie spricht Englisch«, betonte Gregorius stolz. »Mein Großvater besteht darauf, daß alle seine Kinder und Enkel die englische Sprache lernen. Er ist ein großer Bewunderer der Engländer.«

»Sie sprechen die Sprache sehr gut«, lobte Vicky Sara, obwohl ihr Englisch in Wirklichkeit stark akzentuiert war, und das Mädchen wandte sich ihr zu und lächelte von neuem.

»Die Schwestern vom Herz-Jesu-Kloster in Berbera haben mich unterrichtet«, erklärte sie und betrachtete Vicky mit offener und schamloser Bewunderung. »Sie sind sehr schön, Miss Camberwell, Ihr Haar hat die Farbe des Wintergrases in der Hochebene«, worauf Vickys übliche Gelassenheit ins Wanken geriet. Sie errötete leicht und lachte, aber Saras Aufmerksamkeit richtete sich bereits auf die Panzerwagen.

»Oh, und die sind auch schön – niemand hat von etwas anderem gesprochen, seit man weiß, daß die hier kommen.« Sie zog die Röcke ihrer Robe über ihre enganliegende, bestickte Reithose und sprang behende auf die Stahlplattform von Miss Wackelig. »Mit denen hier werden wir die Italiener ins Meer zurücktreiben. Niemand kann dem Mut unserer Krieger und diesen wunderschönen Kriegsmaschinen standhalten.« Sie breitete in einer dramatischen Geste die Arme aus und wandte sich dann an Jake und Gareth. »Ich habe die Ehre, Ihnen als erste im Namen meines Volkes zu danken.«

»Nicht der Rede wert, mein liebes Mädchen«, murmelte Gareth, »es ist uns ein Vergnügen, glauben Sie mir.« Er enthielt sich der Frage, ob ihr Vater daran gedacht hatte, das Geld mitzubringen, und fragte statt dessen: »Erwarten uns Ihre Leute bei den Quellen?«

»Mein Großvater ist mit meinem Vater und allen meinen Onkeln gekommen. Seine Leibgarde begleitet ihn, und außerdem hundert andere Harari zusammen mit ihren Frauen und Tieren.«

»Um Gottes willen«, knurrte Jake. »Das klingt nach einem höllischen Empfangskomitee.«

In der letzten Nacht ihrer Reise lagerten sie unter den ausladenden Ästen eines Kameldornbaumes am Ufer des Awash und saßen bis spät in die Nacht sicher in der Wagenburg der vier stählernen Fahrzeuge plaudernd um das flakkernde Lagerfeuer. Schließlich wurde die Unterhaltung schwächer und machte einer müden, aber behaglichen Stille Platz. Vicky stand auf.

»Ich mache noch einen kurzen Spaziergang und geh' dann schlafen.«

Sara erhob sich ebenfalls. »Ich komme mit.«

Ihre Verehrung und Bewunderung für Vicky nahmen augenscheinlich zu, und sie folgte ihr wie ein treues Hündchen aus der Wagenburg.

In einiger Entfernung vom Lager hockten sie sich wie Freundinnen Seite an Seite unter dem sternenklaren Nachthimmel auf den Boden, und Sara erklärte Vicky ernsthaft: »Die beiden – Jake und Gareth – begehren Sie sehr.« Vicky lächelte verlegen, neuerlich verblüfft über die direkte Art des Mädchens.

»Na, na!«

»O doch! Wenn Sie in ihre Nähe kommen, benehmen sie sich wie Hunde; sie werden steif und umkreisen einander, als wollten sie sich unter dem Schwanz beschnüffeln.« Sara kicherte, und Vicky mußte einfach mitlachen.

»Welchen werden Sie wählen, MIss Camberwell?« fragte Sara.

»Du lieber Himmel, muß ich das denn?« Vicky lächelte noch immer.

»O nein«, beruhigte sie Sara. »Sie können mit beiden Liebe machen. Ich würde es tun.«

»Wirklich?« fragte Vicky.

»Ja, ich würde es tun. Wie könnten Sie sonst herausfinden, welchen Sie lieber mögen?«

»Das stimmt«, sagte Vicky atemlos, weil sie das Lachen unterdrücken mußte, und war gleichzeitig fasziniert von dieser umwerfenden Logik. Die Idee war irgendwie reizvoll, mußte sie insgeheim zugeben.

»Ich werde mit zwanzig Männern Liebe machen, bevor ich Gregorius heirate. Auf diese Weise bin ich sicher, daß ich nichts versäumt habe, und kann es nicht bereuen, wenn ich alt bin«, erklärte das Mädchen.

»Warum ausgerechnet zwanzig, Sara?« Vicky versuchte ebenso ernst zu bleiben wie das Mädchen. »Warum nicht dreiundzwanzig oder sechsundzwanzig?«

»O nein«, sagte Sara geziert. »Ich möchte nicht, daß mich die Leute für ein leichtes Mädchen halten.« Da konnte Vicky ihr Lachen nicht mehr zurückhalten.

»Aber Sie . . .« Sara kam wieder auf das eigentliche Problem zurück. »Welchen von den beiden werden Sie erst ausprobieren?«

»Wählen Sie für mich«, bat Vicky.

»Es ist wirklich schwierig«, gab Sara zu. »Einer ist sehr stark und hat viel Wärme im Herzen, und der andere ist sehr schön und hat viel Erfahrung.« Sie schüttelte den Kopf und seufzte. »Es ist wirklich sehr schwer. Nein, ich kann nicht für Sie wählen. Ich kann Ihnen nur viel Vergnügen wünschen.«

Dieses Gespräch hatte Vicky mehr beunruhigt, als ihr bewußt geworden war. Obwohl sie von dem langen, anstrengenden Tag todmüde war, fand sie keinen Schlaf, sondern lag ruhelos unter ihrer Decke auf der harten, sonnenwarmen Erde und dachte über die verruchten und undankbaren Ideen nach, die ihr das Mädchen eingegeben hatte. Daher war sie noch immer wach, als Sara sich neben ihr erhob und lautlos wie ein Gespenst durch das Lager zu Gregorius schlich. Das Mädchen hatte ihre lange Robe abgelegt und trug nur die hautenge samtene Reithose mit der silbernen Stickerei. Ihr Körper war schlank und schimmerte wie Ebenholz im Licht der Sterne und des Mondes. Sie hatte kleine, feste Brüste und eine schmale, biegsame Taille. Sie beugte sich über Gregorius, und er stand sofort auf, dann schlüpfte das Paar Hand in Hand mit ihren Decken aus der Wagenburg und ließ Vicky verstört zurück. Sie lag da und lauschte den nächtlichen Lauten der Wüste. Einmal glaute sie, in der Dunkelheit den unterdrückten Schrei einer menschlichen Stimme zu hören, aber das konnte ebensogut das klagende Geheul eines Schakals gewesen sein. Als Vicky schließlich einschlief, waren die beiden jungen Äthiopier noch nicht zurück.

Der Funkspruch, den Graf Aldo Belli am siebten Tag nach seiner Abreise aus Asmara von General De Bono erhielt, verursachte ihm viel Kopfzerbrechen und zog einen leidenschaftlichen Ausbruch nach sich.

»Der Mann behandelt mich wie einen Untergebenen«, beschwerte er sich bei seinen Offizieren. Er wedelte wütend mit dem gelben Zettel von seinem Notizblock durch die Luft, bevor er mit erstickter Stimme vorlas: »›Ich befehle Ihnen hiermit persönlich . . .‹« Er schüttelte scheinbar ungläubig den Kopf. »Kein ›bitte‹, kein ›wenn es Ihnen recht ist‹, beachten Sie das.« Er zerknüllte den Zettel und schleuderte ihn gegen die Wand des Kommandozeltes, dann begann er hochmütig, mit einer Hand auf dem Griff seiner Pistole und die andere an seinem Dolch, auf und ab zu gehen.

»Mir scheint, er versteht meine Meldungen nicht. Mir scheint, ich muß ihm meine Position persönlich erklären.« Diesen Gedanken überlegte er mit wachsender Begeisterung. Die unbequeme Fahrt zurück nach Asmara würde durch die ausgezeichnete Polsterung und die von den Herren Rolls und Royce entworfenen hervorragenden Stoßdämpfer gewiß zu ertragen sein, und außerdem würde er durch die einigermaßen zivilisierten Annehmlichkeiten der

Stadt hinlänglich entschädigt werden. Ein Marmorbad, frische Wäsche, kühle Räume mit hohen Decken und elektrischen Ventilatoren, die neueste Zeitung aus Rom, die Gesellschaft der netten, freundlichen Mädchen im Kasino – all das erschien ihm plötzlich äußerst reizvoll. Außerdem hätte er dann Gelegenheit, das Haltbarmachen und Verpakken der Jagdtrophäen, die er bisher angesammelt hatte, zu überwachen. Ihm lag viel daran, daß die Löwenfelle richtig behandelt und die zahlreichen Einschußlöcher fein säuberlich geflickt wurden. Nicht zuletzt reizte ihn die Aussicht darauf, den General an seine Vergangenheit, seine Erziehung und seine politische Entbehrlichkeit zu erinnern.

»Gino«, brüllte er plötzlich, und der Sergeant kam in das Zelt hereingestürzt und hob automatisch die Kamera.

»Nicht jetzt! Nicht jetzt!« Der Graf schob die Kamera gereizt beiseite. »Wir fahren zu einer Besprechung mit dem General zurück nach Asmara. Informieren Sie meinen Fahrer entsprechend.«

Vierundzwanzig Stunden später kehrte der Graf in denkbar schlechter Laune von Asmara zurück. Das Gespräch mit General De Bono war eine der schlimmsten Niederlagen im Leben des Grafen gewesen. Er hatte nicht geglaubt, daß der General seine Drohung, ihm das Kommando zu entziehen und ihn mit Schimpf und Schande nach Rom zurückzuschicken, ernst meinte – bis der General doch tatsächlich begann, den Befehl seinem grinsenden Adjutanten, Hauptmann Crespi, zu diktieren.

Die Drohung hing noch immer über dem hübschen Lokkenkopf des Grafen. Er hatte zwölf Stunden Zeit, um die Brunnen von Chaldi einzunehmen und Stellung zu beziehen – andernfalls erwartete ihn eine Kabine zweiter Klasse auf dem Truppentransportschiff ›Garibaldi‹, das fünf Tage später von Massawa Richtung Neapel auslaufen würde.

Graf Aldo Belli hatte Benito Mussolini eine lange, redegewandte Depesche über das gräßliche Benehmen des Generals geschickt und war in übelster Laune zu seinem Bataillon zurückgekehrt – nicht ahnend, daß der General seine

Depesche vorausgesehen hatte, sie abfing und stillschweigend verschwinden ließ.

Major Castelani nahm den Befehl zum Abrücken nicht ernst, er erwartete jeden Augenblick einen Gegenbefehl und war daher höchst erstaunt und überglücklich, als er nun tatsächlich im ersten Lastwagen die letzten staubigen Meilen durch die hügelige Landschaft auf die Brunnen von Chaldi und die untergehende Sonne zurollte.

Die schweren Regenfälle, die über das gewaltige äthiopische Gebirgsmassiv niedergingen, vereinigten sich zu Millionen kleiner Wasserfälle und Rinnsale, die in die Täler und Tiefebenen abflossen. Der Großteil dieses Oberflächenwassers fand auf Umwegen seinen Weg in das große Entwässerungssystem der Sudanesischen Sümpfe und von dort in den Nil, der nordwärts nach Ägypten floß und schließlich in das Mittelmeer mündete.

Eine kleinere Menge des Wassers fand seinen Weg in unsichtbare Flüsse wie den Awash oder floß einfach ab und versickerte spurlos im weichen, sandigen Boden der Savanne und der Wüste.

Ein Grund dafür, daß sich der Normalverlauf änderte, war die wasserundurchlässige Schicht aus Schiefergestein, die vom Fuß der Berge ausging und wie eine flache Untertasse unter der roten Erde der Ebene verlief. Vom Hochland abrinnendes Wasser wurde von dieser Schicht aufgefangen und in eine Richtung gelenkt, so daß es ein langes, schmales, unterirdisches Wasserreservoir bildete, das sich wie ein Finger vom Sockel der Sardischlucht sechzig Meilen in die trockene, heiße Savanne erstreckte.

In der Nähe der Berge floß das Wasser einige hundert Meter tief unter der Erdoberfläche, aber weiter draußen drängte der Neigungswinkel des Landes zusammen mit dem erhöhten Rand der Schieferschicht das Wasser bis zu einer Höhe von etwa dreizehn Meter unter die Erdoberfläche.

Vor vielen tausend Jahren war das Gebiet der Lebensraum einer gewaltigen Ansammlung wilder Elefanten gewesen. Diese unermüdlichen Wasserbohrer hatten den unterirdischen See aufgespürt. Mit ihren Stoßzähnen und Füßen hatten sie so lange gegraben, bis sie die Wasseroberfläche erreichten. Seither waren die Elefantenherden von den Jägern schon lange ausgerottet worden, aber ihre Brunnen blieben durch andere Tiere erhalten, wie durch den wilden Esel, die Antilope, das Kamel und natürlich auch durch den Menschen, der die Elefanten vernichtet hatte.

Heute waren die Brunnen, etwa ein Dutzend in einem Gebiet von zwei oder drei Quadratmeilen, tiefe Gruben in der blutroten Erde. An den Seiten der Brunnen wanden sich schmale, ausgetretene Pfade so steil in die Tiefe, daß das Sonnenlicht die Wasseroberfläche nur selten erreichte.

Das Wasser selbst war stark mineralisiert, so daß es ein milchig-grünes Aussehen und einen scharfen metallischen Geschmack hatte, aber dessenungeachtet erhielt es nun schon seit Jahrhunderten das Leben hier. Und die Vegetation dieses Gebietes bezog durch ein hochentwickeltes Wurzelsystem die Nahrung aus dem Grundwasser und gedieh dichter und grüner als in der übrigen trockenen, kahlen Savanne.

Jenseits der Brunnen in Richtung der Berge lag eine bizarre Landschaft mit steinigem Boden, steilen, aber seichten Wadis und eckigen kleinen Hügeln, die so niedrig waren, daß sie ebensogut nur Erdwälle aus rotem Laterit sein konnten. Im Laufe der Jahrhunderte hatten die Schafhirten und Jäger, die die Brunnen regelmäßig aufsuchten, Höhlen in die Seiten der Schlucht und der Hügel gegraben, so daß sie nun wabenartig mit Gängen und Tunnels durchzogen waren.

Es war, als ob die Natur über diese Brunnen einen Sonderfrieden verkündet hätte. Hier schienen Mensch und Tier einen einstweiligen Waffenstillstand geschlossen zu haben, der nur selten gebrochen wurde. Zwischen den grüngrauen Dornenbäumen und den dichten Sträuchern grasten Ziegen und Kamele in Gesellschaft von Gazellen und Spießböcken, Antilopen und größeren Kudus.

Die Kolonne der vier Panzerwagen näherte sich in der mittäglichen Stille, von Osten kommend, den Brunnen, und das Brummen ihrer Motoren verriet sie der Menschenmenge, die ihre Ankunft erwartete.

Jake führte die Kolonne wie gewöhnlich an. Hinter ihm fuhr Vicky. Dann kam Gregorius mit Sara im Panzerturm, und der weiße Hengst trottete an einem langen Zügel hinter dem Wagen her. Den Schluß machte Gareth. Plötzlich schrie Sara so gellend auf, daß ihre Stimme sogar das Motorengeräusch übertönte, und sie deutete nach vorne in das mit grünen Sträuchern und hohen, dichtbelaubten Bäumen bewachsene tiefgelegene Tal. Jake brachte die Kolonne zum Stehen und kletterte aus dem Turm. Er musterte den ausgedehnten Wald durch sein Fernglas und erschrak, als er eine Horde von Gestalten wahrnahm,. die in einer Staubwolke auf sie zukam.

»Mein Gott«, murmelte er. »Das müssen Hunderte von Leuten sein«, und plötzlich fühlte er sich gar nicht mehr wohl in seiner Haut. Sie sahen alles andere als freundlich aus.

In diesem Augenblick wurde er durch das Geräusch galoppierender Hufe abgelenkt, und Sara stürmte an ihm vorbei. Sie ritt den weißen Hengst ohne Sattel, ihre Kleider flatterten und bauschten sich im Wind. Mit fast hysterischem Freudengeschrei galoppierte sie auf die näherkommenden Reiter zu, und ihre Benehmen beruhigte Jake ein wenig. Er signalisierte der Kolonne weiterzufahren.

Die ersten Reihen kamen auf schnellen Kamelen und galoppierenden, zottigen Pferdchen rasch näher. Wilde, dunkelgesichtige Männer in weiten, schmutzigweißen Gewändern und einem bunten Durcheinander vieler Farben. Sie trieben ihre Reittiere mit wilden Schreien an, schwenkten die kleinen runden Schutzschilder aus Bronze und Eisen und stürmten auf die Kolonne zu. Als sie nahe genug waren, spalteten sie sich in zwei Flügel und rasten in einer dichten Wand aus Menschen und Tieren an den erstaunten Fahrern vorbei.

Die meisten Männer hatten einen Bart. Hier und da trug ein Krieger stolz einen großen, bauschigen Kopfschmuck aus Löwenmähne, der aller Welt seine Kühnheit zeigen sollte. Die Mähnen wehten und flatterten im Wind, als die Reiter mit dem für die Äthiopier charakteristischen gellenden ›Lululu‹-Geheul vorbeistürmten.

Die Waffen, die sie bei sich trugen, erstaunten Gareth, der als professioneller Waffenhändler mindestens zwanzig verschiedene Typen und Fabrikate erkannte. Fast jede Waffe war ein Sammlerstück – von den langen Vorderladerflinten mit übergroßen Spannstücken und Zündrädchen über eine Reihe von Martini-Henry-Karabinern, die schwere Bleikugeln in einer Wolke von Schwarzpulverrauch abfeuerten, bis zu einer großen Auswahl von Mauser- und Schneidergewehren, sowie Lee-Metfords und unzählige veraltete Modelle von nahezu der Hälfte aller Waffenhersteller der Welt waren vertreten.

Mit diesen Waffen feuerten die Reiter im Vorbeireiten in die Luft, lange Rauchfahnen von Schwarzpulver stiegen in den abendlichen Himmel, und das Krachen der Musketen vermischte sich mit dem wilden Willkommensgeheul zu einem ohrenbetäubenden Lärm.

Nach der ersten Woge von Reitern kamen andere auf Maultieren und Eseln – sie waren langsamer, machten aber ebensoviel Lärm – und unmittelbar dahinter kam eine Horde von laufenden, heulenden Fußsoldaten, zusammen mit Frauen und schreienden Kindern und einer Unmenge kläffende Hunde, struppige gelbe Köter mit langen, biegsamen Schwänzen und starren Haarkämmen auf den skelettartigen Wirbelsäulen.

Als die erste Reihe von Reitern noch immer heulend und schießend umdrehte, um die Einkreisung der Panzerwagen zu vervollständigen, ritten sie direkt in den nachkommenden Haufen hinein und die ganze Versammlung verwandelte sich in ein schreckliches Durcheinander von Menschen und Tieren.

Jake sah, wie eine Mutter mit ihrem Kind im Arm unter die Hufe eines rennenden Kamels geriet, das Kind aus ihrem Arm flog und in den Sand rollte. Dann war er vorüber und brach sich eine schmale Bahn durch die wogende Menschenmenge.

Sara machte eine schmale Gasse frei, indem sie, direkt vor Jakes Wagen reitend, mit einer langen, geflochtenen Nilpferdpeitsche um sich schlug, um den Mob zurückzuhalten, während die erregten Reiter um sie herum weiterhin in die Luft feuerten und Dutzende von Läufern herandrängten und versuchten, auf die Wagen zu klettern.

Das Gedränge von Mensch und Tier wurde immer stärker, bis sie schließlich langsam hinter Sara her durch den spärlichen Wald fuhren, der die Brunnen umgab, und in eines der flachen Wadis mit steiler Böschung vorrückten.

Hier wurde das Weiterfahren unmöglich. In dem Wadi staute sich eine ungeheure Menschenmenge, selbst auf den steilen, brüchigen Böschungen und den Vorsprüngen darüber drängten sich die Menschen so dicht, daß Unglückliche, die von den hinteren Reihen angeschoben wurden, ihre Stellung nicht länger halten konnten und auf die Köpfe der Leute im Wadi hinuntertaumelten. Die Protestrufe gingen in dem allgemeinen Tumult unter.

Aus den Panzertürmen tauchten zaghaft wie Beutelratten, die aus ihren Löchern lugen, die Köpfe der vier Fahrer auf. Sie tauschten hilflos Gesten und Blicke aus, da es unmöglich war, sich in dem Lärm zu verständigen.

Sara sprang vom Rücken des Hengstes auf die Plattform von Jakes Wagen und ließ auf jene, die noch imer versuchten, auf das Fahrzeug zu klettern, Schläge und Hiebe hinunterprasseln. Sie amüsierte sich glänzend, erkannte Jake, als er die Kampfeslust in ihren Augen gewahrte und das Knallen ihrer Peitsche und die Schreie ihrer Opfer hörte. Er überlegte, ob er versuchen sollte, sie zurückzuhalten – und ließ den Gedanken fallen, weil er ihm zu gefährlich erschien. Statt dessen sah er sich verzweifelt nach anderen Mitteln zur Eindämmung dieser stürmischen Begrüßung um und entdeckte erst jetzt die Eingänge zu zahlreichen Höhlen in den Seitenwänden des Wadis.

Aus einigen dieser dunklen Öffnungen stürmte in diesem Augenblick ein Trupp von Männern, die so etwas Ähnliches wie eine Uniform trugen – Reithosen und sackartige Uniformröcke aus Khakistoff, über der Brust gekreuzte Patronengurte und Wickelgamaschen über bloßen Füßen, mit hohen Turbanen auf dem Kopf und Mausergewehren in den Händen, deren Kolben sie nun wie Keulen schwangen. Sie waren ebenso begeistert bei der Sache wie Sara, aber bedeutend erfolgreicher in ihren Bemühungen, die Menschenmenge zu beruhigen.

»Die Leibgarde meines Großvaters«, erklärte Sara Jake noch immer atemlos und erregt von ihren jüngsten Anstrengungen. »Tut mir leid, Jake, aber manchmal ereifert sich mein Volk ein wenig.«

»Allerdings«, sagte Jake. »Das habe ich gemerkt.«

Ihre Gewehrkolben schwingend, machten die Leibwächter den Raum um die vier beladenen Fahrzeuge frei, und der Lärm nahm an Lautstärke ab, bis er nur noch einer mittelgroßen Lawine ähnelte. Die vier Fahrer kletterten vorsichtig aus ihren Panzertürmen und drängten sich zu einer abwehrbereiten Gruppe auf dem schmalen, freien Platz vor den Höhlen zusammen. Vicky Camberwell stellte sich bewußt zwischen Jake und Gareth und hinter die schlanke Gestalt von Gregorius – und sie fühlte sich noch sicherer, als sich Sara an ihre Seite schob und ihre Hand nahm.

»Bitte haben Sie keine Angst«, flüsterte sie. »Wir sind alle Ihre Freunde.«

»Daran hätte ich fast schon gezweifelt, Süße.« Vicky lächelte ihr zu und drückte die schlanke braune Hand. In diesem Augenblick tauchte im Höhleneingang eine Prozession auf, die von vier kohlschwarzen Priestern der koptisch–christlichen Kirche in ihren prunkvollen Roben angeführt wurde. Sie sangen in Amharic, schwangen Weihrauchkessel und trugen reichverzierte, wenn auch grobgearbeitete Bronzekreuze.

Unmittelbar hinter den Priestern erschien eine Gestalt, die so lang und dünn war, daß sie wie eine Karikatur des Homo sapiens wirkte. Ein langer, wallender Shamma mit gelben und roten Streifen hing lose an dem hageren Gerippe. Seine Bewegungen ließen vermuten, daß seine Beine so lang und dünn wie Straußenbeine waren, und der dunkle Kopf des Mannes war völlig kahl – weder Haare oder Bart noch Augenbrauen – ein kugelrunder, glänzender Kahlkopf.

Seine Augen waren von einem Netzwerk von Runzeln und Falten in der alten, ausgetrockneten Haut umgeben. Der Mund war völlig zahnlos, so daß es aussah, als wäre der Kiefer zusammenklappbar, und das Gesicht gefaltet wie der Blasebalg einer Ziehharmonika. Auf den ersten Blick wirkte er sehr alt, was aber sofort durch die jugendliche Elastität in seinem Schritt und das Funkeln in den schwarzen, vogelartigen Augen ausgeglichen wurde, und Gareth erkannte dennoch, daß er weit über achtzig Jahre alt sein mußte.

Gregorius drängte sich vor und kniete kurz nieder, um sich von dem alten Mann segnen zu lassen, während Sara den anderen im Flüsterton erklärte:

»Das ist mein Großvater Ras Golam«, flüsterte sie. »Er spricht zwar kein Englisch, aber er ist ein großer Edelmann und ein mächtiger Krieger – der mutigste in ganz Äthiopien.«

Der Ras ließ seinen lebhaften Blick über die Gruppe schweifen und wählte Gareth Swales, der in seinem widerstandsfähigen Tweedanzug am vornehmsten aussah. Der Ras sprang vor und schloß Gareth, bevor dieser es verhindern konnte, in seine Arme, die stark nach einem kräftigen einheimischen Tabak, nach Holzfeuer und nach anderen starken Düften rochen.

»How do you do?« rief der Ras, womit sein englischer Wortschatz erschöpft war.

»Mein Großvater ist ein großer Bewunderer der Engländer«, erklärte Gregorius, während Gareth versuchte, sich aus der Umarmung des Ras zu befreien. »Daher werden alle seine Söhne und Enkel nach England geschickt.«

»Er hat einen Orden, der ihn sogar zu einem englischen Lord macht«, erklärte ihnen Sara stolz und deutete auf die Brust ihres Großvaters, wo ein Stern aus protzigem Email und glänzenden Glassplittern prangte.

Der Ras sah die Geste und ließ Gareth los, um ihnen Gelegenheit zu geben, den Orden und – auf seiner anderen Brustseite – eine Rosette aus dreifarbiger Seide mit einer gerahmten Miniatur der alten Königin Victoria in der Mitte zu bewundern.

»Außerordentlich, alter Junge – einfach außerordentlich«, meinte Gareth, während er seine Rockaufschläge wieder in Ordnung brachte und sein Haar zurückstrich.

»Als junger Mann hat mein Großvater der Königin einmal einen großen Dienst erwiesen – und daher ist er jetzt ein englischer Lord«, erklärte Sara und hielt dann inne, um ihrem Großvater zuzuhören und zu übersetzen: »Mein Großvater heißt Sie in Äthiopien willkommen und sagt, daß er stolz ist, einen so berühmten englischen Gentleman begrüßen zu dürfen. Er hat von meinem Vater erfahren, daß Sie ein berühmter Soldat sind und die Tapferkeitsmedaille der großen Königin tragen.«

»Eigentlich war das Blech von George V.«, wandte Gareth bescheiden ein.

In diesem Augenblick trat die würdevolle Gestalt von Lij Mikhael Sagud aus dem Höhleneingang hinter den Ras.

»Mein Vater läßt nur eine englische Monarchin gelten, mein lieber Swales«, erklärte er ruhig. »Es ist zwecklos, ihn davon überzeugen zu wollen, daß sie gestorben ist.«

Er schüttelte allen dreien die Hände und hieß Jake und Vicky mit ein paar Worten willkommen, bevor er sich umdrehte, um dem Ras wieder zuzuhören.

»Mein Vater fragt, ob Sie Ihren Orden mitgebracht haben – er möchte, daß Sie ihn tragen, wenn Sie Seite an Seite mit ihm gegen den Feind in die Schlacht reiten«, und Gareths Miene veränderte sich mit einem Schlag.

»Nur hör aber auf, alter Junge«, protestierte er. Gareth hatte nicht die Absicht, jemals wieder in eine Schlacht zu reiten, aber der Augenblick war bereits vorüber, und der Ras rief seiner Leibwache Befehle zu.

Diese kletterten daraufhin auf die Panzerwagen und begannen die Holzkisten mit Waffen und Munition abzuladen und auf der Lichtung vor den Höhlen aufzustapeln. Dann drängten sie die Menschenmenge zurück, die sich neugierig vorgedrängt hatte.

Dann traten die Priester vor, um die Panzerwagen und Waffen zu segnen. Sara ergriff die Gelegenheit, um Vicky fortzuziehen und unauffällig in eine der Höhlen zu führen.

»Meine Dienerinnen werden Ihnen Wasser zum Baden bringen«, flüsterte sie. »Sie müssen sich für das Fest schön machen. Vielleicht entscheiden wir heute abend, wer von den beiden der Richtige ist.«

Als die Nacht hereinbrach, versammelte sich das ganze Gefolge von Ras Golam in dem Wadi, die Höchstrangigen und die mit der größten Durchschlagskraft fanden in der großen Haupthöhle Platz, während die anderen in langen Reihen hintereinandersitzend das Tal füllten. Die ganze Szene wurde von lodernden Freudenfeuern erhellt.

Die Feuer warfen einen schwachen orangefarbenen Schein gegen den nächtlichen Himmel, den Major Luigi Castelani schon aus einer Entfernung von zwanzig Kilometern bemerkte.

Er brachte die Kolonne zum Stehen und kletterte auf das Dach des ersten Lastwagens, um sich dieses Phänomen näher anzusehen, denn anfangs war er nicht sicher, ob das Licht von Feuern stammte oder ob es ein ungewöhnliches Nachglühen des Sonnenuntergangs war. Aber er erkannte bald, daß dies nicht der Fall war.

Er sprang vom Wagen, befahl dem Fahrer: »Warten Sie auf mich«, und hastete an der langen Kolonne von hohen Lastwagen entlang zum Kommandowagen in der Mitte.

»Mein Oberst.« Castelani salutierte vor der statuenhaften Gestalt des Grafen, der, ähnlich dem von Moskau zurückkehrenden besiegten Napoleon, eine Hand unter dem Aufschlag seines geöffneten Uniformrocks, auf dem Rücksitz des Rolls-Royce ruhte. Aldo Belli hatte sich von dem durch den General geführten Schlag gegen seinen Stolz und seine Selbstschätzung noch nicht erholt. Er hatte sich vorübergehend von der gemeinen Welt zurückgezogen und sah nicht einmal auf, als Castelani Meldung machte.

»Tun Sie, was Sie unter diesen Umständen für richtig halten«, murmelte er gleichgültig. »Tun Sie es nur so, daß wir die Brunnen noch vor der Morgendämmerung unter Kontrolle haben.« Nach diesen Worten wandte sich der Graf ab und überlegte, ob Mussolini seine Depesche schon erhalten hatte.

Was Castelani unter diesen Umständen für richtig hielt, war die Kolonne augenblicklich zu verdunkeln und das ganze Bataillon in Alarmbereitschaft zu versetzen. Das bedeutete, daß Licht unter allen Umständen zu vermeiden war und absolutes Stillschweigen zu herrschen hatte. Die Kolonne bewegte sich nun kaum schneller als im Schritttempo weiter; allen Fahrern war persönlich eingeschärft worden, daß das Motorengeräusch nicht lauter sein durfte als im Leerlauf. Alle Männer waren aufgeweckt worden und saßen mit geladenen Waffen und angespannten Nerven schweigend auf ihren Plätzen.

Als die eritreischen Führer Castelani schließlich auf das spärlich bewaldete Tal vor ihnen aufmerksam machten, genügte Castelani das Mondlicht, um mit den Augen eines alten Berufssoldaten das Gelände zu überschauen. Innerhalb von zehn Minuten hatte er seine Dispositionen getroffen und entschieden, wo das Hauptbiwak und die Fahrbereitschaft liegen würden, wo die Maschinengewehre zu stationieren waren und wo die Mörser aufgestellt werden mußten und wo die Schützengräben zu graben waren. Der Oberst brummte seine Zustimmung, ohne auch nur aufzublicken, und der Major gab leise die Befehle, die seine Pläne verwirklichen und das Bataillon die ganze Nacht beschäftigen würden.

»Und den ersten Mann, der niest oder eine Schaufel fallen läßt, werde ich mit seinen eigenen Gedärmen erdrosseln«, warnte er und blickte besorgt auf den schwachen Lichtschein, der über den niedrigen dunklen Hügeln der Brunnen lag.

Die Luft in der Haupthöhle war so dick und warm und dunstig, daß sie wie eine feuchte Wolldecke auf der Gesellschaft lag. In dem unsteten Licht der Feuer konnte man vom einen Ende der Höhle das andere Ende nicht sehen. Die unruhigen Gestalten der Gäste und Diener huschten in der verrauchten Düsternis wie Geister durch den Raum. Ab und zu drang das ängstliche Brüllen eines Ochsen vom Wadi in das Höhleninnere. Das Gebrüll hörte jedesmal abrupt auf, nachdem der Schlachter mit beiden Händen sein langes Schwert geschwungen hatte, und der Tierkörper fiel mit einem dumpfen Laut zu Boden, der in der Höhle nachzuhallen schien. Wilder Beifall folgte dem Fall des Tieres, und ein Dutzend fleißige Helfer enthäuteten es, hackten das Fleisch in blutige Streifen und häuften es auf riesige Platten aus gebranntem Ton.

Die Diener trugen schwankend die mit dampfendem Fleisch beladenen Platten in die Höhle. Und die Gäste fielen darüber her, Männer wie Frauen, sie griffen nach den blutigen Fleischstreifen, nahmen ein Ende zwischen ihre Zähne, zogen mit einer Hand am anderen und schnitten, ein Messer in der anderen Hand, ein mundgerechtes Stück ab. Die scharfe Klinge sauste nur wenige Millimeter an der Nasenspitze des Essers vorbei, und das warme Blut tropfte ihm ungehindert vom Kinn, als der Bissen mit einem einzigen krampfhaften Würgen der Kehle verschlungen wurde.

Jeder Bissen wurde mit einem kräftigen Schluck feurigem äthiopischen Tej hinuntergespült – einem Gebräu, das aus wildem Honig hergestellt wurde. Es war eine bernsteinfarbene Flüssigkeit mit der Schlagkraft eines angreifenden Büffelbullen.

Gareth Swales saß zwischen dem alten Ras und Lij Mikhael auf dem Ehrenplatz, während sich Jake und Vicky ein paar Meter entfernt unter den weniger wichtigen Leuten befanden. Mit Rücksicht auf den Appetit und Geschmack von Ausländern wurde ihnen anstelle von rohem Rindfleisch eine endlose Reihe brodelnder Töpfe mit feurigen Aufläufen aus Rindfleisch, Lamm, Huhn und Wild serviert, die unter dem Einheitsbegriff ›Wat‹ bekannt waren. Diese stark gewürzten, äußerst scharfen, aber köstlichen Gerichte wurden auf eine dünne Scheibe ungesäuertes Brot gehäuft und wie eine Zigarre zusammengerollt gegessen.

Lij Mikhael warnte seine Gäste vor dem Tej – und bot ihnen statt dessen Bollinger Champagner an, der, um ihn abzukühlen, in feuchte Tücher gewickelt war. Außerdem gab es eine Flasche Haig, London Dry Gin und eine riesige Auswahl von Likören – Grand Marnier, gelben und grünen Chartreuse, Dom Benedictine usw. Diese ungewöhnlichen Getränke mitten in der Wüste erinnerten die Gäste daran, daß ihr Gastgeber über alle Maßen reich war, Herr über riesige Ländereien und nach dem Kaiser der Gebieter über viele Tausende Menschen.

Der Ras saß mit einem kriegerischen Kopfschmuck aus der Mähne eines Löwen auf dem kahlen Schädel am oberen Ende der Festgesellschaft. Dieser Kopfschmuck sah aus wie eine seltsame, von Motten zerfressene Perücke – immerhin waren vierzig Jahre vergangen, seit der Ras den Löwen getötet hatte, und die Zeit war nicht spurlos vorübergegangen.

Der Ras lachte gackernd, rollte eine Scheibe ungesäuertes Brot, gefüllt mit dampfendem Wat, so zusammen, daß es in

Form und Größe einer Havanna-Zigarre glich, und steckte es, ungeachtet des heraustropfenden Saftes, ohne Vorwarnung in Gareth Swales' Mund.

»Sie müssen es schlucken, ohne Ihre Hände zu benutzen«, erklärte Lij Mikhael hastig. »Das ist ein Lieblingsspiel meines Vaters.«

Gareths Augen traten hervor, sein Gesicht wurde purpurrot, wegen der Chilisauce und weil er keine Luft bekam. Würgend und hustend und tapfer kauend, versuchte er den riesigen Brocken hinunterzuschlucken.

Der Ras johlte vergnügt, aus seinem zahnlosen Mund tropfte ein wenig Speichel, und sein ganzes Gesicht war ein bewegtes Netzwerk von Runzeln, als er Gareth mit den Rufen: »How du you do? How do you do?« anfeuerte.

All seiner Würde beraubt, rotgesichtig, schwitzend und vor Anstrengung keuchend, verschwand die Brotrolle schließlich in Gareths krampfhaft würgendem Schlund. Der Ras zog ihn abermals brüderlich in seine Arme, und Lij Mikhael schenkte ihm noch ein Glas Bollinger ein.

Doch Gareth, dem es überhaupt nicht gefiel, die Zielscheibe für jedermanns Schabernack zu sein, machte sich vom Ras frei, stieß das Glas beiseite und winkte einen der Diener zu sich. Von einer der stinkenden, blutigen Platten wählte er einen Streifen rohes Rindfleisch, der fast so dick wie seine Faust und so lang wie sein Unterarm war. Ohne Warnung steckte er das eine Ende des Fleisches in den offenen, zahnlosen Mund des Ras.

»Daran kannst du lutschen, du alter Bastard«, rief er, und der Ras starrte ihn mit erschrockenen, blutunterlaufenen Augen an. Dann verengten sich die Augen plötzlich zu Schlitzen, und sein Gesicht verwandelte sich in eine Maske von lachenden Runzeln, wenn er auch infolge des langen roten Fleischstreifens, der wie eine ungeheuer angeschwollene Zunge aus seinem Mund hing, nicht lachen konnte. Seine Kiefer schienen zu würgen wie ein Python, der eine Ziege verschlingt. Er schluckte, und ein Zentimeter Fleisch schoß in seinen Mund; er schluckte wieder, und abermals verschwand ein Zentimeter. Gareth starrte ihn an, als das Fleisch mit jedem Würgen weniger wurde. Innerhalb weniger Sekunden war der Mund des Ras leer, und er griff nach einer Flasche Tej, trank einen halben Liter dieses starken Gebräus, wischte sich mit einer Ecke seines Shamma das Blut und den Tej vom Kinn, rülpste wie ein Boilerventil und schlug Gareth am Ende höchst vergnügt kichernd mit einem lauten Schlag zwischen die Schulterblätter. In den Augen des Ras waren sie nun Seelengefährten – beide englische Aristokraten und berühmte Krieger, und jeder hatte aus der Hand des anderen gegessen.

Gregorius Maryam hatte genau vorausgesehen, wie sein Großvater auf seine weißen Gäste reagieren würde. Er wußte, daß Gareths Nationalität und sein zweifellos aristokratischer Hintergrund alles andere in der Berurteilung des Ras überschatten würde. Doch die Gefühle des jungen Edelmannes zu Jake Barton grenzten mittlerweile beinahe an Anbetung – und es gefiel ihm gar nicht, daß sein Held übergangen werden sollte. Er wählte das einzige, von dem er sicher wußte, daß es die Aufmerksamkeit seines Großvaters fesseln würde. Er schlich sich unbemerkt aus dem Durcheinander in der überfüllten Höhle fort, und als er zurückkehrte, brachte er das steife, knisternde Fell von Jakes Löwen mit, das im heißen Wüstenwind vollkommen ausgetrocknet war.

Obwohl er es über den Kopf hielt, streifte der Schwanz auf der einen Seite und der Kopf auf der anderen Seite den Boden. Der Ras blickte, einen Arm noch immer um Gareths Schulter, interessiert auf und bestürmte seinen Enkel mit einer ganzen Reihe von Fragen, als der Junge das gewaltige gelbbraune Fell vor ihm ausbreitete.

Die Antworten brachten den alten Mann dermaßen in Aufregung, daß er aufsprang, den Arm seines Enkels packte und heftig schüttelte, als er ihn nach Einzelheiten fragte – und Gregorius antwortete mit derselben Lebhaftigkeit, und seine Augen glänzten, als er den Angriff des Löwen nachahmte und vorführte, wie Jake die Flasche geworfen und das Rückgrat des Löwen mit einem Stein zerschmettert hatte.

In der verrauchten, düsteren Höhle war es erstaunlich still geworden, und Hunderte von Gästen drängten sich vor, um die Einzelheiten der Jagd zu hören. In dieser Stille ging der Ras zu der Stelle, wo Jake saß. Dabei trat er rücksichtslos in verschiedene Töpfe mit Essen und stieß einen Krug voll Tej um, und als er den großen, krausköpfigen Amerikaner erreicht hatte, zog er ihn hoch.

»How do you do?« fragte er mit Tränen der Bewunderung in den Augen für den Mann, der einen Löwen mit bloßen Händen töten konnte. Der Ras hatte vor vierzig Jahren vier breitklingige Speere abgebrochen, bevor er eine Klinge in das Herz seines eigenen Löwen stoßen konnte.

»Bestens, mein Freund«, brummte Jake unbeholfen vor Verlegenheit, und der Ras umarmte ihn stürmisch, bevor er ihn zum Ehrenplatz führte.

Gereizt trat der Ras einem seiner jüngeren Söhne in die Rippen, damit er den Platz zu seiner Rechten freimachte, wo er Jake unterbringen wollte.

Jake schaute zu Vicky hinüber und rollte hilflos mit den Augen, als der Ras begann, dampfendes Wat auf einen riesigen weißen Brotfladen zu häufen und diesen zu einem Torpedo einzurollen, der selbst ein Schlachtschiff eingeschüchtert hätte. Jake holte tief Atem und öffnete weit den Mund, als der Ras den niedlichen Leckerbissen hochhob wie ein Henker sein Schwert.

»How do you do?« sagte er und stieß es ihm mit vergnügtem Gejohle bis ans Heft in den Mund.

Der Oberst und alle Offiziere des dritten Bataillons waren von der vielstündigen Fahrt erschöpft und nur noch darauf bedacht, daß ihre Zelte und Feldbetten aufgestellt wurden, als sie die Brunnen von Chaldi erreichten –

demnach waren sie ganz zufrieden, daß der Major die Dispositionen nach eigenem Ermessen treffen konnte.

Castelani postierte seine zwölf Maschinengewehre an den Seiten des Tales, von wo sie einen breiten Raum bestreichen konnten, und ließ unterhalb die Schützengräben ausheben. In dem lockeren, sandigen Boden konnten die Männer die Erdarbeiten rasch und fast geräuschlos ausführen und befestigten die Gräben und die Geschützstellungen mit Sandsäcken.

Die Granatwerfer hielt er ganz im Hintergrund, von wo sie im Schutz von Maschinengewehren ihre Minen über das ganze Gebiet der Brunnen werfen konnten.

Während seine Männer arbeiteten, schritt Castelani persönlich die Entfernungen zu seinen Verteidigungslinien ab und überwachte das Aufstellen der farbigen Metallmarkierungen, die seine Gewehrschützen dazu befähigen würden, in exakt berechnete Reichweiten zu feuern. Dann eilte er zurück, um die Munitionstrupps anzutreiben, die unter der Last der schweren Holzkisten leise fluchend durch den weichen Sandboden schwankten.

Der Major war die ganze Nacht unermüdlich auf den Beinen, und jeder Mann, der seine Schaufel für kurze Zeit aus der Hand legte, um auszuruhen, riskierte es, von dieser undeutlichen Gestalt mit der zu einem heiseren, gefährlichen Flüstern gesenkten Stentorstimme und der schwankenden Gangart erwischt zu werden.

Schließlich wurden die gedrungenen Maschinengewehre mit ihren dicken, mit einem Wassermantel versehenen Läufen in die Gruben hinuntergelassen und auf ihren Dreifüßen befestigt. Erst nachdem Castelani die Schwenker jedes einzelnen Gewehres geprüft und durch die verschiebbare Kimme in das mondbeschienene Tal hinabgeschaut hatte, war er zufrieden. Die Männer legten sich nieder, um auszuruhen, und der Major erlaubte dem Küchentrupp, mit Kannen voll heißer Suppe und Säcken voll hartem Schwarzbrot durch die Linien zu gehen.

Gareth Swales hatte viel zuviel gegessen und fühlte sich leicht berauscht von den gewaltigen Mengen lauwarmen Champagners, den Lij Mikhael ihm aufgedrängt hatte.

Der Ras und Jake verstanden sich mittlerweile so gut, daß die Sprachbarriere kein Hindernis mehr darstellte. Der Ras hatte sich selbst eingeredet, daß Amerikaner, wenn sie Englisch sprachen, Engländer sein mußten, und daß Jake als Löwenjäger ein Mitglied der oberen Gesellschaftsschicht war – kurz eine Art Ehrenaristokrat. Nach jedem halben Liter Tej, den der Ras trank, wurde Jake gesellschaftsfähiger – und der Ras hatte bisher schon viele Krüge Tej getrunken.

Die Atmosphäre war tatsächlich so heiter und so voller Wohlwollen und Kameradschaftlichkeit, daß Gareth im Interesse der Partnerschaft schließlich den Mut fand, jene Frage zu stellen, die ihm schon seit Stunden auf der Zunge brannte.

»Toffee, alter Junge, haben Sie das Geld für uns mitgebracht?«

Der Prinz schien ihn nicht verstanden zu haben, sondern füllte Gareths Champagnerglas wieder und beugte sich dann vor, um seinem Vater eine von Jakes Bemerkungen zu übersetzen, und Gareth blieb nichts anderes übrig, als ihn am Arm zu packen.

»Wenn es Ihnen recht ist, nehmen wir unser Geld und belästigen Sie nicht länger. Wir reisen am Abend unter Geigenklängen und all dem Unsinn ab.«

»Ich bin glücklich, daß Sie dieses Thema anschneiden.« Toffee nickte nachdenklich und sah alles andere als glücklich aus. »Es gibt noch ein paar Dinge, die wir besprechen müssen.«

»Hören Sie, Toffee, alter Junge, es gibt absolut nichts mehr zu besprechen. Alles ist längst besprochen.«

»Sachte, sachte, mein lieber Freund, kein Grund zur Aufregung.« Es lag allerdings in Gareths Natur, daß er sehr unruhig wurde, wenn jemand, der ihm Geld schuldete, etwas besprechen wollte. Gewöhnlich ging es in diesen

Gesprächen dann darum, wie die Bezahlung zu umgehen war, und Gareth schickte sich an, laut und zungenfertig zu protestieren, als der Ras ausgerechnet diesen Augenblick wählte, um aufzustehen und eine Ansprache zu halten.

Das löste eine gewissen Bestürzung aus, denn die Beine des Ras waren durch die gewaltigen Mengen Tej wie Gummi, und zwei seiner Leibwächter hatten alle Hände voll zu tun, um ihn aufzurichten und auf den Beinen zu halten.

Doch als er endlich stand, sprach er sehr klar und flüssig, während Lij Mikhael seinen weißen Gästen übersetzte.

Anfangs schien der Ras abzuschweifen. Er sprach von den ersten Sonnenstrahlen auf den Gipfeln der Berge und von dem Gefühl, wenn der Wüstenwind einem Mann mittags ins Gesicht weht, er erinnerte sie an den Klang des ersten Schreies ihres erstgeborenen Kindes und an den Geruch der frischgepflügten Erde. Allmählich legte sich eine aufmerksame Stille über seine ausgelassene Zuhörerschaft, denn der alte Mann besaß noch immer eine Macht und Gewalt, die absoluten Respekt erforderten.

Je länger er sprach, desto würdevoller wurde er; er streifte die stützenden Hände seiner Leibwächter ab und schien körperlich zu wachsen. Seine Stimme verlor den verdrossenen Klang des Alters und nahm einen zwingenden Tonfall an. Jake wußte auch ohne die Übersetzung des Prinzen, daß er vom Stolz und von den Rechten eines freien Mannes sprach. Von der Pflicht eines Mannes, diese Freiheit mit dem Leben zu verteidigen, um sie für seine Söhne und deren Kinder zu erhalten.

»Und nun kommt da ein mächtiger Feind, um Anspruch auf unsere Rechte als freie Männer zu erheben. Ein Feind, der so mächtig ist, der mit so schrecklichen Waffen ausgerüstet ist, daß sogar die Herzen der Tigre- und Shoakrieger wie eine faule Frucht in ihrer Brust zusammenschrumpfen.«

Der alte Ras atmete schwer, und winzige Schweißtropfen traten unter seinem hohen Kopfschmuck hervor und liefen die verrunzelten schwarzen Wangen hinab.

»Nun aber, meine Kinder, sind mächtige Freunde gekommen, um uns beizustehen. Sie haben uns Waffen gebracht, die ebenso schrecklich sind wie jene unserer Feinde. Wir haben nichts mehr zu befürchten.«

Jake begriff plötzlich erschüttert, wie hoch der Ras das veraltete Kriegsmaterial einschätzte, das sie ihm gebracht hatten. Er sprach davon, daß sie den mächtigen Streitkräften Italiens nun unter ebenbürtigen Bedingungen entgegentreten konnten.

Jake überkam mit einemmal ein tiefes Schuldgefühl. Er wußte, daß die vier Panzerwagen eine Woche nach seinem Weggang nur noch Schrotthaufen sein würden. Im ganzen Gefolge des Ras gab es keinen einzigen Mann, der diese veralteten und eigenwilligen Maschinen reparieren konnte.

Selbst wenn die Panzerwagen in Betrieb genommen würden, bevor die Maschinen den Geist aufgaben, stellten sie lediglich für eine ungeschützte Infanterie eine Gefahr dar. Sobald sie auf italienische Panzer treffen würden, wären sie augenblicklich und hoffnungslos unterlegen. Sogar den leichten italienischen CV-3-Tanks konnte der Beschuß aus den Vickers-Gewehren nichts anhaben, während der dünne Stahl der Panzerwagen keinerlei Schutz vor den 50-mm-Geschossen bot, die der Feind abfeuerte. Es gab keinen Menschen, der dem Ras all das erklären würde und ihm zeigen konnte, wie die schwachen Waffen, die er führte, am besten einzusetzen waren. Jake stellte sich vor, wie Ras Golam in seine erste und wahrscheinlich letzte Schlacht ziehen würde. Aller Taktik und Strategie zum Trotz würde er wahrscheinlich seine ganze Streitmacht einsetzen – Panzerwagen, Vickers-Maschinengewehre, veraltete Vorderlader und Schwerter – in einem einzigen Frontalangriff. Auf diese Weise hatte er all seine Schlachten geschlagen – und so würde er auch seine letzte schlagen.

Jake Barton empfand eine tiefe Zuneigung für den mutigen Greis, der dort stand und eine moderne Militärmacht zum Kampf herausforderte, bereit, sein Recht und Eigentum bis zum letzten Atemzug zu verteidigen – und Jake hatte eine merkwürdige Anwandlung von Verwegenheit.

Diese Gefühlsregung war ihm bestens bekannt, gewöhnlich brachte sie ihn in eine äußerst unangenehme und gefährliche Lage.

Vergiß es, sagte er sich entschieden. Es ist ihr Krieg. Nimm das Geld und hau ab! Dann fiel sein Blick auf Vicky Camberwell. Sie lauschte dem alten Ras mit feuchten Augen und beugte ihren goldblonden Kopf mit entzückter Miene zu dem dunklen Krauskopf von Sara Sagud herab, um sich kein einziges Wort der Übersetzung entgehen zu lassen.

In diesem Augenblick sah sie, daß Jake sie beobachtete, und sie lächelte und nickte eifrig – fast so, als hätte sie seine Bedenken erraten.

Vicky verlassen? überlegte Jake. Sie alle verlassen und mit dem Geld davonlaufen? Er wußte, daß Vicky nichts dazu bewegen würde, mit ihnen zu gehen. Für sie war das hier eine Geschichte, sie war bereits darin verwickelt, und sie würde bis zum Ende bleiben – bis zum unvermeidlichen Ende.

Das klügste war zu gehen, es wäre töricht, zu bleiben und den Krieg eines anderen Mannes zu kämpfen, der bereits verloren war, bevor er begonnen hatte; es wäre töricht, die zwanzigtausend Dollar, die seinen Anteil am Gewinn darstellten, zu riskieren und all seine Zukunftspläne, den Barton-Motor und die Fabrik, um ihn zu bauen, für die vage Chance, eine Frau zu gewinnen, die ein lebenslanges Problem zu werden versprach, aufs Spiel zu setzen.

Ich habe mich noch nie besonders gut darauf verstanden, das Klügere zu tun, dachte Jake wehmütig und erwiderte Vickys Lächeln.

Plötzlich verstummte der Ras und keuchte unter der Gewalt seiner Gefühle und von der Anstrengung, sie zum Ausdruck zu bringen. Seine Zuhörer starrten die magere Gestalt in dem langen Gewand und der wilden Löwenperücke wie hypnotisiert an.

Der Ras machte eine gebieterische Geste, und einer seiner Leibwächter reichte ihm das breite, schwere Schwert mit seiner langen, blanken Klinge. Der Ras stützte sich auf das

Schwert und gab abermals einen Befehl, worauf die Kriegstrommeln hereingebracht wurden. Die traditionellen Trommeln des Ras, die er von seinem Vater geerbt hatte, und dieser wiederum von seinem Vater, Trommeln, die bei Magdala gegen Napier geschlagen worden waren, bei Adowa gegen die Italiener und bei hundert anderen Schlachten.

Diese Trommeln reichten einem Mann bis an die Schulter, waren kunstvoll aus Hartholz geschnitzt und mit ungegerbter Tierhaut bespannt; die Trommler nahmen ihre Stellung ein, indem sie den Rumpf ihrer Trommeln zwischen die Knie klemmten.

Die Trommel mit dem tiefsten Klang bestimmte den Rhythmus, und die höheren Trommeln stimmten mit Variationen und Kontrapunkten ein, ein ohrenbetäubender Zusammenklang, der durch Mark und Bein ging.

Der alte Ras hatte seinen Kopf über das Schwert gebeugt und lauschte, bis ihn der Rhythmus in Trance versetzt hatte: seine Schultern begannen zu zucken, und sein Kopf flog hoch. Er machte einen Satz wie ein weißer Vogel, der fliegen wollte, und landete auf dem freien Platz vor den Trommlern. Er wirbelte das große Schwert hoch über seinen Kopf und begann zu tanzen.

Gareth faßte Mikhael Sagud am Ärmel und hob die Stimme, um die Trommeln zu übertönen, und nahm das Gespräch dort wieder auf, wo sie unterbrochen worden waren.

»Toffee, wir sprachen über das Geld.« Jake hörte das und beugte sich vor, um die Antwort des Prinzen aufzufangen, aber der Prinz blieb still und beobachtete, wie sein Vater die schwierigen akrobatischen Figuren des Tanzes ausführte.

»Wir haben die Ware geliefert, alter Junge. Und Geschäft ist Geschäft.«

»Fünfzehntausend Pfund«, sagte der Prinz nachdenklich.

»Das ist die vereinbarte Summe«, meinte Gareth zustimmend.

»Eine gefährlich hohe Summe«, murmelte der Prinz. »Viele Männer sind schon für sehr viel weniger umgebracht worden.« Und sie antworteten ihm nicht.

»Ich denke natürlich an Ihre Sicherheit«, fuhr der Prinz fort. »An Ihre Sicherheit und an die Überlebenschancen meines Landes. Ohne einen Ingenieur, der die Panzerfahrzeuge instandhalten kann, und ohne einen Soldaten, der meine Männer in der Handhabung der neuen Waffen unterweist – würden wir die fünfzehntausend Pfund vergeudet haben.«

»Ich fühle mit Ihnen«, versicherte ihm Gareth. »Ich werde mich vor Kummer verzehren, wenn ich im Cafe Royal zu Abend esse, ja, wirklich, das tue ich – aber nun mal im Ernst, Toffee, das hätten Sie früher überlegen müssen.«

»Oh, das habe ich – mein lieber Swales –, ich versichere Ihnen, daß ich alles sehr gut überlegt habe.« Und der Prinz drehte sich um und lächelte Gareth zu. »Ich habe überlegt, daß niemand so verrückt sein würde, mitten in Äthiopien fünfzehntausend Pfund bei sich zu führen und zu versuchen, außer Landes zu kommen – ohne die Genehmigung und den persönlichen Schutz des Ras.«

Sie starrten ihn entgeistert an.

»Können Sie sich die Freude der Shifta, der Banditen in den Bergen, vorstellen, wenn sie erfahren würden, daß solch eine reiche Beute schutzlos durch ihr Territorium zieht?«

»Und sie würden natürlich davon erfahren?« murmelte Jake.

»Ich fürchte, sie wären darüber informiert.« Der Prinz wandte sich ihm zu.

»Und wenn wir versuchen würden, den Weg zurückzugehen, auf dem wir gekommen sind?«

»Zu Fuß durch die Wüste?« Der Prinz lächelte.

»Wir könnten ein paar Pfund investieren, um Kamele zu kaufen«, schlug Jake vor.

»Ich fürchte, Sie würden die Erfahrung machen, daß Kamele schwer zu bekommen sind. Außerdem könnte jemand die Italiener und die Franzosen über Ihre Tätigkeit informieren – ganz zu schweigen vom Stamm der Danakil, die ihren eigenen Müttern für eine einzige Goldmünze die Kehle durchschneiden würden.«

Sie sahen zu, wie der Ras das große Schwert fünf Zentimeter über den Köpfen der Trommler vorbeisausen ließ und dann eine groteske Pirouette drehte.

»Mein Gott!« sagte Gareth. »Ich habe Sie beim Wort genommen, Toffee. Ich meine Ihr Ehrenwort, und alte Schul . . .«

»Wir befinden uns hier nicht auf dem Sportplatz von Eton, mein lieber Swales, tut mir leid.«

»Trotzdem, ich hätte niemals gedacht, daß Sie uns betrügen würden.«

»Gott bewahre, ich betrüge Sie nicht. Sie können Ihr Geld haben – sofort.«

»Zur Sache, Prinz«, unterbrach ihn Jake. »Sagen Sie uns, was Sie von uns verlangen. Sagen Sie uns, ob es irgendeine Möglichkeit gibt, wie wir mit dem Geld und einem Schutzgeleit von hier wegkommen.«

Der Prinz lächelte Jake herzlich zu und beugte sich vor, um ihm auf den Arm zu klopfen. »Immer durch und durch Praktiker. Sie vergeuden keine Zeit damit, sich die Haare zu raufen oder um den heißen Brei herumzureden, Mr. Barton.«

»Schießen Sie los«, sagte Jake.

»Mein Vater und ich wären sehr dankbar, wenn Sie einen Halbjahresvertrag mit uns abschließen würden.«

»Warum ein halbes Jahr?« fragte Gareth.

»Bis dann ist alles verloren – oder gewonnen.«

»Fahren Sie fort«, bat Jake.

»Sie stellen uns für sechs Monate Ihre Fähigkeiten zur Verfügung – und zeigen uns, wie wir uns am besten gegen eine moderne Armee verteidigen. Sie übernehmen die Instandhaltung, die Wartung und das Kommando über die Panzerfahrzeuge.«

»Und die Gegenleistung?« fragte Jake.

»Ein fürstliches Honorar für die sechs Monate, sicheres Geleit aus Äthiopien und eine Bankgarantie, daß Sie Ihr Geld nach Ablauf dieser Zeit auf einer Londoner Bank vorfinden werden.«

»Was verstehen Sie unter einem angemessenen Lohn dafür, daß man seinen Kopf auf die Schlachtbank legt?« fragte Gareth bitter.

»Das Doppelte – noch einmal siebentausend Pfund für jeden«, sagte der Prinz, ohne zu zögern, und die beiden Männer an seiner Seite entspannten sich ein wenig und tauschten einen Blick aus.

»Für jeden?« fragte Gareth.

»Für jeden«, betonte Lij Mikhael.

»Ich wünschte nur, ich hätte meinen Anwalt hier, um den Vertrag aufzusetzen«, sagte Gareth.

»Nicht nötig«, erwiderte Mikhael lachend, schüttelte den Kopf und zog zwei Umschläge aus seinem Gewand. Er gab beiden einen Umschlag.

»Verbürgte Bankschecks. Von Lloyds in London. Unwiderruflich, darauf gebe ich Ihnen mein Wort – gültig ab 1. Februar nächsten Jahres.«

Die beiden Männer sahen sich die Dokumente genau an. Jake überprüfte sorgfältig das Datum auf dem Bankscheck – 1. Februar 1936 –, und dann las er die Summe – vierzehntausend Pfund Sterling –, und er grinste.

»Die genaue Summe – und das richtige Datum.« Er schüttelte bewundernd den Kopf. »Alles war geplant. Mann, Sie waren uns einige Wochen voraus.«

»Donnerwetter, Toffee«, meinte Gareth dünster. »Ich muß sagen, ich bin entsetzt. Wirklich entsetzt.«

»Soll das heißen, daß Sie ablehnen, Major Swales?«

Gareth warf Jake einen flüchtigen Blick zu, und sie waren sich einig. Gareth seufzte theatralisch. »Nun, ich muß sagen, daß ich eigentlich eine Verabredung in Madrid hätte. Sie arbeiten dort gerade an einem kleinen Krieg, aber . . .«, dabei starrte er wieder auf den Bankscheck, »aber ein Krieg ist wie der andere. Außerdem haben Sie mir einige triftige

Gründe genannt, warum ich bleiben sollte.« Gareth zog seine Brieftasche heraus und legte den Scheck gefaltet hinein. »Allerdings ändert das nichts an der Tatsache, daß ich entsetzt darüber bin, auf welche Art und Weise dieses Geschäft betrieben worden ist.«

»Und Sie, Mr. Barton?« fragte Lij Mikhael.

»Wie mein Partner so treffend bemerkt hat – vierzehntausend Pfund sind kein Pappenstil. Ja, ich nehme an.«

Der Prinz nickte, und dann veränderte sich sein Gesichtsausdruck, er wurde kalt und grausam.

»Ich möchte Ihnen dringend davon abraten, vor Ablauf unseres Vertrages zu versuchen, Äthiopien zu verlassen – die Justiz unter der Verwaltung meines Vaters ist grausam, aber wirkungsvoll.«

In diesem Augenblick schwang der zur Diskussion stehende Gentleman das Schwert hoch über seinen Kopf und trieb die Spitze tief in die Erde zwischen seinen Füßen. Dort ließ er das Schwert mit zitternder Klinge, im Feuerschein blitzend, stecken, und ging keuchend und kichernd an seinen Platz zwischen Jake und Gareth.

Er legte beiden einen knöchernen alten Arm um die Schultern und begrüßte sie mit einem herzlichen und liebevollen »How do you do?«, worauf ihm Gareth einen prüfenden Blick zuwarf.

»Wie wäre es, wenn du Rommé spielen lernen würdest, alter Junge?« fragte er freundlich. Sechs Monate waren eine lange Zeit, und möglicherweise könnte man noch mehr Gewinn aus der ganzen Sache ziehen, dachte er.

Der Klang der Trommeln weckte Graf Aldo Belli aus einem tiefen, traumlosen Schlaf. Er blieb liegen und lauschte eine Weile dem monotonen Rhythmus, der wie der Puls der Erde selbst klang und eine einschläfernde und hypnotisierende Wirkung hatte. Plötzlich fuhr der Graf hellwach in die Höhe, und ein Adrenalinstoß schoß siedendheiß in sein

Blut. Einen Monat vor seiner Abreise aus Rom hatte er der Verfilmung des letzten Hollywoodstreifens mit dem Titel ›Trader Horn‹ beigewohnt, einem afrikanischen Epos über wilde Tiere und blutrünstige Eingeborene. Der Klang von Buschtrommeln war geschickt dazu verwendet worden, um die Wirkung der gefährlichen und spannenden Szenen zu erhöhen, und der Graf erkannte erst jetzt, daß dort draußen in der Nacht eben diese schrecklichen Trommeln geschlagen wurden.

Er sprang mit einem Satz und einem Gebrüll, das auch jene im Lager aufweckte, die noch schliefen, aus dem Bett. Als Gino in das Zelt stürzte, fand er seinen Gebieter halb nackt und mit funkelnden Augen mitten im Zelt stehen, in der einen Hand die Beretta mit dem elfenbeinernen Griff, in der anderen Hand seinen reichverzierten Dolch.

Als die Trommeln zu schlagen begannen, eilte Luigi Castelani auf schnellstem Weg ins Lager zurück, denn er wußte genau, was für eine Reaktion von seinem Oberst zu erwarten war. Als er das Lager erreichte, war der Graf bereits in Uniform, hatte sich eine Leibwache von fünfzig Mann ausgewählt und war im Begriff, in den wartenden Rolls-Royce zu steigen. Der Motor lief, und der Fahrer war genauso erpicht darauf abzufahren wie sein erlauchter Passagier.

Der Graf war alles andere als erfreut, als er die breite Gestalt des Majors mit seinem unverkennbaren Seemannsschritt aus der Dunkelheit auftauchen sah. Er hatte gehofft, ungehindert abfahren zu können, bevor Castelani eingreifen würde, und ging augenblicklich zum Angriff über.

»Major, ich fahre nach Asmara zurück, um dem General persönlich Meldung zu machen«, rief Aldo Belli und versuchte, den Rolls zu erreichen, aber der Major war zu schnell für ihn und stellte sich ihm salutierend in den Weg.

»Mein Oberst, die Verteidigungsanlagen der Brunnen sind nun vollständig«, meldete er. »Das ganze Gebiet ist abgesichert.«

»Ich werde dem General berichten, daß wir von einer

überwältigenden Mehrheit angegriffen worden sind«, brüllte der Graf und versuchte rechts an Castelani vorbeizuhuschen, aber der Major war darauf gefaßt und sprang zur Seite, so daß sie fast zusammenstießen.

»Die Männer haben feste Stellung bezogen und sind in bester Stimmung.«

»Sie haben meine Erlaubnis, unter den blutrünstigen Angriffen des Feindes geordnet den Rückzug anzutreten.« Der Graf versuchte den Mann mit der Aussicht auf Flucht zu beschwichtigen und machte einen Ausfall nach links, um den Rolls zu erreichen – aber der Major war so schnell wie eine Mamba, und wieder standen sie einander gegenüber. Das gesamte Offizierscorps des dritten Bataillons hatte sich, von den nächtlichen Trommeln aufgeschreckt, hastig angekleidet und versammelt, um dieses Schauspiel an Beweglichkeit zu beobachten, als der Graf und Castelani wie zwei Kampfhähne vor- und zurücksprangen. Die Offiziere standen allesamt auf der Seite ihres Oberst, und sie hätten nichts sehnlicher gewünscht, als den Rolls-Royce abfahren zu sehen. Dadurch hätten sie nämlich die Gelegenheit gehabt, dem Wagen eiligst zu folgen.

»Ich glaube nicht, daß der Feind in Truppenstärke vertreten ist.« Castelanis Stimme hatte eine Lautstärke angenommen, die die Proteste des Grafen gänzlich übertönte. »Allerdings ist es unbedingt erforderlich, daß der Oberst persönlich das Kommando übernimmt. Sollte es zu einer Konfrontation kommen, ist das von großer Bedeutung.« Der Major tat immer wieder einen Schritt vorwärts, bis sein Brustkorb nur noch einen Zentimeter von der Brust des Oberst entfernt war und ihre Nasen sich fast berührten. »Wir befinden uns nicht offiziell im Krieg. Ihre Anwesenheit ist erforderlich, um unsere Stellung zu untermauern.«

Der Oberst wurde so bedrängt, daß ihm nichts anderes übrigblieb, als einen Schritt zurückzutreten, und die umstehenden Offiziere seufzten betrübt. Es war ein Akt der Kapitulation. Der Willenskampf war vorüber – und obgleich der Graf auch weiterhin schwach protestierte, drängte ihn der Major vom Rolls-Royce fort wie ein guter Schäferhund seine Herde.

»In einer Stunde wird es hell«, sagte Castelani, »und sobald es hell ist, sind wir in der Lage, die Situation zu beurteilen.«

In diesem Augenblick verstummten die Trommeln. Talaufwärts in der Höhle hatte der Ras seinen Kriegstanz beendet, und die Stille war für den Graf ermutigend. Er warf einen letzten sehnsüchtigen Blick auf den Royce und ließ seine Augen dann über die fünfzig schwerbewaffneten Männer seiner Leibwache schweifen – und faßte Mut.

Er spannte die Schultern, richtete sich auf und warf den Kopf zurück.

»Major«, schnauzte er. »Das Bataillon wird standhalten.« Er wandte sich an die umstehenden Offiziere, die allesamt versuchten, Gleichgültigkeit zu heucheln, und seinem Blick auswichen. »Major Vito, Sie übernehmen das Kommando über diese Abteilung und rücken vor, um die Lage zu erkunden. Der Rest von Ihnen begleitet mich.«

Der Oberst gab dem Major und seinen fünfzig Männern einen beachtlichen Vorsprung, so daß sie jedes feindliche Feuer abwehren konnten, und dann bewegte er sich, von seinen widerstrebenden Jungoffizieren schützend umgeben und von Luigi Castelani vorwärtsgetrieben, vorsichtig den staubigen Weg entlang hinunter in das Tal, wo sich die vorderen Linien der Verteidigungsstellung geschickt verschanzt hatten.

Der Jüngste unter den zahlreichen Stallknechten von Ras Golam war fünfzehn Jahre alt. Am Vortag hatte sich eine der Lieblingsstuten des Ras, die sich in seiner Obhut befand, von ihrem Halfter losgerissen, als er sie ans Wasser hinunterführen wollte. Die Stute war in die Wüste hinausgaloppiert, und der Junge hatte sie den ganzen Tag und die halbe Nacht verfolgt, bis ihn das launische Geschöpf an sich herankommen ließ und er das lose Ende des Halfters zu fassen bekam.

Erschöpft von der langen Verfolgungsjagd und durchgefroren vom kalten Nachtwind, schmiegte sich der Junge an den Hals der Stute und ließ sie den Weg zurück zu den Wasserlöchern allein finden. Er klammerte sich instinktiv an die Mähne der Stute und war halb eingeschlafen, als sie kurz vor der Morgendämmerung an der Vorpostenlinie der italienischen Stellungen vorbeikamen.

Ein nervöser Wachtposten hatte einen lauten Ruf ausgestoßen, und das erschrockene Tier galoppierte panikartig durch das Randgebiet des Lagers. Daraufhin hatte sich der Junge, nun hellwach, an das durchgehende Pferd geklammert und die langen Reihen geparkter Lastautos und Militärzelte undeutlich in der Dunkelheit gesehen. Er hatte die aufgestellten Gewehre gesehen und die Umrisse des Helmes eines anderen Wachtposten erkannt, der ebenfalls Alarm schlug, als sie die äußersten Linien durchbrachen.

Als er vorsichtig zurückschaute, sah er das Mündungsfeuer eines Gewehrs und hörte die Kugeln über seinen Kopf hinwegpfeifen. Er trieb das Pferd mit Fersen und Knien an.

Als der Stallknecht das tiefe Wadi erreichte, war die Gefolgschaft des Ras schließlich doch den Nachwirkungen der langen Feier erlegen. Viele hatten sich zurückgezogen, um einen Platz zum Schlafen zu suchen; andere hatten sich einfach dort, wo sie waren, in ihrer Kleidung hingelegt und schliefen. Nur ein paar Hartnäckige aßen und tranken noch, stritten und sangen, oder saßen, vom Tej betäubt, schweigend an den Feuerstellen – und beobachteten die Frauen, die bereits die Morgenmahlzeit zubereiteten.

Der Junge sprang vor den Eingängen der Höhlen von der Stute, tauchte unter den Armen der Wachtposten hindurch, die ihn gewiß zurückgehalten hätten, und lief in das überfüllte, verrauchte und schwacherleuchtete Innere der Höhle. Er stammelte vor Angst und Schrecken, und die Worte sprudelten aus ihm hervor, ohne einen Sinn zu ergeben – bis ihn Lij Mikhael an den Oberarmen packte und schüttelte, damit er wieder zu sich kam.

Die Geschichte, die er dann erzählte, hatte Hand und Fuß und klang überzeugend. Die Geschichte wurde von jenen, die sich in Hörweite befanden, an die anderen weitergegeben, und innerhalb von Sekunden machte sie verzerrt und entstellt ihre Runde durch die Versammlung und war in kürzester Zeit allen im Lager bekannt.

Die Schlafenden wachten auf, und im Nu waren die Männer bewaffnet. Die Frauen und Kinder liefen neugierig und schwatzend hinter ihnen her. Sie strömten aus den Höhlen und aus den primitiven Zelten und Unterkünften in die flache Talsenke. Wie ein Schwarm von Fischen, ohne einen Führer, ohne einen Befehl, aber mit einem einzigen Ziel, ungläubig lachend oder Vermutungen und Fragen rufend, nur mit Schild und veralteten Gewehren bewaffnet, strömte die formlose Menschenmenge aus dem schroffen Gelände in das tellerförmige Tal der Brunnen hinunter. Die Frauen trugen ihre Säuglinge bei sich, und die älteren Kinder tanzten um sie herum oder liefen voraus.

In der Höhle war Lij Mikhael noch immer dabei, den Fremden die Geschichte des Jungen zu übersetzen und mit ihnen und seinem Vater über die Einzelheiten und die Folgen zu diskutieren. Es war Jake Barton, der die unmittelbare Gefahr erkannte.

»Wenn die Italiener eine Einheit geschickt haben, um die Brunnen einzunehmen, dann ist das eine geplante kriegerische Handlung. Sie suchen den Konflikt, Prinz. Am besten, Sie verbieten all Ihren Männern, dort hinunterzugehen, bis wir die Lage genau beurteilen können.«

Dazu war es zu spät, viel zu spät. Als die italienischen Wachtposten im ersten schwachen Licht der Morgendämmerung, also gerade zu einer Zeit, da das Licht den Augen eigenartige Streiche spielt, über ihre Brustwehr spähten, sahen sie eine riesige Menschenmenge aus dem dunklen Gebiet der Brunnen heranrollen und hörten das lauter werdende Geschrei von Hunderten aufgeregter Stimmen.

Als das Trommeln begonnen hatte, waren viele der Schwarzhemden hinter ihren Geschützstellungen zusammengesunken und, eingehüllt in ihre Uniformmäntel, in den tiefen Schlaf erschöpfter Männer gefallen, die den ganzen vorangegangenen Tag gefahren waren und die ganze Nacht hindurch gearbeitet hatten.

Die Unteroffiziere weckten sie und brachten sie auf die Beine, um sie auf ihre Posten auf der Brustwehr zu stoßen. Von dort spähten sie schlaftrunken in das Tal hinunter.

Mit Ausnahme von Luigi Castelani hatte kein einziger Soldat des dritten Bataillons je zuvor einen bewaffneten Feind zu Gesicht bekommen, und dieser Erfahrung sahen sie sich ausgerechnet jetzt gegenüber, nach einer unendlich langen, nervenzermürbenden Wartezeit und in der Dunkelheit vor der Morgendämmerung, wenn die Lebensgeister eines Mannes an ihrem Tiefpunkt angelangt sind. Ihre Glieder waren steif und kalt, und ihr Verstand arbeitete nur langsam. In dem unbestimmten Licht erschien ihnen die Menschenmenge, die in das Tal strömte, so zahlreich wie der Sand in der Wüste, und jede Gestalt so groß wie ein Riese und so wild wie ein raubgieriger Löwe.

Genau in diesem Augenblick trat Oberst Aldo Belli, keuchend vor Anstrengung und Nervosität, aus dem schmalen Verbindungsgraben auf die Geschützplattform in der vordersten Linie der Verteidigungsstellung. Der diensthabende Sergeant dieser Geschützstellung erkannte ihn sofort und stieß einen Schrei der Erleichterung aus.

»Mein Oberst, Gott sei Dank, daß Sie kommen.« Er vergaß auf Rang und Stellung und packte den Arm des Grafen. Aldo Belli war so sehr damit beschäftigt, sich des verschwitzten und lästigen Griffes dieses Mannes zu erwehren, daß er erst Sekunden später tatsächlich in das dunkle Tal hinunterschaute – doch dann setzte sein Herzschlag aus, und seine Beine schienen unter ihm nachzugeben.

»Barmherzige Mutter Gottes!« stieß er hervor. »Jetzt ist alles aus. Sie kommen über uns.« Mit zittrigen Fingern schnallte er seinen Pistolenhalfter auf, zog die Pistole und fiel auf die Knie. »Feuer!« brüllte er. »Eröffnet das Feuer!« Und, zusammengesunken hinter der Brustwehr kauernd, feuerte er das Magazin der Beretta in den morgendlichen Himmel.

In den italienischen Schützengräben lagen über vierhundert Soldaten; von diesen waren über dreihundertfünfzig Gewehrschützen, die mit Schnellfeuerwaffen ausgerüstet waren, während weitere sechzig Mann in Fünfergruppen die geschickt aufgestellten Maschinengewehre bedienten.

Jeder einzelne Mann dieser Truppe war durch die Kriegstrommeln einer zermürbenden Nervenbelastung ausgesetzt gewesen und sah sich nun einer unheimlichen Rotte von drohenden Gestalten gegenüber. Sie kauerten wie dunkle Statuen hinter ihren Waffen, krümmten ihre Finger um den Abzug und starrten über die Kimme ihrer Gewehre oder Maschinengewehre.

Der Kommandoschrei des Grafen und das Krachen der Pistolenschüsse genügten vollkommen, um sie von den lähmenden Fesseln der Angst zu befreien. Die Männer um Aldo Belli, die nahe genug waren, um sein Kommando zu hören, eröffneten das Feuer. Eine lange Reihe von Mündungsfeuern blitzte auf und setzte sich in der vordersten Linie durch das Tal hinunter fort, und drei Maschinengewehre schlossen sich an. Der ohrenbetäubende Klang ihrer Feuerstöße übertönte das Krachen der Gewehre, und ihre Geschosse flitzten und flogen in hohen weißen Bögen über das Tal und gruben sich in den dunklen, vorwärtsdrängenden Menschenhaufen.

Die Menge wurde seitlich getroffen, schwenkte herum und wogte auf das stille Dunkel der gegenüberliegenden Talseite zu, fort von den weißen Leuchtspurgeschossen und den roten Mündungsfeuern der Gewehre. Wie verschüttete Öltropfen breiteten sie sich über den Talboden aus und ließen ihre Toten und Verwundeten zurück.

Die Schützen an der gegenüberliegenden Talseite sahen sie kommen, hielten sich noch ein paar Augenblicke, verwirrt und von panischem Schrecken ergriffen, zurück;

dann, als sie sich selbst in Gefahr sahen, eröffneten auch sie das Feuer. Diese Verzögerung hatte zur Folge, daß die Überlebenden der erste Salve weit in das Gebiet mit überlappendem Feuer hineinliefen, das Castelani so geschickt geplant hatte.

Im offenen Gelände gefangen, von einem mörderischen Feuersturm umgeben, brach die Vorwärtsbewegung der Menge zusammen, und sie liefen ziellos im Kreis. Die Frauen schrien und hielten krampfhaft ihre Kinder fest, die Kinder liefen und stolperten umher wie ein in einem seichten Teich gefangener Fischschwarm, und einige der Krieger knieten nieder und begannen endlich zurückzuschießen. Die langen roten Flammen des Schwarzpulvers blitzten auf, doch gegen die Männer in ihren befestigten Stellungen waren sie vollkommen unwirksam; sie trugen nur dazu bei, die Grausamkeit des italienischen Angriffs noch zu verstärken.

Nun wurde die Woge der führerlosen, von panischem Schrecken ergriffenen Menschenmenge langsamer und kam schließlich zum Stillstand. Die unbewaffneten Frauen, die bisher überlebt hatten, trieben ihre Kinder zusammen, steckten sie unter ihre Gewänder und hockten sich nieder wie Glucken mit ihren Küken, und die Männer knieten ebenfalls nieder und feuerten blindlings und wild auf die Mündungsfeuer, die nun, da es heller wurde und die Sonne aufging, allmählich blasser wurden.

Zwölf Maschinengewehre, von denen jedes fast siebenhundert Schuß in der Minute abfeuern konnte, und dreihundertfünfzig Gewehre belegten das Tal mit einem wahren Kugelhagel. Das Licht wurde von Minute zu Minute heller und gab die Überlebenden im Tal unbarmherzig preis, und das Gewehrfeuer hielt immer noch an.

Die Stimmung der Angreifer schlug um. Die überängstliche, nervös angespannte, unerfahrene Miliztruppe war wie verwandelt. Die beinahe rauschartige freudige Erregung von siegreichen Angreifern packte sie, und sie lachten triumphierend bei jedem weiteren Feuerstoß. In ihren

Augen funkelte die Mordlust des Raubtiers, und die Erkenntnis, daß sie ungestraft töten konnten, machte sie kalt und grausam.

Das klägliche Knallen und Krachen der veralteten Musketen im Tal unter ihnen war so schwach und ungefährlich, daß kein einziger mehr Angst hatte. Sogar Graf Aldo Belli stand aufrecht, schwenkte seine Pistole und schrie mit einer hohen, fast mädchenhaften hysterischen Stimme:

»Tod den Feinden! Feuer! Schießt weiter!« Er hob seinen Kopf vorsichtig noch ein paar Zentimeter weiter über die Brustwehr. »Tötet sie! Der Sieg ist unser!«

Als die ersten Sonnenstrahlen den Talboden berührten, war er von Toten und Verwundeten übersät. Sie lagen einzeln verstreut, in Haufen aufeinander wie Bündel von alten Kleidern auf einem Flohmarkt, aufs Geratewohl in den gelben Sand geworfen oder in ordentlichen Reihen wie Fische auf der Herdplatte.

In der Mitte des Talbodens war noch immer Leben und Bewegung. Hier und da sprang eine Gestalt auf und rannte mit flatterndem Gewand davon, aber die Maschinengewehre folgten auf der Stelle, und die von den Kugeln aufgewirbelten Sandfontänen näherten sich schnell der fliehenden Gestalt, bis sie trafen und die Gestalt zusammenbrach und in den Sand rollte.

Die Krieger, die noch immer über ihren veralteten Gewehren kauerten und ihre dunklen Gesichter den Talabhängen zugewandt hatten, stellten nun ein gutes Übungsziel für die Schützen über ihnen dar. Die hohen, lauten Stimmen der italienischen Offiziere gaben Feuerbefehle, und ein Krieger nach dem anderen wurde von sorgfältig gezielten Schüssen getroffen und fiel in den Sand.

Das Schießen hatte fast zwanzig Minuten gedauert, und nun bot sich kaum noch ein Ziel an. Die Maschinengewehre suchten noch immer den Talboden ab, feuerten kurze Serien in die angehäuften Leichen oder wirbelten Staubwolken und Steine von den abgerundeten Rändern der Wasserlöcher auf, aus deren Deckung noch ab und zu ein paar Schüsse krachten.

»Mein Oberst.« Castelani berührte Aldo Bellis Arm, um seine Aufmerksamkeit abzulenken, und schließlich drehte er sich erregt und mit funkelnden Augen zu seinem Major um.

»Ha, Castelani, was für ein Sieg – was für ein großer Sieg, wie? Nun werden sie unsere Entschlossenheit nicht mehr bezweifeln.«

»Oberst, soll ich die Feuereinstellung befehlen?« Der Graf schien ihn nicht zu hören.

»Nun werden sie wissen, was für ein Soldat ich bin. Dieser brillante Sieg wird mir einen Platz in den Ruhmeshallen . . .«

»Oberst! Oberst! Wir müssen jetzt das Feuer einstellen. Das ist ein Gemetzel. Befehlen Sie die Feuereinstellung.«

Aldo Belli starrte ihn an, und sein Gesicht wurde purpurrot vor Wut.

»Sie verrückter Narr«, brüllte er. »Der Kampf muß endgültig sein, vernichtend! Wir werden nicht aufhören – nicht bevor der Sieg unser ist.« Er stotterte heftig, und seine Hand zitterte, als er auf das blutige Schlachtfeld im Tal hinunterzeigte.

»Die Feinde sind in den Wasserlöchern in Deckung gegangen, sie müssen aufgescheucht und vernichtet werden. Mörser, Castelani, bombardieren Sie sie.«

Aldo Belli wollte nicht aufhören. Es war das befriedigendste Erlebnis seines ganzen Lebens. Wenn das der Krieg war, dann wußte er endlich, warum ihn alte Leute und Dichter mit so viel Glanz umgaben. Das war Männerarbeit, und Aldo Belli fühlte sich dazu geboren.

»Stellen Sie meine Befehle in Frage?« brüllte er Castelani an. »Tun Sie Ihre Pflicht, sofort.«

»Sofort«, wiederholte Castelani bitter und starrte für einen Augenblick wie versteinert in die Augen des Grafen, bevor er sich abwandte.

Der erste Mörser stieg in den klaren Morgenhimmel,

beschrieb einen Bogen und fiel senkrecht ins Tal hinunter. Er explodierte am Rand des nächstgelegenen Brunnens. Eine Rauch- und Staubsäule stieg auf, und die Granatsplitter pfiffen schrill. Die zweite Granate fiel direkt in das tiefe runde Loch und explodierte am Brunnenboden. Schlamm und Rauch schoß nach oben, und drei zerlumpte Gestalten in ihren zerfetzten und schmutzigen Gewändern, die hinter ihnen herflatterten wie weiße Fahnen, krochen aus dem Wasserloch ins Freie.

Sie wurden augenblicklich von einem Kugelhagel aus Gewehren und Maschinengewehren überschüttet. Die von den Kugeln aufgewirbelte Erde um sie herum schien sich in Staubkaskaden aufzulösen, die Flüchtenden taumelten und blieben schließlich liegen.

Aldo Belli stieß ein freudiges Geheul aus. Es war so einfach und so befriedigend. »Die anderen Löcher, Castelani!« brüllte er. »Machen Sie sie fertig! Alle!«

Die Mörser beschossen ein Loch nach dem anderen. Einige waren verlassen, aber in den meisten wurde das Gemetzel fortgesetzt. Ein paar Überlebende des Granatsplitterhagels taumelten aus den Löchern hervor, um sofort von den lauernden Maschinengewehren niedergemäht zu werden.

Der Graf war mittlerweile so verwegen geworden, daß er auf die Brustwehr hinaufkletterte, um das Feld besser übersehen und das Granatfeuer auf die restlichen Wasserlöcher besser beobachten zu können – und um seine Maschinengewehrschützen zu kommandieren.

Das Wasserloch in der Nähe des Wadis am Ende des Tales war das nächste Ziel. Der erste Mörser fiel und explodierte in einer hohen Säule aus Staub und Flammen. Bevor die nächste Granate traf, sprang eine Frau über den Rand und versuchte den Eingang zum Wadi zu erreichen. Sie zog ein zwei oder drei Jahre altes Kind hinter sich her, einen nackten kleinen Burschen mit pummeligen O-Beinen und einem Bäuchlein, das einem braunen Ball glich. Er konnte nicht mit seiner Mutter Schritt halten und verlor das Gleichgewicht, worauf sie ihn wimmernd über den Sandboden schleifte. Sie preßte noch einen wimmernden und strampelnden nackten Säugling verzweifelt an ihre Brust.

Einige Sekunden lang blieb die rennende, schwer beladene Frau verschont, doch dann traf sie ein Feuerstoß aus einem Maschinengewehr. Eine Kugel zerschmetterte den Arm, mit dem sie das Kind hielt. Sie taumelte im Kreis herum, schrie wie wahnsinnig und schwenkte den Armstumpf. Der nächste Feuerstoß traf sie in die Brust; dieselben Kugeln zerschmetterten den Körper des Säuglings, und sie fiel und rollte über den Boden wie ein Hase, der von einer Schrotflinte getroffen worden war. Die Gewehre verstummten wieder und blieben auch stumm, als sich das nackte Kleinkind unsicher aufrappelte.

Es begann zu wimmern und stand schließlich fest auf seinen pummeligen, gebogenen Beinen; um die stramme Rundung seines Bauches trug es eine Kette aus blauen Perlen, und sein Penis stand wie ein winziger brauner Finger vor.

Im Eingang des Wadis tauchte plötzlich ein Pferd auf, ein schlanker, geschmeidiger weißer Hengst galoppierte in Windeseile über den sandigen Boden, und flach an seinen Hals geschmiegt saß auf seinem Rücken eine zierliche, knabenhafte Gestalt, deren schwarzer Shamma wild hinter ihr herflatterte. Der Reiter trieb den Hengst auf die Stelle zu, wo das Kind weinend stehengeblieben war, und er hatte das offene Gelände fast schon hinter sich, als die Gewehrschützen begriffen, was geschah.

Das erste Maschinengewehr richtete sich auf das galoppierende Pferd, aber der Feuerstoß ging daneben, und die Kugeln wirbelten nur Staub hinter ihm auf. Dann war das Pferd bei dem Kind angekommen. Der Reiter zügelte es so scharf, daß es sich aufbäumte, dann beugte er sich hinab, um das Kind aufzuheben.

In diesem Augenblick eröffneten zwei weitere Maschinengewehre das Feuer auf das ruhende Ziel.

Jake Barton erkannte, daß es nur eine einzige Möglichkeit gab, eine Konfrontation zwischen den italienischen Streitkräften, die so stillschweigend und bedrohlich bei den Brunnen aufgetaucht waren, und dem undisziplinierten Haufen von Kriegern und Gefolgsleuten aus der Umgebung des Ras zu verhindern.

Er hatte keine Chance, sich in dem Durcheinander von angstvoll erhobenen Stimmen und Gefühlsausbrüchen in Amharic Gehör zu verschaffen, als der Ras trotz der Bemühungen von fünfzig seiner Anführer und Hauptleute genau dasselbe zu tun, versuchte, seine Meinung zu äußern.

Jake benötigte einen Dolmetscher und bahnte sich einen Weg zu Gregorius Maryam, packte ihn am Arm und schleppte ihn aus der Höhle. Das erforderte einen beachtlichen Kraftaufwand, denn Gregorius war ebenso wie alle anderen versessen darauf, seine Ansichten und Vorschläge bekanntzugeben.

Jake war überrascht, wie hell es außerhalb der Höhlen bereits war. Bald würde die Morgendämmerung anbrechen, und die trockene Wüstenluft roch frisch und süß nach der abgestandenen Luft in der überfüllten Höhle mit den rauchenden Feuern.

Im Licht der Lagerfeuer und der einsetzenden Morgendämmerung sah er die Menge so freudig erregt wie Menschen auf einem Rummelplatz durch das Wadi auf die Brunnen zuströmen.

»Aufhalten, Greg«, brüllte er. »Los, wir müssen sie aufhalten.« Und beide rannten los.

»Was ist los, Jake?«

»Wir müssen sie daran hindern, in das gegnerische Lager zu laufen.«

»Warum?«

»Wenn einer zu schießen beginnt, gibt es ein Massaker.«

»Aber wir sind nicht im Krieg, Jake. Sie können nicht schießen.«

»Darauf würde ich nicht wetten, Kumpel«, knurrte Jake finster, und seine Besorgnis war ansteckend. Seite an Seite erreichten sie das hintere Ende der Kolonne und bahnten sich mit Fäusten und Ellbogen einen Weg durch die Menge.

»Zurück, ihr Idioten«, brüllte Jake. »Kehrt um, alle.« Er untermauerte seine Warnung mit fliegenden Fäusten und Füßen.

Mit Gregorius an seiner Seite erreichte Jake den schmalen Ausgang des Wadis, wo es in das tellerförmige Tal der Brunnen mündete. Die beiden Männer hakten sich unter und stellten sich wie eine Dammauer in die Öffnung. Sie schafften es, die Menschenwoge etwa eine Minute aufzuhalten, aber der Druck von hinten drohte sie fortzuspülen, während die Stimmung von erregter Neugier zu wütendem Unwillen darüber umschlug, daß man sie daran hindern wollte, sich ihren vielen Kameraden anzuschließen, die bereits aus dem Wadi draußen waren und über die offene Talsenke strömten.

Im selben Augenblick, als sie beiseite geschoben wurden, begann draußen im Tal das Schießen. Die Menschenmenge erstarrte augenblicklich, und ihre Stimmen verstummten. Es gab keine Vorwärtsbewegung mehr. Jake drehte sich um und kletterte die steile Böschung des Wadis hinauf, um einen besseren Ausblick über das Tal zu haben.

Von hier beobachtete er das Gemetzel, welches das Tal zu einem Leichenhaus machte. Er betrachtete die Szenerie mit einer Mischung aus Ekel und Faszination, die sich allmählich veränderte, als die Gewehre ihr blutiges Werk fortsetzten. Er fühlte eine Wut und Empörung in sich aufsteigen, die alles andere überwog, so daß er die schlanke, kalte Hand, die nach der seinen griff, kaum wahrnahm, und er warf nur einen flüchtigen Blick auf Vickys goldblonden Kopf an seiner Schulter, bevor er seine ganze Aufmerksamkeit wieder der schrecklichen Tragödie zuwandte, die sich vor ihren Augen abspielte.

Er nahm nur undeutlich wahr, daß Vicky neben ihm schluchzte und sich so fest an seine Hand klammerte, daß ihre Nägel tief in seinen Handballen eindrangen. Doch trotz seiner maßlosen Wut studierte Jake das Gelände und merkte sich die italienischen Stellungen. Gregorius Maryam, der ebenfalls neben ihm stand, betete leise, und sein glattes junges Gesicht wurde aschgrau vor Entsetzen. Die Worte seines Gebetes kamen so gepreßt zwischen seinen verkniffenen Lippen hervor wie die letzten Atemzüge eines sterbenden Mannes.

»O Gott«, flüsterte Vicky mit erstickter Stimme, als die ersten Granaten unbarmherzig in die Mulden einschlugen, wo die Überlebenden Zuflucht gesucht hatten. »O Gott, Jake, was können wir tun?«

Aber er antwortete nicht, und das Gemetzel ging unvermindert weiter. Von Grauen gepackt, waren sie diesem Alptraum ohnmächtig ausgeliefert – sie sahen, wie die Jagd mit Granaten fortgesetzt wurde, bis die Frau mit ihren beiden Kindern keine dreihundert Meter von ihnen entfernt ins Freie taumelte.

»O Gott, o bitte, bitte, lieber Gott«, flüsterte Vicky. »Bitte laß es nicht zu. Bitte mach dem ein Ende.«

Die Gewehrsalven jagten die Frau, und sie mußten mit ansehen, wie sie starb, wie sich das Kind dann wieder aufrappelte und verloren und fassungslos neben der Leiche seiner Mutter stehenblieb. Das Geräusch von galoppierenden Hufen hallte durch das Wadi unter ihnen, und Gregorius wirbelte herum und schrie: »Sara! Nein!« Als das Mädchen, eng an den Hals des Hengstes geschmiegt, aus dem Wadi hinausritt. Sie ritt ohne Sattel, eine winzige dunkle Gestalt auf dem großen weißen Tier.

»Sara!« schrie Gregorius noch einmal und wäre ihr gewiß allein zu Fuß auf diesen tödlichen Platz gefolgt, wenn Jake nicht seinen Arm gepackt und ihn festgehalten hätte, obwohl er sich wehrte und in Amharic zu brüllen begann.

Das Mädchen ritt unversehrt durch den Kugelhagel, und Vicky sah mit angehaltenem Atem zu. Es war völlig unmöglich, daß Sara das Kind erreichen und unverletzt zurückkehren würde. Es war dumm, so dumm,. daß sie richtiggehend wütend wurde – und doch lag etwas Rührendes über diesem zierlichen, schönen Kind, das dort unten in den Tod ritt, daß Vicky ihre eigene Unvollkommenheit zu Bewußtsein kam: sie war zutiefst beschämt – denn selbst in diesem erhabenen Augenblick mußte sie sich eingestehen, daß sie zu einer solchen Aufopferung nicht fähig gewesen wäre.

Sie sah, wie sich der Hengst aufbäumte und wie sich das Mädchen hinunterbeugte, um das kleine Kind hochzuheben, sie sah, wie die Maschinengewehre ihr Ziel schließlich doch fanden und der Hengst wiehernd in einem Gewirr fliegender Hufe zu Boden ging und das Mädchen samt Kind unter sich begrub, während weitere Kugeln Staub aufwirbelten und in den zuckenden Körper des Hengstes einschlugen.

Gregorius wehrte sich gegen Jakes Griff und brüllte vor Entsetzen, bis Jake sich ihm zuwandte und ihm mit der flachen Hand ins Gesicht schlug.

»Hör auf damit!« fauchte Jake, grob in seiner Wut und Empörung. »Jeder, der da hinausgeht, riskiert es, erschossen zu werden.«

Der Schlag schien Gregorius wieder zur Besinnung gebracht zu haben.

»Wir müssen sie holen, Jake. Bitte, Jake. Laß mich zu ihr.«

»Wir tun es auf meine Weise«, fauchte Jake. Sein Gesicht wirkte wie aus hartem braunen Stein gehauen, aber seine Augen blickten wild, und seine Kieferknochen mahlten vor Wut. Er stieß Gregorius grob in das Wadi hinunter und zog Vicky hinter sich her. Sie versuchte, sich zu wehren und aus seinem Griff zu befreien, wobei ihr Kopf noch immer auf den freien Platz gerichtet war und ihre Füße über den lockeren Boden stolperten.

»Jake, was haben Sie vor?« protestierte sie, aber er beachtete sie nicht.

»Wir montieren die Gewehre. Es wird nicht lange dauern.« Trotz seiner Wut faßte er nüchtern einen Plan, als er sie durch das Wadi zu den Panzerfahrzeugen vor den Höhlen schleppte. Vicky und Gregorius konnten sich nicht gegen seinen festen Griff wehren und wurden von seiner Kraft und Wut vorangetrieben.

»Vicky, Sie fahren für mich. Ich bediene das Gewehr«, erklärte er. »Greg, du fährst für Gareth.«

Jake atmete flach und hastig vor Wut. »Wir können nur zwei Fahrzeuge nehmen, eines dient zur Ablenkung – du und Gareth, ihr fahrt entlang der Bodenwelle nach Süden, das wird sie ablenken, während Vicky und ich Sara und andere Überlebende herausholen.«

Die beiden hörten ihm zu, und sein Plan trieb nun auch sie vorwärts. Als sie durch das Wadi zurückliefen, unterbrach ein letzter kurzer Sturm von Maschinengewehrfeuer und explodierenden Granaten die tiefe, fast quälende Stille, die sich nun über die Wüste legte.

Die drei liefen in die letzte Krümmung des Wadis und sahen sich plötzlich einer chaotischen Szene gegenüber. In der Senke drängten sich jene, die dem italienischen Feuer entkommen waren, und luden in Panik ihre Sachen auf, ihre Zelte und Schlafstellen, ihre Hühner und Kinder, und in diesen Lärm mischte sich das Geschrei der verängstigten Kamele und das durchdringende Brüllen der Maultiere und Esel.

Hunderte von Reitern galoppierten bereits davon, erkletterten die Seiten des Wadis oder verschwanden im Labyrinth des zerklüfteten Geländes. Das Klagen der Witwen mischte sich in den Lärm. Ihr Leid war herzzerreißend. Die Kinder wimmerten und brüllten mit ihnen. Über der gespenstischen Szene hing ein bläulicher Schleier aus dem Rauch der Feuerstellen und dem Staub, den die trampelnden Hufe und unzähligen Füße aufwirbelten.

Die vier Panzerwagen standen unbehelligt und in einiger Entfernung von den Menschenmassen in einer Reihe und erstrahlten in ihrem weißen Anstrich mit den leuchtendroten Kreuzen an der Seite.

Jake bahnte sich, die anderen mit Kopf und Schultern überragend, einen Weg, und als sie den ersten Wagen erreichten, umfaßte er Vickys Taille und schwang sie mühelos auf die Geschützplattform. Sein harter Gesichtsausdruck wurde für einen Augenblick weicher.

»Sie müssen nicht mitkommen«, sagte er. »Ich glaube, ich war etwas voreilig, Sie müssen nicht fahren – Gareth und ich nehmen einen Wagen.«

Ihr Gesicht war totenblaß, und unter ihren Augen lagen tiefe, dunkle Schatten von der schlaflosen Nacht und den Schrecken des Massakers. Ihre Tränen waren getrocknet und hatten schmutzige Spuren auf ihren Wangen hinterlassen. Sie schüttelte heftig den Kopf.

»Ich komme mit«, sagte sie. »Ich fahre für Sie.«

»Gutes Mädchen«, sagte Jake. »Helfen Sie Gregorius beim Tanken. Wir werden volle Treibstofftanks brauchen. Ich hole die Vickers.« Er wandte sich um und rief Gregorius zu: »Wir nehmen Miss Wackelig und Tenastelin – Vicky hilft dir beim Tanken.«

Eine Abordnung der persönlichen Leibwache des Ras war bereits damit beschäftigt, die Holzkisten mit den Waffen und der Munition aus der Höhle zu schaffen, als Jake dort ankam. Jede Kiste wurde von vier Soldaten zu der Stelle getragen, wo die Kamele lagen. Dort hob man sie in die Tragkörbe zu beiden Seiten des Tierrumpfes und band sie eilig fest.

»He, ihr Burschen.« Jake rannte zu einer Gruppe, die eine Vickerskiste trug. »Bringt sie hierher.« Sie blieben stehen und starrten Jake verständnislos an, bis er sich mit Handzeichen verständlich machen konnte, aber in diesem Augenblick eilte ein Hauptmann der Garde heran, um einzugreifen. Nachdem sie sich eine Weile angebrüllt hatten, erkannte Jake, daß die Sprachbarriere unüberwindlich war. Der Mann blieb hartnäckig, und das kostete Zeit.

»Tut mir leid, Freund«, entschuldigte er sich. »Aber ich bin etwas in Eile.« Er versetzte ihm einen kräftigen Hieb, der den Streit endgültig beendete, und der Mann fiel rückwärts in die ausgestreckten Arme von zwei seiner Männer.

»Hier entlang!« Jake schob die Soldaten mit der Kiste zu der Stelle, wo die Wagen standen. Der Gedanke an Sara, die dort draußen im Tal lag, machte ihn fast wahnsinnig. Er stellte sich vor, wie sie allmählich verblutete und ihr helles, junges Blut im Sandboden versickerte – und er scheuchte die beiden Männer durch das Gedränge von Tieren und Menschen.

Als er ankam, schwang Gregorius bereits die Kurbel von Miss Wackelig. Der Motor sprang an und lief gleichmäßig weiter, als Vicky die Zündung lockerte.

»Wo ist Gareth?« brüllte Jake.

»Kann ihn nicht finden«, antwortete Gregorius. »Wir werden mit einem Wagen fahren müssen . . .« Doch dann wirbelten beide herum, als sie das vertraute, herausfordernde Lachen hörten. Gareth Swales lehnte lässig an der Seit des Wagens und wirkte so ruhig und gelassen wie immer. Sein Haar war ordentlich gekämmt und sein Tweedanzug so makellos, als wäre er gerade von seinem Schneider geliefert worden.

»Ich muß schon sagen«, lächelte Gareth und verengte die Augen gegen den Rauch der Zigarre zwischen seinen Lippen. »Der große Jake Barton und seine beiden eifrigen Entlein sind dabei, es mit der gesamten italienischen Armee aufzunehmen.«

Vickys Kopf tauchte in der Fahrerluke auf.

»Wir haben Sie schon gesucht«, rief sie wütend.

»Aha«, sagte Gareth spöttisch. »Und nun hören wir etwas von der Pfadfinderinnenbewegung.«

»Sara liegt da draußen.« Gregorius lief auf Gareth zu. »Wir wollen sie holen. Sie und ich nehmen den einen Wagen, Vicky und Jake den anderen.«

»Niemand wird hier irgendwohin fahren.« Gareth schüttelte den Kopf. Da packte ihn Gregorius an den Aufschlägen seines Jacketts. »Sara. Begreifen Sie denn nicht – sie liegt da draußen! Wir müssen sie holen.«

»Hören Sie mal, mein Freund, würden Sie so freundlich sein, mich loszulassen«, murmelte Gareth und löste Gregorius Hände von seinen Jackenaufschlägen. »Ja. Wir wissen von Sara, aber . . .«

Vicky schrie laut aus der Fahrerluke: »Lassen Sie ihn, Gregorius. Einen, der Angst hat, brauchen wir nicht . . .«

Gareth fuhr mit einem wilden Gesichtsausdruck und funkelnden Augen jäh in die Höhe.

»Man hat mir im Leben schon viele Dinge an den Kopf geworfen, meine liebe junge Dame. Einiges zu Recht, aber niemand hat mich bisher einen Feigling genannt.«

»Einmal ist immer das erste Mal, Sie Prachtexemplar«, schrie Vicky zurück. Ihr mit schmutzigen Streifen überzogenes Gesicht glühte vor Wut, und das blonde, zerraufte Haar fiel ihr in die Augen – und zitternd mit einem Finger auf Gareth weisend, fuhr sie fort: »Und für Sie ist das eben das erste Mal!«

Sie starrten einander einen Augenblick an, bevor Lij Mikhael mit ruhigem, aber gebieterischen Gesicht zwischen sie trat.

»Major Swales handelt auf meinen ausdrücklichen Befehl, Miss Camberwell. Ich habe angeordnet, daß die Panzerfahrzeuge und alle Einheiten meines Vaters unverzüglich den Rückzug antreten.«

»Lieber Himmel, Mann.« Vicky verlegte ihre Wut von Gareth auf den Prinzen. »Das Mädchen da draußen ist Ihre Tochter.«

»Ja«, sagte der Prinz leise. »Meine Tochter einerseits – mein Land andererseits. Es besteht kein Zweifel darüber, was ich wählen muß.«

»Sie begreifen nicht«, warf Jake grob ein.

»Ich denke schon.« Der Prinz wandte sich ihm zu, und Jake sah die tiefe Qual in den Augen des Mannes. »Ich kann keine feindselige Bewegung machen, darauf warten die Italiener doch nur. Ein Vorwand für sie, um mit voller Stärke anzugreifen. Wir müssen erst die andere Wange hinhalten und diese Greueltat dazu benutzen, die Unterstützung der Welt zu gewinnen.«

»Aber Sara«, unterbrach ihn Vicky. »Wir könnten sie in einer Minute holen.«

»Nein.« Der Prinz hob das Kinn. »Ich kann dem Feind diese neuen Waffen nicht zeigen. Sie müssen geheim bleiben, bis der Augenblick des Zuschlagens gekommen ist.«

»Sara«, schluchzte Gregorius. »Was wird aus Sara?«

»Wenn diese Panzerwagen und die neuen Gewehre sicher auf dem Weg zurück zur Sardischlucht sind, werde ich selbst hierher zurückreiten, um sie zu holen«, sagte der Prinz mit Würde.« Aber vorher muß ich meine Pflicht tun.«

»Einen Wagen«, flehte Gregorius. »Um Saras willen.«

»Nein, ich kann auch nicht einen einzigen Wagen dafür einsetzen«, sagte der Prinz.

»Na gut, ich kann jedenfalls«, fauchte Vicky, und ihr zerzauster blonder Schopf verschwand in der Fahrerluke. Der Motor heulte auf, und Miss Wackelig machte einen Satz nach vorne, so daß Männer und Tiere zur Seite springen mußten, und schwenkte leicht schleudernd auf das Wadi zu.

Vicky Camberwell war im Begriff, sich allein und unbewaffnet auf das freie Gelände zu wagen und den Maschinengewehren und Granaten die Stirn zu bieten. Nur ein einziger Mann unter ihnen reagierte schnell genug.

Jake stieß den Prinzen beiseite, sprintete dem Wagen hinterher und holte ihn gerade noch ein, bevor er in den schmalen Graben hinuntertauchte. Er griff nach einer der angeschweißten Klampen hinter der Motorhaube, und obwohl er sich fast das Schultergelenk ausrenkte, zog er sich hoch und ließ sich mit dem Gesicht nach unten auf die Plattform fallen.

Er klammerte sich fest an das schaukelnde, hopsende Fahrzeug und arbeitete sich mühsam vorwärts, bis er in die Fahrerluke hineinschauen konnte.

»Sind Sie verrückt?« brüllte er. Vicky blickte auf und schenkte ihm ein flüchtiges, engelhaftes Lächeln.

»Ja. Und Sie?« In diesem Augenblick schüttelte ein schwerer Stoß das Chassis des Wagens und preßte Jake die Luft aus den Lungen, so daß er nicht antworten konnte. Statt dessen kletterte er an der Seite des Panzerturms hoch und hätte fast vier Finger verloren, als die offene Lukenklappe beim nächsten Sprung des Wagens zufiel.

Mit letzter Kraft hob Jake die Klappe wieder hoch und

befestigte den Sperrbogen, bevor er in den Panzerturm hineinkletterte. Das geschah gerade noch rechtzeitig, denn in diesem Augenblick lenkte Vicky den Wagen mit Höchstgeschwindigkeit in das Tal hinaus.

Die Sonne stand nun über dem Horizont und warf lange, dunkle Schatten über den hellen Sand. Vom Sperrfeuer der Mörser trieb noch immer eine riesige braune Wolke aus Staub und Rauch über den Hügelkamm, und die Leiber der Toten lagen über das ganze Tal verstreut. Die Kleider der Frauen hoben sich als helle Farbflecken vom monotonen Wüstenboden ab.

Jake ließ seinen Blick rasch über den Hügel gleiten, der die Ebene beherrschte, und sah, daß viele der italienischen Soldaten ihre Schützengräben verlassen hatten. Sie schlenderten in kleinen Gruppen am Rand des Schlachtfeldes entlang. Ihre Bewegungen waren zaghaft und scheu – unerfahrene Soldaten, die gegen den Anblick von offenen Wunden und verstümmelten Leichen noch nicht abgehärtet waren.

Sie blieben überrascht und starr stehen, als der Wagen aus dem Wadi hervorbrach und in einer Staubwolke auf das nächstgelegene Wasserloch zustürmte. Es dauerte Sekunden, bis sie sich von ihrer Überraschung erholt hatten, doch dann wirbelten sie herum und warfen sich in ihre Schützengräben, winzige Gestalten in dunklen Uniformen, deren Arme und Beine in rasender Eile auf und nieder flogen.

»Abschwenken«, brüllte Jake. »Zeigen Sie Ihnen die Kreuze!« Vicky reagierte sofort, sie lenkte so scharf nach links, daß der Wagen ins Schleudern geriet und breitseitig auf zwei Rädern durch den Sand rutschte, so daß die Italiener die riesigen roten Kreuze am Rumpf erkennen mußten.

»Geben Sie mir Ihre Bluse«, brüllte Jake wieder. Ihre Bluse war der einzige weiße Stoff, den sie bei sich hatten. »Ich brauche eine weiße Fahne!«

»Es ist das einzige, was ich anhabe«, schrie Vicky zurück. »Darunter bin ich nackt.«

»Wollen Sie unbedingt sittsam und tot sein?« fauchte Jake. »Die fangen jeden Augenblick zu schießen an.« Vicky hielt mit einer Hand das Lenkrad, als sie ihre Bluse aufknöpfte, und beugte sich im Sitz nach vorn, um die Blusenenden aus dem Rock zu ziehen. Sie schälte sich mühsam heraus und streckte den Arm nach oben, um ihm die Bluse zu reichen. Bei jedem Stoß des Fahrzeuges hüpften Vickys Brüste wie Gummibälle, ein Anblick der Jake für Sekundenbruchteile ablenkte, bevor er sich wieder auf seine Ritterlichkeit und Pflicht besann. Er richtete sich im Panzerturm auf, streckte die Arme hoch über den Kopf und ließ die weiße Bluse wie eine Fahne flattern, wobei er sich mit gespreizten Beinen gegen die wilden Sprünge des Wagens im Gleichgewicht hielt.

Den Hunderten von Männern in den italienischen Schützengräben zeigte Jake damit zwei Symbole, die das Gefühl ansprachen: das Rote Kreuz und die weiße Fahne, Symbole, die so mächtig waren, daß selbst Männer im glühenden Rausch der Mordlust mit den Fingern am Abzug ihrer Maschinengewehre zögerten.

»Es funktioniert«, jubelte Vicky und lenkte den Wagen wieder in seine ursprüngliche Fahrtrichtung, wodurch Jake fast von seinem unsicheren Standplatz im Panzerturm heruntergefallen wäre. Er ließ die Bluse los und klammerte sich im letzten Augenblick an die Lukenkimming, und die Bluse flog wie ein weißer Silberreiher davon.

»Da ist sie«, rief Vicky. Der tote Körper des weißen Hengstes lag vor ihnen, als sie hart abbremste und den Wagen so steuerte, daß der gepanzerte Fahrzeugrumpf zwischen den Haufen von Körpern und den beobachtenden Italienern an den Talhängen zum Stehen kam.

Jake sprang vom Panzerwagen herunter und kroch nach hinten, um die Doppeltüren des Wagens zu öffnen. Als er die Riegel aufschlug, rief er über die Schulter zurück:

»Halten Sie die Luke verschlossen, und lassen Sie, um Gottes willen, auf keinen Fall Ihren Kopf sehen.«

»Ich werde Ihnen helfen«, meinte Vicky mutig.

»Den Teufel werden Sie tun«, fauchte Jake und riß seinen Blick von ihrer herrlichen Brust los. »Sie werden bleiben, wo Sie sind – und lassen Sie den Motor laufen.«

Die Türen flogen auf. Jake rollte mit dem Kopf voraus in den Sand. Spuckend und fluchend kroch er zu dem Körper des weißen Pferdes. Erst jetzt sah er, daß das Fell des Hengstes struppig, rötlich gesprenkelt und mit den blassen Narben von Hornwarzen übersät war. Die Einschußlöcher wirkten auf diesem hellen Hintergrund wie dunkle rote Münder, auf die sich bereits ganze Trauben metallisch blauer Fliegen gestürzt hatten. Der Hengst lag schwer auf Saras Unterleib und preßte sie mit dem Gesicht nach unten gegen den Boden.

Der nackte kleine Junge war von einem Huf getroffen worden, als das Pferd zusammenbrach. Die Seite des winzigen, kahlen Schädels war eingedrückt, und über der Schläfe befand sich ein Loch, in das ein Baseball hineingepaßt hätte. Es bestand nicht die geringste Möglichkeit, daß er noch lebte, und Jake wandte sich dem Mädchen zu.

»Sara«, rief er, und sie stützte sich auf die Ellbogen und schaute ihn aus weit aufgerissenen, angstvollen dunklen Augen an. Ihr Gesicht war staubverschmiert und die Haut an der Wange mit der sie am Boden aufgeschlagen war, abgeschürft. Blaßrosa schimmerte das Fleisch durch, und wäßriges Blut trat in durchsichtigen Perlen hervor.

»Sind Sie getroffen?« fragte Jake, als er sie erreichte.

»Ich weiß nicht«, flüsterte sie heiser, und er sah, daß der Stoff ihrer Reithose von dunklem Blut durchtränkt war. Er stemmte beide Füße gegen den Körper des Pferdes und versuchte, ihn von ihren Beinen zu rollen, aber das tote Tier war ungeheuer schwer. Er würde trotz des Risikos, erschossen zu werden, aufstehen müssen.

Jake erhob sich und fühlte die Angst wie einen eiskalten Finger an seiner Wirbelsäule hinunterstreichen, als er den italienischen Schützengräben den Rücken zukehrte und sich über das Pferd beugte.

Er kauerte sich nieder und verlegte sein Gewicht gleichmäßig auf die Ballen seiner Füße, dann nahm er den Schwanz und das untere Hinterbein des Tieres und hob mit aller Kraft an, um den Tierkadaver von Saras Beinen und Unterleib herunterzuwälzen. Sie schrie vor Schmerz so gellend auf, daß er aufhören mußte.

Sie begann stammelnd in Amharic zu beten, und dicke Tränen rollten über ihre Wangen und hinterließen dunkle Spuren in dem hellen Staub auf ihrem Gesicht.

Jake keuchte: »Noch einmal – es tut mir leid«, und raffte sich wieder auf. In diesem Augenblick rief Vicky aus dem Wagen:

»Jake, sie kommen! Beeilen Sie sich, o Gott, beeilen Sie sich!«

Jake wirbelte herum und rannte zum Wagen, um über die hohe Motorhaube zu spähen.

Eine lange, helle Staubfahne hinter sich aufwirbelnd, kam ein großer, offener Wagen voll mit bewaffneten Männern sehr schnell den Abhang herunter auf sie zu.

»Donnerwetter!« brummte Jake und verengte die Augen gegen die blendenden Strahlen der Morgensonne. »Das kann doch nicht wahr sein!« Aber selbst aus dieser Entfernung und trotz Staub und ungünstigem Licht waren das unverkennbar die anmutigen und würdevollen Linien eines Rolly-Royce. Jake begann an seinem Verstand zu zweifeln – daß inmitten dieses Grauens etwas von solcher Schönheit auftauchen konnte.

»Beeilen Sie sich, Jake.« Vickys Stimme holte ihn wieder auf den Boden der Wirklichkeit zurück. Er lief wieder zu dem toten Pferd, packte es an den Hinterbeinen und begann das Tier, begleitet von den Schmerzensschreien des Mädchens, auf den Rücken zu wälzen.

Keuchend und verbissen hob Jake das Pferd mit aller Kraft an, bis es schließlich auf dem Rückgrat lag und seine Beine in den morgendlichen Himmel streckte. In diesem Augenblick konnte er das näherkommende Motorengeräusch des Rolls-Royce und die schwachen, aufgeregten Stimmen der Insassen hören. Er widerstand der Versuchung, sich noch einmal umzudrehen, und wälzte statt dessen das Pferd auf die Seite, so daß der zierliche Körper des Mädchens darunter endlich frei war.

Keuchend vor Anstrengung kniete Jake neben ihr nieder. Er sah mit einem Blick, daß sie am Oberschenkel getroffen war. Die Einschußwunde lag sechs Zentimeter über dem Knie. Als er das Bein hastig nach einem Knochenbruch abtastete, strömte dunkelrotes, warmes Blut aus der Wunde über seine Finger und durchtränkte den glatten Stoff ihrer Reithose. Jake fand die Wunde an der Innenseite des Oberschenkels, aber er wußte instinktiv und gefühlsmäßig, daß der Knochen verschont geblieben war. Allerdings verlor sie sehr viel Blut, deshalb steckte er den Zeigefinger in das Loch in ihrer Hose und riß den Stoff bis zum Knöchel auf; er zog den Stoff hoch, wodurch ihr langes, schlankes Bein bis zum Schritt sichtbar wurde. Die Wunde war tief und schimmerte bläulich in dem dunkel glänzenden Fleisch. Da riß Jake das herabhängende Hosenbein vollends ab und band es wie einen dicken Verband oberhalb der Wunde um ihren Oberschenkel.

Er zog den primitiven Druckverband mit der Kraft beider Arme und der Schultern so fest, daß der Blutfluß augenblicklich versiegte, verknotete rasch die beiden Enden und schaute in dem Augenblick auf, als der Rolls-Royce schlitternd direkt vor dem Panzerwagen zum Stehen kam.

Unter den Insassen des Rolls schien eine heillose Verwirrung zu herrschen, und wieder überkam Jake ein Gefühl der Unwirklichkeit. Der Fahrer vorne hielt mit einer Hand das Lenkrad und umklammerte mit der anderen Hand ein Gewehr so fest, daß die Knochen weiß hervortraten; seine Finger zitterten wie bei einem Mann, der Fieber hat. Auf seinem aschgrauen Gesicht schimmerten Schweißperlen, die entweder von irgendeinem furchtbaren Fieber oder von einem ebenso furchbaren Schrecken herrührten. Auf dem Sitz neben ihm kauerte eine kleine drahtige Gestalt, die ein Gewehr über der Schulter trug und deren braun-weißes Affengesicht von einer großen schwarzen Leica-Kamera mit einer riesigen Linse teilweise verdeckt wurde. Auf dem Rücksitz des Rolls saß ein großer, kräftig gebauter Mann mit einem harten Gesicht und den ruhigen, kontrollierten Bewegungen eines tatkräftigen Mannes. Ein gefährlicher Mann, erkannte Jake sofort und sah, daß er Majorsrang hatte. Er hielt in der einen Hand ein Gewehr und versuchte mit der anderen Hand einem kleineren, besser aussehenden Mann in einer großartigen, elegant geschnittenen schwarzen Gabardineuniform mit silbernen Abzeichen und Emblemen auf die Füße zu helfen.

Dieser Offizier trug seinen randlosen schwarzen Helm mit einem silbernen Totenkopf und gekreuzten Gebeinen so keck auf dem Kopf wie ein Pirat in einem Märchen, aber das Gesicht darunter zeigte dieselbe verstörte Erregung wie das des Fahrers. Jake wurde augenblicklich klar, daß dieser vornehme Mann keinesfalls wollte, daß man ihm auf die Füße half. Er drückte sich in die Ecke des Wagens, so, als wolle er das kleinstmögliche Ziel abgeben, und schlug verdrießlich nach der helfenden Hand des Majors. Er protestierte schrill und schwenkte eine vergoldete und ziselierte Pistole, was eindeutig darauf schließen ließ, daß er keinesfalls freiwillig in dem Rolls-Royce mitgefahren war.

Jake beugte sich über das Mädchen und legte vorsichtig, um ihr nicht noch mehr Schmerzen zuzufügen, einen Arm unter ihre Schultern und den anderen unter ihre Knie. Dann hob er sie hoch. Sie klammerte sich wie ein Kind an seinen Hals.

Das veranlaßte den großen, streng blickenden Major, seine ganze Aufmerksamkeit auf Jake zu richten, das Gewehr auf ihn anzulegen und ihm einen gebieterischen Befehl in Italienisch zuzurufen. Es war unmißverständlich der Befehl, sofort stehenzubleiben. Als Jake in den Gewehrlauf und in die hellen, ausdruckslosen Augen blickte, wußte er, daß der Mann ohne Zögern schießen würde, falls er nicht sofort gehorchte. Von diesem Mann ging eine Bedrohung, eine Aura des Todes aus, die Jake erschauern ließ, als er mit dem schlanken, warmen Körper im Arm stehenblieb und seine Gedanken sammelte, um die richtigen Worte zu finden.

»Ich bin Amerikaner«, sagte er ruhig. »Ein amerikanischer Arzt.« Der Gesichtsausdruck des Majors blieb unverändert, aber er wandte den Kopf und sah den Offizier an, der sich halb von seinem Sitz erhoben hatte, dann aber wieder anders besann. Er sank auf seinen Platz zurück und schrie mit unsicherer Stimme hinter dem breiten Rücken seines Majors:

»Sie sind mein Gefangener.« Sein Englisch war klar und akzentfrei. »Ich nehme Sie in Schutzhaft.«

»Sie verletzen die Genfer Konvention.« Jake versuchte, seine Stimme entrüstet klingen zu lassen, während er sich verstohlen von der Seite den einladenden, offenen Hintertüren des Wagens näherte.

»Ich muß Ihre Ausweispapiere überprüfen.« Der Offizier erholte sich sehr rasch von seiner kurzen Unpäßlichkeit. Eine frische Farbe strömte in das klassisch schöne Gesicht, Interesse erwachte in den dunklen Gazellenaugen, die tiefe Baritonstimme festigte sich und bekam einen scharf klingenden Tonfall.

»Ich, Oberst Graf Aldo Belli befehle Ihnen, sich mir zu ergeben.« Sein Blick fiel auf den riesigen stählernen Rumpf des Panzerwagens. »Das ist ein gepanzertes Kriegsfahrzeug. Sie fahren unter falscher Flagge, Sir.«

Während der Graf sprach, stellte er fest, daß weder der große krausköpfige Amerikaner noch das riesige altmodische Fahrzeug bewaffnet war. Er konnte die leere Geschützöffnung im Panzerturm sehen – und sein Mut kehrte vollends zurück. Nun sprang er schließlich doch auf, streckte, eine Hand an der Hüfte, die Brust heraus und zielte mit der Pistole auf Jake.

»Sie sind mein Gefangener!« verkündete er noch einmal und zischte den Mann auf dem Vordersitz zu: »Gino, schnell. Einen Schnappschuß von der Gefangennahme des Amerikaners.«

»Sofort, Exzellenz.« Gino stellte die Kamera ein.

»Ich protestiere«, rief Jake und machte wieder ein paar Schritte seitlich auf die einladenden Hintertüren des Wagens zu.

»Bleiben Sie, wo Sie sind«, fauchte der Graf und warf Gino einen flüchtigen Blick zu. »Fertig?« fragte er.

»Sagen Sie dem Amerikaner, er soll etwas mehr nach rechts gehen«, erwiderte Gino und starrte durch den Sucher.

»Etwas mehr nach rechts!« befahl der Graf in Englisch und gestikulierte mit der Pistole. Jake gehorchte, weil ihn das seinem Ziel näher brachte, protestierte aber weiterhin lautstark.

»Im Namen der Humanität – und des Internationalen Roten Kreuzes . . .«

»Ich werde mich noch heute mit Genf in Verbindung setzen«, brüllte der Graf zurück, »um mich nach Ihrer Zulassung zu erkundigen.«

»Lächeln Sie ein wenig, Exzellenz«, sagte Gino.

Der Graf zauberte ein strahlendes Lächeln auf sein Gesicht und wandte sich halb der Kamera zu.

»Dann werde ich Sie erschießen lassen!« versprach er noch immer lächelnd.

»Wenn Sie dieses Mädel sterben lassen«, brüllte Jake, »ist das die Handlungsweise eines Barbaren.«

Das Lächeln verschwand augenblicklich, und der Graf runzelte düster die Stirn. »Und Ihre Handlungsweise, Sir, ist die eines Spions. Genug der Rede – ergeben Sie sich.« Er hob drohend die Pistole und zielte auf Jakes Brust. Jake überlief es eiskalt, als er sah, wie der breitschultrige Major den Befehl untermauerte, indem er sein Gewehr entsicherte und es auf Jake richtete.

In diesem Moment flog mit einem metallischen Ton, der alle erschreckte, die Fahrerluke auf – und Vicky Camberwell kam zum Vorschein, das blonde Haar zerzaust und die Wangen hochrot vor Wut.

»Ich bin ein autorisiertes Mitglied der amerikanischen Pressevereinigung«, brüllte sie genauso laut wie die anderen. »Und ich versichere Ihnen, daß die Welt von dieser Greueltat in allen Einzelheiten erfahren wird. Ich mache Sie darauf aufmerksam, daß . . .« In dieser Tonart ging es weiter, und Vicky war so wütend, daß sie nicht stillstehen konnte. Sie sprang auf und nieder und gestikulierte wild mit den Armen – und vergaß darüber völlig, daß sie bis zur Taille nackt war.

Ihr Publikum in dem Rolls-Royce war sich der nackten Tatsachen hingegen voll bewußt. Jeder von ihnen war Angehöriger einer Nation, deren Lieblingszeitvertreib die Anbetung und Jagd schöner Frauen war, und jeder von ihnen hielt sich für den Landesmeister in dieser Disziplin.

Als Vickys Brüste heftig hopsend und wackelnd zum Vorschein kamen, starrten sie die Italiener halb ungläubig und halb entzückt an. Die drohenden Waffen sanken herab und waren vergessen. Der Major versuchte in einer Geste der Ritterlichkeit aufzuspringen, wurde aber vom Grafen entschieden zurückgestoßen. Der Fuß des Fahrers rutschte von der Kupplung, worauf der Rolls-Royce einen heftigen Satz nach vorn machte und der Motor stehenblieb. Gino stieß einen beifälligen Laut aus, hob die Kamera, merkte, daß der Film zu Ende war, fluchte wütend und öffnete die Kamera, ohne seinen Blick von Vicky abzuwenden, ließ ungeschickterweise den Apparat fallen und gab es auf, seine blonde Vision verzückt angrinsend.

Der Graf nahm seinen Helm ab, erinnerte sich daran, daß er Soldat war, und versuchte mit der anderen Hand den Faschistengruß, stellte fest, daß er noch immer die Pistole in der Hand hielt, und schien plötzlich zu wenig Hände zu haben, also hielt er den Helm und die Pistole mit einer Hand an die Brust gepreßt.

»Madame«, sagte er mit dunkel funkelnden Augen und einem romantischen Tonfall in der Stimme, »meine liebe Dame . . .«

In diesem Augenblick versuchte der Major von neuem, sich zu erheben. Der Graf stieß ihn abermals auf seinen

Sitz zurück – während Vicky mit unvermindertem Eifer in ihrer Tirade fortfuhr.

Jake hatte die Italiener völlig vergessen. Er machte vier riesige Schritte und sprang durch die hinteren Türen in den stählernen Rumpf des Wagens. Er wälzte sich herum und legte Sara in den Verschlag für die Munitionskisten hinter dem Fahrersitz, zog im selben Augenblick die Türen zu und schob den Riegel vor.

»Losfahren!« rief er Vicky zu, obwohl er nur ihr Hinterteil sah, da sie auf dem Fahrersitz stand. »Komm schon!« brüllte er und zerrte sie nach unten, so daß sie mit einem Plumps auf dem harten Ledersitz landete, während sie noch immer die Feinde beschimpfte. »Vorwärts!« brüllte Jake noch lauter. »Nichts wie weg von hier!«

Das fassungslose Entsetzen der vier Italiener, als Vicky wie ein Schachtelmännchen plötzlich aus ihrem Blickfeld verschwand, dauerte einige Sekunden, und die Enttäuschung lähmte sie.

Dann heulte die Maschine des Panzerwagens auf, und das Fahrzeug schoß direkt auf sie zu; im letzten Augenblick schwenkte es ab und streifte den Rolls nur leicht, demolierte dabei den vorderen Kotflügel und das Scheinwerferglas und stürmte, in eine gewaltige Staubwolke gehüllt, auf das zerklüftete Gelände jenseits der Brunnen zu.

Castelani reagierte als erster; er schwang sich aus dem Wagen, rannte nach vorn zur Kurbel und befahl gleichzeitig brüllend dem Fahrer, den Motor zu starten. Er sprang sofort an, und der Major machte einen Satz auf das Trittbrett.

»Hinterher!« schrie er dem Fahrer ins Ohr und schwenkte sein Gewehr. Der Fahrer ließ die Kupplung zurückschnellen, und der Rolls machte einen so gewaltigen Satz nach vorn, daß der Graf rücklings auf den weichen Ledersitz fiel, der Helm über seine Augen rutschte, seine glänzenden Stiefel in den Himmel ragten und er unwillkürlich den Finger am Abzug krümmte. Die Beretta ging mit fürchterlichem Krachen los, und die Kugel flog einen Zentimeter an Ginos Ohr vorbei, worauf sich dieser, heulend vor Schreck, auf seine Kamera zu Boden fallen ließ.

»Schneller!« brüllte der Major dem Fahrer ins Ohr. »Drängen Sie sie ab, zwingen Sie sie zum Umkehren!« Seine Stimme wurde lauter und gebieterischer. Er wollte einen gezielten Schuß auf die wenigen empfindlichen Stellen des Panzerwagens abgeben – auf das Sichtfenster des Fahrers oder auf die offene Lafette.

»Halt!« kreischte der Graf. »Dafür lasse ich Sie erschießen.«

Seite an Seite, keine drei Meter voneinander entfernt, holperten und schwankten die beiden Fahrzeuge über den unebenen Boden.

Vickys Aussicht durch das Fahrervisier war auf einen schmalen Streifen beschränkt; sie konzentrierte sich voll auf das Gelände vor sich, als sie rief: »Wo sind sie?«

Jake arbeitete sich aus der Ecke hervor, in die er und Sara geschleudert worden waren, und kroch in den Kommandoturm. Im Rolls daneben raffte Castelani sich auf und hob das Gewehr. Trotz der geringen Entfernung prallten fünf seiner Schüsse von der dicken Stahlkarosserie ab und schwirrten als Querschläger ins Leere. Nur eine Kugel traf die schmale Öffnung der Geschützlafette. In dem engen Rumpf gefangen, schwirrte ihnen die Kugel wie ein wütendes Insekt um die Ohren und zischte haarscharf an ihnen vorbei, bevor sie in die Rückenlehne des Fahrersitzes einschlug.

Jake steckte den Kopf aus dem Panzerturm und entdeckte den Rolls direkt neben ihnen. Der stämmige Major lud in rasender Eile sein Gewehr nach, und die anderen Insassen wurden hilflos im Wagen umhergeschleudert.

»Fahrer!« brülle Jake. »Scharf nach rechts!« Er registrierte stolz und gerührt, daß Vicky augenblicklich reagierte. Sie schwenkte den großen Panzerwagen so plötzlich herum, daß der andere Fahrer keine Zeit hatte, darauf zu reagieren, so daß die beiden Fahrzeuge mit einem ohrenbetäubenden metallischen Kreischen funkensprühend zusammenstießen.

»Heilige Mutter Gottes, sei uns gnädig!« kreischte der Graf.

»Wir sind verloren.« Durch den Stoß geriet der Rolls ins Schleudern, scherte aus und geriet ins Hintertreffen. Seine ganze Seite war verbeult und aufgerissen, der Lack zerschunden und zerkratzt. Castelani war reaktionsschnell im letzten Augenblick in den Wagen gesprungen und hatte seine Beine gerade noch retten können. Doch nun war das Gewehr nachgeladen.

»Näher«, brüllte er dem Fahrer zu. »Ich will noch einmal schießen!« Aber inzwischen hate sich der Graf wieder aufgerappelt und schob seinen Helm in den Nacken zurück.

»Anhalten, Sie Narr!« Seine Stimme klang durchdringend gebieterisch. »Sie werden uns noch alle umbringen.« Der Fahrer trat mit offenkundiger Erleichterung auf die Bremse und lächelte zum ersten Mal an diesem Tag.

»Weiterfahren, Sie Idiot!« sagte Castelani wütend und setzte dem Fahrer den Gewehrlauf ans Ohr. Sein Lächeln verschwand, und sein Fuß trat heftig aufs Gaspedal.

»Halt!« schrie der Graf, als er sich wieder hochgerappelt hatte, rückte mit seiner Hand seinen Helm zurecht und drückte dem Fahrer den Pistolenlauf seiner Beretta an das andere Ohr. »Ich, Ihr Oberst, befehle Ihnen das.«

»Fahren Sie weiter«, knurrte Castelani. Und der Fahrer schloß fest die Augen, wagte nicht mehr, den Kopf zu bewegen, und raste direkt auf die Böschung aus roter Erde zu, die das Wadi umgab.

Kurz bevor der Rolls frontal auf den von der Sonne getrockneten Erdwall aufgefahren wäre, löste sich das Dilemma des Fahrers von selbst. Gregorius hatte, in Ermangelung eines anderen Verbündeten, an den Kriegerinstinkt seines Großvaters appelliert, und der Greis war trotz der ungeheuren Mengen von Tej, die er getrunken hatte, großmütig darauf eingegangen, hatte seine Leibwache um sich versammelt und lief ihnen nun durch das Wadi voraus. Nur Gregorius selbst konnte mit der großen, spindeldürren Gestalt Schritt halten.

Seite an Seite tauchten sie im Ausgang des Wadis auf und sahen den Rolls und den weißgestrichenen Panzerwagen in einer riesigen Staubwolke direkt auf sie zurasen. Das war ein Anblick, der selbst den Mutigsten erschrecken mußte, und Gregorius hechtete in den Schutz des roten Erdwalles. Aber der Ras hatte seinen Löwen getötet und zuckte auch diesmal nicht mit einer Wimper.

Er riß das alte Martini-Henry-Gewehr hoch. Die Explosion des Schwarzpulvers klang wie ein Kanonenschuß; eine graublaue Rauchwolke stieg auf, und aus dem Lauf schoß eine lange rote Flamme.

Die Windschutzscheibe des Rolls zerbarst zu einem silbernen Regen von umherfliegenden Glassplittern, von denen einer das Kinn des Grafen traf.

»Heilige Maria Mutter Gottes, ich bin tot«, schrie der Graf. Das genügte, um den Fahrer an seine Untertanenpflicht zu erinnern. Er lenkte den Wagen in eine scharfe u-förmige Kurve, und keine von Castelanis Drohungen konnte ihn davon abhalten. Ihm reichte es. Er konnte nicht mehr. Er wollte nach Hause.

»Mein Gott!« hauchte Jake, als er den zerbeulten Rolls umwenden und mit zunehmender Geschwindigkeit auf den Hügel zurasen sah. Die Arme und die Waffen der Insassen wurden wild herumgeschwenkt, und ihre Stimmen waren zu einem lauten, hysterischen Gezänke angeschwollen, das allmählich schwächer wurde.

Die Kanone des Ras ging noch einmal los und beschleunigte die Flucht des Rolls-Royce.

Vicky bremste den Panzerwagen ab, als sie sich dem Greis näherten. Jake streckte den Arm aus und half dem alten Herrn an Bord. Seine Augen waren blutunterlaufen, und er roch wie eine stillgelegte Brauerei, aber auf seinem runzeligen alten Gesicht lag ein übermütiges, zufriedenes Grinsen.

»How do you do?« fragte er mit augenscheinlichem Vergnügen.

»Nicht schlecht, Sir«, versicherte ihm Jake. »Wirklich, nicht schlecht.«

Kurz vor Mittag hielt die Panzerwagenkolonne im freien Grasland zwanzig Meilen hinter den Brunnen an. Es wurde Halt gemacht, damit die versprengten Flüchtlinge, die dem Gemetzel bei Chaldi entronnen waren, aufholen konnten. Außerdem war es die erste Gelegenheit für Vicky, sich um Saras Bein zu kümmern. Es war in den letzten Stunden steif geworden, und das getrocknete Blut bildete eine dicke dunkle Kruste. Sara beklagte sich zwar mit keinem Wort, aber ihr Gesicht war aschgrau, und auf ihrer Stirn und Oberlippe bildeten sich winzige Schweißtropfen, als Vicky die Wunde säuberte und eine halbe Flasche Hyperoxyd darübergoß. In der Absicht, sie abzulenken, brachte Vicky das Thema auf die Toten, die an den Wasserlöchern durch die Gewehre der Italiener gestorben waren.

Sara zuckte gleichmütig die Schultern. »Hunderte sterben jeden Tag an Krankheit und Hunger und bei den Kämpfen in den Bergen. Sie sterben für nichts und völlig sinnlos. Diese anderen aber sind für etwas gestorben. Sie sind gestorben, um der Welt über uns . . .« Sie brach mitten im Satz ab und stöhnte, als das Desinfektionsmittel in die Wunde drang.

»Tut mir leid«, sagte Vicky rasch.

»Schon gut«, sagte Sara. Beide schwiegen eine Zeitlang, ehe Sara fragte: »Sie schreiben doch darüber, Miss Camberwell, nicht wahr?«

»Gewiß.« Vicky nickte grimmig. »Und zwar besonders eindringlich. Wo finde ich die nächste Telegraphenstation?«

»In Sardi gibt es eine«, erklärte Sara. »Am Bahnhof.«

»Was ich schreibe, wird ihre Leitungen zum Schmoren bringen«, versprach Vicky und begann, das Bein mit einem Leinenverband aus der Arzneikiste zu verbinden. »Wir müssen sie aus dieser Reithose herausschälen.« Vicky betrachtete unschlüssig den blutdurchtränkten und zerfetzten Samt. »Die Hose sitzt so eng, es ist direkt ein Wunder, daß Sie sich nicht selbst infiziert haben.«

»Reithosen müssen so eng sein«, erklärte Sara. »Mein Urgroßvater, Ras Abullahi, hat das angeordnet.«

»Lieber Himmel!« Vicky war verblüfft. »Wofür denn?«

»Die Damen waren damals sehr ausschweifend«, erklärte Sara geziert. »Und mein Urgroßvater war ein guter Mann. Er wollte, daß die Hosen schwer auszuziehen waren.«

Vicky lachte amüsiert.

»Glauben Sie, es hat gewirkt?« fragte sie noch immer lachend.

»O nein!« Sara schüttelte ernsthaft den Kopf. »Aber es macht es sehr mühsam.« Sie sprach mit fachkundiger Miene, und dann dachte sie einen Augenblick nach. »Unten ist die Hose recht schnell – nur wenn man sie schnell wieder hinaufziehen möchte – das kann sehr schwierig sein.«

»Nun, jedenfalls gibt es nur eine Möglichkeit, Sie da herauszuschälen, wir müssen die Hose aufschneiden.« Vicky lächelte noch immer, als sie eine große Schere aus der Arzneikiste nahm, und Sara zuckte wieder nur ergeben die Schultern.

»Die Hose war sehr hübsch, bevor Jake sie aufgerissen hat – jetzt ist es egal.« Sie sah ungerührt zu, wie Vicky die Hose an der Naht aufschnitt und sie herausschälte.

»Sie müssen jetzt ausruhen.« Vicky hüllte ihren nackten Unterleib in einen wollenen Shamma und machte es ihr auf einer der dünnen Kokosmatten, die auf dem Boden des Wagens ausgebreitet waren, so bequem wie möglich.

»Bleiben Sie bei mir«, bat Sara schüchtern, als Vicky ihre Kofferschreibmaschine nahm und durch die hinteren Türen klettern wollte.

»Ich muß einen Bericht schreiben.«

»Sie können hier arbeiten. Ich werde still sein.«

»Versprochen?«

»Ich verspreche es.«

Vicky öffnete die Schreibmaschine, setzte sich mit gekreuzten Beinen auf den Boden und nahm die Maschine auf den Schoß. Sie spannte ein weißes Blatt Papier ein und dachte für einen Augenblick nach. Dann flogen ihre Finger über die Tasten. Ihre Wut und Empörung kehrten fast augenblicklich zurück, und sie kleidete sie in Worte und bannte sie auf das dünne Blatt Papier. Vickys Wangen waren gerötet, und ab und zu warf sie den Kopf zurück, weil ihr eine Strähne ihres feinen blonden Haars in die Augen fiel.

Sara beobachtete sie schweigend und blieb still, bis Vicky innehielt, um ein neues Blatt einzuspannen, dann brach sie das Schweigen.

»Ich habe nachgedacht, Miss Camberwell«, sagte sie.

»So?« Vicky blickte nicht auf.

»Ich denke, Jake wäre der Richtige.«

»Jake?« Vollkommen verwirrt über diesen plötzlichen Gedankensprung starrte Vicky das Mädchen an.

»Ja.« Sara nickte entschieden. »Wir machen Jake zu Ihrem ersten Liebhaber.« Das klang wie ein gemeinschaftliches Projekt.

»Ach, wir machen – machen wir?« Auf diesen Gedanken war Vicky auch schon gekommen und fast schon fest entschlossen, aber durch Saras unverschämte Bemerkung wurde sie augenblicklich störrisch.

»Er ist so stark«, fuhr Sara fort. »Ich denke, wir nehmen endgültig Jake.« Mit dieser Bemerkung machte sie alle Chancen, die Jake Barton je gehabt hatte, zunichte.

Vicky schnaubte verächtlich und hämmerte wieder auf die Schreibmaschine ein. Sie war eine Frau, die es vorzog, ihre eigenen Entscheidungen zu treffen.

Der Strom von Menschen und Tieren zog keilförmig durch die spärlich bewachsene, wellige Landschaft zwischen den Bergen. Über allem hing ein feiner Schleier aus Staub, wie Dunst über dem Meer an einem windigen Tag, und die Sonnenstrahlen spiegelten sich auf der Oberfläche der polierten Bronzeschilder und den hochragenden Speerspitzen. Die Schar der Reiter kam immer näher, bis die hellen Flecken des seidenen Shammas von Offizieren und Edelmännern deutlich durch die dichte Staubwolke zu erkennen waren.

Jake stand auf dem Panzerturm von Priscilla dem Ekel, beschattete sein Fernglas mit dem Helm und versuchte aus der Sorge, daß sie von den Italienern verfolgt wurden, die dichte Staubwolke zu durchdringen. Er fühlte, wie eine Gänsehaut über seine Arme bis in den Nacken lief, als er sich vorstellte, daß dieser Haufen in ein Kreuzfeuer von modernen Maschinengewehren geriet, und er wartete sehnsüchtig auf die Ankunft ihrer eigenen Waffen, die diese verwilderte Armee transportierte.

Er fühlte eine Berührung an seiner Schulter, und als er sich umdrehte, stand Lij Mikhael neben ihm.

»Ich danke Ihnen, Mr. Barton«, sagte der Prinz ruhig. Jake zuckte die Schultern und wandte sich wieder seiner Beobachtung zu.

»Es war nicht richtig – aber ich danke Ihnen trotzdem.«

»Wie geht es ihr?«

»Ich habe sie mit Miss Camberwell allein gelassen. Sie ruht sich aus – ich glaube, sie wird wieder gesund.«

Sie schwiegen eine Zeitlang, bis Jake das Schweigen brach.

»Ich bin beunruhigt, Prinz. Wir sind völlig ungedeckt. Wenn die Italiener jetzt angreifen, gibt es ein Blutbad. Wo sind die Gewehre? Wir brauchen unsere Gewehre.«

Lij Mikhael deutete auf die linke hintere Flanke der näherkommenden Reiterschar.

»Dort.« Jake bemerkte erst jetzt die plumpen Umrisse der Packkamele, die er durch den Staub aus dieser Entfernung nicht hatte erkennen können, aber sie waren größer als die struppigen kleinen Harariponys um sie herum und schaukelten schwerfällig auf die Stelle zu, wo die Panzerwagen warteten. »In einer halben Stunde sind sie da.«

Jake nickte erleichtert. Er überlegte bereits, wie die Panzerwagen am schnellsten zu bewaffnen waren, damit sie den nächsten Angriff der Italiener abwehren konnten – aber der Prinz störte seine Gedanken.

»Mr. Barton, wie lange kennen Sie Major Swales bereits?« Jake senkte das Fernglas und grinste.

»Manchmal habe ich das Gefühl: schon viel zu lange.« Kaum ausgesprochen, bereute er diese Bemerkung, als er den besorgten Gesichtsausdruck des Prinzen sah.

»Nein, so habe ich das nicht gemeint. Es war ein schlechter Scherz. Ich kenne ihn noch nicht lange.«

»Wir haben seine Vergangenheit sehr sorgfältig geprüft, bevor . . .« Er zögerte.

»Bevor Sie ihn dazu überlistet haben, diese Aufgabe zu übernehmen«, ergänzte Jake. Der Prinz lächelte schwach und nickte.

»Richtig«, gab er zu. »Alles deutet darauf hin, daß er einerseits äußerst skrupellos ist, andererseits aber auch ein erfahrener Soldat mit der erprobten Fähigkeit, völlig ungeübte Rekruten auszubilden. Er ist ein fachkundiger Waffenexperte mit einem umfassenden Wissen über den Mechanismus und die Anwendung moderner Waffen.« Der Prinz hielt inne.

»Lassen Sie sich nur nicht auf ein Kartenspiel mit ihm ein.«

»Ich werde Ihren Rat beherzigen, Mr. Barton.« Der Prinz lächelte flüchtig und wurde dann wieder ernst. »Miss Camberwell nannte ihn einen Feigling. Das stimmt nicht. Er handelte auf meinen ausdrücklichen Befehl, wie es einem Soldaten zukommt.«

»Habe verstanden«, erwiderte Jake grinsend. »Aber ich bin auch kein Soldat, sondern nur ein einfacher Automechaniker.« Diesen Einwand wischte der Prinz jedoch mit einer Handbewegung fort.

»Wahrscheinlich ist er besser, als er selbst weiß«, sagte Jake, und der Prinz nickte.

»Die Aufzeichnungen über seine Leistungen in Frankreich sind beeindruckend. Ein hoher Orden und drei Erwähnungen in amtlichen Kriegsberichten.«

»Schon gut, Sie haben mich überzeugt«, murmelte Jake. »Ist es das, was Sie wollten?«

»Nein«, gab der Prinz widerwillig zu. »Ich hatte gehofft, daß Sie mich überzeugen würden.« Beide mußten lachen.

»Und haben Sie auch meine Vergangenheit überprüft?« fragte Jake.

»Nein«, gab der Prinz zu. »Ich habe in Daressalam zum ersten Mal von Ihnen gehört. Sie und Ihre komischen Maschinen waren eine Extrazulage – ein Überraschungspaket.« Der Prinz hielt wieder inne und fuhr dann so leise fort, daß Jake die Worte kaum verstehen konnte: »Vielleicht sogar der beste Teil des Handels.« Dann hob er das Kinn und blickte Jake fest in die Augen. »Die Wut ist immer noch in Ihnen«, sagte er. »Ich kann spüren, wie es in Ihnen kocht.«

Jake stellte überrascht fest, daß der Prinz recht hatte. Die Wut war in ihm. Nicht mehr die lodernden Flammen, die sich im ersten Schock über die Greueltat entzündet hatten. Die waren niedergebrannt zu einer tiefen Glut in seinem Innern, aber die Erinnerung an die Männer und Frauen, die von den Gewehren und Mörsern niedergemetzelt worden waren, würde diese Glut gewiß noch lange nähren.

»Ich glaube, jetzt sind Sie an uns gebunden«, fuhr der Lij leise fort, und Jake war erstaunt über das feine Wahrnehmungsvermögen dieses Mannes. Er selbst hatte diese Bindung noch nicht erkannt; es war das erste Mal, daß ihn etwas tief berührte, seit er in Afrika an Land gegangen war. Er wußte nun, daß er bleiben und mit dem Lij und diesem Volk kämpfen würde, solange sie ihn brauchten. Instinktiv erkannte er, daß die ganze Menschheit – einschließlich Jake Barton – selbst bis zu einem gewissen Grad ihrer Freiheit beraubt wurde, wenn dieses einfache Volk versklavt wurde. Eine fast vergessene Zeile, die er einmal vor langer Zeit gelesen hatte, ohne sie zu verstehen, kam ihm in den Sinn.

»›Kein Mensch ist eine Insel‹«, sagte er. Der Lij nickte und setzte das Zitat fort:

»›. . . ganz für sich. Jedes Menschen Tod schwächt mich, weil ich ein Teil der Menschheit bin.‹« Die dunklen Augen des Lij strahlten. »Ja, Mr. Barton, John Donne. Ich glaube, mit Ihnen habe ich das große Los gezogen. Sie sind das Feuer, und Gareth Swales ist das Eis. Das wird mein Vorteil sein. Schon jetzt besteht eine Bindung zwischen Ihnen.«

»Eine Bindung?« Jake lachte, ein kurzes, rauhes, hartes Lachen, aber dann hielt er inne und dachte über die Worte des Prinzen nach. Der Mann besaß noch sehr viel mehr Wahrnehmungsvermögen, als Jake anfangs angenommen hatte. Er besaß die Fähigkeit, unerkannte Tatsachen aufzudecken.

»Ja, eine Bindung«, sagte der Lij. »Feuer und Eis. Sie werden schon sehen.« Sie schwiegen eine Zeitlang, hoch oben auf der stählernen Plattform des Panzerwagens ohne Kopfbedeckung in der Sonne stehend, und beide machten sich ihre eigenen Gedanken.

Dann raffte sich der Lij auf, drehte sich um und zeigte gen Westen.

»Dort liegt das Herz von Äthiopien«, sagte er. »Die Berge.« Beide sahen zu den erhabenen Gipfeln und den großen, flachen Ambas, die das äthiopische Hochland kennzeichneten.

Jede Hochebene war durch steile, schroffe Felswände von der nächsten getrennt, Felswände, die bläulich schimmerten und so fern waren wie die Wolken, in die sie hineinzuwachsen schienen, und durchzogen von tiefen, dunklen Schluchten, die aussahen wie die Axtstreiche eines Riesen und in deren Tiefen reißende Wildbäche zu Tal stürzten.

»Die Berge schützen uns. Auf Hunderte von Meilen zu beiden Seiten kann sie kein Feind bezwingen.« Der Prinz wies mit ausgebreiteten Armen auf die blauen Felswände, die im Norden und Süden in der dunstigen Ferne verschwanden und sich mit dem blasseren, helleren Blau des Himmels vereinigten.

»Aber dort ist die Sardischlucht.« Jake sah den tiefen Einschnitt, der wie ein Kamin im Fels aussah – vielleicht fünfzehn Meilen im Durchmesser an seiner breitesten Stelle, der sich dann nach oben hin rasch und steil verengte.

»Die Sardischlucht«, wiederholte der Prinz. »Eine Lanze

in der ungeschützten Flanke des Löwen von Judah.« Er schüttelte den Kopf. Sein Gesichtsausdruck war besorgt, und wieder erschien dieser gequälte, verstörte Blick in seinen Augen. »Der Kaiser, Negusa Nagast, Haile Selassie, hat seine Streitkräfte im Norden zusammengezogen. Hundertfünfzigtausend Mann, um dem Vorstoß der Italiener, der aus dem Norden, aus Eritrea und über Adowa erfolgen muß, entgegenzutreten. Die Flanken des Kaisers sind durch die Berge geschützt – außer hier an der Schlucht. Das ist die einzige Stelle, wo eine moderne, motorisierte Armee in die Hochebene vorstoßen könnte. Die Straße durch die Schlucht ist steil und schwierig, aber die Italiener sind Meister des Pionierwesens. Ihre Zauberkünste auf dem Gebiet des Straßenbaus reichen bis in die Zeit der Cäsaren zurück. Wenn sie den Eingang der Schlucht erobern, könnten sie innerhalb einer Woche fünfzigtausend Mann auf das Hochland bringen.« Er stieß die geballte Faust zu den fernen blauen Gipfeln empor.« Sie würden dem Kaiser in den Rücken fallen, sich zwischen ihn und seine Hauptstadt Addis Abeba stellen und hätten freie Bahn in die Stadt. Das würde für uns das Ende bedeuten – und die Italiener wissen das. Ihre Anwesenheit hier an den Brunnen von Chaldi beweist es. Die Truppe, auf die wir dort gestoßen sind, war nur die Vorhut der Abteilung, die die Schlucht stürmen will.«

»Ja«, pflichtete Jake bei. »Es scheint so.«

»Der Kaiser hat mich mit der Verteidigung der Sardischlucht beauftragt«, sagte der Prinz ruhig. »Aber gleichzeitig hat er angeordnet, daß sich der Großteil meiner Soldaten seiner Armee anschließen muß, die sich nun an den Ufern des Tanasees, zweihundert Meilen westlich von hier, versammelt. Wir haben viel zu wenig Männer, so wenig, daß die Aufgabe ohne Ihre Panzerfahrzeuge und die neuen Maschinengewehre, die Sie gebracht haben, nicht zu lösen gewesen wäre.«

»Für die Italiener ist das ein Kinderspiel, selbst mit diesen guten alten Damen.«

»Das weiß ich, Mr. Barton, und ich tue alles, was in meiner Macht steht, um unsere Chancen zu verbessern. Ich verhandle sogar mit einem traditionellen Feind der Harari, um eine einheitliche Front gegen den gemeinsamen Feind zu bilden. Ich versuche alte Stammesfehden beizulegen und den Ras der Gallas zu überreden, sich an der Verteidigung der Schlucht zu beteiligen. Der Mann ist ein verkommener Räuber, und seine Männer sind allesamt Schifta, Banditen, aber sie können kämpfen, und jede Lanze mehr hilft uns gegen den gemeinsamen Feind.«

Jake war sich des Vertrauens, das der Prinz in ihn setzte, wohl bewußt; er behandelte ihn wie einen zuverlässigen Truppenführer, und sein erst kürzlich erkanntes Gefühl der Verbundenheit verstärkte sich.

»Ein unzuverlässiger Freund ist die schlimmste Art von Feind.«

»Dieses Zitat kenne ich nicht«, sagte der Prinz.

»Jake Barton, Mechaniker.« Jake grinste ihn an. »Sieht so aus, als hätten wir noch ein schönes Stück Arbeit vor uns. Was ich von Ihnen will, ist, daß Sie mir ein paar von Ihren hellsten Köpfen heraussuchen. Burschen, denen ich beibringen kann, wie man einen Panzerwagen fährt – oder Männer, die Gareth als Gewehrschützen einsetzen kann.«

»Ja, das habe ich auch schon mit Major Swales besprochen. Er hat denselben Vorschlag gemacht. Ich werde eigenhändig meine besten Leute für Sie aussuchen.«

»Junge Burschen«, sagte Jake, »Burschen mit schneller Auffassungsgabe.«

Der Ras saß geduckt wie ein alter Geier im Schatten von Gareths Panzerwagen; er hatte die Augen zusammengezogen wie ein Scharfschütze und redete, leicht sabbernd vor Aufregung, mit sich selbst. Als Gregorius den Arm ausstreckte und versuchte, in die Karten zu schauen, der der Ras geheimnisvoll an seine Brust preßte, wurde seine Hand wütend beiseite gestoßen und ein ganzer Wortschwall in Amharic folgte. Das brachte Gregorius völlig aus der Fassung, denn immerhin war er der Dolmetscher seines Großvaters. Er beklagte sich bei Gareth, der dem Ras gegenüberhockte und seine eigenen Karten ebenso sorgfältig an den Vorderteil seiner Tweedjacke drückte.

»Er will nicht, daß ich ihm noch länger helfe«, protestierte Gregorius. »Er sagt, er versteht das Spiel jetzt.«

»Sagen Sie ihm, er ist ein Naturtalent.« Gareth blinzelte vom Rauch der Zigarre, die in seinem Mundwinkel hing. »Sagen Sie ihm, daß er direkt in den Spielsalon in Monte Carlo gehen könnte.«

Der Ras grinste und nickte selig über dieses Kompliment, dann runzelte er in äußerster Konzentration die Stirn und wartete darauf, daß Gareth ausspielte.

»Irgend jemand für die Damen?« fragte Gareth unschuldig, als er die Herzdame offen auf die umgestülpte Munitionskiste legte, die zwischen ihnen stand. Der Ras kreischte vor Vergnügen und schnappte sich die Karte. Dann hämmerte er wie ein Auktionator auf die Kiste und begann seine Karten abzulegen.

»Donnerwetter, geschlagen!« Gareths Gesicht verzog sich in überzeugender Weise zu tiefster Verzweiflung. Der Ras nickte, zwinkerte und sabberte.

»How do you dou?« fragte er triumphierend, und Gareth war der Meinung, daß die Weihnachtsgans nun genügend gemästet war, um sie zu schlachten.

»Fragen Sie Ihren ehrwürdigen Großvater, ob er beim nächsten Spiel nicht einen kleinen Einsatz riskieren möchte. Ich schlage vor, einen Maria-Theresien-Taler pro Punkt.« Gareth hielt eine der großen silbernen Münzen zwischen Daumen und Zeigefinger hoch, um den Vorschlag zu veranschaulichen.

Der Ras reagierte positiv und erfreut. Er winkte einen seiner Leibwächter heran, der eine riesige Geldbörse aus Löwenfell aus seinem bauschigen Shamma zog und sie öffnete.

»Halleluja!« stieß Gareth hervor, als er die Goldmünzen in den Tiefen der Geldtasche funkeln sah. »Du gibst, alter Sportsfreund!«

Die kontrollierte Würde in der Haltung des Grafen war eine aristokratische Nachbildung der Haltung des Duce persönlich. Es war das Auftreten eines Aristokraten, eines Mannes, der zum Befehlen geboren war. Seine Augen funkelten verächtlich, und seine Stimme hatte einen so tiefen und schönen Klang, daß er selbst erschauerte.

»Ein Bauer, im Straßengraben aufgewachsen. Ich bin bestürzt, daß eine solche Person den Majorsrang erreichen konnte. Eine Person wie Sie . . .«, dabei schoß sein rechter Arm vor, der Finger war anklagend ausgestreckt wie der Lauf einer Pistole, »ein Niemand, ein Emporkömmling. Ich verfluche mich selbst dafür, daß ich so weichherzig war, Ihnen eine Vertrauensstellung einzuräumen. Ja, ich verfluche mich. Das ist auch der Grund dafür, daß ich Ihre Impertinenz, ihre Zudringlichkeit bis heute geduldet habe. Aber diesmal sind Sie zu weit gegangen, Castelani. Diesmal haben Sie einen ausdrücklichen Befehl Ihres Vorgesetzten im Angesicht des Feindes verweigert. Das kann ich nicht dulden!« Der Graf hielt inne, und flüchtig trat leises Bedauern in seine Augen. »Ich bin ein mitfühlender Mann, Castelani – aber ich bin gleichzeitig Soldat. Ich kann, schon aus Achtung vor dieser ehrenvollen Uniform, die ich trage, nicht über Ihr Verhalten hinwegsehen. Sie kennen die Strafe für das, was Sie getan haben, die Verweigerung eines Befehls von einem vorgesetzten Offizier im Angesicht des Feindes.« Wieder hielt er inne, hob das Kinn, und in seinen Augen brannte ein dunkles Feuer. »Die Strafe, Castelani, ist der Tod. Und so muß es sein. An Ihnen werde ich für meine Männer ein Exempel statuieren. Heute abend, kurz vor Sonnenuntergang, werden Sie vor das versammelte Bataillon geführt, Ihrer Rangabzeichen und der ehrenden Insignien dieses stolzen Regiments entledigt, und dann werden Sie den verdienten Lohn aus den Gewehren des Hinrichtungskommandos erhalten.«

Das war eine lange Rede, aber der Graf besaß eine geübte Baritonstimme und beendete die Ansprache dramatisch mit weitausgebreiteten Armen. Er behielt die Pose bei, bis er fertig war, und beobachtete sich mit tiefer Genugtuung in dem hohen Spiegel, vor dem er stand. Er war allein in seinem Zelt, fühlte sich aber so, als würde er einem wild applaudierenden Publikum gegenüberstehen. Plötzlich wandte er sich vom Spiegel ab, eilte zum Zelteingang und stieß die Klappe zurück.

Die Wachtposten standen stramm, und der Graf bellte: »Major Castelani soll sofort zu mir kommen.«

»Sofort, mein Oberst«, stieß der Wachtposten hervor, und der Graf ließ die Klappe wieder fallen.

Castelani trat nach zehn Minuten ein und salutierte schneidig am Zelteingang.

»Sie haben nach mir rufen lassen, Oberst?«

»Mein lieber Castelani.« Der Graf erhob sich von seinem Schreibtisch. Die blitzenden weißen Zähne stachen von seinem dunklen, tief gebräunten Teint ab, als er dem Major herzlich zulächelte und auf ihn zutrat, um seinen Arm zu nehmen. »Ein Glas Wein, mein Lieber?«

Aldo Belli war Realist genug, um zu wissen, daß das Bataillon ohne Castelanis erfahrene Augen und seinen führenden Arm wie ein mißlungenes Soufflé zusammenfallen oder noch besser wie ein Felsen über seinem Kopf explodieren würde. Das Todesurteil über den Mann zu verhängen hatte die Gefühle des Grafen besänftigt, und nun konnte er sich ihm gegenüber gewogen zeigen.

»Nehmen Sie Platz«, sagte er und deutete auf den Feldhocker gegenüber seinem Schreibtisch. »Dort in der Kiste sind Zigarren.« Er lächelte ihn liebevoll an, wie ein Vater seinen ältesten Sohn. »Ich möchte, daß Sie diesen Bericht durchlesen und Ihre Unterschrift daruntersetzen, dort, wo ich ein Kreuz gemacht habe.«

Castelani nahm das Bündel Papiere und begann zu lesen, wobei er wie eine Bulldogge die Stirn runzelte und lautlos die Worte mit den Lippen formte. Nach ein paar Minuten hielt er erstaunt inne und blickte zu Aldo Belli auf.

»Mein Oberst, ich bezweifle, ob es vierzigtausend Wilde waren, die uns angegriffen haben.«

»Ansichtssache, Castelani. Es war dunkel. Kein Mensch wird jemals mit Sicherheit sagen können, wie viele es wirklich waren.« Der Graf wischte den Einwand mit einem jovialen Lächeln beiseite. »Es ist nur eine ungefähre Schätzung – lesen Sie weiter. Sie werden sehen, daß ich ein paar gute Dinge über Ihr Verhalten mit einfließen ließ.«

Der Major las weiter und erbleichte.

»Oberst, die Verluste des Feindes waren 126 Tote, nicht 12 600.«

»Ach, da bin ich wohl mit der Feder ausgerutscht, Major. Ich werde es ausbessern, bevor ich den Bericht ans Hauptquartier schicke.«

»Sir, Sie erwähnen mit keinem Wort, daß die Feinde ein Panzerfahrzeug besitzen.«

Der Graf runzelte zum ersten Mal, seit Castelani eingetreten war, mißbilligend die Stirn.

»Panzerfahrzeug, Castelani, damit meinen Sie wohl den Sanitätswagen?«

Die Begegnung mit diesem merkwürdigen Fahrzeug ließ man am besten unter den Tisch fallen, hatte Belli beschlossen. Sie gereichte niemandem zur Ehre – vor allem ihm selbst nicht. Sie würde nur einen Schatten auf den Glanz seines Berichts werfen.

»Es liegt wohl im normalen Ablauf der Dinge, daß der Feind irgendeine Art von Sanitätsdienst unterhält – nicht der Erwähnung wert. Lesen Sie weiter! Lesen Sie weiter! Caro mio, Sie werden sehen, daß ich Sie für einen Orden vorgeschlagen habe.«

General De Bono hatte seinen Stab zu einer mittäglichen Konferenz einberufen, um darüber zu beraten, ob die Expeditionsstreitkräfte bereit waren, ihre Invasion in das Äthiopische Hochland zu beginnen. Diese Konferenzen fanden allwöchentlich statt, und der Generalstab hatte bald begriffen, daß man für die wirklich hervorragende Mahlzeit – denn der Chefkoch des Generals hatte einen internationalen Ruf – von ihnen erwartete, daß sie dem General gute Gründe für die Verschiebung der Offensive lieferten, die er dem Duce weitergeben konnte. Der Stab hatte sich diesem Spiel vollkommen ergeben, und manche ihrer Vorschläge waren begeistert aufgenommen worden. Doch selbst den Schöpferischsten unter ihnen gingen nun langsam die Ideen aus. Der Generalinspektor der Sanitätstruppe hatte zögernd einen fortgeschrittenen Fall von Tripper an einem Infanteristen als ›Verdacht auf Pocken‹ diagnostiziert und eine ausgezeichnete Schreckensgeschichte geschrieben, um auf die Möglichkeit einer Epidemie hinzuweisen – aber der General war nicht sicher, ob er das verwenden konnte. Sie benötigten etwas Besseres. Das besprachen sie gerade bei Zigarren und Likör, als die Tür des Speisesaals aufflog und Hauptmann Crespi zum oberen Ende der Tafel eilte. Er hatte ein hochrotes Gesicht und funkelnde Augen, und sein Benehmen war so aufgeregt, daß sich eine gespannte Stille über die alten und leicht berauschten Offiziere im Raum legte.

Crespi überreichte dem General eine Nachricht, und er war so verstört, daß das, was als Flüstern gedacht war, als erstickter Aufschrei der Empörung aus ihm hervorbrach.

»Der Clown!« keuchte er. »Der Clown hat es getan!«

Der General griff, alarmiert durch diesen rätselhaften Ausruf, nach der Meldung und überflog den Zettel, bevor er ihn dem Offizier neben sich überreichte und sein Gesicht in den Händen vergrub.

»Der Idiot!« stöhnte er, während die Meldung rasch von Hand zu Hand ging und sich ein lautes Stimmengewirr erhob.

»Immerhin, Exzellenz, es ist ein großer Sieg«, rief ein Kommandant der Infanterie.

Plötzlich schlug die Stimmung der Versammlung um.

»Meine Flugzeuge sind bereit, General. Wir warten nur auf den Befehl, Ihre meisterhaften Pläne in die Tat umzusetzen«, rief der Kommandant der Regia Aeronautica und sprang auf – und der General nahm die Hände vom Gesicht und blickte verwirrt auf.

»Ich gratuliere, mein General«, rief ein Artillerist und stand so unsicher auf, daß er sich Portwein über die Jacke goß. »Ein großartiger Sieg.«

»Meine Güte!« murmelte De Bono. »Meine Güte!«

»Ein nicht provozierter Angriff einer Horde von Wilden« – Crespi hatte die Meldung zurückerhalten und las die denkwürdigen Worte von Graf Aldo Belli laut vor, »gegen die sich die Zierde der italienischen Männlichkeit behauptet hat.«

»Du meine Güte!« sagte De Bono ein wenig lauter und bedeckte abermals seine Augen.

»Fast fünfzehntausend Feinde tot!« rief eine Stimme.

»Eine Armee von sechzigtausend Mann, die von einer Handvoll Söhne des Faschismus in die Flucht geschlagen wurde. Das ist ein Signal für die Zukunft.«

»Auf zum Endsieg!«

»Wir rücken vor! Wir rücken vor!«

Und der General blickte wieder auf. »Ja«, stimmte er kläglich zu. »Vermutlich bleibt uns jetzt nichts mehr anderes übrig.«

Das dritte Bataillon des Afrikaregiments der Schwarzhemden war in Paradeordnung auf dem sandigen Talboden oberhalb der Brunnen von Chaldi angetreten. Der Paradeplatz war fein säuberlich von peinlich genau vermessenen Reihen heller Zelte und weißer Begrenzungssteine umsäumt. Unter der Leitung von Major Castelani hatte das

Lager innerhalb von vierundzwanzig Stunden den Anschein von Beständigkeit angenommen. In ein oder zwei Tagen würde es auch Straßen und Gebäude geben.

Graf Aldo Belli stand aufrecht hinten im Rolls-Royce, der trotz der liebevollen Bemühungen des Fahrers Giuseppe Verschleiß- und Abnutzungserscheinungen aufwies. Doch Giuseppe hatte den Wagen so geparkt, daß die verbeulte Seite vom Paradeplatz aus nicht zu sehen war und die gute Seite, mit einer Mischung aus Bienenwachs und denaturiertem Spiritus poliert, im Sonnenlicht schimmerte; darüber hinaus hatte er die demolierte Windschutzscheibe und das zerbrochene Scheinwerferglas entfernt.

»Ich habe vor einer Stunde eine Nachricht erhalten, die ich euch vorlesen werde«, rief der Graf, und das Bataillon regte sich interessiert. »Die Nachricht ist von Benito Mussolini persönlich an mich gerichtet.«

»Il Duce – Il Duce – Il Duce«, brüllte das Bataillon wie ein geübter Chor einstimmig, und der Graf hob die Hand, um sie zum Schweigen zu bringen. Dann begann er zu lesen.

»Mein Herz schwillt an vor Stolz, wenn ich das taktische Bravourstück betrachte, das die tapferen Söhne Italiens, die Kinder der faschistischen Revolution, die Sie befehligen, vollbracht haben . . .« Die Stimme des Grafen zitterte ein wenig.

Als er seine Rede beendet hatte, jubelten ihm seine Männer stürmisch zu und warfen ihre Helme in die Luft. Der Graf stieg aus dem Wagen und mischte sich weinend unter sie, umarmte einen Mann hier und küßte einen anderen dort, schüttelte links und rechts Hände und verschränkte seine eigenen schließlich wie ein erfolgreicher Preisboxer über dem Kopf und rief: »Der Sieg ist unser« und: »Tod vor Schande«, bis seine Stimme heiser wurde und er von zwei seiner Offiziere zu seinem Zelt gebracht wurde.

Doch ein Glas Grappa half ihm seine Ruhe wiederfinden, und er konnte schließlich einen verächtlichen Toast auf den Funkspruch von General De Bono ausbringen, der zusammen mit dem Lobgesang von Il Duce gekommen war.

De Bono war beunruhigt und tief bekümmert darüber, daß der Offizier, den er für einen unfähigen Prahlhans gehalten hatte, in Wirklichkeit ein Unruhestifter zu sein schien. Angesichts der persönlichen Nachricht des Duce an Belli konnte er den Mann, ohne sich selbst zum politischen Gegner zu stempeln, nicht in das Hauptquartier und somit unter seine Aufsicht zurückbeordern, um jede weitere unkluge Handlung zu verhindern.

Der Mann hatte sich faktisch als unabhängiger Befehlshaber etabliert. Mussolini hatte De Bono getadelt, weil er nicht zum Angriff übergegangen war, und die Aktion des guten Grafen als ein Beispiel von Hingabe und Pflichtbewußtsein hingestellt. Er hatte De Bono ausdrücklich befohlen, den Vorstoß des Grafen auf die Sardischlucht zu unterstützen und ihm, wenn nötig, Verstärkung zu schicken.

De Bonos Antwort darauf war ein langes Funktelegramm an den Grafen, in dem er ihn zu höchster Vorsicht ermahnte und ihn anflehte, nur nach eingehender Aufklärung und Sicherung der Flanken und des Hinterlandes vorzurücken.

Hätte er diesen Rat achtundvierzig Stunden früher abgeschickt, wäre er höchst begeistert von Aldo Belli empfangen worden, aber nun, seit dem Sieg an den Brunnen von Chaldi und dem Glückwunschtelegramm des Duce, war der Graf ein anderer Mann. Er hatte die Süße des Ruhms kennengelernt und erfahren, wie leicht man dazu kam. Er wußte nun, daß er einem Stamm primitiver Schwarzer in langen Nachthemden gegenüberstand, die mit vorsintflutlichen Waffen ausgerüstet waren und mit erfreulicher Eile zusammenbrachen und davonliefen, sobald seine Männer das Feuer eröffneten.

»Meine Herren«, er wandte sich an seine Offiziere, »ich habe heute von General De Bono grünes Licht bekommen. Die italienischen Streitkräfte sind auf dem Vormarsch. Heute zwölf Uhr«, er blickte auf seine Armbanduhr, »also in genau zwölf Minuten werden die vordersten Linien der Armee den Marebfluß überqueren und auf die Barbarenhauptstadt Addis Abeba zumarschieren. Wir stehen nun an einem denkwürdigen Kreuzungspunkt der Geschichte. Die Schlachtfelder des Ruhmes liegen in den Bergen vor uns – und ich zum Beispiel wünsche, daß das dritte Bataillon dort ist, wenn der Ruhm geerntet wird.« Seine Offiziere gaben höfliche, wenn auch unverbindliche Laute von sich. Diese Veränderung ihres Oberst begann sie allmählich zu beunruhigen. Es blieb zu hoffen, daß dies keine wirkliche Absicht, sondern nur eine rein rhetorische Äußerung war. »Unser geschätzter Kommandeur hat mich dringend ersucht, unter Anwendung äußerster Vorsicht auf die Sardischlucht vorzurücken.« Die Offiziere lächelten und nickten eifrig, aber der Graf runzelte dramatisch die Stirn, und seine Stimme bekam einen scharfen Klang. »Ich werde nicht tatenlos hier sitzen bleiben, während der Ruhm an mir vorübergeht.«

Ein unbehaglicher Schauder durchlief die versammelten Offiziere wie der erste kalte Windstoß den Wald, und sie stimmten nur sehr halbherzig ein, als der Graf ›La Giovinezza‹ zu singen begann.

Lij Mikhael hatte zugestimmt, daß einer der Panzerwagen dazu verwendet wurde, Sara durch die Schlucht in die Stadt Sardi zu bringen, wo ein älterer deutscher Arzt eine katholische Missionsstation leitete. Die Schußwunde am Bein des Mädchens heilte schlecht. Die Hitze und die Schwellung der Wunde und der wäßrige gelbe Ausfluß bereiteten Vicky große Sorge.

Mit der Eisenbahn war Treibstoff für die Fahrzeuge von Addis Abeba nach Sardi transportiert und für den steileren, tieferen Streckenabschnitt durch die Schlucht auf Maultiere und Kamele umgeladen worden. Der Treibstoff erwartete sie am Fuß der Schlucht, dort, wo der Sardifluß durch einen Akazienwald in ein dreieckiges Tal mündet, das sich über fünfzehn Meilen in die offene Wüste erstreckt. Am Ende des Tales versickert der Fluß in der trockenen Erde und beginnt seine lange unterirdische Reise bis zu der Stelle, wo er schließlich in den zerklüfteten Wasserlöchern der Brunnen von Chaldi wieder zum Vorschein kommt.

Lij Mikhael würde in Vickys Wagen mit nach Sardi fahren, denn dort hatte er ein Treffen mit dem Ras der Gallas vereinbart, um zu versuchen, die Bemühungen der beiden Stämme gegen den italienischen Angreifer zu koordinieren. Außerdem war ein Flugzeug von Addis Abeba nach Sardi geschickt worden, um ihn zu einer dringenden Beratung mit dem Kaiser an den Tanasee zu fliegen.

Bevor er abreiste, führte er mit Jake und Gareth ein vertrauliches Gespräch. Sie gingen gemeinsam eine kurze Strecke auf der holprigen Straße, die in steilen Serpentinen durch die Schlucht führte, am steinigen Wasserlauf des Sardiflusses entlang.

Dann blieben sie stehen und folgten mit ihren Blicken dem Verlauf der Straße, wo sie die erste steile Kurve machte und der Fluß in einem schäumenden Wasserfall in die Tiefe stürzte. Ein feiner Dunstschleier lag über der Straße, und auf den Felsen wuchs dunkelgrünes Moos.

»Die Straße ist hier so holprig wie der Rücken eines Krokodils«, sagte Jake. »Ob Vicky den Wagen hier hinaufbringt?«

»Tausend Mann haben an dieser Straße gearbeitet – seit ich weiß, daß Sie diese Fahrzeuge hierherbringen«, erklärte der Lij. »Die Straße ist holprig, ja, aber ich denke, sie ist befahrbar.«

»Das will ich aber auch schwer hoffen«, murmelte Gareth. »Sie ist der einzige Weg aus dieser hübschen kleinen Falle, in die wir uns selbst hineinmanövriert haben. Falls die Italiener den Zugang zum Tal versperren . . .« Und er drehte sich um und wies mit einer Hand über das Tal und die Hügel, die unter ihnen lagen, dann lächelte er dem Prinzen zu.

»Wir drei sind jetzt unter uns, Toffee, alter Junge. Jetzt können Sie reden. Was genau erwarten Sie von uns? Was für ein Operationsziel müssen wir verfolgen? Erwartet man von uns, daß wir diese ganze verdammte italienische Armee besiegen, bevor Sie uns auszahlen?«

»Nein, Major Swales.« Der Prinz schüttelte den Kopf. »Ich dachte, ich hätte mich klar genug ausgedrückt: Wir sind hier, um den Rücken und die Flanke der kaiserlichen Armee zu decken. Wir müssen davon ausgehen, daß die Italiener eventuell diese Schlucht stürmen und versuchen werden, das Plateau und die Straße nach Dessie und Addis Abeba zu erreichen – das können wir nicht verhindern, aber wir können sie zumindest so lange aufhalten, bis die Hauptgefechte im Norden entschieden sind. Wenn der Kaiser Erfolg hat, werden sich die Italiener auch hier zurückziehen. Wenn er versagt, dann ist auch unsere Aufgabe erledigt.«

»Wie lange wird es dauern, bis der Kaiser in den Kampf eintritt?«

»Wer weiß?«

Jake schüttelte den Kopf, während Gareth seinen Zigarrenstumpen aus dem Mund nahm und wehmütig die Spitze betrachtete.

»Ich habe allmählich das Gefühl, wir sind unterbezahlt«, sagte er. Aber der Prinz schien ihn nicht gehört zu haben und fuhr ruhig, aber mit einer Eindringlichkeit fort, die ihre ganze Aufmerksamkeit erforderte.

»Wir werden die Panzerfahrzeuge hier im offenen Gelände vor der Schlucht am wirkungsvollsten einsetzen können, und die Truppen meines Vaters werden Sie unterstützen.« Er hielt inne, und alle drei blickten auf das weitauseinandergezogene Lager der Truppen des Ras zwischen den Akazienbäumen hinunter. Noch immer kamen Nachzügler über die Ebene von der Niederlage bei den Brunnen, lange Kolonnen von Kamelen und kleine Reitertrupps, die von formlosen Verbänden von Fußsoldaten umgeben waren. »Wenn wir uns mit den Gallas einigen können, kommen noch weitere fünftausend kampferprobte Männer hinzu. Das erhöht unsere Truppenstärke auf zwölftausend – ungefähr. Ich habe meine Späher ausgeschickt, um das italienische Lager auszukundschaften. Sie melden eine Gesamttruppenstärke von knapp tausend Mann. Trotz ihrer

Bewaffung müßten wir sie einige Tage hier aufhalten können . . .«

»Außer wenn sie Verstärkung erhalten, was sicher geschehen wird, oder wenn sie Panzer einsetzen, was sie gewiß tun werden«, erwiderte Gareth.

»Dann ziehen wir uns in die Schlucht zurück«, sprengen hinter uns die Straßen und verteidigen jeden Zentimeter Boden. Bis Sardi werden wir die Panzerwagen nicht mehr einsetzen können – aber dort in dem Talkessel ist ein gutes, offenes Gelände und Platz zum Manövrieren. Das ist auch der letzte Punkt, wo wir den italienischen Vorstoß wirksam blockieren können.« Sie schwiegen wieder. Motorengeräusch näherte sich. Sie sahen, wie der Panzerwagen den Fuß der Schlucht erreichte und langsam und schwerfällig aufwärtskroch; außer in den steilen Haarnadelkurven, wo er zurückschalten und voll einschlagen mußte, kam er im Schrittempo voran. Der Lij schreckte auf und seufzte traurig.

»Eines muß ich Ihnen noch sagen, meine Herren. Mein Vater ist ein Krieger alten Stils. Das Wort Angst ist ihm fremd, und er kann sich die Wirkung moderner Waffen – besonders von Maschinengewehren – auf eine Abteilung Fußsoldaten nicht vorstellen. Ich erwarte von Ihnen, daß Sie seine Überschwenglichkeit im Zaum halten.«

Jake erinnerte sich an die Leichen, die in Frankreich wie schmutzige Wäsche über dem Stacheldraht hingen, und fühlte, wie ihn ein eiskalter Schauer überlief. Niemand sprach, bis sich der Wagen, den noch immer die leuchtendroten Kreuze zierten, auf gleicher Höhe mit ihnen befand und sie die Böschung hinunterkletterten.

Vickys Kopf tauchte in der Luke auf. Sie mußte Gelegenheit für ein Bad gefunden haben, denn ihr Haar glänzte frisch gewaschen und war hinten mit einem Seidenband zusammengebunden. Die Sonne hatte ihr goldblondes Haar gebleicht, aber die pfirsichfarbene Samthaut ihres Gesichts war von der gleichen Sonne honigfarben dunkel getönt worden. Jake und Gareth eilten unwillkürlich auf sie zu, denn keiner von ihnen wollte den anderen auch nur für einen Augenblick mit ihr allein lassen.

Aber sie war kurz angebunden, ihre einzige Sorge galt im Augenblick dem verwundeten Mädchen, das auf einem hastig improvisierten Bett aus Fellen und Leintüchern auf dem Wagenboden lag. Sie verabschiedete sich zerstreut und ohne viel Aufhebens, während der Lij durch die Hintertüren einstieg, und fuhr, gefolgt von einer Schwadron der Leibwache des Prinzen, die bis an die Zähne bewaffnet auf ihren struppigen Bergponys aussah wie eine Bande von Straßenräubern, die steile Straße hinauf. Die Leibwächter ritten hinter dem Wagen her, und Jake sah ihnen nach, bis sie aus seinem Blickfeld verschwanden. Der Gedanke, daß sich das Mädchen dort oben in den Bergen außerhalb seines Schutzes befand, verursachte ihm tiefes Unbehagen. Er starrte hinter dem Wagen her.

»Nun hol aber deinen Verstand wieder aus der Hose«, riet ihm Gareth zynisch. »Für die Italiener wirst du ihn noch gut brauchen.«

Vom Fuß der Schlucht bis zum Rand des Talkessels, in dem die Stadt Sardi lag, waren es in horizontaler Richtung nur wenige Meilen, aber die Straße überwand über fünfzehnhundert Meter Höhenunterschied, und Vicky brauchte gut sechs Stunden, um hinaufzugelangen.

Die Arbeitertrupps des Prinzen arbeiteten noch immer an der Straße, dunkle Männer in schmutzigen Shammas, die die steile Böschung abhackten oder Steinhaufen entfernten, welche die Engstellen blockierten. Zweimal mußten diese Männer den Wagen anhängen und an Seilen über eine besonders gefährliche Stelle schleppen, Stellen, wo der Fluß in seinem Bett dreißig Meter unterhalb der Straße vorbeitoste und die Räder des Wagens nur wenige Zentimeter vom brüchigen Rand des Abgrunds entfernt waren.

Am späten Nachmittag verschwand die Sonne hinter den

schroffen Felswänden und ließ den Hohlweg in der Schlucht im tiefen Schatten zurück; eine feuchte Kälte ließ Vicky frösteln, obwohl sie mit der Steuerng des schweren Fahrzeugs alle Hände voll zu tun hatte. Die Maschine lief sehr ungleichmäßig, und es kam zu einer Reihe von Fehlzündungen, als sich der Luftdruck in der Höhe änderte. Auch Saras Zustand schien sich hier oben zu verschlechtern. Als Vicky kurz anhielt, um ihren schmerzenden Armen und Rückenmuskeln eine kleine Pause zu gönnen, stellte sie fest, daß Sara hohes Fieber hatte, daß ihre Haut trocken und glühend heiß war und ihre dunklen Augen eigenartig glänzten. Vicky brach ihre Pause sofort ab und setzte sich wieder ans Steuer.

Die Schlucht wurde so eng, daß der Himmel hoch über ihnen nur noch als schmales blaues Band sichtbar war, und die Felswände schienen sich wie steinerne Kiefer über dem mühsam vorankommenden Wagen schließen zu wollen. Obwohl es fast unmöglich schien, führte die Straße noch steiler aufwärts, so daß die großen Hinterräder gelegentlich durchdrehten und abrutschten und die dicht aufschließende Begleitmannschaft mit faustgroßen Steinen wie mit Kanonenkugeln bombardiert wurde.

Dann fuhr Vicky den Wagen plötzlich über einen Kamm und kam durch ein steinernes Portal in einen breiten, leicht abschüssigen Talkessel, der überall von Felswänden umgeben war. Etwa zwanzig Meilen weiter gab es kleine Stücke bebautes Land, und dazwischen lagen kleine Ansammlungen von runden Tukuls, strohgedeckten Lehmhütten der Bauern. Ziegen und ein paar Milchkühe weideten am Ufer des Sardiflusses, dort, wo das Gras grün und saftig war und dichte Zedernwälder entlang der steinigen Uferböschung ihren unsicheren Standplatz hatten.

Die Stadt selbst war eine Ansammlung von weißgetünchten Steingebäuden, deren verzinkte Wellblechdächer die letzten Sonnenstrahlen einfingen, die noch über den Paß im Westen in den Kessel drangen.

Dort im Westen lagen die Berge etwas zurück, und die

letzten sechshundert Meter bis zum Plateau des Hochlandes stiegen leicht und gleichmäßig an. Die Schmalspurbahn führte in engen Serpentinen über diesen Abhang hinunter bis in die Stadt und endete in einem Komplex von Schuppen und Lagerhäusern.

Die katholische Missionsstation lag jenseits der Stadt am westlichen Talhang. Es war eine trostlose Ansammlung verwahrloster Lehmhütten mit Blechdächern, die sich um eine Kirche scharten, die aus denselben Baumaterialien bestand. Die Kirche war das einzige Gebäude, das frisch getüncht war. Als sie an den offenen Kirchentüren vorbeikamen, sah Vicky, daß die klapprigen Kirchenbänke leer waren, aber über dem Altar Kerzen brannten und frische Blumen in den Vasen steckten.

Die gähnende Leere der Kirche und der desolate Zustand der Gebäude war ein Hinweis auf die große Macht, welche die koptische Kirche auf dieses Land und sein Volk ausübte. Für Missionare anderer Glaubensrichtungen war die Situation nicht sehr ermutigend, was die hiesige Bevölkerung aber nicht daran hinderte, die medizinischen Einrichtungen, welche die Mission anbot, in Anspruch zu nehmen.

Fast fünfzig Patienten kauerten auf der breiten Veranda, die sich an der Vorderfront der Klinik entlangzog, und sie zeigten nur geringes Interesse, als Vicky den Panzerwagen vor ihnen anhielt.

Der Arzt war ein untersetzter Mann mit kurzen, krummen Beinen und einem Stiernacken. Sein Haar war kurzgeschoren und schimmerte silbrig weiß, seine Augen waren von einem sehr hellen Blau. Er sprach kein Englisch und quittierte Vickys Gruß nur mit einem flüchtigen Blick, bevor er Sara seine ganze Aufmerksamkeit zuwandte. Zwei seiner Assistenten hoben sie vorsichtig auf eine Bahre und trugen sie auf die Veranda. Vicky wollte ihr folgen, aber der Lij hielt sie zurück.

»Sie ist in besten Händen – und wir haben noch eine Menge zu tun.«

Das Telegrafenbüro am Bahnhof war geschlossen und

verriegelt, aber als der Prinz zu rufen begann, kam der Stationsvorsteher diensteifrig den Weg heruntergeeilt. Er erkannte Lij Mikhael sofort.

Vickys Depesche in den Fernschreiber zu tippen war eine lange, mühevolle Angelegenheit und überstieg beinahe die Fähigkeiten des Stationsvorstehers, dessen bisherige Nachrichten selten mehr als ein Dutzend Worte umfaßt hatten. Er arbeitete, leise vor sich hinmurmelnd, mit gerunzelter Stirn, und Vicky fragte sich, in was für einem Kauderwelsch ihr jounalistisches Meisterstück wohl auf dem Schreibtisch ihres Chefredakteurs in New York landen würde. Der Prinz hatte sie allein gelassen und war mit seiner Eskorte zum offiziellen Regierungsgebäude am Rand der Stadt gegangen. Es war bereits nach neun Uhr, als der Stationsvorsteher die letzten Worte von Vickys Depesche telegrafiert hatte – insgesamt fast fünftausend Worte –, und als Vicky in die Dunkelheit der Gebirgsnacht hinaustrat, stellte sie fest, daß ihr schwindlig war und sie sich vor Müdigkeit kaum auf den Beinen halten konnte. Es waren keine Sterne am Himmel zu sehen. Nebel hatte sich über den Talkessel gebreitet und wirbelte im Licht der Scheinwerfer, als Vicky durch das Dorf holperte und schließlich das Regierungsviertel fand.

Es war ein ausgedehnter Komplex von weißgetünchten Gebäuden mit Blechdächern und breiten Veranden davor, die in einem Hain dunkelbelaubter Casaflorabäume lagen, zwischen denen kreischend und piepsend Fledermäuse umherflatterten und sich auf die Insekten stürzten, die die hellerleuchteten Fenster des Hauptgebäudes in Schwärmen anzogen.

Vicky hielt den Wagen vor dem größten Gebäude an und war plötzlich von einer Menge schweigender, aber wachsamer dunkler Männer umgeben; alle waren wie die Harari, die sie kannte, schwer bewaffnet, gehörten aber offensichtlich einem anderen Stamm an. Sie wußte nicht warum, war sich dessen aber völlig sicher.

Sie waren sehr zahlreich und hatten in dem Casaflorahain ihr Lager aufgeschlagen. Vicky konnte die Lagerfeuer sehen und hörte das Stampfen und Schnauben ihrer angebundenen Pferde, die Stimmen vieler Frauen und das Lachen der Männer.

Die Menge gab ihr den Weg frei. Sie überquerte die Veranda und betrat einen großen Raum, der voller Männer war und von rauchenden Öllampen an der Decke beleuchtet wurde. Der Raum stank nach Schweiß, Tabak und dem scharfen würzigen Aroma von Essen und Tej.

Als Vicky eintrat, senkte sich eine feindselige Stimmung über den Raum. Sie blieb unsicher auf der Schwelle stehen und wurde von hundert argwöhnischen dunklen Augen gemustert, bis sich Lij Mikhael von seinem Platz am anderen Ende des Raumes erhob.

»Miss Camberwell.« Er nahm ihre Hand. »Ich begann mir schon Sorgen um Sie zu machen. Haben Sie Ihre Depesche abgeschickt?« Er führte sie durch den Raum und ließ sie neben sich Platz nehmen, bevor er ihr den Mann vorstellte, der ihm gegenübersaß.

»Das ist Ras Kullah von den Gallas«, sagte er. Vicky musterte den Mann, trotz ihrer Müdigkeit, mit großem Interesse.

Ihr erster Eindruck war derselbe, den sie draußen in der Dunkelheit von den Männern unter den Casaflorabäumen gewonnen hatte. Von diesem Mann ging eine verborgene Feindseligkeit aus, und in seinen dunklen, starren Augen lag eine Kälte, die fast an die Unberechenbarkeit einer Schlange erinnerte.

Er war ein junger Mann, noch keine dreißig, aber sein Gesicht und sein Körper waren durch eine Krankheit oder durch Schlemmerei dermaßen aufgedunsen, daß sein Fleisch ein weiches gallertartiges Aussehen hatte. Seine Haut war von einer ungesunden, teigigen Blässe, so, als hätte sie nie ein Sonnenstrahl berührt. Seine Lippen waren voll und verdrießlich nach unten gezogen und von einer erstaunlich kirschroten Farbe, die überhaupt nicht zur Blässe seiner Haut paßte.

Als der Prinz Vicky vorstellte, musterte er sie mit diesem

leeren Ausdruck in den Augen, ohne auch nur die geringste Bewegung zu zeigen – aber sein stumpfer, schlangenartiger Blick streifte langsam über ihren Körper und betastete, wie mit widerlichen Händen, ihre Brüste und ihre Beine, bevor er wieder zu Lij Mikhaels Gesicht zurückkehrte.

Ras Kullah hob mit seinen schwammigen, plumpen Händen eine Hirschhornpfeife an seine kirschroten Lippen und zog daran – er inhalierte den Rauch tief in seine Lungen, bevor er ihn langsam ausstieß. Als Vicky den Geruch des Rauches wahrnahm, wußte sie den Grund für den erloschenen Ausdruck der Augen in dem aufgedunsenen Gesicht.

»Sie haben den ganzen Tag noch nichts gegessen«, sagte Lij Mikhael und gab einem Diener den Auftrag, Vicky etwas zum Essen zu bringen. »Sie müssen mich nun leider entschuldigen, Miss Camberwell, der Ras spricht kein Englisch, und unsere Verhandlungen sind noch nicht sehr weit fortgeschritten. Ich habe angeordnet, daß ein Zimmer für Sie vorbereitet wird, wo Sie sich ausruhen können, sobald Sie gegessen haben. Wir werden wahrscheinlich die ganze Nacht verhandeln«, der Lij lächelte kurz, »und kaum zu einer Einigung kommen, denn es geht in diesem Gespräch um eine jahrhundertealte Blutfehde.« Dann wandte er sich wieder an den Ras.

Das heiße, scharfe Essen füllte und wärmte die kalte, hohle Stelle in Vickys Magen, und ein Becher feuriger Tej benahm ihr den Atem, so daß sie husten mußte, aber gleichzeitig erweckte er ihre Lebensgeister, und ihre journalistische Neugier erwachte, so daß sie wieder regen Anteil an dem nahm, was um sie herum vorging.

Zwischen den beiden Männern entspann sich eine langwierige Diskussion, eine vorsichtige, zähe Verhandlung zwischen unerbittlichen Feinden, die durch eine größere Gefahr und einem mächtigeren Gegner dazu gezwungen waren, gemeinsam vorzugehen.

Zu beiden Seiten von Ras Kullah saßen zwei junge Gallafrauen, blasse, dunkeläugige Geschöpfe mit schönen, regelmäßigen Gesichtszügen und einem dichten runden Schopf von dunklem Kraushaar, das im Licht der Lampen glänzte und an den Rändern schimmerte wie ein leuchtender Heiligenschein. Sie saßen teilnahmslos auf ihren Plätzen und zeigten auch keinerlei Reaktion, wenn der Ras hin und wieder zerstreut und geistesabwesend eine von ihnen wie einen Schoßhund streichelte. Nur einmal, als er eine der dicken runden Brüste in seine plumpe, schwammige Hand nahm und zusammenpreßte, zuckte das Mädchen leicht zusammen, und Vicky erkannte an dem feuchten, dunklen Fleck in dem roten Leinenstoff ihrer Bluse über der Brustwarze, daß die schweren Brüste des Mädchens voll Milch waren.

Vickys künstliches Gefühl von Wohlbehagen verschwand rasch, und die Müdigkeit machte ihr erneut zu schaffen. Das reichliche Essen in ihrem Magen, die dunkel verrauchte Atmosphäre und der monotone Rhythmus der Amharicsprache wirkten allmählich einschläfernd. Sie war gerade im Begriff, sich vom Lij zu verabschieden und hinauszugehen, als es draußen vor der Tür unruhig wurde und das schrille, wütende Geschrei einer empört kreischenden Stimme hereindrang. In dem Raum breitete sich augenblicklich eine erwartungsvoll knisternde Spannung aus. Ras Kullah blickte auf und stieß einen verdrossenen Ruf aus.

Ein junger Bursche von etwa neunzehn Jahren wurde hereingeschleppt und von zwei bewaffneten Wächtern in der Mitte des hastig freigemachten Raumes vor Ras Kullah festgehalten. Seine Hände waren mit ungegerbten Lederstreifen, die tief in seine Handgelenke schnitten, zusammengebunden, sein Gesicht war feucht und glänzte vom Angstschweiß, und er rollte wild mit den Augen.

Hinter ihm stürzte ein altes, kreischendes Weib in den Raum, eine zusammengeschrumpfte, pavianähnliche Gestalt, die in einem mächtigen, schmutzstarrenden und vom Alter schon grünlich schimmernden schwarzen Shamma gehüllt war. Sie versuchte wiederholt, den gefesselten Jungen anzugreifen und ihm mit ihren knochigen, krummen Fingern das Gesicht zu zerkratzen; ihr zahnloser

Mund öffnete sich zu einem dunklen, rosageränderten Loch, als sie vor dem entsetzten Jungen hin und her sprang und immer wieder versuchte, an ihn heranzukommen, während die beiden Wächter sie unter fröhlichem Gelächter mit spielerischen Stößen von ihm fernhielten, ohne ihn auch nur einen Augenblick loszulassen.

Der Ras beugte sich vor, um sich dieses Schauspiel mit plötzlich wachsendem Interesse anzusehen. Seine Augen begannen erwartungsvoll zu funkeln, als er etwas fragte und das alte Weib auf ihn zustürzte und sich der Länge nach vor ihm zu Boden warf.

Sie begann mit schriller Stimme eine lange Antwort zu kreischen und versuchte gleichzeitig, nach den Füßen des Ras zu greifen, um sie zu küssen. Der Ras kicherte erwartungsvoll, stieß mit den Füßen die Hände der alten Frau von sich und stellte gelegentlich eine Zwischenfrage, die entweder von den Wächtern oder der kriecherischen Alten beantwortet wurden.

»Miss Camberwell«, flüsterte der Prinz. »Es wäre besser, wenn Sie jetzt gehen. Das hier wird kein besonders erfreulicher Anblick sein.«

»Was bedeutet das?« fragte Vicky. Ihr Berufsinteresse erwachte. »Was machen die denn?«

»Die Frau beschuldigt den Jungen des Mordes an ihrem Sohn. Die Wächter sind ihre Zeugen, und der Ras untersucht den Fall. Er wird in wenigen Minuten das Urteil sprechen, und es wird unverzüglich vollstreckt.«

»Hier?« Vicky sah ihn erstaunt an.

»Ja, Miss Camberwell. Ich rate Ihnen dringend, zu gehen. Die Bestrafung wird biblisch sein, wie im Alten Testament, auf dem der koptische Glaube beruht. Also Auge um Auge, Zahn um Zahn.«

Vicky zögerte, den Rat des Prinzen zu befolgen, denn sie war berufsmäßig an jeder menschlichen Erfahrung interessiert – wie bizarr sie auch sein mochte –, und dann war es zu spät.

Lachend stieß der Ras die alte Frau mit einem Fußtritt von

sich, so daß sie rücklings über den ausgetretenen Lehmboden schlitterte. Dann rief er den Wächtern, die den angeklagten Jungen festhielten, gebieterisch einen Befehl zu. Das alte Weib stieß, wie eine verkrüppelte schwarze Krähe mit den Armen flatternd, ein schrilles Triumphgeheul aus, als sie das Urteil hörte, und versuchte wieder auf die Beine zu kommen. Wieder lachten die Wärter und begannen dem Verurteilten die Kleider vom Leib zu reißen, bis er völlig nackt und gefesselt mitten im Raum stand.

Die Menschen in dem überfüllten Raum tuschelten vor Aufregung über das bevorstehende Schauspiel, und in der Tür und an den Fenstern drängten sich jene, die aus dem Lager unter den Casaflorabäumen herbeigeeilt waren. Selbst die beiden teilnahmslosen Madonnen neben dem Ras waren lebendig geworden und beugten sich vor, um leise miteinander zu tuscheln, lächelten einander verstohlen mit funkelnden Augen zu, und ihre vollen, schwellenden Brüste schwangen sehr unter dem dünnen Stoff ihrer Blusen hin und her.

Der verurteilte Junge, dessen nackter, schlanker, muskulöser Körper mit der dunklen, bernsteinfarbenen Haut im Licht der Lampen schimmerte, wimmerte leise und drehte verzweifelt den Kopf hin und her, als würde er nach einer Fluchtmöglichkeit suchen. Er hatte lange, muskulöse Beine, die wunderschön geformt waren, und das dunkle Lockenbüschel in seinem Schritt war dicht und kraus. Sein Penis hing schlaff herab und schien die ganze Verzweiflung des Mannes zum Ausdruck zu bringen. Vicky versuchte ihren Blick abzuwenden, beschämt darüber, ein auf diese Weise all seiner Würde beraubtes menschliches Wesen anzustarren, aber der Anblick war hypnotisierend.

Die alte Frau flatterte und hüpfte vor dem Gefangenen hin und her – ihre runzeligen braunen Gesichtszüge waren durch einen Ausdruck tiefsten Hasses entstellt –, und sie öffnete ihren zahnlosen Mund und spuckte ihm ins Gesicht. Der Speichel lief ihm über die Wange und tropfte auf seine Brust.

»Bitte gehen Sie jetzt«, drängte Lij Mikhael Vicky. Sie versuchte aufzustehen, aber ihre Beine schienen ihr nicht mehr zu gehorchen.

Einer der Gallakrieger, der Vicky gegenübersaß, zog einen schmalen Dolch aus der reichverzierten Lederscheide an seiner Hüfte. Der Griff war aus dem Horn eines Kudubullen geschnitzt und mit Kupferdraht umwickelt, die Klinge war etwa zwanzig Zentimeter lang, leicht gebogen und sehr scharf. Der Mann rief etwas, um die Aufmerksamkeit der alten Frau auf sich zu lenken. Dann ließ er die Waffe über den Boden auf sie zugleiten – und das alte Weib stürzte sich mit einem Freudenschrei darauf und begann, das Messer schwingend und von den Zuschauern mit lauten Rufen angefeuert, vor dem sich windenden Jungen hin und her zu tänzeln.

Der Gefangene begann zu zappeln und zu strampeln, ohne das Messer in seiner Verzweiflung und Angst aus den Augen zu lassen, aber die beiden großen Wächter hielten ihn mühelos fest und beobachteten, schauerlich kichernd wie zwei blutrünstige Ungeheuer, ebenfalls das Messer.

Die alte Frau stieß abermals einen grimmen Schrei aus und stürzte sich auf ihn – der lange, faltige schwarze Arm schoß vor, und die Spitze des Dolches zielte auf sein Herz. Aber die alte Frau war nicht kräftig genug, um ihm die Klinge ins Herz zu stoßen. Die Spitze stieß auf einen Knochen und rutschte ab, wodurch sie eine lange, flache Wunde verursachte, in deren Tiefe für einen Augenblick der Knochen weiß hindurchschimmerte, bevor sie sich mit Blut füllte. Die versammelten Gallas stießen ein Freudengeheul aus und stachelten die Rächerin mit spöttischen Rufen und Schreien an, die wie das Gekläff einer Horde aufgeregter Schakale klangen.

Die alte Frau stieß immer wieder zu. Der Junge strampelte und zappelte. Seine Wächter brüllten vor Lachen, und das Blut aus der oberflächlichen Wunde spritzte über den Arm der alten Frau und besprenkelte ihr vor Wut verzerrtes Gesicht. Ihre Frustration machte ihre Stöße noch wilder und wirkungsloser.

Da sie nicht fähig war, seine Brust zu durchstoßen, verlegte sie ihre Angriffe auf sein Gesicht. Ein Messerstich spaltete seine Nase und Oberlippe. Der nächste Hieb traf sein Auge und verwandelte die Augenhöhle augenblicklich in ein dunkles, blutiges Loch. Die Wächter ließen ihn zu Boden fallen.

Die alte Frau stürzte sich auf seine Brust, klammerte sich wie eine riesige, blutsaugende Fledermaus an seinen Hals und begann an der Kehle des Jungen herumzusäbeln, bis sie schließlich die Halsschlagader erwischte. Das hervorspritzende Blut durchtränkte ihre Kleider und sammelte sich in einer Pfütze am Boden, über den sich die beiden wälzten, während die Gallas ein wildes Beifallsgeheul anstimmten.

Erst jetzt fiel die Starrheit von Vicky ab; sie sprang auf und drängte sich mit Gewalt durch die Menschenmenge, welche die Tür blockierte, und rannte in die kühle Nachtluft hinaus. Sie fühlte, daß ihre Bluse schweißnaß war, lehnte sich gegen den Stamm eines Casaflorabaumes und versuchte vergeblich, gegen ihre Übelkeit anzukämpfen. Sie mußte sich übergeben und würgte gequält vor Ekel und Grauen.

Das Grauen hielt sie noch viele Stunden gepackt und raubte ihr den Schlaf, den sie so dringend benötigte. Sie lag allein in dem kleinen Zimmer, das Lij Mikhael für sie bereitstellen ließ, und lauschte den Trommeln, dem Gelächter und dem Gesang aus dem Lager der Gallas unter den Casaflorabäumen.

Als sie endlich einschlief, dauerte es nicht lange, bis sie durch eine leichte, kitzelige Bewegung auf ihrer Haut und einem heftigen Juckreiz auf dem Bauch wieder erwachte. Angewidert von der ekelhaften Berührung warf sie das

Leintuch beiseite und zündete die Kerze an. Quer über ihrem glatten, flachen Bauch reihten sich wie eine Kette aus dunkelroten Perlen die Bisse des Ungeziefers aneinander – und sie schauderte, schon der Gedanke daran ließ ihren ganzen Körper kribbeln.

Sie verbrachte den Rest der Nacht unbequem zusammengekauert auf dem Boden des Panzerwagens. Die Kälte der Bergwelt durchdrang den stählernen Rumpf von Miss Wakkelig. Vicky fröstelte der Morgendämmerung entgegen und kratzte verdrießlich an den juckenden Stellen auf ihrem Bauch. Dann füllte sie sich den knurrenden, leeren Magen mit einer Dose kaltem Corned Beef aus der Notration im Spint unter dem Fahrersitz und fuhr den westlichen Talabhang zur deutschen Missionsstation hinauf, wo sie sich seit den Schreckensszenen der Nacht erstmals wieder wohler fühlte.

Sara hatte, fast wie durch ein Wunder, erstaunlich rasch auf die ärztliche Behandlung angesprochen. Das Fieber war gesunken, und obwohl sie noch schwach und ein wenig zittrig war, hatte sie doch schon wieder die Kraft dazu, Vicky die Wohltat ihrer unendlichen Weisheit und ihrer weltlichen Erfahrung zukommen zu lassen.

Vicky saß neben dem schmalen eisernen Bett in dem überfüllten Krankensaal und hielt, während die anderen Patienten um sie herum husteten und stöhnten, Saras zierliche trockene Hand, die über Nacht abgemagert zu sein schien – und redete sich das Grauen von der Seele, das ihr noch immer in den Knochen steckte.

»Ras Kullah.« Sarah verzog angewidert den Mund. »Der Mann ist bis ins Mark verderbt. Waren seine Milchkühe auch bei ihm?« Vicky war für einen Augenblick verwirrt, doch dann fielen ihr die beiden Madonnen ein. »Seine Männer durchstreifen die Berge, um ihn stets mit jungen, hübschen Müttern voller Milch zu versorgen – hu!« Sie schauderte theatralisch, und Vicky fühlte, wie sich ihr der Magen umdrehte. »Das und seine Haschischpfeife – und der Anblick von Blut. Er ist eine Bestie. Seine Leute sind

Bestien – sie waren seit König Salomon unsere Feinde, und es ist eine Schande, daß wir sie nun an unserer Seite kämpfen lassen müssen.« Dann wechselte sie in ihrer bekannt sprunghaften Weise das Thema.

»Werden Sie noch heute durch die Schlucht zurückfahren?«

»Ja«, sagte Vicky, worauf Sara seufzte.

»Der Doktor sagt, daß ich nicht mitfahren kann – noch lange nicht.«

»Ich werde Sie holen, sobald Sie wieder gesund sind.«

»Nein, nein!« protestierte sie. »Zu Pferd ist der Weg kürzer und einfacher. Ich werde sofort nachkommen – aber bis dahin müssen Sie Gregorius Grüße von mir überbringen. Sagen Sie ihm, daß mein Herz wie rasend für ihn schlägt und ich immer an ihn denke.«

»Ich werde es ihm bestellen«, versprach Vicky, erfreut über die tiefe Empfindung und die Wahl der Worte.

In diesem Augenblick trat ein weißgekleideter, großer junger Mann mit dem Gesicht eines braunen Pharaos und riesigen dunklen Augen an Saras Bett, um ihr die Temperatur zu messen. Er beugte sich besorgt über das Mädchen und murmelte ihr leise in Amharic etwas zu, als er ihr mit zarten, wunderschön geformten Händen den Puls fühlte.

Sara verwandelte sich augenblicklich in eine schwache Dirne mit leuchtenden Augen und Schmollmund, aber als der Krankenpfleger ging, war sie sofort wieder die alte und kicherte vergnügt, als sie Vickys Kopf zu sich herabzog, um ihr etwas ins Ohr zu flüstern.

»Ist er nicht wunderschön wie die Morgendämmerung? Er studiert Medizin und geht bald auf die Universität in Berlin. Er hat sich auf den ersten Blick in mich verliebt – und wenn mein Bein nicht mehr so weh tut, nehme ich ihn mir als Geliebten.« Als sie Vickys erstaunten Blick bemerkte, fügte sie hastig hinzu: »Aber nur für kurze Zeit, natürlich. Nur bis ich so weit gesund bin, daß ich zu Gregorius zurückreiten kann.«

Dann kam Lij Mikhael in Begleitung seiner wilden Reiter

angeritten. Seine Eskorte wartete draußen in der Sonne, während der Prinz in den Krankensaal trat, um von seiner Tochter Abschied zu nehmen. Als er Sara umarmte und sah, wie gut sie sich erholt hatte, hellte sich seine düstere Miene für einen Augenblick auf. Dann erklärte er den beiden Frauen:

»Gestern mittag hat die italienische Armee unter General De Bono den Marebfluß überschritten und marschiert nun auf Adowa und Amba Aradam zu. Der Wolf befindet sich in der Schafherde. Es hat bereits Kämpfe gegeben, und die italienischen Flugzeuge bombardieren unsere Städte. Wir befinden uns im Krieg.«

»Das ist keine Überraschung«, sagte Sara. »Das einzig Überraschende ist, daß sie sich so lange Zeit gelassen haben.«

»Miss Camberwell, Sie müssen so schnell wie möglich zu meinem Vater am Anfang der Schlucht zurückfahren und ihn darauf hinweisen, daß er auf einen baldigen feindlichen Angriff gefaßt sein muß.« Er zog eine goldene Uhr aus der Tasche und warf einen flüchtigen Blick darauf. »In ein paar Minuten wird ein Flugzeug landen, um mich zum Kaiser zu bringen. Ich wäre Ihnen dankbar, Miss Camberwell, wenn Sie mich zum Flugplatz begleiten würden.«

Vicky nickte, und der Lij fuhr fort. »Ras Kullahs Männer sind dort versammelt. Er hat eingewilligt, meinem Vater zur Verstärkung fünfzehnhundert Reiter zu schicken, und die werden Sie begleiten . . .« Weiter kam er nicht, denn Sara unterbrach ihn heftig:

»Miss Camberwell darf nicht mit diesen Hyänen von Kullah allein gelassen werden. Die würden doch ihre eigenen Mütter verspeisen.«

Der Lij lächelte und hob abwehrend die Hand. »Meine eigene Leibwache wird Miss Camberwell begleiten und hat den strikten Befehl, sie keine Sekunde aus den Augen zu lassen.«

»Das gefällt mir überhaupt nicht«, maulte Sara und griff nach Vickys Hand.

»Das geht schon in Ordnung, Sara.« Sie beugte sich nieder und küßte das Mädchen, das sich für einen Augenblick an sie klammerte.

»Ich komme bald nach«, flüsterte Sara. »Tun Sie nichts, bis ich wieder bei Ihnen bin. Vielleicht sollte es doch eher Gareth sein.« Vicky lachte und meinte: »Sie bringen mich durcheinander.«

»Ja«, stimmte Sara zu. »Deshalb sollte ich bei Ihnen sein, um Sie zu beraten.«

Lij Mikhael und Vicky standen Seite an Seite auf der Plattform von Miss Wackelig und hielten die Handrücken über ihre Augen, um den Anflug des Flugzeuges zwischen den Berggipfeln zu beobachten.

Als Pilotin konnte Vicky abschätzen, wie schwierig der Landeanflug in den Talkessel von Sardi war, wo es entlang den Felswänden tückische Fallwinde gab, die Turbulenzen verursachen konnten. Die Sonne hatte die Kälte der Nacht vertrieben und machte die Gebirgsluft in dieser Höhe noch dünner und tückischer.

Vicky erkannte das Flugzeugmodell sofort, denn sie hatte auf einem ähnlichen Modell ihren Pilotenschein gemacht. Es war eine Puss Moth, ein kleiner himmelblauer Eindecker, der von einem anpassungsfähigen De-Havilland-Vierzylinder-Flugzeugmotor angetrieben wurde. Das Flugzeug konnte außer dem Piloten noch zwei Passagiere befördern, wobei der Pilot in einer geschlossenen Kabine etwas erhöht unter den breiten Schwingen der Flügel saß. Der Anblick dieses vertrauten Vogels erinnerte sie mit einem flüchtigen, bitteren Gefühl an die goldenen, ungetrübten Tage vor dem Oktober 1929, vor diesem schwarzen Freitag, an dem sie alles verlor. In diesen idyllischen Tagen war sie die einzige Tochter eines reichen Mannes gewesen, verwöhnt und verhätschelt und mit allen möglichen Spielsachen wie Autos, Motorboot und Flugzeug ausgestattet.

Das alles hatte sich an einem einzigen Tag schlagartig verändert. Sie hatte alles verloren, selbst diese geliebte, gottähnliche Gestalt, die ihr Vater gewesen war – er beging Selbstmord. Der Gedanke an diesen schrecklichen Verlust ließ sie noch immer erschauern, und sie schob den Gedanken beiseite und konzentrierte sich auf das näherkommende Flugzeug.

Der Pilot kam vom Westen über den Paß und flog unter den Felswänden entlang, vollführte eine enge Schleife und driftete seitwärts auf die einzig offene Stelle im Tal zu, wo es keine Felsen und Löcher gab. Dieser Platz wurde je nach Bedarf als Viehweide, Sportplatz oder Polofeld verwendet – gegenwärtig grasten im knöcheltiefen Gras fünfzig Ziegen.

Ras Kullahs Reiter trieben die Ziegen im Galopp vom Feld, und als die Puss Moth aufsetzte, ritten sie neben den Tragflächen her, feuerten ihre Gewehre in die Luft und wetteiferten mit den besten Reiterkunststücken gegeneinander.

Der Pilot ließ die Maschine auf den Panzerwagen zurollen und öffnete das Seitenfenster. Er war ein stämmiger, junger weißer Mann mit sonnengebräuntem Gesicht und lockigem Haar. In einem undefinierbaren Akzent – Australien, Neuseeland oder Südafrika – überschrie er den Motorenlärm:

»Sind Sie Lij Mikhael?«

Der Prinz schüttelte Vicky die Hand und sprang vom Wagen. Sein Shamma bauschte sich im Luftstrom des Propellers, als er auf das Flugezug zueilte und in die winzige Kabine kletterte.

Der Pilot musterte Vicky mit lebhaftem Interesse durch das Seitenfenster; als sie seinem Blick begegnete, spitzte er die Lippen und machte ihr mit Daumen und Zeigefinger das weltweit übliche Handzeichen für Anerkennung. Sein Lachen war so freimütig und jungenhaft offen, daß Vicky unwillkürlich zurücklächelte.

»Für einen Passagier habe ich noch Platz!« rief er.

Sie erwiderte lachend: »Vielleicht das nächste Mal...«

»Es wird mir ein Vergnügen sein, schönes Fräulein.« Dann heulte der Motor auf, und das Flugzeug rollte auf die kurze, holprige Startbahn zu. Vicky sah zu, wie die Puss Moth mühsam über den Bergrücken hinwegflog. Als das Brummen des Motors verschwand, überfiel sie ein schreckliches Gefühl der Einsamkeit, und sie ließ ihren Blick ängstlich über die schwarzbraune Reiterhorde schweifen, die den Panzerwagen umgab. Plötzlich wurde ihr bewußt, daß kein einziger dieser Männer ihre Sprache sprach, und in diesem Augenblick fühlte sie außer ihrer Einsamkeit auch einen kleinen, eiskalten Klumpen der Angst in der Tiefe ihres Magens.

Sie sehnte sich fast verzweifelt nach irgendeinem Kontakt mit der ihr vertrauten Welt, denn diese wilden Reiter in diesem wilden Gebirgsland waren ihr fremd. Einen Augenblick dachte sie daran, im Telegraphenbüro nach einer Antwort auf ihre Depesche zu fragen, ließ diese Idee aber sofort wieder fallen. Es war höchst unwahrscheinlich, daß ihr Verleger die Depesche bereits erhalten hatte, geschweige denn, daß ihre Mitteilung beantwortet worden wäre. Sie sah sich um und entdeckte den Reiterhaufen, den Lij Mikhaels Leibwache darstellte, aber sie schienen sich nur wenig von der größeren Masse der Gallas zu unterscheiden. Ein wenig ermutigt, kletterte sie rasch durch die Fahrerluke in den Panzerwagen und legte den ersten Gang ein.

Sie holperte über den unebenen Boden und fand den Weg, der am Fluß entlang auf die hohen grauen Steinportale der Schlucht zuführte. Sie war sich der langen, unordentlichen Kolonne von berittenen Männern, die ihr folgten, bewußt, aber ihre Gedanken konzentrierten sich bereits auf ihre Ankunft am Fuß der Schlucht und auf das Wiedersehen mit Jake und Gareth. Plötzlich waren diese beiden die wichtigsten Personen in ihrem Leben – sie sehnte sich so sehr nach ihnen, daß die Knöchel an ihren Händen weiß wurden, als sie mit aller Kraft das Lenkrad umklammerte.

Die Talfahrt durch die Schlucht war beängstigender als die Bergfahrt. An den Steilstrecken hatte Vicky das Gefühl, eine schwindelerregende Schiabfahrt hinunterzusausen, und sobald das schwere, plumpe Fahrzeug in Fahrt geraten war, wurde es von seinem eigenen Gewicht beschleunigt und rutschte abwärts. Selbst als die Bremsen alle vier Räder blockierten, war die Fahrt nicht aufzuhalten und das Fahrzeug kaum noch zu lenken.

Kurz nach Mittag hatte Vicky die Hälfte der Schlucht hinter sich. Da fiel ihr ein, daß der letzte Streckenteil das schlimmste Gefälle hatte und die schmale Straße hoch über dem tosenden Fluß dicht am mörderischen Abgrund vorbeiführte. Ihre Arme und ihr Rücken waren schmerzhaft verkrampft von der Anstrengung, das heftig schlagende Lenkrad zu halten, und unter ihren Haaren an den Schläfen perlten Schweißtropfen hervor und brannten in ihren Augen. Sie wischte den Schweiß mit dem Ärmel fort und fuhr hart bremsend in das Steilstück ein, als der Wagen das Dreißig-Grad-Gefälle hinunterzurollen begann.

Geröll und Erde spritzten unter den Rädern hervor, als sie in die Tiefe raste. Auf halbem Weg erkannte Vicky, daß sie den Wagen nicht mehr unter Kontrolle hatte. Er rutschte seitlich und kam mit dem Hinterteil dem Abgrund bedenklich nahe.

Sie spürte das erste Schlingern, als ein Hinterrad abglitt und über dem dreißig Meter tiefen Abgrund schwebte, und sie erfaßte instinktiv, daß der Wagen in diesem Augenblick zum ersten Mal in seiner stürmischen Karriere an dem kritischen Punkt angelangt war, wo er das Gleichgewicht zu verlieren drohte. In einer Hundertstelsekunde würde es zu spät sein, und Vicky machte unbewußt einen letzten instinktiven Versuch zu überleben. Sie nahm den Fuß vom Bremspedal, riß das Lenkrad herum und trat voll aufs Gas. Ein Rad hing über dem Abgrund, während das andere, als die Maschine aufheulte, sich im Gelände festkrallte. Der riesige Stahlrumpf machte einen Satz wie eine erschreckte Gazelle, stieß sich vom Klippenrand ab, streifte die von Geröll bedeckte Böschung und wurde – wie durch ein Wunder – in seine ursprüngliche Fahrspur zurückgeworfen.

Am Ende dieser Steilstrecke wurde der Wagen langsamer.

Vicky schaffte es, den Wagen anzuhalten, und stemmte sich durch die Fahrerluke ins Freie. Sie merkte, daß sie unkontrollierbar zitterte und rasch einen abgelegenen Platz neben der Straße suchen mußte, denn durch diese lebensgefährliche Rutschpartie war sie nahe daran, sich zu übergeben, und hatte auch die Kontrolle über ihre anderen Körperfunktionen verloren.

Die Reiterkolonne hatte sie weit hinter sich gelassen und konnte nur schwach ihre Stimmen und das Hufgeklapper auf der steinigen Straße hören, als sie unbeholfen die Böschung hinaufkroch, um zu einem dichten Zwergzederngebüsch zu gelangen, wo sie allein sein würde.

Unter den Zedern gab es eine Quelle mit klarem, frischem Wasser. Nachdem sie sich erleichtert und wieder voll unter Kontrolle hatte, kniete sie neben der Quelle nieder und wusch sich Gesicht und Nacken. Die Wasseroberfläche des kleinen Teiches als Spiegel benutzend, kämmte sie sich das Haar und ordnete ihre Kleidung.

Als Reaktion auf ihre Todesangst fühlte sie sich nun benommen und wie betäubt. Sie trat hinter dem Zederngebüsch hervor und stieg schwankend auf die Straße hinunter, wo der Wagen stand. Die Gallareiter waren inzwischen angekommen und drängten sich bis zu einer halben Meile zurück in einem dichten Haufen um den Panzerwagen. Die Reiter in der Nähe des Wagens waren vom Pferd gestiegen, und als Vicky versuchte, sich einen Weg durch ihre Reihen zu bahnen, gaben sie nur einen engen Durchgang frei, so daß sie gezwungen war, hautnah an ihnen entlangzustreifen.

Plötzlich bemerkte sie mit einem weiteren angstvollen Stich in der Brust, daß die Hararileibwache von Lij Mikhael nicht mehr bei ihr war – sie blieb unsicher stehen und schaute sich um, in der Hoffnung, sie zu finden.

Eine erschreckende Stille hatte sich über die Gallas gelegt, und nun sah sie, daß auch ihre Mienen gespannt waren. Die Gesichter mit ihren edlen, ausgeprägten Zügen und ihren schnabelartigen Nasen wandten sich ihr mit der gierigen

Erwartung jagender Falken zu, und in ihren Augen brannte dieselbe heftige Erregung, mit der sie dem alten Weib bei ihrem blutigen Werk in der vergangenen Nacht zugesehen hatten.

Wo waren die Harari? Verstört schaute sie sich nach ihnen um, konnte aber kein einziges vertrautes Gesicht entdecken – und dann hörte sie in der Stille entferntes Hufgeklapper weit unten in der Schlucht. Da wurde ihr blitzartig klar, daß sie sie zurückgelassen hatten, daß sie durch Drohungen ihrer ehemaligen Feinde, die ihnen zahlenmäßig weit überlegen waren, vertrieben worden waren.

Sie war allein. Sie drehte sich um und wollte zurückgehen, aber die Reihen hinter ihr hatten sich geschlossen, um ihr den Rückzug zu versperren – und nun begannen sie mit diesem glühenden, starren Ausdruck in den Augen allmählich näher an sie heranzudrängen.

Sie mußte weiter, es gab kein Zurück – also zwang sie sich, langsam auf den Panzerwagen zuzuschreiten. Bei jedem Schritt stellte sich ihr eine große, dunkle Gestalt in den Weg. Sie wußte, daß sie nicht das geringste Anzeichen von Furcht nach außen dringen lassen durfte, auch die geringste Andeutung von Schwäche würde die Männer nur noch mehr reizen, und sie sah für einen kurzen Augenblick ihren weißen Körper als Spielzeug für tausend Männer ausgestreckt auf dem steinigen Boden liegen. Sie schob diese Vorstellung standhaft beiseite und ging langsam weiter. All die unheimlichen Gestalten wichen ihr im letzten Augenblick aus, aber jedesmal tauchte unmittelbar dahinter die nächste auf, und jedesmal wurde der Druck des Haufens stärker. Sie konnte fühlen, wie ihre Spannung stieg und diese Steigerung in der glühenden Ausdünstung ihrer dichtgedrängten Leiber förmlich riechen. Auch der Ausdruck ihrer Gesichter veränderte sich; sie beobachteten sie mit wachsender Erregung, grinsend und mit angehaltenem Atem – und ihre Augen bohrten sich wie Klauen in ihr Fleisch.

Plötzlich kam sie nicht mehr weiter. Eine Gestalt, die

größer und bedrohlicher war als alle anderen, vertrat ihr den Weg. Sie hatte diesen Mann schon vorher flüchtig bemerkt. Er war ein Gerazmach, ein hoher Gallaoffizier. Er trug einen Shamma aus dunkelblauer Seide, der an der Kehle zusammengebunden war und bis zu den Knien reichte. Sein Haar bauschte sich in einem dichten Gekräusel um das hagere, grausame Gesicht – von einem Augenwinkel bis an den Rand des Kinns verlief eine tiefe Narbe.

Mit einer Stimme, die dunkel war vor Begierde, sprach er sie an. Sie verstand die Worte nicht – aber ihre Bedeutung stand außer Zweifel. Die Menge um sie herum scharrte mit den Füßen, und sie hörte die Männer atmen und fühlte, wie sie sich noch dichter an sie herandrängten. Direkt hinter ihr lachte ein Mann, und in diesem Laut lag etwas so Abstoßendes, daß sie wie unter einem körperlichen Schlag zusammenzuckte.

Sie wollte schreien, sich umdrehen und um sich schlagen – aber sie wußte, genau darauf warteten die Männer. Nur noch die kleinste Provokation, und alle würden sich auf sie stürzen. Sie nahm all ihren Mut zusammen und legte ihn in ihre Stimme.

»Gehen Sie mir aus dem Weg«, sagte sie bestimmt. Der Mann vor ihr lächelte. Sein Lächeln war eines der schrecklichsten Dinge, die sie jemals gesehen hatte.

Noch immer lächelnd, senkte er eine Hand in seine Leistengegend, öffnete die Falten seines Shamma und nahm eine dermaßen obszöne Haltung ein, daß Vicky zurückschauderte und fühlte, wie ihr das Blut siedendheiß in die Wangen stieg. Sie hatte die Kontrolle über ihre Stimme völlig verloren, als sie hervorstieß: »Oh, du Schwein – du dreckiges Schwein.« Unbeeindruckt hielt der Mann mit der einen Hand seinen Shamma auf und griff mit der anderen nach ihr. Als sie entsetzt zurückwich, fühlte sie sich von den Männern hinter ihr wieder nach vorn gestoßen.

Plötzlich war eine andere Stimme zu hören. Die Worte waren banal, aber ihr Tonfall war so scharf wie das Geräusch eines durch die Luft zischenden Krummsäbels.

»So, Burschen. Schluß mit dem Unsinn.«

Vicky fühlte, wie der Druck der Leiber um sie herum nachließ, und wirbelte mit einem Schluchzen in der Kehle herum.

Gareth Swales schlenderte die Gasse, die sich vor ihm auftat, herunter. Seine Haltung wirkte lässig; und sein offenes weißes Hemd mit dem gestreiften Schal um den Hals war frisch und makellos – aber nie zuvor hatte Vicky diesen Gesichtsausdruck an ihm bemerkt. Seine Nasenspitze war schneeweiß, und in seinen Augen glühte eine unterdrückte Wut.

Sie wollte gerade mit einem erleichterten Schluchzen auf ihn zustürzen, aber in diesem Augenblick zischte seine Stimme wieder: »Vorsichtig! Wir sind noch nicht draußen.« Sie beherrschte sich, hob das Kinn und unterdrückte das Schluchzen.

»Gutes Mädchen«, sagte er, ohne den Blick vom Gesicht des großen Galla im blauen Gewand abzuwenden, ging unerschütterlich auf ihn zu und nahm Vickys Arm, als er mit ihr auf gleicher Höhe war. Sie spürte die Kraft seiner Finger durch den dünnen Stoff ihrer Bluse, und diese Kraft schien sich auf sie zu übertragen, so daß sie ihre erschöpften Reserven sammeln konnte und die lähmende Schwäche in ihren Beinen verschwand.

Der Gallaführer hielt seine Stellung, als Gareth an ihn herantrat. Für eine Zeitspanne von weniger als fünf Sekunden, die Vicky allerdings wie eine Ewigkeit vorkamen, starrten die beiden Männer sich an und maßen ihre Willenskraft. Funkelnde blaue Augen auf gleicher Höhe mit glühenden schwarzen Augen – und plötzlich gab der Galla auf, blickte beiseite und zuckte die Schultern, lachte leise und wandte sich ab, um laut mit dem Mann zu reden, der neben ihm stand.

Gemächlich schritt Gareth durch die Lücke, die der Mann hinterließ, und schon waren sie im Wagen.

»Glauben Sie, daß Sie fahren können?« fragte Gareth ruhig, als er sie auf die Plattform hob. Sie nickte.

»Der Motor ist abgestellt«, stieß sie hervor; ihn mit der Kurbel zu starten konnten sie nicht riskieren.

»Wir haben ein Gefälle«, sagte Gareth und wandte sich den Gallas zu, um sie mit seinem Blick in Schach zu halten. »Lassen Sie den Wagen anrollen.«

Als Vicky durch die Fahrerluke hineinkroch, steckte sich Gareth eine Zigarre zwischen die Lippen und strich mit dem Daumennagel ein Streichholz an. Diese kleine Darbietung lenkte das feindselige Pack für einen Augenblick ab. Sie beobachteten seine Hände, als er die Zigarre anzündete und eine lange blaue Rauchfahne von sich blies.

Der Wagen hinter ihm begann zu rollen, und Gareth schwang sich mit der Zigarre zwischen den Zähnen auf die Plattform und warf den Reitern einen spöttischen Gruß zu, als der Wagen allmählich an Geschwindigkeit gewann. Eine Zeitlang sprach keiner von ihnen, sie zockelten etwas zwei Meilen schweigend die steile Straße hinunter.

Dann brach Vicky das Schweigen und sagte, ohne die Augen von der Straße abzuwenden, zu Gareth, der hinter ihr im Panzerturm stand: »Sie hatten nicht einmal Angst . . .«

»Ich hatte eine Mordsangst, altes Mädchen – wirklich, eine Mordsangst.«

»Und ausgerechnet ich habe Sie einen Feigling genannt.«

»Ganz recht.«

»Wie sind Sie so schnell da hinaufgekommen?«

»Ich war oben, um mich nach einer geeigneten Verteidigungsstellung umzusehen – gegen die guten alten Italiener. Hab' gesehen, wie ihre zuverlässige Leibwache ausgerissen ist, und bin gekommen, um mir die Sache näher anzuschauen.«

Die Straße vor Vicky versank in einem Tränenschleier, und sie mußte hart abbremsen. Später war sie nie ganz sicher, wie das geschehen konnte, aber plötzlich lag sie in Gareths Armen, klammerte sich mit aller Kraft an ihn und wurde von einem heftigen Weinkrampf geschüttelt.

»O Gott, Gareth, ich weiß nicht, wie ich das jemals wieder gutmachen kann.«

»Ich bin sicher, uns wird schon etwas einfallen«, murmelte er und hielt sie mit seinen Armen umschlungen, eine Umarmung, die beruhigend und wundervoll sicher war. Sie wünschte, sie könnte für immer so in seinen Armen liegen – und sie hob ihm ihre Lippen entgegen und gewahrte mit leichter Verwunderung auf seinem Gesicht und in seinen gewöhnlich spöttischen blauen Augen einen Ausdruck der Zärtlichkeit, den sie niemals für möglich gehalten hätte.

Seine Lippen waren die nächste Überraschung: sie waren sehr warm und weich und schmeckten nach Mann und nach dem bitteren, würzigen Rauch seiner Zigarren. Ihr war noch nie bewußt geworden, daß er so groß und sein Körper so hart war – oder seine Hände so kraftvoll. Ein letzter Schluchzer schüttelte ihren Körper, dann seufzte sie wohllüstig und erbebte sanft unter dem körperlichen Verlangen, das sie in ihrem ganzen Leben noch nie so intensiv verspürt hatte.

Die Journalistin in ihr versuchte für einen Augenblick den Ursprung dieser plötzlichen Leidenschaft zu ergründen, und sie wußte, das war die Folge der schlaflosen Nacht mit ihren Schrecken, die Folge der Strapazen und Ängste des Tages. Dann kämpfte sie nicht länger dagegen an, sondern gab sich mit ihrem ganzen Körper dieser Leidenschaft hin.

Die Armee des Ras lagerte auf einem Gebiet von vier Meilen in dem Akazienwald am Fuß der Sardischlucht; dieses Lager war ein bunter Haufen, in dem es murmelte und summte wie in einem Bienenstock zur Mittagszeit und den schon jetzt der blaue Rauch der Holzfeuer und unzählige Gerüche menschlichen und tierischen Ursprungs einhüllten.

Der Lagerplatz, den Gareth und Jake ausgewählt hatten, lag abseits von der Haupttruppe in einem dichten, schattigen Waldstück unter einem gewaltigen Wasserfall. Über einen mächtigen Felsen stürzte der Sardifluß eine letzte steile Stufe zur Ebene herab und bildete einen dunklen, fließenden Teich, in dem sich Vicky den Schmutz vom Körper und aus ihren Gedanken waschen konnte.

Es war fast dunkel, als sie schließlich, ein Handtuch um ihr nasses Haar geschlungen und in der Hand ihren Waschbeutel, zum Lager zurückkehrte. Gareth saß auf einem Baumstamm neben dem schwelenden Lagerfeuer. Er grillte Steaks von einem frischgeschlachteten Ochsen, rückte beiseite, um ihr auf dem Baumstamm neben sich Platz zu machen, und überreichte ihr einen Whisky mit lauwarmem Wasser in einem Zinnbecher, den sie dankbar annahm und der besser schmeckte als alles andere, was sie je getrunken hatte.

Schweigend und fast so nahe, daß sie einander berührten, saßen sie auf dem Baumstamm und genossen den Anblick der rasch hereinbrechenden afrikanischen Nacht. Sie waren allein, die schwachen Stimmen vom Hauptlager unter ihnen schienen diese Abgeschiedenheit noch zu verstärken.

Jake, der alte Ras und Gregorius waren mit zwei Panzerwagen und einer Begleitmannschaft auf Kamelen auf einer Erkundungsfahrt zu den Brunnen von Chaldi. Bei dieser Gelegenheit wollte Jake auch die neuen Schützen in der Handhabung der Vickers-Maschinengewehre unterweisen. Gareth war, als Fachmann für militärische Angelegenheiten, hier zurückgeblieben, um die Schlucht zu erkunden und das Gelände für den Fall eines erzwungenen Rückzugs – unter dem Druck der Italiener – nach geeigneten Verteidigungsstellungen abzusuchen. Das hatte er gerade getan, als er auf Vicky und die Galla-Reiter gestoßen war.

Und nun saßen sie vor dem Feuer unter einem Himmel, der plötzlich finster war und halb verdeckt von den Bergen, die sich um sie herum auftürmten. Vicky befand sich in einem Zustand absoluter Hingabe, in einer Stimmung, die alles hinnehmen würde, so, als hätte das Schicksal diesen Augenblick vorherbestimmt.

Sie waren allein. Das intensive körperliche Verlangen und das Gefühl völliger Hingabe, das sie am Nachmittag auf ihrer Flucht vor der bedrohlichen Gallahorde empfunden hatte, dauerte an – und durchdrang ihren Körper und ihr Bewußtsein noch immer mit einer tiefen Glut.

Sie aß ein Stückchen gegrilltes Fleisch, ohne seinen Geschmack bewußt wahrzunehmen, und sah nicht den Mann an ihrer Seite an, sondern starrte verträumt in den mit glitzernden, diamantklaren Sternen übersäten Himmel über den Berggipfeln und war sich seiner elektrisierenden Gegenwart – seiner Nähe und der Wärme seines Körpers, die wie ein warmer Wüstenwind über ihren Arm streichelte, obwohl sie sich noch immer nicht berührten – voll bewußt. Sie konnte seinen Blick fast körperlich fühlen, als er sie schweigend beobachtete. Sein Blick war so zwingend, daß sie schließlich nicht mehr so tun konnte, als bemerkte sie ihn nicht, und sie wandte sich ihm zu und sah ihm in die Augen.

Der rötliche Schein der glühenden Kohlen hob die klaren, regelmäßigen Züge seines Gesichts hervor und vertiefte die rötlich goldene Farbe seiner Haare. In diesem Augenblick meinte sie, er wäre das schönste menschliche Wesen, das sie je gesehen hatte – und sie hatte Mühe, ihren Blick von ihm loszureißen.

Als sie aufstand und sich entfernte, fühlte sie, daß ihr Herz pochte wie das eines wilden Tieres, das versucht, aus seinem Käfig auszubrechen, und sie hörte das Blut in ihren Ohren rauschen.

Der Schein des Lagerfeuers schimmerte schwach durch die Leinwand ihres Zeltes, und sie zog sich, ohne die Lampe anzuzünden, im Halbdunkel aus und warf ihre Kleider achtlos über den Klappstuhl neben dem Eingang. Dann legte sie sich auf das schmale Feldbett. Die wollene Bettdecke schmiegte sich rauh an die nackte Haut ihres Rückens. Sie lag steif mit flach an den Körper gepreßten Händen da – halb ängstlich, halb trimphierend –, den Kopf gegen das Kissen gestützt, schaute sie an ihrem Körper hinunter und war sich dieses Körpers so bewußt wie nie zuvor. Sie beobachtete verwundert, wie sich die Form ihrer schweren runden Brüste bei jedem Atemzug verwandelte und wie die Brustwarzen allmählich fester und dunkler wurden, bis sie schließlich so hart und gespannt waren, daß sie einen feinen Schmerz verspürte.

Sie hörte das Knirschen seiner Schritte, als er sich dem Zelt näherte. Ihr Atem stockte, und mit einem winzigen Stich in der Herzgegend glaubte sie zu ersticken und zu sterben. Dann schwang die Zeltklappe auf, und er kam gebückt herein, richtete sich auf und ließ die Klappe hinter sich zufallen.

Instinktiv bedeckte sie sich, indem sie einen Arm über ihrer Brust verschränkte und die andere Hand schützend über das Hügelchen aus feinem Flaum unterhalb ihres Bauches legte.

Schweigend und nur umrißhaft sichtbar, blieb er stehen, und sie begann wieder zu atmen, schnell und flach. Ihr schien, als stünde er eine Ewigkeit dort, still und gespannt, und sie fühlte, wie sie unter seinem bedächtig ruhigen, forschenden Blick an den Armen und Oberschenkeln eine Gänsehaut bekam. Dann knöpfte er sein Hemd auf und ließ es zu Boden fallen. Der Feuerschein flackerte über seine schön geformten, muskulösen Arme, die goldrot wie nasser Marmor schimmerten, als er sich bewegte.

Schließlich trat er an ihr Bett und blieb vor ihr stehen, und sie war erstaunt, daß der Körper eines Mannes so schlank und geschmeidig, so harmonisch und vollkommen sein konnte – dann fiel ihr ein, daß sie schon einmal mit derselben tiefen Ehrfurcht vor der Statue des David von Michelangelo gestanden hatte.

Sie hob die Hände, die schützend den eigenen Körper bedeckt hatten, streckte wie flehend die Hände aus und zog ihn zu sich herab.

Sie wachte einmal während der Nacht auf. Das Feuer vor dem Zelt war erloschen, aber ein heller weißer Mond war über den Bergen aufgegangen und schimmerte silbern durch die Zeltleinwand über ihnen und tauchte das Innere des Zeltes in ein schwaches Licht.

Das fahle weiße Licht beraubte Gareths schlafendes

Gesicht all seiner Farbe. Es war so blaß wie das Gesicht einer Statue oder eines Leichnams – und Vicky beschlich plötzlich ein seltsames Gefühl. Irgendwo ganz hinten in ihrem Bewußtsein war ein winziger, dumpfer Druck. Als sie diesen Druck näher untersuchte, stellte sie fest, daß es ein Schuldgefühl war – und sie empfand einen leichten Unwillen gegenüber einer Gesellschaft, die ihr dieses Schuldgefühl aufgebürdet hatte. Einen Unwillen darüber, daß sie nicht einmal einen Mann genießen konnte, daß sie sich ihres Körpers nicht so bedienen konnte, wie die Natur es bestimmt hatte.

Vorsichtig, um den Mann an ihrer Seite nicht zu stören, stützte sie sich auf den Ellbogen und betrachtete sein Gesicht. Dabei dachte sie über dieses neue Schuldgefühl und über ihre Gefühle zu ihm nach. Langsam kam ihr zu Bewußtsein, daß beides unauflösbar miteinander verbunden war.

In ihren Gefühlen für Gareth Swales lag keine wirkliche Tiefe, sie war von einer tückischen Strömung fortgerissen worden, die nichts weiter war als eine Folgeerscheinung ihrer Erschöpfung und eine Reaktion auf Angst und Schrekken. Das Schuldgefühl, das sie empfand, war ein Ergebnis dieses Mangels an Tiefe, und plötzlich fühlte sie sich beschämt und traurig.

Sie sank neben dem langen, schöngeformten Männerkörper auf das Kissen zurück, rückte gleichzeitig aber ein wenig beiseite, so daß sie sich nicht mehr berührten. Sie wußte zwar, daß alle Tiere nach der Liebe traurig waren, aber irgendwie hatte sie das Gefühl, daß hinter ihrer Empfindung mehr steckte als das.

Plötzlich dachte sie, ohne zu wissen warum, an Jake Barton – und ihre Traurigkeit vertiefte sich und ließ sie frösteln. Sie konnte lange nicht einschlafen. Als es endlich so weit war, schlief sie sehr lange und wachte erst auf, als die Morgensonne durch die Leinwand schien und draußen das Geräusch von Motoren und Stimmen laut wurde.

Schlaftrunken setzte sie sich im Bett auf und preßte

beschämt und verwirrt die rauhe Wolldecke an ihre Brust, um dann zu entdecken, daß sie allein auf ihrem Feldbett lag – alles, was von der Nacht blieb, waren die Eindrücke und die Wärme von Gareths Körper auf der Bettdecke neben ihr und ein dumpfes schmerzhaftes Gefühl tief in ihr, dort, wo er gewesen war.

Hastig zog Vicky ihre Kleider über, und als sie, noch damit beschäftigt, ihr Haar zusammenzubinden, in den Sonnenschein hinaustrat, kam sie gerade rechtzeitig, um die Ankunft einer recht traurigen Prozession mitzuerleben.

Jakes Wagen, Priscilla das Ekel, führte die Prozession an. Der Wagen war nicht mehr strahlend weiß und mit dem Emblem des Internationalen Roten Kreuzes versehen, sondern hatte einen sandfarbenen Anstrich mit dunkleren Flekken in einem erdfarbenen Braun zur Tarnung der Umrisse des großen, eckigen Rumpfes und Panzerturms erhalten. Aus der Lafette ragte kriegerisch der dicke Lauf eines Vikkers-Maschinengewehres hervor.

Über dem Panzerturm flatterte die grün-gelb-rote Fahne von Äthiopien, darunter die Hofstandarte des Ras – ein goldener Löwe auf dunkelblauem Hintergrund – und alles war mit einer dicken Schicht feinem roten Sand bedeckt.

Dicht hinter Priscilla, durch ein starkes Abschleppseil mit ihr verbunden, kam Tenastelin, Gregorius' Wagen – auch er in der Tarnfarbe, mit flatternder äthiopischer Fahne sowie der Standarte des Ras – und mit der todbringenden Waffe im Geschützloch. Doch trotz des kriegerischen Aufputzes machte das Fahrzeug einen äußerst kläglichen Eindruck, als es so würdelos in das Lager geschleppt wurde, und von seinem Hinterteil ertönte ein nervtötendes kratzendes und mahlendes Geräusch, das Gareth Swales halb angezogen aus seinem Zelt lockte. Als Jakes Kopf in der Fahrerluke auftauchte, bestürmte er ihn sofort mit der ärgerlichen Frage:

»Was, zum Teufel, ist denn mit dem passiert?« Jakes Gesicht wurde rot und finster vor Wut.

»Dieser alte . . .« In Ermangelung eines passenden Ausdrucks deutete er mit dem Daumen auf den Ras, der stolz und ohne auch nur eine Spur von Reue zu zeigen im Panzerturm des demolierten Wagens thronte und Gareth liebevoll und zahnlos anstrahlte. »Erst hat er mindestens tausend Schuß Munition verpulvert, und als ihm das zu langweilig wurde, hat er Gregorius vom Fahrersitz gestoßen und uns eine Demonstration seiner Fahrkünste geliefert, die in Indianapolis bestens angekommen wäre!«

»O mein Gott!« stöhnte Gareth.

»How do you do?« rief der Ras angesichts des Beifalls vergnügt.

»Warum hast du ihn nicht aufgehalten?« fragte Gareth.

»Ihn aufhalten! Himmel, hast du jemals versucht, ein angreifendes Rhinozeros aufzuhalten? Ich habe ihn fast bis zur Küste verfolgt, bevor ich ihn einholen konnte . . .«

»Was ist beschädigt?«

»Er hat das Getriebe überdreht und die Kupplung schleifen lassen – wahrscheinlich hat er das Gestänge demoliert – aber ich hatte noch nicht den Mut nachzusehen.«

Jalke kletterte erschöpft aus der Fahrerluke und nahm seine Schutzbrille ab. Der rote Staub hatte sich in seinen dichten Locken festgesetzt und hing in seinem Bart. Die geschützte Partie um die Augen wirkte blaß und nackt. Er schüttelte den Staub aus seiner Hose und seinem Hemd und schimpfte noch immer über den grinsenden Ras.

»Der alte Bastard ist so glücklich wie ein Schwein in einem Schlammloch. Sieh dir nur sein Gesicht an. Gewaltsame Aufklärung! Das war eher ein verdammter Zirkus.«

In diesem Augenblick bemerkte Jake zum ersten Mal Vicky, und wie durch ein Wunder verschwand sein finsterer Gesichtsausdruck und machte einer so offensichtlichen Freude Platz, daß Vicky ihr Schuldgefühl doppelt stark zum Bewußtsein kam und ein dumpfes, kaltes Gefühl in der Magengrube zurückblieb.

»Vicky!« rief Jake. »Himmel, habe ich mir Sorgen um Sie gemacht!«

Vicky konnte sich ein wenig von ihrem Schuldgefühl befreien, indem sie sich in einer hübschen Demonstration von Häuslichkeit an der Feuerstelle beschäftigte und die Männer mit Pfannkuchen und gegrillten Steaks, mit den letzten Kartoffeln, die sie bei sich hatten, und einer Pfanne voll mit den winzigen Eiern der mageren einheimischen Hühner verwöhnte. Unter den Akazien wurde der Klapptisch aufgestellt, und während Vicky am Feuer hantierte, berichtete Jake über die Ereignisse der Erkundungsfahrt.

»Als der Ras endlich genug davon hatte, mit dem Vickers auf jeden Baum und jeden Felsen, an dem wir vorbeikamen, zu schießen, und unsere Munition schon fast zu Ende war, sind wir langsam, um möglichst wenig Staub aufzuwirbeln, in einem großen Bogen nach Norden gefahren und haben eine Stelle gefunden, von der man die Straße von Massawa zu den Brunnen beobachten kann. Da war eine Menge Verkehr, Truppentransporte mit motorisierter Eskorte, aber wir konnten nicht lange bleiben, weil der Ras – Gott segne sein liebes freundliches Gemüt – seine Schießübungen dort fortsetzen wollte. Es war ein hartes Stück Arbeit, ihn davon abzuhalten. Also blies ich zum Rückzug, und wir näherten uns den Brunnen wieder von Westen.« Jake hielt inne, um einen Schluck Kaffee zu trinken, und Gareth wandte sich an Vicky, die sich mit rosigem Gesicht über das Feuer beugte.

»Wie geht's dir mit dem Frühstück, mein Liebes?« fragte er. Es waren weder die Worte noch das Kosewort, sondern eher der Besitzerton, der Jake veranlaßte, Vicky scharf anzublicken. Gareths Tonfall war von der Art gewesen, wie ihn ein Mann nur gegenüber seiner eigenen Frau gebraucht. Vicky hielt Jakes Blick für eine Sekunde stand, dann wandte sie sich geschäftig wieder ihrer Arbeit zu, und Jake senkte den Blick nachdenklich auf dem dampfenden Kaffeebecher in seinen Händen.

»Wie nahe seid ihr herangekommen?« fragte Gareth unbekümmert. Er hatte den stummen Blickkontakt zwischen Vicky und Jake bemerkt – und er war gelöst und befriedigt, lehnte sich nachlässig in dem Klappstuhl zurück und drehte eine Zigarre zwischen den Fingern.

»Ich ließ die Wagen im Hügelgelände zurück und ging zu Fuß weiter. Ich wollte den Ras nicht zu nahe herankommen lassen. Ich konnte die Stellung der Italiener ein paar Stunden lang beobachten. Sie haben sich gut verschanzt. Ich sah Geschützstellungen mit einem ausgezeichneten Schußfeld. Sie haben eine verdammt gute Verteidigungsstellung – und es wäre Selbstmord, sie dort anzugreifen. Wir werden warten müssen, bis sie zu uns kommen.«

Vicky brachte ihnen das Essen. Als sie sich über Gareth beugte, streichelte er ganz beiläufig ihren bloßen Oberarm. Sie zog ihn hastig zurück und entfernte sich, um die Pfanne mit den Eiern zu holen. Jake hatte die Geste bemerkt, doch seine Stimme klang ruhig und gelassen, als er fortfuhr:

»Ich wollte die Stellung umgehen, um zu erkunden, ob es eine Möglichkeit gibt, ihre Stellungen von hinten anzugreifen, aber da wurde es dem alten Ras zu langweilig, und er veranstaltete diese Höllenfahrt. Mein Gott, habe ich Hunger.« Jake begann zu essen und fragte mit vollem Mund: »Wie bist du vorangekommen, Gary?«

»In der Schlucht gibt es gute Verteidigungsmöglichkeiten. Ich lasse die Bautrupps Schützengräben in die Abhänge graben. Wir werden den Italienern einen hübschen Empfang bereiten, wenn sie versuchen, durch die Schlucht vorzurücken.«

»Gut. Wir haben Späher zurückgelassen, um sie zu beobachten. Gregorius hat hundert seiner besten Leute dafür ausgesucht. Wir werden also sofort erfahren, wenn sie von den Brunnen abmarschieren, aber ich wüßte gern, wieviel Zeit uns noch bleibt, bis sie losmarschieren. Jeder Tag bedeutet einen Gewinn, weil wir mehr Zeit hätten, uns vorzubereiten, unsere Taktik auszuarbeiten und die Harari auszubilden – immerhin müssen wir ihnen den Umgang mit modernen Waffen beibringen . . .«

Vicky kam an den Tisch zurück und setzte sich hin.

»Ich muß euch enttäuschen«, sagte sie. »Ihr habt überhaupt keine Zeit mehr.«

»Was heißt das?« Jake blickte auf.

»Die Italiener haben gestern mittag den Mareb überquert. Sie rücken mit voller Truppenstärke vor und haben begonnen, die Städte und Straßen zu bombardieren. Jetzt ist Krieg. Es hat begonnen.«

Jake stieß einen leisen Pfiff aus.

»Oje! Da haben wir's!« sagte er und wandte sich an Gareth: »Du bist am ehesten dazu geeignet, es dem Ras zu sagen. Du bist der einzige, der ihn im Zaum halten kann.«

»Dein Vertrauen rührt mich«, murmelte Gareth sanft.

»Ich kann mir gut vorstellen, wie der Ras reagieren wird. Er wird geradewegs dort hinausstürmen und Schläge verteilen wollen. Er ist imstande, seinen ganzen Stamm aufs Spiel zu setzen. Du wirst ihn beruhigen müssen.«

»Und wie stellst du dir das vor – soll ich ihm etwa eine Morphiumspritze geben oder eins über den Schädel hauen?«

»Spiel doch Rommée mit ihm«, schlug Jake boshaft vor. Er steckte den letzten Bissen in den Mund und erhob sich kauend vom Tisch. »Gut gekocht, Vicky – aber ich schätze, ich sollte mir jetzt den Schaden ansehen, den der Ras angerichtet hat. Mal sehen, ob wir das alte Mädchen wieder flott kriegen, damit die Italiener darauf schießen können.«

Zwei Stunden arbeitete Jake nun schon an Tenastelin, befestigte den Flaschenzug am stärksten Ast eines Akazienbaumes und löste die Schrauben, um das ganze Getriebe herauszuheben. Vicky saß zwanzig Meter entfernt an dem Tisch vor ihrem Zelt und tippte auf der kleinen, tragbaren Schreibmaschine ihre nächste Depesche. Beide waren sich der Gegenwart des anderen voll bewußt, aber sie gaben sich ausgesprochen gleichgültig und machten beide den

Eindruck, als würden sie sich voll und ganz auf ihre Arbeit konzentrieren.

Schließlich zog Jake an dem Flaschenzug, und das ausgebeulte Getriebegehäuse hob sich ruckweise aus seiner Halterung und baumelte von dem Akazienast. Jake trat zurück und wischte sich die Hände an mit Benzin getränkter Putzwolle ab.

»Kaffeepause«, sagte er und trat ans Feuer. Er goß zwei Becher voll schwarzen Kaffee und brachte sie zu Vicky.

»Wie geht's voran?« fragte er und warf einen Blick auf die Seite in ihrer Schreibmaschine. »Pulitzerverdächtig, was?«

Vicky lachte, als sie den Becher Kaffee entgegennahm. »Preise gehen nie an den besten Mann.«

»Oder an den, der sie sich wirklich wünscht«, pflichtete Jake bei und setzte sich ihr gegenüber. Sie ärgerte sich, daß er das Gespräch so geschickt verdreht hatte.

»Hol dich der Kuckuck, Jake Barton. Ich brauche mich vor Ihnen nicht zu rechtfertigen – vor niemandem«, sagte sie ruhig.

»Richtig«, sagte er. »Ganz richtig. Sie sind jetzt ein großes Mädchen – aber vergessen Sie ja nicht, daß Sie mit den großen Jungen spielen. Und manche von denen spielen sehr rücksichtslos.«

»Bin ich Ihnen für diese Belehrung etwas schuldig, Herr Anwalt?« Sie schaute trotzig zu ihm auf, doch als sie den Ausdruck in seinen Augen sah, verging die Wut in ihr.

»Ich möchte nicht gegen Sie kämpfen, Vicky«, sagte er leise. »Das ist wirklich das Allerletzte, was ich will.« Er trank den letzten Schluck Kaffee aus. »Na dann«, sagte er, »zurück an die Arbeit.«

»Sie geben sehr leicht auf, nicht wahr?« Vicky begriff erst, was sie gesagt hatte, als es schon zu spät war, und wünschte, sie hätte es nicht gesagt – aber Jake sah sie vielsagend an, und dann setzte er dieses breite, jungenhafte Grinsen auf.

»Aufgeben?« Nun lachte er schallend. »Oh, Mädchen! Wenn Sie das glauben, dann tun Sie mir unrecht – zutiefst unrecht.« Und er bewegte sich langsam auf sie zu und blieb vor ihr stehen. Das Lachen war aus seiner Stimme und aus seinen Augen verschwunden, als er in einem neuen, heiseren Tonfall sagte:

»Du bist wirklich sehr schön.«

»Jake.« Sie hielt seinem Blick stand. »Ich wünschte, ich könnte erklären – aber ich begreife mich ja selbst nicht.« Er berührte ihre Wange und beugte sich zu ihr herab. »Nein, Jake, bitte nicht . . .«, sagte sie und machte keine Anstalten, seinen Lippen auszuweichen, aber bevor sie die ihren berührten, hallte der Laut von eilig herangaloppierenden Hufen durch den Wald.

Sie gingen nur langsam und widerstrebend auseinander, ohne den Blick voneinander zu lösen, und Gregorius Maryam ritt auf einem struppigen kleinen Bergpony in das Lager.

»Jake«, rief er und schwang sich aus dem Sattel. »Es ist Krieg! Es hat begonnen! Die Italiener haben den Mareb überquert. Gareth hat es oben meinem Großvater gemeldet.«

»Der frühe Bote«, murmelte Vicky, aber ihre Stimme war ein wenig zittrig, und ihr Lächeln fiel etwas schief aus.

»Ich bin gekommen, um dir beim Reparieren meines Wagens zu helfen, Jake. Wir müssen kampfbereit sein«, rief Gregorius und warf dem Diener, der ihm gefolgt war, die Zügel zu. »Machen wir uns an die Arbeit. Wir haben nicht viel Zeit – mein Großvater hat all seine Truppenführer für Mittag zu einem Kriegsrat einberufen. Er möchte, daß du dabei bist.«

Gregorius drehte sich um und eilte zu dem ausgenommenen Rumpf von Tenastelin. Jake blieb noch einen Augenblick vor Vicky stehen, dann zuckte er resignierend die Schultern.

»Vergiß nicht«, drohte er sanft, »ich gebe nicht auf«, und folgte Gregorius.

Eine Stunde später hatten sie das Getriebe zerlegt und seine Einzelteile auf einem Stück sauberer Leinwand ausgebreitet. Jake ließ sich auf seine Fersen zurückfallen.

»Na, dein Opa hat ganze Arbeit geleistet«, sagte er, und Gregorius entschuldigte sich feierlich.

»Er ist ein leidenschaftlicher Gentleman, mein Großvater.«

»Es geht schon auf Mittag zu.« Jake stand auf. »Laß uns hinuntergehen und hören, was er als nächstes für uns auf Lager hat, dieser leidenschaftliche Gentleman.«

Der Lagerplatz des Ras lag ein wenig abseits vom Hauptlagerplatz seiner Armee und beherbergte nur sein persönliches Gefolge. Auf einer Bodenfläche von mindestens achttausend Quadratmetern standen zahllose eilig aufgebaute Tukuls, deren Gebälk aus jungen Baumstämmen bestand, das mit einer Unzahl verschiedener Materialien, von Stroh bis zu flachgeklopften Dosen bedeckt war. Durch dieses Lager streiften die nackten, rotznasigen Kinder und die zahlreichen weiblichen Begleiterinnen des Ras, zusammen mit Ziegen, räudigen Hunden, Eseln und Kamelen.

Das Zelt des Ras stand in der Mitte dieser Gemeinschaft. Es war ein großes, langes Zelt, das man so oft geflickt hatte, daß von der ursprünglichen Leinwand nur noch wenig zu sehen war. Am Eingang stand schützend seine Leibwache.

Hinter dem Zelt des Ras gab es eine riesige freie Fläche, die schon fast vollständig von geduldig auf dem Boden kauernden Kriegern belagert wurde.

»Mein Gott«, rief Jake aus. »An diesem Kriegsrat scheinen ja alle teilzunehmen.«

»Das ist so Brauch«, erklärte Gregorius. »Alle dürfen teilnehmen, aber nur die Truppenführer dürfen sprechen.«

Auf einer Seite, von den Hararitruppen durch einen schmalen Streifen ausgetretenen Bodens und durch Jahrhunderte nagender Feindlichkeit getrennt, befand sich das Truppenkontingent der Gallas, und Vicky wies Jake auf sie hin.

»Ein hübsches Pack«, murmelte er. »Wer braucht mit Verbündeten wie diesen noch Feinde?«

Gregorius führte sie direkt zum Zelt des Ras. Die Wächter machten Platz, um sie eintreten zu lassen. Im Innern des Zeltes war es dunkel und heiß, es roch nach dem scharfen einheimischen Tabak und würzigem Essen. In der hintersten Ecke des Zeltes kauerten eine Traube schweigender Männer in einem engen Kreis um zwei Gestalten – der Ras, eingehüllt in ein dunkles, wollenes Gewand, und Gareth Swales in einem leichten Seidenhemd und einer weißen Flanellhose.

Einen Augenblick dachte Jake, die beiden Männer in der Mitte wären intensiv damit beschäftigt, die Strategie und die Verteidigung der Sardischlucht auszuarbeiten – dann sah er die ordentlich auf einem goldenen afghanischen Teppich zwischen ihnen ausgebreiteten Spielkarten.

»Mein Gott«, sagte Jake. »Er hat mich tatsächlich beim Wort genommen.« Gareth schaute von dem Fächer aus Spielkarten in seiner rechten Hand auf.

»Gott sei Dank!« Auf seinem Gesicht erschien ein deutlicher Ausdruck der Erleichterung. »Ich wünschte nur, ihr wärt eine Stunde früher gekommen.«

»Was ist passiert?«

»Dieser alte Bastard mogelt«, sagte Gareth mit kaum beherrschbarer Wut in der Stimme. »Er hat mir an diesem Vormittag fast zweihundert Pfund abgenommen. Ich muß sagen, ich bin entsetzt. Die haben offenbar überhaupt keine Skrupel, diese Leute . . .« Und hier warf Gareth einen Blick auf Gregorius. »Nichts für ungut, mein Lieber. Aber ich muß zugeben, ich bin erschüttert.«

Der Ras nickte und grinste glücklich, und seine Augen funkelten triumphierend, als er Jake und Vicky ein Handzeichen gab, sich neben ihm auf den Kissen niederzulassen.

»Wenn er mogelt, dann spiel doch nicht mit ihm«, schlug Vicky vor. Gareth blickte gequält auf.

»Verstehst du denn nicht, altes Mädchen? Ich bin bisher noch nicht dahintergekommen, wie er es macht. Er hat eine

Methode erfunden, die der Wissenschaft und den Spielhallen der ganzen Welt noch unbekannt ist. Er mag ein absolut skrupelloser alter Gauner sein, aber irgendwie ist er auch eine Art Genie. Ich muß einfach so lange mit ihm spielen, bis ich sein System herausbekommen habe.« Gareths bekümmerte Miene hellte sich auf. »Mein Gott, wenn ich das schaffe – dann nichts wie ab nach Monte Carlo!« Er legte eine Piksechs ab. Der Ras schnappte sich die Karte mit triumphierendem Gegacker und begann seine Karten auszubreiten.

»O mein Gott!« stöhnte Gareth. »Nicht schon wieder.«

Die Berater und Stammesältesten, die um die Spieler herumsaßen, brachen in ein wildes Freudengeschrei aus und gratuliertem dem Ras, der diese Glückwünsche wie ein siegreicher Preisboxer entgegennahm. Grinsend und schmunzelnd beugte er sich über den Teppich und schlug Gareth mit einem lauten »How do you do?« ausgelassen auf den Arm, worauf Gareth zusammenzuckte und die empfindliche Stelle massierte.

»Das tut er jedesmal, wenn er gewinnt. Er hat einen Schlag am Leibe wie ein verdammter Hufschmied – ich bin schon ganz schwarz und blau.«

»How do you do?« brüllte der Ras abermals und machte Anstalten, noch einmal zuzuschlagen, aber Gareth zog hastig seine Geldbörse hervor, und der Ras entspannte sich.

»Er schlägt zu, bis ich zahle.« Gareth zählte die Münzen heraus, während der Ras und seine Gefolgschaft in atemloser Konzentration zuschauten und erst wieder in Grinsen und Gelächter ausbrachen, als die Münzen vor Gareth den vereinbarten Betrag ausmachten. »In diesem Spiel gibt es keinen Kredit«, erklärte Gareth, als er das Geld über den Teppich schob. »Auf der Stelle bar bezahlen, sonst hat man einen gebrochenen Arm.« Gareth schielte wieder zu Gregorius. »Nichts für ungut. Aber dieser alte Bastard würde nicht einmal seiner eigenen Mutter trauen, wahrscheinlich mit gutem Grund. Ich bin wirklich erschüttert! Mir ist im Laufe meines Lebens schon einiges untergekommen – aber dieser Kerl übertrifft alles.« Es lag sehr viel Respekt in Gareths Tonfall, der allerdings zu leichter Besorgnis wurde, als der Ras die Karten wieder aufnahm, um zu geben. Da wandte sich Gareth an Gregorius:

»Bitte erklären Sie Ihrem teuren Großvater, daß ich ihm zu einem späteren Zeitpunkt gern wieder zur Verfügung stehe, aber ich denke, er sollte seine Fähigkeiten jetzt ein wenig darauf konzentrieren, den gemeinsamen Feind zu verwirren. Die italienischen Streitkräfte warten.«

Widerwillig legte die Ras die Karten beiseite und eröffnete mit einer glühenden Ansprache in Amharic den Kriegsrat, dann wandte er sich unmittelbar an Jake Barton.

»Mein Großvater möchte wissen, wie es um sein Panzerbataillon steht. Die Fahrzeuge haben ihn sehr beeindruckt, und er ist sicher, daß sie sehr nützlich eingesetzt werden können.«

»Sag ihm, daß er ein Viertel seines Panzerbataillons demoliert hat. Wir haben nur noch drei funktionstüchtige Fahrzeuge.«

Der Ras zeigte keine Reue angesichts dieses Vorwurfs, sondern wandte sich an seine Truppenführer und ließ eine endlose, lebhafte Schilderung seiner Heldentaten als Fahrer vom Stapel, wobei er mit weitausholenden Gesten die Geschwindigkeit und den Schwung seiner Manöver beschrieb. Die Schilderung wurde durch beständige Ausrufe der Verwunderung von seinen Offizieren unterbrochen, und es dauerte ein paar Minuten, bevor er sich wieder an Jake wandte:

»Mein Großvater sagt, daß drei dieser wundervollen Maschinen genügen werden, um die Italiener auf schnellstem Weg ins Meer zurückzujagen.«

»Ich wünschte, ich könnte seine Zuversicht teilen«, meinte Gareth, und Jake fuhr fort:

»Es gibt noch ein kleines Problem, wir haben zu wenig Besatzung – Fahrer und Schützen – für die Wagen. Wir würden ein oder zwei Wochen brauchen, um die Männer auszubilden.«

Der Ras unterbrach ihn heftig, fast so, als hätte er Jake verstanden, und von seinen Truppenführern kam ein leidenschaftliches, zustimmendes Gemurmel.

»Mein Großvater beabsichtigt die italienischen Stellungen an den Brunnen von Chaldi anzugreifen. Er will unverzüglich angreifen.«

Jake blickte zu Gareth, dieser rollte die Augen gegen den Himmel. »Sag ihm Bescheid, alter Junge«, sagte er, aber Jake schüttelte den Kopf.

»Besser, wenn du das tust.«

Gareth holte tief Atem und ließ eine lange Erklärung vom Stapel, warum es ein selbstmörderisches Unterfangen wäre, selbst mit Unterstützung der Panzerwagen, einen Frontalangriff gegen eine befestigte Verteidigungsstellung zu starten.

»Die Italiener müssen vorrücken. Dann kommt unsere Chance.«

Gareth mußte seine ganze Beredsamkeit aufwenden, um den Ras, wenn auch widerwillig, davon zu überzeugen, daß es besser war, dem Feind den ersten Schritt zu überlassen und abzuwarten, bis die Späher meldeten, daß die Italiener ihre befestigten Stellungen oberhalb der Brunnen verlassen hätten und auf die offene Steppe zumarschierten, wo sie weit ungeschützter sein würden.

Als sich der Ras schließlich murrend und grollend damit einverstanden erklärte, seinen Angriff bis auf weiteres zu verschieben, konnte Jake das Wort wieder von Gareth übernehmen und die Angriffstaktik vorschlagen, die er für die beste hielt.

»Bitte sag deinem Großvater, daß wir auf meinen ursprünglichen Hinweis zurückkommen müssen – wir haben nicht genügend Besatzung für alle drei Fahrzeuge.«

»Ich kann fahren«, mischte sich Vicky Camberwell ein, als ihr plötzlich klar wurde, daß man sie vollkommen überging.

Gareth und Jake wechselten wieder einen Blick und waren sich offensichtlich völlig einig, und Gareth sprach aus, was beide dachten.

»Einen Panzerwagen durch die Wüste zu fahren ist etwas ganz anderes, als ihn bei einem Gefecht einzusetzen, meine Liebe. Du bist hier, um über die Kämpfe zu schreiben, nicht, um dich daran zu beteiligen.«

Vicky warf ihm einen spöttischen Blick zu und wandte sich dann an Jake.

»Jake«, begann sie.

»Gareth hat recht«, unterbrach er sie. »Ich bin mit ihm einer Meinung – in jeder Hinsicht.« Vicky ließ sich ärgerlich zurücksinken. Sie wußte, daß es keinen Sinn hatte, jetzt darüber zu streiten – aber sie würde diese anmaßende Entscheidung nicht einfach hinnehmen, sondern den richtigen Augenblick abwarten. Sie hörte schweigend zu, als das Gespräch weiterging. Jake erklärte, wie man die Panzerwagen einsetzen sollte, um den Feind zu schockieren und die italienischen Verteidigungslinien zu sprengen, so daß die äthiopische Kavallerie durchbrechen und die Verwirrung der Infanterie ausnützen könnte.

Die finstere Miene des Ras verschwand und machte einem ruchlosen Grinsen Platz. Seine Augen glühten wie schwarze Kohlen in dem dunklen, runzeligen Gesicht, und als er schließlich seine Befehle gab, sprach er mit der strengen, endgültigen Autorität eines königlichen Kriegers, die keinen Widerspruch duldete.

»Mein Großvater verfügt, daß der erste Angriff auf den Feind erfolgen wird, sobald er aus den Höhlen von Chaldi abrückt. Den Angriff werden die Reiter der Harari und der Galla, begleitet von zwei Panzerfahrzeugen, ausführen. Die Infanterie, die Vickers-Maschinengewehre und ein Panzerwagen bleiben hier an der Sardischlucht in Reserve.«

»Was ist mit der Besatzung für die Fahrzeuge?« fragte Jake.

»Du und ich, Jake, in einem Wagen, in dem anderen Wagen wird Major Swales der Fahrer sein und mein Großvater der Schütze.«

»Das darf doch nicht wahr sein«, stöhnte Gareth. »Dieser alte Bastard ist ein Spinner, total übergeschnappt. Er ist eine

Gefahr für sich selbst und für jeden anderen im Umkreis von fünfzig Meilen.«

»Einschließlich der Italiener«, stimmte Jake zu.

»Für dich steht alles zum Besten, du hast gut lachen – du wirst ja auch nicht mit einem Irren zusammen in eine Konservendose gesperrt. Gregorius, sagen Sie ihm . . .«

»Nein, Major Swales.« Gregorius schüttelte ablehnend den Kopf, sein Gesichtsausdruck war plötzlich ablehnend und eisig. »Mein Großvater hat seine Befehle gegeben. Ich werde Ihre Einwände nicht übersetzen – doch falls Sie darauf bestehen, übersetze ich ihm wörtlich, was Sie gerade über ihn gesagt haben.«

»Aber, aber, mein lieber Junge.« Gareth hob kapitulierend die Hände. »Ich betrachte es als eine Ehre, von Ihrem Großvater ausgewählt zu werden – und meine Äußerungen waren nur Spaß, das versichere ich Ihnen. Nichts für ungut, alter Junge, wirklich, nichts für ungut.« Und er mußte hilflos zusehen, wie der Ras die Spielkarten zur Hand nahm und das nächste Spiel zu geben begann. »Ich hoffe nur, daß die guten alten Italiener bald anrücken. Sehr lange werde ich mir das hier nicht mehr leisten können.«

Major Luigi Castelani salutierte am Zelteingang.

»Befehl ausgeführt, Oberst.«

Graf Aldo Belli nickte ihm in dem langen Spiegel kurz zu, bevor er seine Aufmerksamkeit wieder seinem Spiegelbild zuwandte.

»Gino«, fauchte er, »ist das ein Fleck auf der linken Spitze meines Stiefels?« Der kleine Sergeant fiel vor dem Grafen auf die Knie und hauchte den Stiefel heftig an, um ihn dann liebevoll mit seinem eigenen Jackenärmel zu polieren. Der Graf schaute auf und sah, daß Castelani immer noch am Eingang stand. Sein Gesichtsausdruck war so bekümmert und vorwurfsvoll, daß der Graf richtiggehend wütend wurde.

»Ihr Gesicht könnte ja den Wein sauer werden lassen, Castelani.«

»Der Graf kennt meine Befürchtungen.«

»Allerdings«, donnerte er. »Seit ich den Befehl zum Vorrücken gab, habe ich nichts anderes gehört als Ihr Gewinsel.«

»Darf ich noch einmal darauf hinweisen, daß dieser Befehl hinsichtlich . . .«

»Sie dürfen nicht. Il Duce, Benito Mussolini höchstpersönlich, setzt sein ganzes Vertrauen in mich. Ich werde dieses Vertrauen nicht enttäuschen.«

»Oberst, die Feinde . . .«

»Pah!« Verachtung blitzte aus den dunklen, schönen Augen. »Pah, sage ich. Feinde, sagen Sie – Wilde, sage ich. Soldaten, sagen Sie – Pöbelhaufen, sage ich.«

»Wie der Oberst wünschen, aber der Panzerwagen . . .«

»Nein! Nein, Castelani! Es war kein Panzerwagen, sondern ein Sanitätswagen.« Davon war der Graf mittlerweile tatsächlich überzeugt. »Ich werde mir diese schicksalhafte Gelegenheit nicht entgehen lassen. Ich lehne es ab, mich wie ein verschrecktes altes Weib anzuschleichen. Das liegt mir nicht, Castelani, ich bin ein Mann der Tat – der direkten Tat. Es liegt in meinem Wesen, meinem Feind wie ein Leopard direkt an die Kehle zu springen. Für Geschwätz ist jetzt keine Zeit mehr, Castelani. Es ist Zeit zu handeln.«

»Wie Oberst wünschen.«

»Es ist nicht etwas, das ich wünsche, Castelani. Es ist etwas, das die Kriegsgötter bestimmt haben, und ich – als Soldat – muß gehorchen.«

Darauf schien es keine Antwort zu geben. Also trat der Major schweigend beiseite, und der Graf fegte mit hocherhobenem Kinn und festen, entschlossenen Schritten aus dem Zelt.

Castelanis Kampfverband stand seit der Morgendämmerung bereit. Fünfzig von den schweren Truppentransportern bildeten eine einzige Kolonne, und er hatte fast die ganze Nacht damit verbracht, die Marschordnung festzulegen.

Am Ende hatte er angeordnet, daß eine Kompanie unter dem Kommando eines jungen Hauptmanns in den befestigten Stellungen oberhalb der Brunnen von Chaldi zurückblieb. Alle anderen Einheiten wurden der fliegenden Kolonne angegliedert, die direkt auf die Schlucht vorrükken, die Zufahrtsstraßen einnehmen und sich bis zur Hochebene durchschlagen sollte.

An die Spitze der Kolonne hatte Castelani fünf Lastwagen mit Scharfschützen gestellt, unmittelbar dahinter kamen die Maschinengewehrabteilungen, von denen er wußte, daß er sie in wenigen Minuten kampfbereit machen konnte. Ihnen folgten zwanzig weitere Lastwagen mit Infanterie – und zehn bildeten die Nachhut. Die Feldartillerie unterstand seinem persönlichen Kommando.

Falls die Kolonne wieder in Schwierigkeiten kommen sollte, zählte er darauf, daß ihm die Infanterie genug Zeit geben würde, um seine Haubitzen aufzustellen und vorzubereiten. Unter ihrem Schutz war er einigermaßen zuversichtlich, daß er die Kolonne vor jeder mißlichen Lage bewahren konnte, in die sie die neugefundene Verwegenheit und die prahlerischen Ruhmesphantasien des Grafen wahrscheinlich bringen würde – er war einigermaßen, aber nicht ganz zuversichtlich.

Die Fahrer und Besatzungen der stehenden Lastwagen hatten sich neben den Fahrzeugen auf dem Sandboden hingelümmelt, ohne Mützen, mit aufgeknöpften Uniformröcken und brennenden Zigaretten. Castelani warf den Kopf zurück, blähte seine Lungen auf und ließ ein Gebrüll los, das von dem hohen, klaren Wüstenhimmel widerzuhallen schien.

»Antreten!« Die lässig ausgestreckten Gestalten rafften sich in aller Eile auf, griffen zu den Waffen, ordneten ihre

Uniformen und stellten sich in unordentlichen Reihen neben den Lastern auf.

»Meine Kinder«, sagte Aldo Belli, als er die Linien abzuschreiten begann. »Meine tapferen Jungen«, und er schaute sie an, ohne die schlecht zugeknöpften Uniformröcke, die Bartstoppeln in ihren Gesichtern oder die hastig ausgedrückten Zigaretten hinter ihren Ohren zu sehen. Sentimentalität trübte ihm den Blick, und in seiner Phantasie trugen sie glänzende Brustharnische und Helmbuschen.

»Dürstet euch nach Blut?« fragte der Oberst, warf den Kopf zurück und lachte ein unbekümmertes, sorgloses Lachen. »Ich werde euch kübelweise davon besorgen«, sagte er. »Noch heute werdet ihr euch satttrinken können.«

Die Männer, die sich in Hörweite befanden, scharrten mit den Füßen und sahen einander beklommen an. Sie hätten einer Flasche Chianti eindeutig den Vorzug gegeben.

Der Graf blieb vor einem mageren, kaum zwanzigjährigen Infanteristen stehen, unter dessen Helm ein dunkler, zerzauster Wust von Haaren hervorlugte.

»Bambino«, sagte der Graf, und der Junge senkte den Kopf und grinste sichtlich verlegen. »Wir werden noch heute einen Soldaten aus dir machen.« Er umarmte den Jungen, hielt ihn dann auf Armeslänge von sich fort und betrachtete sein Gesicht. »Italien gibt seine besten Söhne hin, keiner ist zu jung oder zu vornehm, um von dem höchsten Opfer auf dem Altar des Krieges verschont zu bleiben.« Das einschmeichelnde Lächeln des Jungen verwandelte sich augenblicklich in Entsetzen.

»Sing, Bambino, sing!« rief der Graf und stimmte selbst mit seiner hohen Baritonstimme ›La Giovinezza‹ an, während der Junge mit unsicher zitternder Stimme einfiel. Singend ging der Graf weiter und erreichte die Spitze der Kolonne, als das Lied zu Ende war. Atemlos und außerstande zu sprechen, nickte er Castelani zu, und der Major brüllte wieder:

»Aufsitzen!«

In den Reihen der Schwarzhemden wurde es lebendig. Sie liefen zu den plumpen Lastautos und kletterten hinauf.

Der Rolls-Royce stand in seiner ganzen Pracht an der Spitze der Kolonne. Giuseppe saß fahrbereit hinter dem Lenkrad, neben ihm Gino mit schußbereiter Kamera.

Der Motor surrte, und auf dem breiten Rücksitz lag die persönliche Ausrüstung des Grafen: ein Sportgewehr, eine Schrotflinte, Reisedecken, ein Picknickkorb, eine Kiste mit Strohwein, ein Fernglas und ein elegantes Cape.

Würdevoll bestieg der Graf den Wagen und setzte sich auf die Lederpolster. Er blickte zu Castelani.

»Vergessen Sie nicht, Major, das Wesentliche meiner Strategie ist der Überraschungseffekt und die Schnelligkeit. Ein schneller und unbarmherziger Blitzstrahl von stählerner Hand direkt in das Herz des Feindes.«

Major Castelani saß neben dem Fahrer im letzten Wagen der Kolonne, mußte den Staub der neunundvierzig Lastwagen vor ihm schlucken und begann schon jetzt in der Backofenhitze der stählernen Fahrerkabine leicht zu schwitzen, als er auf seine Uhr schaute.

»Heilige Mutter Gottes«, knurrte er. »Es ist schon nach elf. Wir werden schnell vorrücken müssen, wenn wir . . .«

In diesem Augenblick fluchte der Fahrer und trat hart auf die Bremse. Noch bevor der Lastwagen stand, war Castelani auf das Trittbrett hinausgesprungen und kletterte auf das Dach der Fahrerkabine.

»Was ist los?« rief er dem Fahrer vor ihm zu.

»Ich weiß es nicht, Major«, rief der Mann zurück.

Die ganze Kolonne stand, und Castelani wartete auf das Geräusch von Gewehrschützen – gewiß waren sie in einen Hinterhalt geraten. Verwirrte Rufe, Fragen und Kommentare der Fahrer und Besatzungen wurden laut, als sie aus den stehenden Wagen kletterten und zur Kolonnenspitze starrten.

Castelani stellte sein Fernglas ein. In diesem Augenblick hallte eindeutig das Krachen von Gewehrschüssen über die

Wüste, und Castelani lag der Befehl, die Feldgeschütze vorzubereiten, bereits auf den Lippen, als er mit dem Fernglas den Rolls-Royce ausmachen konnte.

Das große Auto raste durch das kümmerliche Gras an der linken Flanke entlang, und der Graf auf dem Rücksitz war mit einer Schrotflinte bewaffnet, die er über den Kopf des Fahrers hob. Castelani konnte sehen, wie eine Schar dunkelbrauner Frankolinhühner sich vor dem Rolls aus dem Gras erhob und mit kräfigen Flügelschlägen steil in die Lüfte stieg. Lange blaue Streifen von Pulverdampf schossen aus den Läufen der Schrotflinte. Zwei der Vögel überschlugen sich in einer Wolke von weichen braunen Federn, während die anderen das Weite suchten. Der Rolls kam schlingernd in einer Staubwolke zum Stehen.

Castelani sah wie Gino, der kleine Sergeant, aus dem Wagen sprang und zu den toten Vögeln lief, um sie aufzuheben und dem Grafen zu bringen.

»Porco Dio!« donnerte der Major, als er sah, wie sich der Graf mit den beiden toten Vögeln in den Händen stolz lächelnd für die Kamera hinten im Rolls-Royce in Pose stellte.

In der Armee des Ras machte sich allmählich ein Gefühl der Angst und der Mutlosigkeit breit. Sie warteten nun schon seit dem Vormittag, einen erstickend heißen und unerbittlich langweiligen Tag lang.

Die Späher hatten das Vorrücken der italienischen Streitkräftc um zehn Uhr vormittags gemeldet, und die Truppen des Ras hatten unverzüglich die sorgfältig vorbereiteten Stellungen eingenommen.

Gareth Swales hatte Tage damit verbracht, die bestmögliche Stelle auszusuchen, um dem ersten italienischen Ansturm zu begegnen. Alle Abteilungen der wilden äthiopischen Kavallerie waren genau über den Ablauf des Hinterhaltes informiert, und allen war die Notwendigkeit, strikte Disziplin zu halten, eingetrichtert worden.

Die ausgewählte Stelle befand sich zwischen den Ausläufern der Berge in der Trichteröffnung, die den Ausgang der Sardischlucht bildete. Es lag auf der Hand, daß sich die Italiener nur auf dieser Route nähern konnten, und die Passage war kaum zwölf Meilen breit.

Die Angreifer mußten nahe an das südliche Horn des Trichters herangeführt werden, wo die Vickers-Maschinengewehre am Felsabhang in Stellung gegangen waren und wo sich ein kleiner Wasserlauf seinen Weg in die Ebene gebahnt hatte. Das Flußbett war trocken und schlängelte sich etwa fünf Meilen in die Wüste hinein, bevor es verschwand, aber es war tief und breit genug, um die großen Einheiten der Harari und Galla-Reiter zu verbergen.

Dieses Reiterheer hatte, neben ihren Pferden im schneeweißen Sand des Flußbettes kauernd, den ganzen Tag gewartet. Die beiden Stämme waren klugerweise voneinander getrennt worden. Die Harari standen am oberen Ende der Falle, in der Nähe des felsigen Berghanges, wo die Vickers-Schützen zwischen den Felsblöcken ihre Posten bezogen hatten. Die Gallas unter dem narbengesichtigen Gerazmach im blauen Shamma waren weiter draußen in der Ebene postiert, genau dort, wo sich das trockene Flußbett in einer scharfen Krümmung durch das ausgedörrte Grasland schlängelte.

Dort in der Krümmung waren die Uferböschungen noch immer steil genug, um fünfzehnhundert berittene Männer zu verbergen. Zusammen mit den dreitausend Kavalleristen des Ras bildeten sie ein gewaltiges Offensivheer – besonders, wenn sie unerwartet auf einen verwirrten und fassungslosen Feind zustürmten. Die schon recht blutrünstige Stimmung der Äthiopier war durch die vielen Stunden erzwungener Untätigkeit, in denen sie ohne Schutz vor der blendenden Sonne in dem weißen Sand kauerten, der die Sonnenstrahlen wie ein Spiegel reflektierte, noch verstärkt worden. Die Pferde litten bereits unter der Hitze und dem Wassermangel – während die Männer nur noch blutdürstiger wurden.

Gareth Swales hatte, die natürliche Krümmung des Wasserlaufes ausnützend, eine Falle aufgestellt, in die er die italienische Kolonne hineinlocken wollte. Zwei Meilen weiter draußen in der Ebene, jenseits der Stelle, wo er mit der Buckeligen stand, verbarg eine Bodenwelle die kleine Gruppe von Reitern, die als Köder dienten. Sie warteten dort schon seit dem frühen Morgen, seit die Späher das Abrücken der Italiener gemeldet hatten. Wie alle anderen mußten auch sie sich nun unruhig, gelangweilt und ausgesprochen unbehaglich fühlen. Gareth wunderte sich, daß dieser gewaltige, formlose Truppenkörper aus undisziplinierten, unabhängigen, stolzen Bergbewohnern so lange ausgehalten hatte. Er wäre keineswegs überrascht gewesen, wenn die Hälfte von ihnen bis zu diesem Zeitpunkt das Interesse verloren und nach Hause gegangen wäre.

Die einzige Person, die voll beschäftigt und glücklich zu sein schien, war Jake Barton. Gareth senkte sein Fernglas und betrachtete gereizt den Körperteil, den er von ihm sehen konnte. Die obere Hälfte dieses Herrn verschwand vollkommen im Maschinengehäuse von Priscilla dem Ekel, sichtbar waren nur seine Beine und sein Hinterteil. Das endlose, leise Pfeifen einer Passage aus dem ›Tiger Rag‹ verstärkte Gareths gereizte Stimmung.

»Wie kommst du voran?« rief er, nur um die Musik zu stoppen. Jakes Lockenkopf tauchte augenblicklich auf. Sein Gesicht war ölverschmiert.

»Ich glaube, ich habe es gefunden«, sagte er vergnügt. »Ein Klumpen Dreck im Vergaser.« Er wischte sich die Hände an einem Stück Putzwolle ab, das Gregorius ihm reichte. »Was machen die Italiener?«

»Ich glaube, wir haben ein kleines Problem, alter Junge«, murmelte Gareth gedämpft, hob das Fernglas wieder an die Augen. Sein Gesicht war auf einmal ernst und besorgt. »Ich muß zugeben, daß ich damit gerechnet habe, sie würden in alter Römermanier feurig und prahlerisch ohne einen Blick zurück hier anrücken.«

Jake kam von seinem Wagen heran und kletterte neben Gareth auf den Panzerturm. Die beiden Panzerwagen standen am äußersten Ende des gewundenen Wasserlaufs, dort, wo er seine Ähnlichkeit mit einem Flußbett verlor und in der endlosen Weite des welligen Hügellandes im Gras verschwand. Hier waren die Uferböschungen gerade noch so hoch, daß sie die Karosserien der beiden Fahrzeuge verbargen, die Panzertürme aber teilweise freiließen. Eine leichte Tarnung aus abgeschnittenen Dornensträuchern machte sie unauffällig, während sie den Mannschaften als Beobachtungsposten dienen konnten.

Gareth gab Jake sein Fernglas. »Ich glaube, wir haben es mit einem ganz gerissenen Kommandanten zu tun. Dieser Italiener stürmt nicht vor. Er rückt schön langsam an und läßt sich Zeit.« Gareth schüttelte besorgt den Kopf. »Das gefällt mir überhaupt nicht.«

»Er hat schon wieder angehalten«, sagte Jake, als er die ferne Staubwolke beobachtete, die die Position der vorrükkenden Kolonne anzeigte. Die Staubwolke schrumpfte zusammen und verschwand.

»O mein Gott!« stöhnte Gareth und griff nach dem Fernglas. »Der Bastard hat irgend etwas vor, da bin ich ganz sicher. Das ist das siebte Mal, daß die Kolonne anhält – und ohne ersichtlichen Grund. Die Späher können nichts ausmachen – und ich auch nicht. Ich habe das dumpfe Gefühl, daß wir es mit einer Art militärischem Genie zu tun haben, einem modernen Napoleon, und das macht mich verdammt nervös.«

Jake lächelte und rief gleichmütig: »Was du wirklich brauchst, ist ein beruhigendes Spielchen. Der Ras wartet auf dich.« Wie auf ein Stichwort hin blickte der Ras strahlend und erwartungsvoll von der Munitionskiste auf, die im Schatten neben dem Fahrzeug stand. Er hatte die Spielkarten in einem Muster auf den Deckel ausgebreitet und eine ganze Weile studiert. Hinter ihm stand seine Leibwache. Sie schauten ebenfalls erwartungsvoll auf.

»Sie haben mich umzingelt«, ächzte Gareth. »Ich bin nicht

sicher, welcher von ihnen der Gefährlichere ist – dieser alte Bastard da unten oder der da draußen.«

Er hob wieder das Fernglas und ließ seinen Blick über den Horizont unterhalb der Berge schweifen. Nicht die geringste Spur einer Staubwolke war mehr zu entdecken.

»Was, zum Teufel, hat er vor?«

Eigentlich war dieser siebente durch Graf Aldo Belli hervorgerufene Halt der kürzeste des Tages und doch einer der unvermeidlichsten.

Es war tatsächlich eine äußerst dringende Angelegenheit, denn während die tragbare Latrine des Grafen von dem Lastwagen abgeladen wurde, auf dem sich seine persönliche Ausrüstung befand, wand und krümmte er sich bereits auf dem Rücksitz des Rolls-Royce, während Gino, sein Bursche, ihn zu beruhigen versuchte.

»Es ist das Wasser aus diesen Brunnen, Exzellenz«, meinte er weise.

Sobald die Latrine mit Blick auf die entfernten Berge aufgestellt war, wurde auch noch ein kleines Zelt darüber gebaut, um den Stuhl vor den neugierigen Blicken von fünfhundert Infanteristen zu verbergen.

Das Werk wurde gerade noch rechtzeitig vollendet. Dann senkte sich eine ehrfürchtige, erwartungsvolle Stille über die ganze Kolonne, als der Graf vorsichtig aus dem Wagen kletterte, wie ein olympischer Marathonläufer auf das kleine abgelegene Zelt zustürmte und verschwand. Das erwartungsvolle Schweigen dauerte fast fünfzehn Minuten – und wurde schließlich durch das Gebrüll des Grafen aus dem Zelt unterbrochen.

»Schickt den Arzt zu mir!«

Fünfhundert Männer warteten gespannt wie ein Kinopublikum, und die wildesten Vermutungen und Gerüchte liefen durch die Kolonne bis zu Major Castelani. Und selbst er, überzeugt davon, daß er alles gesehen hatte, konnte den

Grund für diese neuerliche Verzögerung einfach nicht glauben und eilte nach vorn, um der Sache auf den Grund zu gehen.

Als er beim Zelt ankam, standen der Graf und seine medizinischen Berater dicht gedrängt um die Latrine und besprachen aufgeregt deren Inhalt. Der Graf war blaß, aber stolz, etwa so wie eine junge Mutter, deren Kind im Mittelpunkt der Aufmerksamkeit steht. Er schaute auf, als Castelani am Eingang erschien, und der Major wich zurück, denn einen Augenblick sah es so aus, als würde ihn der Graf dazu auffordern, sich der näheren Besichtigung anzuschließen.

Er salutierte hastig und trat noch einen Schritt zurück.

»Hat Ihre Exzellenz Befehle für mich?«

»Ich bin ein kranker Mann, Castelani«, erwiderte der Graf und nahm eine entsprechende Pose ein: er erschlaffte sichtlich und ließ ermattet den Kopf hängen. Dann streckte er langsam die Schultern und hob das Kinn. Ein mattes, aber tapferes Lächeln lag auf seinen Lippen. »Aber das ist bedeutungslos. Wir marschieren weiter, Castelani. Vorwärts! Sagen Sie den Männern, mir geht es gut. Verschweigen Sie ihnen die Wahrheit. Wenn sie von meiner Krankheit wüßten, würden sie verzweifeln. Meine Krankheit würde sie in Panik versetzen.«

Castelani salutierte wieder. »Wie Sie wünschen, Oberst.«

»Helfen Sie mir zum Wagen, Castelani«, befahl er, und widerwillig nahm der Major seinen Arm. Der Graf stützte sich schwer auf ihn, als sie zum Rolls gingen, aber er lächelte seinen Männern tapfer zu und winkte den Nächststehenden.

»Meine armen, tapferen Jungen«, murmelte er. »Sie dürfen es niemals erfahren. Ich werde sie nicht im Stich lassen.«

»Was, zum Teufel, geht da draußen vor?« fragte Gareth Swales und schaute besorgt zu Jake hinauf, der auf dem Panzerturm über ihm stand.

»Nichts!« versicherte ihm Jake. »Da rührt sich absolut nichts.«

»Das gefällt mir nicht«, wiederholte Gareth verdrießlich. Seine Miene veränderte sich kaum, als der Ras sein Triumphgeheul hören ließ und seine Karten abzulegen begann.

»Das gefällt mir ebensowenig«, sagte er wieder und griff nach seiner Brieftasche, bevor ihn der Ras daran erinnern konnte. Während der Ras mischte und das nächste Spiel gab, setzte er sein Gespräch mit Jake fort.

»Was ist mit Vicky? Auch aus dieser Richtung noch immer nichts?«

»Nicht das geringste«, versicherte ihm Jake.

»Das ist auch so eine Sache, die mir absolut nicht gefällt. Sie hat es viel zu gelassen hingenommen. Ich erwarte schon die ganze Zeit, daß sie hier auftaucht – trotz meiner Anordnung.«

»Sie wird nicht kommen«, versicherte ihm Jake und hob wieder das Fernglas, um den Horizont abzusuchen.

»Ich wünschte, ich wäre ebenso zuversichtlich«, murmelte Gareth und nahm seine Karten auf. »Ich erwarte jeden Augenblick, ihren Wagen auftauchen zu sehen. Es ist einfach nicht ihre Art, untätig im Lager zu bleiben, während hier draußen etwas im Gange ist. Dieses Mädchen ist ein richtiger Frontsoldat. Sie will immer dabeisein, wenn etwas passiert.«

»Ich weiß«, stimmte Jake zu. »Sie hatte diesen gewissen Ausdruck in den Augen, als sie versprach, in der Schlucht zu bleiben. Also habe ich etwas unternommen, um sicherzugehen, daß sie Miss Wackelig nicht in Betrieb nehmen wird. Ich habe einfach den Verteilerfinger ausgebaut.«

Gareth begann zu grinsen. »Das ist die erste gute Nachricht heute. Ich habe mir schon vorgestellt, wie Vicky Camberwell mitten in ein Feuergefecht hineinplatzt.«

»Die armen kleinen Italiener«, meinte Jake, und beide mußten lachen.

»Manchmal überraschst du mich. Weißt du das?« sagte Gareth, nahm eine Zigarre aus seiner Brusttasche und warf sie Jake zu. »Danke, daß du dich um das kümmerst, was mir gehört«, sagte er. »Ich weiß das zu würdigen.«

Jake biß die Zigarrenspitze ab und warf ihm einen spöttischen Blick zu, als er ein Streichholz an dem rauhen Stahl des Panzerturmes anriß und die Flamme mit der hohlen Hand schützte.

»Sie sind alle herrenlose Kälber, bis ihnen jemand sein Brandzeichen aufdrückt. Das ist das Gesetz des Weidelandes, mein Lieber«, erwiderte er und zündete die Zigarre an.

Vicky Camberwell hatte sich fünf erwachsene Männer von der Lagerwache ausgesucht, jeden mit einem silbernen Mariatheresientaler belohnt und alle bis an den Rand der Erschöpfung gebracht. Einer nach dem anderen hatte die Kurbel von Miss Wackelig in die Hand genommen und daran gedreht wie ein wahnsinniger Leierkastenmann – während Vicky sie mit funkelnden Augen und vor Wut geröteten Wangen abwechselnd aufmunternd und drohend aus der Fahrerluke antrieb.

Nach einer Stunde war sie felsenfest davon überzeugt, daß Sabotage angewendet worden war, um sie aus der Sache herauszuhalten, und begann Miss Wackeligs innere Organe zu untersuchen. Vicky war eine jener ungewöhnlichen Frauen, die immer wissen wollen, wie etwas funktioniert, und sie war deshalb ihr ganzes Leben lang einer Reihe von Mechanikern, Freunden und Lehrern mit ihren Fragen auf die Nerven gegangen. Ihr genügte es nicht, ein Fahrzeug zu starten und zu lenken. Sie hatte sich zu einer ausgezeichneten Fahrerin und Pilotin entwickelt und gleichzeitig eine leidliche Vorstellung davon, wie ein Verbrennungsmotor funktioniert.

»Also gut, Mr. Barton, dann müssen wir eben herausfinden, was du angestellt hast«, murmelte sie grimmig. »Fangen wir mit der Treibstoffzufuhr an.«

Sie krempelte die Ärmel hoch und band ein Tuch um ihre Haare. Ihre fünf prächtigen Helfer sahen erfurchtsvoll zu, wie sie sich dem Motorgehäuse näherte und die Motorhaube öffnete. Dann drängten sie sich heran, um eine gute Sicht zu haben und Ratschläge zu erteilen. Sie mußte die Männer zurückdrängen, bevor sie mit der Arbeit beginnen konnte, aber dann nahm sie ihre Aufgabe völlig gefangen, und innerhalb einer halben Stunde hatte sie das Treibstoffsystem überprüft, hatte sich davon überzeugt, daß der Treibstoff ungehindert vom Tank durch die Leitungen zum Vergaser gelangen konnte und die Benzinpumpe einwandfrei funktionierte.

»Gut, nun zur Elektrikanlage«, murmelte sie vor sich hin und drehte sich gereizt um, als eine Hand beharrlich an ihrem Gürtel zog und sie in ihrer Arbeit störte.

»Ja, was ist denn?« Ihr Gesichtsausdruck veränderte sich augenblicklich und hellte sich auf, als sie sah, wer der Störenfried war.

»Sara!« Sie umarmte das Mädchen. »Wie, in aller Welt, kommen Sie hierher?«

»Ich bin davongelaufen, Miss Camberwell. Im Spital war es so langweilig. Ich habe mir von den Männern meines Vaters ein Pferd bringen lassen, bin aus dem Fenster geklettert und durch die Schlucht hierhergeritten.«

»Was ist mit Ihrem Freund – dem jungen Doktor?« fragte Vicky, ohne das Mädchen loszulassen, und war überrascht über die Tiefe ihrer Zuneigung.

»Oh, der!« Aus Saras Stimme klang Verachtung und Hohn. »Der war das Langweiligste im ganzen Spital. Doktor! Ha! Der weiß überhaupt nicht, wie ein Körper funktioniert – ich mußte ihm das erst beibringen – und das war wirklich kein Spaß.«

»Und Ihr Bein?« fragte sie. »Wie geht es Ihrem Bein?«

»Nicht der Rede wert – fast gesund.« Sara versuchte die

Verletzung herunterzuspielen – aber Vicky sah, daß ihr Gesicht schmerzverzerrt und hohlwangig war. Der lange, stürmische Ritt durch die Schlucht mußte sie angestrengt haben, und als Vicky sie besorgt zu einem Stuhl im Schatten einer Akazie führte, hinkte sie stark.

»Ich habe gehört, daß es zum Kampf kommen wird. Eigentlich bin ich nur deshalb gekommen. Ich habe gehört, daß die Italiener vorrücken . . .« Sie schaute sich mit strahlenden Augen um und schien ihren Schmerz und ihre Schwäche völlig zu vergessen. »Wo sind Jake und Gareth? Wo ist Gregorius? Wir dürfen den Kampf nicht versäumen, Miss Camberwell.«

»Daran arbeite ich ja gerade.« Vickys Lächeln verschwand. »Sie haben uns zurückgelassen.«

»Was!« Saras Blick wurde kampflustig und dann wütend, als Vicky erklärte, wie sie ausgebootet worden waren.

»Männer! Man kann ihnen einfach nicht trauen«, erregte sie sich. »Wenn sie nicht gerade versuchen, einem auf den Hintern zu klopfen, dann ist es irgend etwas Schlimmeres. Das werden wir nicht zulassen – oder?«

»Nein«, pflichtete Vicky bei. »Das werden wir ganz sicher nicht.«

Mit Sara neben sich war es völlig unmöglich, ihre Arbeit an dem Panzerwagen fortzusetzen, denn das Mädchen versuchte ihre totale Unwissenheit in mechanischen Dingen durch eine zügellose Neugierde wettzumachen, und als Vicky die Zündung untersuchen wollte, starrte sie statt dessen auf Saras Hinterkopf, der sich dazwischengeschoben hatte. Nachdem sie sie zum sechsten Mal beiseite geschoben hatte, fragte sie unwirsch:

»Wissen Sie, wie man ein Vickers-Maschinengewehr abfeuert?«

»Ich bin ein Mädchen aus den Bergen«, prahlte Sara. »Ich bin mit einem Gewehr in der Hand und einem Pferd zwischen den Beinen geboren worden.«

»Oder so was Ähnlichem«, murmelte Vicky. Das Mädchen grinste schelmisch.

»Aber haben Sie schon einmal mit einem Vickers geschossen?«

»Nein«, gab Sara widerstrebend zu, doch dann begann sie zu strahlen. »Aber ich werde sicher nicht lange brauchen, um herauszufinden, wie es funktioniert.«

»Also dann!« Vicky deutete auf den dicken, mit einem Wassermantel umgebenen Lauf, der aus dem Panzerturm ragte. »Vorwärts!«

Als Sara unbeholfen auf die Plattform kletterte und das verletzte Bein vorsichtig nachzog, konnte Vicky sich wieder voll und ganz ihrer Untersuchung widmen. Es verging eine weitere halbe Stunde, bevor sie ausrief:

»Er hat den Verteilerfinger ausgebaut. Oh, der heimtückische Lump.«

Saras Kopf tauchte aus dem Panzerturm auf. »Gareth?« fragte sie.

»Nein«, antwortete Vicky, »Jake.«

»Von ihm hätte ich das nicht erwartet.« Sara kletterte herunter und stellte sich neben Vicky, um den Schaden zu begutachten.

»Sie sind alle gleich.«

»Wo hat er ihn versteckt?«

»Wahrscheinlich hat er ihn in der Tasche.«

»Was machen wir jetzt?« Sara rang unbekümmert die Hände. »Wir werden den Kampf versäumen.«

Vicky dachte einen Augenblick nach, dann hellte sich ihre Miene auf. »Im Zelt in meiner Tasche ist eine Taschenlampe und ein lederner Kosmetikkoffer. Bringen Sie mir bitte beides.«

Vicky nahm eine der Trockenbatterien aus der Taschenlampe, schlitzte sie mit Hilfe der gebogenen Klinge des Dolches von Saras Gürtel auf, löste ein dickes Kohlestäbchen aus dem Kern und feilte es mit der Nagelfeile aus ihrem Kosmetikkoffer sorgfältig zurecht, bis es genau in den Mittelschacht des Verteilers paßte – und der Motor sprang bei der ersten Umdrehung der Kurbel an.

»Sie sind wirklich sehr klug, Miss Camberwell«, sagte

Sara mit einer so feierlichen, aufrichtigen Ernsthaftigkeit, daß Vicky tief gerührt war. Sie lächelte zu dem Mädchen auf, das hinter dem Fahrersitz, im Panzerturm stand.

»Glauben Sie, Sie können schon mit dem Gewehr umgehen?« fragte sie. Sara nickte unsicher, legte ihre dunklen, schlanken Hände um den plumpen Mahagonischaft und stellte sich auf die Zehen, um mit zusammengekniffenen Augen durch das Visier zu schauen.

»Bringen Sie mich nur zu ihnen, Miss Camberwell.«

Vicky ließ die Kupplung los und fuhr den Wagen in einem weiten Bogen unter den Akazien hervor auf den steilen, steinigen Weg zu, der in das offene Weideland in dem Bergtrichter führte.

»Ich bin sehr böse auf Jake«, erklärte Sara und griff krampfhaft nach einem Halt, als der Wagen über den unebenen Weg holperte. »Von ihm hätte ich ein solches Benehmen nicht erwartet – den Verteilerfinger zu verstekken. Das paßt eher zu Gareth. Ich bin enttäuscht von ihm.«

»Tatsächlich?«

»Ja, ich denke, wir sollten ihn bestrafen.«

»Wie?«

»Ich denke, Gareth sollte ihr Liebhaber werden«, meinte Sara entschieden. »Ich denke, damit werden wir Jake bestrafen.«

Während sie sich mit dem Lenkrad abmühte und ihre Füße über die Stahlpedale von Bremse und Kupplung tanzen ließ, dachte Vicky über das nach, was Sara gesagt hatte. Sie dachte auch an Jakes starke, breite Schultern und an seine muskulösen Arme – sie dachte an sein dichtes, lockiges Haar und an dieses breite, jungenhafte Grinsen, das sich so unvermittelt in eine finstere Miene verwandeln konnte. Sie erkannte plötzlich, wie sehr sie sich danach sehnte, bei ihm zu sein, und wie sehr sie ihn vermissen würde, wenn er gegangen wäre.

»Ich muß Ihnen dafür danken, daß Sie meine Angelegenheiten für mich in Ordnung bringen«, rief sie dem Mädchen im Panzerturm zu. »Sie verstehen sich drauf.«

»Ist mir ein Vergnügen, Miss Camberwell«, rief Sara zurück. »In diesen Dingen kenne ich mich eben aus.«

Als der Nachmittag langsam zu Ende ging, zogen über den Bergen im Westen dunkle Gewitterwolken auf. Sie stiegen in den endlosen saphirblauen Himmel, glatte, runde silbrige Massen, die gewichtig und majestätisch heranrollten, anschwollen und die Farbe von reifen blauen Trauben annahmen.

Doch der Himmel über der Ebene war klar und offen. Die Sonne brannte hernieder und erhitzte den Boden, so daß die Luft zu flimmern und zu tanzen begann und alles verzerrte. Einmal waren die Berge so nahe, daß es aussah, als würden sie bis in den Himmel ragen und müßten über der kleinen Gruppe von Männern, die im Schatten der versteckten Panzerwagen kauerten, zusammenstürzen; und dann erschienen sie wieder weit entfernt und winzig klein.

Die Sonne hatte die Karosserien der Wagen erhitzt, so daß man sich bei jeder Berührung die Haut verbrennen würde – und die Männer, die warteten, alle außer Jake Barton und Gareth Swales, krochen wie die Überlebenden einer Katastrophe unter die Fahrzeuge, um Schutz vor der unbarmherzigen Sonne zu suchen.

Die Hitze war so unerträglich, daß sie das Kartenspielen längst aufgegeben hatten, und die beiden weißen Männer keuchten wie Hunde. Der Schweiß trocknete augenblicklich auf ihrer Haut und bedeckte sie mit einer dünnen Schicht weißer Salzkristalle.

Gregorius blickte zu den Bergen und den Wolken hinauf und sagte leise: »Es wird bald regnen.« Dann schaute er zu Jake Barton auf, der wie eine Statue auf dem Panzerturm von Priscilla dem Ekel saß. Jake hatte seinen Kopf und seinen Oberkörper in einen weißen Leinenshamma gehüllt, um sich vor der Sonne zu schützen, und hielt das Fernglas im Schoß. Alle paar Minuten hob er das Fernglas an die

Augen und ließ den Blick einmal langsam über das Land vor sich schweifen, bevor er wieder in seine Regungslosigkeit verfiel.

Allmählich wurden die Schatten der Panzerwagen länger, die Sonne überschnitt den Zenit und verlor nach und nach ihren blendenden Glanz, ihre Strahlen färbten sich gelb und rötlich. Jake hob gerade wieder das Fernglas, doch diesmal hielt er mitten in der Bewegung inne. Eine Staubwolke wogte sanft auf der Linie, wo die fahle Erde mit dem noch fahleren Himmel verschmolz.

Er beobachtete sie fünf Minuten lang. Es sah so aus, als würde die Staubwolke verschwinden, zusammenschrumpfen – in der hitzeflimmernden Luft schienen sich schimmernde Säulen zu erheben und seinen Blick zu trüben.

Jake ließ das Fernglas sinken. Unter seinem Haaransatz brach Schweiß hervor und tropfte über seine Stirn in die Augen. Er fluchte leise, als das Salz in seinen Augen brannte, und wischte sich den Schweiß mit dem Saum seines leinenen Shammas vom Gesicht. Er blinzelte mit den Augen und hob wieder das Fernglas – plötzlich fühlte er sein Herz höher schlagen und das Prickeln einer Gänsehaut in seinem Nacken.

Die grotesken Strömungen und Wirbel der erhitzten Luft verschwanden plötzlich, die Staubwolke, die noch vor wenigen Minuten so fern erschienen war wie die Meeresküste, war nun so nahe und hob sich so deutlich gegen den blaßblauen Himmel ab, daß sie die Linse des Fernglases ausfüllte. Dann tat sein Herz abermals einen Satz – unter der rollenden, ausgedehnten Staubwolke konnte er die dunklen, insektenhaften Umrisse von vielen, sich rasch nähernden Fahrzeugen ausmachen. Plötzlich wechselte die Konsistenz der Luft wieder und die Umrisse der näherkommenden Kolonne veränderten sich – die Kolonne wurde riesengroß und tauchte drohend aus den Staubschleiern auf – sie kam mit jeder Sekunde näher und wurde bedrohlicher.

Jake brüllte, und sofort stand Gareth neben ihm.

»Bist du wahnsinnig?« stieß er hervor. »Sie werden jeden Augenblick über uns herfallen.«

»Motor anlassen«, fauchte Jake und schwang sich durch die Fahrerluke. Rund um den Panzerwagen entstand plötzlich eine emsige Betriebsamkeit. Widerstrebend sprangen die Motoren an, ungleichmäßig und stotternd. Da sich der Treibstoff in der Hitze verflüchtigte, kam es zu Fehlzündungen, und die Motoren starben wieder ab.

Der Ras wurde von einem halben Dutzend seiner Leibwächter in den Panzerturm von Gareths Wagen gehoben und hinter das Vickers-Gewehr gesetzt. Dann verließen ihn seine Männer und beeilten sich, ihre Ponys zu besteigen. Doch plötzlich stieß der Ras eine Reihe von gellenden Lauten in Amharic aus und deutete auf seine leere Mundhöhle, die zahnlos und so groß war, daß ein Bär darin hätte überwintern können.

Seine Männer waren einen Augenblick verwirrt, bis der Älteste und Würdigste unter seinen Wächtern ein lederbezogenes Etui aus seiner Satteltasche hervorzog, hastig zum Wagen zurückeilte und sich demütig auf die Plattform kniete, um dem Ras die offene Schachtel hinzuhalten. Besänftigt griff der Ras in die Schachtel und brachte ein prächtiges Porzellangebiß zum Vorschein, vollständig mit hellroten Gaumenplatten und so groß, daß es ebensogut in das Maul eines Zuchthengstes gepaßt hätte.

Ohne große Schwierigkeiten zwang er sich das Gebiß in den Mund und schnappte damit ein paarmal wie eine Bachforelle nach der Fliege, bevor er seine Lippen zu einem totenschädelähnlichen Grinsen verzog.

Seine Gefolgsleute stießen bewundernde und erstaunte Ausrufe aus, und Gregorius erklärte Jake stolz:

»Mein Großvater trägt sein Gebiß nur, wenn er in den Kampf zieht oder sich mit einer Dame vergnügt.« Darauf wandte Jake seinen Blick kurz von den näherkommenden Italienern ab, um die erschreckende Zahnschau zu bewundern.

»Damit wirkt er jünger, nicht älter als neunzig«, urteilte

er, ließ den Motor aufheulen und manövrierte den Wagen vorsichtig etwas von der Böschung fort, um die Italiener weiterhin beobachten zu können. Gareth fuhr den anderen Wagen an seine Seite und grinste ihm aus der offenen Luke zu. Es war ein satanisches Grinsen, und Jake erkannte, daß sich der Engländer doch tatsächlich auf den Zusammenstoß mit den Feinden freute.

Das Fernglas war nicht mehr vonnöten. Die italienische Kolonne war knapp zwei Meilen entfernt und bewegte sich parallel zu dem trockenen Flußbett mit hoher Geschwindigkeit direkt auf den Hinterhalt hinter der Krümmung im offenen, flachen Land des ungeschützten Trichters zwischen den Bergen zu. Noch fünfzehn Minuten auf dieser Marschroute, und die Kolonne wäre am äthiopischen Flügel vorbei und könnte widerstandslos auf den Eingang der Schlucht zufahren. Jake wußte, daß kaum Hoffnung bestand, den Pöbelhaufen von Kavallerie neu zu ordnen, wenn ihr Verband einmal zerschlagen war. Er wußte instinktiv, daß sie wie Giganten kämpfen würden, solange sie der Strom vorwärtsschwemmte, aber jeder Rückzug würde zur wilden Flucht ausarten. Sie waren gewohnt, als Einzelpersonen zu kämpfen, und anstelle von sorgfältig vorhergeplanten militärischen Operationen pflegten sie so schnell wie Falken jede sich bietende Gelegenheit zu packen, gaben aber ebenso rasch auf, sobald ihnen der Feind entschieden Widerstand leistete.

»Na, kommt schon!« murmelte Jake vor sich hin und schlug sich in einem ersten Anfall von Unruhe ungeduldig mit der Faust auf den Oberschenkel. Falls sich der Köder nicht in den nächsten Augenblicken zeigte . . . Aber Jakes Aufregung war unnötig.

Die kleine Gruppe galoppierender Reiter schien direkt unter den Rädern des führenden italienischen Wagens aus dem flachen Erdboden hervorzubrechen und über der hitzeflimmernden Erde zu schweben wie eine Schar dunkler Vögel. Wie flimmernde und verschwommene Schatten, eingehüllt in helle Staubfahnen, schnitten sie der italienischen

Kolonne in schiefem Winkel den Weg ab und galoppierten direkt auf den Mittelpunkt der verborgenen äthiopischen Linien zu.

Im Nu löste sich ein einzelnes Fahrzeug von der Spitze der Kolonne und raste hinter den fliehenden Reitern her. Seine Geschwindigkeit war erschreckend, und es holte so schnell auf, daß die Reiterschwadron gezwungen war abzuschwenken und in Richtung der beiden versteckten Panzerwagen auszubrechen.

Die italienische Kolonne hinter dem dahinrasenden Wagen verlor ihre strenge Marschordnung. Die erste Hälfte schwenkte in einer unordentlichen Linie ab und verfolgte Seite an Seite die Reiter. Diese Fahrzeuge waren große, schwere Laster mit hohen, planenbedeckten Aufbauten, und sie bewegten sich so schwerfällig und langsam, daß sie den galoppierenden Reitern kaum merklich näher kamen.

Doch dieses kleinere, schnellere Fahrzeug holte rasch auf, und Jake erhob sich ein wenig, um eine bessere Aussicht zu haben, als er das Fernglas wieder ansetzte. Er erkannte die große, offene Rolls-Royce-Limousine, die er bei den Brunnen von Chaldi zum ersten Mal gesehen hatte, sofort wieder. Die auf Hochglanz polierte Karosserie schimmerte im Sonnenlicht, und die schnittige, tiefliegende Form verstärkte den Eindruck von Kraft und Schnelligkeit, als der Staub von den flitzenden Hinterrädern mit ihren riesigen, glänzenden Radnaben aufgewirbelt wurde.

Gerade in diesem Augenblick bremste der Rolls und kam seitwärts schlingernd in einer wogenden Staubwolke zum Stillstand. Eine Gestalt schwang sich vom Rücksitz.

Jake sah, wie der Mann das Jagdgewehr anlegte und in rascher Folge hintereinander sieben Schüsse abfeuerte. Er sah den Pulverrauch aus dem Lauf schießen und das Gewehr durch den Rückstoß hochzucken. Das dumpfe Krachen der Schüsse folgte Sekunden später.

Die Reiter entfernten sich rasch von dem Rolls, aber weder die Entfernung noch der Staub und die Luftspiegelungen konnten den Schützen beeinträchtigen. Bei jedem

Schuß brach ein Pferd zusammen, schlitterte über den Boden und blieb mit zuckenden Beinen liegen.

Dann sprang der Schütze wieder auf den Wagen, und die Verfolgung wurde fortgesetzt, der Rolls kam den überlebenden Reitern rasch näher, und die starke Phalanx von Lastautos und Truppentransportern schwankte hinterher – der ganze Haufen von Pferden, Männern und Fahrzeugen wälzte sich ständig tiefer in die Falle, die Gareth Swales so sorgfältig ausgewählt und aufgestellt hatte.

»Dieser Bastard!« flüsterte Jake, als er sah, wie der Rolls abermals zum Stillstand kam. Der Italiener ging nicht das Risiko ein, sich näher an die Reiter heranzuwagen. Er blieb in vorsichtiger Entfernung außerhalb der Reichweite ihrer veralteten Schußwaffen und schoß sie im gemächlichen Stil eines Jägers bei einer Hühnerjagd ab – das ganze blutige Drama verlief im wahrsten Sinne des Wortes wie eine Jagd. Selbst aus der Entfernung von fast tausend Metern schien Jake die Blutgier des italienischen Schützen fühlen zu können, das brennende Verlangen dieses Mannes, allein um des Tötens willen, des Nervenkitzels wegen zu töten.

Wenn sie jetzt eingriffen und der weitauseinandergezogenen, ungeordneten Kolonne von der Seite zuleibe rückten, würden sie wahrscheinlich vielen der verzweifelt flüchtenden Reiter das Leben retten. Aber die italienische Wagenkolonne befand sich noch nicht ganz in der Falle, die für sie aufgestellt worden war. Rasch schwenkte Jake das Fernglas über die staubige und hitzeflimmernde Ebene – und er sah erst jetzt, daß sich etwa ein Dutzend Lastwagen der italienischen Nachhhut dieser wahnsinnigen, tollen, wilden Hetzjagd auf den äthiopischen Reitertrupp nicht angeschlossen hatten. Diese kleine Abteilung hatte anscheinend unter einem strikten Befehl angehalten und war zwei Meilen hinter der dröhnenden, schweren Fahrzeuglawine zurückgeblieben. Jake konnte dieser Abteilung keine Aufmerksamkeit mehr schenken, denn das Gemetzel wurde fortgesetzt, und die verzweifelt fliehenden Reiter wurden nacheinander von dem Meisterschützen im Rolls-Royce abgeknallt. Jake konnte der Versuchung einzugreifen nicht länger widerstehen. Er wußte zwar, daß dies taktisch nicht der richtige Augenblick war, dachte aber: Zum Teufel damit, ich bin kein General, und diese armen Hunde da draußen brauchen Hilfe.

Er trat mit dem rechten Fuß hart auf das Gaspedal. Der Motor heulte auf, aber bevor Jake sich in Bewegung setzen und auf die Böschung zufahren konnte, war Gareth Swales ihm zuvorgekommen. Er hatte Jake beobachtet und ihm seine Gefühlsregungen vom Gesicht abgelesen. Gerade als der Motor aufheulte, schwenkte Gareth das Vorderteil der Buckeligen direkt vor den Bug und blokkierte ihn erfolgreich.

»Hör mal, alter Junge, sei kein Idiot«, rief Gareth ihm zu. »Halte dich zurück, sonst verdirbst du die ganze Sache.«

»Diese armen . . .«, brüllte Jake wütend zurück.

»Dieses Risiko mußten sie eingehen«, unterbrach ihn Gareth. »Ich hab' dir schon einmal gesagt, daß uns deine sentimentalen, altmodischen Vorstellungen in Schwierigkeiten bringen.«

In diesem Augenblick wurde der Streit durch den Ras übertönt. Er stand hoch aufgerichtet im Panzerturm über Gareth. Er hatte sich mit seinem breiten, doppelgriffigen Gewehr bewaffnet und konnte die Aufregung nicht länger schweigend ertragen. Er stieß ein gellendes Kriegsgeheul aus und schwang sein Schwert in großen Kreisen über seinem Kopf – die silberne Klinge und sein schneeweißes Gebiß glitzerten in der Sonne und blinkten wie Signallampen. Er unterstrich sein schrilles Kriegsgeheul mit heftigen Fußtritten gegen seinen Fahrer und drängte ihn in wütendem Amharic, den Feind anzugreifen. Gareth duckte sich und versuchte seinen Füßen auszuweichen.

»Ein Haufen Irrer!« protestierte Gareth, während er sich duckte. »Ich hab' mich mit einem Haufen von Irren eingelassen!«

»Major Slawes!« brüllte Gregorius, unfähig, sich auch

nur einen Augenblick länger aus dem Streit herauszuhalten. »Mein Großvater befiehlt Ihnen, anzugreifen!«

»Sagen Sie Ihrem Großvater, daß . . .« Aber Gareths Erwiderung endete plötzlich, als ihn ein Fuß in die Rippen traf.

»Greifen Sie an!« brüllte Gregorius.

»Komm schon, verdammt noch mal«, brüllte Jake.

»Yaahuuu!« heulte der Ras und wirbelte im Panzerturm herum, um seine Soldaten anzutreiben. Diese Aufforderng genügte ihnen. In einem losen Haufen trieben sie ihre Ponys an den blockierten Panzerwagen vorbei und preschten, die Gewehre schwingend, mit flatternden Gewändern die steile Böschung hinauf auf die Ebene und galoppierten wild auf die Flanke der auseinandergezogenen italienischen Kolonne zu.

»O mein Gott!« seufzte Gareth. »Jeder Mann ein verdammter General . . .«

»Sieh nur!« rief Jake und zeigte auf das trockene Flußbett. Angesichts dieses Schauspiels verstummten alle.

Es schien, als hätte sich die Erde aufgetan und würde ein unendliches Heer wild galoppierender Reiter ausspeien. Auf dem Landstrich vor den Bergen, der noch einen Augenblick zuvor völlig verlassen und still gewesen war, wimmelte es plötzlich von Männern und Pferden, tausende Reiter, die sich stürmisch auf die italienische Kolonne stürzten.

Über allem hing eine Staubwolke, die sich, wie der Nebel über dem winterlichen Ozean, vorwärtswälzte und die Sonne verdunkelte, so daß Pferde und Fahrzeuge wie dunkle, höllische Schatten durch die finsteren Wolken fegten und die rötliche Sonne nur schwach auf dem Stahl der Gewehre und Schwerter glitzerte.

»Das wär's«, meinte Gareth bitter und fuhr seinen Wagen zurück, um Jake den Weg freizugeben, bevor er mit heulendem Motor und durchdrehenden Rädern auf dem tiefen, lockeren Sandboden des Flußufers abdrehte.

Jake fuhr einen weiten Bogen um den Wagen herum und

nahm die Böschung im schiefen Winkel, um die Steigung zu verringern. Dann stürmten die beiden schwerfälligen Fahrzeuge Seite an Seite auf die Ebene hinaus.

Die ungeschützten Flanken der mit Planen bedeckten Lastautos stellten ein Ziel dar, wie es ihnen in ihrer langen kriegerischen Laufbahn kaum jemals geboten worden war. Die zwei eisernen Ladies fegten gemeinsam vorwärts, und Jake schien es, als hörte er im tiefen Brummen der Motoren einen neuen Ton – so, als fühlten sie, daß sie wieder einmal ihre Daseinsberechtigung beweisen konnten. Jake warf einen flüchtigen Blick auf die Buckelige, die neben ihm herraste. Ihre eckige Stahlkonstruktion mit der kantigen, flachen Plattform, aus der der hohe Panzerturm hervorragte, zeigte noch immer ihre häßliche altjüngferliche Silhouette, aber in der Art, wie sie vorstürmte, lag eine neue königliche Würde – die bunte äthiopische Fahne flatterte fröhlich wie eine Kavalleriestandarte, und die hohen, schmalrandigen Räder schwebten wie die Hufe eines Vollblutpferdes über den Sandboden. Priscilla stürmte unter seinem Kommando ebenso entschlossen vorwärts, und Jake empfand plötzlich eine tiefe Zuneigung zu seinen beiden alten Damen. »Greift sie an, meine Süßen!« brüllte er laut, und Gareth Swales, dessen Kopf in der Fahrerluke der Buckeligen auftauchte, wandte sich ihm zu. In seinem Mundwinkel klemmte eine nichtangezündete Zigarre, die wie durch ein Wunder von selbst dort gewachsen zu sein schien. Gareth grinste.

»Noli illegitimi carborundum!« Jake verstand die Worte nur undeutlich im Lärm des Fahrtwindes und der Maschinen und wandte seine ganze Aufmerksamkeit wieder der Steuerung des vorwärtsjagenden Wagens zu und lenkte ihn so schnell wie möglich in eine klaffende Lücke zwischen den italienischen Lkws.

Plötzlich veränderte sich die Struktur der Bewegung vor ihm. Die begeisterten italienischen Jäger hatten etwas verspätet erkannt, daß die Rollen geschickt vertauscht worden waren.

Der Graf nahm den nächsten Reiter aufs Korn, zielte kurz und traf haargenau, denn das Mannlicher war ein Hochgeschwindigkeitsgewehr und die Reichweite betrug nicht mehr als hundert Meter.

Er sah deutlich, daß er getroffen hatte, denn der Mann schwankte im Sattel und sank mit ausgebreiteten Armen auf den Pferdehals, aber er fiel nicht. Das Gewehr fiel ihm aus den Händen, aber der Mann klammerte sich verzweifelt an die Mähne des Pferdes, während sich sein schmutzig-weißes Gewand an der Schulter rasch dunkelrot färbte.

Der Graf zielte wieder und feuerte diesmal auf die Stelle, wo der Hals des Pferdes in die Schulter überging, und sah zu, wie die Wucht des Einschlags das Tier von den Füßen hob, so daß es krachend auf seinen verwundeten Reiter fiel und mit einem kurzen, gellenden Schrei die Luft aus seinen Lungen preßte.

Der Graf lachte wie irr vor Erregung. »Wie viele, Gino? Wie viele sind es jetzt?«

»Acht, Oberst.«

»Zählen Sie weiter. Zählen Sie weiter«, drängte er ihn, als er das Gewehr herumschwenkte und auf der Suche nach dem nächsten Ziel begierig über die v-förmige Kimme spähte. Plötzlich erstarrte er. Der Gewehrlauf schwankte und sank herab, bis er auf seine glänzenden Stiefelspitzen zeigte. Sein Mund öffente sich, und der Unterkiefer klappte langsam, wie in Übereinstimmung mit dem Gewehrlauf, herunter. Sein Leiden, das er in der Aufregung dieser Verfolgungsjagd vergessen hatte, kehrte plötzlich mit einer Wucht zurück, die seine Gedärme zu Wasser und seine Beine zu Gummi machte.

»Barmherzige Mutter Gottes!« flüsterte er.

Der ganze Horizont war in Bewegung, eine ununterbrochene Linie vom einen Rand seines Blickfeldes bis zum anderen. Er brauchte einige Sekunden, um zu begreifen, was er sah, um zu erkennen, daß dort statt fünfzehn Reitern plötzlich Abertausende waren und daß sie sich, statt vor ihm zu fliehen, mit einer Geschwindigkeit auf ihn zubewegten, die er niemals für möglich gehalten hätte. Reihe um Reihe schienen die Feinde wie durch Zauberei direkt aus der Erde aufzutauchen und durch einen Schleier aus feinem, fahlen Staub auf ihn zuzustürmen. Er sah die untergehende Sonne rot wie Blut auf den bloßen Klingen blitzen, und das Trommeln der galoppierenden Hufe klang wie das Donnern eines gigantischen Wasserfalls. Doch er hörte undeutlich durch das Donnern das markerschütternde Kriegsgeheul der Reiter.

»Giuseppe«, keuchte er, »bring uns fort von hier weg – schnell! Sehr schnell.« Das war die Art von Aufforderung, die direkt ins Herz des Fahrers traf. Er wendete den großen Wagen so rasch, daß die beträchtlich geschwächten Beine des Grafen nachgaben und er rücklings auf den Ledersitz fiel.

Über eine Viertelmeile hinter und auf beiden Seiten des Rolls verteilt, kamen dreißig der dunkelfarbigen Fiat-Truppentransporter. Trotz eifrigster Bemühungen hatten sie ständig an Boden gegenüber dem vorstürmenden Rolls-Royce verloren und holperten nun fast tausend Meter hinter ihm her. Doch die Aufregung der Verfolgungsjagd hatte auf die Insassen übergegriffen, und sie waren auf die Fahrerkabinen und Aufbauten geklettert, von wo sie johlend und jauchzend den Wettkampf beobachteten, wie die Zuschauer bei einer Fuchsjagd.

Diese geschlossene Phalanx von Fahrzeugen, die sich mit einer Geschwindigkeit, die die Hersteller erschreckt hätte, fast Rad an Rad über den holprigen Boden bewegte, sah sich plötzlich der dringenden Notwendigkeit gegenüber, ohne Geschwindigkeitsverlust umzudrehen.

Die Fahrer der beiden vorderen Lastwagen, deren Lage am bedenklichsten war, lösten das Problem, indem sie das Lenkrad herumwarfen, der eine nach links, der andere nach rechts – und dann stießen sie mit einer Geschwindigkeit von mindestens siebzig Stundenkilometern frontal zusammen. In einer tosenden Wolke aus Dampf, Glassplittern und zerreißendem Metall wurden ihre Ladungen von schwarzgekleideten Infanteristen wie Weizen über den Boden verstreut oder von verschiedenen Metallteilen der Wagenkarosserie aufgespießt. Die Lastwagen sanken, unauflösbar ineinander verkeilt, langsam an den demolierten Radaufhängungen zusammen, und kaum hatte sich der Staub ein wenig gelegt, da gab es ein ohrenbetäubendes Getöse, als der Inhalt ihrer zerfetzten Treibstofftanks in Form einer hohen, vulkanartigen Fontäne aus Flammen und schwarzem Rauch in die Luft flog.

Die anderen Wagen schafften es, ohne ernsthafte Zusammenstöße umzudrehen, und rasten, verfolgt von einer Horde galoppierender, heulender Reiter, in ihren eigenen Staubwolken dahin.

Graf Aldo Belli konnte sich nicht dazu durchringen, auch nur einen flüchtigen Blick über seine Schulter zu werfen, denn er war sicher, daß er dort eine rasiermesserscharfe Klinge nur wenige Zentimeter an sich vorbeisausen sehen würde. Deshalb beugte er sich vor und spornte seinen Fahrer zu noch größerer Geschwindigkeit an, indem er ihm mit der geballten Faust wie mit einem Hammer auf den Kopf und die Schultern trommelte.

»Schneller!« brüllte der Graf. Seine schöne Baritonstimme klang hoch und verunsichert. »Schneller, Sie Idiot – sonst lasse ich Sie erschießen!« Er traf den Fahrer wieder hinter dem Ohr und empfand gleichzeitig einen winzigen Funken von Erleichterung, als der Rolls die letzten Fahrzeuge der in wilder Flucht Davonstürmenden überholte.

Jetzt erst fühlte er sich sicher genug, einen Blick zurückzuwerfen, und seine Erleichterung nahm zu, als er erkannte, daß der Rolls-Royce einen Reiter mühelos abschütteln konnte. Er fühlte seinen Mut in einer warmen Woge zurückkehren.

»Mein Gewehr, Gino«, brüllte er. »Reichen Sie mir mein Gewehr.« Aber der Sergeant versuchte gerade, seine Kamera auf die Verfolgerschar einzustellen, und der Graf versetzte ihm einen Hieb über den Schädel.

»Idiot! Wir haben Krieg«, bellte er. »Und ich bin Soldat – geben Sie mir mein Gewehr!«

Giuseppe, der Fahrer, meinte, man erwarte von ihm, daß er die Geschwindigkeit des Rolls-Royce vermindere, um dem Graf Gelegenheit zu geben, seine kriegerischern Absichten zu verwirklichen – aber schon bei der ersten Verringerung der Geschwindigkeit erhielt er wieder einen kräftigen Schlag auf den Kopf, und die Stimme des Grafen wurde schrill.

»Idiot!« kreischte er. »Wollen Sie uns alle umbringen? Schneller, Mann, schneller!« Der Fahrer trat mit grenzenloser Erleichterung voll auf das Gaspedal, und der Rolls raste weiter.

Gino lag auf allen vieren zu Füßen des Grafen und richtete sich mit dem Mannlicher in den Händen auf und reichte die Waffe seinem Gebieter.

»Es ist geladen, mein Graf.«

»Guter Junge!« Der Graf stützte das Gewehr an seiner Hüfte ab und sah sich nach einem Ziel um. Die äthiopische Kavallerie war weit zurückgefallen, und der Rolls hatte die meisten Truppentransporter überholt. Der Graf überlegte, ob er Giuseppe befehlen sollte, sich an die Flanken hinauszuarbeiten, damit er freies Schußfeld hatte – und das Vergnügen, die schwarzen Reiter aus einer akzeptablen Entfernung niederschießen zu können, ohne selbst in Gefahr zu geraten –, und er drehte sich auf dem Rücksitz um und blickte in diese Richtung.

Er starrte ungläubig auf das, was er dort sah. Zwei große, bucklige Schatten schwebten über das offene Grasland direkt auf ihn zu. Sie sahen aus wie zwei deformierte Kamele, die sich mit einer merkwürdig hopsenden Bewegung rasch näherten und einerseits ausgesprochen komisch, andererseits schrecklich bedrohlich wirkten.

Der Graf starrte ihnen verständnislos entgegen, bis er mit einem plötzlichen Schreck und einem frischen Adrenalinstoß im Blut erkannte, daß sich die beiden seltsamen Fahrzeuge schnell genug und in einem Winkel auf ihn zubewegten, daß sie ihm ohne weiteres den Rückzug abschneiden konnten.

»Giuseppe!« kreischte er und traf den Fahrer mit dem Kolben des Mannlicher. Es war kein kräftiger Schlag und eigentlich nur dazu bestimmt, seine Aufmerksamkeit zu wecken, aber Giuseppe hatte bereits zu viele Schläge einstecken müssen und war nun schon leicht benommen. Er umklammerte das Lenkrad mit weißen Knöcheln und raste den neuen Feinden direkt in die Arme.

»Giuseppe!« kreischte der Graf abermals, als er plötzlich das bunte Abzeichen am Panzerturm des vorderen Wagens erkannte und im selben Augenblick die dicke, stumpfe, zylindrische Form sah, die oberhalb aus dem Panzerturm ragte.

Das Ding war längsgeriffelt, und am äußersten Ende ragte ein kurzer, röhrenähnlicher Lauf aus dem dicken Wassermantel.

»O barmherzige Mutter Gottes!« heulte er, als der Wagen seinen Kurs änderte und der Lauf des Vickers-Maschinengewehrs direkt auf ihn gerichtet war.

»Sie Idiot!« brüllte er Giuseppe zu und schlug ihn wieder. »Umdrehen! Sie Idiot, drehen Sie um!«

Plötzlich sah Giuseppe, trotz der Tränen des Schmerzes, trotz dem Summen in seinen Ohren und trotz der schrecklichen Angst, die ihn erfaßt hatte, die riesigen kamelähnlichen Gestalten vor ihm auftauchen und warf das Lenkrad herum – genau in dem Augenblick, als der Lauf des Maschinengewehrs helle Flammen zu speien begann und die Luft um sie herum vom Pfeifen und Krachen des Kugelhagels vibrierte.

Major Castelani stand auf der Fahrerkabine seines Lasters und starrte finster durch das Fernglas auf die fernen Staubwolken, zwischen denen sich scheinbar ziel- und planlos schattenhafte Gestalten hin und her bewegten.

Er hatte seine ganze Macht und Autorität einsetzen müssen, um die zehn Lastwagen, die die Kanoniere samt ihren

Feldgeschützen transportierten, zurückzuhalten und unter sein persönliches Kommando zu stellen, um dadurch zu verhindern, daß sie sich der begeisterten Hetzjagd auf die kleine äthiopische Reiterabteilung anschlossen.

Castelani war schon im Begriff, den Befehl zum Aufsitzen zu geben und vorsichtig dem Grafen bei seinem Sturmangriff auf Glanz und Glorie zu folgen, als er noch einmal das Fernglas hob – und es schien, als hätten sich die durch den Staub halb verdeckten Bewegungen dort draußen verändert. Plötzlich sah er die unverkennbaren Umrisse eines Fiat-Transporters aus der Staubwolke auftauchen und schwerfällig in seine Richtung fahren. Durch das Fernglas konnte er auch erkennen, daß die Männer, die sich an die Leinwandplane klammerten, allesamt in die Richtung zurückschauten, aus der sie kamen.

Er schwenkte das Fernglas langsam und sah einen zweiten Lastwagen aus dem Staubschleier heranrumpeln und in seine Richtung fahren. Einer der Soldaten auf dem Dach legte das Gewehr an und feuerte in die verdunkelnden Staubwolken hinter ihm, während sich seine Kameraden in ängstlicher und bestürzter Haltung starr an das Dach klammerten.

In diesem Augenblick hörte Castelani etwas, das er sofort erkannte; das ferne, knatternde, zermürbende Geräusch verursachte ihm eine Gänsehaut. Es war das Geräusch eines britischen Vickers-Maschinengewehrs. Er suchte mit den Augen in dieser Richtung und wandte sich rasch zur rechten Flanke der weit auseinandergezogenen italienischen Kolonne, die nun bestürzt und in völligem Durcheinander fluchtartig den Rückzug anzutreten schien.

Er entdeckte den großen buckeligen Schatten sofort, der hochbeinig, mit der merkwürdig hüpfenden Bewegung eines Schaukelpferdes, mit hoher Geschwindigkeit über die Ebene raste und unerschrocken auf die Flanke der leicht verwundbaren italienischen Truppentransporter zuhielt.

»Die Geschütze abprotzen«, brüllte Castelani. »Vorbereiten auf den Angriff von feindlichen Panzern.«

Die Vickers-Maschinengewehre in den Türmen der beiden Panzerwagen waren mit Kugellagern ausgestattet, so daß der Gewehrlauf gehoben oder gesenkt werden konnte; zum Schwenken nach links oder rechts verfügten sie über einem Spielraum bis zu zehn Grad. Der Fahrer mußte also notwendigerweise auch als Geschützpanzer fungieren und das ganze Fahrzeug so schwenken, daß man mit dem Gewehr zielen konnte.

Der Ras fand das über alle Maßen frustrierend. Er wählte ein Ziel aus und setzte seinen Fahrer in klarem und verständlichem Amharic darüber in Kenntnis. Gareth Swales, der natürlich kein Wort davon verstand, hatte bereits ein anderes Ziel ausgewählt und tat sein Bestes, um diesem Ziel näher zu kommen, während ihm der Ras eine Reihe wilder Fußtritte in die Nieren versetzte, um sein königliches Recht, den Beschuß dieses Zieles zu verweigern, zu unterstreichen.

Die Folge davon war, daß die Buckelige auf einem verrückten, unberechenbaren Zickzackkurs durch die italienische Kolonne raste und ab und zu auch plötzlich herumschwenkte, während die beiden Besatzungsmitglieder einander heftig beschimpften und das Gewehrfeuer, das aus nächster Nähe auf den Stahlrumpf prasselte, wie Hagel auf ein Blechdach, fast überhörten.

Priscilla das Ekel hingegen verbreitete tödliche Zerstörung. Sie hatte den ersten Feuerstoß auf den Rolls-Royce verfehlt, worauf dieser hinter einem Staubschleier und bokkenden Lastwagen verschwunden war. Nun arbeiteten Jake und Gregorius allerdings mit voller Präzision und Harmonie.

»Nach links, Fahrer, links, links« rief Gregorius und spähte über die offene Kimme des Vickers zu einem Laster, der etwa hundert Meter vor ihm herschaukelte.

»Okay, ich habe ihn«, brüllte Jake, als das Fahrzeug in der schmalen Öffnung seines Visieres auftauchte. Dieses Visier war eine perforierte Stahlplatte, durch die man nach vorn sehen konnte – aber nachdem Jake den Laster einmal im

Visier hatte, verfolgte er ihn, trotz dessen Bemühungen, ihn abzuhängen, und holte rasch auf, bis er auf zwanzig Meter herangekommen war.

Der Laderaum des Lkws war mit Schwarzhemden-Infanteristen beladen. Einige von ihnen richteten ihre Schnellfeuergewehre auf den Verfolger und feuerten wild drauflos, so daß die Kugeln surrend und zischend am Panzerstahl abprallten, aber die meisten klammerten sich mit blassen Gesichtern an die Seitenwände des Lasters und starrten mit entsetzten Augen auf den todbringenden Panzerwagen, der unerbittlich näher kam.

»Feuer, Greg!« rief Jake. Trotz der eiskalten Wut, die ihn ergriffen hatte, freute es ihn, daß der Junge seinen Befehl befolgt und das Feuer bis zu diesem Augenblick nicht eröffnet hatte. Dadurch konnten sie vermeiden, daß Munition verschwendet wurde, denn aus dieser kurzen Entfernung traf jede Kugel. Mit einer Geschwindigkeit von siebenhundert Schuß pro Minute zerfetzte das Maschinengewehr Plane, Fleisch, Knochen und Stahl.

Der Lastwagen geriet ins Schleudern, kippte zur Seite und überschlug sich. Die Männer wurden durch die Luft geschleudert.

»Fahrer, nach rechts«, rief Gregorius unverzüglich. »Wieder ein Laster, nach rechts, etwas weiter nach rechts – gut so, wir haben ihn.« Dann donnerten sie hinter der nächsten, von panischem Schrecken ergriffenen Wagenladung her.

Hundert Meter von ihnen entfernt landete die Buckelige ihren ersten Treffer. Gareth Swales war nicht länger bereit, die demütigenden Fußtritte des Ras und seine wilden, völlig unverständlichen Kommandos hinzunehmen. Er ließ die Steuerung des Wagens los, um dem Ras einen wütenden Stoß zu versetzen.

»Laß das, mein Alter«, fauchte er. »Benimm dich endlich – ich bin auf deiner Seite, verdammt noch mal.«

Der steuerlose Wagen geriet ins Schleudern. Fast Seite an Seite mit ihnen fuhr ein mit Italienern vollbesetzter Fiat-

Laster, dessen Fahrer noch nicht bemerkt hatte, daß es außer den verfolgenden Horden von äthiopischen Reitern noch einen anderen Feind gab. Er hielt den Kopf in einem unmöglichen Winkel über die Schulter verdreht und fuhr instinktiv, ohne hinzusehen.

Die beiden steuerlosen Fahrzeuge rasten mit Höchstgeschwindigkeit im spitzen Winkel aufeinander zu. Funkensprühend stießen die stählernen Karosserien gegeneinander, wurden durch die Wucht des Aufpralls zurückgeschleudert und bäumten sich steil auf. Einen Augenblick hatte es den Anschein, als würde sich die Buckelige überschlagen. Sie wippte auf zwei Rädern und war kurz davor, das Gleichgewicht zu verlieren, krachte aber dann mit einer solchen Wucht auf alle vier Räder zurück, daß die beiden Männer im Turm unbarmherzig gegen die Stahlwände geschleudert wurden, und raste mit unverminderter Geschwindigkeit weiter, während Gareth verzweifelt versuchte, das Fahrzeug wieder unter Kontrolle zu bekommen.

Der Fiat-Laster war leichter und höher; er überschlug sich, und blieb mit den Rädern nach oben liegen. Die Fahrerkabine und die mit einer Plane bedeckten Aufbauten wurden weggerissen und die Männer zwischen Stahl und harter Erde erdrückt.

Plötzlich verlor der Ras die Beherrschung. Er konnte seine Wut darüber, daß er in einem heißen Metallgehäuse, aus dem er fast nichts sehen konnte, eingeschlossen war, während um ihn herum Hunderte von verhaßten Feinden gänzlich ungeschoren davonkamen, nicht mehr zurückhalten. Er stieß die Luke des Panzerturms auf, steckte den Kopf und Schultern heraus und schrie seine Blutgier, seine Enttäuschung, seine Wut und seine Erregung gellend hinaus.

In diesem Augenblick raste eine offene Rolls-Royce-Limousine direkt vor der Nase der Buckeligen vorüber. Auf dem Rücksitz saß ein italienischer Offizier, der mit einer Menge blanker Rangabzeichen geschmückt war –

Gareth Swales und der Ras waren sich im Nu einig. Sie hatten ein Ziel gefunden, das überraschenderweise beiden akzeptabel erschien.

»Hallo, paß mal auf!« brüllte Gareth, und ein grauenhaftes ›How do you do‹, das wie das Krähen eines wütenden Hahnes klang, antwortete ihm aus dem Panzerturm.

Graf Aldo Belli bekam einen hysterischen Anfall, denn der Fahrer schien völlig die Orientierung verloren zu haben; er war in Panik geraten und fuhr nun im rechten Winkel auf die fliehende italienische Kolonne zu. Das war genauso gewagt wie mit einem Ozeandampfer in Höchstgeschwindigkeit durch eine Eisbergregion zu fahren – denn in der Staubwolke betrug die Sichtweite weniger als fünfzehn Meter, und aus diesem braunen Nebel tauchten ohne Vorwarnung die schwankenden Truppentransporter auf, deren Fahrer nicht in der Lage waren, rasch zu reagieren.

Vor ihnen tauchten in diesem Augenblick wieder zwei riesenhafte Schatten aus dem Staubnebel auf: einer war ein italienischer Laster, der andere war eines der schwerfälligen, buckeligen Fahrzeuge mit den äthiopischen Farben am Rumpf und einem Vickers-Maschinengewehr im Panzerturm.

Plötzlich brach der Panzerwagen seitlich aus und krachte donnernd in die Seite des Lastautos, brachte dieses zum Kippen und schwenkte augenblicklich zum Rolls zurück. Das Panzerfahrzeug war ihnen so nahe und überragte sie so drohend, daß es nun sogar in Giuseppes begrenztem Blickfeld erschien.

Die Wirkung war erstaunlich. Giuseppe schoß senkrecht von seinem Sitz aus in die Höhe, riß den Rolls im Stil eines Rennfahrers auf zwei Rädern herum und raste haarscharf an der Panzernase vorbei. Es war genau in dem Augenblick, als die Luke des Panzerturmes aufflog und ein runzeliges braunes Gesicht mit dem größten, weißesten und glänzendsten Gebiß, das der Graf jemals gesehen hatte, aus dem Turm schoß und ein so schrilles, markerschütterndes Kriegsgeheul ausstieß, daß die Gedärme des Grafen wie ein gestrandeter Fisch zuckten.

Als sich der Lauf des Vickers auf den Rolls richtete, verschwand der Äthiopier wieder im Panzerturm, und der Lauf senkte sich leicht, bis der Graf wie betäubt direkt in die dunkle Mündung starrte – aber Giuseppe hatte den Vorgang im Rückspiegel ebenfalls gesehen und riß das Lenkrad herum, so daß der Wagen blitzartig wie eine Makrele vor dem angreifenden Barracuda zur Seite flitzte. Der Feuerstoß aus dem Vickers pfiff links an ihm vorbei und wirbelte Fontänen von Staub und Steinen in die Luft.

Schwerfällig schwenkte der Panzerwagen herum, um dem Rolls zu folgen, und die Staubfontänen kamen erbarmungslos näher. Doch Giuseppe trat, den Tod vor Augen, so hart auf die Bremse, daß der Graf heulend nach vorne katapultiert wurde und, das stattliche schwarzgekleidete Hinterteil in der Luft, wild mit seinen polierten Stiefeln um sich schlagend, über der Rückenlehne des Vordersitzes hängenblieb.

Der Kugelregen aus dem schwingenden Vickers schwirrte nur wenige Zentimeter über den Rolls hinweg, und Giuseppe drehte das Lenkrad bis zum Anschlag in die entgegengesetzte Richtung, nahm den Fuß vom Bremspedal und gab Vollgas. Der Rolls machte einen Satz, die Räder drehten durch, und dann raste der Wagen mit einem solchen Schwung vorwärts, daß der Graf wieder zurückgeschleudert wurde und krachend auf dem Ledersitz landete, wobei ihm der Helm über die Augen rutschte.

»Ich lasse Sie erschießen«, keuchte er, als er sich völlig erschöpft bemühte, seinen Helm zurechtzurücken. Giuseppe war zu beschäftigt, um ihm zuzuhören. Sein Ausweichmanöver hatte den äthiopischen Schützen verblüfft, und die höhere Geschwindigkeit des Rolls brachte ihn rasch aus der Gefahrenzone. Nur noch ein paar Sekunden – doch da tauchte der greisenhafte Kopf des Schützen mit dem prachtvollen Gebiß noch einmal aus dem Panzerturm auf. Der Panzerwagen und der suchende Lauf des Vickers schwenkten zurück. Der Schütze verschwand hinter dem Gewehr, und das knatternde Geräusch des Feuerstoßes übertönte das Heulen der überstrapazierten Motoren. Wieder näherten sich die von den Kugeln aufgewirbelten Staubfontänen gefährlich schnell dem Rolls.

Etwas weiter vorn tauchte, parallel zu den beiden Fahrzeugen, schlingernd ein brummender Truppentransporter aus der Staubwolke auf, der unter seiner schweren Ladung entsetzter Soldaten nur halb so schnell fahren konnte wie sie.

Giuseppe drehte nur leicht am Lenkrad, um dem Kugelhagel zu entrinnen, dann schwang er den Wagen plötzlich in die entgegengesetzte Richtung. Als der Panzerwagen herumschwenkte, um ihm zu folgen, ging er geschickt hinter dem Truppentransporter in Deckung, dessen hohe, plumpe Aufbauten ihn vor dem tödlichen Maschinengewehr abschirmten. Der Äthiopier schoß weiter.

Während der Kugelhagel durch die Plane des Lastwagens schlug und die Schulter an Schulter im Laderaum sitzenden Männer niedermähte, machte sich der Rolls im Schutz des Lasters eiligst aus dem Staub. Plötzlich stieß er aus den Staubwolken heraus in die kristallisierte Luft der Wüste, und vor ihm erstreckte sich das offene Land bis zum Horizont – ein Horizont, der das einzige Reiseziel aller Insassen des Rolls-Royce darstellte. Die schwankenden Truppentransporter waren zurückgefallen, und der Rolls konnte ungehindert auf den Horizont zurasen. Das einzige, was der Graf in diesem Augenblick wollte, war erst wieder anzuhalten, wenn sie sicher bei den Verteidigungsstellen oberhalb der Brunnen von Chaldi angekommen waren.

Dann plötzlich bemerkte er die Geschütze auf der Ebene vor ihm. Sie waren fein säuberlich in genau abgemessenem dreieckigen Geschützbatterien aufgestellt, jeweils drei Geschütze in v-förmiger Anordnung mit der entsprechenden Anzahl von Schützen. Die langen, dicken Rohre waren auf den näherkommenden Haufen fliehender Truppentransporter gerichtet. Über dem Ganzen lag eine paradeplatzmäßige Atmosphäre von Ruhe und Ordnung, die den Grafen nach dem Alptraum, dem er gerade entronnen war, erleichtert aufschluchzen ließ.

»Giuseppe, Sie haben uns gerettet«, schluchzte er. »Ich werde Ihnen einen Orden verleihen.« Die Anordnung der Todesstrafe, die er wenige Minuten vorher ausgestoßen hatte, war vergessen. »Fahren Sie zu den Geschützen, mein tapferer Junge. Sie haben gute Arbeit geleistet – das werden Sie nicht bereuen.«

In diesem Augenblick kroch auch Gino, ermutigt durch diese kleine Ansprache, aus seinem Versteck am Wagenboden, wo er sich in diesen letzten Minuten in Sicherheit gebracht hatte, hervor. Er spähte vorsichtig über den Rücksitz des Rolls. Was er dort sah, veranlaßte ihn, einen erstickten Schrei auszustoßen und sich wieder zu Boden fallen zu lassen.

Der äthiopische Panzerwagen war ebenfalls aus der Staubwolke aufgetaucht und raste entschlossen hinter ihnen her.

Nun warf auch der Graf einen Blick zurück und begann dann unverzüglich wieder Giuseppe anzutreiben, indem er ihm mit der Faust auf den Kopf trommelte.

»Schneller, Giuseppe!« kreischte er. »Wenn er uns tötet, lasse ich Sie erschießen.« Unterdessen raste der Rolls-Royce auf die schützenden Kanonen zu.

»Ganz ruhig!« sagte Major Castelani gedämpft und hoffte, ihre Nerven durch den Tonfall seiner Stimme zu beruhigen.

»Immer mit der Ruhe, Jungs. Noch nicht schießen. Noch nicht schießen. Denkt an eure Ausbildung«, sagte er. »Denkt an eure Schießübungen, Soldaten.« Er blieb einen Augenblick neben dem nächsten Kanonier stehen, hob das Fernglas und ließ seinen Blick über die Ebene schweifen.

Die Staubwolke bewegte sich schnell auf sie zu, aber alle Vorgänge da draußen waren undeutlich und verschwommen.

»Sie haben Sprengbomben geladen?« fragte der Major ruhig. Der Kanonier schluckte nervös und nickte.

»Nicht vergessen, der erste Schuß ist der einzige, den Sie sorgfältig zielen können. Denken Sie daran.«

»Jawohl.« Die Stimme des Mannes zitterte, und Castelani empfand Wut und Verachtung. Sie waren allesamt unerfahrene Knaben, nervös und unsicher. Er hatte sie auf ihre Plätze beordern und ihnen die Lafettenschwänze in die Hand drücken müssen.

Hastig drehte er sich um und schlenderte zur nächsten Batterie.

»Ruhig Blut, Jungs. Nicht schießen, bevor ihr treffen könnt.«

Sie wandten ihm ihre angespannten, blassen Gesichter zu. Einer der Schützen sah aus, als würde er jeden Augenblick in Tränen ausbrechen.

»Das einzige, wovor ihr euch fürchten müßt, bin ich«, knurrte Castelani. »Wenn einer von euch das Feuer eröffnet, bevor ich den Befehl dazu gebe – dann gnade ihm . . .«

Ein Schrei unterbrach ihn. Einer der Lader sprang auf und deutete auf die Ebene hinaus.

»Den Namen dieses Mannes aufschreiben«, fauchte Castelani, drehte sich würdevoll um und polierte bewußt langsam die Linsen seines Fernglases mit seiner Krawatte, bevor er es in Augenhöhe brachte.

Oberst Graf Aldo Belli brachte seine Männer so enthusiastisch zurück, daß er sie eine halbe Meile hinter sich gelassen hatte, und der Abstand vergrößerte sich zusehends. Der Rolls fuhr direkt auf die Geschützstellungen zu. Der Graf stand hoch aufgerichtet auf dem Rücksitz und gestikulierte und winkte mit beiden Armen, als ob er von einem Bienenschwarm verfolgt würde.

Gerade als Castelani Ausschau hielt, tauchte hinter dem

Rolls eine Maschine aus der braunen Staubwolke auf, die er trotz der neuen Tarnfarbe und der ungewohnten Waffe im Panzerturm sofort wiedererkannte. Auch ohne die bunte Fahne, die über dem Fahrzeug flatterte, hätte er den Feind sofort erkannt.

»Also, Jungs«, sagte er ruhig. »Da kommen sie. Ladet Sprengbomben und wartet auf meinen Befehl. Nicht einen Augenblick zu früh schießen!«

Der dahinrasende Panzerwagen feuerte eine lange, wütende Salve ab. Viel zu lang, dachte Castelani mit grimmiger Befriedigung. Auf diese Weise wurde das Gewehr überhitzt, und dann kam es unweigerlich zu einer Ladehemmung. Ein erfahrener Schütze gab nur gezielte, kurze Feuerstöße ab – der Feind war also ebenfalls unerfahren, schloß Castelani daraus.

»Ganz ruhig, Jungs«, schnarrte er, als er sah, wie seine Männer beim Klang des Gewehrfeuers unruhig wurden und nervöse Blicke austauschten.

Der Panzerwagen feuerte wieder. Die Kugeln wirbelten um den Rolls-Royce Staub und Erde auf – wieder ein überaus langer Feuerstoß. Dieser endete jäh und wurde nicht wiederholt.

»Aha!« schnaubte Castelani verächtlich. »Ladehemmung.« Seine unsicheren Kanoniere würden keinen weiteren Beschuß zu fürchten haben. Das war gut. Das würde sie stärken, würde ihnen Selbstvertrauen geben, sie konnten schießen, ohne selbst beschossen zu werden.

»Ganz ruhig jetzt! Ganz ruhig! Gleich ist es soweit. Schön ruhig jetzt!« Seine Stimme verlor ihren ruppigen, rauhen Klang und wurde sanft und tröstend wie die einer Mutter an der Wiege. »Wartet noch, Jungs! Ganz ruhig!«

Der Ras begriff nicht, was geschehen war und warum das Gewehr schwieg, obwohl er mit aller Kraft und mit beiden Händen auf den Abzug drückte. Der lange Patronengürtel hing noch immer aus der Kiste und steckte im Verschluß-stück des Vickers – aber er bewegte sich nicht mehr.

Der Ras fluchte auf das Gewehr und stieß Verwünschungen aus, die unweigerlich zu einem Duell auf Leben und Tod geführt hätten, wenn sie für einen Mann bestimmt gewesen wären, aber das Gewehr gab keinen Laut.

Mit seinem doppelgriffigen Kampfschwert ausgerüstet, kletterte der Ras halb aus dem Panzerturm und schwang es über den Kopf.

Es ist zu bezweifeln, ob er gewußt hätte, wie drei moderne Batterien mit 100-mm-Geschützen aussehen, oder, wenn er sie erkannt hätte, ob sie ihn in seiner entschlossenen Verfolgung des fliehenden Rolls-Royce bestärkt hätten. Wie dem auch sei, sein Verstand und sein Blick waren durch die roten Schleier der Kampfwut getrübt, und er sah die wartenden Geschütze nicht.

Gareth Swales beugte sich unter ihm ihm Fahrersitz vor und starrte durch das Visier, das sein Blickfeld einengte und ihm nur so viel Aussicht gewährte, als würde er durch den perforierten Boden eines Küchensiebes sehen. Seine Augen tränten vom Pulverrauch, von den Auspuffgasen und den Staubkörnern – so daß er immer wieder blinzeln mußte, als er sich mit aller Kraft darauf konzentrierte, dem verschwommenen Schatten des fliehenden Rolls vor sich zu folgen. Er sah die wartenden Geschütze nicht.

»Schieß doch, verdammt noch mal«, brüllte er. »Sonst verlieren wir ihn noch.« Aber das Vickers über ihm blieb still, und die Geschützstellungen blieben durch eine leichte Bodenwelle, die Major Castelani bewußt ausgewählt hatte, von seinem Platz tief im Rumpf unsichtbar. Er raste auf sie zu, von den zerfließenden Schatten des Rolls, der trügerisch vor ihm hertanzte, unerbittlich vorwärtsgetrieben.

»Sehr gut.« Castelani gestattete sich ein kleines, kaltes Lächeln, als er den feindlichen Panzer unerschütterlich näher kommen sah. Für einen erfahrenen Kanonier war er bereits in Schußweite. Aber Castelani wußte, daß er sehr viel näher herankommen mußte, damit seine gegenwärtigen Mannschaften sichere Treffer landen konnten.

Doch der Rolls-Royce war nur noch zweihundert Meter von den Geschützen entfernt und raste mit einer Geschwindigkeit von ungefähr neunzig Stundenkilometern heran. Drei entsetzte, kreideweiße Gesichter wandten sich ihm flehentlich zu, drei Stimmen brachen in ein lautes Hilfegeschrei aus. Der Major ignorierte sie und wandte seinen professionellen Blick wieder dem Feind zu. Er sah, daß er noch immer zweitausend Meter entfernt war, aber genügend schnell näher kam. Er war gerade im Begriff, seinen nervösen Kanonieren eine nochmalige Beruhigung zuzurufen, als der Rolls durch die schmale Gasse zwischen seinen Geschützen hindurchdonnerte.

Der Graf hatte in diesem Augenblick vorübergehend seine Standfestigkeit wiedererlangt und seinen Helm zurechtgerückt. Er stand hochaufgerichtet im Wagen und seine Stimme, ungewöhnlich laut und schrill vor Angst, war deutlich für jeden Schützen zu hören.

»Eröffnet das Feuer!« brüllte der Graf. »Eröffnet unverzüglich das Feuer – sonst lasse ich euch alle erschießen!« Dann fiel ihm ein, daß er sie ermutigen sollte, auf ihrem Posten zu bleiben, um seinen Rückzug zu decken. Einer plötzlichen Eingebung folgend, brüllte er noch ein mitreißendes »Tod vor Schande!« über die Schulter, bevor ihn der Wagen noch immer mit neunzig Stundenkilometern auf den langen, fernen Horizont zutrug.

Der Major erhob seine Stimme und stieß ein gewaltiges Gebrüll aus, um den Befehl rückgängig zu machen, aber selbst seine Lungen waren der donnernden Salve von neun Feldgeschützen nicht gewachsen, die in einem Gleichklang abgefeuert wurden wie nie zuvor während der ganzen Ausbildung. Jeder einzelne Kanonier nahm den Oberst buchstäblich beim Wort, als er ›unverzüglich‹ sagte, und in dem schauderhaften Drang, so wild und so schnell wie möglich draufloszuschießen, waren Feinheiten wie anlegen und zielen völlig vergessen.

Unter diesen Umständen war es geradezu ein Wunder, daß eine der hochexplosiven Granaten ein Ziel fand. Dieses Ziel war ein Fiat-Truppentransporter, der genau in diesem Augenblick eine viertel Meile hinter dem äthiopischen Panzerwagen aus der Staubwolke auftauchte. Die Granate war mit einer Tausendstelsekunde Verzögerung gesichert; sie durchschlug den Kühler, zerstörte den Motorblock, zerfetzte den Fahrer und explodierte inmitten der Gruppe von entsetzten Infanteristen, die unter der Plane kauerten. Der Motorblock und die Vorderräder des Lasters rollten noch ein paar Meter weiter, bevor sie auf dem unebenen Boden zu schlingern begannen und sich überschlugen – der Rest des Lastwagens und zwanzig Männer wurden wie eine Truppe von verrückten Akrobaten etwa fünfzehn Meter senkrecht in die Luft geschleudert.

Nur eine einzige Granate hätte fast den Feind getroffen. Sie schlug zehn Meter vor der Buckeligen ein, explodierte in einer riesigen Säule aus Flammen und gelber Erde und hinterließ einen tiefen, eineinhalb Meter breiten Krater, in den der Wagen hineinraste.

Der Ras, dessen Kopf aus dem Panzerturm herausragte, hatte plötzlich in Mund und Augen den von der Explosion herumfliegenden Sand – und sein Kriegsgeheul brach jäh ab, als er hustend nach Luft schnappte und verzweifelt versuchte, sich den Sand aus den tränenden Augen zu wischen.

Gareth war durch die Flammensäule ebenfalls jäh geblendet und fuhr blindlings in den Granattrichter hinein. Der Aufprall schleuderte ihn aus dem Sitz, das Steuerrad schlug gegen seine Brust und preßte ihm die Luft aus den Lungen, bevor die Lenksäule knapp über der Bodenplatte zerbrach.

Eingehüllt in eine Wolke von Staub und Pulverdampf,

hüpfte die Buckelige mit einem Satz wieder aus dem Granattrichter heraus. Auf einer Seite waren durch den Stoß die Sprungfedern gebrochen, so daß sich das Chassis auf diese Seite neigte. Die Vorderräder waren eingeschlagen und blockiert, doch der Motor heulte noch immer auf Vollgags, und deshalb drehte sich das Gefährt unaufhörlich wie ein Zirkuspferd.

Gareth holte keuchend Atem und zog sich auf den Fahrersitz zurück, um festzustellen, daß keine Lenksäule mehr da war und das Gaspedal klemmte. Er blieb ein paar Sekunden sitzen, versuchte seine Benommenheit abzuschütteln und schnappte verzweifelt nach Luft, denn der ganze Fahrzeugrumpf war mit Staub und Rauch gefüllt.

Die nächste Granate, die dicht neben dem Fahrzeug einschlug, rüttelte ihn aus der durch den Schock verursachten Betäubung. Er streckte die Arme aus, entriegelte die Fahrerluke und steckte den Kopf hinaus. Sie befanden sich anscheinend im Schußfeld von drei Batterien italienischer Feldgeschütze, die das Feuer auf sie eröffnet hatten.

»Oh mein Gott!« hauchte er gequält, als eine neue Ladung hochexplosiver Granaten rund um den kreisenden Wagen explodierte. Die Detonationen erschütterten sein Trommelfell und brachten seine Zähne zum Klappern. »Nichts wie weg hier!« sagte er und begann durch die schmale Luke auszusteigen. Er hob seine Füße gerade noch rechtzeitig vom Stahlboden des Fahrzeugs, um seine Knochen davor zu bewahren, unterhalb der Knie in kleine Stücke zertrümmert zu werden.

Zweitausend Meter entfernt versuchte Major Castelani die Panik unter Kontrolle zu bringen, die der Graf unter seinen Männern ausgelöst hatte. Sie luden und feuerten wild drauflos, und alle Raffinessen aus dem Artillerielehrgang waren vergessen. Die Schützen gaben sich nicht einmal mehr den Anschein zu zielen, sondern rissen an der Abzugsleine, sobald der Verschlußblock herunterklappte.

Castelanis Gebrüll machte keinen Eindruck auf die halb betäubten und völlig verwirrten Schützen. Des Grafen letzter Befehl »Tod vor Schande!« hatte ihre Nerven gänzlich zerrüttet, und nun waren sie allesamt nicht mehr zurechnungsfähig.

Castelani zog den erstbesten Schützen von seinem Sitz hinter dem Schutzschild und löste dessen verkrampfte Hand um das Abzugsseil. Die Kampfqualitäten seiner Männer verfluchend, begann er mit fachmännischem Können die Schwenk- und Hebevorrichtungen des Geschützes zu bedienen. Der Geschützlauf senkte und drehte sich, bis der winzige schwarze Punkt von Panzerwagen plötzlich vielfach vergrößert im Zielfernrohr auftauchte. Der Wagen drehte sich, offensichtlich steuerlos, in einem wilden Kreis um seine eigene Achse. Castelani nahm den Rhythmus seiner Umdrehungen auf und riß mit einer kurzen, harten Bewegung des Handgelenks am Abzugsseil. Der Geschützlauf flog zurück, krachte hart in die hydraulische Federung des Stoßdämpfers, und das fünfzehn Pfund schwere, kegelförmige Stahlmantelgeschoß wurde in einer flachen Flugbahn über die Ebene geschleudert.

Es verfehlte sein Ziel nur knapp. Zentimeter vor der wuchtigen Nase des Panzerwagens ging es nieder und schlug direkt unter dem Fahrersitz zwischen den beiden Vorderrädern in die Erde ein.

Die Wucht der Explosion wurde von der Erdoberfläche auf die Platte des Fahrzeugbodens übertragen. Sie sprengte den Motorblock aus seinen Halterungen, riß die großen Vorderräder weg, wie die Flügel eines gebratenen Hühnchens, und schlug wie mit einem Riesenhammer in den Stahlboden des Wagens.

Wenn Gareth Swales' Füße mit dem Stahlboden des Fahrzeuges Kontakt gehabt hätte, wäre die Wucht der Explosion direkt auf seine Füße und Beine übertragen worden, und er hätte jene schreckliche, aber für einen Panzersoldaten typische Verwundung erlitten – unterhalb der Knie wäre jeder einzelne Knochen zersplittert worden.

Im fraglichen Augenblick hing er allerdings halb in, halb außerhalb der Fahrerluke und zappelte mit den Beinen wild in der Luft, so wirkte die Wucht der Explosion auf ihn wie die Kohlensäure einer frischgeöffneten Flasche Champagner. Er war der Korken und wurde, wild um sich schlagend, aus der Luke geschleudert.

Auf den Ras war die Wirkung dieselbe. Er flog aus dem Panzerturm und wurde durch die Detonation in die Luft geschleudert – und stieß im Zenit seiner Flugbahn mit Gareth zusammen. Sie landeten gleichzeitig auf der Erde, wobei der Ras allerdings zwischen Gareths Schulterblättern zum Sitzen kam. Es grenzte an ein Wunder, daß keiner von beiden von dem Schwert getroffen wurde, das mit ihnen durch die Luft sauste und sechs Zentimeter von Gareths Ohr entfernt tief in die Erde eindrang, als er, mit dem Gesicht nach unten liegend, einen schwachen Versuch unternahm, den Ras abzuschütteln.

»Ich warne dich, alter Knabe«, stieß er schließlich keuchend hervor. »Eines Tages wirst du zu weit gehen.«

Der Lärm von vielen rasch näherkommenden Fahrzeugen ließ Gareth seine Anstrengungen, den Ras abzuschütteln, verdoppeln. Er setzte sich auf, spuckte Sand und Blut und schaute sich um. Was er sah, waren die übriggebliebenen italienischen Truppentransporter, die wie beim Start des 24-Stunden-Rennens von Le Mans auf sie zurasten.

»O mein Gott!« keuchte Gareth, sammelte in aller Eile seine fünf Sinne und kroch Hals über Kopf zu dem zerstörten, rauchenden Fahrzeugrumpf der Buckeligen zurück. Er wollte gerade in Deckung gehen, als er bemerkte, daß der Ras nicht mehr bei ihm war.

»Rassey, du verrückter, alter Bastard – komm zurück«, rief er verzweifelt. Der Ras hatte sich wieder mit seinem alten, zuverlässigen Schwert bewaffnet und wankte auf unsicheren Storchenbeinen, betäubt von der Explosion, aber noch immer kampflustig, auf den Feind zu, und es bestand nicht der geringste Zweifel darüber, was er beabsichtigte. Er war im Begriff, allein die ganze Fahrzeugkolonne anzugreifen. Als er mit drohendem Kriegsgeheul auf sie zulief, schwenkte er sein Schwert beidhändig ein paarmal zischend durch die Luft.

Gareth mußte sich unter der Klinge ducken und brachte den alten Krieger nur durch einen beherzten Hechtsprung zu Fall.

Er brachte den brüllenden und wild um sich schlagenden alten Mann hinter dem zerschmetterten Stahlrumpf in Dekkung, gerade als der erste italienische Laster vorbeiraste. Die blaßgesichtigen Insassen schenkten ihnen keinerlei Beachtung – sie hatten nur ein einziges Ziel, nämlich so schnell wie möglich ihrem Oberst zu folgen.

»Halt den Mund!« knurrte Gareth, als der Ras versuchte, sie mit den gemeinsten Verwünschungen in Amharic zu provozieren. Schließlich blieb ihm nichts anderes übrig, als den Ras zu Boden zu werfen, ihm seinen Shamma um den Kopf zu wickeln und sich daraufzusetzen – während die italienischen Lastautos vorbeidonnerten und sie mit dichten Staubwolken einhüllten, als wären sie mitten in einem Sandsturm.

Einmal glaubte Gareth durch den Staub zwischen den fliehenden Lastautos die buckelige Gestalt von Priscilla dem Ekel zu entdecken und ließ den Ras für einen Augenblick los, um zu schreien und zu winken, aber der Panzerwagen war einem der Lastautos dicht auf den Fersen und verschwand sofort wieder. Gareth hörte kurz darauf trotz des Motorenlärms ganz deutlich den kurzen, ratternden Feuerstoß des Vickers-Maschinengewehrs.

Dann waren alle vorbei und entfernten sich rasch. Der Motorenlärm wurde schwächer, und der Staub legte sich – plötzlich hörte Gareth etwas anderes, ein schwaches Geräusch, das von Sekunde zu Sekunde stärker wurde. Obwohl die meisten Reiter der Harari und Galla die Verfolgung längst aufgegeben hatten, um sich der erfreulicheren und einträglicheren Plünderung der zerstörten und gestrandeten italienischen Lastautos zuzuwenden, jagten noch ein paar hundert der Verwegensten auf ihren lahmenden Pferden hinterher.

Dieser kleine Reiterhaufen kam nun heulend herangaloppiert und hetzte die überlebenden Italiener aus den zerstörten Lastautos. Zu Fuß flohen sie vor den Reitern her.

»Alles in Ordnung, Rassey?« Gareth befreite ihn aus seiner Zwangslage. »Jetzt kannst du wieder herauskommen. Halte deine Jungs zurück und sag ihnen, sie sollen uns von hier fortbringen.«

In den wenigen Minuten während der Feuerpause, als der Hauptteil der motorisierten Infanterietruppe an der Geschützstellung vorbeidonnerte, rannte Major Castelani von Geschütz zu Geschütz und schlug mit Worten und mit seinem Stock um sich, bis er die wilde Panik seiner Schützen eingedämmt und seine Männer wieder unter Kontrolle hatte. Dann tauchte so plötzlich wie ein Geisterschiff direkt vor ihnen ein zweiter äthiopischer Panzerwagen aus den Staubwolken auf, dessen Vickers-Maschinengewehr im Panzerturm gefährlich ratterte und glühendrote Flammen ausspie.

Das genügte, um die scheinbare Ordnung, die Castelani mühsam unter seinen Geschützmannschaften wiederhergestellt hatte, abermals zu zerstören. Als der Panzerwagen in dieser kurzen Entfernung auf sie zuhielt und die freistehenden Geschütze mit todbringendem Maschinengewehrfeuer belegte, ließen die Lader ihre fertigen Granaten fallen und rissen die Schützen in dem Versuch, so schnell wie möglich hinter das gepanzerte Schutzschild der Geschütze zu kommen, fast von ihren Sitzen. Plötzlich kauerten alle hinter den Geschützen. Aber der Fahrer des Panzerwagens schwenkte, nachdem er einmal vor den Geschützstellungen vorbeigerast war, unerwartet ab und tauchte wieder in den Staubwolken unter. Jake hatte dieser Anblick ebenso unerwartet getroffen wie die Schützen der Gegenseite; eben war er noch genüßlich hinter einem plumpen, schwankenden Truppentransporter hergerast, aber schon im nächsten Augenblick hatte er die Staubwolke hinter sich gelassen und sah sich den drohenden Mündungen der großen Feldgeschütze gegenüber.

»Donnerwetter, Greg«, brüllte Jake dem Jungen im Panzerturm zu. »Wir hätten sie fast überfahren.«

»Mit Blitz und Donner – erinnerst du dich an das Gedicht?«

»Gedichte, ausgerechnet jetzt?« brummte Jake und gab Vollgas.

»Wo fahren wir hin?«

»Nach Hause – je schneller, desto besser. Das da hinten ist ein überzeugendes Argument.«

»Jake . . .«, begann Gregorius zu protestieren, als es plötzlich krachte und blitzte und dicht neben dem hohen Panzerturm ein 100-mm-Geschoß vorbeiflog. Der Druck preßte die Luft gegen ihr Trommelfell, und das Heulen der Granate ließ beide heftig zusammenzucken. Sie detonierte eine halbe Meile von ihnen entfernt in einer hohen Feuer- und Staubsäule.

»Verstehst du jetzt, was ich meine?« fragte Jake.

»Ja, Jake – o ja, jetzt verstehe ich.«

Während er sprach, legten sich die Staubwolken, die sie bisher abgeschirmt hatten, und gaben sie erbarmungslos dem Blick der italienischen Kanoniere frei, ließen aber gleichzeitig ein anderes lohnendes Ziel sichtbar werden. Die äthiopische Reitertruppe stürmte noch immer vorwärts, und nachdem einige Salven wirkungslos rund um die winzigen schwer faßbaren Umrisse des sich entfernenden Wagens eingeschlagen waren, fand sich Castelani mit der Unzulänglichkeit seiner Schützen ab und änderte die Zielrichtung.

»Schrapnelladung«, brüllte er. »Laden Sie mit Schrapnells, die in der Luft detonieren.« Er eilte von Geschütz zu Geschütz, gab jedem Lader einzeln seinen Befehl und unterstrich ihn mit dem Stock. »Neue Zielrichtung. Großer Reitertrupp. Entfernung Zweitausendfünfhundert Meter. Feuern ganz nach Belieben.«

Die äthiopischen Ponys waren kleine, struppige Tiere, die eigentlich wegen ihrer Trittsicherheit auf Gebirgspfaden gezüchtet wurden und nicht für ausgedehnte Verfolgungsjagden in der Ebene – überdies hatten sie nun schon wochenlang das trockene, saure Gras der Steppe gefressen und waren mit ihren Kräften ziemlich am Ende.

Das erste Schrapnellgeschoß explodierte fünfzehn Meter hoch über den Köpfen der anführenden Reiter. Es zerplatzte wie eine riesige Schote der Baumwollpflanze und entfaltete seinen schrecklichen, strahlenden Glanz am milchig blauen Himmel. Es zerplatzte mit einem Getöse, als würde der Himmel bersten, und im Nu war die Luft von zischenden, wimmernden Granatsplittern erfüllt.

Unter der ersten Explosion brachen bereits mehr als zehn Ponys zusammen, sie überschlugen sich und schleuderten ihre Reiter aus dem Sattel. Dann war der Himmel plötzlich voll von den tödlichen Baumwollschoten, und unter den fortgesetzten Explosionen wälzten sich immer mehr Ponys im Sand. Die Reiter legten sich flach auf den Widerrist oder schwangen sich aus dem Sattel, um tief unter dem Bauch ihrer Pferde Deckung zu suchen. Hier und da kam es auch vor, daß einer der kühneren Männer seine Füße aus den Steigbügeln nahm, damit zwei Kampfgenossen, die ihre Pferde verloren hatten, auf den Riemen Platz finden konnten; die tüchtigen kleinen Ponys hatten unter der dreifachen Last schwer zu tragen. Innerhalb von Sekunden war die ganze äthiopische Armee – das heißt der übriggebliebene Panzerwagen und die Kavallerie – auf der Flucht, und zwar ebenso Hals über Kopf wie die italienische Lastwagenkolonne, die sich in Richtung der Brunnen von Chaldi zurückzog. Man überließ das Feld Castelanis Artillerie – und der gestrandeten Mannschaft der Buckeligen.

Aus der Deckung im zertrümmerten Fahrzeugrumpf sah Gareth Swales seine Hoffnungen auf eine baldige Rettung in Gestalt der kleiner werdenden Kavallerie rasch schwinden.

»Ihnen kann man keinen Vorwurf machen, wirklich nicht«, erklärte er dem Ras. Dann sah er den vorbeirasenden Panzerwagen. Priscilla das Ekel überholte die Kavallerie mit hoher Geschwindigkeit.

»Ihm mache ich einen Vorwurf«, murmelte er. »Er hat uns gesehen – ich bin ganz sicher.« Als Priscilla das Ekel etwa eine Viertelmeile von ihnen entfernt vorbeiraste, war sie für ein paar Sekunden direkt auf sie zugefahren. »Weißt du was, Rassey, alter Junge, ich glaube allmählich, man will uns tatsächlich hier sitzenlassen.«

Er sah sich den Ras an, der neben ihm lag wie ein alter Jagdhund, der sich verausgabt hatte; seine Brust arbeitete wie der Blasebalg eines Hufschmieds, und die Luft kam pfeifend durch seine Kehle.

»Es ist wohl besser, wenn du diese Beißerchen aus dem Mund nimmst, alter Knabe – sonst verschluckst du sie noch. Für heute ist die Schlacht geschlagen. Nimm's nicht so schwer und beruhige dich wieder. Wir haben heute nacht noch einen langen Rückmarsch vor uns.«

Dann wandte Gareth Swales seine ganze Aufmerksamkeit wieder dem verschwimmenden Panzerwagen zu.

»Der edelmütige Jake Barton läßt uns hier zurück und fährt nach Hause, um den Honigtopf auszulöffeln. Wie hieß doch gleich der Kerl, den David seinerzeit auf dieselbe Art hereingelegt hat? Na los, Rassey, du bist doch ein Kenner des Alten Testaments – war das nicht Uriah der Hethiter?« Er schüttelte traurig den Kopf. Gareth war geneigt, das Schlimmste anzunehmen. »Ich nehme ihm das wirklich übel, Rassey, das muß ich schon sagen. Wahrscheinlich hätte ich genau dasselbe getan, gewiß – aber einem liebenswürdigen, rechtschaffenen Bürger wie Jake Barton nehme ich so was übel.«

Der Ras hatte ihm überhaupt nicht zugehört. Er war der einzige Mann in den beiden Armeen, für den der Kampf noch nicht vorbei war. Er hatte nur eine kleine Pause eingelegt, wie es einem Krieger in seinem vorgerückten Alter wohl zukam. Nun sprang er mit einem Satz wieder auf die Beine, packte sein Schwert und rannte geradewegs auf die italienischen Geschützstellungen zu. Gareth war einen Augenblick fassungslos, und der Ras hatte bereits fünfzig Meter zurückgelegt, bevor Gareth ihn einholen konnte.

Wie es das Unglück wollte, hielt gerade in diesem Augenblick einer der italienischen Kanoniere sein Fernglas auf das Wrack der Buckeligen gerichtet. Die Angriffslust der italienischen Schützen stand im umgekehrten Verhältnis zur Anzahl und Entfernung des Feindes, und alle waren geradezu trunken vor Freude über den totalen Sieg, der ihnen unerwartet in den Schoß gefallen war.

Die erste Granate schlug dicht neben dem Wrack der Buckeligen ein, als Gareth den Ras einholte. Gareth bückte sich und hob einen runden Stein von der Größe eines Kricketballs auf.

»Tut mir schrecklich leid, alter Knabe«, keuchte er, als er den Stein in die rechte Hand nahm. »Aber so kann es wirklich nicht weitergehen.«

Er hob die Hand und schlug dem Ras mit Rücksicht auf die alten, zerbrechlichen Knochen seines Schädels, vorsichtig, ja fast zärtlich oberhalb des Ohres über den glänzenden, kahlen Kopf.

Als der Ras zusammenbrach, fing Gareth ihn auf und nahm ihn, einen Arm um die Schulter, den anderen unter den Knien, wie ein schlafendes Kind auf die Arme. Die Granaten zischten ihm um die Ohren, als er, den bewußtlosen Ras auf den Armen, wieder in Deckung lief.

Jake Barton hörte die ohrenbetäubenden Detonationen der Granaten und rief Gregorius zu:

»Auf was schießen die denn jetzt?«

Gregorius kletterte etwas höher, um aus dem Panzerturm schauen zu können, und blickte zurück. Aus dieser Entfernung wäre das Wrack der Buckeligen gewiß unbemerkt geblieben, denn es war nur ein dunkler Fleck und konnte ebensogut ein Kameldornstrauch oder ein schwarzer Felsbrocken sein. Tatsächlich hatten beide Männer das Fahrzeug in den letzten paar Minuten mindestens fünfzigmal gesehen, ohne es zu erkennen, aber die Granaten, die rund um den gestrandeten Panzerwagen einschlugen und in feinen Rauch- und Staubsäulen explodierten, zogen Gregorius' Aufmerksamkeit unwillkürlich an.

»Mein Großvater!« rief er besorgt. »Sie sind getroffen worden, Jake.«

Jake schwenkte den Wagen herum und hielt an, kletterte halb aus der Fahrerluke, blies den Staub von den Linsen seines Fernglases und stellte es ein. Dann sah er das zerstörte Fahrzeug in Nahaufnahme und entdeckte auch sofort die beiden winzigen Gestalten – eine im maßgeschneiderten Tweedanzug, die andere im wallenden Gewand; sie hielten sich eng umschlungen, und für einen flüchtigen Augenblick dachte Jake, sie würden inmitten des Artilleriefeuers Walzer tanzen. Dann sah er, wie Gareth den Ras hochhob und mit ihm in Deckung zum zerstörten Wagen zurücklief.

»Wir müssen sie retten, Jake«, rief Gregorius ungestüm. »Wenn wir es nicht tun, müssen sie dort draußen sterben.«

Vielleicht waren es nur die telepathisch übertragenen Ahnungen von Gareth Swales, aber Jake sah sich plötzlich einer verbrecherischen Versuchung gegenüber. In diesem Augenblick wurde ihm klar, daß er Vicky Camberwell liebte, und hier bot sich die beste Gelegenheit, seinen Widersacher zu beseitigen.

»Jake!« rief Gregorius wieder, und da wurde Jake von seinen eigenen verbrecherischen Gedanken so übel, daß ihm der Speichel im Mund zusammenlief und er ein dumpfes, hohles Gefühl im Magen verspürte.

»Also los«, sagte er und ließ sich auf den Fahrersitz zurückfallen. Er drehte Priscilla das Ekel mit quietschenden Reifen um und fuhr geradewegs auf das Ziel des Artilleriebeschusses zu.

Sie blieben vor Granaten verschont, weil sich die italienischen Truppen voll und ganz auf das feste Ziel konzentrierten – und sie schienen allmählich in Übung zu kommen, denn die Explosionen kamen immer näher. Es war nur noch eine Frage von Sekunden, wann die Buckelige einen Volltreffer erhalten würde. Jake trat voll auf das Gaspedal, aber Priscilla das Ekel wählte ausgerechnet diesen Augenblick, um ihr wahres Gesicht zu zeigen. Jake fühlte, wie sie bockte, und dann veränderte sich vorübergehend das Geräusch ihres Motors, er begann zu stottern, fiel sekundenlang aus, die Geschwindigkeit verringerte sich – doch dann kam die Maschine plötzlich wieder auf Touren, und der Wagen raste weiter.

»Liebes, gutes Mädchen!« Jake spähte durch das Visier hinaus und schwenkte leicht nach links, um im Schutz der Explosionen der italienischen Granaten an das Wrack der Buckeligen heranzukommen.

Eine Granate detonierte direkt vor ihm. Jake lenkte das plumpe Fahrzeug geschickt um den tiefen, rauchenden Granattrichter herum, bremste so scharf ab, daß der Wagen ins Schleudern geriet und in entgegengesetzter Richtung stehenblieb, bereit, augenblicklich abzufahren. Er stand nun dicht hinter dem zerstörten Fahrzeugrumpf, teilweise vor den Italienern abgeschirmt und zehn Schritte von der Stelle entfernt, wo Gareth Swales, mit dem zerbrechlichen Körper des Ras auf dem Schoß, am Boden hockte.

»Gary!« brüllte Jake, indem er den Kopf durch die Luke steckte, und Gareth blickte mit einem ungläubigen, erstaunten Ausdruck zu ihm auf. Die Explosionen der Granaten hatten ihn dermaßen betäubt, daß er Jakes Rückkehr überhaupt nicht bemerkt hatte. Jake brüllte noch einmal.

»Los, komm schon, verdammt noch mal!« Diesmal kam Gareth augenblicklich auf die Beine. Er hob den Ras wie ein Bündel schmutziger Wäsche hoch und lief mit ihm auf den Wagen zu. Eine Granate schlug so dicht neben ihm ein, daß er fast das Gleichgewicht verloren hätte, und schleuderte Steine und Erde gegen den Panzerstahl.

Doch Gareth konnte sich auf den Beinen halten und

übergab den Ras den helfenden Händen und der liebevollen Sorge seines Enkels.

»Was ist denn mit ihm?« fragte Greg besorgt.

»Er wurde von einem Stein getroffen, er wird bald wieder zu sich kommen«, keuchte Gareth und lehnte sich für einen Augenblick an den Wagen. Sein Atem kam pfeifend durch die Kehle, Haar und Schnurrbart waren dick mit weißem Staub bedeckt, und der Schweiß lief ihm in breiten Bächen über die schmutzverschmierten Wangen.

Er sah zu Jake auf. »Ich dachte schon, du würdest mich hier sitzenlassen«, krächzte er.

»Ich habe es in Erwägung gezogen.« Jake streckte die Hand aus und nahm seinen Arm. Er zog ihn auf die Plattform, und Gareth hielt seine Hand eine Sekunde länger als nötig und drückte sie leicht.

»Ich bin dir einen Gefallen schuldig, alter Junge.«

»Ich werde dich daran erinnern«, erwiderte Jake grinsend.

»Jederzeit. Wann immer du willst.«

In diesem Augenblick heulte Priscilla das Ekel heldenhaft auf, und dann machte sie mit ihren Fehlzündungen den Detonationen der italienischen Grananten Konkurrenz. Der Motor begann zu stottern, kam wieder auf Touren, spuckte verzweifelt und starb ab . . .

»O du verdammtes Mistvieh!« sagte Jake mit sehr viel Gefühl. »Nicht jetzt! Bitte, nicht jetzt!«

»Das erinnert mich an ein Mädchen, das ich in Australien kennengelernt hatte . . .«

»Später«, unterbrach ihn Jake. »Mach dich gefälligst ans Kurbeln.«

»Mit Vergnügen, alter Junge.« Dann explodierte dicht neben ihnen eine Granate und schleuderte ihn von seinem unsicheren Sitz auf der Plattform herunter. Gareth stand wieder auf und schüttelte indigniert den Staub von seinen Rockaufschlägen, bevor er zur Kurbel hinkte.

Nachdem Gareth eine volle Minute wie ein irrsinniger Drehorgelmann an der Kurbel gedreht hatte, ließ er sich keuchend zurückfallen.

»Hör mal, alter Junge, ich bin leicht erschöpft.« Sie tauschten rasch die Plätze.

Ohne den Sturm der explodierenden Granaten und der wirbelnden Staubfontänen zu beachten, beugte sich Jake über die Kurbel. Die Muskeln an seinen Armen traten hervor, als er mit aller Kraft daran drehte.

»Nichts zu machen«, brüllte Gareth nach einer weiteren Minute. Jake gab nicht auf. Sein Gesicht wurde dunkelrot, und die Adern an seinem Hals schwollen zu dicken blauen Strängen an – aber schließlich ließ auch er verärgert die Kurbel los und trat keuchend zurück.

»Der Werkzeugkasten ist unter dem Sitz«, sagte er.

»Du willst den Wagen doch nicht etwa hier und jetzt reparieren?« Gareth machte ungläubig eine Geste mit dem Arm, die sowohl das blutige Schlachtfeld als auch die italienischen Geschütze und die explodierenden Granaten mit einschloß.

»Hast du vielleicht eine bessere Idee?« fragte Jake schroff, und Gareth wich hilflos seinem Blick aus; doch plötzlich streckte er seine hängenden Schultern, und seine Mundwinkel verzogen sich zu diesem unerschütterlichen, unwiderstehlichen Grinsen.

»Komisch, daß du mich das fragst, alter Junge. Zufällig habe ich eine bessere Idee . . .« Und dann wies er wie ein Zauberkünstler auf die Erscheinung, die in diesem Augenblick aus den Staub- und Rauchwolken auftauchte.

Miss Wackelig kam dröhnend neben ihnen zum Stehen, und beide Luken flogen auf. In der einen erschien der dunkle Kopf von Sara, in der anderen der goldglänzende Schopf von Vicky.

Vicky beugte sich vor, legte die Hände an den Mund und rief Jake zu:

»Was ist denn mit Priscilla?«

Jake, noch immer schwitzend und rotgesichtig, stieß keuchend hervor: »Sie hat wieder einen ihrer Anfälle.«

»Fang das Seil auf«, befahl Vicky. »Wir schleppen euch ab.«

Das äthiopische Lager befand sich im Siegestaumel. Überall wurde laut gelacht und geprahlt. Die Frauen, die an den Feuerstellen ein festliches Abendessen zubereiteten, beobachteten die Männer bewundernd. In ihren großen schwarzen Eisentöpfen brodelte mindestens ein Dutzend verschiedene Sorten von »Wat«, und der Geruch nach Gewürzen und Fleisch lag schwer in der Abendkühle.

Vicky Camberwell saß unter dem Sonnendach ihres Zeltes über die Schreibmaschine gebeugt; ihre langen, schlanken Finger flogen über die Tasten, um all das niederzuschreiben, was ihr in den Sinn kam – sie schrieb über den Mut und die kämpferischen Qualitäten eines Volkes, das, nur mit Pferd und Säbel bewaffnet, eine Armee, die mit den modernsten Kriegswaffen ausgerüstet war, in die Flucht geschlagen hatte. Wenn Vicky beim Schreiben in Schwung kam, übersah sie manchmal ein paar Kleinigkeiten, die die dramatische Wirkung ihrer Geschichten beeinträchtigten – die Tatsache, daß die biblischen Krieger Äthiopiens Unterstützung von Panzerfahrzeugen und Vickers-Maschinengewehren hatten, waren solche Kleinigkeiten, die sie einfach wegließ. Sie schloß ihren Bericht mit folgenden Worten:

»Aber wie lange kann dieses stolze, tapfere Volk den blutdürstigen, machtgierigen Herden eines modernen Cäsar, der ein Weltreich erobern wollte, noch standhalten? Heute ist hier in der Wüste von Danakil ein Wunder geschehen, aber die Zeit der Wunder ist vorbei, und auch diejenigen, die sich auf Gedeih und Verderb mit diesem friedlichen Äthiopien verbunden haben, wissen, daß das Land verloren ist, wenn das schlafende Gewissen der zivilisierten Welt nicht geweckt wird, wenn sich die Stimme der Gerechtigkeit nicht lautstark meldet und dem Tyrannen zuruft: »Hände weg, Benito Mussolini!«

»Das klingt wunderschön, Miss Camberwell«, sagte Sara, die sich über ihre Schulter gebeugt hatte, um die letzten Worte des Berichts zu lesen. »Ich könnte weinen, so schön traurig ist es.«

»Ich bin froh, daß es Ihnen gefällt, Sara. Ich wünschte,

Sie wären mein Verleger.« Vicky nahm die Seite aus der Schreibmaschine, überflog den Text noch einmal, und als sie schließlich zufrieden war, faltete sie die Depesche, steckte sie in ein dickes braunes Kuvert und klebte es zu.

»Ist er auch wirklich zuverlässig?« fragte sie Sara.

»O ja, Miss Camberwell, er ist einer der besten Männer meines Vaters.« Sara nahm den Umschlag und gab ihn einem Krieger, der, an sein gesatteltes Pferd gelehnt, seit einer Stunde vor dem Zelt wartete.

Sara sprach leidenschaftlich und eindringlich auf ihn ein. Der Mann nickte eifrig, dann schwang er sich in den Sattel und stürmte in Richtung der dunklen Schlucht davon, wo die rauchigen bläulichen Schatten der Dämmerung bereits die Felswände und die schroffen Gipfel umhüllten.

»Er wird noch vor Mitternacht in Sardi sein. Ich habe ihm befohlen, ohne Pause durchzureiten. Ihre Depesche wird morgen früh bei Sonnenaufgang abgeschickt.«

»Danke, Sara, mein Liebes.« Vicky stand von ihrem Klappsessel auf. Während sie ihre Schreibmaschine zudeckte, musterte Sara sie neugierig. Vicky hatte gebadet und ihr einziges gutes Kleid angezogen, ein leichtes hellblaues Leinenkleid mit einer schmalen Taille und einem Rock, der ihre Knie bedeckte, aber ihre runden Waden und ihre schlanken, schön geformten Fesseln in feinen Seidenstrümpfen freiließ.

»Ihr Kleid ist hübsch«, sagte Sara leise, »und Ihr Haar ist so wunderschön weich und gelb.« Sie seufzte. »Ich wünschte, ich wäre so schön wie Sie. Ich wünschte, ich hätte eine so zarte weiße Haut wie Sie.«

»Und ich wünschte, ich hätte eine so wunderschön goldene Haut wie Sie«, entgegnete Vicky prompt, und beide lachten.

»Haben Sie sich für Gareth so schön angezogen? Er wird Sie noch sehr viel mehr lieben, wenn er Sie so sieht. Kommen Sie, wir wollen ihn suchen.«

»Ich habe eine bessere Idee, Sara. Warum gehen Sie

nicht und suchen Gregorius. Ich bin sicher, er vermißt Sie bereits.«

Sara dachte einen Augenblick darüber nach, offensichtlich zwischen Pflicht und Vergnügen hin- und hergerissen.

»Sind Sie sicher, daß Sie ohne mich zurechtkommen werden, Miss Camberwell?«

»Oh, ich denke schon – danke, Sara. Sollte ich Schwierigkeiten haben, werde ich Sie rufen.«

»Ich bin jederzeit zur Stelle«, versicherte ihr Sara.

Vicky wußte genau, wo Jake Barton zu finden war. Sie schlich lautlos zu dem hohen, stählernen Fahrzeugrumpf und beobachtete ihn eine Zeitlang bei der Arbeit, die ihn so in Anspruch nahm, daß er sie nicht bemerkte. Sie wunderte sich, wie blind sie doch bisher gewesen war, daß sie sein wahres Wesen nicht erkannt hatte, daß sie die Kraft und die ruhige Sicherheit eines reifen Mannes, die sich hinter seiner jungenhaften Fröhlichkeit verbarg, nicht wahrgenommen hatte. Es war ein Gesicht ohne Alter, und sie wußte, daß ihm die Illusion von Jugend und Frische auch bleiben würde, wenn er ein alter Mann war. Doch da war eine Härte in seinen Augen, eine eiserne Entschlußkraft in der kräftigen Linie seines Kinns, die sie vorher nie bemerkt hatte. Sie erinnerte sich an seinen Traum, von dem er ihr erzählt hatte – die Fabrik, um seinen eigenen Motor zu bauen –, und plötzlich wußte sie, daß er die Entschlossenheit und die Kraft besaß, um seinen Traum zu verwirklichen. Plötzlich sehnte sie sich danach, an seinem Leben teilzuhaben, und wußte, daß ihrer beider Träume gemeinsam verwirklicht werden könnten, sein Motor und ihr Buch – beides könnte gemeinsam entstehen, jeder würde vom anderen Kraft schöpfen, wenn sie ihre Entschlossenheit und ihre schöpferischen Kräfte vereinigten. Sie dachte, es wäre wohl der Mühe wert, diese Träume mit einem Mann wie Jake Barton zu teilen.

Vielleicht sieht man erst klar, wenn man verliebt ist, dachte sie, als sie ihn mit heimlichem Vergnügen beobachtete. »Vielleicht redet man sich aber auch nur etwas ein«, und sie ärgerte sich, daß sie ihr angeborener Zynismus auch in diesem Augenblick nicht verließ.

»Nein«, entschied sie. »Das ist nicht anzunehmen. Er ist stark und gut – und er wird so bleiben.« Und augenblicklich dachte sie wieder, daß sie vielleicht etwas zu krampfhaft versuchte, sich selbst zu überzeugen. Unwillkürlich fiel ihr ein, daß sie erst kürzlich mit einem anderen Mann eine Nacht verbracht hatte, und einen Augenblick lang war sie unsicher und verwirrt. Sie versuchte, die Erinnerung entschlossen beiseite zu schieben, aber der Gedanke ließ sie nicht mehr los, und sie begann die beiden Männer miteinander zu vergleichen. Sie dachte an die leidenschaftliche, wilde Lust, die sie kennengelernt hatte, und fragte sich wehmütig, ob sie so etwas je wieder erleben würde.

Dann beobachtete sie den Mann, den sie zu lieben glaubte, eingehender und sah, daß, obwohl seine Arme dunkel und dicht behaart und seine Hände groß und grobknochig waren, die breiten, spatelförmigen Finger mit einer fast sinnlichen Anmut und Geschicklichkeit arbeiteten, und sie versuchte sich vorzustellen, wie sich diese Finger auf ihrer Haut anfühlten – und diese Vorstellung war so sinnlich und wohllüstig, daß sie unwillkürlich schauderte und tief Atem holte.

Sofort blickte Jake zu ihr auf, die Verwunderung in seinen Augen verwandelte sich augenblicklich in Freude, und langsam breitete sich dieses warme, herzliche Lächeln auf seinem Gesicht aus, als er seinen Blick von ihrem seidenen Haar bis hinunter zu ihren seidenen Fesseln gleiten ließ.

»Hallo, haben wir uns nicht schon irgendwo gesehen?« fragte er. Sie lachte und drehte sich mit flatterndem Kleid um die eigene Achse.

»Gefällt es Ihnen?« fragte sie. Er nickte schweigend und fragte dann:

»Steht denn irgend etwas Besonderes auf dem Programm?«

»Das Festessen des Ras, haben Sie das vergessen?«

»Ich bin nicht sicher, ob ich noch eines seiner Feste

überstehen werde, ich weiß nicht, was gefährlicher ist – ein italienischer Angriff oder dieses flüssige Dynamit, das er serviert.«

»Sie müssen aber dort sein – Sie sind doch einer der Helden des großen Sieges.« Jake stöhnte und wandte seine Aufmerksamkeit wieder den Innereien von Priscilla dem Ekel zu.

»Haben Sie den Fehler gefunden?«

»Nein.« Jake seufzte resignierend. »Ich habe sie völlig auseinandergenommen und wieder zusammengebaut – ich kann einfach nichts finden.« Er trat zurück, schüttelte den Kopf und wischte seine ölbeschmierten Hände an einem Putzlappen ab. »Ich bin mit meinem Latein am Ende. Ich gebe es auf.«

»Haben Sie versucht, den Motor noch einmal anzulassen?«

»Ich wüßte nicht, warum – nicht bevor ich den Fehler gefunden und repariert habe.«

»Versuchen Sie es doch noch einmal«, sagte Vicky. Er grinste ihr zu.

»Es hat keinen Zweck – aber Ihnen zuliebe, meinetwegen.«

Er beugte sich über die Kurbel, und Priscilla sprang schon bei der ersten Umdrehung an, kam auf Touren und lief gleichmäßig schnurrend wie eine große, buckelige Katze vor dem warmen Ofen.

»Donnerwetter!« Jake trat zurück und starrte Vicky verblüfft an. »Das ist doch nicht zu glauben, es ist gegen alle Logik.«

»Sie ist eine Dame«, erklärte Vicky. »Das wissen Sie doch – und das Benehmen einer Dame muß nicht unbedingt logisch sein.«

Er drehte sich um und grinste ihr zu, mit einem so wissenden Ausdruck in den Augen, daß sie errötete. »Ich fange allmählich an, das zu begreifen«, sagte er und machte einen Schrit auf sie zu, aber sie hob abwehrend die Hände.

»Sie werden mir das Kleid schmutzig machen . . .«

»Und wenn ich vorher bade?«

»Baden Sie«, befahl sie. »Und dann reden wir weiter, Mister.«

In den letzten Minuten vor Einbruch der Dunkelheit war ein Reiter, stolpernd und rutschend auf dem schroffen Gelände, aus der Schlucht herausgeritten und auf seinem erschöpften, schwitzenden Pferd in das Lager des Ras galoppiert.

Sara Sagud nahm die Nachricht, die er brachte, entgegen, rannte zu der kleinen Ansammlung von Zelten unter den flachwipfeligen Kameldornbäumen und stürmte, die zusammengefaltete Depesche schwenkend, in Vicky Camberwells Zelt, ohne auch nur im Traum daran zu denken, ihren Eintritt anzukündigen.

Vicky lag völlig versunken an Jake Bartons Brust, der sie erst Sekunden vorher in die Arme genommen hatte, und die unwillkommene Störung geschah gerade dann, als sich Vicky voll und ganz der Wonne des Augenblicks hingab. Vicky löste sich aus Jakes Umarmung und drehte sich wütend zu dem Mädchen um.

»Oh«, rief Sara mit den Verstellungskünsten eines geborenen Verschwörers, der eine neue Intrige entdeckt hat, »Sie sind beschäftigt!«

»Ja, das bin ich«, fauchte Vicky, und ihre Wangen röteten sich vor Verlegenheite und Verwirrung.

»Tut mir leid, Miss Camberwell. Aber ich dachte, diese Nachricht würde wichtig sein . . .« Vickys Ärger verrauchte, als sie die Depesche sah. »Ich dachte, Sie würden sie gern lesen.« Vicky griff danach, riß das Siegel auf und überflog hastig die Zeilen. Während sie las, hellte sich ihr Gesicht immer mehr auf, und schließlich sah sie Sara mit glänzenden Augen an.

»Sie hatten recht – danke, mein Liebes.« Vicky wirbelte herum, flog auf Jake zu und schlang lachend und übermütig beide Arme um seinen Hals.

»Hei«, rief Jake und freute sich mit ihr. In Gegenwart des Mädchens hielt er sie recht unbeholfen in den Armen. »Worum geht's denn überhaupt?«

»Nachricht von meinem Verleger«, erklärte sie. »Meine Geschichte über den Angriff bei den Brunnen war ein internationaler Knüller. Schlagzeilen auf der ganzen Welt – und der Völkerbund hat eine Sondersitzung einberufen.«

Sara griff nach dem Telegramm und las es wie selbstverständlich durch.

»Mein Vater hat daran geglaubt, daß Sie das für uns tun würden, Miss Camberwell – für unser Land und unser Volk.« Sara weinte, dicke schimmernde Tränen kullerten aus ihren dunklen Gazellenaugen und blieben an ihren langen Wimpern hängen. »Nun weiß es die ganze Welt. Nun werden sie kommen, um uns von der Tyrannei zu befreien.« Das Mädchen vertraute in seiner kindlichen Art fest auf den Sieg des Guten über das Böse, und sie zog Vicky aus Jakes Armen und umarmte sie. »Oh, durch Sie haben wir jetzt wieder eine Chance. Dafür werden wir Ihnen ewig dankbar sein.« Ihre Tränen benetzten Vickys Wangen, sie schluchzte und machte sich los, um mit ihrem Handballen ihre eigenen Tränen von Vickys Gesicht zu wischen. »Wir werden Sie nie vergessen«, sagte sie, dann lächelte sie unter Tränen. »Wir müssen gehen und die freudige Nachricht meinem Großvater erzählen.«

Sie mußten einsehen, daß es unmöglich war, dem Ras begreiflich zu machen, worin die neue Hoffnung der äthiopischen Sache eigentlich bestand. Seine Einsicht, welche Rolle der Völkerbund oder die Macht und der Einfluß der internationalen Presse für sein Land spielen konnten, war sehr verworren. Nach den ersten paar Kannen Tej war er schließlich davon überzeugt, daß die große Königin von England auf irgendeine wunderbare Weise für ihre Sache eingetreten war und sich die Streitkräfte von Großbritannien bald mit ihm vereinigen würden. Gregorius und Sara redeten beide auf ihn ein, um ihn über seinen Irrtum aufzuklären. Er nickte und grinste ihnen gütig zu, hielt aber unerschütterlich an seiner Überzeugung fest und beendete die Diskussion, indem er Gareth Swales umarmte, eine lange, weitschweifige Ansprache in Amharic hielt und Gareth, da er Engländer war, seinen Waffengefährten nannte. Doch bevor die Ansprache zu Ende war, schlief der Ras plötzlich mitten im Satz ein und fiel mit dem Gesicht direkt in eine große Schüssel Hammeleintopf. Die Schlacht, die Aufregung über die Neuigkeit, daß er nun einen neuen, mächtigen Verbündeten hatte, und die große Menge Tej waren zuviel für ihn, und vier seiner Leibwächter hoben ihn hoch und trugen ihn, wobei er schnarchte, in sein Schlafzelt.

»Keine Angst«, erklärte Sara seinen Gästen, »mein Großvater wird nicht lange fortbleiben – nach einer kleinen Ruhepause kommt er zurück.«

»Sagen Sie ihm, er soll sich nicht verausgaben«, murmelte Gareth Swales. »Ich jedenfalls habe für heute genug von ihm.«

Der Schein der Lagerfeuer rötete den Himmel und ließ den Mond verblassen, der über den Berggipfeln aufging. Er beschien den Stahl und das polierte Holz der erbeuteten Waffen, Gewehre und Pistolen und Munitionsgürtel, die man triumphierend auf dem freien Platz vor der königlichen Gesellschaft aufgehäuft hatte.

Die Funken stoben von den Feuern in die stille, dunkle Nacht, und je länger die Tejkannen herumgereicht wurden, desto hemmungsloser erklangen die Stimmen und das Gelächter der Gäste.

Etwas weiter entfernt, aber noch innerhalb des Akazienhaines feierten auch die Gallas von Ras Kullah den Sieg, und gelegentlich hallte schwach das Gegröle Betrunkener und eine Salve aus den erbeuteten italienischen Gewehren herüber.

Vicky saß zwischen Gareth und Jake. Sie hatte das nicht

so eingerichtet – wenn sie die Wahl gehabt hätte, wäre sie lieber mit Jake allein geblieben – aber Gareth Swales war nicht so leicht zu entmutigen, wie sie geglaubt hatte.

Sara erhob sich von ihrem Platz neben Gregorius und kam näher. Sie zwängte sich durch den Kreis der Festgäste, kniete auf dem Lederkissen neben Vicky nieder, drängte sich zwischen sie und Gareth, legte einen Arm um ihre Schulter und beugte sich so nahe heran, daß ihre Lippen Vickys Ohr berührten.

»Sie hätten mich benachrichtigen müssen«, warf sie Vicky traurig vor. »Ich wußte doch nicht, daß Sie sich zuerst für Jake entschieden hatten. Ich hätte Ihnen geraten . . .«

In diesem Augenblick drang vom Lager der Gallas ein ungewöhnlicher Laut zu ihnen herüber. Er war gedämpft durch die Entfernung und wurde vom Lärm der feiernden Harari fast übertönt; doch der entsetzliche markerschütternde Ton ließ Vicky erschauern, so daß sie unwillkürlich den Atem anhielt und Sara am Handgelenk packte.

Jake und Gareth neben ihr hatten sich aufgerichtet und lauschten ebenfalls diesem Ton, der erst schrill klang und dann in einem langgezogenen, herzzerreißendem Wimmern endete.

»Sie haben sie nicht richtig behandelt, Miss Camberwell.« Sara sprach weiter, als hätte sie nichts gehört.

»Sara, was ist das – was war das?« Vicky schüttelte eindringlich ihren Arm.

»Ach!« Sara machte eine wegwerfende, verächtliche Geste. »Dieser fette, perverse Ras Kullah ist aus seinem Versteck hervorgekrochen; jetzt, nachdem wir den Sieg errungen haben, ist er gekommen, um die Beute zu genießen. Er ist vor einer Stunde mit seinen Milchkühen eingetroffen. Jetzt feiert er und amüsiert sich.«

Plötzlich wieder dieser Ton. Er war unmenschlich, ein entsetzlicher, gellender Schrei, der Vicky durch Mark und Bein ging. Er wurde höher und höher, bis Vicky sich am liebsten mit beiden Händen die Ohren zugehalten hätte. In dem Augenblick, als sie glaubte, den Verstand zu verlieren, brach der Ton abrupt ab.

Auch die Festgäste an den Lagerfeuern schwiegen und lauschten. Die Stille währte noch ein paar Sekunden, nachdem der Schrei geendet hatte, dann hörte man gemurmelte Kommentare und hier und da ein gleichgültiges, grausames Lachen.

»Verdammt, Sara, was ist das, was tun sie dort?«

»Ras Kullah spielt mit den Italienern«, sagte Sara ruhig, und Vicky mußte zugeben, daß sie die Gefangenen, die an diesem Tag gemacht worden waren, vollkommen vergessen hatte.

»Er spielt, Sara. Was heißt das?«

Sara spuckte aus, eine Geste des Abscheus. »Es sind Tiere, diese Bestien von Ras Kullah. Sie werden sich die ganze Nacht mit ihnen amüsieren, und am Morgen werden sie ihnen ihre Dinger abschneiden.« Sie spuckte wieder. »Bevor sie heiraten können, müssen sie einem Mann seine Dinger abschneiden – wie heißen sie noch, diese beiden Dinger in den kleinen Säcken?«

»Hoden«, sagte Vicky heiser und erstickte beinahe an dem Wort.

»Ja«, stimmte Sara zu. »Sie müssen einen Mann töten und der Braut die Hoden bringen. Das ist bei ihnen Brauch, aber erst werden sie sich mit den Italienern vergnügen.«

»Können wir sie denn nicht daran hindern?« fragte Vicky.

»Sie hindern?« Sara blickte erstaunt. »Es sind doch nur Italiener, und bei den Gallas ist es so Brauch.«

Wieder kam dieser Schrei, und wieder verstummten die Festgäste. Er hallte gellend durch die stille Wüstennacht, immer wieder, und so schrill, daß es schien, als könnte er unmöglich einer menschlichen Kehle entspringen; angesichts der Intensität des Leidens, die in diesem spitzen Schmerzensschrei zum Ausdruck kam, krümmten sich ihre Seelen.

»Mein Gott! O mein Gott!« flüsterte Vicky und wandte ihren Blick von Saras Gesicht ab, um Gareth Swales anzuschauen, der hinter ihr saß.

Er wirkte gefaßt und gleichgültig. Sein Gesicht war halb von ihr abgewandt, so daß sie sein gottähnliches Profil sah, makellos und kalt. Als der Schmerzensschrei verstummte, beugte er sich vor, nahm einen glühenden Ast aus dem Feuer und zündete sich die lange schwarze Zigarre zwischen den weißen Zähnen an.

Er nahm einen tiefen Zug und behielt den Rauch einen Augenblick in den Lungen, bevor er ihn durch die Nasenlöcher ausblies. Dann drehte er sich bedächtig zu Vicky um.

»Du hast ja gehört, was die Dame sagt. Es ist so Brauch.« Er sprach zwar mit Vicky, aber die Bemerkung war eigentlich für Jake Barton bestimmt, und er richtete seinen Blick, ein leichtes Lächeln um die Lippen, spöttisch auf ihn. Die beiden Männer starrten einander an, ausdruckslos, ohne mit der Wimper zu zucken.

Der Schmerzensschrei kam wieder – diesmal jedoch schwächer, der schmerzlich schrille Ton war zu einem wimmernden Echo im Dunkel der Nacht geworden.

Jake Barton sprang mit einem einzigen Satz auf die Füße und war im selben Augenblick bei den erbeuteten Waffen der Italiener. Er bückte sich, hob die Automatikpistole eines Offiziers auf, eine 7-mm-Beretta, die noch in ihrem glänzenden Lederhalfter steckte, löste den Riemen, zog die Waffe heraus und ließ den Pistolenhalfter samt Gurt fallen. Er überprüfte das geladene Magazin, ließ das Magazin wieder zuschnappen, entsicherte die Waffe und steckte sie in die Hosentasche.

Ohne sich noch einmal umzudrehen, ging er in Richtung des Gallalagers und verschwand jenseits des Feuerscheins in der Dunkelheit.

»Ich habe ihm schon vor langer Zeit erklärt, daß Sentimentalität ein altmodischer Luxus ist – ein teurer Luxus in diesem Jahrhundert, besonders in dieser Gegend«, murmelte Gareth und betrachtete nachdenklich die Asche seiner Zigarre.

»Sie werden ihn töten, wenn er allein hingeht«, sagte Sara in völlig sachlichem Ton. »Sie werden blutgieriger werden und ihn töten.«

»Oh, ich denke nicht, daß es soweit kommt«, meinte Gareth.

»O doch! Sie werden ihn töten«, sagte Sara und wandte sich wieder an Vicky. »Sie werden ihn hoffentlich nicht gehen lassen? Es sind doch nur Italiener.«

Einen Augenblick lang starrten die beiden Frauen einander an, dann sprang Vicky auf und lief hinter Jake her, das blaue Leinenkleid flatterte anmutig um ihre Beine, und der Feuerschein spielte wie flüssige Goldbronze auf ihrem Haar.

Sie holte Jake am äußersten Rand des Gallalagers ein und ging neben ihm her, indem sie bei jedem seiner ausgreifenden Schritte zwei kleine Schritte machen mußte.

»Geh zurück«, sagte er sanft, aber sie antwortete nicht und bemühte sich, mit ihm Schritt zu halten.

»Tu, was ich sage.«

»Nein, ich komme mit.«

Er blieb stehen und wandte sich ihr zu. Sie hob trotzig das Kinn, nahm die Schultern zurück und richtete sich zu ihrer vollen Größe auf, so daß sie ihm bis an die Schultern reichte.

»Nun hör mir mal zu . . .«, begann er, hielt aber inne, als das gepeinigte Geschöpf wieder zu schreien anfing. Es war ein wimmernder, abgehackter Laut, halb Schluchzen, halb Stöhnen – unmittelbar gefolgt vom kehligen Geheul vieler hundert Stimmen, dem blutrünstigen Geheul eines jagenden Wolfsrudels, tief und wild.

»Nun weißt du, was dich erwartet.« Er hielt den Kopf von ihr abgewandt, um zu lauschen. Seine Augen blickten gequält.

»Ich komme mit«, sagte sie dickköpfig. Er drehte sich wortlos um und ging weiter auf den Widerschein der Gallafeuer zu, der das Laub der Kameldornbäume wie das hohe

Gewölbe einer Kathedrale in einen rötlichen Schimmer tauchte.

Man hatte keine Wachtposten aufgestellt, und sie kamen unbemerkt an den Pferden und an den hastig aufgestellten Tukuls und Lederzelten vorbei. Plötzlich standen sie mitten im Lager, dort, wo die Feuer brannten und die Gallas versammelt waren, ein riesiger dunkler Kreis von sitzenden Gestalten; der Feuerschein erhellte ihre gierigen, falkenartigen Gesichtszüge. Die ganze Versammlung summte in der hitzigen Spannung, welche die Zuschauer eines blutigen Schauspiels immer in Atem hält. Jake kannte das von einem Boxkampf im Madison Square Garden und von einem Hahnenkampf in Havanna.

Ihre Blutgier war geweckt, und sie knurrten wie ein Wolfsrudel.

»Das ist Ras Kullah«, flüsterte Vicky und zupfte Jake am Ärmel.

Er warf einen Blick über den freien Platz.

Kullah saß auf einem Haufen Teppichen und Kissen, einen buntschimmernden Seidenschal so um Kopf und Schultern drapiert, daß sein weiches, aufgedunsenes Gesicht im Schatten lag – aber der Feuerschein spiegelte sich in seinen Augen und ließ sie eigenartig wild und fiebrig glitzern.

Eine seiner fetten, elfenbeinfarbenen Hände lag zur Faust geballt in seinem Schoß, während er den anderen Arm um die Taille der Frau neben ihm gelegt hatte und mit der Hand ihr weiches Fleisch knetete und drückte. Die Hand schien ein Eigenleben zu haben, sie bewegte sich, blaß und obzön, wie eine riesige Schnecke, die leicht vibrierte, als sie die angeschwollenen reifen Früchte der Brüste dieser Frau verschluckte.

Jenseits der Lagerfeuer, auf der gegenüberliegenden Seite des kreisförmigen Platzes, stand eine Gruppe von drei italienischen Soldaten, deren Hände am Rücken zusammengebunden waren und deren Gesichter schweißüberströmt und totenblaß im Feuerschein schimmerten. Sie waren bis auf die Hosen nackt. Ihre Haut am Rücken und an den Armen, dort, wo man sie geschlagen und mißhandelt hatte, wies blaue Flecken und Prellungen auf. Ihre nackten Füße waren geschwollen und blutig. Offensichtlich hatte man sie gezwungen, barfuß lange Strecken auf dem rauhen, steinigen Boden zurückzulegen. Ihre angstgeweiteten dunklen Augen waren auf das Schauspiel gerichtet, das im Schein der Lagerfeuer inmitten des freien Platzes inszeniert wurde.

Vicky erkannte die Frau als eine von Ras Kullahs Lieblingsfrauen. Sie hatte sie in jener Nacht im Amtshaus von Sardi bereits einmal gesehen. Nun kniete sie schwerbrüstig und geschäftig am Boden. Das runde Madonnengesicht war von einer fast religiösen Ekstase erleuchtet, die vollen Lippen standen offen, und die dunklen, samtenen Augen glühten wie die einer Priesterin bei einem geheimnisvollen Ritus. Doch die Ärmel ihres Shamma waren nüchtern und in einer sachlichen Art und Weise wie die Ärmel eines Schlachters bis zu den Ellbogen aufgestülpt, und ihre Hände waren bis zu den Handgelenken blutverschmiert. Sie handhabte den kleinen, geschwungenen Dolch wie ein Chirurg, und seine silberne Klinge schimmerte im Feuerschein dunkelrot.

Das blutige Etwas, über das sie sich beugte, zappelte und wehrte sich noch immer gegen seine Fesseln, es atmete und wimmerte, war aber kaum noch als Mensch zu erkennen. Das Messer hatte es jeder Ähnlichkeit mit einem menschlichen Wesen beraubt – und nun, während die Zuschauer brüllten, zischelten und seufzten, arbeitete die Frau verbissen am unteren Ende des aufgeschlitzten Bauches, sie schnitt und zerrte, so daß das Opfer wieder zu schreien begann, aber nur noch schwach – und dann sprang die Frau auf und hielt das verstümmelte Glied, das sie abgeschnitten hatte, in die Höhe.

Sie umkreiste triumphierend die Arena, hielt lachend und auf schwankenden Füßen tanzend ihren Preis hoch, und das Blut lief an ihrem erhobenen Unterarm herab und tropfte von ihrem Ellbogen.

»Bleib dicht hinter mir«, sagte Jake leise. Diesen Tonfall in seiner Stimme hatte Vicky noch nie vorher gehört. Sie wandte ihren entsetzten Blick von dem blutigen Schauspiel ab und sah, daß sein Gesicht starr und verzerrt wirkte, daß seine Kieferknochen fest aufeinandergepreßt und seine Augen schrecklich anzusehen waren.

Er zog die Pistole aus der Tasche, hielt sie mit locker herabhängendem Arm an die Hüfte gepreßt und ging weiter, indem er sich mit Gewalt einen Weg durch die dichtgedrängten Männer bahnte und darauf achtete, daß Vicky ihm ungehindert folgen konnte.

Jeder einzelne Galla konzentrierte sich voll und ganz auf die tanzende Frau. So erreichte Jake Ras Kullah, bevor jemand von ihm Notiz genommen hatte.

Jake nahm Kullahs weichen, fetten Oberarm in die linke Hand, preßte seine Finger tief in das wachsähnliche Fleisch, riß ihn hoch und hielt ihn fest, als er das Gleichgewicht zu verlieren drohte, drehte ihn zu sich herum und drückte ihm den Lauf der Beretta knapp unterhalb der breiten Nasenflügel in die Oberlippe.

Sie starrten einander an, Ras Kullah versuchte Jakes brennenden Blicken auszuweichen und wimmerte vor Schmerz, als sich die Finger tief in sein Fleisch gruben, und aus Angst vor dem stählernen Pistolenlauf.

Jake besann sich auf die wenigen Worte Amharic, die er von Gregorius gelernt hatte:

»Die Italiener«, sagte er sanft. »Für mich.«

Ras Kullah starrte ihn an und schien ihn nicht verstanden zu haben – plötzlich sagte er etwas, und die nächststehenden Männer stürmten vorwärts, als ob sie eingreifen wollten.

Jake preßte den Lauf der Pistole fester gegen Ras Kullahs Lippe, drehte ihn und quetschte das weiße Fleisch gegen seine Zähne, so daß die Haut aufplatzte und zu bluten begann.

»Du stirbst«, drohte Jake. Der Mann rief seinen Kriegern hysterisch einen Befehl zu. Sie wichen widerwillig zurück, griffen nach ihren Messern und warteten mit funkelnden

Augen auf ihre Gelegenheit. Die Frau mit den blutigen Händen sank in die Knie, und über die ganze Versammlung legte sich gespanntes Schweigen. Sie kauerten totenstill auf dem Boden und starrten Jake und Ras Kullah an. In die Stille hinein begann das verstümmelte blutende Etwas neben dem Feuer erneut zu schreien – es war ein langgezogener, wimmernder Laut, der an Jakes Nerven zerrte und seinem Gesicht einen wilden Ausdruck gab.

»Sag es deinen Männern«, sagte er mit einer vor Wut dumpfen Stimme. Ras Kullahs Stimme klang schrill wie die Stimme eines jungen Mädchens, und die Krieger, welche die drei halbnackten Soldaten bewachten, scharrten mit den Füßen und sahen einander fragend an.

Da stieß Jake Ras Kullah den Pistolenlauf heftig ins Gesicht, worauf dessen Stimme hysterisch kreischte, als er seinen Befehl wiederholte. Widerwillig trieben die Wachtposten die Gefangenen heran.

»Nimm seinen Dolch«, sagte Jake ruhig zu Vicky, ohne den Blick von Ras Kullahs Augen zu wenden. Vicky trat dicht neben den Ras und griff nach dem Dolch an dem bestickten Gürtel, der um seinen ausgeschwemmten Bauch geschlungen war. Das Heft des Dolches bestand aus Blattgold und war mit primitiv geschliffenen Amethysten besetzt, aber die Klinge war ausgezeichnet und die Schneide scharf.

»Schneide sie los«, sagte Jake und verstärkte in den gefährlichen Augenblicken, als sie außer seiner Reichweite war, den brutalen Druck auf den Pistolenlauf. Ras Kullah stand mit weit nach hinten geneigtem Kopf da, die Zähne gefletscht, die Lippen unnatürlich verschoben, und rollte mit den Augen, so daß nur noch das Weiße zu sehen war. Tränen des Schmerzes liefen ihm ungehindert über die Wangen und glitzerten im Feuerschein wie Tautropfen auf dem gelben Blütenblatt einer Rose.

Vicky zerschnitt die Lederbänder an den Handgelenken und Ellbogen der Italiener, die sofort ihre Arme massierten, um die Blutzirkulation anzuregen, und sich zusammendrängten; ihre dreckverkrusteten und blutverschmierten Gesichter waren leichenblaß, ihre Augen blickten fragend und ängstlich.

Rasch eilte Vicky zu Jake zurück und stellte sich dicht neben ihn. Sie fühlte sich irgendwie sicher und geborgen, wenn sie in seiner Nähe war. Sie blieb an seiner Seite, als Jake Ras Kullah zwang, Schritt für Schritt über den freien Platz zu der Stelle zu gehen, wo das verstümmelte, halbtote Bündel Mensch lag, das sich noch schwach bewegte und bei jedem Atemzug leise wimmerte und stöhnte.

Jake löste sich ein wenig von Ras Kullah, aber ohne ihn loszulassen, und Vicky sah, wie das Mitleid den grimmigen Ausdruck in seinen Augen für einen Augenblick verdrängte. Sie begriff nicht, was er vorhatte, bis er die Pistole von Ras Kullahs Gesicht nahm und den Arm ausstreckte.

Der Schuß krachte und klang in der Stille überlaut. Die Kugel traf den gefolterten Italiener mitten in die Stirn und hinterließ ein dunkles bläuliches Loch in der schimmernden weißen Haut zwischen den Augenbrauen. Seine Lider flatterten wie die Flügel einer sterbenden Taube, und der vor Qual gekrümmte Körper sackte zusammen. Ein langer, tiefer Seufzer entrang sich der gepeinigten Kehle, etwa so wie der Seufzer eines Mannes kurz vor dem Einschlafen, bevor er still und reglos dalag.

Ohne einen weiteren Blick auf den Mann, dem er den Frieden gegeben hatte, richtete Jake die Pistole wieder auf Ras Kullahs Gesicht, dann verstärkte er den Druck an seinem Arm und zwang ihn, sich umzudrehen und langsam zurückzugehen.

Durch einen kurzen Wink mit dem Kopf gab er den drei Italienern zu verstehen, daß sie vorangehen sollten. Sie setzten sich langsam, dicht aneinandergedrängt in Bewegung. Vicky folgte ihnen, wobei sie mit einer Hand Jakes Schulter berührte. Jake hielt Ras Kullah so, daß er fast das Gleichgewicht verlor, und zwang ihn Schritt für Schritt vorwärts. Er wußte, daß sie keine Eile, keine Schwäche und keine Angst zeigen durften, denn die schwachen Fesseln, welche die Gallas zurückhielten, konnten bei der geringsten Spannung reißen – dann würden die Gallas über sie herfallen, sie niedertrampeln und zerfetzen.

Schritt für Schritt, langsam und gleichmäßig bewegten sie sich vorwärts. Immer wieder wurde der Weg von finsteren Gruppen großer dunkler Gallas versperrt, die Schulter an Schulter stehenblieben und nach ihren Waffen griffen. Dann stieß Jake jedesmal den Lauf der Pistole in die weiche Haut von Ras Kullah. Der Mann stieß einen Schrei aus, und die dunklen Krieger gaben widerwillig den Weg frei, indem sie gerade so weit beiseite traten, daß die Prozession vorbeiziehen konnte, und schlossen hinter ihnen sofort wieder auf und folgten Jake so dicht, daß er sie mit ausgestrecktem Arm hätte berühren können.

Als sie die Menge endlich hinter sich gelassen hatten, beschleunigte Jake den Schritt und trieb die verängstigten Italiener vor sich her den Pfad durch den Kameldornhain hinauf und schleppte Ras Kullah gewaltsam mit.

»Was machen wir jetzt mit ihnen?« fragte Vicky atemlos. »Wir können Kullah nicht mehr lange in Schach halten.«

Jake antwortete nicht. Er wollte nicht riskieren, daß die dicht hinter ihm gehenden Gallas die Unsicherheit in seiner Stimme hörten. Er wollte auch nicht, daß das Mädchen ein Zeichen von Furcht von sich gab.

Sie hatte natürlich recht. Die Gallas folgten ihnen nun mit einer unmißverständlichen Feindseligkeit, eine rachsüchtige Horde, die hinter ihnen her war.

»Die Panzer . . .«, sagte Jake, als ihm ein plötzlicher Einfall kam. »Schaff sie in einen der Panzerwagen.«

»Und dann?«

»Eines nach dem anderen«, brummte Jake. »Erst müssen wir sie in den Wagen bringen.«

Sie gingen entschlossen den Pfad entlang, während die Gallas immer näher kamen. Eine der großen vermummten Gestalten rempelte Jake an, versuchte ihn zu reizen und begann stärker zu stoßen. Jake drehte sich leicht, legte seine ganze Kraft in den Arm und machte eine halbe Umdrehung.

Das alles geschah so schnell, daß der Galla dem Schlag nicht mehr ausweichen konnte; selbst wenn er ihn gesehen hätte, hätte er ihm nicht entgehen können, da ihn seine nachdrängenden Stammesgenossen behinderten.

Jake versetzte ihm einen kurzen, kräftigen Hieb. Der Lauf der Pistole traf ihn in den Mund, schlug ihm die Vorderzähne aus, außerdem wurde die Wucht des Schlages über die Oberkieferhöhle direkt auf das Gehirn übertragen. Der Mann brach lautlos zusammen und verschwand augenblicklich unter den Füßen der Männer, die hastig über ihn hinwegstolperten, um wieder aufzuschließen. Aber nun hielten sie etwas größeren Abstand, und Jake richtete die Pistole wieder auf Ras Kullahs Kopf. Die ganze Aktion war vorbei, ehe Kullah dazu kam, zu schreien oder sich gegen den festen Griff zu wehren, der schmerzhaft seinen Oberarm umklammerte.

Jake verstärkte seinen Griff wieder und trieb den Mann grob und drängender vor sich her. In einiger Entfernung schimmerten bereits die häßlichen, buckeligen Gestalten der Panzerwagen silbergrau im Mondlicht.

»Vicky, wir nehmen Miss Wackelig. Ich will es nicht darauf ankommen lassen, daß Priscilla nicht anspringt«, krächzte er. »Nimm die Fahrerluke. Kümmere dich jetzt um nichts anderes, als so schnell wie möglich hinter das Lenkrad zu kommen.«

»Was wird aus den Gefangenen?«

»Rede nicht, sondern tu, was ich gesagt habe, verdammt noch mal.« Sie waren noch fünf Meter von dem Wagen entfernt, und er befahl ihr: »Jetzt, los, so schnell du kannst.«

Sie stürmte los und erreichte Miss Wackelig, bevor ein Galla eingreifen konnte, dann verschwand sie mit einem einzigen behenden Satz in der Fahrerluke.

»Die Luke schließen«, rief Jake ihr nach und sah zutiefst erleichtert, wie sich die Luke schloß. Die Gallas knurrten wie ein Wolfsrudel, dem die Beute entwischt war – sie stürmten vor und umringten den Wagen.

Jake feuerte einmal in die Luft, und Ras Kullah brüllte

einen Befehl. Die Gallas wichen ein wenig zurück und verstummten finsteren Blicks.

»Vicky, kannst du mich hören?« rief Jake, während er die italienischen Gefangenen zum Fahrzeugrumpf drängte.

Ihre Stimme klang gedämpft und undeutlich aus der Stahlkarosserie, als sie antwortete.

»Die Hintertüren«, rief er drängend. »Mach sie auf – aber erst, wenn ich es sage.« Er trieb die Italiener um den Wagen herum zur Rückseite. Das war eine mühselige Arbeit, weil die Gefangenen völlig verwirrt und benommen vor Angst waren.

»Jetzt«, rief Jake und klopfte ungeduldig mit der Pistole gegen die Karosserie. Der Riegel knirschte, und die Türen schwangen nach außen und prallten gegen die dichtgedrängten Leiber.

»Verdammt noch mal«, knurrte Jake und stemmte sich mit der Schulter gegen eine Tür. Er schob sie auf, schlug zwei vordrängende Gallas nieder und stieß mit derselben Bewegung einen der Italiener durch die Öffnung in das dunkle Innere des Panzerwagens. Die anderen kletterten panikartig hinterher. Jake schlug unmittelbar hinter ihnen die Tür zu und stemmte sich mit dem Rücken dagegen, bis er die Riegel im Innern einrasten hörte. Allein sah er sich den haßerfüllten, dunklen Gesichtern gegenüber und fühlte den Druck der vielen hundert Leiber. Im Hintergrund der Menge wurden Stimmen laut, und die Wut der Männer konnte jeden Augenblick zum Ausbruch kommen – sie hatten fast ihre gesamte Beute verschwinden sehen, und nun genügte der geringste Anlaß, um einen Massenreflex auszulösen.

Jake merkte, daß er keuchte, als hätte er einen langen Dauerlauf hinter sich. Sein Herz klopfte so ungestüm, daß er spürte, wie es gegen seinen Brustkorb hämmerte – aber er hatte noch Ras Kullah. Er löste seinen Griff um den schwammigen Oberarm und packte statt dessen seinen dichten, drahtigen Haarschopf, grub seine Finger tief in das steife schwarze Haarbüschel an seinem Hinterkopf und verdrehte den Kopf, so daß Ras Kullah den Männern das Gesicht zuwandte. Mit der anderen Hand drückte Jake die Pistole tief in die Ohrmuschel des Mannes.

»Sprich zu ihnen, Zuckermäulchen.« Er ließ seine Stimme drohend und gefährlich klingen. »Sonst verpasse ich dir ein Stück Blei, das durch das andere Ohr wieder herauskommt.«

Ras Kullah verstand zwar nicht die Worte, aber den Tonfall, und sprudelte hysterisch in Amharic einige Worte hervor; die vordersten Krieger wichen einen Schritt zurück, und Jake glitt, mit dem Rücken zur Stahlkarosserie und Ras Kullah hilflos an den Haaren als Schutzschild vor sich herschiebend, den Fahrzeugrumpf entlang. Die Menge bewegte sich mit ihm, ließ ihn keine Sekunde aus den Augen, und ihre Blicke funkelten ihn im Mondlicht an, wild und grausam, kurz davor, über ihn herzufallen. Aus der Dunkelheit erhob sich eine Stimme, eine gebieterische Stimme, die auf Angriff drängte, die Menge knurrte, und Ras Kullah wimmerte unter Jakes eisenhartem Griff.

Dieses Zeichen von Ras Kullahs Angst alarmierte Jake, und er wußte, daß sie nicht mehr lange stillhalten würden. Der Ausbruch stand kurz bevor.

»Vicky, bist du bereit?« rief er drängend.

Ihre Stimme antwortete kaum hörbar:

»Ich bin bereit.«

Jake spürte den Griff der Kurbel hinten an seinen Beinen, und in diesem Augenblick gellte die Stimme einer Frau durch den Kameldornhain. Es war dieses durchdringende, wimmernde Geheul, ein Aufruf zur Gewalt, dem kein afrikanischer Krieger widerstehen kann. Unter diesem Laut zuckte die dicht aneinandergedrängte Horde Gallas zusammen wie unter einem Peitschenhieb, ihre Leiber schnellten vor, und ihre Stimmen erhoben sich zu einem blutdürstigen Echo.

O Gott, nun ist es soweit, dachte Jake und legte seine ganze Kraft in den Arm und die Schulter, die er zwischen Ras Kullahs Schulterblätter stemmte, und schleuderte ihn in die vorderste Reihe seiner eigenen Männer. Er krachte unerwartet in sie hinein und brachte einige von ihnen zu Fall, so daß die nächste Reihe über die Liegenden stolperte und fiel.

Jake drehte sich rasch um und beugte sich über die Kurbel. Er hatte Miss Wackelig deshalb ausgewählt, weil er wußte, daß sie die Gutmütigste und Verläßlichste unter den Fahrzeugen war. Er hätte es keinesfalls gewagt, dasselbe Vertrauen in Priscilla zu setzen – und wie sich herausstellte, hustete und zögerte sogar Miss Wackelig bei der ersten Umdrehung.

»Bitte, mein Liebling, bitte!« flehte Jake verzweifelt, und bei der nächsten Umdrehung mit der Kurbel ruckte sie, würgte einmal kurz und sprang an – dann brummte der Motor gleichmäßig. Jake sprang auf die Plattform, als einer der Gallas mit einem großen, beidhändigen Schwert nach ihm schlug.

Er hörte die Klinge zischen, die wie eine Fledermaus in der Dunkelheit heranpfiff, und duckte sich. Das Schwert traf den stählernen Rumpf des Wagens. Funken sprühten auf. Jake wirbelte herum und schoß mit der Beretta, bevor der Galla das Schwert erneut schwingen konnte.

Er hörte, wie die Kugel mit einem dumpfen Geräusch in den Körper einschlug. Der Mann brach zusammen und ließ das Schwert fallen – aber nun stürzten sich die vermummten Gestalten aus allen Richtungen auf den Panzerwagen wie Riesenameisen auf einen hilflosen Mistkäfer, und das Stimmengewirr schwoll zu einem infernalischen Wutgeheul an.

»Fahr los, Vicky – fahr um Himmels willen los«, brüllte Jake und hieb einen Galla, der neben ihm auf den Wagen kletterte, die Pistole über den Kopf. Der Mann fiel zurück, und der Motor heulte auf. Dann machte der Wagen einen Satz, der die meisten Gallas vom Fahrzeugrumpf schleuderte. Sogar Jake hatte Mühe, sich festzuhalten und eine der angeschweißten Klampen zu packen, um nicht mitten in die Horde der Gallas zu stürzen – die Pistole fiel ihm allerdings aus der Hand, als er sich verzweifelt an seinen unsicheren Halt klammerte.

Vicky trat voll auf das Gaspedal, und Miss Wackelig donnerte direkt in die Menschenwand hinein, und kaum einer der Männer konnte dem losfahrenden Wagen ausweichen. Sie wurden zu Boden geworfen, prallten dumpf gegen die Frontplatte des Wagens, und ihr Wutgeheul verwandelte sich augenblicklich in Schmerzensschreie, als sie verletzt in der Dunkelheit liegen blieben und der Wagen den Abhang hinunterraste.

Jake zog sich wieder auf die Plattform und stemmte sich gegen den Panzerturm, als er sich erhob. Neben ihm klammerte sich ein Galla, wie eine Zecke auf dem Rücken eines Ochsen, an den Stahlrumpf und wimmerte vor Angst, während sein Shamma im Fahrtwind flatterte. Jake hob den Fuß und gab ihm einen Tritt ins Hinterteil. Der Mann schoß mit dem Kopf voraus über die Seite des dahinrasenden Wagens und schlug mit einem knirschenden Geräusch auf dem Boden auf, das trotz des Motorenlärms zu hören war.

Jake kroch auf dem schleudernden, gewaltig schaukelnden Fahrzeugrumpf nach hinten und warf mit Füßen und Fäusten einen ängstlichen Galla nach dem anderen hinunter. Vicky fuhr den Wagen mit Höchstgeschwindigkeit den Abhang hinunter, raste im Zickzack zwischen den Bäumen hindurch und erreichte schließlich die mondbeschienene Ebene.

Hier donnerte Jake mit den Fäusten gegen die Fahrerluke, um Vickys wilde Fahrt zu stoppen, worauf sie den Wagen vorsichtig anhielt.

Sie kletterte durch die Luke heraus und schlang leidenschaftlich beide Arme um seinen Hals. Jake machte nicht den geringsten Versuch, ihrer Umarmung zu entkommen. Dann hüllte sie eine Stille ein, in der nur ihre Atemzüge zu hören waren. In der Seligkeit des Augenblicks hätten sie beinahe die Gefangenen vergessen, aber das Scharren und Murmeln aus dem Innern des Wagens erinnerte sie wieder daran. Langsam lösten sie sich voneinander. Vickys Augen leuchteten und strahlten im Mondlicht.

»Die armen Kerle«, flüsterte sie. »Du hast sie gerettet vor dieser . . .« Die Worte blieben ihr im Hals stecken, als sie sich an den erinnerte, für den jede Hilfe zu spät kam.

»Ja«, meinte Jake. »Aber was, zum Teufel, machen wir jetzt mit ihnen?«

»Wir könnten sie ins Harari-Lager bringen – der Ras würde sie bestimmt anständig behandeln.«

»Darauf würde ich nicht wetten.« Jake schüttelte den Kopf. »Sie sind alle Äthiopier – und ihre Spielregeln sind völlig anders als unsere. Ich möchte es jedenfalls nicht darauf ankommen lassen.«

»O Jake, ich bin sicher, daß er es nicht zulassen würde, daß sie . . .«

»Wie dem auch sei«, unterbrach sie Jake, »wenn wir sie den Hararis übergeben, wäre Ras Kullah augenblicklich zur Stelle, um sie zu seinem Vergnügen zurückzuverlangen – und wenn sich die Hararis weigerten, befänden wir uns mitten in einem hübschen Stammeskrieg. Nein, das können wir nicht riskieren.«

»Dann werden wir sie freilassen müssen«, sagte Vicky schließlich.

»Sie würden es niemals bis zu den Brunnen von Chaldi schaffen.« Jake blickte in östliche Richtung über die dunkle mitternächtliche Steppe. »Dort draußen wimmelt es von äthiopischen Spähern. Man würde ihnen die Kehle durchschneiden, noch bevor sie eine Meile weit gekommen sind.«

»Dann müssen wir sie hinbringen«, sagte Vicky.

Jake blickte sie scharf und fragend an.

»Sie hinbringen?«

»Im Wagen – zu den Brunnen von Chaldi.«

»Das würde den Italienern gefallen«, knurrte er. »Hast du ihre süßen Kanonen schon vergessen?«

»Unter einer Parlamentärflagge«, sagte Vicky. »Es bleibt uns nichts anderes übrig, Jake. Wirklich nicht.«

Jake dachte schweigend eine Minute darüber nach, dann seufzte er mißmutig.

»Es ist eine lange Fahrt. Machen wir uns auf den Weg.«

Sie fuhren mit abgeschalteten Scheinwerfern, weil sie weder die Aufmerksamkeit der äthiopischen Späher noch die der Italiener auf sich lenken wollten; aber der Mond schien hell genug, um ihren Weg zu beleuchten und die Mulden und Buckel als dunkle Schatten erkennbar zu machen, nur hin und wieder krachten die Räder schmerzhaft in eines der tiefen Löcher des Erdferkels, eines langrüsseligen Nachttieres, das nach unterirdischen Termitenkolonien grub.

Die drei halbnackten italienischen Gefangenen kauerten dich nebeneinander im hinteren Teil des Wagens und schliefen, erschöpft von der Angst und den Abenteuern des Tages, rasch ein; sie schliefen so tief und fest, daß sie weder das Dröhnen des Motors innerhalb des Metallrumpfes noch das heftige Schaukeln auf dem holprigen Boden bemerkten. Kreuz und quer lagen sie wie tot auf dem Wagenboden.

Vicky Camberwell kletterte den Panzerturm hinunter, um nicht in der kühlen Nachtluft zu sitzen, und kauerte sich auf den engen Platz neben den Fahrersitz. Eine Zeitlang unterhielt sie sich leise mit Jake, aber ihre Stimme wurde bald schläfrig und verstummte schließlich. Dann kippte sie langsam seitwärts gegen seine Schulter, und er lächelte zärtlich, bettete ihren Kopf an seine Brust und legte einen Arm um sie; während sie warm in seinem Arm lag, fuhr er weiter in östlicher Richtung durch die Nacht.

Die italienischen Wachtposten durchstreiften in regelmäßigen Abständen die Umgebung ihres Lagers mit starken Suchscheinwerfern, wahrscheinlich in Erwartung eines nächtlichen Angriffs der Äthiopier. Die Lichtkegel durchdrangen grell den nächtlichen Wüstenhimmel. Jake hielt direkt auf sie zu und verringerte, je näher er kam, die Geschwindigkeit. Er wußte, daß das Motorengeräusch in der nächtlichen Stille viele Meilen weit zu hören war, aber bei einer geringeren Drehzahl klang es gedämpft und war nicht genau auszumachen.

Er vermutete, daß er nur noch zwei bis drei Meilen vom italienischen Lager entfernt war, als wie zur Bestätigung, daß ihn die Wachtposten gehört hatten und sie nach ihren jüngsten Erlebnissen höchst empfindlich auf das Geräusch eines Bentley-Motors reagierten, eine Leuchtrakete in den Himmel stieg und mit einem grellen, bläulich-weißen Licht explodierte, das die Wüste meilenweit wie eine Bühne beleuchtete. Jake bremste scharf ab und wartete, bis die Rakete langsam zu Boden sank. Er wollte jede Bewegung vermeiden, um die Aufmerksamkeit nicht auf den Wagen zu lenken. Das Licht verschwand, und die Nacht war noch dunkler als zuvor, aber durch den plötzlichen Stillstand war Vicky aufgewacht und richtete sich schlaftrunken auf. Sie strich sich das Haar aus den Augen und murmelte schläfrig:

»Was ist los?«

»Wir sind da«, sagte er. In diesem Augenblick schoß wieder eine Leuchtrakete in hohem Bogen in die Luft und zerbarst mit einer Helligkeit, die den Mond verblassen ließ.

»Da!« Jake deutete auf den Hügelkamm über den Brunnen von Chaldi. Die dunklen Umrisse der italienischen Fahrzeuge waren im Licht der Leuchtrakete deutlich zu erkennen. Sie waren zwei Meilen entfernt. Plötzlich ertönte das ferne Knattern eines Maschinengewehrs – ein Wachtposten schoß auf Schatten – und unmittelbar danach folgte eine ganze Salve von Gewehrschüssen, die allmählich wieder verstummten.

»Dort scheinen alle wach und verdammt nervös zu sein«, meinte Jake sarkastisch. »Näher können wir nicht heranfahren.«

Er kletterte aus dem Fahrersitz und kroch zu den Gefangenen, die noch immer kreuz und quer übereinanderlagen wie schlafende junge Hunde. Einer von ihnen schnarchte wie ein asthmatischer Löwe, und Jake mußte sie mit dem Stiefel anstoßen, um sie wieder zu Bewußtsein zu bringen. Langsam und widerwillig wachten sie auf. Jake öffnete die

Hintertüren und stieß sie hinaus in die Dunkelheit. Sie blieben konsterniert stehen, rieben sich in der kühlen Nachtluft ihre nackten Glieder und schauten sich in Erwartung neuer Unannehmlichkeiten angstvoll um. In diesem Augenblick explodierte fast direkt über ihren Köpfen eine Leuchtrakete, und sie stießen erstaunte Rufe aus und begriffen nicht sofort, was es bedeutete, als Jake sie fortscheuchte und versuchte, sie wie eine Hühnerschar auf den Hügelkamm zuzutreiben.

Schließlich packte Jake einen von ihnen beim Genick, drehte ihn mit dem Gesicht auf den Hügelkamm zu und gab ihm einen Stoß, der ihn ein paar Schritte in die angegebene Richtung taumeln ließ. Plötzlich erkannte der Mann sein eigenes Lager und die Reihe der Lkws im Licht der Leuchtrakete. Er stieß einen Freudenschrei aus und begann taumelnd davonzurennen.

Die anderen beiden starrten ihm einen Augenblick ungläubig nach und liefen dann so schnell wie möglich hinter ihm her. Als sie etwa zwanzig Meter zurückgelegt hatten, drehte sich einer von ihnen um, kam zu Jake zurück, ergriff seine Hand und drückte sie heftig. Ein strahlendes Lächeln lag auf seinem Gesicht. Dann drehte er sich zu Vicky um und bedeckte ihre Hände mit feuchten, geräuschvollen Küssen. Der Mann weinte, Tränen der Rührung liefen ihm über die Wangen.

»Nun ist's aber genug«, knurrte Jake. »Mach dich auf den Weg, Freundchen.« Er drehte den Italiener um, zeigte ihm noch einmal die Richtung und gab ihm erneut einen Stoß.

Die spontane Freude der freigelassenen Italiener wirkte ansteckend. Jake und Vicky machten sich in allerbester Laune auf den Rückweg, sie lachten und scherzten im dunklen, dröhnenden Rumpf des Panzerwagens. Sie hatten bereits die Hälfte der vierzig Meilen zur Sardischlucht hinter sich gebracht, und die Lichter des italienischen Lagers hinter ihnen waren nur noch als schwacher Schein am östlichen Horizont zu erkennen, aber ihre Stimmung blieb fröhlich und übermütig, und als Jake eine witzige Bemerkung machte, beugte sich Vicky vor und küßte ihn auf die weiche Halsschlagader unterhalb seines Ohres.

Wie von selbst wurde Miss Wackelig immer langsamer und blieb schließlich mit einem sanften Ruck mitten in einem Gelände, das von weichem Sandboden und mit niedrigen dunklen Sträuchern bedeckt war, stehen.

Jake stelle die Zündung ab, und das Motorengeräusch verstummte. Er drehte sich auf dem Sitz herum und nahm Vicky in die Arme, indem er sie so heftig an sich zog, daß sie hörbar nach Luft rang.

»Jake!« protestierte sie halb stöhnend. Aber als seine Lippen die ihren berührten, vergaß sie jeden weiteren Widerstand und ließ sich von seinen Gefühlen mitreißen. Sein Kinn und seine Wangen waren rauh vom sprossenden Bart, der aus ebenso drahtigen dunklen Haaren bestand wie das Gekräusel auf seiner Brust. Sein männlicher Geruch war wie der Geschmack seines Mundes. Sie fühlte, wie die Weichheit ihres Körpers nach der Härte des seinen verlangte, und schmiegte sich an ihn. Der Schmerz dieser Umarmung und der harte Druck seines Mundes auf ihren Lippen gefielen ihr.

Sie wußte, daß sie Gefühle weckte, über die sie beide bald keine Kontrolle mehr haben würden, und diese Erkenntnis machte sie leichtsinnig und aggressiv. Der Gedanke, daß sie die Macht besaß, ihn wahnsinnig vor Verlangen zu machen, gefiel ihr und erregte sie noch mehr, und plötzlich wollte sie diese Macht ausprobieren.

Sie hörte seinen Atem in ihren Ohren dröhnen, dann erkannte sie, daß es nicht sein Atem war – sondern ihr eigener, und bei jedem Atemzug schien ihre Brust anzuschwellen, bis sie zu explodieren drohte.

In der Fahrerkabine des Panzerwagens war es eng, und ihre Bewegungen wurden allmählich wild und hemmungslos. Vicky fühlte sich eingeengt und mußte sich mit Gewalt beherrschen. Diese Leidenschaftlichkeit hatte sie noch nie zuvor empfunden, und einen flüchtigen Augenblick lang erinnerte sie sich an die geübte, sanfte Folge von methodischen Bewegungen, die ihre Liebe mit Gareth Swales gewesen war, und dann verglich sie sie mit dieser stürmischen Begegnung der Leidenschaften; doch dann trug die Flut, das Verlangen, der Enge zu entfliehen, den Gedanken mit sich fort.

Außerhalb des Wagens prickelte die Kälte der Wüstennacht auf der Haut ihres Rückens, ihrer Oberschenkel und Hüften, und sie fühlte, wie sich die feinen goldenen Härchen an ihren Unterarmen aufrichteten. Jake warf die zusammengerollte Schlafmatte aus dem Turm heraus und breitete sie auf die Erde. Dann kam er zu ihr zurück. Sein Körper schien von all dem zurückgehaltenen Feuer seiner Seele zu glühen, und sie schmiegte sich mit vollkommener Hingabe an ihn und genoß den Kontrast zwischen seinem glühenden Körper und dem kalten Wüstenwind auf ihrer nackten Haut.

Nun endlich gab es nichts mehr, was den Spielraum ihrer Hände beengen konnte, und sie wußte, daß sie auf seiner Haut so kalt waren wie Geisterfinger und war entzückt, ihn unter ihrer Berühung nach Atem ringen zu hören. Sie lachte ein heiseres, kehliges Lachen.

»Ja.« Sie lachte wieder, als er sie mühelos hochhob und sich mit ihr in den Armen auf der Schlafmatte niederließ.

»Ja, Jake.« Sie ließ jede Zurückhaltung fallen. »Schnell, schnell – mein Liebling.«

Es war wie ein Rausch, ein tosender Rausch all ihrer Sinne. Es war ein schmerzhafter, erregter Sturm, der sich schließlich legte – und danach erschien ihr die vollkommene Stille der Wüste so erschreckend, daß sie sich wie ein Kind an ihn klammerte und zu ihrer Verwunderung feststellte, daß sie weinte – die Tränen brannten in ihren Augen, und dennoch waren sie so eisig wie das Gefühl der Kälte auf ihren Wangen.

General De Bonos erster vorsichtiger, aber massiver Vorstoß über den Marebfluß nach Äthiopien war ein Erfolg, der ihn selbst verblüffte. Ras Muguletu, der äthiopische Befehlshaber im Norden, leistete nur wenig Widerstand – und zog sich dann mit seinen vierzigtausend Mann nach Süden in die natürliche Bergfestung Amba Aradam zurück. Ungehindert rückte De Bono die siebzig Meilen bis nach Adowa vor und fand es verlassen. Triumphierend ließ er das Denkmal für die gefallenen italienischen Soldaten aufstellen – und tilgte auf diese Weise den Makel der Niederlage der italienischen Streitkräfte.

Die große Zivilisierungsmission hatte begonnen. Die Wilden würden gezähmt und mit den Geheimnissen der modernen Welt bekannt gemacht – unter anderem mit dem Bombardement aus der Luft.

Die Königlich Italienische Luftwaffe bevölkerte den Himmel über den hoch emporragenden Bergen, meldete jede Truppenbewegung und stieß wie ein Falke herab, um jede Truppenkonzentration zu bombardieren und mit Maschinengewehrfeuer zu belegen.

Die äthiopischen Streitkräfte wurden versprengt und verteilten sich auf ihre jeweiligen Befehlshaber. Es gab einige Lücken in ihren Linien, die ein mächtiger Befehlshaber hätte ausnützen können – und in der Tat begriff das auch General De Bono und wagte einen weiteren Vorstoß bis Makale. Doch hier hielt er an, entsetzt über seine Kühnheit und ganz benommen von seinen Heldentaten.

Ras Muguletu lauerte mit seinen vierzigtausend Mann in Amba Aradam, während Ras Kassa und Ras Seyoum versuchten, die große schwerfällige Masse ihrer beiden Armeen über die Gebirgspässe zu führen, um sie an den Ufern des Tanasees mit der Armee des Kaisers zu vereinigen.

Die äthiopischen Streitkräfte waren angeschlagen, leicht verwundbar und reif, wie Weizen niedergemäht zu werden – und General De Bono schloß die Augen, bedeckte sie mit einer Hand und drehte den Kopf beiseite. Rücksichtslosigkeit und Ungestüm würde ihm die Geschichte jedenfalls niemals vorwerfen können.

VON GENERAL DE BONO, OBERBEFEHLSHABER DER ITALIENISCHEN EXPEDITIONSSTREITKRÄFTE IN MAKALE, AN BENITO MUSSOLINI, PREMIERMINISTER VON ITALIEN STOP MIT DER EROBERUNG VON ADOWA UND MAKALE DENKE ICH MEINE UNMITTELBAREN ZIELE ERREICHT ZU HABEN STOP NUN IST ES UNBEDINGT NOTWENDIG DIESE ERFOLGE AUSZUBAUEN MEINE STELLUNG GEGEN EINEN FEINDLICHEN GEGENANGRIFF ZU BEFESTIGEN UND MEINE NACHSCHUB- UND VERSORGUNGSLINIEN ZU SICHERN.

VON BENITO MUSSOLINI, PREMIERMINISTER VON ITALIEN UND KRIEGSMINISTER, AN GENERAL DE BONO, KOMMANDIERENDER OFFIZIER DER ITALIENISCHEN EXPEDITIONSSTREITKRÄFTE IN AFRIKA STOP SEINE MAJESTÄT WÜNSCHT UND ICH BEFEHLE IHNEN OHNE UNTERBRECHUNG AUF AMBA ARADAM VORZURÜCKEN UND DEN HAUPTTRUPPENKÖRPER DES FEINDES SO SCHNELL WIE MÖGLICH NIEDERZUWERFEN STOP ANTWORT ERWÜNSCHT.

VON GENERAL DE BONO AN DEN PREMIERMINISTER VON ITALIEN STOP MIT DEN BESTEN GRÜSSEN UND EMPFEHLUNGEN STOP ICH MÖCHTE IHRE EXZELLENZ DARAUF HINWEISEN DASS DAS ANGRIFFSZIEL AMBA ARADAM TAKTISCH NICHT UNPROBLEMATISCH IST . . . EIN GÜNSTIGES TERRAIN

FÜR HINTERHALTE ... EIN UNHEIL HERAUFBESCHWÖREN DURCH UNÜBERLEGTE HANDLUNG ... ZUSTAND DER STRASSEN SEHR SCHLECHT ... VERTRAUEN SIE MEINEM URTEILSVERMÖGEN ... FORDERE IHRE EXELLENZ DRINGEND AUF EINE NOCHMALIGE ÜBERPRÜFUNG VORZUNEHMEN UND DIE TATSACHE ZUR KENNTNIS ZU NEHMEN DASS DIE MILITÄRISCHE SITUATION PRIORITÄT ÜBER JEDE POLITISCHE ERWÄGUNG HABEN MUSS.

VON BENITO MUSSOLO AN GENERALFELDMARSCHALL DE BONO, EHEMALIGER KOMMANDIERENDER OFFIZIER DER ITALIENISCHEN EXPEDITIONSSTREITKRÄFTE IN AFRIKA STOP SEINE MAJESTÄT BEFIEHLT MIR IHNEN SEINE GLÜCKWÜNSCHE ZUR BEFÖRDERUNG IN DEN RANG EINES GENERALFELDMARSCHALLS DER ARMEE ZU ÜBERBRINGEN UND IHNEN DAFÜR ZU DANKEN DASS SIE MIT DER RÜCKEROBERUNG VON ADOWA IHRE PFLICHT EINWANDFREI GETAN HABEN STOP MIT DER ERRINGUNG DIESER ZIELE HALTE ICH IHRE MISSION IN OSTAFRIKA FÜR ABGESCHLOSSEN STOP FÜR IHRE AUSSERORDENTLICHEN VERDIENSTE ALS SOLDAT UND IHRE UNERSCHÜTTERLICHE PFLICHTERFÜLLUNG ALS BEFEHLSHABER HABEN SIE DIE DANKBARKEIT DER GANZEN NATION VERDIENT STOP SIE WERDEN GEBETEN IHR KOMMANDO GENERAL PIETRO BADOGLIO UNMITTELBAR NACH SEINER ANKUNFT IN AFRIKA ZU ÜBERGEBEN.

Generalfeldmarschall De Bono nahm seine Beförderung und seine Abberufung so bereitwillig hin, daß es von einem unbeteiligten Beobachter mißverstanden und für eine

Erleichterung gehalten werden konnte. Seine Abreise nach Rom erfolgte mit einer solchen Eile, daß sie den Anschein unschicklicher Hast nur um Haaresbreite verfehlte.

General Pietro Badoglio war ein kampferprobter Soldat. Er hatte schon vor Adowa zum Generalsstab gehört, allerdings keine Rolle bei dieser Niederlage gespielt, und er war ein Veteran von Caporetto und Vittorio Veneto. Seiner Meinung nach hatte der Krieg nur den Zweck, den Feind so schnell und rücksichtslos wie möglich niederzuwerfen, und zwar unter Anwendung aller verfügbaren Waffen.

Er ging mit einer rasenden Ungeduld in Massawa an Land, ärgerlich über alles, was er vorfand, und unzufrieden über die Methoden und Pläne seines Vorgängers – obwohl einem nachfolgenden Befehlshaber eigentlich nur selten eine so beneidenswert klare strategische Lage übergeben worden war.

Er übernahm eine gewaltige, bestens ausgerüstete Armee mit einer ausgezeichneten Kampfmoral, die in einer taktisch gut gewählten Position lag und mit einem wunderbaren Netzwerk aus Nachschublinien und logistischen Einrichtungen von geradezu überwältigenden Ausmaßen ausgestattet war.

Die kleine, aber bestens ausgerüstete Luftwaffe des Unternehmens zog ungehindert über die Berge, beobachtete alle Truppenbewegungen und stürzte sich auf jede erkennbare äthiopische Truppenkonzentration. Während einer der ersten Abendmahlzeiten im neuen Hauptquartier unterhielt Leutnant Vittorio Mussolini, der jüngere von den beiden Söhnen des Duce und ein As unter den Piloten der Regia Aeronautica, seinen neuen Kommandanten mit Erzählungen von seinen Einzelflügen über dem feindlichen Hochland – und Badoglio, der auf keinem seiner früheren Feldzüge direkte Unterstützung durch die Luftwaffe genossen hatte, war höchst erfreut über diese neue tödliche Waffe. Er lauschte dem jungen Piloten begeistert, als er die Wirkung eines Luftbombardements beschrieb – in diesem Fall dem Bericht über einen Angriff auf eine Gruppe von über dreihundert Reitern, die von einer großen, dunkel gekleideten Gestalt angeführt worden waren. Der junge Mussolini erzählte:

»Ich warf eine einzige 100-kg-Bombe aus einer Höhe von knapp hundert Metern ab, und sie fiel genau in die Mitte der galoppierenden Reiter. Sie spritzten auseinander wie die Blütenblätter einer aufgehenden Rose, und der dunkel gekleidete Anführer wurde durch die Druckwelle so hoch in die Luft geschleudert, daß er fast meine Tragfläche zu berühren schien. Es war ein großartiges und prachtvolles Schauspiel.«

Badoglio war glücklich, daß seinem neuen Kommando auch junge Männer mit solchem Feuer im Blut angehörten, und er beugte sich auf seinem Platz am oberen Ende der Tafel vor, um sich den Piloten in seiner hübschen blauen Uniform über das glänzende Silbergeschirr und die funkelnden Bleikristallgläser hinweg näher anzusehen. Mit den klassischen Gesichtszügen und dem schwarzgelockten Haarschopf ähnelte er der Vorstellung eines Künstlers vom jungen Gott Mars. Dann wandte er sich an den Oberst der Luftwaffe, der neben ihm saß.

»Oberst, was ist die Meinung Ihrer jungen Männer in der Regia Aeronautica? Ich habe viele Argumente dafür und dagegen gehört – aber Ihre Meinung würde mich außerordentlich interessieren. Was meinen Sie, sollen wir das Senfgas zum Einsatz bringen?«

»Ich glaube, ich kann für alle meine jungen Männer sprechen.« Der Oberst nippte an seinem Weinglas und warf dem jungen Piloten, der noch keine zwanzig Jahre alt war, zur Bekräftigung einen kurzen Blick zu. »Ich glaube, die Antwort muß – ja sein, wir müssen jede verfügbare Waffe zum Einsatz bringen.«

Badoglio nickte. Diese Ansicht stimmte mit der seinen überein, und schon am nächsten Morgen befahl er, die Kanister mit Senfgas aus den Lagerhäusern in Massawa, wo De Bono sie hatte verstauen lassen, abzutransportieren und zu allen Flugplätzen zu befördern, wo Fliegereinheiten der

Regia Aeronautica stationiert waren. Abertausende wilde Eingeborene von Äthiopien würden den ätzenden Tau kennenlernen, wenn sie später die Bombardements durch die Artillerie und die Luftangriffe mit einem Gleichmut über sich ergehen lassen würden, den kaum eine europäische Armee aufbringen konnte – doch gegen diese schreckliche Substanz, die ihr weites Weideland in der sicheren Gebirgsfestung zu Feldern des Schreckens verwandelte, konnten sie nicht ankämpfen. Barfuß, wie die meisten von ihnen herumliefen, standen sie dieser lautlosen, heimtückischen Waffe, welche die Haut von ihren Leibern schälte und dann bei lebendigem Leib das Fleisch von den Knochen fraß, erschreckend schutzlos gegenüber.

Diese eine Entscheidung war nur eine von vielen, die der neue Befehlshaber an diesem Tag fällte, und sie signalisierte den Wandel von De Bonos kleinmütiger, aber keineswegs bösartiger Zivilisierungsinvasion zu einem neuen Konzept des totalen Krieges – eines Krieges, der nur ein Ziel verfolgte.

Mussolini hatte einen Falken gewollt und gut gewählt.

Der Falke stand in der Mitte des vornehmen Büros im zweiten Stock des Hauptquartiers in Asmara. Er war viel zu ruhelos und ungeduldig, um an dem wuchtigen Schreibtisch sitzen bleiben zu können, und als er auf den gefliesten Boden hin und her schritt, knallten seine Fersen wie Trommelschläge auf die Keramikfliesen. Die erstaunliche Elastizität in seinen Bewegungen paßte nicht zu einem Mann von fünfundsechzig Jahren.

Er trug den Kopf tief in seine Boxerschultern eingezogen und hielt das Kinn vorgestreckt – ein kraftvolles Kinn unter einer großen, formlosen runden Nase, ein kurzgestutzter grauer Schnurrbart und ein breiter, harter Mund.

Die Augen lagen tief in dunkelumrandeten Höhlen, die aussahen wie in einem Totenkopf, aber diese Augen funkelten lebhaft und aufmerksam, als er sich flüchtig durch die Listen seiner Divisions- und Regimentskommandanten durcharbeitete; dabei bewertete er jeden nur nach einem Kriterium: »Hat er Kampferfahrung?«

Allzu oft lautete die Antwort ›nein‹ oder zumindest ›ungewiß‹, daher stellte er mit großer Freude fest, daß er wenigstens einen entdeckte, der ohne Frage ein harter, kampferprobter Mann war, auf den er zählen konnte.

»Ja«, meinte er und nickte lebhaft. »Er ist der einzige Regimentskommandeur, der Initiative gezeigt hat, der den Versuch unternommen hat, mit dem Feind in Berührung zu kommen.« Er hielt inne, um seine Lesebrille aufzusetzen, und überflog noch einmal die Berichte, die er in der anderen Hand hielt. »Er hat eine entscheidende Schlacht geschlagen und ohne eigene Verluste dem Gegner Verluste von fast dreißigtausend Mann beigebracht. Das ist eine Leistung, die scheinbar ohne jede Anerkennung hingenommen worden ist. Dafür hätte der Mann einen Orden verdient, mindestens den Orden von St. Mauritius und St. Lazarus. Gute Männer müssen gesondert und belohnt werden. Sehen Sie sich das an – das ist typisch! Als er erkannte, daß der Feind Panzerfahrzeuge besaß, war er Soldat genug, um diese Panzerwagen in eine vorbereitete Falle zu locken, indem er sie geschickt und mit kühner Verwegenheit zu seinen Artilleriestellungen führte. Für einen Infanteriekommandanten war das ein beherzter und findiger Handstreich; und das verdient, hervorgehoben zu werden. Wenn sein Artilleriekommandant auch so ein Mann mit stählernen Nerven gewesen wäre, hätte es ihm gelingen können, die gesamte feindliche Panzerkolonne zu zerschlagen. Es war nicht seine Schuld, daß die Artillerie die Nerven verloren und das Feuer zu früh eröffnet hat.«

Der General hielt inne, um sich die große, glänzende Fotografie genauer anzusehen, auf der Oberst Graf Aldo Belli wie ein erfolgreicher Großwildjäger auf dem Wrack der Buckeligen stehend, abgebildet war. Das Fahrzeugwrack war von Kugeln durchsiebt, und im Hintergrund lagen einige Leichen in zerfetzten Shammas. Diese Leichen waren auf dem Schlachtfeld gesammelt und von Gino geschmackvoll arrangiert worden, um der Fotografie Glaubwürdigkeit zu verleihen. Entgegen seiner sonstigen Vorsicht und seinem starken Lebenserhaltungstrieb war Graf Aldo Belli, nachdem Major Castelani ihm versichert hatte, daß die Feinde das Feld geräumt hätten, zurückgekehrt, um diese Fotografien zu machen. Um nicht allzu viel Zeit dort zu verbringen, hatte der Graf Gino zur Eile angetrieben, die Fotos machen lassen und war so schnell wie möglich wieder in seine befestigten Verteidigungsstellungen oberhalb der Brunnen von Chaldi zurückgekehrt. Von dort hatte er sich seither nicht mehr weggerührt. Doch die Fotografien bildeten eine eindrucksvolle Ergänzung zu seinem offiziellen Bericht über das Unternehmen.

In diesem Augenblick knurrte Badoglio wie ein wütender alter Löwe. »Trotz der Unfähigkeit seiner untergebenen Offiziere, und das tut mir leid für ihn, hat dieser Mann die Hälfte der feindlichen Panzerkräfte vernichtet – ebenso wie die Hälfte der gegnerischen Armee.« Er tippte mit der Lesebrille auf den Bericht. »Der Mann ist ein Feuerschlukker, das steht außer Zweifel. Ich erkenne das auf den ersten Blick. Ein Feuerschlucker. Dieses vorbildliche Verhalten muß belohnt werden – gute Arbeit gehört belohnt. Lassen Sie ihn kommen. Beordern Sie ihn über Funk augenblicklich ins Hauptquartier.«

Soweit es Graf Aldo Belli betraf, kam die vorübergehende Unterbrechung des Feldzuges nicht ungelegen. Das Lager an den Brunnen von Chaldi war von seinen Technikern aus einem primitiven Außenposten in einen recht angenehmen Zufluchtsort verwandelt worden, mit praktischen Annehmlichkeiten wie Eismaschinen und einem Abwasserbeseitigungssystem. Die Befestigungen waren inzwischen genügend ausgebaut, um ihm ein Gefühl der Sicherheit zu geben. Die erstklassigen technischen Anlagen waren durch ein ausgedehntes System von Feldschanzen geschützt, und

Castelani hatte ein sorgfältig ausgearbeitetes Verteidigungssystem angelegt und rund um das Lager Stacheldrahtzäune errichten lassen.

Das Gebiet war ausgesprochen günstig für die Jagd, weil das Wasser in den Brunnen das Wild aus der Umgebung anzog. An den Abenden füllten die Flughühner den Himmel mit dem Brausen ihrer Schwingen und zogen in großen, dunklen Scharen ihre Kreise vor der untergehenden Sonne, wodurch sie ein ausgezeichnetes Ziel boten. Ganze Mehlsäcke voll toter Vögel waren in der Regel die Jagdbeute.

In dieser angenehm entspannten Atmosphäre wirkte der Befehl des neuen Oberbefehlshabers wie eine Bombe. General Badoglio war sein Ruf vorausgeeilt. Er war ein berüchtigter Leuteschinder, ein Mann, der sich nicht durch Ausreden oder Lügen täuschen ließ. Für politischen Einfluß oder Machtbestrebungen war er völlig unempfänglich – das ging so weit, daß das Gerücht aufkam, er hätte die faschistische Bewegung in ihren Anfängen im Jahr 1922 mit militärischer Gewalt niedergeschlagen, wenn er damit beauftragt worden wäre. Er hatte eine fast übersinnliche Fähigkeit, Ausflüchte aufzuspüren und Drückeberger oder Feiglinge auf Anhieb zu erkennen. Man sagte ihm nach, daß er ein rasches und unerbittliches Urteilsvermögen besaß.

Der Graf erlitt daher einen nicht unbeträchtlichen Schock. Er war unter Tausenden von gleichrangigen Offizieren ausgesucht worden, sich dem Zorn dieses Ungeheuers aussetzen zu müssen – denn er konnte sich einfach nicht vorstellen, daß die kleinen Abweichungen von der Wahrheit, die kleinen künstlerischen Freiheiten, die er sich in seinen langen, anschaulichen Berichten für De Bono geleistet hatte, nicht augenblicklich aufgedeckt worden waren. Er fühlte sich wie ein ertappter Schüler, der zur Rechenschaft ins Arbeitszimmer des Schuldirektors gerufen wird. Der Schock übertrug sich augenblicklich auf seine Gedärme, die schon immer sein schwacher Punkt waren, und verursachte einen neuerlichen Ausbruch der Krankheit, die das Wasser der Brunnen von Chaldi ausgelöst hatte und von der er sich vollkommen geheilt glaubte.

Es dauerte zwölf Stunden, bevor er die Kraft aufbrachte, sich mit Hilfe seiner besorgten Untergebenen in den Rolls-Royce zu setzen – und sich unnatürlich bleich und fahl ergeben auf dem weichen Ledersitz auszustrecken.

»Fahren Sie los, Giuseppe«, murmelte er wie ein Aristokrat, der zur Guillotine geführt werden soll.

Während der langen, heißen, staubigen Fahrt nach Asmara lag der Graf ohne das geringste Interesse an seiner Umgebung auf dem Rücksitz und versuchte gar nicht erst, sich eine Rechtfertigung gegen die Anschuldigungen zurechtzulegen, die man gegen ihn erheben würde. Er hatte sich damit abgefunden, er war erledigt – sein einziger Trost bestand in dem Gedanken, daß er diesem Emporkömmling, diesem ungebildeten Bauern empfindlich schaden konnte, wenn er nach Rom zurückkehren mußte, wovon er felsenfest überzeugt war. Er wußte, daß er den Mann politisch ruinieren konnte – und das war ihm ein bitterer kleiner Trost.

Giuseppe, der Fahrer, kannte seinen Oberst und hielt deshalb zunächst vor dem Casino in der Hauptstraße von Asmara an. Hier wenigstens wurde Graf Aldo Belli wie ein Held behandelt, und er blühte sichtbar auf, als die jungen Damen auf den Gehsteig herausströmten, um ihn zu begrüßen.

Einige Stunden später war der Graf, frisch rasiert, das Haar pomadisiert, die Uniform gereinigt und gebügelt, umgeben von einer duftenden Wolke teuren Parfüms, bereit, seinem Ankläger gegenüberzutreten. Er küßte die Mädchen, kippte noch ein letztes Glas Cognac hinunter, lachte sein unbekümmertes, fröhliches Lachen, schnippte mit dem Finger, um zu zeigen, was er über den Bauern dachte, der nun diese Armee befehligte, spannte seine Hinterbacken an, um seine Furcht zu bezähmen, trat aus dem Casino in das Sonnenlicht und marschierte über die Straße auf das Hauptquartier zu.

Seine Zusammenkunft mit General Badoglio war für vier Uhr festgesetzt worden, und die Turmuhr schlug die volle Stunde, als er festen Schrittes hinter einem jungen Adjutanten den langen düsteren Korridor entlangging. Als sie das Ende des Korridors erreichten, stieß der Adjutant die schweren Doppeltüren aus Mahagoni auf und trat beiseite, um den Grafen eintreten zu lassen.

Seine Knie fühlten sich an wie gekockte Makkaroni, sein Magen gurgelte und gluckste, seine Handflächen waren feucht und heiß, und die Tränen hinter seinen zuckenden Lidern konnten jeden Augenblick hervorbrechen, als er den riesigen Saal mit seiner erhabenen, geschnitzten Holzdecke betrat.

Er sah, daß sich Armee- und Luftwaffenoffiziere im Saal drängten. Seine Schande sollte also öffentlich bekannt gemacht werden. Ihm sank der Mut. Scheinbar zusammengeschrumpft, mit hängenden Schultern und eingefallener Brust, den großen schönen Kopf gesenkt, stand der Graf auf der Türschwelle. Er hatte nicht die Kraft, die anderen anzusehen, und starrte unglücklich auf seine glänzenden Stiefelspitzen.

Plötzlich zuckte er unter einem eigenartigen, völlig unpassenden Geräusch zusammen – und schaute erstaunt auf, bereit, sich gegen jeden körperlichen Angriff zu verteidigen. Der ganze Raum voll von Offizieren applaudierte, freundlich grinsend klatschten alle in die Hände – und der Graf glotzte sie an, dann warf er rasch einen Blick über die Schulter, um sich davon zu überzeugen, daß niemand hinter ihm stand und diese völlig unerwartete Begrüßung wirklich ihm galt.

Als er sich wieder umdrehte, kam eine stämmige, breitschultrige Gestalt in der Uniform eines Generals auf ihn zu. Sein Gesicht wirkte hart und unerbittlich, mit einem kurzgeschnittenen grauen Schnurrbart über dem geschlossenen Mund und funkelnden Augen in tiefen, dunklen Höhlen.

Wenn der Graf seine Beine und seine Stimme unter Kontrolle gehabt hätte, wäre er wahrscheinlich schreiend davongelaufen, aber bevor er sich bewegen konnte, packte ihn der General mit eisernem Griff, und der Schnurrbart, der sich dann an seiner Wange rieb, war so rauh und drahtig wie das Laub der Bäume in der Danakilwüste.

»Oberst, ich fühle mich immer geehrt, wenn ich einen tapferen Mann umarmen darf«, knurrte der General und drückte ihn an seine Brust; sein Atem roch angenehm nach Knoblauch und Sesam, ein Duft, der sich in interessanterweise mit der wohlriechenden Parfümwolke des Grafen vermischte. Die Beine des Grafen konnten der Spannung nicht mehr standhalten, sie gaben unter ihm nach. Er mußte sich eiligst an den General klammern, um nicht umzufallen. Dadurch verloren beide das Gleichgewicht und taumelten, einander umschlingend, wie in einer Art plumpem Walzer über den Steinboden, während der General verzweifelt versuchte, sich zu befreien.

Das gelang ihm schließlich, und er wich vorsichtig vor dem Grafen zurück, rückte seine Orden zurecht und nahm wieder Haltung an – während einer seiner Offiziere begann, von einer Pergamentrolle eine Belobigung abzulesen und der Applaus sich in aufmerkende Stille wandelte.

Die Belobigung war wortreich und langatmig, wodurch dem Grafen genügend Zeit blieb, sich wieder zu sammeln. Die erste Hälfte der Belobigung ging ihm in seinem tranceähnlichen Schockzustand verloren, aber dann drangen die Worte plötzlich in sein Bewußtsein vor. Sein Kinn hob sich, als er einige seiner eigenen Sätze wiedererkannte, kleine verbale Glanzstücke aus seinen Gefechtsberichten: ». . . nur die Pflicht zählt, verächtlich ist alles außer der Ehre . . .« Beim heiligen Petrus und der Jungfrau Maria, das waren seine eigenen Worte!

Nun hörte er sehr aufmerksam zu, denn diese Belobigung galt ihm. Diese Belobigung galt Aldo Belli. Seine

Schultern streckten sich, Farbe kehrte in seine Wangen zurück, der Aufruhr in seinen Gedärmen beruhigte sich, und aus seinen Augen blitzte wieder Begeisterung.

Mein Gott, der General hatte erkannt, daß jeder Satz, jedes Wort, jedes Komma und jedes Ausrufungszeichen in seinem Bericht die reine Wahrheit war – und der Adjutant überreichte dem General eine lederne Schatulle. Dann trat der General wieder auf ihn zu – allerdings mit einer gewissen Vorsicht – und legte ihm das dünne Seidenband um den Hals, so daß das große emaillierte weiße Kreuz mit dem smaragdgrünen, glitzernden Stern in der Mitte auf dem Waffenrock des Grafen baumelte. Der militärische Orden von St. Mauritius und St. Lazarus der Dritten Klasse.

Darauf bedacht, der Umklammerung des Grafen auszuweichen, küßte ihn der General flüchtig auf seine roten Wangen und trat hastig einen Schritt zurück, um in den Applaus einzustimmen – während der Graf mit stolz geschwellter Brust stehenblieb und dachte, sein Herz müßte zerspringen.

»Sie werden diese Unterstützung jetzt erhalten«, versicherte ihm der General, zutiefst verärgert, als er hörte, daß sein Vorgänger dem Grafen nicht genügend Unterstützung gewährt hatte, um seine Gefechtsaufträge zu erfüllen. »Das verspreche ich Ihnen.«

Sie saßen nun zu dritt – General Badoglio, sein politischer Berater und der Graf – in dem kleinen, privaten Arbeitszimmer, das an das große offizielle Büro anschloß. Draußen war es bereits dunkel. Die einzige Lampe war so tief heruntergezogen worden, daß die auf dem Tisch ausgebreitete Landkarte beleuchtet war und die Gesichter der drei Männer im Schatten lagen.

In den Bleikristallgläsern und der großen Karaffe auf dem Silbertablett funkelte Cognac, und der bläuliche

Rauch der Zigarren ringelte sich träge und schwer wie Sirup im Lampenlicht.

»Ich werde Panzer brauchen«, sagte der Graf, ohne zu zögern. Der Gedanke an dicke Panzerplatten hatte ihm schon immer gefallen.

»Ich gebe Ihnen ein Bataillon leichter CV 3«, sagte der General und machte sich eine Notiz auf den Zettel neben seinem Ellbogen.

»Außerdem werde ich Luftstreitkräfte brauchen.«

»Können Ihre Ingenieure bei den Brunnen von Chaldi eine Landebahn bauen?« Der General wies auf die Karte, um seine Frage zu veranschaulichen.

»Das Gelände ist flach und offen. Es dürfte also keine Schwierigkeiten bereiten«, sagte der Graf eifrig. Flugzeuge, Panzer und Kanonen, alles wüde man ihm genehmigen. Schließlich war er ein richtiger Kommandant.

»Benachrichtigen Sie mich per Funk, wenn die Landebahn fertig ist. Dann schicke ich Ihnen einen Schwarm Capronis. In der Zwischenzeit werde ich die Transporteinheit mit dem Treibstoff und der Bewaffnung auf den Weg schicken – ich werde den Luftwaffenstab zu Rate ziehen, aber ich glaube, die 100-kg-Bomben sind am wirkungsvollsten. Außerdem hochexplosive Granaten und Splitterbomben.«

»Ja, ja«, stimmte der Graf eifrig zu.

»Und Senfgas . . . werden Sie Verwendung dafür haben?«

»Ja, o ja, natürlich«, sagte der Graf. Es lag nicht in seiner Natur, Geschenke abzulehnen, er würde alles nehmen, was man ihm anbot.

»Gut.« Der General machte sich wieder eine Notiz, legte seinen Füllfederhalter beiseite und sah den Grafen an. Sein Blick war so grimmig, daß der Graf erschrak und die ersten nervösen Zuckungen seines Magens spürte. Er fand den General furchterregend, etwa so wie einen tätigen Vulkan.

»Mit eiserner Faust, Belli«, sagte er, und der Graf erkannte erleichtert, daß der grimmige Blick nicht ihm, sondern dem Feind galt. Sofort setzte der Graf eine Miene auf, die mindestens ebenso bedrohlich und kriegerisch war. Er kräuselte verächtlich die Lippen und knurrte:

»Wir werden dem Feind die Klinge an die Kehle setzen und zustoßen.«

»Ohne Gnade«, sagte der General.

»Absolut tödlich«, stimmte der Graf zu. Nun war er in seinem Element und kam erst so richtig in Fahrt; hunderte blutdürstige Schlagworte fielen ihm ein – aber der General hatte in ihm seinen Meister erkannt und wechselte rasch das Thema.

»Sie fragen sich wahrscheinlich, warum ich Ihren Operationszielen so großes Gewicht beimesse. Sie wundern sich vielleicht, warum ich Ihnen eine so starke Truppe zubillige, und warum ich so großen Wert darauf lege, daß Sie die Sardischlucht und die Straße zum Hochland besetzen.«

Der Graf wunderte sich über nichts, denn er war gerade damit beschäftigt, einen Satz zu erfinden, der das Waten durch Blut beinhalten sollte; der Themawechsel kam ihm deshalb höchst ungelegen, und er hatte Mühe, seinem Gesicht einen höflich fragenden Ausdruck zu verleihen.

Der General wies freundlich mit seiner Zigarre auf den politischen Berater, der ihm gegenübersaß.

»Signor Antolino.« Er machte eine aufmunternde Geste, und der Agent beugte sich unterwürfig vor, so daß der Lichtschein auf sein Gesicht fiel.

»Meine Herren.« Er räusperte sich und blickte mit seinen sanften braunen Augen hinter der randlosen Brille von einem zum anderen. Er hatte eine magere, fast skelettartige Statur und trug einen zerknitterten weißen Leinenanzug. Die Spitzen seines Hemdkragens standen von seinem hervorstehenden Adamsapfel ab, und der Knoten seiner zerknitterten Seidenkrawatte war verrutscht und hing in Höhe des ersten Knopfes. Sein Kopf war fast kahl, aber er hatte die übriggebliebenen Haare lang wachsen lassen und mit Pomade an den glänzenden, fleckigen, eierförmigen Schädel geklebt.

Sein Schnurrbart war hingegen stark entwickelt, aber gelb verfärbt vom Tabak; sein Alter war schwer zu schätzen – über vierzig, aber unter sechzig –, und er hatte den dunklen, malariagelben Teint eines Mannes, der sein Leben lang in den Tropen gelebt hatte.

»Wir haben lange gebraucht, um eine geeignete Regierungsform für die erorberten – äh – befreiten Gebiete von Äthiopien zu finden.«

»Kommen Sie zur Sache«, sagte der General schroff.

»Nun wurde beschlossen, den gegenwärtigen Kaiser Heile Selassie durch einen Mann zu ersetzen, der dem italienischen Reich günstig gesinnt ist und annehmbar für das Volk . . .«

»Weiter, Mann«, unterbrach ihn Badoglio abermals. Er haßte es, wenn jemand um den heißen Brei herumredete. Er war eher ein Mann der Tat als ein Mann vieler Worte.

»Nach langwierigen Verhandlungen und der Zusage einer Prämie von einigen Millionen Lire kam man schließlich zu der Einigung, daß sich ein mächtiger Häuptling im politisch günstigsten Augenblick offen zu uns bekennt und seine Krieger und seinen Einfluß vor uns geltend macht. Dieser Mann wird zur gegebenen Zeit offiziell zum Kaiser von Äthiopien ernannt und das Land unter italienischer Vorherrschaft verwalten.«

»Ja, ja. Ich verstehe«, sagte der Graf.

»Dieser Mann kontrolliert einen Teil des Gebietes, welches das Operationsziel Ihrer Einheit ist. Sobald Sie die Sardischlucht überwunden und die Stadt Sardi erobert haben, wird dieser Häuptling mit seinen Männern zu Ihnen stoßen und mit angemessener internationaler Publicity zum König von Äthiopien erklärt.«

»Der Name des Mannes?« fragte der Graf, aber der Agent hatte es nicht eilig.

»Es gehört zu meinen Pflichten, sich mit diesem Häuptling zu treffen und Ihre Bemühungen aufeinander abzustimmen. Sie werden ihm auch die versprochene Prämie in Goldmünzen überbringen.«

»Ja.«

»Der Mann ist ein geborener Ras. Gegenwärtig kommandiert er einen Teil der Armee, die Ihnen vor Sardi Widerstand leistet. Doch das wird sich ändern . . .«, sagte der Agent und zog einen dicken Umschlag aus der Aktentasche neben seinem Stuhl. Das Kuvert war mit einer Wachstafel versiegelt, auf der die Adler des Kolonialministeriums prangten. »Hier sind Ihre Befehle. Würden Sie sie bitte quittieren.«

Er betrachtete die Unterschrift des Grafen argwöhnisch, und als er schließlich zufrieden war, fuhr er mit derselben gleichgültigen Stimme fort:

»Und noch etwas. Wir haben einen der weißen Söldner, die für die Äthiopier kämpfen, identifiziert – jene Weißen, über die die drei Männer, die vom Feind gefangengenommen und später freigelassen wurden, berichtet haben.«

Der Agent hielt inne und zog an seiner fast erloschenen Zigarre, so daß die Spitze hellrot glühte.

»Die Frau ist eine berüchtigte Agentin, eine Kommunistin mit radikalen und revolutionären Ansichten. Sie tritt als Journalistin einer amerikanischen Zeitung auf, deren Einstellung schon immer antiitalienisch war. Einige der tendenziösen Hetzartikel dieser Frau sind bereits international erschienen. Sie brachten uns im Ministerium in eine äußerst peinliche Lage . . .«

Er zog abermals an seiner Zigarre und fuhr, eingehüllt in eine Rauchwolke, fort:

»Wird sie gefangengenommen, und ich hoffe, daß Sie ihrer Gefangennahme absoluten Vorrang einräumen, muß sie augenblicklich dem neuen designierten äthiopischen Kaiser übergeben werden, verstehen Sie? Sie werden nicht in die Sache verwickelt, aber Sie dürfen auch nicht eingreifen, wenn der Ras die Frau hinrichten läßt.«

»Ich verstehe.« Der Graf langweilte sich allmählich. Diese politischen Feinheiten waren nicht gerade die Art von Dingen, die ihn lange fesseln konnten. Er wollte den jungen Animierdamen im Casino den Orden zeigen, der nun um seinen Hals hing und bei jeder Bewegung an seine Brust klopfte.

»Und was den weißen Mann betrifft, den Engländer, der für die brutale Erschießung eines italienischen Kriegsgefangenen vor Zeugen verantwortlich ist – er wurde zum Mörder und politischen Terroristen erklärt. Sollte er gefangengenommen werden, ist er standrechtlich zu erschießen. Dieser Befehl gilt auch für alle anderen Ausländer, die im Dienst der feindlichen Truppen stehen. Solche Dinge müssen strikt unterbunden werden.«

»Sie können auf mich zählen«, sagte der Graf. »Für Terroristen wird es kein Pardon geben.«

Als General Pietro Badoglio nach Amba Aradam vorrückte, kam es zu einigen kleineren Zusammenstößen, als der italienische General seine Armee für den Großangriff rüstete. In Abi Addi und Tembien erhielt er einen Vorgeschmack auf die kämpferischen Qualitäten seiner barfüßigen, nur mit Schwertern und Hinterladern bewaffneten Feinde. Er schrieb darüber:

»Sie kämpften mit Mut und Entschlossenheit. Sie stellten sich unseren Angriffen, die methodisch ausgearbeitet und von schweren Maschinengewehrfeuer und Artilleriebeschuß begleitet waren, entgegen und ließen sich dann auf einen wilden Nahkampf ein; oder sie gingen kühn zum Gegenangriff über, ungeachtet des Schnellfeuers, das augenblicklich auf sie eröffnet worden war. Ihre Soldaten – viele von ihnen nur mit kaltem Stahl bewaffnet – griffen trotz der planmäßigen Beschießung durch unsere Verteidigungstruppen immer wieder an, stießen bis zu unserem Drahtverhau vor und versuchten, unsere Männer mit ihren großen Schwertern niederzuschlagen.«

Gewiß, es waren tapfere Männer, aber die ungeheure italienische Kriegsmaschinerie walzte sie nieder. Und schließlich stand Badoglio Ras Muguletu, dem Kriegsminister von Äthiopien, gegenüber, der mit seiner gesamten Armee wie ein alter Löwe in den Höhlen und den steilen Abhängen der natürlichen Bergfestung Amba Aradam auf ihn wartete.

Badoglio mobilisierte seine gesamten Streitkräfte gegen den alten Häuptling; die großen dreimotorigen Capronis überflogen im Dauerangriff das Gebiet und warfen in fünf Tagen vierhundert Tonnen Bomben über dem Gebirge ab, während die Artillerie fünfzigtausend schwere Granaten aus dem Tal in die Senken und Schluchten schleuderte, bis die Umrisse der Bergfestung in einen roten Nebel aus Staub und Pulverrauch gehüllt waren.

Bis dahin war die Wartezeit für Graf Aldo Belli bei den Brunnen von Chaldi recht angenehm verlaufen. Die Verstärkung seiner Truppen hatte seine gesamte Lebensweise verändert. Zusammen mit dem wunderschönen Emaillekreuz um seinen Hals hatten sie unermeßlich viel zur Hebung seines Ansehens und seiner Selbstüberschätzung beigetragen.

In den ersten paar Wochen beschäftigte er sich ausschließlich damit, seine Panzerbatterie zu besichtigen und manövrieren zu lassen. Die sechs wendigen Fahrzeuge mit ihren schnittigen Linien und ihren hohen Panzertürmen faszinierten ihn. Er hatte seine helle Freude daran, wenn sie auf ihren Raupenketten über schwierigstes Gelände fuhren. Sie waren wunderbare Kombiwagen, die nichts aufhalten konnte, und er kam auf die glorreiche Idee, sie zur Treibjagd zu benutzen.

Ein Bataillon von leichten CV-3-Tanks konnte Seite an Seite in breiter Linie einen Wüstenstreifen von dreißig Meilen durchstreifen und das Wild vor sich her zu der Stelle treiben, wo der Graf mit dem Mannlicher wartete. Es würde die größte Treibjagd seines Lebens werden.

Diese Treibjagd war ein so groß angelegtes Spektakel, daß es auch in der grenzenlosen Weite der Danakilwüste nicht unbemerkt blieb.

Ebenso wie ihr Ras waren die Hararikrieger ausgesprochen ungeduldige Männer. Untätigkeit verdroß sie, und täglich verließen kleine Reitertrupps, gefolgt von ihren Frauen und Packeseln, das große Lager am Fuß der Schlucht und begannen den steilen, mühsamen Aufstieg in die kühlere, ausgeglichenere Atmosphäre des Hochplateaus und die Bequemlichkeit und Geschäftigkeit des Heimatortes. Jeder einzelne versicherte dem Ras vor der Abreise, daß er eiligst zurückkommen würde, sobald man ihn benötige – aber trotzdem ärgerte es den Ras, seine Armee dahinschmelzen und zusammenschrumpfen zu sehen, während seine Feinde unangefochten und unverwundbar auf geweihtem äthiopischen Boden lagerten.

Spannungen im Lager verbreiteten sich mit der Gewalt und Heftigkeit einer Grunddünung im Ozean, wenn sich Stürme am Horizont zusammenbrauen.

Auch Jake und Gareth litten unter der unterdrückten Gewalt in diesem brodelnden Topf der Gefühle. Beide hatten die Ruhepause benutzt, um ihre Abteilungen in Ordnung zu bringen.

Jake war im Schutz der Nacht mit einer Truppe äthiopischer Späher auf das verlassene Schlachtfeld hinausgeritten, um das Wrack der Buckeligen auszuschlachten. Beim Schein einer abgedunkelten Blendlaterne hatte er mit Unterstützung von Gregorius den großen Bentley-Motor in seine Einzelteile zerlegt, klein genug für die Eselpacken – und dann hatte er alles in das Lager unter den Kameldornbäumen gebracht. Mit Hilfe dieser Ersatzteile reparierte er den Motor von Tenastelin, den der Ras in seiner ersten Begeisterung ruiniert hatte. Als nächstes zerlegte er die anderen beiden Wagen, überholte und schmierte sie und setzte sie wieder zusammen. Das äthiopische Panzerbataillon bestand nun aus drei Wagen, die in einem besseren Zustand waren als all die zwanzig Jahre zuvor.

Gareth hatte inzwischen ausgewählte Hararis an den Vickers-Maschinengewehren ausgebildet und sie mit der Infanterie und Kavallerie zusammen exerzieren lassen, um den Schützen beizubringen, wie Deckungsfeuer gelegt wurden. Den Infanteristen brachte er bei, in Übereinstimmung mit den Maschinengewehren vorzurücken oder sich zurückzuziehen.

Außerdem hatte Gareth Zeit gefunden, die Besichtigung der Rückzugsroute durch die Schlucht abzuschließen, jede Verteidigungsstellung einzuzeichnen und die Grabungsarbeiten an den Geschützstellungen und den Schützengraben an den steilen, felsigen Abhängen der Schlucht zu überwachen. Die Feinde, die auf den Serpentinen der Straße vorrücken mußten, würden an jeder Krümmung der Straße unter Beschuß genommen und außerdem von den Infanteristen niedergewalzt, die sie aus der Deckung der Schützengräben zwischen den moosbewachsenen Felsen oberhalb der Straße angreifen würden.

Die Straße selbst war geglättet und das stärkste Gefälle beseitigt worden, um den Panzerwagen die Flucht zu ermöglichen, sobald die Stellungen in der Ebene unter dem Druck der italienischen Streitkräfte aufgegeben werden mußten. Und nun warteten alle, bereit sich zu verteidigen, und die Wartezeit zerrte an ihren Nerven.

Aber dann löste eine Meldung der Späher, welche die italienischen Stellungen Tag und Nacht beobachteten, eine gewisse Erleichterung aus; sie berichteten vor dem Kriegsrat des Ras, daß eine Menge sonderbarer Fahrzeuge, die sich – ohne die Hilfe von Beinen oder Rädern – mit hoher Geschwindigkeit fortbewegten, eingetroffen wären und die ansehnliche Armee, die gegen sie aufgestellt worden war, verstärkt hatte; sie erzählten weiter, daß diese Fahrzeuge eine unheimliche Betriebsamkeit an den Tag legten und von Sonnenaufgang bis Sonnenuntergang in Kreisen und ziellosen Bögen über die weiten öden Flächen der Wüste rasten.

»Ohne Räder«, meinte Gareth nachdenklich und sah Jake mit gerunzelter Stirn an. »Weißt du, wonach das klingt, alter Junge?«

»Ich fürchte, ja.« Jake nickte. »Aber ist wohl besser, wir machen uns auf den Weg und überzeugen uns selbst.«

Der Halbmond am Himmel schien hell genug, daß sie die tiefen Rinnen der Stahlraupen, die sich wie die Spuren von riesigen Hundertfüßlern in die weiche Erde gegraben hatten, deutlich erkennen konnten.

Jake kauerte am Boden und betrachtete sie nachdenklich. Nun wußte er, daß das eintreten würde, was er befürchtet hatte. Er würde seine geliebten Wagen gegen Raupenfahrzeuge mit stärkerer Panzerung und drehbaren Panzertürmen einsetzen müssen, die mit großkalibrigen Schnellfeuergewehren ausgerüstet waren, Geschützen, deren Geschosse seine vordere Panzerung durchschlagen würden, mühelos durch den Motorblock, das Innere des Wagens und jedes Besatzungsmitglied, das ihnen im Weg war, dringen würden und beim Austritt durch die hintere Panzerung noch genügend Schwung besaßen, um einem hinterherfahrenden Wagen dasselbe anzutun.

»Tanks«, murmelte er. »Verdammte Tanks.«

»Hoppla, wir haben einen richtigen Fährtensucher in unserer Mitte«, murmelte Gareth, der bequem im Panzerturm von Priscilla dem Ekel saß. »Ein Greenhorn hätte diese Rinnen wahrscheinlich für die Spuren eines Dinosauriers gehalten, aber Falkenauge Barton, Sohn der texanischen Prärien, läßt sich nicht täuschen.« Dann streckte er die Hand aus, um die Zigarre an der Seite des Panzerturms auszudrücken, eine Handlung, von der er wußte, daß sie Jake ärgern würde.

Jake knurrte und stand auf. »Zu deinem nächsten Geburtstag kaufe ich dir einen Aschenbecher.« Seine Stimme klang spröde. Es spielte keine Rolle, daß seine geliebten Wagen aus Gewehren, Maschinengewehren und nun auch noch aus Kanonen beschossen wurden – oder daß sie von Steinen und Dornensträuchern zerkratzt worden waren. Aber absichtlich auf ihrer Stahlpanzerung eine brennende Zigarre auszudrükken, das ärgerte ihn, vor allem deshalb, weil er wußte, daß es mit Absicht geschah.

»Entschuldige, alter Junge.« Gareth grinste unbekümmert. »Habe nicht daran gedacht. Wird nicht mehr vorkommen.«

Jake schwang sich auf die Plattform und setzte sich hinter

das Lenkrad. Er fuhr den Wagen so bedächtig, daß der Motor lediglich murmelte, ein Geräusch, das in seinen Ohren so süß und melodiös wie ein Bachkonzert klang, und er lenkte Priscilla durch die mondbeschienene Landschaft.

Wenn Jake und Gareth allein waren, so wie jetzt auf Erkundungsfahrt oder bei der gemeinsamen Arbeit in der Schlucht, ruhte der Konkurrenzkampf, und ihr Verhältnis war entspannt und angenehm, lediglich durch sanfte Nekkereien und Sticheleien gewürzt. Nur in Vicky Camberwells Gegenwart zückten sie die Waffen.

Jake dachte gerade jetzt darüber nach, Gedanken, die ihn jeden Tag eine Weile beschäftigten. Er wußte, daß Vicky nach dieser zauberhaften Nacht, als er und sie einander auf dem harten Wüstenboden kennengelernt hatten, ihm gehörte. Dieses wundervolles Erlebnis, das ihm bisher nur mit einem menschlichen Wesen zuteil wurde, hatte beide von Grund auf verändert und geprägt.

Doch in den Wochen seit dieser Nacht hatte es kaum eine Gelegenheit zur Wiederholung gegeben – nur einen einzigen gestohlenen Nachmittag neben einem hohen, sprühenden Wasserfall in der Schlucht, auf einem schmalen schwarzen Felsband, kühl im Schatten und mit weichem Moos bewachsen, abgeschirmt vor neugierigen Blikken durch eine überhängende Klippe. Das Moos war so weich wie ein Federbett. Danach waren sie durch den sprudelnden Kessel des Wasserfalls geschwommen, und ihr Körper hatte dabei schlank und blaß und wunderschön durch das dunkle Wasser geschimmert.

Dann wieder gab es Augenblicke, in denen er sie mit Gareth Swales zusammen beobachtete – die Art, wie sie lachte, sich dicht zu ihm beugte, um eine geflüsterte Bemerkung zu verstehen, und die scheinbar empörte Verlegenheit über seine unverschämten Einfälle, das Lachen in ihren Augen und auf ihren Lippen. Einmal hatte sie Gareths Arm berührt, eine gedankenlose Geste, als sie sich mit ihm unterhielt, eine Geste, die so vertraulich und besitzergreifend wirkte, daß in Jake ein dumpfes, dunkles Gefühl der Eifersucht erwacht war.

Es gab nicht den geringsten Grund dafür, Jake wußte das. Er konnte einfach nicht glauben, daß sie verrückt genug oder so naiv war, in das Netz zu gehen, das Gareth so offensichtlich auslegte – sie war Jakes Frau. Was sie zusammen erlebt hatten, ihre Liebe, war so wunderbar, so absolut einzigartig, daß er es nicht für möglich hielt, daß sie sich einem anderen zuwenden konnte.

Doch Vicky und Gareth verband das Lachen und die geteilten Späße. Manchmal hatte er sie zusammen auf einer Felskanzel über dem Lager oder auf einem gemeinsamen Spaziergang durch den Kameldornhain gesehen und bemerkt, daß sie sich angeregt miteinander unterhielten. Ein- oder zweimal waren sie beide zur selben Zeit nicht im Lager gewesen – einen ganzen Morgen lang. Aber das hatte nichts zu bedeuten, das wußte er. Sicher, sie mochte Gareth Swales. Das konnte er verstehen. Er mochte Gareth auch – ja, eigentlich mehr als das. Es war eher ein tiefes, kameradschaftliches Gefühl der Zuneigung. Seinem hübschen Äußeren und seinem spöttischen Sinn für Humor konnte keiner widerstehen, außerdem war es faszinierend, daß sich hinter dem geschniegelten Äußeren und dem unechten Auftreten eines stutzerhaften Schurken ein anderer, wahrer Mensch verbarg.

Jake grinste bitter in die Dunkelheit und lenkte den Wagen in südöstlicher Richtung auf das Glühen am Himmel zu, das die italienischen Verteidigungsstellungen an den Brunnen von Chaldi markierte. Ich mag den Kerl. Ich traue ihm nicht, aber ich mag ihn – jedenfalls solange er die Hände von meiner Frau läßt.

In diesem Augenblick beugte sich Gareth aus dem Panzerturm und klopfte ihm auf die Schulter.

»Da vorne links ist eine Senke. Die sollte genügen«, sagte er. Jake fuhr darauf zu und hielt an.

»Sie ist tief genug.«

»Außerdem sehen wir von hier aus den Hügelkamm und

das Gelände im Osten, sobald die Sonne aufgeht.« Gareth wies auf das Licht der italienischen Suchscheinwerfer und auf die offene Wüstenfläche dahinter. »Das scheint das Gebiet zu sein, wo sie sich jeden Tag herumtreiben. Von hier aus haben wir einen ausgezeichneten Überblick. Wir sollten jetzt besser in Deckung gehen.«

Sie beabsichtigten, den ganzen Tag damit zuzubringen, die Manöver des italienischen Bataillons zu beobachten und erst in der Dunkelheit wieder zurückzufahren. Jake steuerte Priscilla vorsichtig über die steile Böschung in die Senke hinunter und reversierte ein paarmal, bis sie dicht unterhalb der Böschung stand – so daß nur der oberste Teil des Panzerturms hervorragte –, aber mit der Nase nach Westen und auf eine Stelle in der Böschung gerichtet, die sie leicht überwinden konnte, falls ein schneller Aufbruch und eine rasche Flucht notwendig wurden.

Er stellte den Motor ab. Beide bewaffneten sich mit Buschmessern und kletterten aus der Senke, um einige vertrocknete Wüstensträucher abzuhacken, die sie um den herausragenden Panzerturm aufhäuften, bis er aus einer Entfernung von hundert Metern nicht mehr von der Wüstenlandschaft zu unterscheiden war.

Jake schüttelte ein wenig Treibstoff aus dem Reservekanister in eine Dose voll Sand, vergrub die Dose am Boden der Senke und zündete sie an. Sie kauerten sich neben die primitive Feuerstelle und wärmten sich daran, während der Kaffee brodelte. Beide schwiegen, jeder war in seine eigenen Gedanken versunken.

»Ich glaube, wir haben ein Problem«, sagte Jake schließlich, ohne seinen Blick vom Feuer abzuwenden.

»Ich kann mich nicht erinnern, jemals eine Zeit ohne Probleme gehabt zu haben«, pflichtete Gareth höflich bei. »Aber abgesehen von der Tatsache, daß ich in Gesellschaft von Wilden und blutenden Herzen mitten in einer schrecklichen Einöde sitze, eine Armee von Italienern versucht, mich umzubringen, ich bis auf einen vordatierten Scheck von zweifelhaftem Wert pleite bin, es nicht eine einzige Flasche

Champagner im Umkreis von hundert Meilen gibt und keine Aussicht auf eine baldige Flucht – abgesehen davon bin ich in bester Verfassung.«

»Ich dachte an Vicky.«

»Ach so! Vicky!«

»Weißt du, ich liebe sie nämlich.«

»Du überraschst mich.« Im flackernden Feuerschein wirkte Gareths Grinsen teuflisch. »Ist das der Grund dafür, daß du mit dieser schmachtenden Miene herumläufst und röhrst wie ein Elchbulle während der Paarungszeit? Donnerwetter, darauf wäre ich nie gekommen, alter Junge.«

»Ich meine es ernst, Gary.«

»Das, mein Junge, ist eines deiner größten Probleme: Du nimmst alles zu ernst. Ich wette drei zu eins, daß du in Gedanken schon bei einer efeuumrankten Hütte bist, in der es von gräßlichen Bälgern nur so wimmelt.«

»Genau das stelle ich mir vor«, unterbrach ihn Jake schroff. »Es ist ernst, fürchte ich. Und wie steht's mit dir?«

Gareth nahm zwei Zigarren aus seiner Brusttasche, steckte eine zwischen Jakes Lippen, brannte am Feuer einen trockenen Zweig an und hielt ihn Jake hin. Das spöttische Grinsen auf seinen Lippen verschwand, und seine Stimme war plötzlich nachdenklich, aber der Ausdruck in seinen Augen war im unsicheren Lichtschein des Feuers schwer zu erkennen.

»Unten in Cornwall kenne ich ein wunderschönes Plätzchen. Hundertfünfzig Morgen Land. Und ein bequemer alter Bauernhof, natürlich. Ich müßte ihn ein bißchen herrichten, aber die Viehweiden sind in gutem Zustand. Wollte schon immer gern Großgrundbesitzer werden, ein bißchen jagen und schießen und nebenher das Land bestellen und die Kühe melken. Hätte auch nichts gegen drei oder vier Bälger. Mit vierzehntausend Pfund und einer größeren Hypothek könnte ich mir das schon leisten.«

Dann schweigen sie beide. Jake schenkte den Kaffee ein, löschte das Feuer und kauerte sich wieder gegenüber von Gareth nieder.

»So ernst ist es mir«, sagte Gareth schließlich.

»Es wird also keinen Waffenstillstand geben? Kein Gentlemen's Agreement?« murmelte Jake in seinen Becher.

»Ein Kampf bis aufs Messer, fürchte ich«, sagte Gareth. »Möge der bessere Mann gewinnen, und wir taufen das erste Kind auf deinen Namen. Das verspreche ich dir.«

Tief in ihre Gedanken versunken schwiegen beide eine Zeitlang, schlürften ihren Kaffee und rauchten die Zigarren.

»Einer von uns könnte ein wenig schlafen«, sagte Jake schließlich. »Losen wir.« Gareth warf einen silbernen Maria-Theresien-Taler in die Höhe und fing ihn lässig auf.

»Kopf«, sagte Jake.

»Pech gehabt, alter Junge.« Gareth steckte die Münze ein und schüttete den Rest Kaffee aus dem Becher in den Sand. Dann breitete er seine Decke unter dem Chassis von Priscilla dem Ekel auf dem Sandboden aus.

Jake weckte ihn bei Tagesanbruch und legte ihm warnend einen Finger auf die Lippen. Gareth war augenblicklich hellwach, blinzelte kurz mit den Augen und strich sich mit beiden Händen die Haare glatt, dann sprang er auf und folgte Jake hastig auf Priscillas Plattform.

Der Sonnenaufgang war eine lautlose Explosion von rotem, goldenem und grellorangem Licht, das die östliche Himmelshälfte überflutete, die Ebene in ein feuriges Glühen tauchte und die Vertiefungen als lange graublaue Schatten hervorhob. Die Sichel des untergehenden Mondes knapp über dem westlichen Horizont war weiß wie ein Haifischzahn.

»Hör dir das an«, sagte Jake, und Gareth neigte leicht den Kopf, um den vibrierenden Laut in der Stille der Morgendämmerung besser hören zu können.

»Hörst du das?«

Gareth nickte und hob das Fernglas. Er ließ seinen Blick

langsam über den fernen, sonnenbeschienenen Hügelkamm schweifen.

»Da«, sagte Jake plötzlich, und Gareth schwenkte das Fernglas in die Richtung von Jakes Fingerzeig.

Ein paar Meilen entfernt bewegte sich eine Reihe verschwommener dunkler Punkte durch eine der Vertiefungen in dem leicht welligen Gelände. Sie sahen aus wie Perlen an einem Rosenkranz; selbst für die vergrößernden Linsen des Fernglases waren sie noch zu weit entfernt und zu schlecht beleuchtet, um Einzelheiten erkennen zu können.

Sie beobachteten die Kolonne, die sich wellenförmig fortbewegte – bis der erste Punkt die ganze Kette einen sanften Abhang hinaufführte. Als er den Kamm erreichte, war er im Nu in das goldene Licht der Morgensonne getaucht. Da die Luft noch kühl war, gab es keine Luftspiegelungen, und die dramatische Hintergrundbeleuchtung ließ jede Einzelheit seiner Umrisse deutlich hervortreten.

»CV-3-Tanks«, sagte Gareth, ohne zu zögern. »50 PS starke Alfa-Motoren, zehn Zentimeter dicke Panzerung und eine Höchstgeschwindigkeit von dreißig Stundenkilometern.« Es hörte sich an, als würde er diese Angaben aus einem Katalog vorlesen. Jake fiel ein, daß dieses Wissen einen Teil seines Geschäftskapitals ausmachte. »Die Besatzung besteht aus drei Männern – Fahrer, Schütze und Kommandant –, und es sieht ganz danach aus, als hätten sie die 50-mm-Spandau montiert. Diese haben eine Reichweite von neunhundert Metern und eine Feuergeschwindigkeit von fünfzehn Schuß pro Minute.«

Während er sprach, verschwand der erste Tank von der Bildfläche, indem er, gefolgt von den fünf anderen, der entgegengesetzten Steilhang hinunterfuhr – und
Motorengeräusch erstarb allmählich.

Gareth senkte sein Fernglas und grinste trau
denen sind wir leicht unterlegen. Diese Spand
voll drehbaren Panzertürmen montiert. Gege
verdammt hilflos.«

»Wir sind schneller als sie«, sagte Jake empört wie eine Mutter, deren Kinder verspottet wurden.

»Und das ist auch schon alles, alter Junge«, brummte Gareth.

»Wie wäre es mit einem kleinen Frühstück? Wir haben noch einen langen, harten Tag vor uns, bevor es dunkel genug ist, um zurückzufahren.«

Sie aßen Irish Stew aus der Dose, das sie über der kleinen Feuerstelle angewärmt und auf dicke weiße Brocken von ungesäuertem Brot geschmiert hatten, und spülten mit starkem Tee nach, der mit Kondensmilch und klumpigem braunen Zucker gesüßt war. Als sie fertig waren, stand die Sonne schon hoch.

Jake rülpste diskret. »Jetzt bin ich mit dem Schlafen an der Reihe«, sagte er und legte sich, zusammengerollt wie ein großer brauner Hund, in den Schatten unter den Wagen.

Gareth versuchte es sich auf dem Panzerturm bequem zu machen und starrte auf die Ebene hinaus, wo langsam die ersten Luftspiegelungen in zunehmender Hitze erschienen. Er gratulierte sich insgeheim zu seiner Zeiteinteilung; er hatte in der Nacht einige Stunden geschlafen und wachte nun in der noch relativ kühlen Luft des Morgens. Wenn Jake wieder an die Reihe kam, würde die Sonne auf ihn niederbrennen, und Priscillas Rumpf so heiß wie ein Backofen sein.

»Versuch immer die Nummer eins zu sein«, murmelte er und ließ seinen Blick gemächlich durch das Fernglas über das Land streifen. Es war höchst unwahrscheinlich, daß sie hier von einer italienischen Patrouille überrascht wurden. Er hatte diesen Platz mit dem geschulten Auge eines Soldaten ausgesucht und gratulierte sich zu seiner Wahl, als er sich entspannt an den Panzerturm lehnte und eine Zigarre anzündete.

So, dachte er, nun überlegen wir mal, wie man ohne rtillerie, ohne Minenfelder und ohne schwere Geschütze en ein Panzerbataillon vorgeht . . . und dann begann er dlich über das Problem nachzudenken. Ein paar Stunden später war er zu dem Schluß gekommen, daß es Möglichkeiten gab, aber alle funktionierten nur unter der Voraussetzung, daß die Tanks zur richtigen Zeit aus der richtigen Richtung an den richtigen Ort kamen. Was natürlich wieder ein ganz anderes Problem ist . . ., und auch darüber zerbrach er sich den Kopf. Eine Stunde später wußte er, daß es nur eine einzige Möglichkeit gab, wie man das italienische Panzerbataillon dazu bringen konnte, an seiner eigenen Zerstörung mitzuarbeiten. Wieder einmal der gute alte Trick mit dem Esel und der Karotte, dachte er. Alles, was wir jetzt noch brauchen, ist eine Karotte. Unwillkürlich warf er einen Blick auf den zusammengerollt schlafenden Jake. Jake hatte sich in all den Stunden kein einziges Mal bewegt, nur das tiefe sanfte Geräusch seiner Atemzüge verriet, daß er noch lebte. Gareth ärgerte sich ein wenig, daß er so ungestört schlafen konnte.

Die Hitze war drückend wie ein schweres Leichentuch, das auf der Erde lastete und Gareths Kopf zu erdrücken schien. Der Schweiß trocknete fast augenblicklich auf seiner Haut und hinterließ eine dünne Schicht von Salzkristallen; er hob das Fernglas und verengte die Augen gegen die gleißende Helligkeit.

Die Luftspiegelungen verzerrten den Horizont. Hinter dem flimmernden, pulsierenden Vorhang von heißer Luft, die wie Wasser aussah und in wellenförmigen Säulen und zähflüssigen Strudeln herumwirbelte, verschwammen selbst die nächstgelegenen Hügelkämme.

Gareth blinzelte mit den Augen und wischte die Schweißtropfen von der Stirn. Er warf einen Blick auf die Uhr. Bis zur Wachablösung war es noch immer eine Stunde, und Gareth überlegte, ob er seine Uhr vorstellen sollte. Hier auf dem Fahrzeugrumpf in der Sonne war es ausgesprochen ungemütlich, und er warf abermals einen Blick auf den im Schatten schlafenden Mann.

In diesem Augenblick hörte er etwas – es war nur der Hauch eines Tones, wie das Summen in einem Bienenstock. Gareth gelang es nicht, festzustellen, aus welcher Richtung der Ton kam. Er richtete sich auf und lauschte angestrengt. Das Geräusch verschwand und kam wieder, verschwand erneut und kam wieder, aber diesmal stärker und ganz deutlich. Die Struktur der Landschaft und die böige heiße Luft spielten dem Ohr einen Streich. Die Lautstärke des Geräusches schwoll plötzlich an und wurde zu einem dröhnenden Brummen, das in der Hitze vibrierte.

Gareth schwenkte das Fernglas nach Osten. Das Geräusch schien von der ganzen Linie des östlichen Horizonts auszugehen, wie das Tosen der Brandung.

Für einen Augenblick verschwanden die flimmernden, wabbeligen Luftspiegelungen, und er sah eine riesige, dunkle, verzerrte Gestalt, ein bizarres, schwankendes Monstrum mit vier stelzenähnlichen Beinen, das so groß wie ein doppelstöckiges Gebäude zu sein schien. Dann verschwamm das Bild wieder in den Luftspiegelungen, und Gareth fragte sich erschrocken und beunruhigt, ob er es tatsächlich gesehen hatte. Aber das unheimlich dröhnende Brummen blieb in der Luft.

»Jake«, rief er drängend, worauf ihm ein Schnauben und neuerliches Schnarchen antwortete. Gareth brach einen Zweig aus dem Tarnungsgestrüpp und warf ihn auf die liegende Gestalt hinunter. Der Ast traf Jake im Nacken, und er fuhr ärgerlich hoch, eine Faust geballt und bereit zuzuschlagen.

»Was, zum Teufel«, fauchte er.

»Komm herauf«, rief Gareth.

»Ich kann absolut nichts sehen«, murmelte Jake, als er auf dem Panzerturm stand und durch das Fernglas nach Osten starrte. Das Geräusch war nun ein tiefes, gleichmäßiges Donnergrollen, aber die Wand aus flimmernder Luft und Luftspiegelungen war dicht und undurchdringlich.

»Da!« brüllte Gareth.

»O mein Gott!« schrie Jake.

Die riesige Gestalt tauchte plötzlich vor ihnen auf. Sehr nahe, sehr schwarz und groß und durch die Verformungen und Spiegelungen in gewaltigem Ausmaß vergrößert. Seine

Form änderte sich ständig, so daß es einmal aussah wie ein Viermaster mit einem vollen Satz schwarzer Segel – dann wieder wie eine riesige schwarze Kaulquappe, die sich durch die zähflüssige Luft schlängelt.

»Was, zum Teufel, ist das?« fragte Gareth.

»Ich weiß es nicht, aber es macht einen Lärm wie ein Bataillon italienischer Panzer und kommt direkt auf uns zu.«

Der Hauptmann, der das italienische Panzerbataillon kommandierte, war ein finsterer, übel gelaunter, schrecklich enttäuschter Mann – ein Mann, an dessen Seele ein tiefer, bedrückender Groll nagte.

Wie so viele Offiziere in der Tradition der Kavallerie, der ›Arme blanche‹ in der Armee, war er ein Romantiker, besessen von der Vorstellung, ein schneidiger, verwegener Soldat zu sein. Die Uniform seines Regiments bestand noch immer aus hautengen Reithosen mit purpurroten Seidenstreifen an der Außenseite der Hosenbeine, weichen schwarzen Reitstiefeln mit silbernen Sporen, einem enganliegenden Waffenrock mit dicken Goldlitzen und schweren Schulterstücken, einem kurzen Umhang, den man nachlässig über der Schulter trug, und einem hohen schwarzen Tschako. Das war das Bild, an das er sich klammerte – von Kopf bis Fuß feurig und forsch.

Und nun saß er in dieser vom Teufel erfundenen gottverdammten Wüste, wo er und seine geliebten Kampfmaschinen Tag für Tag ausgeschickt wurden, um wilde Tiere zu finden und sie auf einen festgesetzten Punkt zuzutreiben, wo ein verrückter Größenwahnsinniger darauf wartete, sie niederzuknallen.

Der Schaden, den seine Panzer davontrugen, der Materialverschleiß durch die Raserei über schwieriges Gelände und durch harten, scheuernden Sand, war nichts im Vergleich zu dem Schaden, den sein Stolz erlitt.

Er war zu einem Nichts degradiert worden, zu einem Jagdgehilfen, einem Treiber, einem primitiven Treiber. Der Hauptmann war jeden Tag viele Male den Tränen nahe, den Tränen tiefer Demütigung. Jeden Abend widersprach er dem verrückten Grafen mit möglichst energischen Worten – nur um am nächsten Tag abermals wilde Tiere durch die Wüste zu hetzen.

Bisher hatte die Beute aus einem Dutzend Löwen und wilden Hunden bestanden, und aus einer Unmenge großer Antilopen. Wenn die Tiere zu der Stelle kamen, wo der Graf wartete, waren sie fast zu Tode erschöpft, über und über mit Schweiß bedeckt und mit Schaum vor dem Mund, nach der langen Hetzjagd über die Ebene kaum noch imstande, sich auf den Beinen zu halten.

Der Zustand der Tiere tat dem Vergnügen des Grafen keinen Abbruch. Im Gegenteil – der Hauptmann hatte den strikten Befehl, die Tiere zu hetzen, so daß sie erschöpft und fügsam vor die Gewehre kamen. Nach seinem entsetzlichen Erlebnis mit dem Spießbock war der Graf nicht sehr erpicht darauf, ein tollkühnes Risiko einzugehen. Ein müheloser Schuß und eine gute Fotografie – das war alles, was er zum Zeitvertreib verlangte.

Je größer die Jagdbeute, desto größer sein Vergnügen – und seit die Tanks angekommen waren, hatte sich der Graf großartig unterhalten. Doch die öden Flächen der Danakilwüste ernährten keinen unerschöpflichen Vorrat an Tieren. Nachdem die Antilopenherden zerstreut und ausgerottet worden waren, hatte die Jagdausbeute in den letzten Tagen drastisch nachgelassen. Der Graf war ungehalten. Das machte er dem Panzerhauptmann so eindringlich klar, daß sich desssen Groll und Unzufriedenheit noch verstärkten.

Der Hauptmann fand den alten Elefantenbullen allein, wie ein riesiges Granitdenkmal mitten in der Wüste stehend. Er war ungeheuer groß, mit Ohren, die zerfetzt waren wie die Segel eines alten Schoners, und mit winzigen, haßerfüllen Augen in dem Netz tiefer Fältchen und Runzeln. Einer seiner Hauer war abgebrochen und nur noch ein Stumpf, aber der andere war dick und lang und gelb und mit einer stumpfen runden Spitze am Ende der Krümmung.

Der Hauptmann hielt seinen Tank eine Viertelmeile von dem Elefanten entfernt an und betrachtete den Bullen durch das Fernglas, um den Schock über seine Größe zu überwinden. Dann begann der Hauptmann zu lächeln – ein boshaftes Verzerren seines Mundes unter dem hübschen Schnurrbart –, und seine dunklen Augen funkelten.

»So, mein lieber Oberst, Sie wollen doch Wild, viel Wild«, flüsterte er. »Das können Sie haben. Das verspreche ich Ihnen.«

Er näherte sich dem Elefanten vorsichtig aus östlicher Richtung, indem er den Panzer behutsam auf das Tier zusteuerte. Der alte Bulle drehte sich um und sah sie näher kommen. Seine Ohren waren aufgeklappt, und sein Rüssel sog die Luft ein und blies sie in seinen Mund, um mit Hilfe der Geruchsdrüsen in seiner Oberlippe festzustellen, was für eine seltsame Kreatur da auf ihn zukam.

Er war ein aggressiver alter Bulle, den man viele tausend Meilen quer über den afrikanischen Kontinent verfolgt und gejagt hatte. Unter seiner narbigen, runzeligen alten Haut steckten Speerspitzen, Bleikugeln aus Hinterladern und Zylindermantelgeschosse aus modernen Jagdgewehren. Alles, was er sich nun für sein Alter wünschte, war, in Ruhe gelassen zu werden – er wollte weder die anspruchsvolle Gesellschaft der Elefantenkühe noch das lästige lärmende Spielen der Kälber und schon gar nicht die zielstrebige Verfolgung der Männer, die ihn jagten. Nur der Einsamkeit wegen war er trotz Hitze und spärlicher Vegetation in die Wüste gekommen, und nun ging er langsam auf die Brunnen von Chaldi zu, ein Wasser, das er zuletzt vor fünfundzwanzig Jahren als junger, halbwüchsiger Bulle genossen hatte.

Er sah die brummenden, knurrenden Dinger auf sich zukriechen und roch ihren ranzigen, öligen Gestank – das gefiel ihm gar nicht. Er schüttelte den Kopf, schlug mit den

Ohren, so daß sie knatterten wie Leinensegel, in die der Wind fuhr, und trompetete warnend.

Die brummenden, dröhnenden Dinger krochen näher. Er rollte seinen Rüssel aus, legte seine Ohren halb zurück und rollte die Spitzen ein – aber der Panzerhauptmann kannte diese Warnsignale nicht und fuhr weiter auf ihn zu.

Dann griff der Elefant an, schnell und entschlossen, seine gewaltigen Fußballen hämmerten wie Paukenschläge auf den Boden, und er war so schnell, so rasend schnell herangekommen, daß er den Panzer fast erreichte. In diesem Fall hätte er ihn ohne allzu große Kraftaufwendung mühelos umwerfen können. Aber der Fahrer war ebenso schnell wie er und hatte direkt unter dem ausgestreckten Rüssel gewendet und war eine halbe Meile mit Höchstgeschwindigkeit vor ihm hergefahren, bevor der Bulle die Verfolgung aufgab.

»Hauptmann, mit dem Spandau könnte ich ihn erschießen«, meinte der Schütze ängstlich. Die Verfolgungsjagd hatte ihm überhaupt nicht gefallen.

»Nein, nein!« Der Hauptmann war begeistert.

»Er ist eine aggressive, höchst gefährliche wilde Bestie«, betonte der Schütze.

»Si!« Der Hauptmann lachte glücklich und rieb sich schadenfroh die Hände. »Er ist mein spezielles Geschenk für den Oberst.«

Nach der fünften Annäherung der Panzer wurde es dem alten Bullen zu lästig, erfolglos hinter ihnen herzujagen. Er trompetete protestierend, sein kurzer, dicker Schwanz zuckte gereizt, und der Moschus aus den Drüsen hinter seinen Augen lief in langen, feuchten Bächen über seine Wangen, als er es duldete, sich von dem Panzerbataillon nach Westen treiben zu lassen – aber er war noch immer ein sehr aggressiver Elefant.

»Du wirst es nicht glauben«, sagte Gareth Swales leise. »Ich bin nicht einmal sicher, ob ich es selbst glauben kann. Aber das ist ein Elefant, und er führt ein ganzes Bataillon italienischer Panzer direkt auf uns zu.«

»Ich glaub's einfach nicht«, sagte Jake. »Ich sehe es mit eigenen Augen – aber ich glaub's einfach nicht. Sie müssen ihn wie einen Bluthund abgerichtet haben. Ist das möglich, oder verliere ich allmählich den Verstand?«

»Beides«, sagte Gareth. »Darf ich vorschlagen, daß wir uns in Bewegung setzen. Sie sind schon erschreckend nahe, alter Junge.«

Jake sprang von der Plattform und griff nach der Kurbel, während sich Gareth auf den Fahrersitz schwang und hastig die Zündung und die Benzinzufuhr einstellte.

»Alles bereit«, sagte er und warf einen ängstlichen Blick über die Schulter. Der riesige Elefant war keine tausend Meter entfernt. Und er kam in dieser eigenartig ungestümen Weise der Elefanten, einer Gangart zwischen Traben und Trotten, die ein Elefant über dreißig Meilen ohne Rast durchhalten konnte, ständig näher.

»Könntest du dich vielleicht ein wenig beeilen«, fügte er hinzu, und Jake drehte an der Kurbel. Priscilla tat keinen Mucks, nicht einmal einen Seufzer, um Jake zu ermutigen, der wie rasend an der Kurbel drehte.

Nach einer endlosen Minute taumelte Jake keuchend zurück und schnappte zusammengekrümmt nach Luft.

»Diese verdammte Höllenmaschine«, begann Gareth, aber Jake richtete sich erschrocken auf.

»Fang nicht an, auf sie zu fluchen, sonst springt sie nie an«, warnte er Gareth und beugte sich wieder über die Kurbel.

»Na komm schon, mein Liebling«, flüsterte er und drehte mit aller Kraft an der Kurbel.

Gareth warf wieder einen flüchtigen Blick über die Schulter. Diese seltsame Prozession war nun schon näher, viel näher. Er beugte sich aus der Fahrerluke und tätschelte zärtlich Priscillas Motorhaube.

»Na los, mein Liebes«, flüsterte er schmachtend. »Komm schon, meine Süße.«

Die Jagdgesellschaft des Grafen saß auf Klappstühlen unter den Sonnendächern, die doppelt mit Leinwand bespannt waren, um sie vor der unbarmherzigen Sonne zu schützen. Die Ordonnanz servierte eisgekühlte Getränke und kleine Erfrischungen. Eine leichte Brise, die hin und wieder über das Zelt hinwegstrich, genügte, um die Temperatur erträglich zu halten.

Der Graf war in bester Stimmung und spielte den Gastgeber für ein halbes Dutzend Offiziere, die zwanglose Jagdkleidung trugen und mit einer Auswahl verschiedenster Jagdgewehre oder Dienstgewehre bewaffnet waren.

»Ich glaube, wir können heute mit einer besseren Jagdbeute rechnen. Ich denke, unsere Treiber werden sich nach meiner freundlichen Ermahnung etwas mehr anstrengen.« Er lächelte und zwinkerte. Seine Offiziere lachten pflichtschuldig. »Ja wirklich, ich hoffe . . .«

»Mein Graf. Mein Graf.« Gino stürmte wie ein rasender Gnom atemlos in das Zelt. »Sie kommen. Wir haben sie vom Hügel aus gesehen.«

»Aha«, sagte der Graf mit tiefer Befriedigung. »Gehen wir hinunter, und sehen wir uns an, was unser tapferer Hauptmann diesmal für uns hat!« Er trank das volle Glas Weißwein in seiner Hand aus, während Gino herbeieilte, um ihm auf die Füße zu helfen; und dann ging er vor ihm her und führte ihn zu der Stelle, wo Giuseppe hastig die Staubschicht von dem Rolls entfernte.

Angeführt vom Rolls-Royce des Grafen, setzte sich die kleine Prozession in Bewegung und fuhr den Hügelabhang hinunter auf die Stelle zu, wo in einer Reihe über die ganze Breite des Tales die Blenden aufgestellt worden waren. Diese Blenden waren von den Ingenieuren konstruiert und tief in die rote Erde eingegraben worden, damit sie die niedrigen Wüstensträucher nicht allzu weit überragten. Sie waren fein säuberlich mit Stroh gedeckt, um vor der Sonne zu schützen, und mit Schießscharten ausgestattet, durch die man auf das Wild feuerte. Für längere Wartezeiten zwischen den Jagden standen bequeme Klappstühle bereit, eine kleine, aber gut ausgestattete Bar, Eis in isolierten Kübeln, eine besonders abgeschirmte Latrine – kurz und gut, jeder erdenkliche Komfort, um das tägliche Vergnügen noch erfreulicher zu machen.

Der Schießstand des Grafen befand sich in der Mitte der Reihe. Es war der größte und der luxuriöseste von allen und so plaziert, daß der Großteil des Wildes direkt auf ihn zulief. Seine Offiziere hatten früher die Torheit begangen, die persönliche Ausbeute des Oberst zu übertreffen oder auf Tiere zu schießen, die von ihnen fort zum Grafen liefen. Der erste Missetäter dieser Art war augenblicklich vom Hauptmann zum Leutnant degradiert und nicht mehr zur Jagd eingeladen worden, der zweite befand sich bereits wieder in Massawa und mußte nun als Quartiermeister Bestellscheine ausfüllen.

Gino half dem Grafen aus dem Rolls und über die Stufen in den vertieften Unterstand. Giuseppe salutierte und stieg wieder in den Rolls, wendete den Wagen und schaukelte über den Hügelkamm zurück.

Der Graf machte es sich auf dem Klappstuhl bequem. Seufzend knöpfte er sein Jackett auf und nahm das feuchte Gesichtstuch, das Gino ihm reichte. Während sich der Graf mit dem kühlen Tuch die Schweißtropfen von der Stirn wischte, öffnete Gino eine Flasche Lacrima Christi aus dem Eiskübel und stellte ein großes, gekühltes Kristallglas voll Wein auf den Klapptisch neben den Ellbogen des Grafen. Als nächstes lud er das Mannlichter mit glänzenden neuen Patronen aus einem frisch angebrochenen Paket.

Der Graf warf das Tuch beiseite und beugte sich in seinem Stuhl vor, um durch die Schießscharte vor ihm über die flimmernde Ebene zu spähen, wo die kleinen dunklen Wüstensträucher in der Hitze zu tanzen schienen.

»Ich habe das Gefühl, wir werden heute eine außergewöhnliche Jagd erleben, Gino.«

»Das hoffe ich sehr, mein Graf«, sagte der kleine Sergeant und postierte sich mit dem schußbereiten, geladenen Mannlichter in strammer Haltung hinter seinen Stuhl.

»Komm schon, LIebling«, krächzte Jake. Der Schweiß tropfte ihm vom Kinn auf das Hemd, als er sich wieder über die Kurbel beugte und zum hundertsten Mal daran drehte. »Laß uns jetzt nicht im Stich, mein Schatz.«

Gerath kletterte auf die Plattform von Priscilla hinaus und riskierte einen langen verzweifelten Blick über den Panzerturm. Er fühlte, wie in seinem Bauch etwas erstarrte und sein Atem stockte. Der Elefant war nur noch hundert Schritte entfernt und trottete an der Spitze des Panzerbataillons direkt auf sie zu, seine großen schwarzen Ohren waren störrisch angelegt, und die kleinen Schweinsäuglein funkelten heimtückisch.

Dicht hinter ihm, zu beiden Seiten ausschwärmend und ohne großen Abstand zu halten, folgte das gesamte italienische Panzerbataillon. Die Sonne glitzerte auf der glatten runden Panzerung und ließ ihre bunten hellen Kavalleriestandarten aufleuchten. Aus jeder Luke ragte der schwarz behelmte Kopf des Fahrzeugkommandanten hervor. Sie waren schon so nahe, daß Gareth die Gesichtszüge der Kommandanten durch das Fernglas deutlich erkennen konnte.

In wenigen Minuten würden sie überrannt werden, und es gab nicht den Hauch einer Chance, der Entdeckung zu entgehen. Der Elefant führte die Italiener geradewegs auf die Senke zu, und ihre spärliche Tarnung mit den Sträuchern würde einem genaueren Blick auf hundert Metern nicht mehr standhalten.

Sie konnten sich nicht einmal verteidigen, da das Vickers-Maschinengewehr nicht in die Richtung des näherkommenden Feindes zeigte. Die begrenzte Schwenkmöglichkeit des Kugellagers reichte nicht aus, um das Gewehr in die richtige Stellung zu bringen. Plötzlich überkam Gareth eine glühende Wut auf das störrische Stück Motor unter seinen Füßen. Er trat mit einer tief empfundenen Heftigkeit gegen den stählernen Panzerturm.

»Du hinterhältige Hure«, schnauzte er, und in diesem Augenblick sprang der Motor an und heulte ohne einleitendes Stocken oder Bocken ärgerlich auf.

Jake schwang sich auf die Plattform. Schweißtropfen sprühten von seinem feuchten Haar, und sein Gesicht war rot, als er keuchend hervorstieß:

»Du hast ihren wunden Punkt getroffen.«

»Wie bei jeder Frau muß man nur den psychologisch richtigen Augenblick abwarten, alter Junge«, erklärte Gareth und grinste erleichtert, als er in den Panzerturm kletterte und Jake sich hinter das Lenkrad klemmte.

Jake ließ die Kupplung los, und Priscilla warf ihre Tarnung aus Dornengebüsch ab. Ihre Räder drehten im lockeren Sand der Senke durch und wirbelten eine Wolke aus rotem Staub auf, dann erklomm sie die steile Böschung und schoß auf die Ebene hinaus – direkt unter dem erschrocken ausgestreckten Rüssel des Elefanten.

Bis zu diesem Zeitpunkt hatte der alte Bulle so viel Provokation hinnehmen müssen, daß er nun knapp vor einem rasenden Wutanfall stand. Und dieser neue Zwischenfall genügte, um seine Wut zum Ausbruch zu bringen. Seine bisher eingehaltene mäßige Gangart hatte seine gewaltige Kraft und Ausdauer unberührt gelassen, und nun trompetete er, eine markerschütternde, gellende Drohung, die wie die Posaunen des Jüngsten Gerichts über die weite, schweigende Wüste hallte. Er legte die Ohren flach an den Rumpf, rollte den Rüssel nach innen und stürzte sich mit einer schrecklichen, erdbebenartigen Wucht auf den Panzerwagen.

Auf dem unebenen Gelände war er schneller als Priscilla das Ekel, und er stürmte hinter ihr her wie ein Fels aus grauem Granit – riesig, bedrohlich und unzerstörbar.

Der Panzerhauptmann hatte den alten Elefanten nur sanft vorwärtsgetrieben. Er wollte nicht, daß er sich verausgabte. Er wollte seinem Vorgesetzten ein Tier liefern, das auf dem Höhepunkt seiner Wut und seiner Zerstörungsfähigkeit war.

Er saß grinsend in seinem Panzerturm und schüttelte in angenehmer Erwartung und mit wachsendem Vergnügen lachend den Kopf, denn die Schießstände waren nur noch eine Meile entfernt – als sich plötzlich die Erde vor ihm auftat und in einer roten Staubwolke aufheulend einen Panzerwagen ausspie. Der Panzerwagen war ein Modell, das der Hauptmann nur aus illustrierten Militärgeschichtsbüchern kannte – wie eine Erscheinung aus längst vergangenen Zeiten.

Er brauchte ein paar Sekunden, bevor er glaubte, was er sah, dann erkannte er mit einem Zucken seines breiten angeschlagenen Nervensystems, daß der veraltete Wagen unter der Flagge des Feindes segelte.

»Attacke!« brüllte er. »Ganzes Bataillon zur Attacke!« Und er griff unwillkürlich nach seinem Degen. »Den Feind umzingeln!«

Zu beiden Seiten von ihm stürmten seine Panzer vor, und der Hauptmann riß in Ermangelung eines Degens den Helm vom Kopf und schwenkte ihn durch die Luft.

»Attacke!« schrie er. »Auf in den Kampf!« Nun war er endlich kein Wildtreiber mehr. Nun war er ein Soldat, der seine Männer in die Schlacht führte. Seine Erregung wirkte so ansteckend, und der Staub, den der Wagen, der Elefant und die Stahlraupen aufwirbelten, war so dicht, daß die ersten beiden Tanks die fünf Meter tiefe Senke mit ihren senkrechten Böschungen übersahen. Seite an Seite rasten sie mit Höchstgeschwindigkeit hinein – und wurden so total demoliert wie von einer 100-kg-Bombe. Durch den Aufprall wurden die Antriebsräder abgerissen, und die schweren Stahlraupen lösten sich und flogen durch die Luft wie wütende lebende Kobras. Die Panzerdrehtürme wurden aus ihren Halterungen gerissen und halbierten die

Männer, die in den offenen Luken standen, wie mit einer riesigen Schere genau in der Mitte.

Gareth, der den Kopf aus dem Panzerturm reckte und nach rückwärts blickte, sah die beiden Tanks in der Senke verschwinden und die hohen, senkrechten Staubsäulen, die ihre Zerstörung anzeigten.

»Zwei sind außer Gefecht«, brüllte er.

»Aber noch vier in vollem Einsatz«, rief Jake grimmig zurück und hetzte Priscilla durch das schwierige Gelände. »Und außerdem dieser Koloß?«

»Allerdings – und wie!«

Der Elefant, angestachelt durch das Heulen der Motoren und das Knirschen von Stahl hinter ihm und durch den brummenden, schwankenden Wagen vor ihm, stürmte mit unglaublicher Geschwindigkeit über die zerklüftete, ausgedorrte Ebene.

»Er ist uns auf den Fersen«, erklärte Gareth Jake ängstlich. Das riesige Tier war schon so nahe, daß Gareth zu ihm aufschauen mußte, und er wurde Zeuge, wie er den dicken grauen Rüssel aufrollte, um ihn vom Panzerturm zu fegen.

»Vollgas, alter Junge, sonst hast du ihn gleich im Genick.«

»Ich habe diesem Idioten schon oft gesagt, daß er das Wild nicht so dicht herantreiben soll«, fauchte der Graf verdrießlich. »Ich hab's ihm schon mindestens ein dutzendmal gesagt, oder etwa nicht, Gino?«

»Jawohl, mein Graf.«

»Er soll die Tiere am Anfang abhetzen und auf der letzten Meile etwas zurückbleiben.« Der Graf nahm ärgerlich einen Schluck aus seinem Glas. »Der Mann ist ein Narr, ein unerträglicher Narr – und Narren kann ich nicht in meiner Umgebung dulden.«

»Nein, mein Graf.«

»Ich sollte ihn nach Massawa zurückschicken und . . .« Das Ende seiner Drohung blieb unausgesprochen, als sich der Graf so plötzlich auf seinem Klappstuhl aufrichtete, daß der Leinenstuhl unter seinem Gewicht knarrte.

»Gino«, murmelte er beklommen-. »Da draußen ist irgend etwas Ungewöhnliches im Gange.«

Beide spähten angstvoll durch die Schießscharte in der Wand der Blende auf die wirbelnden Staubwolken, die mit einer besorgniserregenden Geschwindigkeit auf sie zukamen.

»Gino, ist es möglich?« fragte der Graf.

»Nein, mein Graf«, versicherte Gino, aber ohne innere Überzeugung.

»Das ist eine Fata Morgana. Es ist einfach nicht möglich.«

»Sind Sie sicher, Gino?« Die Stimme des Oberst nahm einen schrillen Tonfall an.

»Nein, mein Graf.«

»Ich auch nicht, Gino. Was sehen Sie?«

»Es sieht aus wie . . .« Ginos Stimme überschlug sich. »Ich möchte es nicht sagen, mein Graf«, flüsterte er. »Ich glaube, ich werde verrückt.«

In diesem Augenblick eröffnete der Panzerhauptmann, dessen Anstrengungen, den fliehenden Panzerwagen und den davonrasenden Elefanten einzuholen, vergeblich gewesen waren, mit dem 55-mm-Spandau das Feuer auf sie. Genauer gesagt eröffnete er das Feuer auf die rollende Staubwolke, die ihm die Sicht trübte und nur gelegentlich einen flüchtigen Blick auf den alten Bullen und das Panzerfahrzeug gestattete. Die Zielsicherheit seines Schützen wurde außerdem noch dadurch erschwert, daß der Abstand zunehmend größer wurde, daß der Panzerwagen in Zickzacklinien fuhr, um den Angriffen des Elefanten auszuweichen, und daß die Tanks selbst auf dem zerklüfteten Boden wild schwankten und schaukelten.

»Feuer!« brüllte der Hauptmann. »Schießen Sie!« Sein Schütze schoß ein halbes Dutzend hochexplosiver Granaten flach über die Ebene. Die anderen Panzer hörten das Krachen vom Geschütz ihres Hauptmanns und folgten augenblicklich begeistert seinem Beispiel.

Eine der ersten Granaten traf die vordere Strohwand der Blende, in der sich Gino und der Graf starr vor Entsetzen zusammengekauert hatten. Die dünne Graswand löste den Zünder der Granate nicht aus, daher gab es keine Explosion, aber dessenungeachtet pfiff das Hochgeschwindigkeitsgeschoß keine zwanzig Zentimeter am linken Ohr des Grafen vorbei, so daß ihn die Druckwelle für ein paar Sekunden betäubte, schlug durch die hintere Wand der Blende und heulte weiter, um etwa eine Meile entfernt in der Wüste zu explodieren.

»Wenn mich der Graf nicht mehr braucht . . .« Gino salutierte hastig und war, noch bevor sich der Graf wieder so weit gefangen hatte, um ihn zurückzuhalten, durch das Granatloch in die hintere Wand der Blende gekrochen und eilte im Laufschritt auf den Hügelabhang zu.

Gino war nicht der einzige. Die anderen Jäger sprangen aus den Schießständen, und ihr hysterisches Geschrei wurde vom Dröhnen der Motoren, vom Trompeten des wütenden Elefantenbullens und vom Krachen des Geschützfeuers fast übertönt.

Der Graf versuchte von seinem Stuhl aufzustehen, aber seine Beine versagten ihm den Dienst, und er brachte nur ein paar krampfartige Zuckungen zustande. Sein Gesicht war leichenblaß und sein Mund weit aufgerissen, ohne daß ein Ton herauskam. Der Graf war sprachlos und wie gelähmt – er brachte noch die Kraft für den letzten verzweifelten Versuch auf, doch der Stuhl kippte um, der Graf fiel mit dem Gesicht voran auf den festgetretenen Boden und blieb, mit beiden Händen seinen Kopf bedeckend, liegen.

In diesem Augenblick krachte der Panzerwagen mit Höchstgeschwindigkeit durch die Stirnwand. Die Strohblende flog nach allen Seiten davon, aber der Schwung des Wagens genügte, daß er mit einem Satz über den Graben flog. Die rotierenden Räder verfehlten die im Staub liegende Gestalt des Grafen nur um Zentimeter und überschütteten ihn mit einer Ladung Sand und Kies. Dann war der Spuk vorbei.

Der Graf versuchte sich aufzurichten und hatte es schon fast geschafft, als die riesige, wütende Gestalt des Elefantenbullen über den Unterstand trampelte. Einer seiner gewaltigen Füße streifte den Grafen flüchtig an der Schulter. Er schrie wie eine Kreissäge und warf sich abermals flach auf den Boden des Schießstandes – während der Elefant auf der Jagd nach dem fliehenden Panzerwagen weiter auf den Horizont zutrampelte.

Der Boden vibrierte unter der Annäherung eines weiteren Ungetüms, und der Graf legte sich flach auf den Boden des Unterstandes – betäubt, verstört und gelähmt vor Entsetzen, bis der Bataillonskommandant der Panzer vor ihm stehenblieb und besorgt fragte:

»War das Wild nach Ihrem Geschmack, mein Oberst?«

Auch nachdem Gino zurückgekehrt war und dem Grafen auf die Füße half, ihm den Staub aus den Kleidern klopfte und ihm auf den Rücksitz des Rolls half, sprudelten die Drohungen und Beleidigungen noch immer schrill aus der erstickten Kehle des Grafen.

»Sie sind ein degenerierter Feigling. Sie haben sich eine ernste Pflichtvergessenheit, eine ungeheure Verantwortungslosigkeit zuschulden kommen lassen. Sie haben sie entwischen lassen, Mann – und mich haben Sie in Todesgefahr gebracht. . . « Sie ließen den Grafen vorsichtig auf die Ledersitze des Rolls-Royce nieder, aber als der Wagen losfuhr, sprang er wieder auf, um dem Panzerhauptmann eine Abschiedssalve ins Gesicht zu schleudern.

»Sie sind ein verantwortungsloser Trottel, mein Herr – ein Feigling und ein Terrorist – und ich werde persönlich Ihre Hinrichtung befehligen . . .« Seine Stimmer verlor sich in der Entfernung, als sich der Rolls in Richtung Lager entfernte, aber als sie über den Hügelkamm fuhren, gestikulierte und tobte der Graf noch immer mit seinem gesunden Arm.

Der Elefant folgte ihnen weit hinaus in die Wüste, lange nachdem das Panzerbataillon abgehängt war und die Verfolgung aufgegeben hatte. Schließlich verlor der alte Bulle zusehends an Boden, bis auch er schließlich aufgab und taumelnd vor Erschöpfung stehenblieb, mit den Ohren wackelte und in dieser drohenden, fast menschlichen Geste der Herausforderung und des Widerstands seinen Rüssel hob.

Gareth begrüßte ihn ehrerbietig, als sie sich entfernten und ihn wie einen großen schwarzen Felsblock mitten in der ausgedörrten, farblosen Wüste zurückließen. Dann zündete er zwei Zigarren an, kauerte sich in den Panzerturm, um dem Fahrtwind zu entgehen, und reichte einer der beiden Zigarren Jake hinunter.

»Ein gutes Tagespensum, mein Alter. Wir haben zwei dieser gottlosen Dinger zerschmissen und die anderen in unserem Sinn präpariert.«

»Wie denn das?« Jake paffte genüßlich an seiner Zigarre.

»Wenn uns die Panzerleute das nächste Mal zu Gesicht bekommen, werden sie, ohne lange zu überlegen, hinter uns herjagen wie eine Meute Windhunde hinter einer Hündin.«

»Und das ist gut?« fragte Jake skeptisch, indem er die Zigarre aus dem Mund nahm.

»Das ist gut«, versicherte ihm Gareth.

»Tut mir leid, aber das verstehe ich nicht.« Er fuhr ein paar Minuten schweigend weiter auf die Berge zu, dann schüttelte er nachdenklich den Kopf.

»Zerschmissen? Was, zum Teufel, ist das für ein Wort?«

»Ich hab's gerade erst erfunden«, sagte Gareth. »Sehr ausdrucksvoll, wie?«

Der Graf lag mit dem Gesicht nach unten auf seinem Feldbett; er trug nur eine kurze Seidenhose von wunderschöner hellblauer Farbe, in die sein Familienwappen eingestickt war.

Sein Körper war glatt, blaß und plump und machte diesen gutgenährten Eindruck, der nur mit einer Menge Geld und gutem Essen und Trinken erhalten bleiben konnte. Auf der blassen Haut wirkte sein dunkles, drahtiges und gelocktes Körperhaar wie frisch gepflückte Lattichblätter. Es sprießte wolkenartig auf seiner Schulter, breitete sich über seinen ganzen Rücken aus und verschwand schließlich – wie eine Rauchfahne – in der Spalte zwischen seinen milchig weißen Hinterbacken, die kokett unter seinem Hosenbund hervorlugten.

Nun war die Glätte seines Körpers allerdings durch die häßlichen roten Abschürfungen und die frischen blauen Flecke, die seine Rippen zierten und seine Arme und Beine bedeckten, beeinträchtigt.

Er stöhnte halb vor Schmerz, halb vor Befriedigung, als Gino neben ihm niederkniete und, die Ärmel bis zu den Ellbogen aufgekrempelt, seine Schultern mit einer Heilsalbe massierte. Seine dunklen, sehnigen Finger gruben sich in das wabbelige, blasse Fleisch, und der Gestank der Heilsalbe brannte in den Augen und in der Nase.

»Nicht so fest, Gino. Nicht so fest, ich bin schwer verletzt.«

»Verzeihen Sie, mein Oberst.« Er knetete eine Zeitlang schweigend weiter, während der Graf auf dem Bett unter seinen Händen stöhnte und zappelte.

»Mein Oberst, darf ich etwas sagen?«

»Nein«, knurrte der Oberst. »Ihr Sold ist schon jetzt sehr großzügig bemessen. Nein, Gino, ich zahle Sie bereits fürstlich.«

»Oh, mein Oberst, Sie tun mir unrecht. Ich wollte diesmal wirklich nicht über so ein banales Thema reden.«

»Freut mich, das zu hören«, stöhnte der Graf. »Ah! Das ist die Stelle! Das ist sie!«

Gino massierte die Stelle ein paar Sekunden lang. »Wenn Sie das Leben der großen italienischen Generäle studieren – wie Julius Cäsar und . . .« Hier hielt Gino inne, um in seinem Gedächtnis und in der jüngeren Vergangenheit nach einem anderen großen italienischen General zu suchen; das Schweigen wurde ihm zu lang, und Gino wiederholte: »Nehmen wir zum Beispiel Julius Cäsar.«

»Ja und?«

»Nicht einmal Julius Cäsar hat selbst das Schwert geschwungen. Der wahrhaft große Feldherr verzichtet auf die eigentliche Schlacht. Er lenkt, plant und kommandiert die gewöhnlichen Sterblichen.«

»Das ist wahr, Gino.«

»Jeder Bauer kann ein Schwert schwingen oder ein Gewehr abfeuern – sie sind doch nichts weiter als Vieh.«

»Das stimmt ebenfalls.«

»Nehmen Sie nur Napoleon Bonaparte oder den Engländer Wellington.« Gino hatte die Suche nach dem Namen eines siegreichen italienischen Feldherrn der jüngsten Vergangenheit aufgegeben.

»Na gut, Gino, was weiter?«

»Wenn sie kämpften, hielten sie sich von der eigentlichen Schlacht fern. Sogar als sie einander bei Waterloo gegenüberstanden, waren sie viele Meilen voneinander entfernt, wie zwei große Schachmeister, und steuerten, manövrierten und kommandierten . . .«

»Was wollen Sie damit sagen, Gino?«

»Verzeihen Sie, mein Graf, aber haben Sie sich nicht vielleicht von Ihrem Mut blenden lassen, haben nicht Ihre Kampfinstinkte, der Instinkt, dem Feind eigenhändig an die Kehle zu fahren . . . haben Sie nicht vielleicht das Gefühl für die wahre Rolle eines Kommandanten verloren – nämlich die Pflicht, den eigentlichen Kampf zu meiden und die ganze Operation zu überwachen?«

Gino wartete ängstlich auf die Reaktion des Grafen. Er hatte all seinen Mut zusammennehmen müssen, um das zu sagen, aber selbst der Zorn des Oberst konnte nicht schlimmer sein als die Angst, die er angesichts der Vorstellung ausstand, noch einmal in Gefahr zu geraten. Sein Platz war an der Seite des Grafen; wenn der Graf fortfuhr, sie beide all den Schrecken und Greueln dieses öden und feindseligen Landes auszusetzen, dann würde Gino, das wußte er, nicht mehr lange durchhalten. Er war mit den Nerven am Ende, ein Nervenbündel, in den Nächten hatte er Alpträume, aus denen er zitternd und schweißbedeckt erwachte. Er hatte einen Nerv unter dem linken Auge, der in jüngster Zeit unkontrollierbar zu zucken begann. Er war einem Nervenzusammenbruch nahe. Nicht mehr lange, und irgend etwas in seinem Inneren würde zerspringen.

»Bitte, mein Graf. Um unser aller willen müssen Sie Ihr Ungestüm zügeln.«

Damit hatte er eine empfindliche Seite seines Gebieters berührt. Er hatte die eigenen Gefühle des Grafen exakt ausgesprochen, Gefühle, die während der tollkühnen Abenteuer der letzten paar Wochen zur tiefen Überzeugung geworden waren. Der Graf stützte sich auf den Ellbogen, hob mit gequälter Miene seinen edlen Kopf und sah den kleinen Sergeanten an.

»Gino«, sagte er. »Sie sind ein Philosoph.«

»Sie erweisen mir zuviel Ehre, mein Graf.«

»Nein, nein! Das stimmt. Sie haben einen gesunden Hausverstand, eine Art Gossenweisheit, die natürliche Empfindung der Straße, Sie sind eine Art bäuerlicher Philosoph.«

Gino selbst hätte es ein wenig anders ausgedrückt, aber er neigte ergeben den Kopf.

»Ich war rücksichtslos gegenüber meinen tapferen Jungen«, sagte der Graf, und sein ganzen Verhalten änderte sich, wurde strahlend und blühend vor gutem Willen, wie das eines begnadigten Gefangenen. »Ich habe nur an mich gedacht – meinen persönlichen Ruhm, meine persönliche Ehre, ich habe mich rücksichtslos allen Gefahren ausgesetzt, ohne die Folgen zu bedenken. Ungeachtet des schrecklichen Risikos, daß ich dadurch meine tapferen Jungen ihres Führers berauben könnte – Waisen ohne Vater.«

Gino nickte eifrig. »Wer könnte Sie jemals in ihren Herzen oder an ihrer Spitze ersetzen?«

»Gino.« Der Graf klopfte ihm väterlich auf die Schulter. »Ich muß in Zukunft weniger egoistisch sein.«

»Mein Graf, Sie können gar nicht ermessen, wie sehr es mich freut, das zu hören«, rief Gino aus und bebte vor Erleichterung, als er sich die langen, müßigen Tage in der Ruhe und Sicherheit hinter den Schützengräben und den Befestigungsanlagen des Chaldi-Lagers vorstellte. »Ihre Pflicht ist zu kommandieren!«

»Planen!« sagte der Graf.

»Lenken!« sagte Gino.

»Ich fürchte, das ist mein Schicksal.«

»Ihre heilige Pflicht«, bestärkte ihn Gino, und als der Graf auf das Bett zurücksank, machte er sich mit neuer Energie über die verletzte Schulter her.

»Gino«, fragte der Graf schließlich, »wann haben wir das letzte Mal über Ihr Gehalt gesprochen?«

»Seit vielen Monaten nicht mehr, mein Graf.«

»Dann lassen Sie uns jetzt darüber reden«, sagte Aldo Belli zufrieden. »Sie sind ein unbezahlbares Juwel. Sagen wir, monatlich hundert Lire mehr.«

»Ich dachte eher an eine Summe von hundertfünfzig«, murmelte Gino respektvoll.«

Die neue militärische Weltanschauung des Grafen wurde von seinen Offizieren mit unbändiger Begeisterung aufgenommen, als er sie ihnen am Abend im Casinozelt bei Likör und Zigarren offenbarte. Die Idee, den Kampf von hinten zu leiten, schien nicht nur klug und brauchbar zu sein, sondern geradezu begeisternd. Diese Begeisterung hielt allerdings nur so lange an, bis sie erfuhren, daß die neue Weltanschauung nicht für das gesamte Offizierskorps des dritten Bataillons galt, sondern nur für den Oberst. Allen übrigen würde jede Gelegenheit geboten werden, ihr Leben für Gott, Vaterland und Benito Mussolini hinzugeben. Im gleichen Augenblick verlor die neue Philosophie einiges von ihrer Popularität.

Am Ende waren es nur drei Personen, die aus dieser Neuordnung einen Nutzen zogen – der Graf, Gino und Major Luigi Castelani.

Der Major war überglücklich, als er erfuhr, daß er nun die uneingeschränkte Befehlsgewalt über das Bataillon hatte, daß er an diesem Abend zum ersten Mal seit vielen Jahren eine Flasche Grappa mit in sein Zelt nahm und kopfschüttelnd und still vergnügt in sich hineinlachend vor seinem Glas saß.

Das betäubende, heftige Kopfweh, das nur der Grappa verursachen konnte, zusammen mit seiner neuen Freiheit machte die Herrschaft des Majors über das Bataillon am nächsten Morgen nur noch grausamer. Der neue Geist verbreitete sich wie ein Feuer im trockenen Gras. Die Männer säuberten ihre Gewehre, polierten ihre Jackenknöpfe und schlossen sie bis zum Hals, drückten augenblicklich ihre Zigaretten aus und zitterten ein wenig – während Castelani durch das Lager von Chaldi tobte, neue Befehle gab, die Drückeberger aufstöberte und mit der sausenden Rute in der rechten Hand neue Energien entfesselte.

Die Ehrenwache, die an diesem Nachmittag auf dem neuen Flugplatz abkommandiert worden war, um das erste Flugzeug zu begrüßen, trat mit so wunderschön polierten Lederstiefeln und Waffen an und exerzierte so perfekt, daß selbst Graf Aldo Belli es bemerkte und sie herzlich lobte.

Das Flugzeug war ein dreimotoriger Capronibomber. Er näherte sich dem Flugplatz aus nördlicher Richtung, drehte eine Runde über der primitiven Landebahn und setzte auf, mit den Propellern eine riesige, dichte Staubwolke aufwirbelnd.

Die erste Gestalt, die in der Luke am Bauch des silbernen Flugzeugrumpfes auftauchte, war der politische Agent aus

Asmara, Signor Antolino, und er wirkte verwahrloster und zerzauster denn je in seinem zerknitterten, schlechtsitzenden leinenen Tropenanzug. In Erwiderung auf den feurigen Faschistengruß des Grafen lüftete er seinen Strohhut, und sie umarmten sich kurz – der Mann stand tief unten auf der politischen und sozialen Leiter – dann wandte sich der Graf an den Piloten.

»Ich möchte in Ihrer Maschine mitfliegen.« Der Graf hatte das Interesse an seinen Panzern verloren, ja, er haßte sie und ihren Hauptmann mittlerweile. Als er wieder klar denken konnte, hatte er die Idee, den Offizier hinrichten zu lassen oder nach Asmara zurückzuschicken, fallengelassen. Er hatte sich damit begnügt, der Dienstbeschreibung des Mannes eine volle Seite ätzende Kritik beizufügen, in der Gewißheit, daß ihn dies seine Karriere kosten würde. Eine absolut befriedigende Rache, aber mit den Tanks war der Graf fertig. Nun hatte er ein Flugzeug. Das war viel aufregender und romantischer.

»Wir werden die feindlichen Stellungen überfliegen«, sagte der Graf, »in angemessener Höhe.« Womit er zum Ausdruck bringen wollte, außer Schußweite.

»Später«, sagte der politische Agent in einem so autoritären Ton, daß sich der Graf zu seiner vollen Größe aufrichtete und den Mann mit einem arroganten Blick bedachte, vor dem er hätte zittern sollen.

»Ich bringe äußerst wichtige und dringende Befehle von General Badoglio persönlich«, sagte der Agent völlig unbeeindruckt von seinem Blick.

Die steife, würdevolle Haltung des Grafen veränderte sich augenblicklich.

»Dann lade ich Sie zu einem Glas Wein ein«, sagte er leutselig und nahm den Mann beim Arm, um ihn zu dem wartenden Rolls-Royce zu führen.

»Der General steht nun vor Amba Aradam. Er hält den Haupttruppenteil des Feindes auf dem Berg in Schach und unter massivem Artilleriebeschuß und Nachtbombardement. Er wird im richtigen Augenblick angreifen – und über das Ergebnis besteht kein Zweifel.«

»Ganz recht«, meinte der Graf und nickte feierlich. Der Gedanke an die Kämpfe Hunderte Meilen von ihm entfernt im Norden erfüllte ihn mit einer tiefen Begeisterung für den Ruhm der italienischen Armee.

»Innerhalb der nächsten zehn Tage wird die zerschlagene äthiopische Armee versuchen, über die Straße nach Dessie den Rückzug anzutreten, um sich mit Haile Selassie am Tanasee zu vereinigen – aber die Sardischlucht ist wie ein Dolch in ihren Rippen. Sie kennen Ihre Pflicht.«

Der Graf nickte abermals, aber vorsichtiger. Die Sardischlucht war schon sehr viel näher.

»Ich bin gekommen, um noch einmal mit dem äthiopischen Ras Verbindung aufzunehmen, der sich zu uns bekennen wird, mit dem designierten Kaiser von Äthiopien – unserem geheimen Verbündeten. Es ist unbedingt notwendig, unsere Pläne aufeinander abzustimmen, damit seine Ernennung die größtmögliche Verwirrung in den Reihen des Feindes hervorruft und seine Truppen so postiert werden, daß sie Ihren Vorstoß durch die Schlucht von Sardi und Ihre Erstürmung der Straße nach Dessie unterstützen können.«

»Ach!« machte der Graf, ein Laut, der weder Zustimmung noch Ablehnung bedeutete.

»Meine Männer, die in den Bergen operieren, haben mit dem designierten Kaiser eine Zusammenkunft arrangiert. Bei dieser Zusammenkunft werden wir die versprochene Zahlung tätigen, um uns der Loyalität des Ras zu versichern.« Der Agent verzog angewidert den Mund. »Dieses Volk!« Und er seufzte bei dem Gedanken, daß ein Mann für Gold sein Vaterland verkaufen konnte. Dann wischte er den Gedanken mit einer heftigen Handbewegung beiseite. »Die Zusammenkunft wurde für heute abend festgesetzt. Ich habe einen meiner Männer mitgebracht, der als Führer dienen kann. Der vereinbarte Treffpunkt ist ungefähr achtzig Kilometer von hier entfernt. Wir werden uns bei Sonnenuntergang auf den Weg machen – was uns genügend Zeit geben wird, den vereinbarten Treffpunkt noch vor der festgesetzten Zeit um Mitternacht zu erreichen.«

»Sehr gut«, stimmte der Graf zu, »ich werden Ihnen einen Laster zur Verfügung stellen.«

Der Agent hob die Hand. »Mein lieber Oberst, Sie werden der Delegationsführer sein.«

»Unmöglich.« Der Graf würde nicht so schnell von seiner neuen Philosophie abgehen. »Meine Pflichten liegen hier – ich muß die Offensive vorbereiten.« Wer wußte schon, welche neuen Schrecken ihn dort draußen in der mitternächtlichen Wildnis der Danakilberge erwarteten?

»Ihre Anwesenheit ist entscheidend für den Erfolg der Verhandlungen – Ihre Uniform wird den Ras beeindrucken.«

»Meine Schulter, ich habe eine Schulterverletzung, die das Reisen höchst beschwerlich macht – ich werde einen meiner Offiziere abkommandieren. Einen Panzerhauptmann, seine Uniform ist überwältigend.«

»Nein.« Der Agent schüttelte den Kopf.

»Ich habe einen Major – einen Mann von imponierendem Auftreten.«

»Der General hat ausdrücklich angeordnet, daß Sie die Delegation anführen. Wenn Sie das bezweifeln, kann Ihr Funker augenblicklich mit Asmara Verbindung aufnehmen.«

Der Graf seufzte, öffnete den Mund, machte ihn wieder zu, und dann ließ er den Vorsatz, während der ganzen Dauer des Feldzugs innerhalb der Vorpostenlinie des Lagers von Chaldi zu bleiben, mit Bedauern fallen.

»Also gut«, räumte er ein. »Wir brechen bei Sonnenuntergang auf.«

Der Graf war keineswegs gewillt, sich abermals leichtsinnig in Gefahr zu begeben. Der Konvoi, der an diesem Abend unter dem feurigen Glutball der untergehenden Sonne Chaldi verließ, wurde von zwei CV-3-Panzern angeführt, gefolgt von vier Lkws mit Infanteristen und dahinter die übrigen zwei Panzer, die eine mächtige Nachhut bildeten.

Der Rolls-Royce fuhr genau in der Mitte dieser Kolonne. Der politische Agent saß auf dem Sitz neben dem Grafen, seine Füße ruhten fest auf einer schweren Holzkiste am Boden. Der Führer, den der Agent aus dem Flugzeugrumpf des Caproni geholt hatte, war ein hagerer, sehr dunkler Galla mit einem bläulich-trüben starren Augapfel, was durch eine tropische Bindehautentzündung hervorgerufen worden war und ihm einen besonders brutalen Gesichtsausdruck verlieh. Er trug eine ehemals weiße Shamma, die nun fast schwarz vor Dreck war, und er stank wie eine Ziege, die erst vor kurzem mit einem Iltis gekämpft hatte. Der Graf atmete seinen Duft einmal und hielt sich augenblicklich sein parfümiertes Taschentuch vor die Nase.

»Erklären Sie dem Mann, daß er im ersten Tank mitfahren soll – mit dem Hauptmann.« Ein boshafter Ausdruck funkelte in seinen dunklen Augen, als er sich an den Panzerhauptmann wandte: »In Ihrem Tank, haben Sie verstanden? Auf dem Platz neben Ihnen im Panzerturm.«

Sie fuhren ohne Licht und krochen langsam am Fuß der hohen Bergkette über die Ebene. Am Treffpunkt erwartete sie ein Reiter, eine dunkle Gestalt im Schatten eines dichten Kameldorngestrüpps. Der Agent sprach ihn mit Amharic an und wandte sich dann wieder an den Grafen.

»Der Ras befürchtet eine List. Wir müssen die Eskorte hier zurücklassen und allein mit diesem Mann weitergehen.«

»Nein«, brüllte der Graf. »Nein, nein! Ich weigere mich – das kommt überhaupt nicht in Frage.«

Der Agent mußte zehn Minuten lang seine ganze Überredungskunst aufwenden und wiederholt den Namen von General Badoglio erwähnen, um den Grafen umzustimmen.

Unglücklich stieg der Graf wieder in den Rolls, und Gino warf ihm vom Vordersitz aus einen traurigen Blick zu, als der offene, schrecklich ungeschützte Wagen, gefolgt von dem dunklen, wilden Reiter auf seinem zottigen Pony, im Mondlicht weiterfuhr.

In einem zerklüfteten Tal, das den gewaltigen Bergrükken teilte, mußten sie den Rolls-Roye zurücklassen und die Reise zu Fuß fortsetzen. Gino und Guiseppe schleppten die Holzkiste, und der Graf nahm seine Pistole schußbereit zur Hand, als sie den gefährlich steilen und steinigen Abhang hinaufkeuchten.

In einem verborgenen Bergkessel, an dessen Rändern die schattenhaften feindseligen Gestalten der Wachtposten patroullierten, stand ein großes Lederzelt. Darum herum war eine Menge wilder zottiger Ponys angebunden. Das Innere wurde von rauchenden Öllampen beleuchtet, und das ganze Zelt war mit am Boden hockenden Kriegern gefüllt. In dem dämmrigen Licht waren die Gesichter so schwarz, daß nur das Weiße ihrer Augen und ihre Zähne deutlich zu sehen waren.

Der politische Agent ging vor dem Grafen durch eine schmale Schneise auf eine Gestalt zu, die unter ein paar Laternen auf einem Haufen Kissen lag. Neben ihm saßen zwei Frauen, die noch sehr jung, aber voll entwickelt waren, schwerbrüstig und hellhäutig, in bunte Seidengewänder gehüllt und mit primitiv gearbeitetem Silberschmuck behangen, der an ihren Ohren baumelte und sich um ihre langen, anmutigen Hälse wand. Ihre Augen waren dunkel und unverschämt, und zu einem anderen Zeitpunkt und unter anderen Umständen hätte der Graf gewiß lebhaftes Interesse gezeigt. Aber seine Knie fühlten sich an wie Gummi und sein Herz schlug wie eine Kriegstrommel. Der Agent mußte ihn am Arm weiterziehen.

»Der designierte Kaiser«, flüsterte der Agent. Der Graf sah sich den aufgedunsenen weibischen Dandy, der matt auf seinen Kissen lag, genau an. Seine dicken Finger waren mit Ringen überladen, und seine Augenlider waren angemalt wie die einer Frau. »Ras Kullah, Häuptling der Gallas.«

»Begrüßen Sie ihn angemessen«, befahl der Graf mit heiser krächzender Stimme, und der Ras musterte den Grafen besorgt, als der Agent eine blumige Rede vom Stapel ließ. Die imponierende Gestalt in ihrer unheimlichen schwarzen Uniform beeindruckte den Ras. Seine Abzeichen glitzerten im Schein der Lampen, und das schwere Emailkreuz an seinem Seidenband funkelte wie ein Leuchtfeuer. Die Augen des Ras hefteten sich auf den mit Juwelen besetzten Dolch und die Pistole mit dem Elfenbeingriff am Gürtel des Grafen, das waren die Waffen eines reichen und edlen Kriegers – und er blickte wieder auf und sah dem Grafen in die Augen. Auch in seinen Augen lag ein fieberhaftes, fanatisches Glitzern, seine Gesichtszüge waren zornig gerötet, und seine Stirn unheimlich finster gerunzelt. Er atmete wie ein kämpfender Bulle. Der Ras hielt die Anzeichen der Erschöpfung und der höchsten Angst für das kriegerische Feuer eines Berserkers. Er war tief beeindruckt und eingeschüchtert.

Dann wurde seine Aufmerksamkeit unwiderstehlich von dem Grafen abgelenkt, als Gino und Giuseppe schwitzend in das dumpf erleuchtete Innere des Zeltes taumelten und gekrümmt die schwere Holzkiste hereintrugen. Ras Kullah richtete sich in eine kniende Stellung auf, so daß sich sein wabbeliger Bauch deutlich unter dem Shamma abzeichnete, und seine Augen glitzerten wie die einer Schlange.

Mit einer schroffen Bemerkung schnitt er dem Agenten das Wort ab und winkte die beiden Italiener zu sich. Erleichtert setzten sie die schwere Kiste vor dem Ras ab, und augenblicklich erhob sich unter den dunklen Kriegern ein dumpfes Murmeln. Sie drängten sich hastig vor, um den Inhalt der Kiste besser sehen zu können, als der Ras mit dem brillantbesetzten Dolch von seinem Gürtel die Klammern aufmachte und mit seinen dicken, weichen Händen den Deckel abhob.

Die Kiste war bis obenhin gefüllt mit papierumhüllten

Rollen, die aussahen wie weiße Kerzen. Der Ras nahm eine in die Hand und ritzte die Papierhülle mit der Spitze seines Dolches auf. Flache Metallscheiben spitzten heraus. Im Schein der Lampen hell und golden glitzernd, rollten sie in den Schoß des Ras, und er grölte überglücklich und wühlte mit der Hand in den Münzen. Sogar der Graf, der selbst einen ungeheuren Reichtum besaß, war vom Inhalt der Kiste beeindruckt.

»Beim heiligen Petrus und der Jungfrau Maria«, murmelte er.

»Englische Sovereigns«, versicherte der Agent. »Aber kein allzu hoher Preis für ein Land von der Größe Frankreichs.«

Der Ras kicherte und warf eine Handvoll Münzen seinen Gefolgsleuten hin, die sich gierig darauf stürzten und die Münzen auf allen vieren einsammelten. Dann schaute der Ras zum Oberst auf, klopfte glücklich grinsend auf die Kissen neben sich, um ihn zum Sitzen aufzufordern. Der Graf kam der Aufforderung dankbar nach. Der lange Marsch durch das Tal und seine fieberhaft erregten Gefühle hatten seine Beine geschwächt. Er ließ sich auf die Kissen sinken und hörte sich die lange Liste weiterer Forderungen an, die der Ras vorbereitet hatte.

»Er verlangt moderne Gewehre und Maschinengewehre«, übersetzte der Agent.

»Wie stehen wir dazu?« fragte der Graf.

»Natürlich können wir ihm diese Forderung nicht erfüllen. In einem Monat oder einem Jahr wäre er nicht mehr unser Verbündeter, sondern unser Feind. Diesen Gallas ist nicht zu trauen.«

»Dann antworten Sie ihm das Richtige.«

»Er verlangt von Ihnen die Garantie, daß die weibliche Agentin und die beiden weißen Banditen im Harari-Lager an ihn ausgeliefert werden, sobald sie gefangengenommen werden.«

»Gibt es etwas dagegen einzuwenden?«

»Im Gegenteil, das wird uns Peinlichkeiten und Probleme ersparen.«

»Was wird er mit ihnen machen – immerhin sind sie dafür verantwortlich, daß einige meiner tapferen Jungen gefoltert und niedergemetzelt wurden?«

Der Graf hatte seine Fassung wiedererlangt, und seine Verwegenheit kehrte zurück. »Ich habe Berichte von Augenzeugen über die Scheußlichkeiten, die man wehrlosen Kriegsgefangenen angetan hat. Die willkürliche Erschießung von gefesselten Gefangenen – das muß bestraft werden. Das verlangt nach einer gerechten Strafe.«

Der Agent grinste hämisch. »Ich versichere Ihnen, mein lieber Graf, daß ihnen in den Händen von Ras Kullah ein schrecklicheres Los zuteil wird, als Sie sich in Ihren schlimmsten Alpträumen vorstellen können.« Dann wandte er sich wieder an den Ras und sagte in Amharic: »Sie haben unser Wort darauf. Man wird sie Ihnen ausliefern, und Sie können mit ihnen machen, was Sie für richtig halten.«

Der Ras lächelte wie ein fetter goldener Kater und leckte sich genüßlich mit der Zunge über seine wulstigen dunkelroten Lippen.

Mittlerweile war der Graf wieder zu Atem gekommen. Nachdem er erkannt hatte, daß der Ras allen seinen Erwartungen zum Trotz sehr freundlich war und er offensichtlich nicht Gefahr lief, daß man ihm die Kehle aufschlitzte oder gewaltsam seine intimsten Körperteile entfernte, fand er allmählich seine Selbstsicherheit wieder.

»Erklären Sie dem Ras, daß ich dafür einen genauen Bericht über die feindliche Truppenstärke verlange – die Zahl der Männer, der Gewehre und der Panzerfahrzeuge, die die Schluchteingänge besetzt halten. Ich möchte die Gefechtsordnung des Feindes wissen, die genaue Lage seiner Schützengräben und seiner Geschützstellungen – und vor allem will ich darüber informiert werden, wo die Gallas des Ras im gegenwärtigen Augenblick postiert sind. Außerdem verlange ich die Namen und Dienstgrade aller Ausländer, die im Dienst des Feindes stehen . . .« Er fuhr fort, indem er die Punkte nacheinander an den Fingern abzählte, und der Ras lauschte mit wachsender Ehrfurcht. Dieser Mann war ein richtiger Krieger.

»Wir müssen sie in die Falle locken«, sagte Gareth Swales. Er und Jake Barton kauerten Seite an Seite im Schatten des Rumpfes von Priscilla dem Ekel. Gareth hielt einen kurzen Zweig in der rechten Hand und hatte begonnen, die Strategie in den Sand zu zeichnen, mit der sie einem neuerlichen Vorstoß der Italiener begegnen würden.

»Diesmal können wir keine Reiter ausschicken. Das hat einmal funktioniert, ein zweites Mal würde es fehlschlagen.«

Jake sagte nichts, sondern betrachtete schweigend und mit gerunzelter Stirn die komplizierten Zeichnungen, die Gareth in den Sand skizziert hatte.

»Wir haben den Panzerkommandeur gut präpariert. Wenn er das nächstemal einen Panzerwagen zu Gesicht bekommt, wird er hinterherstürzen wie . . .«

»Wie ein Windhund hinter einer Hündin«, sagte Jake.

»Genau!« Gareth nickte. »Das wollte ich gerade sagen.«

»Das hast du bereits«, erinnerte ihn Jake.

»Wir werden einen Wagen einsetzen – einer ist genug – und einen anderen bereithalten – hier.« Gareth tippte auf die Landkarte im Sand. »Wenn mit dem ersten Wagen etwas schiefgeht . . .«

»Wie etwa die Explosion einer Granate unter dem Hintern?« fragte Jake.

»Genau. Wenn das geschieht, greift der zweite Wagen ein und lockt sie hierher.«

»So, wie du es erzählst, klingt es großartig.«

»Kinderspiel, alter Junge, nichts Besonderes. Vertrau dem berühmten Swales-Genie.«

»Wer nimmt den ersten Wagen?« fragte Jake.

»Losen wir es aus«, schlug Gareth vor, und wie durch Zauberei hatte er auch schon einen silbernen Maria-Theresia-Taler in der Hand.

»Kopf«, sagte Jake.

»Pech gehabt, leider, mein Alter. Du hast kein Glück.« Jakes Hand war so schnell wie eine zuckende Mamba. Er packte Gareths Handgelenk und hielt die Hand, in der die Silbermünze lag, fest.

»Hör mal«, protestierte Gareth. »Du glaubst doch nicht im Ernst, daß ich . . .« Doch dann zuckte er ergeben die Schultern.

»Nichts für ungut«, sagte Jake, drehte Gareths Hand um und besah sich die Münze auf seiner Handfläche.

»Eine hübsche Dame, diese Maria Theresia«, murmelte Gareth. »Eine hübsche hohe Stirn, sehr sinnliche Lippen – ich wette, sie war ein richtiger Renner. Was meinst du?«

Jake ließ sein Handgelenk los, stand auf und klopfte sich den Staub aus der Hose, um seine Verlegenheit zu verbergen.

»Vorwärts, Greg. Besser, wir machen uns jetzt fertig«, rief er dem jungen Harari zu, der die Vorbereitungen überwachte, die oberhalb der Stelle, wo die Wagen standen, gemacht wurden.

»Hals- und Beinbruch, mein Alter«, rief Gareth ihnen nach. »Zieh den Kopf ein.«

Jake Barton saß auf dem Rand von Priscillas Panzerturm, ließ seine langen Beine in die Luke baumeln und blickte zu den Bergen empor. Die Gipfel waren nicht zu sehen, sie verschwanden in dem ungeheuren Wolkengebilde, das sich am Himmel zusammenbraute.

Die Wolken schwollen an, trieben träge vorwärts und breiteten sich mit der Zähigkeit von Sirup allmählich über die schroffen Felswände aus. Die Berge waren verschwunden, von dem Wolkenungeheuer verschluckt, und die weiche Masse arbeitete wie ein Magen, der seine Nahrung verdaut.

Zum ersten Mal, seit sie die Danakilebene erreicht hatten,

war die Sonne bedeckt. Die Kälte trat in Böen aus den Wolken und streifte Jake mit eisigen Fingern, so daß auf seinen muskulösen Unterarmen eine Gänsehaut hervortrat. Ein Schauer lief ihm über den Rücken.

Gregorius saß neben ihm auf dem Panzerturm und betrachtete ebenfalls die silbernen und dunkelblauen Gewitterwolken.

»Jetzt beginnt der große Regen.«

»Hier?«

»Nein, hier unten in der Wüste nicht, aber oben in den Bergen wird es furchtbar regnen.«

Jake starrte noch einen Augenblick länger zu den gewaltigen Wolkentürmen empor, dann drehte er ihnen den Rücken zu und ließ seinen Blick in östlicher Richtung über das wellige Land streifen. Bisher war von dem italienischen Vorstoß, den die Späher gemeldet hatten, nichts zu sehen. Jake drehte sich wieder um und stellte sein Fernglas auf die Stelle an den unteren Abhängen der Schlucht ein, von wo ihm Gareth die Ankunft des Feindes signalisieren würde. Dort war außer schroffen Felsen und Geröllhalden nichts zu sehen.

Er senkte seinen Blick auf die letzten niedrigen Dünen aus rotem Sand, die den steinernen Fuß der Berge wie kleine Wellen umgaben. An der Oberfläche waren Spalten, die spärlich mit dem farblosen, verdorrten Wüstengras bedeckt waren, aber in den Mulden hatten dicke, zähe Sträucher Wurzeln geschlagen. Das Strauchwerk war dicht und hoch genug, um die hundert Harari, die geduldig auf dem Bauch dahinter lauerten, zu verbergen. Gareth hatte einen Plan ausgearbeitet, wie sie mit den italienischen Panzern fertig werden konnten, und er war es auch gewesen, der Gregorius mit einer hundert Mann starken Truppe und fünfzig Kamelen durch die Schlucht in die Stadt Sardi geschickt hatte. Unter Gregs Aufsicht waren am Verschiebebahnhof die Schienen herausgerissen worden, dann hatte man die schweren Stahlschienen auf die Kamele geschnallt und auf dem gefährlichen Pfad durch die Schlucht in die Ebene befördert.

Gareth hatte erklärt, wie die Schienen zu handhaben

waren. Dazu hatte er seine Truppe in Gruppen von zwanzig Mann aufgeteilt und jede Gruppe mit den Schienen probieren lassen, bis sie in der Handhabung so geübt waren, wie er nur hoffen konnte. Alles, was jetzt noch geschehen mußte, war, daß Priscilla das Ekel die italienischen Panzer in die niedrigen Dünen lockte.

Gareth hatte errechnet, daß sie die Italiener ohne Panzer eine Woche lang am Schluchteingang aufhalten konnten. Nach seiner Gefechtsordnung standen die Harari am linken Abhang und in der Mitte in guten ineinandergreifenden Positionen zu den Gallas am rechten Abhang. Die Vickers-Gewehre konnten das ganze Gebiet unter Beschuß nehmen, so daß jeder Vorstoß von italienischen Infanteristen ohne Panzerdeckung Selbstmord sein würde.

Sie würden sich ihren Weg in die Schlucht mit Artillerie und Luftbombardements freischießen müssen. Dazu würden sie mindestens eine Woche brauchen – das heißt, wenn sie Ras Golam daran hindert konnten, die Italiener anzugreifen, eine Aufgabe, die äußerst schwierig sein dürfte, denn durch die Adern des Ras floß ein höchst kämpferisches Blut. Hatten die Italiener den Schluchteingang erstürmt und die äthiopischen Streitkräfte zurückgedrängt, würden sie noch eine Woche hart zu kämpfen haben, um das Hochland und die Stadt Sardi zu erreichen – wieder vorausgesetzt, daß der Ras die Rolle des Verteidigers beibehielt.

Standen die Italiener dann am oberen Schluchtausgang, konnten die Panzerfahrzeuge wieder eingesetzt werden und sie noch einen oder zwei Tage aufhalten. Doch dann würden sie verbraucht sein, dann war alles vorbei. Die Italiener würden im welligen Hochland mühelos bis zur Straße nach Dessie vorrücken können, um die Falle zuschnappen zu lassen – hoffentlich nachdem die Jagdbeute geflüchtet war.

Gareth hatte sich per Fernschreiber mit Lij Mikhael im Hauptquartier des Kaisers am Ufer des Tanasees in Verbindung gesetzt und ihm all das berichtet. Der Prinz hatte ihm in seiner Antwort die Dankbarkeit des Kaisers übermittelt und versichert, daß das Schicksal von Äthiopien innerhalb von zwei Wochen entschieden sein würde.

»HALTEN SIE DIE SCHLUCHT NOCH FÜR ZWEI WOCHEN DANN HABEN SIE IHRE PFLICHT ERFÜLLT STOP DIE DANKBARKEIT DES KAISERS UND DES GANZEN VOLKES VON ÄTHIOPIEN IST IHNEN SICHER.«

Also noch eine Woche hier in der Ebene. Aber alles hing von diesem ersten Gefecht mit den italienischen Panzern ab. Nach Jake und Gareths Beobachtungen sowie den Feststellungen der Späher bestand das italienische Panzerbataillon insgesamt aus vier Tanks. Sie mußten sie mit einem Schlag außer Gefecht setzen, davon hing die ganze Verteidigung der Schlucht ab.

Jake ertappte sich dabei, daß er völlig abwesend vor sich hin geträumt hatte und in Gedanken die Schwierigkeiten, denen sie entgegensahen, und die Chancen, die sich ihnen boten, gegeneinander abgewogen hatte. Erst Gregorius' Hand auf seiner Schulter brachte ihn wieder in die Wirklichkeit zurück.

»Jake! Das Signal.«

Er schaute rasch den Bergabhang hinauf und sah es ohne Fernglas. Gareth signalisierte mit einem primitiven Spiegeltelegraph, der aus seinem Rasierspiegel aus dem Waschbeutel bestand. Die hellen Lichtblitze blendeten Jakes Augen sogar aus dieser Entfernung.

»Sie rücken in breiter Front durch das Tal vor. Alle vier Panzer, verstärkt durch motorisierte Infanterie.« Jake übersetzte die Signale und schwang sich durch die Fahrerluke, während Gregorius von der Plattform hinuntersprang und an die Kurbel eilte.

»Du bist ja doch mein Liebling«, dankte Jake Priscilla, als der Motor auf Anhieb ansprang, dann rief er Gregorius, der mittlerweile in den Panzerturm kletterte, zu: »Ich werde dir jedesmal sagen, wenn ich ein Ziel anvisiere.«

»Ja, Jake.« In den Augen des Jungen brannte ein kampflustiges Feuer, und Jake grinste.

»Ganz der Großpapa.« Dann ließ er die Kupplung los. Sie wurden rasch schneller, flogen über den Kamm der Düne und zogen eine lange Staubfahne hinter sich her, die aller Welt deutlich zeigte, wo sie sich befanden.

Die Linie der italienischen Tanks kam geradewegs auf sie zu, nur noch etwa eineinhalb Meilen entfernt.

»Ziel anvisieren«, brüllte Jake.

»Bereit.« Gregorius kauerte hinter dem Vickers im Panzerturm und hatte es bis zur äußersten Grenze geschwenkt, bereit, jeden Augenblick das Feuer zu eröffnen.

Jake schwenkte das Lenkrad herum: Priscilla drehte sich in Richtung der entfernten dunklen, käferartigen Punkte der italienischen Panzer, die ihnen sorglos in die Hände fuhren.

Über Jake begann das Vickers zu knattern. Die leeren Patronenhülsen fielen ins Wageninnere und schlugen klingend hell gegen die Stahlwände, während der beißende Gestank von verbranntem Kordit in Jakes Augen brannte und sie zum Tränen brachte.

Mit verschleierten Augen sah er die weißen Geschoßspuren über die Ebene fliegen und über den führenden Panzer herfallen. Selbst aus dieser Entfernung konnte Jake die winzigen Fontänen aus Staub und Schmutz erkennen, die die Kugeln aufwirbelten.

»Guter Junge«, brummte Jake. Eine Meisterleistung, aus dem schwankenden und schaukelnden Wagen in dieser Entfernung zu treffen! Natürlich konnten ihre Kugeln dem dicken Stahlpanzer des CV 3 nichts anhaben, aber sicher würden sie die Mannschaften der Panzer überraschen und verärgern und sie zu unüberlegten Aktionen verleiten.

Noch während er das dachte, sah Jake den Panzerturm des ersten Tanks herumschwenken, nachdem der Panzerkommandant das Ziel ausgemacht hatte. Der kurze, dicke Lauf des Spandau wurde immer kürzer und verschwand. Nun blickte Jake direkt in die Mündung.

Er zählte langsam bis drei, so lange brauchte nämlich der Schütze, um ihn aufs Korn zu nehmen, dann brüllte er:

»Feuer einstellen!« Und schwang Priscilla so hart herum, daß sie auf zwei Rädern stand und plump und unbeholfen aus der Schußlinie des Feindes verschwand. Aus dem Augenwinkel sah Jake das Mündungsfeuer aufglühen und hörte fast im selben Augenblick das Pfeifen der vorbeisausenden Granate.

»Donnerwetter – das war knapp!« murmelte er und streckte die Hand aus, um die Luke und das Visier zu öffnen. Es gab keinen Grund, sie geschlossen zu halten, denn ein Spandau würde jede Stelle des Fahrzeugrumpfes durchschlagen, als wäre der Wagen aus Pappe – und Jake würde in den schlimmen nächsten Minuten eine gute und uneingeschränkte Aussicht brauchen.

Er fuhr parallel zur italienischen Linie, und als er einen kurzen Blick riskierte, sah er, daß nun alle vier Panzer feuerten und gleichzeitig in seine Richtung abschwenkten, als er an ihnen vorbeifuhr; in ihrem Eifer, Priscilla nicht aus den Augen zu verlieren, gerieten sie aus ihrer starren Angriffsformation.

»Beeilt euch«, murmelte Jake. »Drei Kugeln zu einem Dollar, meine Herren, jeder Wurf eine Kokosnuß!« Das kam der Wahrheit eigentlich zu nahe, um noch komisch zu sein, aber Jake grinste trotzdem. »Jake Bartons berühmter Kokosnußwurf.«

Eine Granate explodierte dicht neben ihnen und schleuderte Sand und Kies durch die offene Luke. Sie stellten sich nun langsam auf den Kampf ein, es war Zeit, die Dinge wieder ein wenig durcheinanderzubringen.

Er spuckte den Sand aus und brüllte: »Anvisieren!«

Priscilla drehte sich wendig in Richtung der italienischen Linie und raste in ihrer wiegenden Gangart auf sie zu, ihre unförmige altmodische Gestalt wirkte so grimmig und unnachgiebig wie das Gesicht einer viktorianischen Matrone.

Sie waren nun schon sehr nahe, so beängstigend nahe, daß Jake die Vickers-Kugeln gegen die schwarze Panzerung des ersten Tanks hämmern hörte. Gregorius hatte den Verbandskommandanten an seiner Standarte erkannt und konzentrierte das Feuer auf ihn.

»Gut überlegt«, knurrte Jake. »Das bringt den Bastard in Rage.«

In diesem Augenblick krachte es dicht neben seinem Kopf, so, als hätte ein Riese mit einem Hammer gegen den Stahlrumpf geschlagen, und der Wagen geriet ins Schleudern.

Wir sind getroffen, dachte Jake verzweifelt. Seine Ohren summten von dem Aufschlag, und ein heißer, beißender Gestank nach verbrannter Farbe und erhitztem Metall stieg ihm in die Nase. Er schwenkte das Lenkrad herum. Priscilla reagierte so prompt wie immer und drehte scharf von den Italienern ab.

Jake erhob sich von seinem Sitz, steckte seinen Kopf durch die Luke und sah sofort, daß sie Glück gehabt hatten. Die Granate hatte eine der Klampen abgerissen, die er auf die Plattform geschweißt hatte, um die Waffenkisten zu halten. Die Granate hatte die Klampe abgerissen, den Fahrzeugrumpf gestreift und das Metall durch die starke Reibung zum Glühen gebracht – aber das Fahrzeug war unversehrt – das Geschoß hatte sie nicht durchbohrt.

»Sie verfolgen uns, Jake«, rief der Junge zu ihm hinunter, ohne seine Frage zu beantworten. »Sie sind hinter uns her – alle.«

»Na, dann nichts wie heim zu Mami – wir kommen«, sagte Jake und schwenkte in die entgegengesetzte Richtung, wodurch er abermals überraschend aus der Schußweite und der Zielrichtung der italienischen Schützen gelangte.

Dicht neben ihnen explodierte eine Granate und preßte die Luft an ihr Trommelfell, so daß die beiden unwillkürlich zusammenzuckten.

»Wir entfernen uns zu schnell, Jake«, rief Greg. Als Jake einen flüchtigen Blick in den Panzerturm warf, sah er, daß Greg die Luke geöffnet und den Kopf hinausgesteckt hatte.

»Lahme Vögel«, brummte Jake angewidert. Wenn sie die

Italiener zu weit hinter sich ließen, bestand die Gefahr, daß diese die Verfolgung aufgaben.

Wieder explodierte neben ihnen eine Granate und bedeckte sie mit einem Sprühregen aus hellem Staub. Jake täuschte einen Treffer vor, indem er das Gas wegnahm, so daß sich ihre Geschwindigkeit verringerte, und am Lenkrad kurbelte, so daß Priscilla wie ein Vogel mit gebrochenen Flügeln in ziellosen Zickzackkurven weiterfuhr.

»Jetzt kommen sie wieder näher«, verkündete Greg fröhlich.

»Sei bloß nicht so verdammt glücklich darüber«, murmelte Jake, aber seine Stimme verlor sich im Lärm der vorbeiheulenden Granaten.

»Sie kommen noch immer näher«, schrie Greg. »Und sie schießen noch immer.«

»Das hab' ich gemerkt.« Jake starrte nach vorn und ließ den Wagen weiterhin erbarmungslos hin und her schleudern. Die erste Düne war nur noch eine halbe Meile entfernt, aber Jake schien es, als dauerte es eine volle Stunde, bis er endlich spürte, daß das Gelände unter ihm anstieg, und sie rutschten schleudernd und schwankend über die sandige Oberfläche der Düne und donnerten über den Kamm in Sicherheit.

Jake brachte Priscilla, wie ein abschwingender Schifahrer, schleudernd zum Stehen und reversierte ein paarmal, bis er mit der Nase nach vorn hinter dem Sandhaufen stand, so daß nur noch der Panzerturm hervorragte.

»Bestens, Jake«, schrie Greg entzückt, als er sah, daß er mit dem Vickers wieder treffen konnte. Er kauerte sich hinter das Gewehr und feuerte kurze, zielsichere Schüsse auf die vier schwarzen Panzer ab, die wütend über die Ebene auf sie zudonnerten.

Aus der stehenden Position hinter der Düne konnte Gregorius jede Salve gezielt abfeuern und reizte das südliche Temperament der Panzerbesatzung bis zur Raserei, es war wie das Stechen einer Tse-tse-Fliege am Bauch eines Büffelbullen.

»Das dürfte genügen«, entschied Jake, indem er die Geschwindigkeit der feindlichen Panzer genau abschätzte. Sie waren nun keine fünfhundert Meter mehr entfernt, und ihre Granaten flogen nun schon sehr dicht an dem winzigen Ziel vorbei, das der Panzerturm darstellte. »Laß uns von hier verschwinden.«

Jake schwang Priscilla herum und raste den Abhang der Düne in die Mulde hinunter. Als sie durch das dichte, dunkle Gestrüpp krachten, sah Jake flüchtig die Männer, die wartend hinter den Sträuchern in Deckung lagen. Sie trugen nur ihre Lendentücher und kauerten neben den langen Stahlschienen, und zwei von ihnen mußten hastig zur Seite hechten, um nicht von Priscillas schweren Rädern überrollt zu werden.

Mit dem Schwung von der Fahrt die Düne herunter kam sie bis zur nächsten Düne hinauf, und lockerer Sand spritzte in einer Wolke unter ihren durchdrehenden Rädern hervor. Sie erreichte den Dünenkamm, überquerte ihn blitzschnell und raste mit schwindelerregender Schnelligkeit die entgegengesetzte Seite hinunter.

Jake stellte den Motor ab, bevor der Wagen stand, dann sprangen er und Gregorius aus den geöffneten Luken und stürmten stolpernd und halb kriechend die Sanddüne wieder hinauf; fast im selben Augenblick, als sie keuchend den Dünenkamm erreichten und in die Mulde hinunterschauten, kamen die vier italienischen Tanks über den letzten Dünenkamm. Ihre Stahlraupen wühlten sich durch den weichen Sand, als sie sich über den Dünenkamm arbeiteten und in die Mulde hinunterdonnerten.

Sie krachten in das dichte Strauchwerk, und augenblicklich wimmelte es von nackten, schwarzen Gestalten. Sie drängten sich um die mühsam weiterkommenden, riesigen Panzer wie Ameisen um die Körper von glänzenden schwarzen Mistkäfern.

Jeweils zwanzig Mann trugen eine Stahlschiene und gebrauchten sie wie einen Sturmbock, sie stürmten die Tanks von allen Seiten und stießen das Ende der Schienen in die gezahnten Antriebsräder der Raupen.

Die Schienen wurden sofort erfaßt und mit dem kreischenden Geräusch von Metall auf Metall aus den Händen der Männer gerissen – und schleuderten sie mühelos beiseite. Für einen Ingenieur klang das Geräusch, welches die Maschinen machten, als sie sich selbst demolierten, wie der Todeskampf eines Lebewesens, wie der schreckliche Todesschrei eines Pferdes.

Die Stahlschienen zerstörten die Antriebsräder, und die Raupen sprangen aus ihren Halterungen und peitschten durch die Luft, bis sie in einer Wolke aus Staub und zerfetztem Staubwerk liegenblieben.

In Sekundenschnelle war alles vorbei. Die vier Maschinen fuhren sich fest und blieben in schrottreifem Zustand liegen – und rundherum lagen die zerschmetterten Leichen von zwanzig Äthiopiern, die von den herumschwirrenden Raupen erschlagen worden waren.

Jene, die den wilden Todeskampf der Tanks überlebt hatten, also einige hundert nackte Gestalten, tanzten mit wildem Triumphgeheul um die Panzerwracks herum und trommelte mit bloßen Händen gegen die stählernen Panzertürme.

Die italienischen Schützen, die noch in den Tanks saßen, feuerten verzweifelt ihre Maschinengewehre ab, aber ohne Antriebskraft ließen sich die Drehtürme nicht schwenken und blieben starr. Sie konnten daher nicht gezielt feuern. Außerdem sahen die Schützen nichts mehr – denn Jake hatte ein Dutzend Äthiopier mit Dosen bewaffnet, in denen sich eine Mischung aus Maschinenöl und Staub befand. Diese dicke Paste hatten sie verschwenderisch über die Fahrer und Schützenvisiere geschmiert. Die Panzerbesatzungen waren hilflos gefangen, und die Angreifer heulten und tanzten wie Verrückte. Es herrschte ein solcher Krach, daß Jake das andere Panzerfahrzeug nicht näher kommen hörte.

Es hielt auf dem Dünenkamm gegenüber von Jake an. Die Luken flogen auf, und Gareth Swales und Ras Golam sprangen aus dem Wagen.

Der Ras hatte sein Schwert bei sich und schwang es über den Kopf, als er den Abhang hinunterstürmte, um sich seinen Männern bei den Panzerwracks anzuschließen.

Gareth warf Jake über die Mulde, die sie trennte, einen Kavaliersgruß zu, aber ohne eine Spur von Spott. Jake spürte eine echte Hochachtung. Beide liefen in die Mulde hinunter und trafen an der Stelle zusammen, wo unter einer dünnen Schicht von Sand und Strauchwerk die Benzinkanister waren.

Gareth nahm sich Zeit, um Jake auf die Schulter zu klopfen.

»Hast die Armen ganz schön an der Nase herumgeführt, wie? Gut gemacht!« Dann bückten sie sich, um die Kanister auszugraben, und eilten mit einem Kanister in jeder Hand zu den Panzerwracks.

Jake reichte einen Kanister zu Gregorius hinauf, der auf dem Panzerturm des Tanks stand, wo sein Großvater versuchte, mit seinem Schwert die Luke aufzubrechen. Die Augen des Ras funkelten und rollten wie wahnsinnig in seinem dunklen Gesicht, und sein Mund mit der gewaltigen, blitzenden Zahnprothese stieß ein schrilles ›Lululu‹ hervor, denn der Ras war vom Kampffieber eines Berserkers besessen.

Gregorius zog den Benzinkanister auf die Plattform des Panzers und durchstieß den dünnen Metalldeckel mit seinem Dolch. Durch den Druck der Verdampfungsgase sprudelte und zischte die klare Flüssigkeit heraus.

»Verteil es gut!« rief Jake. Gregorius grinste zurück und begann den Panzerrumpf mit Benzin zu übergießen. Es gab einen beißenden Gestank, als das Benzin zischend und dampfend auf das heiße Metall traf.

Jake lief zum nächsten Tank, schraubte den Deckel des Kanisters ab und kletterte über die demolierten Antriebsräder auf die Plattform. Dem Lauf des Maschinengewehrs ausweichend, stellte er sich oben auf den Panzerturm und schüttete das Benzin über das Wrack, bis es feucht im Sonnenlicht glänzte und kleine Bächlein der Flüssigkeit durch Ritzen und Fugen in der Plattform in das Innere tropften.

»Zurücktreten!« brüllte Gareth. »Alle zurück!« Er hatte die anderen beiden Panzer mit Benzin übergossen und stand nun mit einer noch nicht angezündeten Zigarre im Mundwinkel und einer Schachtel Streichhölzer in der linken Hand auf der Düne.

Jake sprang gelassen von dem Panzerrumpf und legte eine Benzinspur bis zu der Stelle, wo Gareth stand.

»Beeilt euch! Geht alle aus dem Weg!« rief Gareth wieder. Auch Gregorius legte eine Benzinspur bis zu Gareth.

»Könnte vielleicht irgend jemand diesen alten Bastard da rausholen«, rief Gareth gereizt. Eine einzelne Gestalt tanzte heulend und gestikulierend auf dem ersten Panzer herum. Jake und Gregorius ließen ihre leeren Kanister fallen und rannten zurück. Jake duckte sich unter dem Schwert, legte seinen Arm um den hageren, knochigen Brustkorb des Ras, hob ihn mühelos hoch und reichte ihm seinem Enkel hinunter. Zappelnd und heulend brachten sie ihn gemeinsam in Sicherheit.

Gareth strich ein Zündholz an und zündete sich gelassen die Zigarre an. Nachdem sie brannte, schützte er die Flamme mit der hohlen Hand, bis sie hell aufflackerte.

»Jungs, es ist soweit«, murmelte er. »Guy Fawkes, Guy. Laßt ihn nicht mehr frei. Stecht ihm die Augen aus . . .« Er schnippte das brennende Streichholz auf den benzinfeuchten Boden, » . . . und pumpt ihn voll mit Blei.«

Einen Augenblick geschah nichts, doch dann entzündete sich das Benzin mit einem Puff, der die Luft gegen die Trommefelle preßte. Augenblicklich verwandelte sich der Strauchgürtel in ein brüllendes rotes Inferno. Die Flammen prasselten und zischten, loderten hoch in die Luft und umgaben die gestrandeten Panzer mit einer Feuerwand, die ihre bedrohlichen Umrisse verwischte.

Die Äthiopier standen auf dem Dünenrücken und starrten fasziniert auf das schreckliche Schauspiel der Zerstörung, das sie inszeniert hatten. Nur der Ras tanzte noch immer heulend am Rand des Flammenmeeres hin und her, und in der Klinge seines Schwertes spiegelten sich die hochlodernden roten Flammen.

Die Luken des ersten Panzers wurden aufgestoßen, und drei Gestalten sprangen aus dem Rumpf, durch die Flammen schattenhaft und undeutlich. Die Panzerbesatzung taumelte, wild um sich schlagend, aus dem Feuer auf den Abhang der Düne zu.

Der Ras stürzte, das blitzende Schwert über seinem Kopf schwingend, auf sie zu. Als er den ersten Hieb mit der Klinge ausführte, schien der Kopf des Panzerkommandanten förmlich von seiner schwarz versengten Schulter zu springen. Der Kopf fiel hinter ihm zu Boden und rollte wie ein Ball über die Düne hinunter, während ein dicker Strahl dunkelroten Blutes aus dem Hals spritzte und der enthauptete Rumpf in die Knie sank.

Der Ras stürzte sich auf die anderen Überlebenden; seine Männer brüllten wütend und hetzten hinter ihm her. Jake stieß entsetzt einen Fluch aus und raste los, um sie zurückzuhalten.

»Sachte, alter Junge.« Gareth packte Jakes Arm und riß ihn herum. »Das ist nicht der richtige Zeitpunkt für eine deiner Heldentaten.«

In der Mulde erhob sich das grauenhafte Kriegsgeheul der Äthiopier, als sie sich auf die Überlebenden der anderen Tanks stürzten, und die Schreie der Italiener ließen Jake wie unter Peitschenhieben zusammenzucken.

»Das überlassen wir besser ihnen.« Gareth zog Jake mit sich fort. »Nicht unsere Sache, alter Junge. Dieses Risiko mußten die Armen auf sich nehmen. Das sind die Spielregeln.«

Sie erklommen den Dünenkamm und lehnten sich gegen den Stahlrumpf von Priscilla. Jake keuchte vor Wut und Entsetzen. Gareth fand noch eine leicht zerdrückte Zigarre in der Innentasche seines Jacketts und strich sie sorgfältig glatt, bevor er sie zwischen Jakes Lippen steckte.

»Hab' ich dir schon einmal gesagt, daß uns deine gutgemeinten, aber sentimentalen Gefühle noch einmal in Schwierigkeiten bringen werden. Wenn du da hinuntergegangen wärst, hätten sie auch dich in Stücke gerissen.«

Er gab Jake Feuer.

»Nun, alter Junge . . .« Er wechselte taktvoll das Thema. »Damit wäre unser größtes Problem gelöst. Keine Panzer – keine Sorgen, das ist ein alter Wahlspruch der Familie Swales.« Dabei lachte er unbekümmert. »Jetzt sind wir in der Lage, sie mindestens eine Woche vor dem Schluchteingang aufzuhalten. Kein Problem.«

Plötzlich verdunkelte sich die Sonne, und innerhalb von Sekunden fiel die Temperatur drastisch. Beide blickten unwillkürlich zum Himmel.

In der letzten Stunde waren die Wolkenmassen aus den Bergen herabgesunken und hatten sich auch über die Randzonen der Danakilwüste ausgebreitet. Aus diesen dicken, wirbelnden Wolkenmassen fielen bereits die ersten Regentropfen in das Flachland. Jake fühlte einen Tropfen auf seine Stirn fallen und wischte ihn mit dem Handrücken fort.

»Sieht aus, als würden wir ein oder zwei Tropfen abbekommen«, murmelte Gareth, und wie zur Bestätigung seiner Worte hallte tiefes Donnergrollen von den wolkenumhüllten Bergen herab, und ein Blitz zuckte durch die ungeheuren Wolkenmassen und tauchte sie flüchtig in ein grünlich grelles Licht.

»Das dürfte die Dinge . . .« Gareth unterbrach sich, und beide hoben lauschend den Kopf.

»He, das ist ein eigenartiges Geräusch.« Schwach drang das Krachen von Hinterladern und das Rattern von Maschinengewehren durch das Donnergrollen zu ihnen her; es klang wie das Geräusch von reißender Seide, durch die Entfernung und die dazwischenliegende Wolkenwand gedämpft und abgeschwächt.

»Verflucht eigenartig«, wiederholte Gareth. »In dieser Richtung dürfte überhaupt nicht geschossen werden.« Es kam von hinten, scheinbar direkt vom Eingang der Schlucht selbst.

»Komm mit«, stieß Jake hervor, griff durch die Fahrerluke nach seinem Fernglas und stapfte eiligst durch den weichen roten Sand auf den Kamm der höchsten Düne.

Die Wolken und der feine Regenschleier verbargen den Schluchteingang, aber das Gewehrfeuer hielt unverändert an.

»Das ist nicht nur ein Scharmützel«, murmelte Gareth.

»Nein, das ist ein richtiges Feuergefecht«, stimmte Jake zu und starrte durch das Fernglas.

»Was ist los, Jake?« Gregorius kam die Düne herauf. Sein Großvater folgte ihm – aber der alte Mann bewegte sich nur langsam, erschöpft und steif von den Nachwirkungen seiner heftigen Gemütsbewegung.

»Wir wissen es nicht, Greg«, sagte Jake, ohne das Fernglas zu senken.

»Das verstehe ich einfach nicht.« Gareth schüttelte den Kopf. »Jeder Vorstoß aus dem Süden wäre von unseren Verteidigungsstellungen im Vorgebirge aufgehalten worden, und aus dem Norden von den Gallas. Ras Kullah befindet sich dort in einer sehr starken Position. Wir hätten es gehört, wenn gekämpft worden wäre. Dort können sie nicht durchgebrochen sein . . .«

»Und hier in der Mitte sind wir«, fügte Jake hinzu, »hier sind sie nicht vorbeigekommen.«

»Es ist absolut unverständlich.«

In diesem Augenblick erreichte der Ras den Dünenkamm. Er blieb keuchend stehen und nahm die Zähne aus dem Mund, packte sie sorgfältig in ein Taschentuch und ließ sie in den geheimen Tiefen seines Shamma verschwinden. Sein Mund wurde zu einem dunklen, leeren Loch, und er schien um Jahre gealtert.

Rasch erklärte Gregorius dem alten Mann die neue Situation, und der Ras steckte die Klinge seines Schwertes, während er zuhörte, zwischen seinen Füßen in den Sand und reinigte sie von dem geronnenen schwarzen Blut. Und dann begann er plötzlich mit seiner zitternden Greisenstimme zu reden.

»Mein Großvater sagt, daß Ras Kullah ein Stück getrockneter Kot von einer geschlechtskranken Hyäne ist«, übersetzte Gregorius schnell. »Und er sagt, daß mein Onkel, Lij Mikhael, unrecht hatte, sich mit ihm einzulassen, und daß es falsch von Ihnen war, ihm zu trauen.«

»Was, zum Teufel, hat das nun wieder zu bedeuten?« fragte Jake verdrießlich, hob das Fernglas und richtete seinen Blick über das hügelige gelbe Land auf den Eingang der Sardischlucht – dann stieß er hervor: »Himmeldonnerwetter, da hört sich doch alles auf! Dieses verrückte Frauenzimmer! Sie hat es mir versprochen, sie hat mir ihr Ehrenwort gegeben, daß sie sich diesmal heraushalten wird – und nun kommt sie schon wieder!«

Durch den Regenschleier kaum erkennbar, kam die winzige, sandfarbene Gestalt von Miss Wackelig in ihrer eigenartig hopsenden Art unter den dunklen Wolkenmassen auf sie zugefahren. Schon aus dieser Entfernung konnte Jake den dunklen Fleck von Saras Kopf in der Luke des hohen Panzerturmes erkennen.

Jake lief den steilen Abhang der Düne hinunter, um den näherkommenden Wagen aufzuhalten.

»Jake!« überschrie Vicky den Motorenlärm und steckte, noch bevor der Wagen stand, ihren Kopf aus der Fahrerluke; ihr goldenes Haar flatterte im Wind, und ihre Augen in dem blassen Gesicht waren entsetzt geweitet.

»Was, zum Teufel, tust du hier?« brüllte Jake sie wütend an.

»Die Gallas«, schrie Vicky gellend. »Sie sind fort! Bis auf den letzten Mann! Fort!«

Sie bremste und stolperte ins Freie, so daß Jake sie auffangen und halten mußte.

»Was meinst du mit – fort?« fragte Gareth, der in diesem Augenblick zu ihnen stieß – und Sara antwortete ihm mit wütend funkelnden Augen:

»Sie sind verschwunden wie Rauch, wie die verdammten Straßenräuber, die sie sind.«

»Die linke Flanke . . .«, rief Gareth aus.

»Ist offen. Die Italiener sind vorgerückt – ohne einen einzigen Schuß abzugeben. Abertausende. Sie sind an der Schlucht. Sie haben das Lager überrannt.«

»Jake, sie hätten unsere Harari abgeschnitten, es wäre zu einem Blutbad gekommen – Sara hat ihnen im Namen ihres Großvaters den Befehl gegeben, die rechte Flanke aufzugeben.«

»Ach, du lieber Himmel!«

»Sie versuchen jetzt, sich durch die Schlucht zu schlagen – aber die Italiener beschießen den Schluchteingang mit Maschinengewehren. O Jake, es ist grauenhaft, es hat massenhaft Tote gegeben.«

»Damit haben wir alles verloren. Jeden Vorteil, mit einem Schlag alles verloren. Das war eine Finte, die Panzer sollten uns ablenken. Der Hauptangriff erfolgte an der linken Flanke – aber woher wußten sie, daß die Gallas desertieren würden?«

»Wie mein Großvater sagt, traue einem Galla ebensowenig wie einer Schlange.«

»Jake, wir müssen uns beeilen.« Vicky schüttelte seinen Arm. »Sonst sind wir abgeschnitten.«

»Richtig«, meinte Gareth. »Wir müssen in die Schlucht, um die Harari an der ersten Verteidigungsstellung in der Schlucht abzufangen – andernfalls rennen sie geradewegs zurück nach Addis Abeba.« Er wandte sich an Gregorius. »Wenn wir versuchen, diese Männer mitzunehmen«, und er wies auf die Schar von halbnackten, unbewaffneten Harari, die nun langsam aus den Dünen hervorkamen, »wenn wir versuchten, sie durch den Schluchteingang zu schleusen, dann würden sie von den italienischen Gewehren niedergemäht. Können sie sich zu Fuß über die Berghänge durchschlagen?«

»Es sind Männer aus den Bergen«, sagte Gregorius nur.

»Gut. Sagen Sie ihnen, daß sie sich über die Berghänge durchschlagen und beim ersten Wasserfall in der Schlucht versammeln sollen. Das ist der Sammelpunkt – der erste Wasserfall.« Er wandte sich wieder an die anderen. »Wir müssen allerdings durch die Schlucht. Das ist die einzige Möglichkeit, unsere Panzerwagen in Sicherheit zu bringen. Wir werden den Schluchteingang in straffer Formation stürmen – und beten, daß die Italiener noch keine Gelegenheit hatten, ihre Artillerie in Stellung zu bringen. Also los!« Er packte Ras Golam an der Schulter und schob ihn ungeschickt auf den Kamm der ersten Düne zu, wo er seinen Panzerwagen abgestellt hatte.

»Steig wieder in den Wagen«, befahl Jake Vicky. »Laß den Motor laufen. Wir holen die beiden anderen Wagen. Wir nehmen dich in die Mitte, und dann fährst du wie der Teufel. Halte auf keinen Fall an, bevor wir in der Schlucht sind. Hast du mich verstanden?«

Vicky nickte finster.

»Gutes Mädchen«, sagte er und wollte sich gerade umdrehen, als Vicky seinen Arm festhielt und sich an ihn schmiegte. Sie stellte sich auf die Zehenspitzen und küßte ihn auf den Mund. Ihre Lippen waren feucht und nachgiebig, weich und süß.

»Ich liebe dich«, flüsterte sie heiser.

»O mein Liebling, da hast du dir wirklich einen wunderschönen Zeitpunkt ausgesucht, um mir das zu sagen.«

»Ich habe es ja auch gerade erst entdeckt«, erklärte sie, und er riß sie in seine Arme.

»Oh, das ist herrlich«, rief Sara vom Panzerturm herunter. »Das ist wunderbar.« Sie klatschte fröhlich in die Hände.

»Bis später«, flüsterte Jake. »Jetzt müssen wir erst von hier verschwinden!« Er drehte sie um und schob sie auf den Wagen zu. Dann drehte er sich um und eilte, innerlich jubelnd, zurück zu seinem Wagen.

»Oh, Miss Camberwell, ich bin so froh für Sie.« Sara streckte die Hand aus, um Vicky auf die Plattform zu ziehen. »Ich habe gewußt, daß es Mr. Barton sein wird. Ich habe ihn schon lange für Sie ausgewählt, aber ich wollte, daß Sie es selber herausfinden.«

»Sara, mein Liebes, bitte sagen Sie jetzt nichts mehr.«

Vicky umarmte sie kurz, bevor sie sich auf den Fahrersitz fallen ließ. »Sonst wird alles wieder auf den Kopf gestellt.«

Ras Golam war so erschöpft und müde, daß er sich kaum auf den Beinen halten konnte, trotzdem versuchte Gareth, ihn zu einem Dauerlauf anzutreiben. Er schleppte sich mühsam die Düne hinauf und zog das Schwert hinter sich her.

Plötzlich war über ihnen am Himmel ein Geräusch, als wären alle Winde der Hölle losgelassen worden. Ein anschwellender, durchdringend schriller Ton, der an ihnen vorbeisauste, und dann aus dieser Seite der Düne, fünfzig Schritte unterhalb des Panzerwagens, der oben auf dem Dünenkamm stand, in einer senkrechten Säule aus Sand und gelbem Rauch explodierte.

»Kanonen«, sagte Gareth überflüssigerweise. »Es wird Zeit, Opa.« Dann wollte er den Ras wieder antreiben, aber das war nicht mehr nötig. Der Klang von Kanonenfeuer hatte den Ras augenblicklich wieder verjüngt; er sprang in die Luft, stieß gellend eine schreckliche Drohung aus und suchte dann eiligst in den Falten seines Shamma nach seinen Zähnen.

»O nein, das wirst du nicht tun.« Gareth kam der nächsten selbstmörderischen Attacke zuvor, indem er den Ras packte und ihn protestierend zum Wagen zerrte. Der Ras hatte Blut geleckt und wollte zu Fuß mit dem Schwert angreifen – eben so, wie ein richtiger Krieger kämpft – und er suchte den offenen Horizont nach dem Feind ab, während ihn Gareth rücklings weiterzerrte.

Die nächste Granate explodierte hinter der Düne, außer Sicht in der Senke.

»Die erste zu kurz, die zweite zu lang«, murmelte Gareth und hatte alle Hände voll zu tun, den Ras festzuhalten. »Wo schlägt wohl die nächste auf?«

Sie hatten den Wagen schon fast erreicht, als die dritte Granate in hohem Bogen heulend durch die tiefhängenden grauen Wolken heranflog; sie traf genau ihr Ziel, durchschlug die dünne Panzerung hinter dem Panzerturm des

Wagens und explodierte auf dem Stahlboden der Fahrerkabine.

Der Wagen zerbarst wie ein Papiersack. Der Panzerturm wurde in einem Stück aus den Halterungen gerissen und flog mit einem Blitz aus roten Flammen und schwarzem Rauch in die Luft.

Gareth warf den Ras in den Sand und hielt ihn fest, während ihnen Stahlfetzen und andere Trümmer um den Kopf flogen. Es dauerte nicht lange, und der Ras versuchte wieder aufzustehen, aber Gareth hielt ihn eisern fest, da in dem demolierten Panzerwagen der Treibstofftank in die Luft flog und die Vickers-Munition in den Kisten wie Feuerwerkskörper platzte und losging.

Es dauerte eine ganze Weile, und erst als das Knallen der Munition verstummte, hob Gareth vorsichtig den Kopf; doch augenblicklich entzündete sich wieder ein Magazin, und die Geschosse pfiffen ihm um die Ohren, so daß sich Gareth wieder hinwarf.

»Also los, Rassey«, seufzte Gareth schließlich. »Mal sehen, ob uns jemand mitnimmt.« In diesem Augenblick tauchte die häßliche, gerngesehene Nase von Priscilla dem Ekel dröhnend hinter dem Dünenkamm auf und kam rutschend über ihnen zum Stehen.

»Himmel«, rief Jake aus der Fahrerluke. »Ich dachte, ihr wärt schon im Wagen, als er in die Luft flog. Ich bin nur gekommen, um eure Überreste einzusammeln.«

Gareth kletterte auf die Plattform und zog den Ras hinter sich her.

»Das wird allmählich zu einer Gewohnheit«, knurrte Gareth. »Jetzt schulde ich dir schon zweimal etwas.«

»Ich schicke dir die Rechnung«, versprach Jake und duckte sich instinktiv, als die nächste Granate aufschlug und so dicht neben ihnen explodierte, daß ihnen Staub und Rauch ins Gesicht spritzte.

»Ich habe den Eindruck, wir sollten uns allmählich auf den Weg machen«, schlug Gareth höflich vor. »Das heißt, wenn du nichts anderes vorhast.« Jake ließ den Wagen über den steilen Abhang hinunterrollen, schwenkte herum, als sie den festen Boden der Ebene erreichten, und fuhr mit Höchstgeschwindigkeit in Richtung Schluchteingang, der hinter Wolken und Regenschleiern verborgen war.

Vicky Camberwell sah sie kommen und schwenkte Miss Wackelig auf einen Parallelkurs ein. Rad an Rad rasten die beiden altmodischen Fahrzeuge über das flache Land, und der Regen begann gegen die Stahlkarosserien zu prasseln und verwischte ihre Umrisse, als die nächste italienische Granate fünfzehn Meter vor ihnen einschlug, so daß sie in einem großen Bogen um den rauchenden Granattrichter herumfahren mußten.

»Kannst du erkennen, wo die Geschützstellung liegt?« brüllte Jake. Gareth antwortete ihm, nachdem er sich an einer der angeschweißten Klampen oberhalb der Luke hochgezogen hatte. Der Regen lief ihm über das Gesicht und durchweichte sein Hemd.

»Sie sind in dem Gelände, wo die Gallas postiert waren, und wahrscheinlich haben sie auch die Schützengräben übernommen, die ich mit so viel Liebe gegraben habe.«

»Könnten wir nicht einen Angriff versuchen?« schlug Jake vor.

»Nein, das können wir nicht, alter Junge. Ich habe diese Stellungen selbst plaziert. Sie sind unüberwindbar. Du kannst nur direkt auf die Schlucht zufahren. Unsere einzige Hoffnung ist die zweite Verteidigungslinie, die ich am ersten Wasserfall angelegt habe.« Dann schüttelte er bekümmert den Kopf und schloß die Augen gegen die schweren Regentropfen. »Du und dieser verrückte alte Bastard«, sagte er und wandte sich an den Ras neben ihm, »ihr beide seid mein Tod, ihr beide schafft es.«

Überzeugt davon, daß sie auf dem Weg zur nächsten Schlacht waren, und höchst beglückt darüber grinste ihm der Ras vergnügt zu.

»How do you do?« gackerte er und schlug Gareth fröhlich auf die Schulter.

»Könnte besser sein, alter Junge«, erwiderte Gareth.

»Könnte viel besser sein.« Beide duckten sich, als die nächste Granate kurz darauf tief über ihre Köpfe hinwegheulte.

»Die Kerle machen allmählich Fortschritte«, meinte Gareth gelassen.

»Weiß Gott, sie haben in letzter Zeit aber auch ausgiebig geübt«, erwiderte Jake, und Gareth hob die Augen zu den schweren Wolkenmassen empor.

»Möge es regnen«, rezitierte er. Augenblicklich begann es zu donnern, und ein greller Blitz durchzuckte die Wolkendecke. Die Regentropfen begannen plötzlich heftig niederzuprasseln, und der dichte Regenschleier schränkte die Sichtweite drastisch ein.

»Erstaunlich, Major Swales. Kaum zu glauben«, sagte Gregorius Maryam im Panzerturm über Gareths Kopf mit ehrfürchtig gesenkter Stimme.

»Da ist nichts dabei, mein Junge«, wehrte Gareth ab. »Hab' nur einen direkten Draht nach oben.«

Der strömende Regen nahm Jake die Sicht, so daß er seine Augen gegen die feinen Nadeln zusammenkneifen mußte; seine schwarzen Locken klebten bald triefnaß an seinem Kopf.

Der Regen verwischte auch die Konturen der Berge und des steinernen Portals der Schlucht, so daß Jake die Richtung nur erahnen konnte. Die Regentropfen prasselten gegen den Stahlrumpf und beschränkten die Sichtweite auf einen Umkreis von zwanzig Metern. Das italienische Granatfeuer hörte augenblicklich auf, als die Schützen nichts mehr sehen konnten.

Der Regen prasselte schmerzhaft auf jeden Zentimeter nackter Haut und peitschte mit einer solchen Gewalt gegen ihre Gesichter, daß sie die Zähne zusammenbeißen mußten und sich auf der Plattform so gut wie möglich zusammenkauerten.

»Lieber Gott, wie lange soll das so weitergehen?« protestierte Gareth und spuckte den nassen Stummel seiner Zigarre aus.

»Vier Monate lang«, rief Gregorius. »Jetzt regnet es vier Monate lang.«

»Außer du läßt es vorher wieder aufhören.« Jake grinste schief und blickte kurz zu dem anderen Wagen hinüber.

Sara stand im Panzerturm von Miss Wackelig und winkte beruhigend zurück, sie hielt das Gesicht in den strömenden Regen, und die dichte Mähne ihrer Haare klebte an ihren Schultern und ihrem Gesicht. Der eisige Regen hatte ihren seidenen Shamma vollkommen durchnäßt, so daß er durchsichtig an ihrem Körper klebte. Ihre runden kleinen Brüste schimmerten durch den Stoff, als ob sie nackt wäre, und hüpften bei jeder Bewegung des schaukelnden Fahrzeuges.

Plötzlich zeigten sich durch die Regenschleier vor ihnen unzählige eilige Gestalten, alle in den langen, nassen Shammas der Harari; sie rannten und taumelten mit ihren Waffen durch den Regen auf den Schluchteingang zu.

Als sie an den Männern vorbeirasten, rief ihnen Gregorius etwas zu und erklärte dann rasch:

»Ich habe ihnen gesagt, daß wir den Feind am ersten Wasserfall aufhalten werden – sie sollen es weitersagen.«

Dann wandte er sich wieder ab, um die Information weiterzugeben, als Jake plötzlich fluchend auf die Bremse trat und den Wagen heftig herumriß, um einem Haufen menschlicher Körper, die mitten im Weg lagen, auszuweichen.

»Hier sind sie von den italienischen Maschinengewehren überrascht worden«, rief Sara herüber, und wie zur Bestätigung kam augenblicklich das knatternde Geräusch von Maschinengewehren aus dem Regen.

Jake steuerte den Wagen zwischen den Leichen hindurch und schaute dann zurück, um sicherzugehen, daß Vicky folgte.

»Was, zum Teufel, ist nun schon wieder?« Er sah, daß sie allein waren. »Dieses Frauenzimmer. Dieses verrückte Frauenzimmer.« Dann bremste er, warf den Rückwärtsgang hinein und raste zurück in den Nebel, bis die dunkle Gestalt von Miss Wackelig wieder auftauchte.

»Nein«, sagte Gareth. »Das darf nicht wahr sein.«

Vicky und Sara waren aus dem Wagen gestiegen, eilten zwischen den Leichen hindurch, beugten sich über einen Verwundeten, zogen ihn hoch und schleppten ihn gemeinsam zu den offenen Hintertüren des Panzerwagens. Andere, die nicht so schwer verwundet waren, humpelten und krochen auf den Wagen zu und zogen sich an Bord.

»Komm schon, Vicky«, brüllte Jake.

»Wir können sie nicht einfach hier zurücklassen«, brüllte sie.

»Wir müssen zum Wasserfall«, versuchte er zu erklären. »Wir müssen den Rückzug unbedingt aufhalten.« Aber die beiden Frauen machten sich wieder an die Arbeit, so als hätten sie überhaupt nichts gesagt.

»Vicky!« rief Jake noch einmal.

»Wenn ihr helfen würdet – dann ginge es schneller«, erwiderte sie trotzig. Daraufhin zuckte Jake hilflos die Achseln und kletterte aus dem Wagen.

Beide Fahrzeuge waren schließlich voll mit Verwundeten und sterbenden Harari, und auf den Plattformen drängten sich jene, die noch die Kraft hatten, sich festzuhalten, bevor Vicky zufrieden war.

»Wir haben fünfzehn Minuten verloren.« Gareth sah auf seine Taschenuhr, und der Regen strömte mit unverminderter Gewalt auf sie hernieder. »Und das könnte genügen, daß wir alle umkommen und die Schlucht verlieren.«

»Es war der Mühe wert«, erklärte Vicky dickköpfig und lief zu ihrem Wagen. Dann krochen die schwer überladenen Fahrzeuge wieder auf den Gebirgspaß zu, aber nun mußten sie die kläglichen Hilferufe der Verwundeten, an denen sie vorbeikamen, ignorieren. Die Armen lagen in ihren durchnäßten, zerfetzten Shammas in riesigen rosa verwässerten Blutlachen am Boden, oder sie krochen stöhnend auf allen vieren auf die Berge zu und hoben ihre schmerzverzerrten braunen Gesichter und ihre klauenähnlichen Hände flehentlich zu den beiden Panzerwagen hoch, als diese im Nebel vorbeidonnerten.

Einmal öffnete sich die Wolkendecke für einen Augenblick, und ein blasser, schmaler Sonnenstrahl fiel auf die Fahrzeuge, glänzte auf den nassen Stahlkarosserien und beleuchtete sie wie ein Scheinwerfer. Augenblicklich eröffneten die italienischen Maschinengewehre aus einer Entfernung von zweihundert Metern das Feuer; die Kugeln schlugen in die menschliche Fracht und warfen mindestens ein Dutzend von ihnen von ihren hohen Plätzen herunter, bevor sich die Wolkendecke wieder schloß und der Regen sie mit einem schützenden, weichen Schleier umgab.

Sie erreichten das Hauptlager unterhalb des Schluchteingangs und mußten feststellen, daß dort ein heilloses Durcheinander herrschte. Das Lager war mit Kanonen und Maschinengewehren beschossen worden. Dann hatte es der Regen in ein tiefes, morastiges Trümmerfeld aus zusammengebrochenen Tukuls, umgestürzten Zelten und demolierten Ausrüstungsgegenständen verwandelt.

Tote Pferde und menschliche Leichen lagen halb im Schlamm vergraben, und hier und da irrte ein herrenloser Hund oder ein verlorengegangenes Kind kopflos durch den Regen.

In dem felsigen Gelände rund um das Lager waren vereinzelt noch kleine Gefechte im Gange. Ab und zu bekamen sie an den Berghängen eine italienische Uniform zu sehen oder Mündungsfeuer in der Dämmerung. Alle paar Sekunden heulte eine Granate durch den Regen und explodierte krachend irgendwo außerhalb ihrer Sichtweite.

»Weiter auf die Schlucht zu«, rief Gareth. »Nicht anhalten!« Jake nahm den Weg, der an dem Kameldornhain vorbeiführte, den direkten Weg, der sich unterhalb der Berghänge und außer Sichtweite der Geschützstellung entlangzog, dann den Sardifluß überquerte und in den Schluchteingang mündete.

»Meine Männer halten sie auf«, rief Gregorius stolz. »Sie halten die Schlucht. Wir müssen ihnen zu Hilfe kommen.«

»Unser Platz ist am ersten Wasserfall.« Gareth hob zum ersten Mal an diesem Tag die Stimme. »Sie können sich hier nicht halten – nicht, wenn die Italiener ihre Kanonen aufstellen. Wir müssen am ersten Wasserfall in Stellung gehen, das ist unsere einzige Chance.« Er blickte zurück, um sich zu vergewissern, daß ihnen der andere Wagen folgte, und stöhnte.

»Nein! Oh, bitte, lieber Gott, nicht schon wieder.«

»Was ist los?« Jake steckte alarmiert seinen Kopf durch die Fahrerluke.

»Sie haben es schon wieder getan.«

»Wer?« Aber Jakes Frage erübrigte sich. Der andere Wagen war vom direkten Weg abgebogen und raste nun zwischen den nebelhaft verschwommenen Kameldornbäumen auf das alte Zeltlager in dem Wäldchen zu, und nebenbei bemerkt direkt in das Gebiet, wo noch immer schwere Gefechte im Gange zu sein schienen.

»Hol sie zurück«, sagte Gareth. »Schneide ihr den Weg ab.« Jake bog vom Weg ab und fuhr im Zickzack zwischen den Bäumen hindurch; die Hinterräder wühlten sich in den Morast und schleuderten roten Schlamm und Dreck von sich. Aber Miss Wackelig hatte einen klaren Vorsprung und raste auf dem zweiten Weg geradewegs auf die feindlichen Linien zu. Sie verschwand hinter den Bäumen im Regendunst.

Jake fuhr den Wagen mit dröhnendem Motor in das Lager und fand Miss Wackelig auf der Lichtung stehend. Die Zelte waren zusammengebrochen und das ganze Gebiet zertrampelt und ausgeplündert. Die Kisten mit Proviant und Kleidern waren aufgebrochen und vom Regen durchweicht; die schmutzig rote Leinwand der Zelte hing flatternd in den Bäumen oder lag halb im Schlamm vergraben.

Sara stand im Panzerturm und feuerte mit dem Vickers in die Bäume des Wäldchens, die Kugeln der Italiener summten und zischten um den Wagen. Jake erspähte ein paar italienische Soldaten und drehte den Wagen so, daß auch sein Geschütz feuern konnte.

»Nimm sie dir vor, Greg«, brüllte er. Der Junge kauerte sich hinter das Gewehr und feuerte eine lange, donnernde

Salve ab, welche Rinde von den Bäumen riß und mindestens einen der Italiener traf. Jake steckte den Kopf durch die Fahrerluke hinaus, dann erstarrte er, und seine Augen weiteten sich in ungläubigem Entsetzen.

Victoria Camberwell war aus dem Panzerwagen gestiegen und stapfte in dem roten Schlamm umher, ohne die Gewehrkugeln zu beachten, die über sie hinwegzischten.

»Vicky!« schrie er verzweifelt. In diesem Augenblick bückte sie sich und zog mit einem Triumphschrei etwas aus dem Schlamm. Dann erst drehte sie sich um und eilte dicht an Jake vorbei zu Miss Wackelig zurück.

»Was, zum Teufel . . .«, schimpfte er.

»Meine Schreibmaschine und mein Waschbeutel«, erklärte sie seelenruhig und hielt ihre schlammige Beute hoch. »In einem sind meine Kosmetika, und ohne das andere kann ich nicht arbeiten.« Dann lächelte sie wie ein durchnäßtes, treuherziges Hündchen. »Wir können jetzt weiterfahren«, sagte sie.

Auf der Straße durch die Schlucht wimmelte es von Menschen und Tieren, die sich mühsam durch den eisigen Regen schleppten. Die Packtiere schlitterten und rutschten auf dem feuchten, weichen Boden aus. Gareth war zutiefst erleichtert, als er die plumpen Formen der Vickers auf dem Rücken einiger Kamele entdeckte und die Munitionskisten in den Tragkörben darüber. Seine Männer hatten also richtig reagiert und die Geschütze gerettet.

»Gehen Sie mit ihnen, Greg«, befahl er. »Führen Sie sie sicher bis zum ersten Wasserfall.« Darauf sprang der Junge vom Wagen, um das Kommando zu übernehmen, während sich die beiden Fahrzeuge langsam durch die Menschenmenge weiterarbeiteten.

»Sie sind kampfunfähig«, sagte Jake, als er in die nassen, mutlosen braunen Gesichter blickte, die vor Kälte zitterten.

»Sie werden kämpfen«, antwortete Gareth und versetzte

dem Ras einen leichten Stoß. »Was meinst du, Opa?« Der Ras grinste ihn matt und zahnlos an, aber sein nasses Gewand klebte wie die Fetzen einer Vogelscheuche an seinem hageren, alten Körper. Dann steuerte Jake den Wagen durch die rutschige, scharfe Haarnadelkurve unterhalb des ersten Wasserfalls.

»Halte hier an«, sagte Gareth, kletterte an der Seite des Wagens hinunter und zog den Ras mit.

»Danke, alter Junge«, sagte er und schaute zu Jake auf. »Bring die Wagen nach Sardi und sieh zu, daß du die hier los wirst . . .« Er wies auf die traurige Fracht von Verwundeten. »Versuche, ein geeignetes Gebäude für ein Hospital zu finden. Laß Vicky dort – das wird sie beschäftigen. Außerdem ist sie dort gut aufgehoben, andernfalls müssen wir sie anbinden.« Er grinste, wurde aber sofort wieder ernst. »Versuche, dich mit Lij Mikhael in Verbindung zu setzen. Schildere ihm unsere Situation. Sag ihm, daß die Gallas desertiert sind – und daß ich die Schlucht kaum noch eine Woche halten kann. Sag ihm, daß wir Munition, Gewehre, Medikamente, Decken und Lebensmittel brauchen – alles, was er auftreiben kann. Bitte ihn, einen Zug mit Proviant nach Sardi zu schicken und die Verwundeten abzuholen.«

Er hielt inne und dachte einen Augenblick nach. »Ich glaube, das ist alles. Erledige das, und komm dann zurück, mit so viel Lebensmitteln, wie du aufladen kannst. Ich glaube, daß der Großteil des Proviants dort unten zurückgelassen wurde« – er starrte in die dunstigen Tiefen der Schlucht –, »und mit leerem Magen werden diese Burschen nicht kämpfen.«

Jake legte den Rückwärtsgang ein und fuhr auf die Straße zurück.

»Oh, was ich fast vergessen hätte, Jake, versuch ein paar Zigarren aufzutreiben. Ich mußte meinen ganzen Vorrat zurücklassen. Ohne einen Zug zwischendurch kann ich nicht kämpfen.« Er grinste und winkte ihm nach. »Halte sie warm, alter Junge«, rief er und drehte sich um und begann die Kolonne der Flüchtlinge umzuleiten, indem er sie von der Straße auf die vorbereiteten Schützengräben zuschob, die in einer Zweierreihe in die steinige Erde der Schluchthänge oberhalb der Straße gegraben worden waren.

»Beeilt euch, Jungs«, rief Gareth munter. »Wer ist für ein Stück vom guten alten Ruhm?«

VON GENERAL BADOGLIO, OBERBEFEHLSHABER DER AFRIKANISCHEN EXPEDITIONSSTREITKRÄFTE VOR AMBA ARADAM! AN OBERST GRAF ALDO BELLI, KOMMANDEUR DER DANAKILTRUPPE BEI DEN BRUNNEN VON CHALDI.

DER BESPROCHENE AUGENBLICK IST GEKOMMEN STOP ICH STEHE DEM HAUPTTRUPPENKÖRPER DES FEINDES GEGENÜBER UND LASSE SIE SEIT FÜNF TAGEN UNUNTERBROCHEN BOMBARDIEREN STOP MORGEN BEI TAGESANBRUCH WERDE ICH ANGREIFEN UND SIE AUS DEM GEBIRGE ÜBER DIE DESSIESTRASSE ZURÜCKTREIBEN STOP SETZEN SIE SICH NUN EILIGST IN MARSCH UM DIE DESSIESTRASSE ZU BLOCKIEREN UND DEN ZURÜCKFLUTENDEN FEIND AUFZUHALTEN SO DASS WIR SIE VON BEIDEN SEITEN IN DIE ZANGE NEHMEN KÖNNEN.

Vierzigtausend Männer lagen in Amba Aradam zusammengekauert in ihren Schützengräben und Höhlen. Sie waren das Herz und das Rückgrat der äthiopischen Streitkräfte, und der Mann, der sie anführte, Ras Muguletu, war der fähigste und erfahrenste aller Feldherrn. Aber auch er war machtlos und unsicher gegenüber einer solchen Truppenstärke und Kriegsmaschinerie, die nun über ihn hereinbrach. Er hatte nicht geahnt, daß es so werden würde, und er lag bei seinen Männern, ruhig und gelassen. Es gab keinen Feind, den man angreifen konnte, nichts, gegen das man kämpfen konnte, denn die riesigen Capronibomber flogen hoch am Himmel, und die großen Feldgeschütze, die die Granaten abfeuerten, standen viele Meilen entfernt im Talkessel.

Sie konnten nichts weiter tun, als sich ihre staubigen Shammas über den Kopf ziehen, die markerschütternden, ohrenbetäubenden Detonationen über sich ergehen lassen und die beißende, raucherfüllte Luft einatmen.

Tag für Tag krachten die Bomben auf sie herab, bis sie benommen und abgestumpft, betäubt und gleichgültig wurden – aushalten, nur aushalten – nicht denken, nicht fühlen, nicht aufbegehren.

In der sechsten Nacht dröhnten die großen, dreimotorigen Bomber dicht über sie hinweg. Ras Muguletus Männer starrten angstvoll hinauf und sahen die dunklen Umrisse düster gegen das silberne Glitzern der Sterne.

Sie warteten darauf, daß wieder Bomben auf sie niederfielen. Aber die Bomber umkreisten das flache Gebirge einige Minuten lang, und es gab keine Bomben. Plötzlich drehten die Flugzeuge ab, und das Dröhnen der Maschinen erstarb im ersten Licht der Morgendämmerung.

Erst dann fiel der weiche, heimtückische Tau, den sie gestreut hatten, aus dem stillen Nachthimmel nieder. Sanft wie Schneeflocken legte er sich auf die nach oben gerichteten braunen Gesichter, in die angstvoll geweiteten Augen und auf die bloßen Hände, die die veralteten Hinterlader schußbereit hielten.

Es brannte sich in die Haut, bedeckte sie mit Blasen und fraß sich wie ein schreckliches Krebsgeschwür in das lebendige Fleisch; es verbrannte die Augen in den Höhlen, verwandelte sie in kirschrote, glitzernde Bälle, aus denen zäher gelber Schleim hervortrat. Der Schmerz, den es verursachte, war wie das Brennen von konzentrierter Säure und wie die unerträgliche Hitze von glühenden Kohlen.

In der Dämmerung, als Tausende von Ras Muguletus

Männern in ihrem ungeheuren Schmerz schrien und stöhnten und ihren verwirrten und verstörten Kameraden vergeblich zu helfen versuchten, in diesem schrecklichen Augenblick stieß die erste Welle der italienischen Infanterie über die Berghänge vor und befand sich in den äthiopischen Schützengräben, bevor die Verteidiger erkannten, was geschehen war. Die italienischen Bajonette funkelten rötlich in den Strahlen der Morgensonne.

Die Wolkendecke lag geschlossen über dem Hochland und verdeckte die Berggipfel. Der Regen fiel sintflutartig über das ganze Land. Seit der Katastrophe in Amba Aradam hatte es zwei Tage und drei Nächte unablässig geregnet. Der Regen hatte sie gerettet, er hatte die dreißigtausend Überlebenden der Schlacht davor bewahrt, dasselbe Schicksal zu erleiden wie die zehntausend Toten, die sie auf dem Berg zurückgelassen hatten.
Die italienischen Bomber kreisten hungrig hoch über den Wolken. Lij Mikhael konnte sie deutlich hören, obwohl die dicke Wolkendecke das Geräusch der kraftvollen Motoren dämpfte. Sie warteten auf ein Loch in der Wolkendecke, um über die zurückweichende Armee herzufallen. Was für ein Ziel würden sie vorfinden, wenn dies geschah! Die langsame, schwerfällige Kolonne des Rückzugs wälzte sich einige Meilen lang über die Dessiestraße, abertausende Reihen verlumpter Gestalten, die sich mit bloßen Füßen, ihre Köpfe in ihre Shammas gehüllt, rutschend und schlitternd im Schlamm und gebückt im Regen mühsam dahinschleppten. Hungrig, frierend und mutlos schleppten sie sich weiter, mit Waffen in den Händen, die bei jedem schmerzhaften Schritt schwerer wurden; doch sie hielten durch.

Der Regen hatte die italienischen Verfolger gestoppt. Die schweren italienischen Truppentransporter waren hilflos im heimtückischen Schlamm versunken, und jeder Gebirgsbach trat über die Ufer, jede Senke füllte sich mit dem schlammigen braunen Regenwasser. Alle mußten von den italienischen Ingenieuren überbrückt werden, bevor man die Transporter hinüberlassen und die Verfolgung fortsetzen konnte.

Der italienische General Badoglio war um seinen großen Sieg gekommen, und dreißigtausend äthiopische Soldaten waren ihm in Aradam entwischt.

Lij Mikhael hatte den Spezialauftrag, diese dreißigtausend Mann zurückzubringen, ein Auftrag, mit dem ihn Haile Selassie, der König der Könige, persönlich betraut hatte. Er sollte sie aus Badoglios Klauen befreien, um sie in die südliche Heeresgruppe – unter dem persönlichen Kommando des Kaisers – an den Ufern des Tanasees einzugliedern. Noch sechsunddreißig Stunden, dann würde sein Auftrag ausgeführt sein.

Er saß, in seinen dicken, groben Mantel gehüllt, auf dem Rücksitz des über und über mit Schlamm bespritzten Ford Sedan. Obwohl es im Innern des Wagens warm und behaglich war und er so erschöpft war, daß sich seine Hände und Füße wie abgestorben anfühlten und seine Augen brannten, als wären sie voll Sand, dachte er keinen Augenblick daran zu schlafen. Es gab noch so viel zu planen, so viele Schwierigkeiten zu überwinden, so viele Einzelheiten zu überdenken – und er hatte Angst. Eine schreckliche, nagende Angst fraß in ihm.

Die Leichtigkeit, mit der die Italiener in Aradam gesiegt hatten, erfüllte ihn mit einer tiefen Furcht vor der Zukunft. Nichts schien der Macht der italienischen Kriegsmaschinerie gewachsen zu sein – den großen Kanonen, den Bomben und dem Senfgas. Er fürchtete, daß sie auch an den Ufern des Tanasees eine schreckliche Niederlage erwartete.

Außerdem fürchtete er für die Sicherheit der dreißigtausend Männer, die unter seinem Kommando standen. Er wußte, daß die Danakiltruppe der italienischen Expeditionsstreitkräfte bereits durch die Sardischlucht vorgestoßen waren und zu diesem Zeitpunkt die Stadt Sardi schon fast erreicht haben mußten. Er wußte, daß Ras Golams kleine

Streitmacht eine schwere Niederlage in der Ebene hatte hinnehmen müssen und in der nachfolgenden Verteidigung der Schlucht schmerzliche Verluste erlitten hatte. Er fürchtete, daß sie nun gerade überrannt wurden und ihm die italienische Kolonne brüllend wie ein Löwe in den Rücken fallen würde, um seinen Rückzug nach Dessie abzuschneiden. Er brauchte Zeit, etwas mehr Zeit, nur sechsunddreißig Stunden.

Und dann, natürlich, fürchtete er die Gallas. Am Anfang der italienischen Offensive hatten sie nicht an den Kämpfen teilgenommen, sondern waren lediglich in die Berge verschwunden und hatten das in sie gesetzte Vertrauen der Hararìführer enttäuscht. Nun jedoch, nachdem die Italiener ihre ersten großen Siege errungen hatten, waren die Gallas wieder aktiv geworden und stürzten sich wie Geier auf die Reste, die der Löwe übriggelassen hatte. Auch sein Rückzug aus Aradam wurde von seinen ehemaligen Verbündeten gestört. Sie hingen an seinen Flanken, im Gestrüpp und in den Geröllhalden entlang der Dessiestraße verborgen, und ergriffen jede Gelegenheit, um über eine schwache, ungeschützte Stelle in der schwerfälligen, langsam dahinziehenden Kolonne herzufallen. Das war die klassische Taktik von Straßenräubern, die jahrhundertealte Kunst des Hinterhalts: zuschlagen und davonlaufen, ein paar Kehlen durchschneiden und ein Dutzend Gewehre stehlen. Aber es verzögerte den Rückzug – verzögerte ihn spürbar, während ihnen die italienischen Horden auf den Fersen waren und seitlich hinter ihnen die schwerbedrängte Sardischlucht lag.

Lij Mikhael richtete sich auf und beugte sich vor, um durch die Windschutzscheibe nach vorn zu spähen. Die Scheibenwischer rutschten träge hin und her und hinterließen zwei fächerförmige saubere Ausschnitte auf der schmutzigen Scheibe. Lij Mikhael erkannte die Eisenbahnschienen, welche die schlammige, aufgewühlte Straße vor ihnen kreuzten.

Er brummte zufrieden. Der Fahrer trieb den Ford durch

die langsam dahinkriechende, traurige Menschenmenge, welche die Straße verstopfte. Die Menge machte nur widerwillig Platz, wenn sich der Sedan mit ungeduldig plärrender Hupe durchzwängte, und schloß sich hinter ihnen augenblicklich wieder.

Sie erreichten den Bahnübergang. Lij Mikhael befahl dem Fahrer, von der Straße abzubiegen und neben einer Gruppe von seinen Offizieren anzuhalten. Er stieg ohne Kopfbedekkung aus dem Wagen, und der Regen durchnäßte augenblicklich sein dichtes dunkles Haar. Die Offiziere umringten ihn, jeder eifrig bemüht, ihm seine Erlebnisse zu schildern, ihm die Liste der eigenen Bedürfnisse und bösen Ahnungen vorzutragen – alle meldeten nur neues Unheil und neue Gefahren.

Sie hatten keinen Trost für ihn, und Lij Mikhael hörte ihnen mit wachsender Besorgnis zu.

Schließlich brachte er sie mit einer ungeduldigen Geste zum Schweigen. »Ist die Telefonleitung nach Sardi noch intakt?« fragte er.

»Die Gallas haben sie noch nicht durchgeschnitten. Diese Leitung folgt nicht den Eisenbahnschienen, sondern überquert den Amba Sacal. Sie müssen sie übersehen haben.«

»Lassen Sie eine Verbindung mit dem Bahnhof in Sardi herstellen – ich muß dort mit jemandem sprechen. Ich muß genau wissen, was in der Schlucht vorgeht.«

Er ließ die Gruppe von Offizieren neben den Schienen stehen und schlenderte eine kurze Strecke an den Schienen entlang Richtung Sardi.

Dort unten, nur ein paar Meilen entfernt, riskierte seine Familie – sein Vater, seine Brüder, seine Tochter – ihr Leben, um ihm die Zeit zu verschaffen, die er brauchte. Er fragte sich, welchen Preis sie dafür bereits bezahlt hatten, und plötzlich sah er im Geiste seine Tochter vor sich – Sara, jung, geschmeidig, fröhlich. Er schob den Gedanken entschlossen beiseite und wandte sich ab, um die endlose Reihe zerlumpter Gestalten zu betrachten, die sich auf der Dessiestraße dahinschleppte. Sie waren nicht in der Lage, sich zu verteidigen, sie waren so hilflos wie eine Viehherde, bis sie wieder eingegliedert, mit Nahrung versorgt und seelisch wiederaufgerichtet werden konnten.

Nein, wenn die Italiener jetzt kämen, würde das das Ende bedeuten.

»Exzellenz, wir haben die Verbindung mit Sardi. Möchten Sie sprechen?«

Lij Mikhael drehte sich um und ging zu der Stelle, wo man ein Feldtelefon an die Sardi-Dessie-Telefonleitung angeschlossen hatte. Die Kupferdrähte baumelten von dem Telegraphenmasten herunter. Lij Mikhael nahm den Hörer, den ihm der Offizier reichte, und sprach ruhig in die Muschel.

Neben dem Büro des Bahnhofvorstehers auf dem Bahngelände von Sardi-Stadt stand das lange, dunkle Lagerhaus, das zur Lagerung von Korn und anderen Waren diente. Die Wände und das Dach waren mit Wellblech verkleidet, das man mit einer dunklen rotbraunen Rostschutzfarbe angestrichen hatte.

Der Boden bestand aus nacktem Beton. Der kalte Bergwind pfiff durch die unzähligen Spalten und Ritzen zwischen dem Wellblech. An Hunderten rostigen Stellen war das Dach undicht, und der Regen tropfte gleichmäßig zu Boden und bildete auf dem Beton kleine, kalte Pfützen.

Ungefähr sechshundert Verwundete und Sterbende lagen dicht nebeneinander in dem Schuppen. Es gab keine Betten und keine Decken, nur leere Kornsäcke. Sie lagen in langen Reihen auf dem harten Betonboden. Die Kälte drang durch die dünnen Jutesäcke, und vom Dach tropfte der Regen auf sie herab.

Es gab keine sanitären Anlagen, keine Bettschüsseln, kein fließendes Wasser, und die meisten Männer waren zu schwach, um in den Schlamm auf den Hof hinauszuhumpeln. Der Gestank war daher fast greifbar und so penetrant, daß er sich in den Kleidern festsetzte und noch lange, nachdem man den Schuppen verlassen hatte, im Haar und auf der Haut klebte.

Es gab keine Antiseptika und keine Medikamente – nicht einmal eine Flasche Lysol oder ein Paket Verbandszeug. Der winzige Vorrat an Medikamenten aus dem Missionsspital war längst verbraucht. Der deutsche Arzt arbeitete jeden Tag bis tief in die Nacht ohne Narkotika und ohne Mittel, um die Infektionen zu bekämpfen. Der Gestank von brandigen Wunden war schon fast so intensiv wie die anderen Gerüche.

Die scheußlichsten Verletzungen waren die Verbrennungen, die das Senfgas hervorgerufen hatte. Das einzige, was man dagegen tun konnte, war, das mit Blasen bedeckte, verbrannte Fleisch mit Wagenschmiere einzureiben. Davon hatten sie zwei Kanister im Werkzeugschuppen gefunden.

Vicky Camberwell hatte das letztemal vor zwei Tagen drei Stunden geschlafen. Seither war sie ununterbrochen auf den Beinen gewesen. In der Dunkelheit des Schuppens leuchtete ihr Gesicht vor Blässe, und ihre Augen lagen tief in dunkel umrandeten Höhlen. Ihre Füße waren vom langen Stehen geschwollen, Schultern und Rücken schmerzten unerträglich. Ihr Leinenkleid war übersät von Blutflecken und anderen unappetitlichen Ausscheidungen – trotzdem arbeitete sie weiter, verzweifelt, daß sie für die Verwundeten nur so wenig tun konnte.

Sie konnte jenen, die nach Wasser schrien, beim Trinken helfen, andere, die in ihrem eigenen Kot lagen, saubermachen, Sterbenden tröstend die schwarzen Hände halten, um ihre Gesichter dann mit einem Jutesack zuzudecken und einen der überarbeiteten Krankenpfleger herbeirufen, damit der Tote hinausgetragen und der nächste Verwundete von der überfüllten, offenen Veranda hereingebracht wurde.

Einer der Krankenpfleger stand nun über sie gebeugt und schüttelte sie drängend an der Schulter. Es dauerte einige Sekunden, bevor sie verstand, was er sagte. Dann richtete sie sich steif auf, stemmte für einen Augenblick beide

Hände in den Rücken, bis der Schmerz ein wenig nachließ und das Schwindelgefühl in ihrem Kopf verschwand. Dann folgte sie dem Krankenpfleger quer über den schlammbedeckten Hof zum Bahnhofsbüro.

Sie drückte den Telefonhörer ans Ohr. Ihre Stimme klang heiser und matt, als sie sich meldete.

»Miss Camberwell, hier spricht Lij Mikhael.« Seine Stimme klang verzerrt und weit entfernt, und sie konnte die Worte kaum verstehen, da der Regen mit unverminderter Gewalt auf das Blechdach trommelte. »Ich bin an der Dessiekreuzung.«

»Der Zug«, sagte sie, und ihre Stimme festigte sich. »Lij Mikhael, wo ist der Zug, den Sie uns versprochen haben? Wir brauchen Medikamente – Antiseptika und Narkotika – verstehen Sie mich? Hier liegen sechshundert Verwundete. Ihre Wunden verfaulen, sie krepieren wie Tiere.« Sie unterbrach sich, als sie die wachsende Hysterie in ihrer Stimme bemerkte.

»Miss Camberwell. Der Zug – es tut mir leid. Ich habe ihn geschickt mit allem, was Sie brauchen. Medikamente. Noch einen Arzt. Er hat Dessie gestern morgen verlassen und ist gestern abend hier an der Kreuzung vorbeigekommen . . .«

»Wo bleibt er dann?« fragte Vicky. »Wir brauchen die Sachen. Sie können sich nicht vorstellen, wie es hier aussieht.«

»Es tut mir leid, Miss Camberwell. Der Zug wird nicht ankommen. Er ist fünfzehn Meilen nördlich von Sardi in den Bergen entgleist. Es war ein Hinterhalt – die Gallas – Ras Kullahs Männer. Die Schienen waren abgerissen, und sie haben alle Zuginsassen niedergemetzelt und den Zug angezündet.«

Eine Zeitlang blieb es zwischen den beiden still, nur die atmosphärischen Störungen krachten und summten in der Leitung.

»Miss Camberwell, sind Sie noch da?«

»Ja.«

»Können Sie mich verstehen?«
»Ja, ich verstehe Sie.«
»Es wird keinen Zug geben.«
»Nein.«
»Ras Kullah hat die Verbindung zwischen hier und Sardi unterbochen.«
»Ja.«
»Niemand kann Sie erreichen – und per Eisenbahn kann niemand aus Sardi entkommen. Ras Kullah hat fünftausend Mann entlang der Eisenbahnstrecke postiert. Seine Stellung in den Bergen ist uneinnehmbar. Er kann auch die Straße gegen eine ganze Armee verteidigen.«
»Wir sind also abgeschnitten«, sagte Vicky gepreßt. »Die Italiener vor uns, die Gallas hinter uns.«
Wieder blieb es eine Weile still, dann fragte Lij Mikhael: »Wo stehen die Italiener im Augenblick, Miss Camberwell?«
»Sie sind fast am Ende der Schlucht, dort, wo der letzte Wasserfall die Straße kreuzt . . .« Sie hielt inne und lauschte angestrengt, indem sie den Hörer sinken ließ. Dann hob sie ihn wieder. »Sie können die italienischen Geschütze hören. Sie schießen jetzt die ganze Zeit. Und so nahe.«
»Miss Camberwell, können Sie Major Swales eine Nachricht zukommen lassen?«
»Ja.«
»Sagen Sie ihm, daß ich noch achtzehn Stunden brauche. Wenn er die Italiener bis morgen mittag aufhält, können sie die Kreuzung hier nicht vor morgen abend erreichen. Dadurch gewinne ich einen Tag und zwei Nächte. Wenn er bis morgen mittag aushalten kann, hat er alle Verpflichtungen mir gegenüber erfüllt, und die ewige Dankbarkeit des Kaisers und des ganzen äthiopischen Volkes ist Ihnen sicher. Ihnen, Mr. Barton und Major Swales.«
»Ja«, sagte Vicky. Jedes Wort bereitete ihr Mühe.
»Sagen Sie ihm, daß ich mein Möglichstes tun werde, um Sie morgen mittag aus Sardi zu evakuieren. Sagen Sie

ihm, daß er unbedingt bis mittag aushalten muß. Dann werde ich keine Mühe scheuen, Sie herauszuholen.«

»Ich werde es ihm sagen.«

»Sagen Sie ihm, daß er die restlichen äthiopischen Truppen morgen mittag auflösen und in die Berge schicken soll. Ich werde Sie dann wieder anrufen, um Ihnen mitzuteilen, welche Vorkehrungen ich treffen konnte, um Sie zu evakuieren.«

»Lij Mikhael, was wird aus den Verwundeten, den Männern, die nicht in die Berge fliehen können?«

Wieder blieb es eine Weile still. Als der Prinz schließlich sprach, klang seine Stimme ruhig, aber zutiefst bekümmert:

»Es wäre besser, sie fielen den Italienern in die Hände – und nicht den Gallas.«

»Ja«, stimmte sie leise zu.

»Und noch etwas, Miss Camberwell.« Der Prinz zögerte und fuhr dann ruhig fort: »Sie selbst dürfen sich den Italienern unter keinen Umständen ergeben. Nicht einmal im äußersten Notfall. Alles andere . . .«, er betonte das Wort, »alles andere, nur nicht das.«

»Warum?«

»Ich habe von unseren Agenten erfahren, daß Sie zum Tod verurteilt sind, Sie, Mr. Barton und Major Swales. Man hat Sie zu Agenten und Terroristen erklärt. Zur Vollstrekkung des Urteils sollen Sie Ras Kullah übergeben werden. Alles ist besser als das.«

»Ich verstehe«, sagte Vicky leise und schauderte bei dem Gedanken an Ras Kullahs wulstige Lippen und seine weichen, aufgedunsenen Hände.

»Wenn alle Stricke reißen, schicke ich Ihnen ein . . .« Seine Stimme riß plötzlich ab. Diesmal gab es auch keine atmosphärischen Störungen in der Leitung, die Leitung war tot.

Vicky versuchte eine Minute lang, die Verbindung wiederherzustellen, aber der Empfänger blieb stumm und die Leitung tot. Sie legte den Hörer auf die Gabel und schloß für einen Augenblick die Augen, um sich zu fassen. In ihrem ganzen Leben hatte sie sich noch nie so müde und einsam gefühlt, hatte sie noch nie so viel Angst gehabt.

Vicky ging über den Hof zum Lagerhaus zurück und blieb einen Augenblick stehen, um in den Himmel zu sehen. Sie hatte gar nicht gemerkt, wie spät es schon war. Bis zum Einbruch der Dunkelheit blieben nur noch wenige Stunden – aber die Wolkendecke schien aufzubrechen. Das düstere graue Wolkendach war höher als sonst, umhüllte gerade noch die Berggipfel, und an einigen Stellen versuchte die Sonne die Wolken zu durchdringen.

Sie betete im stillen darum, daß dies nicht geschah. In diesen verzweifelten letzten Tagen hatten sich die Wolken zweimal geöffnet, und jedesmal waren die italienischen Bomber aufgestiegen und im Tiefflug aus der Schlucht gedonnert. Beide Male war Gareth durch die schrecklichen Verwüstungen, die sie angerichtet hatten, dazu gezwungen worden, seine Schützengräben aufzugeben und sich zur nächsten Verteidigungslinie zurückzuziehen. Ein Strom von Verwundeten und Sterbenden hatte sie anschließend hier im Hospital überschwemmt.

»Laß es weiterregnen«, betete sie. »Bitte, lieber Gott, laß es weiterregnen.«

Sie zog den Kopf ein und eilte ins Lagerhaus, in den Gestank und das traurige Wimmern und Stöhnen. Sie sah, daß Sara dem Arzt noch immer assistierte. Operiert wurde beim Schein zweier Petroleumlampen auf einem flachen Holztisch, der von zerfetzten Vorhängen aus Zeltleinwand nur mangelhaft abgeschirmt war.

Der deutsche Arzt amputierte gerade ein Bein, indem er es unterhalb des Knies absägte, während der junge Harari-krieger unter dem Gewicht der vier Krankenpfleger, die ihn festhielten, nur matt zappelte.

Vicky wartete, bis sie den Patienten forttrugen, dann rief sie Sara zu sich. Sie traten zusammen vor die Tür und atmeten die frische Gebirgsluft ein, während sie nebeneinander unter dem Dachvorsprung auf der Veranda standen und Vicky Sara über das Telefongespräch mit Lij Mikhael unterrichtete.

»Dann wurden wir unterbrochen. Die Leitung ist tot.«

»Ja«, meinte Sara nickend. »Sie haben die Drähte durchgeschnitten. Es ist ein Wunder, daß Ras Kullah das nicht schon lange getan hat. Die Telefonleitung führt über den Gipfel des Amba Sacal. Vielleicht haben sie sie nicht früher gefunden.«

»Würden Sie in die Schlucht reiten und Major Swales benachrichtigen, Sara? Ich könnte mit Miss Wackelig hinunterfahren, aber der Benzintank ist fast leer, und ich habe Jake versprochen, keinen Treibstoff zu vergeuden. Später werden wir jeden Tropfen brauchen –«

»Mit dem Pferd bin ich sowieso schneller«, Sara lächelte, »und ich kann Gregorius wiedersehen.«

»Ja, Sie brauchen nicht weit zu reiten«, stimmte Vicky zu. »Sie sind schon sehr nahe.«

Beide schwiegen einen Augenblick, um den italienischen Kanonen zu lauschen. Die donnernden Detonationen der hochexplosiven Granaten hallten von den Bergen wider, und zwar so nahe, daß der Boden unter ihren Füßen bebte.

»Soll ich Mr. Barton nicht auch etwas von Ihnen bestellen?« fragte Sara fröhlich. »Soll ich ihm sagen, daß sich Ihr Körper nach ihm sehnt . . .«

»Nein«, fiel Vicky ihr sichtlich erschrocken ins Wort. »Um Himmels willen, daß Sie ihm ja nicht eine Ihrer geilen Wortschöpfungen auftischen.«

»Was bedeutet ›geil‹, Miss Camberwell?« Sofort war Saras Interesse erwacht.

»Es bedeutet: lüstern, wohllüstig.«

»Geil«, wiederholte Sara, um sich das Wort einzuprägen. »Ein schönes Wort«, und dann probierte sie es genüßlich aus. »Mein Körper sehnt sich mit einem großen, geilen Verlangen nach dir.«

»Sara, wenn Sie Jake erzählen, daß ich das gesagt habe,

dann bringe ich Sie eigenhändig um«, drohte Vicky und lachte seit Tagen zum ersten Mal. Doch ihr Lachen brach abrupt ab, als ein gellender Angstschrei ertönte und von einem wilden, tierischen Geheul beantwortet wurde.

Plötzlich füllte sich der Hof mit eiligen Gestalten; sie strömten aus dem dichten Zedernwäldchen, das jenseits der Eisenbahnstrecke lag, und überquerten mit großen Sprüngen die Schienen. Es waren viele Hunderte. Sie drangen in das Lagerhaus ein und fielen wie ein Rudel Wölfe über die hilflosen Verwundeten her.

»Die Gallas«, flüsterte Sara heiser, und einen Augenblick blieben sie starr vor Schreck stehen und starrten in das düstere Innere des Lagerhauses.

Vicky sah, wie der alte deutsche Arzt auf die Gallas zulief, in einer flehentlichen Geste die Arme ausbreitete und versuchte, das Gemetzel zu verhindern. Ein Schwert bohrte sich mitten durch seine Brust, und die Spitze der Klinge trat zwischen seinen Schulterblättern wieder hervor.

Sie sah einen Galla mit einem modernen Gewehr bewaffnet von einem Verwundeten zum anderen laufen und jedem einzelnen aus kurzer Entfernung eine Kugel in den Kopf schießen.

Sie sah einen anderen mit einem langen Dolch in der Hand, der sich gar nicht erst die Mühe machte, den verwundeten Harari die Kehle durchzuschneiden, bevor er den Jutesack beiseite schleuderte und ihm mit einer raschen Bewegung die Hoden abschnitt.

Sie sah, wie sich der Schuppen mit rasenden Gestalten füllte, deren Schwerter auf und nieder sausten und deren Kugeln in die hilflos am Boden liegenden Körper eindrangen. Die Schreie ihrer Opfer füllten die Halle, vermischt mit dem schrillen, erregten Gelächter und dem wilden Geheul der Gallas.

Sara zog Vicky fort, hinter die schützende Wand des Lagerhauses. Das brach den Schreckensbann, der Vicky hypnotisiert hatte, und sie lief in fliegender Eile neben dem Mädchen her.

»Der Panzerwagen«, keuchte sie. »Wir müssen den Panzerwagen erreichen.«

Miss Wackelig stand in dem Anbau des Geräteschuppens hinter dem Bahnhofsgebäude, wo sie gegen den Regen geschützt war. Seite an Seite rannten Vicky und Sara um die Ecke des Schuppens und wären fast direkt in die Arme einiger Gallas gelaufen, die aus der entgegengesetzten Richtung kamen.

Vicky sah flüchtig ihre dunklen Gesichter, die vom Regen und vom Schweiß feucht glänzten, ihre offenen Münder und ihre blitzenden, wolfsähnlichen Zähne, das irre Funkeln in ihren Augen; und sie roch sie, den heißen, erregten, tierischen Gestank ihres Schweißes.

Dann sprang sie zur Seite wie ein Hase, welcher der Hundemeute ausweicht. Eine Hand packte ihre Schulter, und sie fühlte, wie ihre Bluse zerriß. Dann war sie frei und lief weiter, aber das Stampfen von Männerfüßen blieb dicht hinter ihr, und sie hörte das wilde, erregte Geheul, als sie hinter ihr herjagten.

Sara lief vor ihr her, als sie die Ecke des Bahnhofsgebäudes erreichten. Links von ihnen krachte ein Gewehrschuß. Die Kugel schlug dicht neben ihnen in die Wand ein. Aus dem Augenwinkel sah Vicky noch mehr Gallas, die mit flatternden Shammas von der Hauptstraße des Dorfes abbogen, um ihnen den Weg abzuschneiden.

Sara entfernte sich allmählich. Das Mädchen lief mit der Anmut und der Geschwindigkeit einer Gazelle, Vicky konnte kaum mit ihr Schritt halten. Sie erreichte die Ecke des Bahnhofsgebäudes zehn Schritte vor Vicky und blieb abrupt stehen.

Die eckige Gestalt von Miss Wackelig in dem angebauten Schuppen stand in Flammen. Schwarzer, öliger Rauch drang aus ihren Luken. Die Gallas waren schneller gewesen. Offensichtlich war der Panzerwagen eines ihrer ersten Ziele gewesen. Einige tanzten auch jetzt noch um den brennenden Wagen herum – und spritzten auseinander, als die Vickers-Munition in den Schachteln zu explodieren begann.

Sara war nur eine Sekunde stehengeblieben, aber das genügte Vicky, um sie einzuholen.

»Der Zedernwald«, keuchte Sara und zog Vicky am Arm in die neue Richtung.

Der Wald lag jenseits der Eisenbahnschienen und ungefähr zweihundert Meter entfernt, aber er war dicht und dunkel und bedeckte das schroffe Gelände entlang des Flusses. Sie liefen ins Freie. Augenblicklich nahmen zwanzig andere Gallas heulend die Verfolgung auf.

Das flache Land schien sich unendlich auszudehnen, als Vicky vor den Gallas herrannte. Der Boden war morastig, so daß sie bei jedem Schritt knöcheltief einsank und in dem zähen roten Schlamm einen ihrer Schuhe verlor. Hinkend rannte sie weiter, schlitternd und rutschend und mit weichen Knien.

Sara hatte einen leichten Vorsprung. Sie sprang über die Eisenbahnschienen, und ihre Füße schienen den schlammigen Boden kaum zu berühren. Der Waldrand war nur noch fünfzehn Meter entfernt.

Vicky fühlte, wie sie mit dem Fuß hängenblieb, als sie versuchte, über die Eisenbahnschienen zu springen, und fiel der Länge nach in den Schlamm. Sie richtete sich halb auf. Sara stand unschlüssig am Waldrand und blickte zurück. Ihre Augen waren vor Entsetzen geweitet und schimmerten weiß in dem glatten, dunklen Gesicht.

»Lauf«, schrie Vicky. »Lauf weiter. Lauf zu Jake.« Das Mädchen lief weiter und verschwand wie eine Waldfee zwischen den dunklen Bäumen.

Ein Gewehrkolben traf Vicky unterhalb der Rippen in die Seite. Sie fiel mit einem Schmerzensschrei in den kalten roten Schlamm. Dann zerrten Hände an ihren Kleidern. Sie versuchte sich zu wehren, aber sie konnte nichts sehen, weil ihr die nassen Strähnen ihres Haares im Gesicht klebten, und sie war wie gelähmt vom Schmerz des Schlages. Die Hände zogen sie hoch, doch plötzlich durchdrang eine herrische Stimme, scharf wie ein Peitschenhieb, den allgemeinen Lärm, und die Hände ließen sie los.

Vor Schmerz gekrümmt blieb Vicky stehen und hob den Kopf. Durch einen Schleier von Tränen und Schlamm erkannte sie das narbige Gesicht des Gallahauptmanns. Er trug noch immer den blauen Shamma, die Narbe verzerrte sein Grinsen, so daß sein Gesicht noch grausamer und gefährlicher wirkte.

Die Vorderseite des Schützengrabens war mit Sandsäcken verstärkt und mit Sträuchern abgeschirmt worden. Die Aussicht durch die eckigen Schießscharten war gut.

Gareth stemmte eine Schulter gegen die Sandsäcke und spähte in die allmählich dunkel werdende Schlucht hinunter. Jake Barton kauerte auf der Ausfallstufe neben ihm und musterte das Gesicht des Engländers. Die sonst so makellose äußere Erscheinung von Gareth Swales war nun rot vom getrockneten Schlamm und fleckig vom Schweiß, vom Regenwasser und Schmutz.

Dichte Bartstoppeln bedeckten sein Kinn wie ein Otterpelz, sein Schnurrbart war ungepflegt. Seit einer Woche gab es keine Gelegenheit mehr zum Umziehen oder Baden. Neben seinen Mundwinkeln, auf seiner Stirn und rund um seine Augen hatten sich neue tiefe Linien eingegraben, Linien des Schmerzes und der Angst. Aber als er aufblickte und Jakes prüfendem Blick begegnete, grinste er und hob eine Augenbraue – das alte teuflische Glitzern war wieder in seinen Augen. Er wollte gerade etwas sagen, als eine Granate aus dem tiefen Schatten der Schlucht auf sie zuheulte. Beide duckten sich instinktiv, als sie ganz in ihrer Nähe explodierte, aber keiner von ihnen erwähnte sie. In den letzten Tagen hatte es Hunderte solcher nahen Explosionen gegeben.

»Der Regen hört auf«, sagte Gareth statt dessen, und beide starrten in den schmalen Streifen blauen Himmel, der sich zwischen den Bergen zeigte.

»Ja«, stimmte Jake zu. »Aber zu spät. In zwanzig Minuten ist es dunkel.«

Für die Bomber würde es zu spät sein, auch wenn sich die Wolken völlig auflösten. Aus bitterer Erfahrung wußten sie, wie lange ein Flugzeug brauchte, um vom Flugplatz bei Chaldi hierherzufliegen.

»Morgen wird es wieder aufklaren«, erwiderte Gareth.

»Morgen ist ein anderer Tag«, sagte Jake, aber in Gedanken verweilte er bei den großen Maschinen. Die italienische Artillerie feuerte Rauchbomben aus ihren Schützengräben ab, sobald sie das Dröhnen der näherkommenden Flugzeuge am offenen, wolkenlosen Himmel hörte. Die Capronis flogen sehr tief, so tief, daß ihre Flügelenden die Schluchtwände zu beiden Seiten zu streifen schienen. Das Dröhnen ihrer Motoren wuchs zu einem unerträglichen, ohrenbetäubenden Donnern an, und sie waren so nahe, daß sie die Gesichter der Piloten in den runden Cockpits aus Glas erkennen konnten.

Und dann, wenn sie über sie hinwegrasten, fielen die schwarzen Bomben aus ihrem Rumpf. Die Bomben fielen, von ihren Steuerschwänzen gelenkt, senkrecht nach unten, und ihre Explosionen zerrütteten den Verstand und betäubten den Körper. Im Vergleich dazu wirkte eine Granate wie ein Knallfrosch.

Hingegen waren die Kanister mit dem Senfgas nicht aerodynamisch stabil und purzelten unkontrollierbar herunter, zerbarsten an den Felswänden und verspritzten eine zähe gelbe Flüssigkeit, die sich über weite Strecken in alle Richtungen verteilte.

Jedesmal, wenn die Bomber angegriffen hatten, einer nach dem anderen, stundenlang, hatten sie die Verteidigung so schwer geschlagen, daß der Angriff der Infanterie, der unmittelbar darauf folgte, nicht mehr abgewehrt werden konnte. Jedesmal waren sie aus ihren Schützengräben herausgetrieben worden und hatten sich bis zur nächsten Verteidigungslinie zurückziehen müssen.

Dies war nun die letzte Stellung. Zwei Meilen hinter ihnen befanden sich bereits die Granitwände, die den Schluchtausgang bildeten, und weiter hinten die Stadt Sardi und die offene Strecke bis zur Dessiestraße.

»Warum versuchst du nicht, ein paar Stunden zu schlafen?« fragte Jake und warf unwillkürlich einen flüchtigen Blick auf Gareths Arm. Der Arm war mit Streifen von einem zerissenem Hemd verbunden und ruhte in einer behelfsmäßigen Schlinge, die um den Hals lag. Die Wundflüssigkeit, Eiter und Wagenschmiere hatten den primitiven Verband durchtränkt. Dieser Verband verbarg einen häßlichen Anblick, aber Jake wußte, wie es unter dem Verband aussah. Das Senfgas hatte die Haut von der Schulter bis zum Handgelenk abgeschält, so, als wäre der ganze Arm in einen Topf kochenden Wassers getaucht worden – und Jake fragte sich, ob die Schicht Wagenschmiere wirklich etwas nützte. Doch ein anderes Mittel gab es nicht, und wenigstens wurde die Luft von der schrecklichen Wunde abgehalten.

»Ich warte, bis es dunkel ist«, murmelte Gareth und hob mit der gesunden Hand das Fernglas hoch. »Ich habe ein komisches Gefühl. Es ist zu still da unten.«

Dann schwiegen sie wieder. Es war das Schweigen totaler Erschöpfung.

»Es ist zu ruhig«, sagte Gareth noch einmal und zuckte zusammen, als er den Arm bewegte. »Sie haben einfach keine Zeit, so ruhig da herumzusitzen. Sie müssen vorstoßen – vorstoßen.« Und dann, völlig zusammenhanglos: »Himmel, ich gäbe einen Hoden für eine Zigarre. Für eine einzige Romeo y Juliette . . .«

Er brach plötzlich ab, und beide richteten sich auf.

»Hörst du auch, was ich zu hören glaube?« fragte Gareth.

»Ich glaube schon.«

»Das mußte natürlich einmal kommen«, sagte Gareth. »Ich bin nur überrascht, daß es so lange gedauert hat. Aber die Fahrt von Asmara bis hierher ist lang und beschwerlich. Also darauf haben sie gewartet.«

Das Geräusch war unmißverständlich. In der tiefen Stille der Schlucht, von den Felswänden noch verstärkt, hallte es deutlich zu ihnen herauf. Noch war es schwach, aber es bestand kein Zweifel darüber, daß es sich um das metallische Klirren und das schrille Kreischen von fahrenden Stahlraupen handelte. Es wurde von Sekunde zu Sekunde lauter, und nun konnten sie sogar das tiefe Brummen der Motoren hören.

»Das fängt allmählich an, das scheußlichste Geräusch der Welt zu werden«, sagte Jake.

»Tanks«, sagte Gareth. »Verdammte Tanks.«

»Vor Einbruch der Dunkelheit werden sie nicht hier sein«, vermutete Jake. »Und einen Nachtangriff würden sie nicht riskieren.«

»Nein«, pflichtete Gareth bei. »Sie kommen bei Tagesanbruch.«

»Tanks und Capronis anstelle von Ham und Eggs?«

Gareth zuckte verdrießlich die Achseln. »So ist es, alter Junge.«

Oberst Graf Aldo Belli war sich nicht ganz sicher, ob er klug gehandelt hatte, und er dachte, daß ihn Gino zu Recht mit diesem vorwurfsvollen Dackelblick ansah. Sie hätten sicher und bequem hinter den ausgezeichneten Befestigungen des Lagers bei den Brunnen von Chaldi bleiben sollen. Doch eine Anzahl von mächtigen Einflüssen hatten ihn dazu veranlaßt, wieder einmal seine Sicherheit aufzugeben.

Nicht zuletzt waren es diese täglichen Funksprüche aus General Badoglios Hauptquartier, die ihm dringend nahelegten, bis zur Dessiestraße vorzustoßen, »bevor uns der Fisch durchs Netz schlüpft«. Diese Funksprüche hatten täglich einen schrofferen und drohenderen Charakter angenommen und waren mit den Ausschmückungen des Grafen augenblicklich an Major Luigi Castelani weitergeleitet worden, der das Kommando über die Truppe hatte, die sich durch die Schlucht vorkämpfte.

Nun hatte Castelani dem Grafen schließlich die willkommene Neuigkeit telegrafiert, daß er dicht vor dem oberen Ende der Schlucht stand und ihn der nächste Vorstoß in die

Stadt Sardi führen würde. Der Graf war nach langer, ernsthafter Überlegung zu dem Schluß gekommen, daß es seinen Ruhm vergrößern würde, wenn er im Augenblick der Eroberung des feindlichen Bollwerks zugegen war, daß es das damit verbundene geringe Risiko wert war. Major Castelani hatte ihm zugesichert, daß der Feind geschlagen und besiegt war, enorme Verluste hatte hinnehmen müssen und keine einheitliche Streitkraft mehr darstellte. Diese Bedingungen erschienen dem Grafen akzeptabel.

Der entscheidende Umstand, der ihn veranlaßte, das Lager zu verlassen, seine neue militärische Philosophie aufzugeben und vorsichtig durch die Sardischlucht vorzustoßen, war die Ankunft des Panzerbataillons aus Asmara. Diese Panzer sollten jene Tanks ersetzen, die der brutale Feind so hinterlistig in eine Falle gelockt und niedergebrannt hatte. Trotz aller Bitten und Drohungen des Grafen hatte es eine Woche gedauert, bis sie von Massawa abkommandiert und per Eisenbahn nach Asmara gebracht wurden, um sich dann auf den langen, mühsamen Weg durch die Danakilwüste zu machen.

Nun waren sie endlich angekommen. Der Graf hatte sofort einen der sechs Panzer als sein persönliches Kommandofahrzeug beansprucht. Nachdem er einmal in dem dickgepanzerten Rumpf saß, hatte er ein ganz neues Gefühl des Selbstvertrauens und der Kühnheit empfunden.

»Auf nach Sardi, um mit Blut die ruhmreichen Seiten der Geschichte zu schreiben!« waren die Worte, die ihm einfielen, und Ginos Gesicht hatte sich in diese vorwurfsvollen Dackelfalten gelegt.

Doch nun, da sie in der einsetzenden Abenddämmerung, zwischen steilen Felswänden hindurch, die den roten Streifen Himmel hoch oben zu berühren schienen, diesen steinigen, schmalen Pfad aufwärtsstampften, beschlichen den Grafen ernsthafte Zweifel an der Richtigkeit seiner Entscheidung.

Er spähte aus dem Panzerturm seines Kommandopanzers, die Augen groß und dunkel und rührend vor Besorgnis, einen glänzenden schwarzen Stahlhelm fest über die Ohren gezogen und mit einer Hand so heftig den Kolben seiner Beretta umklammerd, daß seine Knöchel weiß wie Porzellan hervortraten. Gino kauerte unglücklich zu seinen Füßen und hielt sich wohlweislich im Hintergrund.

In diesem Augenblick eröffnete das Maschinengewehr weiter oben das Feuer, und das Knallen hallte hundertfach von den glatten Felswänden wider.

»Halt! Halten Sie sofort an!« brüllte der Graf seinen Fahrer an. Das Gewehrfeuer klang sehr nahe. »Wir machen dies zum Hauptquartier des Bataillons. Hier an dieser Stelle«, verkündete der Graf, und Gino richtete sich ein wenig auf und nickte heftig zustimmend. »Schicken Sie nach Major Castelani und Major Vito. Sie sollen mir sofort Meldung machen.«

Jake erwachte unter dem Druck einer Hand auf seiner Schulter und vom Licht einer Sturmlaterne vor seinen Augen. Es erforderte seine ganze Willenskraft, sich aufzurichten, dann ließ er die feuchte Decke fallen und blinzelte ins Licht. Die Kälte hatte jeden Muskel in seinem Körper erstarren lassen, und vor Müdigkeit fühlte sich sein Kopf leicht und flaumig an. Er konnte nicht glauben, daß es schon Morgen war.

»Wer ist da?«

»Ich bin's, Jake«. Und dann sah er Gregorius' dunkles, bewegtes Gesicht hinter der Lampe.

»Nimm dieses verdammte Ding aus meinen Augen.«

Plötzlich fuhr Gareth Swales neben ihm hoch. Beide hatten voll angezogen auf einem zerfetzten Streifen Zeltleinwand, das auf dem schlammigen Boden des Unterstands ausgebreitet war, geschlafen.

»Was ist denn los?« murmelte auch Gareth schlaftrunken.

Gregorius schwenkte die Laterne beiseite. Das Licht fiel auf die schlanke Gestalt neben ihm. Sara zitterte vor Kälte, und ihre leichte Kleidung war vollkommen verdreckt und durchnäßt. Dornen und Äste hatten ihr die Arme und Beine zerkratzt und den Stoff ihrer Reithose aufgerissen.

Sie fiel neben Jake auf die Knie. Er sah, daß ihre Augen vor Entsetzen und Furcht geweitet waren und ihre Lippen zitterten; ihre schmale Hand, die sie auf Jakes Arm legte, war kalt wie die Hand eines Toten, aber sie flatterte aufgeregt.

»Miss Camberwell, sie haben sie erwischt . . .«, stieß sie verstört hervor, und ihre Stimme überschlug sich.

»Du solltest besser hierbleiben«, murmelte Jake, als sie die halbe Meile den Abhang hinaufeilten, bis zu der Stelle, wo Priscilla das Ekel abgestellt war. »Bestimmt kommt es bei Tagesanbruch zu einem Angriff, und dann wirst du benötigt.«

»Ich komme mit, Jake«, antwortete Gareth ruhig, aber bestimmt. »Du kannst nicht von mir erwarten, daß ich ruhig hier sitzen bleibe, während Vicky . . .« Er brach ab. »Ich muß dich doch im Auge behalten, alter Junge«, fuhr er im neckenden Tonfall fort. »Der Ras und seine Jungs werden eben eine Weile selbst auf sich aufpassen müssen.«

Als er das sagte, erreichten sie den getarnten Panzerwagen, der in dem zerklüfteten Gelände unterhalb des Schluchtausganges abgestellt war. Jake begann die Plane von dem Fahrzeug zu entfernen, und Gareth nahm Gregorius beiseite.

»Eigentlich sollten wir vor Tagesanbruch wieder zurück sein. Wenn nicht, dann wissen Sie ja, was zu tun ist. Sie haben in diesen Tagen weiß Gott genug dazugelernt.«

Gregorius nickte schweigend.

»Halten Sie die Stellung so lange wie möglich. Dann weichen Sie zum letzten Akt bis zum Schluchtausgang zurück. Verstanden? Es dauert nur bis morgen mittag. So lange können wir sie aufhalten, mit oder ohne die verdammten Tanks, nicht wahr?«

»Ja, Gareth, wir können sie aufhalten.«

»Nur noch eines, Greg, ich liebe Ihren Großvater wie einen Bruder – aber halten Sie den alten Bastard im Zaum, ja? Und wenn Sie ihn anbinden müssen.« Gareth klopfte dem Jungen auf die Schulter, nahm das erbeutete italienische Gewehr in die gesunde Hand und eilte zurück zum Wagen, gerade als Jake Sara auf die Plattform hob und sich dann über die Kurbel beugte.

Priscilla das Ekel stampfte die letzten hundert Meter den steilen Weg bis zum Schluchtausgang hinauf, und sie fuhren an einem Hararitrupp vorbei, der im Fackellicht arbeitete. Sie waren schon seit dem vorangegangenen Abend, als Jake und Gareth die italienischen Panzer durch die Schlucht heraufkommen hörten, schichtweise an der Arbeit.

Obwohl seine ganze Sorge im Augenblick Vicky galt, stellte Gareth fast automatisch fest, daß der Arbeitstrupp seine Aufgabe bestens erfüllte. Die Panzerabwehrmauern waren schon über zwei Meter hoch und bestanden aus schwersten, dicksten Felsbrocken, die man von den Abhängen herunterschleppen konnte. Nur in der Mitte der Mauer befand sich eine Öffnung, breit genug, daß der Panzerwagen hindurchkam.

»Sagen Sie ihnen, daß sie die Öffnung jetzt zumauern können, Sara. Wir werden den Wagen nicht mehr in die Schlucht bringen«, befahl Gareth, als sie durch die Öffnung fuhren. Sara gab den Befehl an den Hararioffizier weiter, der auf dem höchsten Punkt der Mauer stand; er winkte bestätigend und wandte sich ab, um die Arbeit zu überwachen.

Jake lenkte den Wagen durch das natürliche Granittor. Dahinter lagen das untertassenförmige Tal und die Stadt Sardi.

Die Stadt brannte. Bei diesem Anblick hielt Jake den Wagen an, und sie standen auf der Plattform und starrten auf das rötliche Glühen der Flammen, das die tief herabhängenden Wolken beleuchtete und die Gebirgsmassen hervortreten ließ, die das Tal umgaben.

»Ob sie noch lebt?« ängstigte sich Jake, und Sara antwortete:

»Wenn Ras Mullah schon da war, als sie gefangengenommen wurde, dann ist sie tot.«

Danach wurde es wieder still. Die beiden Männer starrten in die Nacht hinaus. Wut und Grauen überwältigten sie.

»Aber wenn er sich wie gewöhnlich in den Bergen versteckt hält, um den erfolgreichen Ausgang des Unternehmens abzuwarten, bevor er sich selbst zeigt«, sie spuckte angewidert zu Boden, »dann würden seine Männer nicht wagen, mit der Hinrichtung zu beginnen, bevor er zur Stelle ist und die Arbeit seiner Milchkühe beobachten und genießen kann. Ich habe gehört, daß sie mit ihren kleinen Messern die Haut sorgfältig Zentimeter für Zentimeter von einem lebendigen Körper schälen können, jeden Zentimeter Haut vom Kopf bis zu den Zehen, und daß der Körper dann noch viele Stunden lebt.«

Jake schauderte vor Grauen.

»Wenn du nichts dagegen hast, alter Junge, dann sollten wir uns jetzt besser auf den Weg machen, glaube ich«, sagte Gareth. Jake zwang sich, ruhig zu bleiben, und schwang sich hinter das Lenkrad.

Als Gregorius Maryam wieder in den vordersten Schützengraben stolperte, schien bereits der erste Hauch der Morgendämmerung den schmalen Streifen Himmel hoch über den Bergen zu erhellen. Unter den schattenhaften Gestalten, die in dem schmalen Graben kauerten, war bereits eine rege Betriebsamkeit zu spüren, und einer der Leibwächter des Ras kam auf ihn zu und begrüßte ihn erleichtert.

»Der Ras fragt nach Ihnen.« Gregorius folgte ihm den

Graben hinunter, indem er vorsichtig über die unzähligen Gestalten stieg, die unbekümmert auf dem schlammigen Boden schliefen.

Der Ras saß, in eine graue Decke gehüllt, in einem der größeren Unterstände des Hauptgrabens. Die offene Grube war mit den Überresten eines Lederzeltes abgedeckt worden. In der Mitte brannte ein kleines, qualmendes Feuer. Der Ras war von einigen Offizieren seiner Leibwache umgeben und schaute erst auf, als Gregorius ruhig vor ihm hinkniete.

»Die weißen Männer sind fort?« fragte der Ras und hustete. Es war ein schwerer, rauher Husten, der seinen zerbrechlichen Körper durchschüttelte.

»Sie werden vor der feindlichen Attacke bei Tagesanbruch zurück sein«, verteidigte Gregorius sie rasch und erklärte die Gründe für ihre Abwesenheit und die Änderung ihrer Pläne.

Der Ras nickte und starrte in das flackernde Feuer, und als Gregorius innehielt, begann er mit rauher, verdrießlicher Stimme zu sprechen:

»Es ist ein Zeichen – und ich wollte es so. Zu lange habe ich bereits auf den Rat des Engländers gehört, zu lange habe ich das Feuer in mir gelöscht, zu lange bin ich wie ein Hund vor dem Feind davongeschlichen.«

Wieder hustete er unter Schmerzen.

»Wir sind lange genug davongelaufen. Nun ist es Zeit zu kämpfen.« Seine Offiziere, die um ihn herumstanden, knurrten zustimmend und drängten heran, um kein Wort zu überhören. »Geht zu euren Männern, richtet sie auf, füllt ihre Leiber mit Feuer und ihre Hände mit Stahl. Sagt ihnen, daß das Zeichen dasselbe sein wird wie vor hundert Jahren, wie vor tausend Jahren. Sagt ihnen, daß sie meinen Kriegstrommeln lauschen sollen.« Ein erstickter, begeisterter Ausruf kam aus ihren Kehlen. »Die Trommeln werden bis Tagesanbruch zu hören sein, und wenn sie aufhören, dann ist der Augenblick gekommen.« Der Ras stand mühsam auf und blieb nackt vor ihnen stehen. Die Decke war heruntergefallen, und sein faltiger, alter Brustkorb hob sich unter seiner heftigen Gefühlsbewegung. »In diesem Augenblick werde ich, Ras Golam, vorstürmen, um den Feind über die Wüste zurückzutreiben in das Meer, aus dem er gekommen ist. Jeder Mann, der sich Krieger nennt und Harari, wird mir folgen . . .« Seine Stimme verlor sich in dem schrillen Geheul seiner Offiziere, und der Ras lachte – es war das hohe, gellende Lachen nahe dem Wahnsinn.

Einer seiner Offiziere gab ihm einen Becher mit feurigem Tej, und der Ras kippte ihn in einem Zug die Kehle hinunter und schleuderte den Becher ins Feuer.

Gregorius sprang auf die Füße und legte dem alten Mann besänftigend die Hand auf den Arm.

»Großvater.«

Der Ras drehte sich zu ihm um. In seinen blutunterlaufenen, rheumatischen Augen flackerte ein neues unheimliches Feuer.

»Wenn du mir Weiberworte zu sagen hast, dann schluck sie hinunter – sie sollen die Luft in deinen Lungen ersticken und sich in deinem Bauch zu Gift verwandeln.« Der Ras starrte seinen Enkel an, und Gregorius begriff plötzlich.

Er begriff, was der Ras tun wollte. Er war ein alter Mann und weise genug, um zu erkennen, daß seine Welt zu Ende ging, daß der Feind zu stark war, daß Gott Äthiopien verlassen hatte, daß ihr Herz noch so tapfer und ihre Gegenwehr noch so verbissen sein konnte – am Ende stand die Niederlage, die Schmach und die Sklaverei.

Der Ras wählte den anderen Weg – den einzig möglichen anderen Weg.

Der Junge und der Greis wechselten einen Blick tiefen Einverständnisses, und die Augen des Ras wurden weich. Er beugte sich zu Gregorius.

»Aber wenn das Feuer auch in dir brennt, wenn du an meiner Seite angreifen willst, sobald die Trommeln schweigen, dann knie nieder, damit ich dich segne.«

Plötzlich fühlte Gregorius, wie all seine Vorsicht und sein Widerstand von ihm abfielen. Sein Herz flog hoch wie ein

Adler, getragen von der uralten, atavistischen Begeisterung des Kriegers.

Er kniete vor dem Ras nieder.

»Gib mir deinen Segen, Großvater«, rief er. Da legte der Ras ihm die Hände auf den Kopf und murmelte die alten biblischen Worte.

Ein warmer, weicher Tropfen fiel in Gregorius' Nacken, und er blickte erstaunt auf.

Die Tränen liefen über die dunklen, runzeligen Wangen und tropften schamlos vom Kinn des Ras.

Vicky Camberwell lag mit dem Gesicht nach unten auf dem schmutzigen Erdboden eines verlassenen Tukuls am Rand der brennenden Stadt. Der Boden wimmelte von Läusen, die ungehindert über ihre Haut krabbelten und deren Bisse allmählich furchtbar zu jucken begannen.

Ihre Hände waren auf dem Rücken mit einem Rohlederstreifen zusammengebunden, und ihre Knöchel hatte man ebenfalls gefesselt.

Sie konnte das Knistern und Prasseln der brennenden Stadt hören und gelegentlich einen lauten Knall, wenn ein Dach zusammenbrach. Außerdem hörte sie das Geschrei und das wilde Gelächter der Gallas, trunken vom Blut und Tej, und das druchdringende Schreien der wenigen Hararigefangenen, die man verschont hatte, um sich während der langen Wartezeit, bis Ras Kullah in der Stadt ankam, mit ihnen zu vergnügen.

Vicky wußte nicht, wie lange sie schon hier gelegen hatte. Sie hatte kein Gefühl mehr in Händen und Füßen, denn die Lederriemen waren sehr fest verknotet. Ihre Rippen schmerzten von dem Kolbenschlag, und die eisige Kälte der Bergnacht hatte ihren ganzen Körper durchdrungen, so daß das Mark in ihren Knochen schmerzte und sie von Schüttelfrösten geplagt wurde.

Ihre Zähne schlugen heftig aufeinander, ihre Lippen

waren blau und hart, aber sie konnte sich nicht bewegen. Jeder Versuch, ihre Stellung zu verändern oder ihre verkrampften Glieder auszustrecken, wurde augenblicklich von einem Schlag oder Stoß des Wächters beantwortet, der neben ihr stand.

Schließlich verlor sie die Besinnung, aber nicht so, daß sie schlief, denn sie konnte undeutlich noch immer die Geräusche rund um die Hütte hören. Sie fiel in eine Art Dämmerzustand, in dem ihr jedes Gefühl für die Zeit abhanden kam und der scharfe Schmerz der Kälte und der Fesseln nachließ.

Sie mußte Stunden in diesem erschöpften Zustand der Erstarrung zugebracht haben, als sie mit einem weiteren Fußtritt in den Magen geweckt wurde und vor Schmerz nach Luft rang und schluchzte.

Sie erkannte sofort eine Veränderung in der Lautstärke der Geräusche vor der Hütte. Viele hundert Stimmen heulten erregt im Chor, wie das Publikum in einem Zirkus. Ihre Wächter zerrten sie rücksichtslos hoch. Einer bückte sich, um den Lederriemen an ihren Fesseln zu zerschneiden, dann richtete er sich auf und tat dasselbe mit den Fesseln an ihren Handgelenken. Vicky schluchzte vor Schmerz, als das Blut in ihre Hände und Füße zurückströmte.

Ihre Beine gaben unter ihr nach, und sie wäre fast hingefallen, aber grobe Hände hielten sie fest und zerrten sie auf den Knien zu dem niederen Hütteneingang. Draußen stand eine dichte Menschenmenge, die sich auf der schmalen Straße zusammendrängte. Dunkle, unheimliche Gestalten, die sich sensationslüstern vorbeugten, als sie im Eingang der Hütte auftauchte. Plötzlich brach ein blutrünstiges Geheul los.

Die Wächter schleppten sie durch die Straße. Die Menschenmenge lief fluchend und grölend neben ihr her. Hände griffen nach ihr. Ihre Wächter stießen sie lachend fort und zerrten sie erbarmungslos weiter, obwohl ihr die Beine den Dienst versagten. Sie schleppten sie durch das Stahltor in den Hof im Bahnhofsareal, vorbei an gewaltigen

Bergen von nackten, verstümmelten Leichen, den Überresten der Männer, die sie gepflegt hatte.

Das rauchende, flackernde Licht unzähliger Fackeln beleuchtete den Hof, und erst als sie fast schon an der Veranda angekommen war, bemerkte sie die Gestalt, die auf der Betonrampe wie in einer Theaterloge träge auf ihren Kissen lag, um die Hinrichtung zu leiten und zu beobachten.

Die Angst überflutete Vicky wie eine eiskalte schwarze Woge. Sie versuchte verzweifelt, sich aus dem Griff der Hände zu befreien, die sie rücksichtslos weiterzerrten und plötzlich hochhoben.

Drei schwere Galla-Lanzen waren tief in die weiche Erde gesteckt worden, und die stählernen Spitzen bildeten zusammen die Spitze einer Pyramide. Mit einer Gewalt, gegen die sie nicht ankam, wurden ihre Arme und Beine gespreizt, und wieder fühlte sie die Lederriemen an ihren Hand- und Fußgelenken.

Ihre Wächter traten zurück. Sie hing mit gespreizten Armen und Beinen so an der Lanzenpyramide, daß die Lederriemen durch das Gewicht ihres Körpers tief in ihr Fleisch schnitten.

Sie hob den Kopf. Ras Kullah saß direkt über ihr auf der Betonrampe. Er begann mit seiner hohen, piepsigen Stimme zu sprechen, aber sie verstand die Worte nicht und konnte nur, entsetzt und gelähmt vor Angst, auf seine wulstigen, weichen Lippen starren. Die Spitze seiner Zunge kam heraus und leckte langsam, wie die eines fetten goldenen Katers, über seine Lippen.

Er kicherte plötzlich und winkte den beiden Frauen zu, die neben ihm auf den Kissen saßen. Sie gingen den Hof hinunter. Ihre Silberketten klimperten, und ihre buntseidenen Gewänder glänzten im Fackelschein wie der Federschmuck von Paradiesvögeln.

So, als wären ihre Bewegungen genau einstudiert, gingen sie zielstrebig auf Vicky zu. Ihre Gesichter waren gelassen, entrückt und schön, sie wirkten wie zwei exotische Blüten auf den langen, anmutigen Stengeln ihrer Hälse.

Erst als die Arme ausstreckten, um sie zu berühren, sah Vicky die kleinen silbernen Messer in ihren Händen, und sie zappelte hilflos und verdrehte den Kopf, um die Klingen zu beobachten.

Mit wenigen sachkundigen Bewegungen schlitzten die beiden Frauen den Stoff von Vickys Kleidung auf; sie setzten ihre Messer an den Schulterstücken ihrer Bluse an und zerschnitten den Stoff in einem Zug bis zum Kleidersaum, so daß sich ihr Kleid wie ein Herbstblatt löste und in den Schlamm fiel.

Ras Kullah klatschte in die Hände. Die dichte Horde dunkler Gestalten wogte und knurrte und drängte näher.

Mit denselben gemächlichen Bewegungen wurde auch die glatte Seide von Vickys Unterwäsche zerschnitten. Schließlich hing sie nackt und verwundbar, ohne eine Möglichkeit, ihren glatten, hellen Körper zu bedecken, die langen, schön geformten Glieder weit gespreizt und festgebunden, an den Lanzen.

Sie senkte den Kopf, so daß ihr goldenes Haar nach vorne fiel und ihr Gesicht bedeckte.

Eine der Gallafrauen ging um sie herum, bis sie genau vor Vicky stand. Sie streckte die Hand mit dem kleinen silbernen Messer aus und setzte die Spitze auf der weißen Haut knapp unterhalb ihrer Kehle an, genau dort, wo eine Ader wie ein winziges gefangenes Tier sichtbar pulsierte, und zog die Klinge langsam, schmerzlich langsam nach unten.

Vickys Körper verkrampfte sich, jeder einzelne Muskel erstarrte, und ihr Rücken krümmte sich, so daß die Form ihrer Muskeln deutlich unter der glatten, makellosen Haut hervortrat.

Ihr Kopf zuckte zurück, die Augen waren starr geweitet und der Mund weit geöffnet – und sie schrie.

Die Frau zog das Messer zwischen den angespannten Brüsten hindurch nach unten. Die weiße Haut öffnete sich zu einem oberflächlichen, sorgfältig abgestimmten, rasiermesserscharfen Schnitt, und eine hellrote Linie markierte den langsamen Weg der Klinge, als sie unerbittlich weiter abwärts wanderte.

Die Stimmen der Mengen wurden lauter. Das Gebrüll der Versammelten klang wie das Brausen eines näherkommenden Sturmwinds, und Ras Kullah beugte sich in seinen Kissen vor. Seine Augen glänzten, und die feuchten rosa Lippen standen offen.

Dann geschahen zwei Dinge gleichzeitig. Aus der Dunkelheit neben dem Bahnhofsgebäude donnerte Priscilla das Ekel auf den von Fackeln erhellten Platz. Bis zu diesem Augenblick, als Jake Barton Vollgas gab, war das sanfte Brummen des Motors vom tierischen Gebrüll der Menge übertönt worden.

Der schwere Stahlrumpf krachte mit Höchstgeschwindigkeit in die Menge und fuhr durch sie hindurch wie eine Mähmaschine durch ein Weizenfeld. Ohne die Geschwindigkeit zu verringern, riß der Wagen eine Gasse durch die Meute, direkt auf die Lichtung zu, wo Vicky an der Lanzenpyramide hing.

Im selben Augenblick trat Gareth Swales aus dem schwarzen Rechteck der Lagerhaustür hinter Ras Kullah.

Er stützte das italienische Gewehr mit seinem verletzten Arm ab und feuerte, ohne den Kolben an der Schulter anzulegen.

Die Kugel traf die Gallafrau in den Ellbogen des Arms, mit dem sie das Messer führte. Der Arm fiel wie ein gebrochener Ast herunter, das Messer flog aus ihren tauben Fingern, die Frau schrie auf und fiel zu Vickys Füßen in den Schlamm.

Die zweite Frau wirbelte herum. Ihr rechter Arm zuckte hoch wie der Kopf einer Schlange, und sie zielte mit dem Messer auf Vickys weichen weißen Bauch; als sie zustoßen wollte, bewegte Gareth leicht den Gewehrlauf und feuerte abermals.

Die großkalibrige Kugel traf die Frau mitten in ihre honigfarbene Stirn. Das schwarze Loch sah aus wie eine dritte leere Augenhöhle, und ihr Kopf zuckte, wie von einem schweren Schlag getroffen, zurück.

Als sie zusammenbrach, ließ Gareth das Schloß des Gewehrs schnappen und senkte den Lauf wieder nur ein wenig. Aber als sich Ras Kullah verzweifelt auf seinen Kissen herumdrehte, den Mund weit geöffnet und mit einem heiseren Schrei auf den dicken, feuchten Lippen, zielte die Gewehrmündung direkt in das rosafarbene Loch seiner Kehle – und Gareth schoß zum dritten Mal. Die Kugel zerschmetterte die Vorderzähne in Ras Kullahs Oberkiefer, bevor sie in seine Kehle drang und hinten im Genick wieder austrat. Der Ras fiel nach hinten und zuckte und zappelte wie ein verendender Frosch.

Gareth stieg über ihn hinweg und sprang leichtfüßig in den Hof. Ein Galla stürzte sich mit hocherhobenem Schwert auf ihn. Gareth schoß wieder, ohne das Gewehr zu heben, stieg über den Körper und erreichte Vicky genau in dem Augenblick, als Jake Barton den Panzerwagen mit quietschenden Bremsen vor ihr zum Stehen brachte und mit einem Harari-Dolch in der Hand aus der Fahrerluke sprang.

Sara stand im Panzerturm und feuerte lange, ausgedehnte Salven aus dem Vickers ab, indem sie es langsam hin und her schwenkte, worauf die Gallahorde panikartig in der Dunkelheit verschwand.

Jake zerschnitt die Fesseln, die Vicky festhielten. Sie fiel nach vorn in seine Arme.

Gareth bückte sich, hob Vickys zerschnittene Kleidung vom Boden auf und klemmte sie unter seinen verwundeten Arm.

»Können wir endlich aufbrechen, alter Junge?« fragte er Jake freundlich. »Ich glaube, der Spaß ist vorbei.« Dann hoben sie Vicky gemeinsam auf die Plattform des Panzerwagens.

Die Trommeln weckten Graf Aldo Belli aus einem unruhigen, traumerfüllten Schlaf – er fuhr kerzengerade von seiner harten Matratze auf dem Boden des Panzers in die

Höhe, die Augen entsetzt geweitet und starr, und griff hastig nach seiner Pistole.

»Gino!« brüllte er. »Gino!« Er erhielt keine Antwort. Nur dieser schreckliche nächtliche Rhythmus, der in seinem Kopf dröhnte und ihn halb wahnsinnig machte. Er versuchte sich die Ohren zuzuhalten, indem er seine Handflächen dagegenpreßte, aber das Trommeln drang durch, wie ein gigantischer Pulsschlag, wie der Herzschlag dieses grausamen und wilden Landes.

Als er es nicht länger ertragen konnte, kroch er durch den Panzer bis zur hinteren Luke und steckte den Kopf hinaus.

»Gino!«

Er erhielt augenblicklich Antwort. Der Kopf des kleinen Sergeanten zuckte hoch, und er erhob sich von der Stelle zwischen den Panzern, wo er, in seine Decken gehüllt, gelegen hatte. Der Graf hörte, daß seine Zähne klapperten wie die Tasten einer Schreibmaschine.

»Schicken Sie sofort den Fahrer zu Major Castelani.«

»Sofort.«

Ginos Kopf verschwand und tauchte ein paar Sekunden später so plötzlich wieder auf, daß der Graf einen Schrekkensschrei ausstieß und mit der geladenen Pistole auf seine Stirn zielte.

»Exzellenz«, kreischte Gino.

»Idiot«, fauchte der Graf. Seine Stimme war heiser vor Angst. »Ich hätte Sie töten können, wissen Sie denn nicht, daß ich die Reaktionen eines Leoparden besitze?«

»Exzellenz, darf ich in den Panzer kommen?«

Aldo Belli dachte einen Augenblick darüber nach und fand dann ein perverses Vergnügen daran, ihm die Erlaubnis zu verweigern.

»Machen Sie mir eine Tasse Kaffee«, befahl er. Aber als der Kaffee kam, mußte er feststellen, daß das unaufhörliche Geräusch der Trommeln in seinem Kopf seine Nerven dermaßen angegriffen hatte, daß er nicht mehr fähig war, den Becher stillzuhalten, und der Becherrand gegen seine Zähne klapperte.

»Schmeckt wie Zigeunerin!« fauchte der Graf, in der Hoffnung, daß Gino das Zittern seiner Hand nicht bemerkt hatte. »Sie wollen mich wohl vergiften«, meinte er vorwurfsvoll und schüttete die dampfende Flüssigkeit aus. In diesem Augenblick tauchte die untersetzte Gestalt des Majors aus der Dunkelheit auf.

»Die Männer halten die Stellung, Oberst«, knurrte er. »In einer Viertelstunde ist es hell genug . . .«

»Gut, gut«, unterbrach ihn der Graf. »Ich bin zu der Einsicht gekommen, daß ich augenblicklich ins Hauptquartier zurückkehren sollte. General Badoglio wird von mir erwarten . . .«

»Ausgezeichnet, Oberst«, unterbrach ihn diesmal der Major. »Ich habe erfahren. daß große feindliche Truppenteile durch unsere Linien gesickert sind und nun im Hinterland operieren. Es ist sehr wahrscheinlich, daß Sie Gelegenheit haben werden, mit diesen Schurken abzurechnen.« Castelani hatte seinen Oberst schon lange durchschaut. »Mit der kleinen Eskorte, die ich entbehren kann, ist das natürlich keine einfache Sache.«

»Andererseits«, überlegte der Graf laut, »frage ich mich, ob mein Platz nicht eher hier ist – hier bei meinen Jungs? Es kommt eine Zeit, wo ein Soldat mehr seinem Herzen als seinem Verstand gehorchen muß – und ich mache Sie darauf aufmerksam, Castelani, daß mein kämpferisches Blut in Wallung ist.«

»Gewiß, Oberst.«

»Ich werde augenblicklich vorrücken«, verkündete Aldo Belli und warf einen ängstlichen Blick in die dunklen Tiefen der Schlucht. Er hatte die Absicht, sich mit seinem Kommandopanzer genau in der Mitte der Panzerkolonne einzuordnen, so daß er von vorn und von hinten geschützt war.

Das Trommeln hielt an, pochte und dröhnte gegen seine Schläfen, bis er das Gefühl hatte, laut schreien zu müssen. Es schien direkt aus der Erde zu kommen, aus den dunklen, unheimlichen Felswänden über ihm, und es hallte von den Schluchtwänden wider und drückte ihn wie mit großen Hämmern nieder.

Plötzlich merkte der Graf, daß die Dunkelheit verschwand. Er konnte am dem steilen Abhang oberhalb seiner Position, dort, wo kurz vorher nur schwarze Schatten lagen, die Umrisse einer verkrüppelten Zeder ausmachen. Der Baum sah aus wie ein mißgebildetes Monster. Der Graf wandte rasch den Blick ab und schaute nach oben.

Der schmale Streifen Himmel zwischen den Bergen trat deutlich hervor, ein blaßrosa Streifen zwischen schwarzen Felsmassen. Er senkte den Blick und schaute nach vorn. Die Dunkelheit verschwand zusehends, und die Dämmerung brach mit der dramatischen afrikanischen Plötzlichkeit an.

Dann hörte das Schlagen der Trommeln auf. Dieser Übergang vom dröhnenden Trommelschlag zur tödlichen, unwirklichen Stille einer afrikanischen Morgendämmerung in den Bergen kam so abrupt, daß der Graf vor Schreck wie gelähmt stehenblieb und blinzelnd wie eine Eule in die Schlucht hinaufstarrte.

Von dort kam ein neuer Ton, dünn und hoch wie das Geräusch fliegender Nachtvögel, wehmütig und unheimlich, ein Wehklagen, das an- und abschwoll, so daß es eine Weile dauerte, bis der Graf erkannte, daß es das Heulen von Hunderten menschlichen Stimmen war.

Plötzlich fuhr er zusammen, und sein Kinn zuckte hoch. »Heilige Maria, Mutter Gottes!« flüsterte er und starrte nach oben in die Schlucht.

Es sah aus, als würden die Felsen über sie herfallen wie eine dunkle, flüssige Lawine, und das Geheul schwoll an, wurde zu einem wilden, lauten Geschrei. Da es nun rasch heller wurde, erkannte der Graf, daß die Lawine eine riesige Woge von Menschen war.

»Bitte für uns Sünder!« keuchte der Graf und bekreuzigte

sich, doch in diesem Augenblick hörte er Castelanis Stimme wie das Brüllen eines wilden Bullen aus den dunklen italienischen Stellungen schallen.

Sofort eröffneten die Maschinengewehre mit donnerndem Getöse das Feuer und übertönten jeden anderen Laut. Die Menschenwoge schien nicht mehr weiterzukommen, sie brandete gegen die italienischen Kugeln wie eine Welle gegen einen Felsen, und vor dem rasch anwachsenden Riff aus Körpern der Gefallenen bildeten sich Strudel und Wirbel.

Mittlerweile war es schon so hell geworden, daß der Graf erkennen konnte, was für eine Verwüstung die Maschinengewehre unter den Hararikriegern anrichteten. Sie fielen reihenweise, eine Unmenge von Toten, als die Gewehre hin und her schwenkten. Sie häuften sich in Bergen vor den italienischen Stellungen, so daß die Nachfolgenden über die Leichen hinwegklettern mußten; sobald die Gewehre zurückschwenkten, fielen auch sie und bildeten eine neue Mauer aus Leichen.

Fasziniert von diesem Schauspiel, vergaß der Graf seine Angst. Die rennenden Gestalten schienen endlos durch die schmale Schlucht herunterzukommen, wie Ameisen aus einem zerstörten Bau. Wie Weizenfelder, die im Wind schwankten, und die Maschinengewehre mähten sie wie mit großen Sensen nieder und häuften sie reihenweise in Garben auf.

Doch hier und da kamen ein paar durch, erreichten den Stacheldraht, den Castelani ausgelegt hatte, schlugen ihn mit ihren Schwertern nieder und waren durch.

Von diesen starben die meisten an den Rändern der italienischen Schützengräben, von Gewehrsalven aus nächster Nähe durchsiebt – aber einige wenige kamen auch dort noch durch. Eine Gruppe von drei Männern übersprang den Stacheldraht an einer Stelle, wo zwei tote Äthiopier lagen, und sie schleiften sie beiseite, um für die nachfolgenden eine Bresche zu schaffen.

Sie wurden von einer großen, skelettartigen Gestalt in

flatternden weißen Gewändern angeführt. Er war kahlköpfig, sein Schädel glänzte wie eine schwarze Kanonenkugel, und in seinem schweißnassen Gesicht blitzten makellos weiße Zähne. Er war nur mit einem Schwert bewaffnet, das mindestens einen Meter fünfzig lang und so breit war wie die Spanne einer Hand, und schwang diese ungeheure Klinge mühelos über seinem Kopf, als er mit der Lebhaftigkeit einer Ziege hin und her sprang.

Die beiden Krieger, die ihm folgten, hatten veraltete Martini-Henry-Gewehre, die sie im Laufen aus der Hüfte heraus abfeuerten, und bei jedem Schuß löste sich eine lange blaue Fahne Schwarzpulverrauch, während der Anführer das Schwert über dem Kopf schwang und ein wildes Kriegsgeschrei ausstieß. Ein Maschinengewehr entdeckte die Gruppe, und eine einzige Salve streckte zwei von den Kriegern nieder – aber der große Anführer rannte unverletzt weiter.

Der Graf stand wie gelähmt im Panzerturm und war so verblüfft über die Ausdauer dieses Mannes, daß seine Angst im Augenblick völlig vergessen war. Das Maschinengewehr in dem Panzer neben ihm begann zu feuern, eine kurze, gezielte Salve. Diesmal taumelte die weißgekleidete Gestalt, und Aldo Belli sah, wie die Kugeln mit winzigen, hellen Staubwolken vom Gewand des Kriegers in seine Brust einschlugen und blutige Flecken hinterließen – doch er lief noch immer heulend weiter, übersprang den ersten Schützengraben und rannte direkt auf die Panzer zu, so, als hätte er im Grafen seinen persönlichen Gegner erkannt. Sein Angriff schien allein ihm zu gelten, und er war plötzlich sehr nahe. Aldo Belli konnte von seinem Panzerturm aus deutlich die starren Augen in dem tief durchfurchten Gesicht sehen, und ihm fiel das Mißverhältnis zwischen diesem Gesicht und dem makellos weißen Gebiß dieses Mannes auf. An der Brust war sein Gewand von dunkelrotem Blut durchtränkt, aber das Schwert in seinen Händen sauste durch die Luft, und das Licht der Dämmerung spiegelte sich auf seinem kahlen Schädel.

Das Maschinengewehr feuerte abermals. Diesmal schienen die Kugeln den Körper des Mannes zu zerfetzen. Der Graf sah Stoff und Hautfetzen von ihm wegspritzen, doch unglaublicherweise war er noch immer auf den Beinen und kam taumelnd, das Schwert hinter sich herziehend, näher.

Dann traf die letzte Salve: Das Schwert fiel ihm aus der Hand; er sank in die Knie, kroch aber weiter – nun hatte er den Grafen gesehen, und seine Augen klammerten sich an das Gesicht des weißen Mannes. Er versuchte etwas zu rufen, aber der Ton erstickte in einem hellen Blutstrom, der seinen offenen Mund füllte. Die kriechende, verstümmelte Gestalt erreichte den Panzer, und die italienischen Gewehre verstummten – fast wie aus Ehrfurcht vor der Zähigkeit dieses Mannes.

Mühsam schleppte der sterbende Krieger seinen zerrissenen Körper auf den Grafen zu und betrachtete ihn mit einer unheimlichen, sterbenden Wut, während der Graf nervös am Elfenbeingriff seiner Beretta herumfummelte und versuchte, einen neuen Ladestreifen mit Patronen einzulegen.

»Haltet ihn doch auf, ihr Idioten«, brüllte er. »Tötet ihn! Laßt ihn nicht näher kommen.« Aber die Gewehre blieben still.

Mit zitternden Händen schob der Graf das Magazin zurück und zielte auf den daherkriechenden Äthiopier.

Er leerte wie wahnsinnig das ganze Magazin der Beretta. Die Schüsse krachten in rascher Folge in die plötzliche Stille, die über dem Schlachtfeld hing.

Eine Kugel traf den Krieger in der Mitte seiner schweißglänzenden Stirn, hinterließ ein kreisrundes Loch in der schimmernden braunen Haut, und der Mann rutschte zurück, fiel von dem Panzerrumpf hinunter und blieb schließlich auf dem Rücken liegen. Mit weit geöffneten, gebrochenen Augen starrte er in den heller werdenden Himmel. Die Zahnprothese rutschte zwischen seinen schlaffen Lippen heraus, der welke Mund klappte zusammen und fiel nach innen.

Der Graf zitterte noch immer, aber dann schwemmte

plötzlich eine Woge des Stolzes in die Angst, die ihn ergriffen hatte, beiseite. Ein unheimliches Gefühl von innerer Verbundenheit mit dem Mann, den er getötet hatte, ergriff von ihm Besitz – er wollte irgendeinen Teil von ihm nehmen, irgendeine Trophäe seiner Jagdbeute. Er wollte ihn skalpieren oder seinen Kopf mitnehmen und ausstopfen lassen, um diesen Augenblick für immer festzuhalten, aber bevor er sich entscheiden konnte, ertönte eine schrille Pfeife, und ein Horn blies zum Angriff.

Auf der Straße vor ihnen lagen die Leichenberge, während die letzten, die diesen verrückten, selbstmörderischen Angriff überlebt hatten, wie Irrlichter zwischen den Felsbrocken verschwanden.

Die Straße nach Sardi war frei, und als harter Berufssoldat, der er war, ergriff Luigi Castelani diese Gelegenheit beim Schopf. Als das Horn zum Aufbruch rief, erhoben sich die italienischen Infanteristen aus den Schützengräben, und die Panzerkolonne setzte sich in Bewegung.

Die Leiche des alten Hararikriegers lag direkt vor der Raupe des Kommandopanzers. Die schweren Stahlglieder preßten sie in den steinigen Boden und zerquetschten sie wie den Kadaver eines Kaninchens auf der Autobahn, als der Panzer Graf Aldo Bellis triumphierend durch die Schlucht nach Sardi und zur Dessiestraße trug.

Vor der Mauer aus Granitfelsen, die genau am Schluchteingang aufgebaut worden war, kam die Panzerkolonne zum Stehen. Als die italienische Infanterie, die im Schutz der schwarzen Stahltanks marschiert war, ausschwärmte, um die Mauer niederzureißen, stießen sie auf eine weitere Woge von äthiopischen Kriegern, die sich hinter der Mauer verborgengehalten hatten, und augenblicklich waren Angreifer und Verteidiger so unauflöslich in ein Handgemenge verstrickt, daß die Artillerie und die Maschinengewehre aus Angst, ihre eigenen Leute zu treffen, nicht feuern konnten.

Dreimal war die Infanterie an diesem Vormittag vor der Mauer zurückgeworfen worden, auch der schwere Artilleriebeschuß hatte den massiven Granitbrocken nichts anhaben können. Als die Panzer schwankend und quietschend wie große schwarze Käfer nach einer Lücke suchten, konnten sie keine finden, und die Stahlraupen hatten auf dem harten Gestein Funken geschlagen, waren aber nicht in der Lage, das ungeheure Gewicht der Fahrzeuge in die steile Lage zu heben, die nötig gewesen wäre, um die Mauer zu überqueren.

Die gegenwärtige Feuerpause hatte fast eine halbe Stunde gedauert. Gareth und Jake saßen Schulter an Schulter gegen einen der Granitblöcke gelehnt. Beide starrten nach oben in den Himmel, und es war Jake, der schließlich das Schweigen brach.

»Es hellt sich auf.« Sie sahen den blauen Himmel durch die zerrissene Wolkenbank, die wie der weiße Arm einer Geliebten noch immer die Schulter des Berges umklammerte, allmählich aber vom frischen trockenen Wüstenwind vertrieben wurde.

Der erste Sonnenstrahl drang in das Tal vor und zog einen lebhaft bunten Regenbogen weit ausladend von Gipfel zu Gipfel.

»Wunderschön!« murmelte Gareth sanft und starrte nach oben.

Jake zog seine Uhr aus der Tasche und warf einen Blick darauf.

»Sieben Minuten nach elf«, verkündete er. »Nun werden sie ihnen per Funk melden, daß die Wolkendecke aufgerissen ist. Sicher sitzen sie schon in den Cockpits, ungeduldig wie Kampfhähne.« Er steckte die Uhr wieder in die Tasche. »In knapp fünfunddreißig Minuten sind sie hier.«

Gareth richtete sich auf und strich sich das glatte blonde Haar aus der Stirn.

»Ich kenne einen Gentleman, der nicht hier sein wird, wenn sie kommen.«

»Beziehungsweise zwei«, stimmte Jake zu.

»Das war's, alter Junge. Wir haben unsere Pflicht getan. Der gute alte Lij Mikhael kann uns die paar Minuten nicht ankreiden. Bis Mittag ist es nur noch so weit wie vom Vergnügen bis zur Sünde.«

»Was wird aus diesen armen Teufeln?« Jake wies auf die paar hundert Harari, die mit ihnen hinter der Steinmauer kauerten – der Rest von Ras Golams Armee.

»Sobald wir die Bomber kommen hören, können sie abhauen. In die Berge wie eine Meute von Wildhunden . . .«

» . . . hinter einer Hündin her«, schloß Jake an seiner Stelle und grinste.

»Genau.«

»Das muß ihnen jemand sagen.«

»Ich gehe und hole Klein Sara, um es ihnen zu sagen.« Er kroch davon, indem er die Mauer als Deckung gegen die italienischen Scharfschützen gebrauchte, die in den Felsen über ihnen Stellung bezogen hatten.

Priscilla das Ekel stand fünfhundert Meter weiter hinten in einer Mulde hinter einigen Zedern neben der Straße.

Gareth sah sofort, daß Vicky ihren Schockzustand mittlerweile überwunden hatte, wenngleich sie noch immer verstört und blaß war und ihr zerrissenes Kleid schmutzig und voller Flecken vom getrockneten Blut aus der langen Fleischwunde zwischen ihren Brüsten. Sie half Sara beim Verbinden des Jungen, der auf dem Boden der Kabine lag, und der Ausdruck, mit dem sie ihn ansah, zeugte von ihrer wiedererlangten Entschlossenheit und Willenskraft.

»Wie geht es ihm?« fragte Gareth und beugte sich durch die offenen Hintertüren. Der Junge war zweimal getroffen worden und von zwei seiner treuen Stammesgenossen vom Schlachtfeld unten in der Schlucht heraufgetragen worden.

»Er wird durchkommen, glaube ich«, sagte Vicky. Gregorius öffnete die Augen und flüsterte:

»Ja, ich werde es schaffen.«

»Na, das ist mehr, als du verdienst«, knurrte Gareth.

»Ich habe dir das Kommando übertragen – aber nicht, um einen Sturmangriff zu kommandieren.«

»Major Swales«, fuhr Sara auf, hitzig und beschützend wie eine Mutter, »es war die tapferste . . .«

»Verschonen Sie mich mit tapferen und ehrenwerten Männern«, unterbrach Gareth sie gedehnt. »Sie allein sind die Ursache aller Probleme auf dieser Welt.« Und bevor sich Sara erneut auf ihn stürzen konnte, fuhr er fort: »Kommen Sie, meine Liebe. Ich brauche Sie zum Dolmetschen.«

Widerwillig trennte sie sich von Gregorius und kletterte aus dem Wagen. Vicky folgte ihr und blieb dicht vor Gareth neben dem Wagen stehen.

»Wie geht es dir?« fragte sie.

»Mir ging's noch nie besser«, versicherte er, aber Vicky bemerkte zum ersten Mal die unnatürliche Rötung seiner Wangen und das fiebrige Glänzen in seinen Augen.

Blitzschnell streckte sie die Hand aus und nahm, bevor er es verhindern konnte, die Hand seines verletzten Armes. Die Hand war wie ein Ballon angeschwollen und hatte eine ungesunde grünlich-rote Farbe. Sie beugte sich vor, um an dem schutzigen, fleckigen Verband, der den Arm bedeckte, zu schnuppern. Der süßliche Gestank der Verwesung verursachte ihr Übelkeit.

Erschrocken richtete sie sich auf und berührte seine Wange.

»Gareth, du glühst wie ein Ofen.«

»Das ist die Leidenschaft, altes Mädchen. Die Berührung deiner lilienweißen . . .«

»Laß mich deinen Arm untersuchen«, verlangte sie.

»Lieber nicht.« Er lächelte ihr zu, aber der eiserne Tonfall in seiner Stimme war nicht zu überhören. »Schlafende Hunde soll man nicht wecken, stimmt's? Bevor wir nicht wieder in der Zivilisation sind, können wir sowieso nichts tun.«

»Gareth . . .«

»Und dann, mein Liebes, kaufe ich dir eine große Flasche Champagner und lasse den Priester kommen.«

»Gareth, sei bitte ernst.«

»Ich bin ganz ernst.« Gareth streichelte ihr mit den Fingern seiner gesunden Hand über die Wange. »Das war ein Heiratsantrag«, sagte er, und sie konnte die fiebrige Hitze in seinen Fingerspitzen spüren.

»O Gareth! Gareth!«

»Womit du sagen willst – danke, nein danke.«

Sie nickte stumm, unfähig, ein Wort herauszubringen.

»Jake?« fragte er, und sie nickte wieder.

»Na, da hättest du es wirklich besser treffen können. Mit mir zum Beispiel.« Er grinste, aber sie sah den Schmerz zusammen mit dem Fieber in seinen Augen, tief und bitter. »Andererseits hättest du es auch viel schlechter treffen können.« Er wandte sich hastig ab und nahm Saras Arm. »Kommen Sie, meine Liebe.« Dann über die Schulter zu Vicky: »Sobald die Bomber kommen, sind wir zurück. Mach dich abmarschbereit.«

»Wohin?« fragte sie hinter ihm her.

»Ich weiß es nicht«, erwiderte er und grinste. »Aber wir werden versuchen, ein hübsches Plätzchen ausfindig zu machen.«

Jake war der erste, der sie hörte, als sie noch so weit entfernt waren, daß das Motorengeräusch wie das Summen der Bienen an einem heißen Sommertag klang, und fast augenblicklich war dieses schwache Geräusch wieder hinter den Bergen verschwunden.

»Da kommen sie«, sagte er, und wie zur Bestätigung explodierte auf der anderen Seite der Steinmauer eine Granate, die von der italienischen Artilleriestellung eine Meile weiter unten abgefeuert wurde. Der gelbe Rauch der Leuchtbombe stieg in einer dicken Säule in die stille, sonnendurchglühte Luft.

»Los!« brüllte Gareth und steckte die silberne Signalpfeife zwischen seine Lippen, um eine Reihe von scharfen Pfeiftönen hervorzubringen.

Aber als sie an der Mauer entlangeilten, um sich davon zu

überzeugen, daß alle Harari das Signal verstanden hatten und durch das Tal zurück auf den Zedernwald zuliefen, wurde das Dröhnen der näherkommenden Bomber lauter.

»Vorwärts! rief Jake drängend und griff nach Gareths gesundem Arm.

Sie drehten sich um und rannten, so schnell sie konnten, über das offene Gelände auf den Rand des Talkessels zu. Als sie ihn erreicht hatten, blickte Jake über die Schulter zurück.

Der erste Bomber tauchte gerade über dem Schluchtausgang auf. Die schwarzen Tragflächen schienen den Himmel zu verdunkeln. Er ließ zwei Bomben fallen; eine war zu kurz, aber die zweite traf genau die Mauer, und die Wucht der Explosion hob sie beide von den Füßen und schleuderte sie brutal zu Boden.

Als Jake den Kopf hob, sah er durch den Staub und den Rauch das riesige Loch, das die Bombe in die Steinmauer gerissen hatte.

»Na, damit wäre die Party endgültig vorbei«, sagte er und zog Gareth hoch.

»Wo fahren wir hin?« rief Vicky aus der Kabine im Hintergrund. Weder Jake auf dem Fahrersitz noch Gareth im Panzerturm wußten eine Antwort.

»Können wir nicht einfach zur Straße nach Dessie fahren?« fragte Sara. Sie saß mit gekreuzten Beinen auf dem Wagenboden und hielt Gregorius' Kopf im Schoß. »Diese feigen Gallas haben gegen uns keine Chance.«

»Wir haben gerade Benzin für fünf Meilen.«

»Am besten, wir fahren zum Fuß des Amba Sacal.« Gareth wies auf das riesige Bergmassiv, das im Süden in den Himmel ragte. »Dort lassen wir den Wagen stehen und versuchen es zu Fuß über die Berge.«

Vicky kroch zu ihm in den Panzerturm und steckte den Kopf durch die Luke. Beide blickten zu den steilen Hängen des Gebirges.

»Was wird aus Gregorius?« fragte sie.

»Wir werden ihn tragen müssen.«

»Das schaffen wir nie. In den Bergen wimmelt es von Gallas.«

»Hast du vielleicht eine bessere Idee?« fragte Gareth, und sie schauten sich verzweifelt um.

Priscilla das Ekel war das einzige im ganzen Tal, was sich bewegte. Die Hararis waren im felsigen Gelände der Berghänge verschwunden, während die italienischen Panzer hinter ihnen noch nicht am Rand des Talkessels aufgetaucht waren.

Sie blickte wieder hinauf zum Himmel, der bis auf ein paar Wolkenfetzen, die an den Gipfeln hingen, strahlend blau war, und plötzlich schlug ihre Stimmung um. Ihr Kinn hob sich, ein frisches Rot überzog ihre Wangen – und ihre Hand zitterte, als sie auf die Berggipfel zeigte.

»Ja«, rief sie aus. »Ja, ich habe tatsächlich eine bessere Idee. Sieh nur! Oh, sieh nur!«

Die Sonne spiegelte sich in dem kleinen blauen Flugzeug, als es vor dem dunklen Hintergrund der Granitfelsen im Steilflug auf das Tal zukam, und es glitzerte wie eine Libelle im Flug.

»Italiener?« Gareth starrte nach oben.

»Nein, nein!« Vicky schüttelte den Kopf. »Das ist Lij Mikhaels Privatflugzeug. Ich erkenne es wieder. Es hat ihn hier abgeholt.« Sie lachte fast hysterisch, und ihre Augen glänzten. »Das war es also, was er mir sagen wollte, als wir unterbrochen wurden. Er wollte sagen, daß er das Flugzeug schicken wird.«

»Wo wird es landen?« fragte Jake. Da kroch Vicky in die Fahrerkabine hinunter, um ihn zu dem Polofeld zu dirigieren, das außerhalb der niedergebrannten, aber noch immer rauchenden Stadt lag.

Sie standen alle, außer Gregorius, neben dem Panzerwagen am Rand des Polofeldes und sahen angstvoll zu, wie das kleine blaue Flugzeug seine Kreise drehte.

»Verdammt noch mal, worauf wartet er denn?« fragte Jake wütend. »Die Italiener werden hier sein, bevor der weiß, was er will.«

»Er ist nervös«, meinte Gareth. »Er weiß nicht, was hier unten vorgeht. Von da oben kann er sehen, daß die Stadt zerstört wurde, und wahrscheinlich sieht er auch die Panzer – und die Lkws, die uns aus der Schlucht gefolgt sind.«

Vicky drehte sich um und lief zurück zum Wagen. Sie kletterte auf den Panzerturm, richtete sich auf und begann mit beiden Armen zu winken.

Den nächsten Kreis flog die kleine blaue Puss Moth tiefer an, und sie konnten sehen, daß das Gesicht des Piloten durch das Seitenfenster zu ihnen herunterstarrte. Er zog eine steile Kurve über den rauchenden Überresten der Stadt, so steil, daß die untere Tragfläche den Boden zu berühren schien, und dann kam er zu ihnen zurück, diesmal nur dreißig Meter über dem Feld.

Er starrte Vicky an, und sie erkannte erleichtert denselben jungen Piloten, der Lij Mikhael geflogen hatte. Im selben Augenblick hatte auch er sie erkannt, und sie sah, wie er grinste und grüßend die Hand hob, als er über sie hinwegflog.

Als er aus der nächsten Kurve kam, steuerte er auf die Landebahn zu, setzte auf und rollte auf sie zu.

Nachdem das leichte Flugzeug ausgerollt war, drängten sie sich um die Kabinentür. Sie mußten gegen den Sog des Propellers ankämpfen, während der Pilot die Fensterscheibe zurückschob und den Lärm der Motoren überschrie:

»Ich kann drei Leichte mitnehmen – oder zwei Schwere.«

Jake und Gareth tauschten einen kurzen Blick, dann riß Jake die Kabinentür auf, und gemeinsam stießen sie die beiden Mädchen in das winzige Cockpit.

»Warten Sie«, brüllte Gareth dem Piloten ins Ohr. »Wir haben noch einen Leichten für Sie.«

Gemeinsam schleppten sie Gregorius zu dem Flugzeug und versuchten, so sanft wie möglich mit ihm umzugehen. Der Pilot drehte die Maschine bereits in den Wind, sie taumelten hinterher und hoben den Körper des Jungen im Laufen durch die offene Tür.

»Jake«, rief Vicky, und ihre Augen waren starr vor Entsetzen.

»Mach dir keine Sorgen«, rief Jake zurück, als Gregorius endlich auf dem Schoß der Mädchen lag. »Wir kommen nach – vergiß nicht, ich liebe dich.«

»Ich liebe dich auch«, rief Vicky zurück, und ihre Augen schwammen in Tränen. »O Jake . . .«

Er versuchte die Kabinentür zu schließen, indem er neben dem Flugzeug herlief, als es bereits schneller wurde, aber einer von Gregorius' Füßen hatte sich verklemmt. Jake bückte sich, um den Fuß zu befreien – genau in diesem Augenblick pfiff eine Gewehrkugel über ihn hinweg und schlug in das Segeltuch des Flugzeugrumpfes.

Er blickte genau in dem Augenblick auf, als der nächste Schuß durch das Seitenfenster in das Cockpit drang und den jungen Piloten in die Schläfe traf; er war sofort tot, sein Körper kippte zur Seite und wurde nur noch von den Schultergurten gehalten.

Das Flugzeug begann sofort unkontrolliert zu schlingern. Jake sah, wie sich Vicky über die Leiche des Piloten beugte und die Zündung abstellte, aber er hatte sich bereits umgedreht und lief zurück zu Priscilla dem Ekel.

Die Gewehrkugeln wirbelten rund um sie herum Staub auf.

»Wo sind sie?« rief er Gareth zu.

»Links.« Jake wandte den Kopf und warf einen flüchtigen Blick auf die Italiener, die zweihundert Meter entfernt am Rand des Polofeldes hinter den Sträuchern kauerten. Hinter ihnen stand das Lastauto, das sie vor dem langsamen Panzerbataillon hierher gebracht hatten.

Der Motor von Priscilla dem Ekel lief noch, und Jake drehte sie eiligst herum, so daß sie mit der Nase auf die

Schützen im Gras zielte. Gareth klemmte sich hinter das Vickers im Panzerturm und begann zu schießen. Da sprangen die Italiener auf und liefen wie die Hasen davon.

Gareth mähte sie mit einer kurzen Salve nieder und feuerte dann auf den Lastwagen, bis er mit einer Stichflamme explodierte. Dann schwenkte Jake den Panzerwagen herum und raste auf den Feldrand zu, wo einsam das kleine blaue Flugzeug stand. Er stellte den Panzerwagen dicht neben der Maschine ab, um sie vor den italienischen Scharfschützen abzuschirmen.

Sara und Vicky hatten die Leiche des Piloten aus dem Cockpit getragen. Er war sehr groß, breit in den Schultern und schwer um die Mitte. Das Blut sickerte aus dem Einschußloch in seiner Schläfe in sein dichtes Haar, als er auf dem Rücken im kurzen Gras unter der Tragfläche lag.

Vicky wandte sich von ihm ab, kletterte ins Cockpit und setzte sich hinter den Steuerknüppel.

»Himmel!« sagte Jake und seufzte erleichtert. »Sie hat ja gesagt, daß sie fliegen kann.«

Eine Gewehrkugel prallte gegen Priscillas Rumpf und sauste wimmernd über ihre Köpfe hinweg.

Gareth warf einen kurzen Blick auf die Leiche des Piloten. »Er war ein starker Bursche – armer Kerl.«

»Jetzt kann noch einer mitfliegen«, rief Vicky aus dem Cockpit, »mit euch beiden würden wir niemals über die Berge kommen«, und man sah ihr an, was sie diese Worte kosteten. Wieder prallte eine Kugel gegen den Stahl. »Wir können nur einen von euch beiden mitnehmen.«

»Losen wir.« Gareth hatte den silbernen Maria-Theresia-Taler in der Hand und grinste Jake zu.

»Kopf«, sagte Jake. Die Silbermünze glitzerte kurz im Sonnenlicht, bevor Gareth sie mit der gesunden Hand auffing und ansah.

»Einmal mußte es ja so kommen – diesmal hast du Glück gehabt.«

Gareth grinste über das ganze Gesicht. »Gut gemacht, alter Junge. Ab mit dir.«

Aber Jake packte sein Handgelenk und verdrehte ihm den Arm. Er warf einen Blick auf die Münze.

»Zahl«, fauchte er. »Ich hab' immer gewußt, daß du schwindelst, du Bastard.« Dann drehte er sich zu Vicky um. »Ich werde deinen Start decken, Vicky, ich halte Priscilla so lange wie möglich zwischen dir und den Italienern.«

Hinter seinem Rücken bückte sich Gareth und hob einen Stein von der Größe eines Taubeneis auf.

»Verzeihung, alter Junge«, sagte er gedehnt. »Aber ich schulde dir noch was.« Nach diesen Worten schlug er Jake mit dem Stein in der hohlen Hand sanft über dem rechten Ohr, ließ den Stein fallen und fing ihn unter den Achseln auf, als seine Beine nachgaben und er zusammensank.

Er stemmte seine Knie unter Jakes Hinterteil und stieß ihn mit dem Kopf voraus und bewußtlos durch die Kabinentür. Dann stemmte er einen Fuß gegen Jakes herausragendes Hinterteil und stieß ihn weiter in das enge Cockpit, bis er die Tür zuwerfen und verriegeln konnte.

Gewehrfeuer krachte gegen den schützenden Rumpf von Priscilla. Gareth faßte in seine Brusttasche und zog seine schweinslederne Brieftasche heraus. Er warf sie durch das Seitenfenster auf Vicky Schoß.

»Sag Jake, wenn ich am Ersten nicht zur Stelle bin, soll er den Scheck einlösen und dir von meinem Geld eine Flasche Champagner spendieren – und wenn du sie trinkst, denk dran, daß ich dich wirklich geliebt habe . . .« Bevor sie etwas sagen konnte, hatte er sich schon umgedreht, eilte zum Panzerwagen herum und schwang sich auf den Fahrersitz.

Seite an Seite rollten der Wagen und das kleine blaue Flugzeug über das Feld. Das italienische Sperrfeuer hämmerte gegen den Stahlrumpf des Wagens.

Dann überholte das schwer beladene Flugzeug den Panzerwagen allmählich, aber zu diesem Zeitpunkt befanden sie sich bereits außerhalb der Schußweite, und als Vicky spürte, daß die Puss Moth abhob und die Räder in der Luft waren, blickte sie schnell zurück.

Gareth stand in der Fahrerluke, und sie sah, daß sich seine Lippen bewegten, als er etwas hinter ihr herrief und in einer Abschiedsgeste den verbundenen Arm hob.

Sie konnte die Worte nicht hören, aber sie las sie von den Lippen ab: »Noli illegitimi carborundum.« Dann sah sie noch einmal das teuflische Piratenlächeln aufblitzen, bevor sie ihre ganze Aufmerksamkeit wieder dem Flugzeug zuwenden mußte.

Gareth hielt Priscilla am Rand des Polofeldes an, beschattete mit der gesunden Hand seine Augen und beobachtete, wie das kleine blaue Flugzeug mühsam in der dünnen Bergluft höher stieg. Wieder blitzte es kurz in der Sonne auf, als es unsicher auf den Gebirgspaß zuflog, der ins Hochland führte.

Seine ganze Aufmerksamkeit war auf den winzigen blauen Fleck gerichtet, so daß er die drei CV-3-Tanks übersah, die in diesem Augenblick fünfhundert Meter von ihm entfernt von der Hauptstraße des Dorfes abbogen.

Er starrte noch immer in den Himmel, als die Panzer leicht schaukelnd stehenblieben und die Panzertürme mit den langen Spandaus zu ihm herumschwenkten.

Er hörte das Krachen der Geschütze nicht mehr, weil die Granate einschlug, bevor der Schall an sein Ohr drang. Er hörte nur den ohrenbetäubenden Aufschlag und die Explosion, die ihn von der Plattform warf.

Er lag auf dem Boden neben dem demolierten Panzerwagen und tastete mit der gesunden Hand nach unten, weil mit seinem Magen irgend etwas nicht stimmte. Er tastete weiter und fühlte, daß dort, wo sein Magen eigentlich sein sollte, nichts war als ein großes Loch, in das seine Hand versank wie im weichen, warmen Fleisch einer verfaulten Frucht.

Er versuchte die Hand zurückzuziehen, aber sie rührte sich nicht. Er hatte keine Kontrolle mehr über seine Muskeln und es wurde allmählich dunkler vor seinen Augen. Er versuchte die Augen aufzumachen und begriff, daß sie weit offen standen und in das helle Blau des Himmels starrten. Die Dunkelheit war in seinem Kopf, und die Kälte war in seinem ganzen Körper.

In der Dunkelheit und der eisigen Kälte hörte er eine Stimme in Italienisch sagen: »E morto – er ist tot.«

Und er dachte ein wenig verwundert: »Ja, ich bin tot. Diesmal bin ich tot.« Er versuchte zu grinsen, aber seine Lippen wollten sich nicht mehr bewegen, und er starrte weiter mit seinen hellen blauen Augen in den Himmel.

»Er ist tot«, wiederholte Gino

»Sind Sie sicher?« fragte Graf Aldo Belli vom Panzerturm herunter.

»Si, ich bin ganz sicher.« Der Graf kletterte langsam aus dem Panzerrumpf.

»Sie haben recht«, stimmte er zu und betrachtete den Mann. »Er ist wirklich tot.« Dann richtete er sich auf und streckte die Brust heraus.

»Gino«, befahl er, »machen Sie ein Foto von mir und der Leiche des englischen Banditen.« Gino trat einen Schritt zurück und schaute durch den Sucher der großen schwarzen Kamera.

»Das Kinn etwas anheben, mein Oberst«, bat er.

Vicky Camberwell flog die Puss Moth in einer Höhe von knapp sechzig Metern über den letzten Bergkamm, denn das kleine überladene Flugzeug näherte sich allmählich seiner maximalen Flughöhe.

Vor ihr lag das Hochland, das sich bis nach Addis Abeba im Süden erstreckte. Direkt unter ihr verlief die schlammige aufgewühlte Straße nach Dessie. Sie sah, daß die Straße verlassen war. Die äthiopische Armee war fort. Der Fisch war durch das Netz geschlüpft – aber der Gedanke machte ihr keine Freude.

Sie drehte sich um und schaute zurück in den langen, düsteren Korridor der Sardischlucht. Das Wasser lief noch immer in silbrig weißen Wasserfällen und schmutzigen Bächen über die Felswände zu beiden Seiten der Schlucht – und es schien, als würden sogar die Berge weinen.

Sie richtete sich auf, und als sie mit der Hand über ihr Gesicht strich, stellte sie ohne Verwunderung fest, daß ihre Wangen naß von Tränen waren.

## *Wilbur Smith – der Weltmeister des modernen Action-Romans*

Als Band mit der Bestellnummer 10750 erschien:

Unbeschwert wächst Johnny Lance als Pflegekind bei dem Prospektor van der Byl und seinen beiden Kindern Tracey und Benedict in Südafrika auf. Durch einen spektakulären Diamantenfund werden die van der Byls reich und mächtig, nur Johnny läßt man nicht daran teilhaben – er muß das Haus verlassen. Doch der Junge ist eine Kämpfernatur, und er setzt alles daran, um die Machtposition der Van Der Byl Company zu stärken und die Liebe und Anerkennung dieser Familie wiederzuerlangen.

BASTEI LÜBBE